Jo

Né en 1950, José Frèch… est également diplômé d'h… de l'art et de chinois. Conservateu… Musées nationaux au Louvre, au musée des Beaux-Arts de Grenoble et au musée Guimet, il crée en 1985 la Vidéothèque de Paris. Il devient président-directeur général du *Midi libre* et membre du conseil artistique de la Réunion des Musées nationaux. Il anime aujourd'hui une agence de communication et dirige une galerie d'art. Il a publié plusieurs essais, notamment sur Toulouse-Lautrec et sur le Caravage chez Gallimard.
La trilogie du *Disque de jade* constitue sa première expérience de l'écriture romanesque.
Pour en savoir plus : www.josefreches.com

JOSÉ FRÈCHES

LE DISQUE DE JADE

**

POISSON D'OR

XO ÉDITIONS

ISBN : 2-266-13460-4

Un ami c'est une route, un ennemi c'est un mur...

Proverbe chinois.

Liste des principaux personnages en fin de volume.

TROISIÈME PARTIE

35

Le disque de jade était posé bien à plat, devant ses yeux, sur la rambarde marmoréenne.

Les minuscules étoiles micacées étaient toujours là, rassurantes, éclairées par les rayons rasants du soleil au crépuscule. D'habitude, dans les moments de doute, la contemplation de ce disque contribuait à apaiser son esprit et son cœur. Il gardait en mémoire les paroles de Vallée Profonde, la prêtresse médiumnique du pic de Huashan : ce Bi noir étoilé, unique par la pierre immémoriale dans laquelle il avait été taillé, possédait des vertus magiques et donnait longue vie à qui avait la chance de le posséder...

Cependant, ce soir-là, le disque ne lui faisait pas l'effet habituel.

Du balcon de sa chambre, pourtant, la vue sur les montagnes environnantes était imprenable, mais ce spectacle de la nature se préparant à son repos nocturne ne calmait pas l'angoisse qui l'étreignait.

C'était l'heure où, au loin, les rochers s'ourlaient de rose et les branches des genévriers dessinaient sur le ciel délavé, où des colonies de nuages poussées par le vent du soir s'enfuyaient vers l'ouest, d'étranges striures qui ressemblaient à des Jiaguwen, ces craquelures que le feu laissait sur les carapaces de tortues ou les omoplates de béliers et dans lesquelles les devins pouvaient lire l'avenir. Lubuwei, précisément, se demandait ce que lui réserverait celui-ci...

Le thé vert était si chaud qu'il lui avait mis la gorge en feu.

Malgré la brûlure de ce breuvage aux relents poivrés, Lubuwei, qui venait à présent de s'asseoir dans un fauteuil de rotin au balcon de sa chambre, regardait pensivement ses plus jeunes poulains Akkal s'ébattre sur les prairies soigneusement clôturées par lesquelles se terminaient les pentes herbeuses de la colline aux chevaux au sommet de laquelle se dressait sa maison-forteresse.

Les chevaux célestes, ivres d'air pur, ravis de retrouver leurs pacages après l'étroitesse de leurs stalles, ornementaient leurs galops arachnéens de force croupades et ruades aériennes. Ces petites bêtes racées, aussi vives que des flammèches attisées par le vent, ne pouvaient pas se douter qu'elles étaient à l'origine de son extraordinaire destinée au royaume de Qin qui en avait fait, alors qu'il n'était qu'un simple marchand étranger invité à introduire dans le pays cette nouvelle race équine, le ministre des Ressources Rares, c'est-à-dire le deuxième personnage du gouvernement de l'État, après le roi et le Premier ministre... L'accession à ces hautes fonctions avait été le gage de reconnaissance de cette nation envers celui qui, en reconstituant le cheptel militaire du pays grâce à ces chevaux rapides comme le vent et prompts à la charge sur les champs de bataille, avait restauré la puissance du royaume et assuré sa suprématie sur ses belliqueux voisins.

Que de chemin avait été parcouru par ce royaume aux mœurs âpres depuis que Lubuwei, fort de la protection du disque de jade, avait, à l'initiative du vieux roi Zhong, quitté sa confortable situation de commerçant de Handan pour venir s'installer à Xianyang avec les plus beaux spécimens de ses élevages !

Si l'avenir du Qin, c'était une évidence, grâce à la

restauration de sa suprématie militaire, s'annonçait des plus glorieux, qu'en était-il du sien ?

Lubuwei venait d'offrir Zhaoji, la femme de sa vie, à Yiren, le nouveau roi du Qin. En abandonnant ainsi sa belle et douce amante à ce jeune roi, plus benêt encore que son père Anguo, ne laissait-il pas la proie pour l'ombre ? D'autant que, de surcroît, il l'avait mise enceinte. Voilà qu'au moment où cette femme incomparable s'apprêtait à lui faire un enfant, il confiait son destin à un autre...

Il avait même personnellement veillé à tout : le mariage et le couronnement de Yiren avaient été célébrés le même jour.

C'était la condition pour que le nouveau roi ne vît que du feu dans la manigance qui avait consisté à lui faire croire que l'enfant que Zhaoji attendait était de lui. C'était surtout pour éviter tout risque, ce qui était toutefois hautement improbable compte tenu de son attachement pour la jeune femme, que le souverain ne fût tenté, une fois monté sur le trône, de délaisser Zhaoji au profit d'une obscure concubine.

Les devins et les géomanciens, trop heureux d'obéir à l'homme fort du royaume, s'étaient prêtés de bonne grâce à l'exigence de Lubuwei. Le jour choisi avait été celui où, dans le cycle lunaire immédiat, selon l'arrangement des Troncs célestes et des Branches terrestres de l'almanach circulaire précieusement conservé par Accomplissement Naturel dans la bibliothèque de la Tour de la Mémoire du Pavillon de la Forêt des Arbousiers, les nœuds énergétiques étaient à leur plus haut niveau d'activité et de puissance, ce qui présageait aussi bien d'excellentes conditions atmosphériques que de parfaites conjonctures astrales.

La concomitance des deux événements avait été un casse-tête pour les responsables de l'étiquette. Le cas était unique et ne figurait dans aucun manuel ni traité rituel. Laquelle des deux cérémonies fallait-il privilégier ? Le dilemme avait occupé pendant un bon mois les services du ministère des Rites. Finalement, il avait été décidé que la cérémonie de l'intronisation du roi précéderait celle de son mariage, mais sans qu'il y ait le moindre temps d'arrêt entre les deux.

Le couronnement-mariage avait donc duré trois jours entiers ! Zhaoji venait d'entrer dans son sixième mois de grossesse. C'était pour le peuple de Xianyang, qui avait été convié à venir honorer les jeunes époux en les saluant depuis l'un des balcons de la façade du Palais Royal, un réel motif de satisfaction, après la stérilité de la reine Huayang. Ce fut une longue fête, plutôt étrange en raison des circonstances, où les banquets et les libations avaient succédé aux représentations théâtrales et aux danses, et les invocations célestes aux déclamations oraculaires des devins qui étaient venus lire les heureux présages, tant pour le royaume de Qin que pour les époux royaux, ainsi que l'achillée et l'écaille de tortue, mille fois sollicitées, les avaient livrés.

L'abondance des mets servis, que des serviteurs avaient redistribués en ville au fur et à mesure qu'ils ressortaient de l'immense salle où le couple royal banquetait avec le gouvernement, avait laissé un tel souvenir à Xianyang que l'on en a parlé encore des années après. Les orchestres et les carillons, disposés aux quatre coins de la ville, avaient dispensé au peuple les rythmes et la musique de la grande fête à laquelle il avait ainsi indirectement participé.

Ainsi, Lubuwei avait gagné... Zhaoji, étonnante de charme exquis et de beauté subtile, élégante comme les nuages verts de certains crépuscules, était maintenant reine du Qin.

De temps en temps, elle avait discrètement décoché une œillade complice à son amant. Elle avait fait ce choix, aussi, pour lui, d'un commun accord, au nom de leur amour. Après la naissance de l'enfant, ils pourvoiraient, comme ils l'avaient prévu, à son échange. Tout, jusqu'à présent, s'était déroulé parfaitement, il n'y avait aucune raison particulière pour que le reste ne suivît pas...

La cérémonie double s'était achevée trois jours après avoir commencé, dans la liesse populaire et l'attentisme – soigneusement camouflé derrière leurs flatteries des courtisans et des puissants. Ils savaient mieux que quiconque qu'à l'issue de cette nouvelle partie qui commençait, il y aurait forcément autant de gagnants que de perdants.

En y repensant, le marchand de chevaux célestes était si troublé qu'il n'arrivait même pas à retracer avec exactitude le concours de circonstances et le cheminement intellectuel qui les avaient conduits, Zhaoji et lui, à mettre en œuvre ce plan qui consistait à sacrifier sur l'autel du pouvoir suprême, tel un animal rituel, un amour aussi fusionnel...

*

Embrasse la Simplicité était, depuis des lustres, le chef incontesté du Carré des Géomanciens de la cour du Qin.

Il était entré adolescent dans le Service royal de Géomancie. C'était aujourd'hui un homme d'âge mûr. Après des années passées à observer les gestes de ses aînés, il avait appris sur le tas cette science complexe à laquelle il était d'usage de faire constamment appel à la cour du Qin.

De fait, la situation d'un événement dans l'espace et son orientation avaient autant d'importance que sa date. L'un des chapitres les plus importants du *Livre des Origines*, le *Shujing*, intitulé le *Yugong*, divisait déjà le territoire en régions géographiques orientées selon les quatre « quartiers » Fang. De même, le *Livre des Rites*, l'un des classiques confucéens les plus importants, affirmait que le monde terrestre était constitué de neuf régions de chacune mille li[1] carrés, séparées par les quatre océans. L'espace avait autant de valeur et d'importance que le temps.

Ainsi, Embrasse la Simplicité n'avait pas son pareil pour manier le Shipan, cette planche divinatoire, ancêtre de la boussole magnétique, dont la partie inférieure, de forme carrée, représentait la terre tandis que la partie supérieure, formée d'un cercle mobile, figurait le ciel et comportait les notations astronomiques nécessaires au calcul de la configuration astrale qui correspondait à un lieu et à un moment.

C'est lui qui avait notamment établi de façon précise le plan de la cérémonie des funérailles d'Anguo et l'ordonnancement de l'espace dans lequel le rituel s'était déroulé, de même qu'il avait précisé à l'architecte du tombeau du roi défunt l'endroit exact au centre duquel devrait s'élever le tertre de terre couronné par l'arbre Fusang.

Le géomancien avait pourtant été quelque peu surpris par la question de Lubuwei, lorsque le ministre des Ressources Rares était venu le rencontrer discrètement.

— J'aurais besoin que tu me dises quelle sera la direction la plus favorable dans deux mois lunaires exactement, compte tenu de la place qu'occuperont alors les vingt-huit « maisons célestes xiu », lui avait demandé Lubuwei, sans lui préciser que les deux mois correspondaient à la date prévue de l'accouchement de Zhaoji.

Le géomancien avait paru étonné par la requête mais, devant l'insistance de ce personnage important, il s'en était allé compulser ses deux manuels astrologiques, les *Pronostics des cinq planètes* et les *Mélanges sublimes des prévisions astro-météorologiques*.

Il s'était plongé dans leur lecture, avait longuement

1. Un li = cinq cents mètres.

vérifié la myriade de dessins stellaires qui y figuraient. Puis il avait manipulé lentement son Shipan. Après quoi, il avait déroulé deux cartes de soie sur sa table de travail.

— Quatrième point intermédiaire, au milieu du quatrième Fang ! Telle sera dans deux mois, à mon avis, la direction la plus propice, avait-il laissé tomber d'une voix morne.

En partant du Nord, Embrasse la Simplicité venait de désigner la direction qui menait vers le Sud-Ouest.

Vu de Xianyang, le Sud-Ouest correspondait à un immense territoire qui embrassait la portion occidentale de l'État du Chu et se prolongeait vers les royaumes du Shu et du Ba.

Au Shu commençait l'immensité de la plaine désertique dont les collines devenaient les contreforts des montagnes qui finissaient en toit du monde. Dans ces zones arides et caillouteuses, semées d'oasis luxuriantes, les influences turco-mongoles, parthes, sogdiennes et sassanides se faisaient sentir. Les commerçants sillonnaient déjà leurs routes dangereuses, apportant leurs coutumes, leurs langues et leurs biens.

Vers le sud du Ba, à l'intérieur de l'immense boucle formée par le fleuve Bleu, un climat plus humide dû aux remontées de la mousson favorisait les hauts plateaux fertiles qui étaient peuplés d'agriculteurs sédentarisés. Tout y poussait à foison : le navet Luobo, la châtaigne d'eau, les lotus, dont on servait les racines lors des repas de mariage, la patate douce et les bambous, dont les pousses Sun peuvent être assaisonnées de mille façons. On y cultivait aussi le riz non glutineux qui allait servir, quelques siècles plus tard et au grand dam des paysans, à payer ses impôts en nature lorsqu'on était cultivateur.

En somme, la direction du Sud-Ouest ouvrait les portes d'un autre monde dont l'immensité expliquait la variété des paysages et des climats ; un monde plus sauvage et moins policé que celui des royaumes du Centre, où la loi était encore celle des plus forts, où la vie était plus dure et les conditions d'existence plus rustiques : c'était vers ce monde exotique et incertain qu'il fallait aller à présent pour trouver cet enfant que Lubuwei comptait substituer à celui que Zhaoji portait en son sein.

Il restait trois petits mois pour trouver cet enfant et le ramener à la Cour.

Avant de choisir qui accomplirait cette mission ultra-secrète, Lubuwei avait envisagé toutes les hypothèses, y compris celle où il la mènerait en personne. Il avait rapidement conclu que c'était impossible en raison des soupçons que cela n'aurait pas manqué d'éveiller. Pour le remplacer, il ne voyait qu'un seul individu possédant le courage, la ténacité et surtout la discrétion nécessaires : l'Homme sans Peur.

Le géant hun était le seul à qui il pouvait confier une tâche aussi délicate sans qu'il soit obligé de lui en expliquer les tenants et les aboutissants. Le dévouement du Hun n'avait pas de limites. Son courage et sa force étaient sans bornes, à l'aune de son mutisme et de sa discrétion. De plus, il adorait les enfants. Nul doute qu'il mettrait le meilleur de lui-même pour trouver, dans l'immensité du Sud-Ouest que le géomancien venait de préconiser, le vrai jumeau astral de l'enfant de Zhaoji.

— J'ai à te parler d'une chose importante, dit Lubuwei au géant qu'il avait fait venir. Tu vas aller chercher un enfant qu'il faudra ramener à Xianyang dans trois mois jour pour jour, ni avant ni après.

L'Homme sans Peur le regarda d'un air quelque peu effaré.

— Tu as bien compris. J'ai dit trois mois exactement, ajouta Lubuwei.

— L'enfant doit-il être mâle ou femelle ?

Lubuwei se mordit les lèvres, il n'avait pas pensé au problème du sexe de l'enfant. Pour les échanger, ils devraient être du même sexe, mais il ne pouvait être question de demander au Hun de ramener deux nourrissons !

Il n'avait pas d'autre choix que de s'en remettre au hasard, ce qu'il n'aimait pas faire.

Il s'apprêtait à sortir de sa poche une piécette de bronze pour la lancer en l'air lorsque, soudain, lui vint l'intuition que l'enfant qu'attendait Zhaoji ne pouvait être qu'un garçon. Il eût été incapable d'en expliquer les raisons, mais c'était comme une évidence qui s'imposait naturellement à son esprit.

— Ce sera bien entendu un enfant de sexe masculin ! s'empressa-t-il de répondre.

— J'ai bien compris. Dans trois mois, ce devra être fait. Mais où dois-je aller le prendre ? Chez qui habite-t-il ? questionna fébrilement le Hun.

— Je n'en sais rien... Tu ramèneras ici le nouveau-né que tu auras trouvé dans un village ou une ville des pays de Shu ou de Ba. Il ne devra pas être né depuis plus d'une semaine. Peu m'importe l'endroit, pourvu qu'il soit né dans une zone précise située au sud-ouest du royaume de Qin. Je te fournirai une carte qui t'indiquera le nom des villes par où tu devras passer.

Le géant hun ouvrait des yeux aussi grands qu'il était étonné. Mais tout ce qui venait de Lubuwei ne pouvait, de son point de vue, prêter à objection tant il lui faisait confiance.

— Quand devrai-je partir ?

— Dès demain. Tu chevaucheras vers le grand Sud-Ouest au moins pendant cinq semaines, jusqu'à ce que tu trouves un enfant qui vient à peine de naître. Il faut qu'il soit vigoureux, vif et bien constitué. S'il porte sur le corps un signe particulier, un grain de chance, par exemple, ou quelque chose d'approchant, ce sera encore mieux. Tu enlèveras le nouveau-né à sa mère sans qu'elle sache que tu l'as fait et tu réquisitionneras une nourrice pour qu'il arrive ici en bonne santé dans trois mois lunaires, expliqua Lubuwei.

— Partirai-je seul ?

— Bien entendu. Toi et moi serons ainsi les seuls à partager le secret des circonstances de sa découverte. D'ailleurs, tu n'as besoin de personne pour t'aider à remplir cette tâche. Tu es assez fort !

L'Homme sans Peur s'était approché du marchand et le regardait avec reconnaissance, tout ému qu'il était de la confiance que celui-ci lui témoignait.

— Je partirai au petit jour et serai de retour dans trois mois exactement, promit-il à Lubuwei avant de s'incliner respectueusement.

*

L'Homme sans Peur avait donc quitté Xianyang dès l'aube, en direction du grand Sud-Ouest.

Il comptait passer au Chu, en traversant la Han sur le Pont-Crocodile, puis, avant d'arriver à Ying, bifurquer vers l'ouest comme le lui avait indiqué Lubuwei. Il montait un destrier immense, réputé pour son endurance, et n'avait emporté pour toute arme que sa longue épée de bronze à poignée de jade. Son long manteau en poil de chèvre recouvrait la croupe de sa monture. Il avait relevé ses cheveux graissés à l'huile en un chignon à la manière de ses ancêtres de la steppe, ce qui lui donnait un air de vrai Hun sanguinaire. C'était une apparence destinée à intimider les maraudeurs et à les dissuader de trop s'approcher.

Le géant hun ne cherchait pas à comprendre ce que son maître lui avait demandé.

C'était un bon soldat loyal et fidèle. Les directives du marchand étaient aussi indiscutables que son autorité. Il n'avait plus désormais qu'un seul but : ramener à Lubuwei le premier nouveau-né vivant qu'il trouverait dans un mois lunaire et demi environ, après avoir chevauché sans s'arrêter dans la direction indiquée par son maître, puis revenir à Xianyang de telle sorte que l'enfant n'ait pas plus de trois mois.

Lubuwei lui avait fourni une carte dessinée sur une peau de mouton où figuraient les noms de Shu et de Ba, les capitales des principautés homonymes. C'était vers ces deux villes qu'il devait se diriger. Alors, il se trouverait en territoire propice et il ne lui resterait plus qu'à trouver l'enfançon.

La traversée du pont-forteresse se fit sans incident. Devant son apparence barbare, les gardes du Chu, qui attendaient les voyageurs sur l'autre rive, le laissèrent passer sans insister ni demander le moindre sauf-conduit. D'une façon générale, personne n'osait s'en prendre à lui ni lui demander quoi que ce soit. Lorsqu'il achetait sa nourriture à des marchands ambulants postés sur le bord des routes, il n'était pas rare que ceux-ci, après lui avoir donné d'une main tremblante ce qu'il souhaitait, déguerpissent en toute hâte de peur que le géant au faciès aussi intimidant que la taille ne les étripe.

La chevauchée de l'Homme sans Peur se déroulait donc sans encombre et à vive allure. Déjà, le paysage avait changé. Les zones montagneuses qu'il avait abordées, après avoir bifurqué vers l'ouest sur la route qui menait à Ying, étaient beaucoup plus luxuriantes et humides. Il y régnait une entêtante odeur de mousse et de champignons. Disposées en terrasses à flanc de pente, des rizières exposaient au soleil la surface laquée de leurs eaux d'irrigation. Là, plongées dans l'eau jusqu'à mi-cuisse, vaquaient des femmes accompagnées d'un buffle qui tirait l'araire.

Les paysages étaient différents de ceux du Qin et des royaumes voisins du Zhao ou du Han. Les pluies y étaient beaucoup plus abondantes et le soleil tapait dur en été. La nature était plus hospitalière, plus généreuse, mais aussi plus inquiétante. Derrière les fleurs aux diaprures éclatantes et les lianes aux courbes généreuses se cachaient souvent des insectes et des bestioles qu'il valait mieux ne pas toucher : araignées venimeuses si petites qu'on ne soupçonnait pas leur présence ; serpents à la morsure mortelle, tapis dans les branches dont ils épousaient la forme et la couleur ; mille-pattes de la taille de la main, capables de provoquer les pires démangeaisons sur la peau du ventre lorsqu'ils se faufilaient sous les vêtements de leur victime endormie. Sans compter les autres animaux qui peuplaient ces forêts demeurant obscures alors qu'il faisait grand jour tant elles étaient denses : singes hurleurs, capables de se jeter sur un homme à plusieurs et de lui déchiqueter la face, ou encore félins rôdant la nuit venue à la recherche d'une proie qui n'avait pas leur vision nocturne, depuis le chat sauvage craintif mais redoutable carnassier jusqu'au tigre rayé mangeur d'hommes.

Dans le grand Sud-Ouest, la faune était aussi dangereuse que la flore était belle.

Tout cela ne troublait pas le moins du monde le géant hun qui continuait imperturbablement son voyage à l'aide de la carte de Lubuwei. Il la consultait chaque soir au bivouac pour s'assurer qu'il allait sur la bonne route.

Quand il avança plus loin vers l'ouest, l'exubérance de la forêt laissa place à un paysage plus minéral. Les plantes, désormais moins touffues, devaient composer avec les énormes blocs granitiques que les lichens maculaient de taches dorées que l'on pouvait confondre avec les salamandres venues se réchauffer au soleil après la pluie.

Il traversa encore d'immenses bambouseraies où des colonies d'oiseaux venaient faire leur nid. Leurs cris résonnaient, amplifiés par les fûts sonores constitués par ces arbres, provoquant ceux, bien plus stridents, des singes.

Il avait à présent quitté la région du riz pour entrer à nouveau dans celle du millet et des élevages. Il retrouvait les couleurs, les sensations et les contrastes qu'il pouvait éprouver dans la campagne autour de Xianyang, mais en plus dense, en plus fort et en plus heurté, car il était déjà à un bon millier de li au sud.

Par paliers successifs, tel un gigantesque escalier parcouru par les torrents et les cascades, le plateau granitique descendait jusqu'à l'immense plaine herbeuse parsemée de collines et de lacs.

Un soir, au détour de la route étroite qui descendait en lacets d'un éboulis provoqué par l'effritement du rebord du plateau vers cet immense pâturage, l'Homme sans Peur aperçut devant lui, poudroyant dans les rayons du crépuscule, le frémissement coloré de tuiles vernissées.

C'étaient les toits de la petite ville commerçante de Ba, nichée entre deux collines boisées, au bord d'une rivière aux berges herbeuses où il pouvait distinguer des troupeaux de moutons et de chèvres qui pacageaient. Enserré par les toits qui semblaient monter à son assaut, un petit château fort aux tours crénelées dominait cette grosse bourgade. Au sommet de la tour centrale de l'édifice flottait une oriflamme verte.

Vers l'est s'étendait une immense plaine où des paysans devaient avoir allumé des brasiers. Il voyait nettement en effet, malgré la distance qui l'en séparait, des flammes qui paraissaient sortir du sol.

Il fit arrêter son cheval et compta les jours qu'il avait marqués au moyen d'une petite encoche faite sur la bordure de sa selle. Il y avait trente-huit entailles dans le cuir, cela faisait plus d'un mois qu'il avait quitté Xianyang. Il était au terme de son voyage aller. C'était à Ba, ou dans ses alentours immédiats, qu'il fallait donc chercher l'enfant qu'attendait Lubuwei. Il lui restait une bonne semaine pour trouver ce nouveau-né qui n'avait pas encore vu le jour, puisque son maître lui avait expressément recommandé de ramener un enfant qui devait avoir moins de huit jours lorsqu'il le trouverait. En serviteur zélé et honnête, le géant hun comptait bien respecter à la lettre les directives du ministre des Ressources Rares du Qin.

Cela lui fit tout drôle de se dire que l'objet de sa grande quête, pour lequel il avait déjà effectué un aussi long périple, n'était pas encore de ce monde.

Il était à présent suffisamment proche du petit château fort pour distinguer le dessin noir ornant l'oriflamme qu'un fort vent d'est avait déployée et permettait de voir. L'Homme sans Peur distinguait un animal. Mais le drapeau bougeait tellement, à cause de la violence du vent, qu'il n'arrivait pas à distinguer s'il s'agissait d'un tigre ou d'un chien. Tigre et chien étaient deux animaux qu'il n'aimait pas. Il préférait les chevaux et les ours. En s'approchant, il vit que l'oriflamme était ornée d'un tigre. Or il préférait encore le chien au tigre.

Alors, il donna du pied pour que son cheval accélère l'allure. Superstitieux, il avait décidé de laisser de côté cette petite ville plutôt attirante, mais qui était placée sous le signe d'un animal néfaste à ses yeux, pour se diriger vers les feux qui brillaient à présent, la nuit étant tombée, au loin, dans cette plaine sombre et désolée.

Une force invisible semblait l'attirer vers ces foyers rougeoyants.

L'Homme sans Peur partit au grand galop en direction des feux.

36

Toute la ville de Xianyang était en liesse et se préparait à la grande fête nocturne.

Certains avaient sorti les flacons de vin, d'autres les tambourins et les crécelles. Les enfants ne seraient pas grondés, s'ils faisaient des bêtises ou allaient jouer à cache-cache dehors, après le coucher du soleil, en faisant exploser des pétards. Des bougies et des lanternes avaient été accrochées aux fenêtres, des milliers de flammes scintilleraient du crépuscule jusqu'au matin pour célébrer la naissance de l'héritier du royaume de Qin.

Zhaoji avait la chance pour elle. Lubuwei, de son côté, ne s'était pas trompé.

L'enfant qu'elle avait eu était bien un garçon, un beau petit mâle au nez pointu et aux cheveux aussi luisants que noirs, collés sur son crâne comme un bonnet.

De grands panneaux de bois sur lesquels avaient été calligraphiés à la peinture noire les caractères « Le prince Zheng est né, longue vie à lui ! » avaient été placardés, afin que nul n'en ignore, au balcon de la Tour de l'Affichage dès le lendemain de la naissance de l'enfant royal.

À peine avaient-ils été accrochés qu'une foule de badauds était venue lire la bonne nouvelle.

Ainsi, il pouvait être dit que le roi Yiren, contrairement à Anguo, avait assuré sa descendance quelques mois à peine après être monté sur le trône. Cela constituait en outre le plus heureux des présages pour la gloire du Qin et la puissance à venir de l'illustre lignée de ses rois.

Restait à savoir si l'heureux événement donnerait lieu à la traditionnelle ristourne d'impôts pour les contribuables, comme le bruit en avait couru dès l'annonce de cette naissance. Chacun l'espérait en secret mais n'osait trop s'en réjouir publiquement de peur d'être fiché comme individu récalcitrant par le Bureau des Rumeurs. Au demeurant, une telle perspective n'était pas non plus pour rien dans la joie qu'éprouvaient ce jour-là les citoyens du Qin !

Le couple royal avait ainsi donné le nom de Zheng à son premier enfant. La détermination de cette appellation n'avait pas prêté à une longue discussion. Lubuwei, qui était aussitôt accouru présenter ses hommages à la jeune reine – ce qui lui permettait de voir, au passage, à quoi ressemblait son fils , avait également été convié par Zhaoji à participer à ce choix.

Lorsqu'il prit le petit Zheng pour la première fois dans ses bras, après que le roi Yiren fut sorti de la chambre de Zhaoji pour aller vaquer à ses royales occupations, Lubuwei, instantanément, éprouva une émotion et une joie intenses. Il avait pleinement conscience qu'il tenait là, avec ce poids infime, troussé dans un nuage de soie que traversait la tiédeur de son corps minuscule, la chair de sa chair. Il n'avait jamais ressenti une telle sensation de trouble et d'attirance. C'était si fort que ses yeux se mouillèrent de larmes. Il déploya de grands efforts pour refouler son émotion. Le bébé gigotait dans ses bras. Il aurait voulu embrasser avec ferveur le petit front du nourrisson pour sentir la douceur de sa peau et l'odeur des traces blanchâtres et roses que les entrailles de sa mère y avaient laissée. Il dut maîtriser ses élans et ses gestes car, autour de la reine, s'affairaient une vingtaine de sages-femmes et de gouvernantes.

L'enfant royal n'était pas, à proprement parler, ce qu'on appelle d'ordinaire un beau bébé. Du moins ne suscitait-il pas ce genre de commentaire. La vigueur dont il faisait preuve en redressant la tête pour regarder autour de lui, les yeux grands ouverts, tout ce qui se passait ne pouvait que frapper et l'emportait sur toute autre considération : il serait vif. Son petit visage encore plissé comme un chou, sur lequel les volutes de sa calotte de cheveux noirs étaient restées collées, laissait présager qu'il aurait un grand nez. Sa force vitale semblait très puissante. C'était déjà un vrai petit homme. Et de cela, son père, encore tout ému, était à la fois étonné et fier.

Lubuwei n'avait désormais qu'une hâte : que le retour de l'Homme sans Peur entraîne une substitution rapide et lui permette de récupérer son fils.

Il était persuadé que l'arrivée de cet enfant allait changer le cours de sa vie. À sa profonde surprise, cette naissance donnait à son existence un sens nouveau. Il se projetait dans son rôle de père. Il voyait tout ce qu'il pourrait désormais faire partager à son petit Zheng ; tout ce qu'il lui apprendrait ; tout ce qu'il lui donnerait, cette somme immense de richesses et surtout ces trésors d'expérience que sa vie lui avait permis d'accumuler. Il en ferait aussi un cavalier émérite et un archer hors pair, car il voulait que sa culture fût aussi grande que son agilité physique. Ils partiraient ensemble chevaucher dans la steppe pour y capturer les plus beaux chevaux sauvages. Il le formerait à l'art de la négociation commerciale et aux affaires financières. Il lui montrerait comment on sélectionne les bonnes marchandises en mettant les fournisseurs en concurrence et ce qu'il faut d'astuce et de ruse pour arriver au juste prix d'un bien. Il lui ferait prendre des cours de peinture et de calligraphie auprès des plus grands peintres et calligraphes du royaume...

En somme, il comptait bien lui transmettre avec patience et amour ce qu'il y avait de meilleur en lui-même afin que Zheng fût un homme complet, un vrai gentilhomme.

Lubuwei tenait enfin son héritier !

Il ressentait donc une joie profonde, mais aussi un singulier apaisement. Cette naissance mettait du baume sur une blessure ancienne et toujours vive dont il ne parvenait pas à guérir. Il pensait à sa mère Diffuse la Lumière dont il avait appris la mort trois ans plus tôt, alors qu'elle remontait déjà à cinq années.

Il se souvenait de la culpabilité qu'il avait éprouvée alors. En refaisant sa vie au Qin, il avait tourné la page de tout ce que représentait le Zhao, ses origines, sa famille, ses racines. Il avait foulé aux pieds tout sentiment de piété filiale en laissant derrière lui sa mère à Handan errer comme une ombre dans le Palais du Commerce, attendant son hypothétique retour. Elle l'avait attendu plus de dix ans avant de mourir, pensait-il, de tristesse. Il aurait tant souhaité qu'elle connaisse son petit-fils ! Une nuit prochaine, sûrement, l'esprit de Diffuse la Lumière viendrait en cachette se pencher sur son berceau...

Cette perspective, parce qu'elle atténuait ses remords, contribuait à le réconforter.

Quand il quitta, euphorique, les appartements de la reine afin de revenir sur sa colline, il s'arrêta en chemin pour contempler le spectacle qui s'offrait à lui.

La lune déjà haute éclairait les écuries au toit en forme de navire retourné qu'il avait encore fait agrandir. Le vent poussait des nuages qui éclipsaient l'astre nocturne par intermittence. Il lui sembla que ces pulsations lumineuses faisaient tanguer ce grand bateau immobile, comme s'il voguait sur un fleuve au cours puissant. Il s'imagina en compagnie de son fils sur ce navire qui inspirait la force.

À deux, ils vogueraient sur les longs fleuves dont les berges borderaient des contrées inconnues. Rien ne résisterait à la puissante étrave de leur vaisseau.

Jusqu'où, avec le petit Zheng, n'irait-il pas ?

*

Il n'avait pas fallu longtemps à Huayang, en mère attentive qu'elle n'avait pu être, pour tenir à Zheng, dont elle se serait bien vue être la grand-mère, comme à la prunelle de ses yeux. Elle tenait enfin sa revanche !

Elle aimait déjà autant l'enfant de Zhaoji que s'il avait été son propre petit-fils. À peine était-il sorti du ventre de sa mère qu'elle l'avait pris des bras de la sage-femme qui avait aidé la reine à accoucher. Elle avait longuement regardé ses pupilles encore bleues, ouvertes comme le col d'un petit vase, encadrant un nez qui serait long et pointu. Elle lui avait murmuré :

— Bienvenue, ô prince du Qin ! Tu régneras sur un immense royaume ! en caressant avec tendresse ses mains minuscules.

Puis elle l'avait rendu aux bras de sa mère qui lui avait fait goûter le sein. Il avait fallu qu'une dame de compagnie la tirât doucement par la manche pour qu'elle sorte de la contemplation immobile où elle s'éternisait.

Ce bébé était un peu le sien...

Soucieuse d'assurer l'avenir le plus radieux et le plus éclatant à cet enfant, elle avait décidé de se livrer quotidiennement à un exercice de méditation et de concentration destiné à renforcer son souffle vital et ses forces intérieures.

Pour l'accomplir dans les règles strictes préconisées par Wudong, qui les tenait de son père, lequel les tenait du sien, elle avait demandé au médecin de la Cour Ainsi

Parfois d'examiner le nourrisson sous toutes les coutures pour établir une sorte de descriptif complet de son corps destiné à être consigné en un écrit. Ce serait là son « corps écrit ».

À partir de ce texte, qu'un calligraphe transcrirait sur une simple planchette de bambou, elle disposerait d'une trace matérielle parfaitement représentative du petit Zheng. Ce qui était, en quelque sorte, le « résumé écrit » du corps de l'enfant servirait de support à toutes sortes d'exercices bénéfiques pour lui. Cela irait de la simple méditation, avec focalisation des souffles internes de Huayang en direction de la planchette, jusqu'à la plongée de celle-ci dans du lait de stalactite ou du suc de jade (les deux étant des mixtures alchimiques destinées à conférer l'immortalité), en passant par l'exposition du « corps écrit » de l'enfant aux fumerolles bienfaitrices d'un brûle-parfum Boshanlu. Huayang pourrait aussi frotter la planchette contre des plantes médicinales fortifiantes, ou encore contre d'autres tablettes votives portant des caractères bienfaiteurs comme « bonheur », « longévité », « prospérité » ou « courage ».

Grâce à ce certificat descriptif, elle comblerait l'enfant de multiples bienfaits et mettrait à son service toutes les techniques régénératrices que le grand prêtre taoïste exilé lui avait transmises.

Après avoir obtenu l'accord de Zhaoji, qui n'y avait vu que des avantages, Huayang fit donc venir Ainsi Parfois, accompagné d'un scribe, dans la chambre de la reine.

— Peux-tu examiner le corps de cet enfant et dicter au scribe tout ce que tu vois, comme si tu voyageais dans un paysage, lança-t-elle au médecin d'un ton comminatoire.

L'autre, qui n'en menait pas large et craignait par-dessus tout cette femme que chacun, à la Cour, considérait comme dominatrice et manipulatrice, s'exécuta sans tarder.

— Dois-je commencer par la tête ou par les pieds ? demanda-t-il en bafouillant.

— Par les pieds, voyons ! Le monde ne part-il pas de la terre ? répondit Huayang, agacée.

Ainsi Parfois prit le bébé, le dévêtit et le posa sur une table. L'enfant commença à pleurer, ce qui eut pour effet d'inquiéter Zhaoji qui se dressa sur son lit.

— Ce n'est rien, ma chérie, lui dit doucement la reine mère. Ces pleurs ne comptent pas à côté des bienfaits que l'enfant en tirera...

Pendant que le médecin dictait, le scribe, dos voûté et langue pendue par l'attention et l'effort, transcrivait au stylet sur la planchette en écriture ordinaire Kaishu. Ainsi Parfois commença par les petons de l'enfant pour finir par son crâne. Sa description était aussi précise que celle du carnet de route d'un voyageur explorant une contrée inconnue et souhaitant faire partager au lecteur ses découvertes et ses émotions.

Elle occupa le scribe une matinée entière.

« En remontant par les cuisses charnues de la longueur d'une paume et deux pouces, après que l'on a traversé les jambes légèrement arquées, on arrive aux petites fesses parfaitement rondes et lisses comme deux pêches accolées... Sur le quart nord-ouest de la fesse droite, il porte un grain de chance. »

Et ainsi de suite, ce furent les mots du médecin qui explora avec minutie le territoire du corps de l'enfant.

À la fin de l'examen, le scribe avait gravé sur la planchette pas moins de dix colonnes de vingt caractères Kaishu.

Ce texte constituait la description exhaustive du corps de Zheng et son évocation par l'écriture. C'était son « corps écrit », sa représentation gravée au stylet qui vaudrait, les exercices venus, présence réelle. Huayang garda l'original, qu'elle plaça dans sa chambre, et en fit graver un double qu'elle confia, à toutes fins utiles, à la mère de l'enfant.

Depuis ce moment-là, il ne se passa pas de jour où elle ne s'adonnât à des exercices bénéfiques devant le « corps écrit » du futur roi du Qin. C'était pour la reine une façon de combler le vide que sa stérilité avait provoqué en elle. Perdue dans la contemplation du petit texte, elle pouvait méditer devant la planchette pendant des heures. Elle en sortait apaisée et heureuse, sûre de contribuer à la gloire future du prince héritier et à la force de son souffle vital.

Elle ne mesurait pas, et pour cause, car elle ne les connaîtrait jamais complètement, les conséquences de ce geste qu'elle avait décidé d'accomplir pour le bien du futur roi du Qin.

Car ce « corps écrit » ne tarderait pas à bouleverser les données du plan échafaudé par Zhaoji et Lubuwei, provoquant un événement qui irait, du tout au tout, changer le cours des choses.

*

L'Homme sans Peur, soucieux de respecter son engagement vis-à-vis de Lubuwei, était arrivé à Xianyang trois mois jour pour jour après son départ.

Il s'était arrangé pour y entrer de nuit afin de ne pas éveiller l'attention. Il portait sur son épaule un sac dans lequel dormait l'enfant emmailloté.

Le matin même, il avait vendu pour une somme dérisoire la nourrice qui l'avait accompagné pendant le voyage à un marchand de tissus qui dormait dans la même auberge que lui. La pauvre fille, que la crasse et la boue du voyage n'arrivaient pas à rendre laide, n'avait même pas eu l'idée de protester tant l'Homme sans Peur, par son mutisme et sa haute taille, l'avait terrorisée tout au long du parcours. Le marchand de tissus était volubile, c'était déjà ça ! Cet homme avait d'ailleurs sauté sur l'occasion d'acheter à bas prix une esclave qui était loin de paraître hors d'usage. Il avait accepté de payer sans discuter le prix que le géant hun avait proposé.

Ce dernier, à peine entré en ville, décida de se rendre sans tarder chez Lubuwei.

Ce fut Intention Louable qui lui ouvrit la porte sur laquelle il avait à peine frappé trois coups légers. Elle portait son fils Zhaogao dans ses bras. Le marchand l'avait installée chez lui depuis qu'il l'avait ramenée de Handan. Elle venait de donner à Zhaogao sa tétée nocturne et avait entendu des bruits de pas et de sabots. Elle ne fut pas surprise devant l'immense silhouette familière apparue dans l'embrasure. Elle remarqua, en revanche, que le géant hun tenait une sorte de couverture enroulée d'où s'échappaient des vagissements sonores qui ressemblaient à des pleurs de bébé...

L'enfant, qui devait avoir faim, agitait vigoureusement ses petites jambes et ouvrait grand la bouche, à la recherche d'un sein nourricier.

L'Homme sans Peur paraissait troublé au plus haut point par ces pleurs aigus. Il fit mine de tendre la couverture enroulée à Intention Louable. Celle-ci lui dit d'attendre là et s'en fut coucher Zhaogao. Quand elle revint, elle prit la couverture et fit signe au géant de l'accompagner à l'étage, dans le salon de musique où Zhaoji s'était exercée à jouer du luth.

C'est là, dans la pénombre de la pièce, qu'elle posa la couverture sur le coussin d'un fauteuil et la déroula.

Les vagissements redoublèrent d'intensité. Alors, elle s'empara du petit corps avec d'infinies précautions et découvrit sa poitrine pour y porter le visage de l'enfant. Aussitôt, les pleurs se calmèrent et on vit le petit nez s'enfoncer dans la douce tiédeur de ses seins et la bouche, au départ tâtonnante, ne pas tarder à trouver le téton nourricier pour s'en emparer avec voracité.

Une fois la tétée achevée, elle posa délicatement le nourrisson sur le grand tapis orné de fleurs et de plantes, au pied du carillon à monolithes, et commença à défaire les bandelettes dans lesquelles il était troussé pour le remettre au sec. À en juger par l'effroyable odeur de ses langes, ce n'était pas superflu. Elle entendit alors que l'on venait d'entrer dans la pièce.

C'était Lubuwei, que le bruit et les pleurs avaient réveillé. Il tenait une torchère et, pour ne pas perturber l'enfant qui s'était calmé, s'était approché en silence.

Sur le tapis de fleurs et de plantes, le bébé était entièrement nu. Lubuwei se pencha par-dessus l'épaule d'Intention Louable.

Le bébé bougeait ses membres en poussant des cris de contentement. Il était magnifique. Son corps de petit homme était déjà superbement proportionné et l'ovale de son visage, éclairé par des yeux rieurs en amande, parfaitement dessiné. Sa chevelure châtain aux brins bouclés brillait de reflets dorés.

— Quel âge a-t-il ? demanda Lubuwei à l'Homme sans Peur.

— Moins d'un mois. J'ai fait un peu plus vite pour le retour que pour l'aller. Je connaissais déjà le chemin. N'est-il pas adorable ?

Le géant fit une grimace à l'enfant qui eut l'air enchanté.

— L'Homme sans Peur, tu ferais une bonne nourrice si tu pouvais avoir du lait ! fit Lubuwei, amusé.

Le bébé, aux anges, continuait à gazouiller tandis que la main immense du géant lui caressait le menton.

Le marchand était satisfait. L'enfant ramené par le Hun était magnifique et son petit corps parfaitement proportionné. Il paraissait énergique. Au dire du géant, il avait moins de dix jours d'écart avec son propre fils. À cet âge, la différence ne serait pas perceptible et chacun ne verrait que du feu à la substitution.

Intention Louable venait de mettre le bébé sur le ventre pour nettoyer avec un linge mouillé d'onguent ses petites fesses déjà potelées.

— Je vois une marque bizarre sur sa fesse gauche !

Comme c'est étrange ! s'écria le marchand en sursautant.

La jeune femme, surprise elle aussi, prit le bébé sous le ventre pour mieux l'examiner. Elle le posa bien à plat sur ses genoux et fit signe à Lubuwei d'approcher la torchère.

La marque était bien là. La peau y était plus épaisse et presque grumeleuse. Sa forme parfaitement ronde formait indubitablement un cercle rose. En regardant de plus près, on pouvait voir qu'un autre cercle, fait de peau normale celui-là, trouait le premier comme le centre d'une cible. La marque épousait la forme d'un petit disque rituel.

— Il a comme un Bi marqué sur la peau ! s'exclama Intention Louable.

— Je ne l'avais pas vu. Je ne l'ai jamais déshabillé..., bredouilla l'Homme sans Peur comme s'il avait des excuses à fournir.

— Mais ça n'est pas une tare ! Tout au contraire ! rétorqua le marchand avec vivacité, la voix tremblante d'émotion.

La découverte de ce dessin naturel sur la peau du bébé le stupéfiait au plus haut point. Il ne s'attendait pas à y trouver cette empreinte extraordinaire. Il pensa bien sûr à son Bi noir étoilé... Pareille coïncidence, qui ne lui paraissait nullement fortuite, ne faisait qu'accroître son émotion. Il se remémorait une fois de plus la prédiction de Vallée Profonde.

C'était la première fois qu'il voyait une marque de ce genre. Il constata aussi que cette découverte le troublait, commençait même à l'inquiéter. Que cachait-elle ? Quel dieu ou quel magicien avait ainsi marqué l'enfant ? Était-ce favorable ? Quel lien existait-il avec le Bi de jade ? Il brûlait déjà de le savoir tant cette coïncidence ne lui semblait pas fortuite.

Il attendit qu'Intention Louable eût fini de langer le nourrisson pour le prendre dans ses bras. Ce dernier, repu, lui sourit en gazouillant à nouveau. Cela calma quelque peu son anxiété. Puis Intention Louable l'emporta pour le coucher à côté du petit Zhaogao.

Lubuwei avait hâte maintenant de présenter à Zhaoji le fruit de la mission qu'il avait confiée à l'Homme sans Peur. N'avait-elle pas été couronnée de succès ? Le Hun avait parfaitement rempli son contrat.

Dès le lendemain, il demanda à Intention Louable de l'accompagner au Palais Royal pour présenter l'enfant à la jeune reine.

— Il est adorable ! Il est mignon comme un loriot ! s'exclama Zhaoji lorsque Intention Louable lui dévoila les charmes potelés du nouveau-né et son visage aux traits fins.

La veuve de Zhaosheng avait entrepris de déshabiller entièrement l'enfant afin que la reine pût examiner son petit corps sous toutes les coutures. Lorsque celle-ci aperçut la marque sur la fesse, elle eut un moment de stupeur. Elle parut vouloir dire quelque chose mais s'abstint de toute réaction immédiate. Elle paraissait défaite, abattue. Lubuwei, conscient du désarroi que la marque sur la chair de l'enfant avait provoqué chez la reine, fit signe à Intention Louable de sortir de la chambre pour rester seul avec Zhaoji.

— Cette marque, ce signe du ciel, est une pure catastrophe ! Elle nous empêche de procéder à la substitution prévue, souffla-t-elle à son amant.

Elle était au bord des larmes.

— Tu parles pour ne rien dire ! lança Lubuwei, surpris et quelque peu excédé par le ton employé.

Accablée, la jeune femme lui tendit son exemplaire de la planchette du « corps écrit » de Zheng. L'enfant, qui dormait dans son berceau à côté de sa mère, commença à gazouiller. Le bruit que faisaient ses parents l'avait réveillé.

— Lis ! Cette marque ne figure pas sur la planchette ! Nous ne pouvons pas substituer cet enfant à notre petit Zheng... Si nous tentions de le faire, toute la Cour, désormais, apprendrait la supercherie, murmura-t-elle en étouffant un sanglot.

— Mais qui donc a osé faire dresser ce constat aussi précis de la morphologie de notre enfant ? s'emporta Lubuwei qui lisait avec attention le texte consigné par le scribe.

— C'est Huayang. Elle l'a fait pour le bien de Zheng, pour avoir un support physique afin d'accomplir avec lui ses expériences et ses méditations bienfaitrices comme s'il s'agissait du corps réel de notre enfant. Elle appelle ça son « corps écrit ». C'est un terme employé par les taoïstes. Elle tient cette méthode du grand prêtre Wudong !

— C'est incroyable ! Je crois rêver !

— La pauvre ne se doutera jamais des conséquences de son geste ! Et dire qu'elle a agi ainsi en croyant bien faire, pour le bonheur de notre enfant..., ajouta Zhaoji qui pleurait à présent à chaudes larmes.

Les deux amants se jetèrent dans les bras l'un de l'autre. Tout leur plan à venir s'effondrait. Le stratagème envisagé tombait à l'eau. Pour Lubuwei, le coup était terrible. En l'absence de substitution, Zheng resterait le fils de Yiren et échapperait définitivement à son vrai père.

— Quand a-t-elle fait procéder à ce relevé cadastral du corps de mon fils ? se lamenta le marchand de chevaux célestes.

— Il n'y a pas trois jours ! C'est si irréel que je n'ose y croire, gémit la reine.

Lubuwei, abasourdi, ne savait que répondre. À trois jours près, leur manigance aurait pu réussir en permettant de substituer à Zheng l'enfant ramené par le géant. Mais à présent, c'était tout l'édifice qu'ils avaient construit qui s'effondrait comme s'il avait été emporté par un torrent. Trois petits jours avaient suffi à faire basculer le destin de deux parents et de deux enfants, et, partant, le destin d'un royaume...

— La seule chose qui me console, reprit Zhaoji qui paraissait un peu moins défaite que le marchand, c'est que notre fils, ton fils, Lubuwei, deviendra un jour le roi du Qin !

— Mais y a-t-il un sens à tout abandonner à ce royaume où je ne suis même pas né ! À me dépouiller d'un fils qui ne connaîtra jamais l'identité de son père ! C'est horrible ! s'écria Lubuwei en serrant les poings.

— Zheng restera ton fils ! Il sera notre fils. Il sera roi !

Le marchand frissonna puis regarda Zhaoji. Les yeux et le visage de la reine exprimaient autant de tristesse que de fierté.

— Et si je refusais de m'y résoudre ? rugit-il, hors de lui.

Elle alla vers lui et le prit dans ses bras. Elle lui fit signe de parler moins fort, on pouvait les entendre et il ne le fallait pas.

— Que faire d'autre, que proposes-tu ? Les dés ne sont-ils pas jetés ? Ne faut-il pas accepter ce signe du destin ? chuchota-t-elle, anxieuse.

— Je n'ai que faire de tous ces signes ! Je veux mon fils !

Elle ne lui avait jamais entendu une voix aussi rauque.

— Dans ce cas, pense aussi à lui, à notre fils qui sera malgré nous le roi du Qin ! insista-t-elle en désignant le berceau où le petit Zheng dormait de nouveau à poings fermés.

On frappa à la porte, en même temps que l'on pouvait entendre, plus assourdi, le bruissement de la soie des robes. Des dames de compagnie, sans doute, qui venaient prendre soin de la reine.

— Tu as raison. Et ça, c'est la nouvelle importante..., parvint-il à articuler, effondré tel un arbre foudroyé.

Puis il l'embrassa furtivement et alla ouvrir la porte. Les dames entrèrent, jacassantes dans leurs tuniques brodées, tenant des linges et des plateaux, suivies d'Intention Louable venue récupérer l'enfant à la marque. Alors Lubuwei salua la reine avec cérémonie avant de repartir comme si de rien n'était.

*

Lorsqu'il se retrouva sur le chemin qui menait chez lui, Lubuwei, sonné au plus profond de son être, marchait comme un somnambule.

Devant lui avançait Intention Louable, qui portait le bébé dans un panier et ne se doutait de rien.

Le marchand avait l'impression de traverser un épais rideau de fumée noire. Sa tête lui semblait désespérément vide, plus rien n'avait le même goût. Passant sans s'arrêter devant les enclos des chevaux Akkal où les pouliches devaient mettre bas d'un jour à l'autre, il salua mécaniquement le pauvre Mafu qui se demanda ce qui pouvait arriver à son maître qu'il n'avait jamais vu dans un état pareil.

Lubuwei comprenait que son fils risquait de lui échapper définitivement. L'impossibilité de la substitution était un coup très dur ! Qui aurait pu la prévoir ? Tout cela à cause de la marque d'un Bi sur les fesses de l'enfant que l'Homme sans Peur était allé chercher au Sud-Ouest pour le ramener au Centre !

Et que dire des circonstances rocambolesques dans lesquelles l'enfant avait été arraché à son milieu familial ? Le géant hun avait cru bien faire, contraint qu'il était de revenir, mission accomplie, à l'heure dite à Xianyang, il eût été vain et injuste de lui reprocher quoi que ce soit. Mais leur divulgation pouvait avoir de telles conséquences que Lubuwei avait juré le secret absolu à l'Homme sans Peur lorsque celui-ci les lui avait dévoilées.

Que fallait-il faire, dans ces conditions, de cet enfant devenu désormais inutile ?

Un autre que lui, à coup sûr, aurait pensé que la meilleure des solutions était encore d'abandonner à son sort ce bébé en le déposant, par exemple, sur les marches d'un tombeau ou d'un temple, ou, pis encore, dans une forêt ou un champ où personne n'aurait entendu ses cris affamés...

Lubuwei s'enferma dans sa chambre et ouvrit l'armoire où il conservait son disque. Il dénoua l'écharpe de brocart de soie dans laquelle le Bi noir étoilé était enveloppé. L'objet rituel apparut dans sa splendeur habituelle. Il le prit à deux mains comme il l'aurait fait d'un miroir et se concentra.

Il vit, dans la nuit noire de la pierre immémoriale, la Voie Lactée qui séparait les deux constellations amantes du Bouvier et de la Tisserande. Imperceptiblement, à force de la regarder, il sentit que la grande trace lumineuse se trouait en son centre pour laisser place à une sorte de puits sans fond.

Pour la première fois, totalement immobile et concentré sur son disque, comme s'il cherchait à retrouver son image dans un miroir, il éprouva ce qu'était la vision du vide.

Il laissa aspirer son esprit par ce trou noir dans lequel il avait l'impression de tomber. Les parois défilaient à toute vitesse. Sans que rien ne l'y oblige, il regarda soudain vers le bas et vit une minuscule tache jaune, qui grandissait au fur et à mesure qu'il s'en approchait. Elle ressemblait au jaune d'un œuf. Il pensa aussi à l'œil du dragon. Le Chaos originel de Hongmeng ! Le poussin jaune en son centre ! Les phrases qu'avait prononcées Vallée Profonde résonnaient à ses oreilles et se mélangeaient avec les pleurs de l'enfant lorsqu'il était entré dans le salon de musique. Cette superposition des mots et des sons produisait une cacophonie assourdissante. Les destins des deux enfants étaient comme deux langues de feu crachées par le dragon qui s'entremêlaient en formant un magma de feu. Un chaos de flammes.

Lubuwei ne savait plus s'il était dans le magma ou en dehors et se sentait de plus en plus mal à l'aise. Il continuait de tomber, et cette chute lui faisait l'effet d'une désintégration de son corps.

Au moment où il pensait être anéanti, il crut entendre une voix. Il n'arrivait pas à reconnaître qui lui soufflait sur ce ton doux et grave :

« Sois juste... Sois juste envers ce bébé qui ne t'a pas fait de mal... »

Aurait-il rêvé ?

Les mots, pourtant, résonnaient bien à ses oreilles. C'était un message de quelqu'un qui l'incitait à apaiser son cœur. Il porta de nouveau son regard vers le bas et vit aussi que la tache jaune, devenue beaucoup plus grosse, se mettait à tourner sur elle-même comme une sphère autour de son axe. De chaque côté, alors qu'il pensait les heurter et se blesser contre elles, les parois du puits s'écartèrent comme les pétales d'une fleur qui s'ouvrent au soleil. Il sut qu'il était sauvé. Le vide ne l'avait pas aspiré.

Il était en sueur lorsqu'il comprit qu'il était doucement revenu à la réalité de sa chambre, et cela contribua à le rassurer. Il regarda ses doigts douloureux : ils étaient blancs d'avoir serré le disque.

C'était la première fois, oui, que le Bi noir étoilé provoquait en lui ce qu'il venait de ressentir.

Cette expérience étrange lui avait permis de comprendre ce à quoi faisaient allusion les adeptes taoïstes lorsqu'ils parlaient de « grand voyage intérieur ».

Alors Lubuwei décida de laisser les choses suivre leur cours, dont la tournure lui échappait. C'était ainsi lorsque l'on nageait dans une rivière et que le courant, soudain, devenait fort.

Pour regagner la rive, il était inutile de nager contre, on s'épuisait vite. Il était plus efficace et plus sûr de se laisser porter par l'onde car on finissait toujours par atteindre la berge.

Il suffisait d'attendre.

37

Au moment précis où, dans sa maison de Xianyang, Lubuwei était en proie à ses hallucinations, dans la grotte creusée à mi-pente du pic de Huashan par une rivière souterraine qui avait, depuis lors, trouvé son lit ailleurs, Vallée Profonde se livrait à l'exercice de concentration qui les avait provoquées.

Elle avait lu le matin même, dans le comptage des brins de l'achillée millefeuille auquel elle se livrait quotidiennement pour s'assurer que tout allait bien du côté de sa petite Rosée Printanière, qu'il se passait quelque chose d'important à Xianyang, autour de ce Lubuwei de Handan qui était jadis venu la voir pour lui montrer son disque de jade noir.

Assise en tailleur devant le lac miniature qu'elle avait creusé au bout de son antre, au pied de la paroi rocheuse, et qui servait de déversoir à sa petite source, elle dirigea son regard vers l'île, construite avec trois cailloux savamment assemblés, qui émergeait de son centre.

C'était là, devant cette représentation des trois Îles Immortelles, qu'elle parvenait à faire s'envoler son esprit vers l'objet de sa méditation.

Elle pensa intensément à Inébranlable Étoile de l'Est, appela auprès d'elle l'esprit de sa fille morte. Elle était sûre que cet esprit l'aiderait à savoir ce qui se passait dans la capitale du Qin. Son cœur se pinça. C'était le signe que l'esprit de sa fille était là, planant au-dessus des eaux du minuscule réservoir. Elle associa le cercle formé par le pourtour du lac miniature à celui du Bi noir étoilé. Elle fit se superposer l'image du visage de sa fille à celle du disque rituel. Les yeux d'Inébranlable Étoile de l'Est s'ouvrirent alors dans le vide formé par le trou central. La prêtresse salua le spectre dont le visage lui souriait.

Vallée Profonde put commencer à dialoguer avec sa fille morte.

Elle lui demanda tout d'abord comment se portait la petite Rosée Printanière. Fort bien, répondit l'esprit. Elle lui fit part des sensations et des pulsions qu'elle avait pu ressentir au sujet de ce qui se passait autour de Lubuwei et du disque de jade. Le visage de sa fille esquissa un énigmatique sourire. Ses yeux se fermèrent. Vallée Profonde ferma à son tour les siens.

C'est alors qu'apparut enfin à la prêtresse médiumnique la vision du Chaos de Hongmeng. Elle y voyait non pas un seul mais deux embryons de poussins. En concentrant sa vision sur les deux jaunes, elle aperçut soudain deux enfants. L'un était beau comme un soleil, l'autre, plus chétif et moins gracieux, lui fit plutôt penser à la lune. Entre les deux enfants, elle distingua la silhouette élégante de Lubuwei tenant dans ses mains l'immense disque rituel de couleur sombre.

Les deux enfants, tantôt se donnaient la main, tantôt luttaient l'un contre l'autre. Ils étaient liés l'un à l'autre tout en étant rivaux. C'était d'ailleurs toujours la lune qui attaquait le soleil... Puis, inexplicablement, elle vit aussi apparaître la silhouette menue d'un autre enfant dans lequel elle reconnut sa petite-fille. Dès que celle-ci s'approcha des deux autres enfants pour se mêler à leur duo, le combat qu'ils menaient l'un contre l'autre, et qui s'était jusque-là borné à quelques agaceries mutuelles, redoubla d'intensité. On aurait dit qu'ils faisaient assaut de force pour se disputer ses faveurs. Elle vit aussi que l'enfant qui était beau attirait davantage Rosée Printanière et que l'autre, que la nature avait moins gâté, ulcéré par la situation, devenait de plus en plus méchant et agressif. Vallée Profonde en conçut un trouble profond.

L'irruption de sa petite-fille au milieu des deux enfants rivaux lui fit supplier l'esprit d'Inébranlable Étoile de l'Est de veiller sur son unique enfant et de la préserver de cette néfaste rivalité.

Elle ressentit un nouveau pincement au cœur. L'esprit de sa fille ne flottait plus au-dessus du petit lac.

Sa supplique était restée lettre morte. De même, elle put constater, après s'être une nouvelle fois concentrée, que l'image de la petite Rosée Printanière avait également disparu. Il ne restait plus que celle des enfants rivaux. Ils continuaient à se toiser.

Alors, Vallée Profonde décida de ne pas en rester là et concentra sa vision sur le souvenir qu'elle avait de Lubuwei.

L'esquisse tremblotante du visage du marchand apparut à la prêtresse dans le vide du cercle intérieur du Bi noir étoilé dont l'image continuait à s'inscrire dans son cerveau. Elle le revit lorsqu'il était descendu de cheval et qu'elle l'attendait avec son perroquet vert sur l'épaule, au bout de l'allée mousseuse parsemée d'escargots. Elle observa son front droit et haut, le regard clair de ses yeux qui pétillaient d'intelligence. Elle se souvint du moment précis où il lui avait tendu le grand disque de jade pour le lui soumettre. Elle lui avait donné raison de croire qu'il tenait là un objet extraordinaire et ne regrettait pas de lui avoir dévoilé sa prédiction. Puis elle cessa de penser au passé et se concentra sur le présent. Le visage du marchand se dessinait désormais avec netteté dans sa sphère vide.

Elle pouvait entrer en contact avec Lubuwei et lui parler.

Vallée Profonde observa alors son visage avec attention et constata qu'il était en proie à un grand tourment. Elle essaya de l'apaiser en lui adressant une image de plan d'eau calme sur lequel fleurissaient un nénuphar et un lotus. Mais elle vit qu'il continuait à éprouver un profond malaise.

Elle décida de tenter autre chose. Elle associa l'image des deux enfants rivaux à celle de Lubuwei. Et ce qu'elle vit la stupéfia.

Lubuwei tenait par-derrière, les bras attachés, l'enfant soleil dont le ventre était dénudé et s'offrait aux coups redoublés portés par l'enfant lune. Le bel enfant ne tarderait pas à succomber sous les poings de l'autre si rien n'était fait. Cette vision d'horreur révulsa Vallée Profonde, elle voulait empêcher cette ignominie. Elle n'avait pas oublié, de surcroît, que Rosée Printanière avait nettement manifesté sa préférence pour la petite victime de cette alliance du marchand et de l'enfant lune.

— Sois juste... Sois juste envers ce bébé qui ne t'a pas fait de mal ! s'écria-t-elle à trois reprises d'une voix forte qui résonna dans les entrailles de la grotte, en fixant les yeux du marchand dont le visage continuait à s'inscrire dans le cercle vide.

Puis elle fit des passes au-dessus de son lac miniature pour s'assurer que le message qu'elle venait de transmettre à Lubuwei avait été convenablement reçu. Un rond dans l'eau se forma à la surface du petit réservoir. C'était bon signe.

Elle se concentra à nouveau. Elle vit que Lubuwei avait libéré et laissé repartir l'enfant soleil, au grand dam de l'autre qui paraissait le lui reprocher vertement.

Le marchand lui parut étrangement soumis face à cette réprimande de l'enfant le moins beau. L'enfant soleil s'était dissous dans les pétales ouverts du puits.

Elle aperçut alors la forme de Rosée Printanière qui les humait un à un. Elle cherchait son jeune compagnon. Vallée Profonde ressentit la fébrilité qui devait être celle de sa petite-fille. Elle y entrevit de l'amour et cela l'incita à continuer de plaider auprès de Lubuwei la cause de l'enfant soleil. Elle répéta à trois reprises l'invite qu'elle lui avait déjà lancée et refit ses passes au-dessus du petit réservoir. Un rond dans l'eau se forma, puis un deuxième.

Elle était sûre que le marchand ne serait pas injuste avec le bel enfant inconnu qui ne laissait pas indifférente sa petite Rosée Printanière. Mieux, elle était persuadée qu'il finirait par l'aimer comme son propre fils.

Alors, enfin, elle rouvrit les yeux, rassurée.

*

— Mes amis, il s'en passe de belles à la cour du Qin depuis que ce jeune roi est monté sur le trône ! Le gentil Yiren a l'air plus intéressé par la chasse que par les affaires du royaume... Enfin, c'est comme ça ! Il faudra bien que nous fassions avec ! Le pauvre n'a même pas l'air de se rendre compte que Lubuwei passe son temps dans la chambre de la reine. Il se murmure ici et là que le petit Zheng est son propre fils et que le jeune roi est si niais qu'il n'y aurait vu que du feu... Quant à l'autre enfant, venu de nulle part et auquel Lubuwei paraît incapable de donner le moindre nom, c'est encore plus bizarre. Il paraît que le marchand de chevaux célestes refuse de s'expliquer sur sa provenance et qu'il en a confié la garde à la veuve de feu son secrétaire Zhaosheng ! s'exclama Forêt des Pinacles de son habituelle voix aigrelette de fausset.

Il parlait avec force mimiques et ressemblait de plus en plus à une vieille mère maquerelle, les plis de son énorme ventre n'arrivant plus à tenir dans la large ceinture de soie rouge dont ils débordaient pour former trois boudins concentriques. Le doute qui entourait la paternité du petit Zheng paraissait à la fois l'exciter et le ravir au plus haut point.

La société secrète du Cercle du Phénix s'était réunie une fois de plus au grand complet pour mettre au point une stratégie efficace destinée à permettre à ses membres d'occuper le maximum de postes de confiance dans l'entourage du jeune Yiren.

— Nous sommes rassemblés pour faire le point sur les nominations auxquelles nous pourrions prétendre et pas pour parler des ragots que nous connaissons déjà tous ! lança non sans agacement Maillon Essentiel.

Un murmure d'approbation parcourut cette assistance bigarrée, habillée de couleurs criardes, toujours nerveuse et bruissante de compliments et de piques.

— Notre influence, depuis le temps du roi Zhong et de notre regretté Droit Devant, n'a cessé de reculer. La plupart d'entre nous sont cantonnés dans des tâches mineures. Maillon Essentiel constitue l'exception qui confirme la règle ! Nous devons absolument profiter de ces circonstances où les équipes nouvelles vont se mettre en place pour inverser cette tendance et accroître les pouvoirs de notre confrérie, préconisa Couteau Rapide d'un ton éminemment sérieux.

— Quels sont les postes vacants que nous pourrions occuper ? questionna Maillon Essentiel, plutôt flatté de l'égard que le chirurgien en chef venait de lui témoigner.

— Ils sont nombreux. Certes, les postes de ministre, pour l'instant, nous sont interdits. Mais il y a des tas d'autres fonctions aussi importantes, pour ne pas dire plus, même si elles supposent que leurs titulaires restent dans l'ombre, affirma Forêt des Pinacles, soudain devenu grave.

— Le poste que doit à tout prix occuper un eunuque n'est-il pas celui de Grand Chambellan du roi, comme c'était le cas de notre regretté Droit Devant ? demanda Maillon Essentiel.

— C'est là que l'on touche de plus près à ce que pense et veut le roi ! répondit Forêt des Pinacles qui en savait long sur le sujet.

L'assistance acquiesça bruyamment. Chacun en fut d'accord. Il convenait de faire en sorte que l'un des leurs occupât cette fonction. Ce qui supposait, avant toute chose, que Yiren voulût d'un Grand Chambellan. Anguo, par exemple, n'en avait jamais utilisé. Il fallait donc commencer par convaincre Yiren ou quelqu'un de son entourage qui pourrait lui suggérer cette idée, voire la lui imposer.

— Avons-nous un candidat ? Faute de quoi il ne sert à rien d'aller plus loin et toutes nos cogitations sont vaines ! s'écria Couteau Rapide.

— Je serais candidat si un tel poste était créé par le roi, dit une voix claire au milieu de l'assistance.

Maillon Essentiel faillit s'étrangler lorsque le candidat autoproclamé, après avoir reçu moult compliments, vint se placer au premier rang. C'était Effluves Noirs !

Le chef du Bureau des Rumeurs regarda rapidement Couteau Rapide. Nulle trace d'émotion n'était lisible sur son lourd visage fardé et impavide. Puis il se tourna vers Forêt des Pinacles. Le chef du service des Officiers de Bouche, après avoir extrait de sa poche un miroir portatif devant lequel il collait un œil puis l'autre, avait entrepris de se peigner les sourcils. Inutile de chercher de ce côté-là.

Effluves Noirs, d'évidence, agissait de son propre chef.

— Reste à trouver le moyen de convaincre notre souverain de se doter d'un Grand Chambellan... Cela ne devrait pas être trop difficile, c'est pour lui une assurance de tranquillité, reprit ce dernier.

— À condition que cela ne contrarie pas certaines

ambitions, maugréa avec aigreur Forêt des Pinacles que sa longue expérience rendait prudent.

Une vive discussion s'engagea au sein du Cercle du Phénix.

Les uns étaient partisans de passer par le truchement de Huayang. D'autres recommandaient d'en parler à la reine Zhaoji, arguant qu'il y allait de son intérêt et qu'elle serait trop heureuse de placer auprès d'un époux jeune et inexpérimenté, ce qui en faisait une proie idéale pour les femmes ambitieuses et jolies, un partenaire complice qui la renseignerait sur ses moindres faits et gestes. Certains allèrent même jusqu'à suggérer d'en convaincre Lubuwei, en qui ils voyaient déjà une sorte de vice-roi qui tirait en sous-main toutes les ficelles de la Cour.

L'assemblée caquetait comme un poulailler. Chacun y allait de son avis et de sa suggestion. Finalement, on s'accorda sur le fait que Lubuwei était l'homme-clé par lequel il convenait de passer en essayant de le convaincre que la présence d'un Grand Chambellan eunuque auprès de Yiren servirait ses intérêts.

Chacun pensait, en outre, que Maillon Essentiel, compte tenu des fonctions qu'il occupait déjà, était le mieux placé pour s'acquitter de cette mission délicate.

— Es-tu prêt à te comporter en loyal Chambellan de notre roi ? s'enquit-il cruellement auprès d'Effluves Noirs qui, gêné par l'outrecuidance de la question, commençait à regarder ses pieds. Tu ne me parais pas à l'aise. Que t'arrive-t-il donc ? ajouta-t-il lourdement, pas mécontent de mettre en difficulté le jeune espion devant le Cercle du Phénix.

— Effluves Noirs est un élément remarquable ! J'ai d'ailleurs eu déjà l'occasion de le recommander chaudement, avança alors d'une voix forte Couteau Rapide qui n'avait pas tardé à voler au secours de son camarade de réseau.

Le chirurgien en chef des eunuques en avait trop dit

et, déjà, il le regrettait. Mais c'était la preuve qu'attendait Maillon Essentiel. Il avait enfin trouvé la clé de l'énigme. Il tenait le nom qu'il cherchait.

Couteau Rapide, c'était désormais sûr, était l'espion à la solde du Chu qui avait recommandé à Anguo la nomination d'Effluves Noirs en tant que préposé au Bureau des Rumeurs.

Les participants avaient commencé à parler d'autres postes importants, sans doute moins stratégiques que celui de Grand Chambellan, mais néanmoins intéressants à tous égards et pour lesquels il convenait de prendre position.

— Il y a un poste vacant d'annaliste adjoint et un autre de maître de cérémonie des Audiences Publiques. Qui, parmi nous, pourrait faire acte de candidature ? questionna l'un des membres du Cercle.

Plusieurs doigts se levèrent. Forêt des Pinacles pria les candidats de se faire connaître et de venir au premier rang.

— À présent, chacun va dire ce qui motive sa démarche et mettre en avant ses qualités pour le poste ! dit le chef des Officiers de Bouche en tapant dans ses mains comme un maître de ballet.

Lorsque la réunion du Cercle du Phénix s'acheva, au petit matin, chaque participant ayant un objectif précis à remplir pour mettre toutes les chances du côté des eunuques dans la course aux postes et aux prébendes qui s'ouvrait, Maillon Essentiel savait au moins à quoi s'en tenir. Il éprouvait l'intense satisfaction d'avoir percé l'énigme sur laquelle il butait depuis longtemps. Mais il s'efforça, par prudence, de ne rien laisser paraître.

Il connaissait désormais ses cibles.

Il avait observé ses camarades d'infortune déclamant avec emphase leurs qualités avec des gestes appuyés et des effets de manche sous le regard gourmand et fardé du vieil eunuque qui paraissait tanguer sur ses cothurnes. Tel était candidat aux Archives, tel autre à la Direction Générale du Tissage de la Soie, un autre encore briguait la succession de tel vice-ministre. Ils étaient les acteurs dociles et dupes de la grotesque comédie du pouvoir où ils finiraient tous par perdre leurs plumes.

Maillon Essentiel avait appris à se méfier du pouvoir, de ses fastes et de ses faux-semblants, qui en arrivaient à aveugler l'être humain, fût-il le plus intelligent, au point de lui ôter toute lucidité.

La découverte d'un réseau d'espionnage à la solde du Chu au cœur même de la machine étatique n'avait fait qu'accroître sa méfiance et la distance avec laquelle, désormais, il considérait les choses.

Il ne se sentait décidément pas de leur monde.

38

Comme une monnaie rougeoyante que l'on eût fait glisser dans la fente d'une tirelire, le soleil n'allait pas tarder à se coucher derrière la crête de la montagne.

Lubuwei, penché sur la balustrade de marbre du petit édicule ouest du Pavillon de la Forêt des Arbousiers, comme aimait le faire à la même heure de la journée le vieux roi Zhong à la fin de sa vie, assistait au spectacle étonnant des grosses carpes qui se disputaient avec vivacité les derniers reliefs du repas que les serviteurs venaient de leur jeter. Il profitait de la douceur des lieux lorsque l'astre couchant les éclairait de ses rayons rasants.

Les poissons géants aux écailles dorées par les rayons du crépuscule avaient commencé leur sarabande aquatique qui finirait invariablement aérienne. Bientôt viendrait le bref moment pendant lequel les carpes effectueraient leurs cabrioles hors de l'eau.

Depuis quelques jours, le marchand se sentait mieux.

Son exercice de concentration devant le Bi noir étoilé l'avait laissé épuisé mais aussi plus serein et apaisé. Il avait cherché à comprendre le sens des visions et des sensations qui avaient été les siennes. L'exhortation qu'il avait reçue à se comporter justement avec cet enfant, qui ne lui avait fait aucun mal, l'avait touché au cœur. Les mots prononcés par cette voix grave et douce résonnaient encore à ses oreilles. Il était sûr, à présent, que c'était bien une voix humaine, et sûrement la voix d'une femme. Il avait mûrement réfléchi et décidé de tenir le plus grand compte de cette invite.

Il élèverait l'enfant à la marque comme si c'était le sien et ferait en sorte qu'il ne manquât de rien.

Il observa l'arc de gouttelettes brillantes comme des perles qu'un poisson plus puissant que les autres venait de tracer après avoir jailli de la vase comme une pierre projetée par une catapulte. En un éclair, tout avait disparu : le poisson et les gouttelettes, qui avaient retrouvé l'anonymat de l'eau des douves.

Ce qui était vrai à un moment pouvait ne plus l'être à un autre, pensa-t-il.

La carpe et l'eau suscitaient en lui le début d'une réflexion méditative qu'il décida d'encourager en laissant courir son esprit.

Puisqu'il ne servait à rien de tenter de remonter à la nage le courant puissant de la rivière, et le cours des choses étant semblable à celui d'un vaste fleuve, ne valait-il pas mieux accepter la situation nouvelle plutôt que de se noyer en tentant de s'y opposer ? Il convenait surtout d'en tirer le meilleur parti possible.

L'eau des douves était à nouveau parfaitement calme.

Il constatait, même s'il en éprouvait une légère amertume, que Zhaoji, à laquelle il avait rendu visite quelques instants plus tôt, s'accommodait au mieux de la présence de cette marque sur l'enfant de substitution. Même si elle s'était bien gardée de l'avouer, il sentait qu'elle n'était pas mécontente de penser que son propre fils allait devenir le futur roi du Qin. La marque en forme de disque sur la fesse de l'enfant venu du grand Sud-Ouest était pour elle un signe du destin qu'il fallait accepter.

Pour le marchand, c'était au contraire un véritable deuil qu'il s'agissait d'accomplir : celui d'avoir un héritier à former, à façonner à son image, au-delà même d'avoir un fils à chérir. Il savait qu'il lui faudrait du temps pour apprivoiser cette situation nouvelle qui changeait toutes ses perspectives et anéantissait ses rêves de transmission à l'être issu de son sang de son expérience, de son savoir, de ses biens, et surtout de l'amour qu'il lui portait déjà, à peine l'avait-il eu pour la première fois dans les bras.

L'unique raison qui l'empêchait de tout laisser tomber et de revenir à Handan couler des jours paisibles était le signe que l'enfant du Sud-Ouest portait sur la fesse. Le fait qu'il eût la forme d'un Bi, et qu'un disque rituel, non en jade mais en peau, fût à l'origine de son malheur était peut-être le signe que l'épisode final de l'histoire qui continuait à s'écrire le surprendrait heureusement.

Le Bi noir étoilé était toujours dans sa chambre. Il n'y avait aucune raison de ne plus croire aux bienfaits qu'il accordait à son propriétaire... La vie pouvait réserver des surprises, et ses chemins tortueux aboutir là où on ne les attendait pas. Ce qui était vrai aujourd'hui pouvait, demain, ne plus l'être. Accepter la fragilité des situations et des choses était aussi le début de la sagesse.

Restait à s'occuper dignement de l'enfant à la marque. Ce bébé qu'il avait fait chercher par l'Homme sans Peur, cet enfant déjà rieur et vigoureux, qui n'avait rien demandé à personne, mignon à souhait et qui faisait fondre, déjà, tous ceux et toutes celles qui s'approchaient de lui, ne le méritait-il pas amplement ?

Il fallait trouver une explication plausible à son arrivée dans son foyer. Le plus simple était encore de se rapprocher au plus près de la vérité. L'enfant aurait été trouvé dans la campagne par l'Homme sans Peur et ramené par le géant. Lubuwei, dans sa grande bonté, aurait alors décidé de le recueillir et de s'occuper de l'éducation de cet orphelin.

Il décida aussi qu'il fallait lui donner un nom et cesser de le désigner par cette expression triviale d'« enfant à la marque ». Mais il n'avait aucun nom précis en tête.

Il convenait de lui donner un « petit nom » – Xiaoming afin d'éviter le casse-tête de la détermination d'un nom officiel qui l'aurait obligé à lui donner le nom de son père. S'il avait décidé de se montrer « juste » et soucieux du bien-être de cet attachant bébé, il n'avait pas pour autant, du moins pour l'instant, l'intention d'en devenir le père !

Tout en regardant d'un œil distrait les virevoltes des poissons, perdu qu'il était dans les recherches d'un Xiaoming, il sentit qu'une main lui effleurait le dos.

— Je m'excuse de déranger Votre Excellence. Mon nom est Effluves Noirs. Je suis eunuque et préposé depuis peu au Bureau des Rumeurs. Mon statut m'interdit d'en faire état, mais devant un important ministre tel que vous, je m'estime délié de cette obligation. Je suis venu vous entretenir d'un projet qui me tient à cœur...

Les propos d'Effluves Noirs sortirent Lubuwei de sa rêverie. Il toisa l'inconnu qui l'avait interpellé. Au moins ce jeune eunuque aux yeux vifs ne tournait-il pas autour du pot mais allait droit au but !

— Je vous écoute, jeune homme, lâcha-t-il.

— Mes fonctions actuelles m'ont appris la discrétion. Je me sens capable de devenir le Chambellan de notre jeune roi, si d'aventure le souverain y trouvait un intérêt.

— Mais pourquoi donc me solliciter ? demanda vivement Lubuwei.

Effluves Noirs marqua un temps d'arrêt. Puis il prit l'air le plus étonné du monde.

— Chacun connaît votre influence. Si c'est à vous que je dois ce poste, je saurai m'en souvenir. Tous les matins quand je me lève, je me pose la question que le philosophe Zhaungzi se posait à lui-même : *Qui t'a fait roi ?* répondit tout à trac le jeune eunuque avec une assurance et un aplomb qui stupéfièrent Lubuwei.

Le marchand dévisagea longuement son interlocuteur. L'idée de placer auprès de Yiren un Chambellan qu'il aurait fait nommer expressément ne lui déplaisait pas. Il entrevoyait tout le parti qu'il pourrait tirer d'avoir un homme – ou plutôt un eunuque à lui à ce poste-clé. Quant à Yiren, il en faisait son affaire. Le jeune roi lui obéissait comme un petit chien et suivait scrupuleusement tous ses conseils.

Mais il convenait d'en savoir plus sur cet audacieux qui se permettait de lui offrir de but en blanc, et d'une aussi cavalière façon, un tel marché.

— Nous ne nous connaissons pas. À supposer que mon influence soit réelle, il m'est difficile de recommander au roi un inconnu pour occuper un poste aussi sensible... À supposer aussi que notre souverain décide de le créer !

Effluves Noirs planta son regard dans celui de Lubuwei et répondit en souriant :

— Vous pouvez vous renseigner sur mon compte auprès de Couteau Rapide, le chirurgien en chef des eunuques. C'est lui qui est intervenu auprès du roi Anguo pour que je sois nommé au poste que j'occupe.

— Je ne manquerai pas de le faire, dit le marchand.

C'est alors qu'un sifflement fendit l'air, venu de l'eau des douves. Ils se penchèrent au-dessus du parapet de marbre.

Une énorme carpe venait de s'élancer dans les airs. Le battement de sa queue avait été si vigoureux qu'elle était montée à la hauteur de la balustrade, pratiquement au niveau des mains de l'eunuque et du marchand. Son ventre fuselé était aussi gros que la panse d'un vase Hu dont sa bouche ouverte aurait été le trou. Ses écailles mordorées et ruisselantes brillaient de mille feux.

— Oh ! le beau poisson d'or ! laissa échapper Effluves Noirs, médusé par la beauté de ce spectacle.

Poisson d'Or !

C'était exactement le Xiaoming qu'il fallait à l'enfant et qu'avait cherché en vain Lubuwei ! L'enfant à la marque en forme de disque s'appellerait Poisson d'Or en référence à cette carpe dorée qui s'élevait dans les étangs, ce poisson frétillant et rapide, à la chair délicieuse et prisée. Bref, un animal sans défaut particulier, exquis, gentil et bien réel.

Pour rien au monde Lubuwei n'eût accepté d'affubler l'enfant d'un nom de chimère comme celui du buffle à une seule patte et dépourvu de cornes dont l'Empereur Jaune avait fait un tambour avec la peau, ou celui de ce petit cochon noir à deux têtes, l'une à l'avant et l'autre à l'arrière, ou encore celui du renard à neuf museaux et à neuf queues dont parlaient les textes anciens à satiété en vantant leurs pouvoirs surnaturels et en développant, avec force détails invraisemblables, leurs histoires, toutes plus édifiantes les unes que les autres, certes, mais si peu plausibles et si compliquées qu'elles faisaient peur aux enfants.

Lubuwei préférait la carpe dorée dont il venait d'admirer le saut au poisson mythique à tête et à jambes humaines qu'il était sûr de ne jamais apercevoir.

De surcroît, avec ce nom-là, le marchand faisait d'une pierre deux coups car c'était un Xiaoming aux significations des plus favorables. Le terme Yu, qui signifiait « poisson », voulait également dire « plus » ou « beaucoup ». Poisson d'Or avait aussi le sens de Plus d'Or, Beaucoup d'Or... L'enfant à la marque porterait ainsi un nom faste à tous les points de vue ! Il serait, à n'en pas douter, automatiquement placé sous la protection du dieu des Richesses Caishen, celui auquel on offrait, pour s'en attirer les grâces le lendemain du Nouvel An, du poisson et du mouton cuits ensemble dans de la vaisselle rituelle.

Le marchand regarda à nouveau Effluves Noirs. Le jeune eunuque le fixait d'un air interrogateur.

Celui qui avait trouvé, même si c'était par pure inadvertance, un si beau Xiaoming à l'enfant à la marque ne pouvait pas être un chenapan.

— Je soufflerai ton nom au roi, promit Lubuwei.

— Merci ! Merci ! s'écria l'autre dont le visage, de joie, venait de s'illuminer, avant de repartir aussi promptement qu'il était arrivé.

Resté seul, Lubuwei se sentait bizarrement plus capable, maintenant qu'il avait trouvé le Xiaoming de l'enfant à la marque, et malgré la tristesse qu'il continuait à éprouver, de faire le deuil de cet héritier issu de son sang qu'il aurait tant aimé façonner à son image.

Le petit Poisson d'Or, il en était convaincu, l'y aiderait.

*

— La situation dure depuis trop longtemps ! Tu t'étioles comme une plante qui ne reçoit plus le soleil. Il faut bouger ! lança à son époux Fleur de Jade Malléable.

Anwei était d'humeur plus que maussade : il dépérissait à vue d'œil. L'aigreur avait envahi son caractère, qu'elle ternissait.

L'irruption de Lubuwei et de Yiren en pleines funérailles d'Anguo lui avait fait l'effet d'un coup de poing au ventre dont il ressentait encore, quand il y pensait, la sourde douleur. Il était loin le temps où, général vainqueur et brillant stratège, ses qualités avaient fait de lui un candidat sérieux à la succession de son frère. Son ascension avait été stoppée net au moment même où, fort de ses capacités, il la trouvait légitime et commençait à y prendre goût...

Ses journées au Palais des Hôtes ne cessaient de lui peser. Il les passait la plupart du temps seul dans sa chambre à s'adonner sans conviction à la calligraphie et au dessin de plantes. Il maniait les stylets et les pinceaux avec une telle brutalité qu'il en épuisait quotidiennement la réserve que son épouse lui fournissait. De nombreux mois d'oisiveté s'étaient déjà écoulés à ce rythme morne qui avait fini par engourdir son âme et élimer ses sens.

Blessé dans son immense orgueil et drapé dans sa dignité qu'il considérait comme offensée, il n'avait pas cherché à se rapprocher du jeune roi que Lubuwei avait réussi, au péril de sa vie, à faire monter sur le trône.

Inversement, à aucun moment Yiren, mais cela n'était pas sa faute, n'avait émis le vœu de mieux connaître cet oncle dont personne, à la Cour, ne lui parlait. Cette indifférence avait renforcé le sentiment d'isolement et d'opprobre dont souffrait le prince Anwei. De même, il n'avait plus fait signe à son fidèle Saut du Tigre qui, lassé des foucades de son ancien patron, s'était arrangé pour que les armées du Qin l'envoient commander une garnison à la frontière occidentale du royaume.

Pour couronner le tout, il ne pouvait même pas reporter sur son amour des arbres et des plantes les multiples frustrations dont il souffrait. Avec sa famille, il n'avait pas pu se réinstaller dans l'Arboretum royal qui avait été confié, après son départ pour le Chu, à un haut fonctionnaire spécialiste de la botanique qui avait été nommé vice-ministre des Arbres pour la circonstance.

À son retour, le Qin avait néanmoins accueilli Anwei avec les égards dus aux invités officiels. De ce fait, on l'avait dûment installé à l'étage noble du Palais des Hôtes. Après la mort d'Anguo et l'arrivée de Yiren, la perspective de devenir roi du Qin s'étant définitivement éloignée, Anwei avait cessé de faire l'objet des mêmes attentions. Il était devenu un prince sans avenir particulier, il lui avait fallu déménager. C'était ainsi que de bonnes âmes lui avaient alloué le dernier étage du même petit bâtiment qui n'avait de palais que le nom. C'était là, faute de mieux, qu'il se complaisait dans une existence étriquée et oisive, en attendant, prétendait-il à sa femme lorsque, inquiète de le voir s'étioler ainsi, elle le pressait de questions sur son avenir, de rebondir. Mais il ne faisait pas le moindre effort pour sortir de sa médiocre condition.

Fleur de Jade Malléable, consciente de sa détresse, avait entrepris de chercher les moyens de lui redonner goût à la vie. Aussi, ce jour-là, avait-elle décidé de le houspiller pour le faire réagir.

— Quand on est dans une cave, il est difficile de commander au soleil de l'éclairer..., avait-il répondu à sa femme d'une voix morne en lissant sa pierre à encre.

Elle sentit qu'il était au bord du désespoir. À force de chercher, elle finit par trouver des arguments destinés à le faire bouger.

— Tes qualités militaires sont incontestées. Pourquoi ne les mets-tu pas une fois de plus au service du royaume de Qin ?

— Mais le roi n'a jamais daigné me voir ! articula-t-il mollement.

— Si tu attends que le roi te fasse signe, les mois continueront à passer ! fit-elle en forçant le ton.

Fleur de Jade Malléable sentit qu'elle avait visé juste, Anwei semblait bouillir intérieurement. Elle y vit le signe encourageant qu'il était prêt à sortir de sa torpeur, après les mois de mutisme et d'apparente indifférence dont il faisait preuve lorsqu'elle essayait de lui parler.

— Et si j'évoquais la question avec Zhaoji ? La reine et moi avons plus que des rapports d'estime. Elle me fait, je le crois, confiance et me demande souvent maints conseils pour le petit Zheng. Elle a encore souhaité me voir tout à l'heure pour que je la renseigne sur la bonne façon de le langer afin qu'il dorme bien au sec.

C'était un pieux mensonge, elle n'avait nullement rendez-vous avec Zhaoji, mais peu importait. Elle compris dans le regard d'Anwei qu'il ne l'empêcherait pas d'effectuer une telle démarche.

Elle fit aussitôt savoir à Zhaoji qu'elle souhaitait la rencontrer et obtint un rendez-vous dès le lendemain.

Lorsqu'elle entra dans la chambre de la reine, elle était bien décidée à lui parler de l'oisiveté d'Anwei et du gaspillage que représentait son éloignement des affaires militaires pour les conquêtes du royaume de Qin.

— Comme c'est bon de vous voir ! lança Zhaoji à Fleur de Jade Malléable en faisant signe aux deux gouvernantes présentes de les laisser seules.

— Je peux le prendre ? demanda l'épouse d'Anwei qui s'était penchée au-dessus du panier où gigotait le petit Zheng.

— Bien sûr ! Cela vous permettra de m'apprendre à bien le langer. Je ne veux pas tout devoir à ces servantes dont la présence permanente finirait par me priver de mon bébé.

Fleur de Jade Malléable prit le bambin et le posa sur le lit. Puis elle commença à lui retirer ses couches.

— Ô ma reine, j'ai une supplique à vous faire..., murmura-t-elle alors.

— Parlez donc, ma tendre amie ! La reine vous écoute.

— Il s'agit de mon époux. Il se morfond dans l'inaction et son caractère se dégrade de jour en jour. La mélancolie le gagne. C'est un homme valeureux, ce fut, vous vous en souvenez, un brillant soldat. Sa victoire contre le Chu en témoigne amplement. Pourquoi le roi du Qin votre époux ne le mandaterait-il pas pour d'autres campagnes militaires ? supplia-t-elle.

Fleur de Jade Malléable avait répété mentalement sa requête, qu'elle s'était efforcée de prononcer d'un ton détaché tout en langeant le nourrisson afin de ne pas contrevenir au comportement élégant qu'elle souhaitait garder en de telles circonstances, et notamment devant Zhaoji.

— Votre supplique paraît fondée. Je ferai passer le message à notre roi. Pouvez-vous me montrer de nouveau comment vous procédez pour faire ce petit nœud ?

La reine montrait la pointe gauche du lange que l'épouse d'Anwei venait de serrer.

La démarche de Fleur de Jade Malléable avait porté ses fruits au-delà de toute espérance.

Trois jours plus tard, à sa grande surprise, Anwei, qui ne croyait pas avoir une épouse aussi efficace, eut l'heureuse surprise d'être convoqué par le vieux général Paix des Armes au ministère de la Guerre.

Le bâtiment n'avait pas changé, il lui sembla d'ailleurs reconnaître les mêmes gardes postés aux endroits identiques dans l'antichambre du ministre.

En revanche, il lui sembla voir pour la première fois une immense carte des conquêtes du Qin, faite de quatre peaux de mouton assemblées, qui était accrochée au mur. Le cartographe y avait dessiné une vue cavalière du Pont-Crocodile et inscrit à côté la date de sa prise. Cela raviva d'heureux souvenirs et contribua à lui donner confiance en lui.

Lorsqu'il pénétra d'un pas plus allant dans le vaste bureau du ministre, il constata que Paix des Armes avait encore vieilli.

Sa peau diaphane était ridée comme la surface d'un lac quand arrive le coup de vent. Sa tête chauve dodelinait sur ses épaules voûtées, son dos était aussi courbé que l'arche d'un pont. Ses mains noueuses ressemblaient aux racines tordues d'un vieux genévrier. Restaient ses yeux, luisants et vifs.

À peine l'avait-il fait asseoir que le vieux ministre de la Guerre l'entreprit.

— Le royaume de Qin souhaite à nouveau ton concours. Nos frontières, même si elles n'ont cessé de s'agrandir, restent trop étroites. Les royaumes de Qi et de Yan sont à notre portée. Lequel des deux veux-tu conquérir ? demanda avec emphase Paix des Armes.

Les propos du général firent sur Anwei l'effet d'un arrosage sur une plante assoiffée. La joie éclaira soudain son visage. La vie, enfin, revenait ! Les souvenirs de la prise du Pont-Crocodile et du triomphal retour à Xianyang devant la foule en liesse, demeurés enfouis au plus profond de lui pendant qu'il se morfondait sous les combles du Palais des Hôtes, revenaient à présent, avec leur délicieux fumet, par bouffées. La perspective de renouveler de tels exploits et de recevoir à nouveau les félicitations du peuple semblait lui avoir redonné des ailes. Son épouse avait vu juste : au milieu d'un champ de bataille, il y avait de nombreuses revanches à prendre sur une vie dont la trajectoire, un moment prometteuse, avait failli se briser net.

En l'espace de quelques instants, de taciturne il était devenu guilleret et son regard, brillant d'un éclat tout guerrier, avait changé. Ce n'était plus le même homme qui se tenait, ragaillardi, devant le ministre.

— Cela m'est égal, j'irai là où on me dira d'aller. Là où ce sera le plus utile pour le Qin ! répondit-il avec empressement.

— Dans ce cas, le mieux est de consulter le géomancien Embrasse la Simplicité. Il nous dira par quel territoire et dans quelle direction il faut commencer. Je compte aussi mettre à ta disposition un régiment d'un nouveau type : celui des cavaliers archers. Soixante hommes sont déjà formés à cette technique. Lubuwei m'a promis de me confier une centaine de ses chevaux les plus vifs et les plus mobiles. Avec une telle machine de guerre, tu auras la puissance d'un tigre !

— Le nom de cet animal me fait penser à mon ordonnance Saut du Tigre qui a été si efficace lorsque j'ai réussi à m'emparer du Pont-Crocodile. Me serait-il possible de le récupérer ?

— Où donc se trouve ce garçon ? demanda le ministre à son secrétaire qui assistait à l'entretien.

— Dans un semi-exil. Il commande la garnison d'un petit poste de la frontière occidentale.

— C'est d'accord ! Fais-le revenir à Xianyang et, lorsqu'il sera là, place-le sous les ordres du général Anwei, ordonna au secrétaire le vieux ministre qui paraissait épuisé par l'effort qu'il venait de fournir.

Lorsqu'il revint chez lui, au Palais des Hôtes, Anwei paraissait avoir rajeuni de dix ans. Il rêvait de conquêtes, de gloire et d'honneurs. La machine avait redémarré. Il se sentait à nouveau utile.

*

— Avance... C'est bien, mon chéri. Oui. Tu vois, tu marches comme un grand garçon ! s'exclama la gouvernante Yaomei en écartant les bras.

Elle s'était accroupie devant l'enfant qui posait un petit pied devant l'autre en fléchissant les genoux tous les trois pas pour ne pas perdre l'équilibre. Poisson d'Or faisait l'admiration de la maisonnée de Lubuwei.

Il entamait à peine son huitième mois d'existence et commençait déjà à marcher. C'était un enfant potelé dont les joues écarlates donnaient envie de les embrasser. Lorsqu'il souriait, ce qui lui arrivait souvent, ses lèvres fines découvraient deux rangées de dents menues et blanches comme des perles. Ses cheveux, fait extrêmement rare, poussaient en boucles. Ses yeux couleur d'agate, perpétuellement en éveil, brillaient d'intelligence.

Yaomei avait l'habitude de promener Poisson d'Or dans les jardins du Palais Royal où il retrouvait, après la sieste de l'après-midi, le fils de Zhaoji et de Lubuwei. Parfois, Intention Louable se joignait à eux avec Zhaogao, l'enfant qu'elle avait eu avec Zhaosheng, le secrétaire de Lubuwei, à Handan. Les trois bambins n'avaient qu'un mois d'écart mais, à la Cour, tout le personnel de service les surnommait les « jumeaux » tant leur corpulence et leur taille paraissaient identiques.

Quand on y regardait de plus près, toutefois, c'étaient des enfants fort différents. Zheng avait encore un visage ingrat, tandis que celui de Zhaogao, presque trop fin, ressemblait à celui d'une fille. Le long nez de Zheng contrastait avec les délicats petits appendices olfactifs de Zhaogao et de Poisson d'Or.

Des trois, Poisson d'Or était incontestablement le plus charmant. Autant on avait envie d'embrasser les joues roses de l'enfant à la marque, autant le regard perçant du fils de Zhaoji et de Lubuwei intimidait, alors que Zhaogao courait toujours se réfugier dans les bras de sa mère quand on essayait de l'approcher. La chevelure dorée de Poisson d'Or contrastait avec celle, aussi noire que ses yeux, du petit Zheng. Zhaogao, bébé-caillou, n'avait pratiquement pas de cheveux sur le crâne, si ce n'est un fin duvet soyeux. La peau de ce dernier était plus blanche que celle de Poisson d'Or, qui était mate et presque dorée, tandis que celle du prince héritier du Qin, allergique aux poils de chien et à certaines plantes graminées, se constellait facilement de rougeurs.

À ces différences physiques s'ajoutaient, pour les accentuer encore un peu plus, celles du comportement. Autant Poisson d'Or, vif comme du mercure en fusion, était une petite boule de muscles prête à bondir, autant Zheng, plus maigre, paraissait plus lymphatique, presque nonchalant. Zheng était moins rieur et Poisson d'Or plus impulsif. L'un paraissait plus méfiant, l'autre plus direct. L'un rendait la balle lancée, et l'autre avait tendance à la cacher lorsqu'elle lui était retournée. Quant à Zhaogao, c'était plutôt un enfant taciturne, couvé par une mère possessive dont il était l'unique raison de vivre. Au sein du trio, il était le moins intégré, contraint qu'il était de se faire une petite place entre deux personnalités aussi antagonistes. Il observait les deux autres et se contentait souvent d'assister passivement à leur rivalité.

Malgré leurs dissemblances, les trois bambins s'entendaient à merveille et pleuraient toutes les larmes de leur corps lorsque leurs gouvernantes respectives devaient les séparer après leurs jeux de l'après-midi.

Ce jour-là, pendant que les « jumeaux » s'amusaient ensemble à faire des pâtés de sable, un homme s'était mis à les observer. Il était assis, à l'abri des regards, sur l'un des bancs de pierre adossés au mur de briques de la longue galerie couverte qui entourait le jardin d'agrément. Cet homme était le père d'une petite fille dont la maman était morte. Elle était à peine plus âgée que Zheng et il l'aurait bien vue, à ce moment-là, se mêler aux jeux des garçonnets.

Cet homme était le vice-Chancelier Lisi. La mort du roi Anguo l'avait surpris et quelque peu désarçonné. Il le savait malade mais avait espéré qu'il vivrait encore assez longtemps pour lui permettre d'accéder à des responsabilités plus hautes. Surtout, le décès de l'ancien roi mettait un terme à la mission qui lui avait été confiée d'éradiquer les pratiques et les croyances taoïstes de la cour du Qin. Il ne connaissait pas le point de vue de Yiren, si tant est qu'il en eût un, sur la question. Il lui faudrait à nouveau faire ses preuves devant un jeune homme à peine sorti de l'adolescence et qui ne connaissait rien des affaires publiques puisqu'il avait passé la plus grande partie de son adolescence comme prisonnier otage dans un royaume lointain.

Si le vice-Chancelier n'avait d'yeux que pour Zheng, c'est que la vision du petit prince éveillait en lui un songe grandiose. Sa fille, dont la beauté serait grande à en juger par ce qu'elle était déjà, avait le même âge que cet enfant. Avec un peu d'astuce, un jour, il ferait en sorte que son chemin croisât celui du prince héritier. Peut-être cette rencontre porterait-elle ses fruits ?

Il ne rêvait rien de moins que d'un destin royal pour sa petite Rosée Printanière. Il deviendrait le beau-père du souverain et sa fille deviendrait reine ! Lubuwei, alors, n'aurait qu'à bien se tenir...

Les cris stridents des enfants qui avaient commencé à se disputer le sortirent de sa réflexion. Zheng était à terre. L'un des deux autres garçonnets essayait de lui reprendre la pelle que le petit prince lui avait prise alors qu'il avait le dos tourné.

Une gouvernante vint les séparer. Entre-temps, Zheng avait lâché la pelle et s'était mis à pleurer.

Lisi, que seul le prince intéressait, n'avait pas eu un regard pour l'attitude volontaire, presque guerrière, du garçonnet lorsqu'il s'était mis en garde devant l'autre, pour bien lui faire comprendre qu'il ne fallait pas recommencer à lui chiper ses affaires, avant de le plaquer au sol.

Poisson d'Or, une fois de plus, avait maté ce pauvre Zheng.

39

Lorsque les choses étaient trop désirées, trop savamment planifiées, il n'était pas rare qu'on les trouvât plutôt fades au moment où elles se concrétisaient.

Tel était l'état d'esprit de Lubuwei quand Yiren, deux ans jour pour jour après son couronnement, l'avait nommé Premier ministre. Le citoyen de Handan n'avait éprouvé ni fierté ni plaisir particulier. Le nouveau roi n'avait fait qu'appeler à ses côtés celui à qui il devait tout et qui avait veillé à ce qu'il ne pût en être autrement. Ce n'était pas vraiment une surprise mais seulement la suite logique de l'action qu'il menait depuis que le prince otage était monté sur le trône du Qin.

Le marchand de chevaux célestes, lorsqu'il avait fait apposer le sceau royal sur son décret de nomination, s'était aperçu que son désir d'occuper ces très hautes fonctions avait singulièrement baissé, alors qu'il y a quelques années encore, il eût considéré cet événement comme l'aboutissement d'un rêve.

Lubuwei ne devait cette nomination évidente qu'à lui-même. Sur ce plan-là, et même s'il avait tendance à la considérer comme une bien piètre consolation, le stratagème élaboré avec Zhaoji avait au moins réussi au-delà de toute espérance. Grâce à leur opiniâtreté, ils avaient mis en place un dispositif qui encadrait les faits et gestes du jeune roi au point de le priver de toute autonomie. Zhaoji en était, bien sûr, la pièce maîtresse. Elle côtoyait le roi, l'avait totalement à sa main, en faisait ce qu'elle voulait. Effluves Noirs, dont Lubuwei avait appuyé la nomination en tant que Grand Chambellan après que Couteau Rapide lui avait chaudement recommandé le jeune eunuque, contribuait aussi d'une façon particulièrement efficace, grâce aux renseignements quotidiens qu'il lui fournissait, à la mise sous tutelle étroite de Yiren qui, à l'exception de sa passion de la chasse, n'avait d'yeux que pour sa femme.

Yiren en fait ne régnait guère, mais le benêt qu'il était n'en avait pas le moins du monde conscience. Le souverain du Qin, qui commençait enfin à mieux ajuster ses cibles au tir à l'arc, passait beaucoup plus de temps à traquer l'ours, le cerf et le tigre qu'à s'occuper des affaires du royaume, qu'il abandonnait entièrement au marchand de chevaux. Et l'éducation de son fils Zheng l'intéressait à peine.

Au royaume de Qin, le nouveau Premier ministre avait plus de pouvoirs qu'un vice-roi. Les eunuques qui prétendaient que Lubuwei était le véritable dirigeant du pays ne s'étaient pas trompés !

Pas plus que le vice-Chancelier Lisi, qui, conscient du rapport de force, était rapidement venu prêter allégeance à son nouveau maître. L'habileté avec laquelle ce dernier avait entrepris sa minutieuse conquête faisait que Lisi, même s'il n'avait pas tardé à le jalouser, reconnaissait en Lubuwei son modèle. Il avait parfaitement décortiqué la façon dont le marchand avait peu à peu gravi les marches qui l'avaient conduit à ce pouvoir sans partage qu'il exerçait désormais.

Pour accéder au pouvoir suprême, il convenait de se rendre indispensable au moins dans un registre particulier et, ensuite, de faire en sorte d'en tirer le plus grand parti. Lubuwei avait admirablement utilisé à son profit la dramatique pénurie de chevaux qui sévissait au Qin lorsqu'il y était arrivé.

Lisi pensait disposer d'autres atouts. Il possédait parfaitement les arguties et les mécanismes intimes de la pensée légiste. En mettant en place les idées et les méthodes qui en découlaient, il comptait jouer un rôle décisif dans l'organisation d'un État moderne qui ferait du Qin une vraie puissance économique et militaire, capable de prendre un ascendant définitif sur ses voisins. Et il importait que le mérite lui en revînt.

Ce devrait être un État où le peuple obéirait au doigt et à l'œil dès lors que le pouvoir central lui assurerait le minimum vital. Un État où les armées seraient dotées de moyens colossaux. Un État qui pourrait s'incarner dans un empire, comme aux temps anciens des Shang ou des Zhou. Un État dont la gouvernance serait facile puisqu'elle serait fondée sur la terreur. Un État dont le prince pourrait dormir sur ses deux oreilles et un État dont Lisi deviendrait, pour le compte d'un prince inaccessible, le Grand Surveillant, la Grande Bouche et les Grandes Oreilles. Un État où Lisi dirigerait tout.

Alors, il serait parvenu à ses fins.

Il se voyait d'ailleurs aller plus loin encore que Lubuwei, auquel il reprochait ses sentiments de sympathie à l'égard du peuple, dans l'intérêt duquel il prétendait agir. Le marchand de chevaux célestes aimait les gens et de ce fait, pour lui, la fin ne justifiait pas tous les moyens. Lisi, au contraire, plaçait la Loi et l'État au-dessus du reste. Tous les moyens étaient bons pour faire régner l'ordre !

Lubuwei utilisait le pouvoir comme un moyen, Lisi aimait le pouvoir pour ce qu'il était.

Lisi serait donc celui qui ferait du petit royaume de Qin un immense et implacable empire. Mais pour arriver à des résultats aussi ambitieux, il lui fallait absolument devenir un ministre de plein exercice... Et la meilleure façon, pensait-il, d'obtenir un ministère plein était d'aller en parler au plus vite au nouveau Premier ministre, au moment où celui-ci mettait en place ses équipes.

Ainsi, dès le lendemain de l'affichage du décret portant la nomination de Lubuwei, il avait sollicité un entretien auprès de ce dernier.

Le nouveau Premier ministre du Qin avait fière allure dans le vaste bureau où se réunissait deux fois par mois l'ensemble du gouvernement sous sa présidence. Il était revêtu d'un long manteau de brocart de soie à motifs de tortue stylisée, bordé d'un col de zibeline. Sur la table, bien en vue sur son coussinet de soie, trônait l'énorme sceau qu'il avait seul le droit d'apposer sur les édits par lesquels il gouvernait le royaume au nom du roi Yiren.

— Je viens me mettre à votre service et vous souhaite plein succès dans vos entreprises, dit Lisi en s'inclinant devant Lubuwei.

— Pouvoir compter sur un partenaire aussi brillant ne peut que me réjouir, répondit le Premier ministre qui souhaitait, comme le voulait l'étiquette, honorer son premier visiteur de la journée.

Lisi, un peu gêné, ne savait trop comment aborder la question de son avenir au gouvernement. Poser platement sa candidature à un ministère de plein exercice eût été inconvenant. Il fallait plutôt amener Lubuwei sur ce terrain sans avoir l'air de prendre les devants. Il cherchait un moyen d'entrer élégamment en matière quand, à sa grande surprise, Lubuwei lui souffla la politesse.

— Je dois proposer à notre roi la liste de mes ministres et je voudrais savoir si vous souhaitez toujours faire partie du gouvernement du royaume, lui demanda-t-il.

— Je ne le ferai que si vous le jugez utile...

— Ma question ne valait-elle pas, en l'occurrence, réponse ?

— Dans ce cas, je suis très flatté.

— Quel serait votre domaine de prédilection si vous aviez le choix de votre ministère ?

— La Loi ! Je pense qu'il faut au Qin un véritable ministre de la Loi, avança-t-il d'une voix forte.

— Voilà qui réjouira mon ami Hanfeizi ! répliqua Lubuwei tout en faisant signe au philosophe bègue, dont Lisi n'avait pas remarqué la présence derrière le paravent de bois laqué placé dans un coin particulièrement sombre du vaste bureau mal éclairé, de venir vers lui.

Hanfeizi, qui avait rejoint le royaume de Qin depuis suffisamment de temps pour disposer du recul nécessaire à l'évaluation de la progression de ses idées dans le royaume, affichait une mine satisfaite. Le légisme, indéniablement, avait fini par s'y enraciner, en même temps que s'était effectuée l'ascension de Lubuwei. Le consentement de ce dernier – presque sacrificiel permettant l'union de sa femme aimée au nouveau roi témoignait, à ses yeux, de cette abnégation suprême que seuls possédaient les hommes de pouvoir, une abnégation qui savait mettre tous les moyens au service d'une fin. Le rêve du philosophe bègue d'accéder au statut de conseiller du prince s'était enfin réalisé ! Sa présence aux côtés du roi en était d'ailleurs l'insigne preuve.

À la vue de Hanfeizi, Lisi réprima une moue de déplaisir. Ses relations avec son ancien professeur s'étaient encore détériorées. Les deux hommes s'adressaient à peine la parole. Ils se saluèrent du bout des lèvres, sous le regard quelque peu gourmand de Lubuwei que cette rivalité exacerbée amusait.

La joute oratoire de deux esprits aussi brillants s'annonçait excitante.

— Je ne suis pas sûr qu'il faille à la Loi un ministre. La Loi doit guider l'action de tous les ministres du gouvernement, dit sobrement Hanfeizi.

C'était sa façon d'ouvrir les hostilités.

Lisi, qui redoutait plus que jamais les raisonnements

rigoureux du philosophe – dont l'apparente évidence les rendait difficiles à réfuter , répliqua avec agacement :

— Si je devenais ministre de la Loi, je serais le garant qu'elle sera respectée !

L'ancien élève était bien décidé à ne pas s'en laisser conter par son maître.

— Je voudrais répondre à ce jeune homme par un poème, reprit le philosophe bègue. Le voici :

Rien ne doit bouger, rien ne doit changer ;
Chaque chose doit être à sa place ;
De haut en bas doit régner le « non-agir » ;
À chacun son rôle : le coq veille, le chat chasse le [rat ;
Et le maître doit demeurer impavide.
Pour tenir, il faut savoir nommer correctement !

— Disons que je serai le coq qui veillera sur la Loi ! À moins que tu ne juges que je ne suis pas taillé pour ce rôle ! lança aigrement Lisi à Hanfeizi.

— Nommer correctement, voilà le problème ! C'est profond mais si elliptique... Tu veux parler du nom des choses, ou du nom des fonctionnaires destinés à occuper un poste particulier ? demanda Lubuwei à Hanfeizi.

— Je parle du nom des choses, bien sûr, car les hommes sont interchangeables dès lors que l'ordre des choses est respecté. Si l'esprit du prince n'est pas capable de bien nommer les choses, elles ne seront jamais à leur juste place. C'est pour cela que nommer, c'est tenir. C'est pour cela aussi que, de temps en temps, il faut savoir mener à bien la rectification des noms. Pour le reste, ajouta-t-il en regardant Lisi, je n'en dirai pas plus que ce poème...

Quand il eut fini de parler, il alla s'asseoir.

— Peut-être dans ce cas faudrait-il créer un poste

de ministre de la Loi et des Noms ? suggéra le Premier ministre en suivant du regard Hanfeizi.

Lisi observait Lubuwei avec inquiétude. Visiblement, ce dernier gardait toute sa confiance au philosophe bègue dont le visage fermé exprimait la profonde défiance qu'il éprouvait envers son ancien disciple. Le brillant exposé du vieux professeur sur les vertus d'une bonne dénomination des choses paraissait avoir ébranlé le Premier ministre. Il était bel et bien sous l'influence de Hanfeizi.

— Je propose que nous poursuivions notre discussion ces prochains jours, ajouta-t-il.

Lisi s'inclina respectueusement et sortit sans un mot. Il était consterné et furieux. On se jouait de lui, et il était bien décidé à ne pas se laisser faire ! Il avait pris conscience que, sur sa route, le principal obstacle était désormais le philosophe dont la confiance qu'il inspirait à Lubuwei renforçait l'emprise.

Sa théorie du « bien nommer les choses » était séduisante et il n'était pas loin de la faire sienne, mais il soupçonnait Hanfeizi de l'avoir mise en avant dans le seul but de retarder sa nomination comme ministre de la Loi en instillant le doute dans l'esprit de Lubuwei sur l'adéquation de ses capacités au profil de ce poste.

Avec de telles méthodes, le philosophe bègue était sûr d'arriver à ses fins.

Lorsque, exaspéré, venant de la pénombre du bureau du Premier ministre, Lisi déboula dans le vaste couloir inondé de soleil, cette lumière intense le força à cligner des yeux et à marquer un temps d'arrêt. Son éblouissement s'accompagnait d'une évidence : Hanfeizi était devenu pour lui l'homme à abattre.

Une semaine plus tard, Lubuwei constitua son gouvernement.

Ceux dont les noms avaient circulé étaient sur des charbons ardents. Deux jours avant que la liste des heureux élus, dûment estampillée du sceau royal, portant aussi, au regard de leur patronyme, leur nouvelle fonction, ne soit placardée sur la Tour de l'Affichage, plus rien n'avait filtré. Ce silence avait plongé les intéressés dans les affres d'une insupportable attente. Plus d'un avait consacré ces deux jours à invoquer l'Empereur de Jade qui commandait à tous les autres dieux et à manipuler des amulettes censées leur porter chance. D'autres étaient même allés trouver un médium pour lui demander de faire écrire sur le sable la planchette Fuji qui se tordait grâce aux souffles médiumniques, afin d'essayer de lire le nom du ministère que le Premier ministre leur destinait.

Dans la solitude de son vaste bureau, Lubuwei avait passé des heures à constituer son équipe gouvernementale, soupesant le pour et le contre, évaluant les conséquences de ses choix éventuels, changeant d'hypothèse, vérifiant que s'il satisfaisait un tel, ce dernier lui serait définitivement attaché, ou qu'en plaçant tel autre à la tête de tel ministère, il atténuerait les capacités de nuisance du nouveau titulaire de ce poste. Il s'efforçait d'ajuster au mieux l'équilibre des forces contraires qui s'exercent toujours au sommet du pouvoir.

Lorsqu'il arriva au cas de Lisi, sa perplexité fut grande.

Il connaissait l'ambition et le talent de l'individu, sa force de travail et son intelligence. Sa brouille avec Hanfeizi empêchait toutefois Lubuwei, sous peine de s'attirer les vifs reproches du philosophe bègue – voire de s'en aliéner la confiance , de le nommer au poste que Lisi avait souhaité occuper. La création d'un ministère de la Loi dont la direction aurait été confiée à l'ancien élève de Hanfeizi lui paraissait, de surcroît, comporter un grand risque. Les compétences extrêmement larges attachées à un tel ministère auraient fait de son titulaire une sorte de Premier ministre bis. Et cela, Lubuwei, en bon stratège, n'en voulait à aucun prix.

Il se méfiait trop de l'ambition de Lisi et de sa soif de pouvoir. Il partageait bien des idées du légisme revendiqué par Lisi, mais il ne souhaitait pas pour autant que le Qin basculât dans un régime absolutiste fondé seulement sur l'arbitraire de la Loi et la terreur inspirée au peuple. Inversement, il ne souhaitait pas priver Lisi d'une promotion à un ministère plein. Il craignait par-dessus tout les conséquences que pourrait entraîner chez le vice-Chancelier chargé de la promulgation des Lois et Décrets une déception trop cuisante.

Après s'être aéré l'esprit en effectuant un petit tour à cheval dans les collines, l'idée lui vint enfin de nommer Lisi ministre de l'Ordre Public. C'était l'un des plus importants ministères, puisque son titulaire avait à sa disposition la police et la gendarmerie, mais aussi, en cas de besoin et même s'il ne lui était pas hiérarchiquement rattaché, le Bureau des Rumeurs, ainsi que toute l'organisation judiciaire pénale.

Toutes les institutions coercitives relevaient des compétences du titulaire de ce poste. Chaque soir, le ministre de l'Ordre Public recevait sur son bureau le rapport sur tous les crimes et délits qui avaient eu lieu dans le royaume, les faits bizarres qui s'y étaient déroulés, et les noms de tous ceux qui étaient l'objet de soupçons.

Lisi deviendrait ainsi le Grand Gendarme du Qin. Il serait chargé de faire appliquer la Loi, à défaut de l'élaborer. Cela ferait de lui, au demeurant, l'un des hommes les plus puissants et les plus redoutés du royaume.

Le Premier ministre espérait que l'intelligence de Lisi lui permettrait de comprendre qu'en le nommant à ce poste, il avait répondu déjà à plus de la moitié de ses attentes.

*

Sous la surveillance de la douce et attentive Yaomei, la gouvernante de l'enfant à la marque, Zheng et Poisson d'Or jouaient aux billes entre deux pots d'arbousiers nains de la cour parsemée de gravillons qui ceinturait la tour centrale du Pavillon de la Forêt des Arbousiers.

C'était devenu un de leurs passe-temps favoris. De temps à autre, Zhaogao, le fils d'Intention Louable, se joignait à eux. Ce matin-là, sa mère l'avait laissé dormir plus tard.

Les deux garçonnets, que ce jeu amusait au plus haut point à en juger par leurs éclats de rire, commençaient à parler. Ils s'exprimaient avec des expressions de la langue écrite, ce qui surprenait fort les serviteurs du palais qui prêtaient l'oreille à leurs propos.

Zhaoji et Lubuwei avaient décidé de confier les deux « jumeaux » à un même précepteur, afin qu'ils reçoivent une éducation identique. C'était pour eux, aussi, une bonne façon de conjurer ce sort qui les avait empêchés de substituer Poisson d'Or à Zheng.

Leur choix s'était porté sur Accomplissement Naturel qui restait de très loin le lettré le plus savant et le plus cultivé du royaume.

Le Très Sage Conservateur avait compris qu'un refus de sa part à la proposition du Premier ministre, malgré les réticences qu'il pouvait éprouver à dispenser sa science encyclopédique à deux enfants en bas âge auxquels il fallait commencer par apprendre à lire et à écrire, aurait été fort malvenu.

Il les prenait tous les matins auprès de lui pour leur faire la classe.

Les cours avaient lieu dans la salle de lecture de la bibliothèque royale, située au premier étage de la tour centrale du Pavillon de la Forêt des Arbousiers. Le vieux maître n'avait qu'à choisir sur les étagères, où ils étaient soigneusement classés, un des milliers de rouleaux de bambou sur lesquels avaient été compilés tous les textes classiques dont certains remontaient à l'empire des Zhou et même à celui des Shang-yin. Il suffisait de détacher les cordelettes de soie qui le tenaient enroulé. Puis Accomplissement Naturel posait le texte à plat sur une table et apprenait aux deux enfants, comme s'il s'agissait d'un jeu, à en reproduire les caractères les plus simples.

Les deux garçonnets étaient aussi vifs et intelligents l'un que l'autre. Ils apprenaient sans peine à dessiner les idéogrammes dont il ne restait plus au vieux lettré qu'à leur expliquer le sens. Rien qu'en les reproduisant, ils parvenaient à les mémoriser. Les mois passant, Accomplissement Naturel avait commencé à leur inculquer des mots et des expressions plus complexes, qu'ils apprenaient toujours avec la même facilité. Il les appelait ses « petits lettrés » et éprouvait à leur égard un attachement grandissant.

Zhaogao, en revanche, l'exclu du trio des garçons, n'eut pas accès à ce privilège. La timide et réservée Intention Louable n'avait pas osé solliciter cette faveur auprès de Lubuwei. Elle lui tint cependant rigueur de ne pas le lui avoir proposé de lui-même, compte tenu du sacrifice accompli par son mari Zhaosheng, qui avait permis à Lubuwei de ramener Yiren de Handan sain et sauf. Paralysée par le souvenir de la vénération que son époux portait au marchand de chevaux célestes, elle avait fini par reporter sur Poisson d'Or les effets de son mécontentement. Mais l'effacement d'Intention Louable était tel que ce changement d'attitude vis-à-vis de l'enfant à la marque affecta à peine les relations de ce dernier avec la maman de Zhaogao.

Ce matin-là, pendant la récréation à laquelle Zhaogao par conséquent n'assistait pas non plus, la partie de billes entre les deux jeunes élèves avait tourné à l'avantage de Poisson d'Or.

Ce dernier avait réussi, au grand dam de son « jumeau », à prendre deux fois plus de billes. Sa poche en était pleine. Malgré tous ses efforts, Zheng ratait un coup sur deux, ce qui avait fini par provoquer une crise de larmes. Yaomei avait tenté, en vain, de consoler l'enfant royal.

C'est alors qu'une splendide bille jaune avait roulé sur le sol, aux pieds de Zheng qui s'était empressé de la ramasser en essuyant ses larmes. C'était un bien joli lot de consolation ! Les deux enfants s'étaient retournés pour voir d'où provenait cette petite sphère taillée dans un bloc d'ambre couleur de miel, et ils n'avaient vu personne. Ils en étaient restés médusés. La bille d'ambre semblait être tombée du ciel.

Yaomei n'avait pas vu arriver la bille jaune, elle brodait sur son banc sans prêter attention au jeu.

La partie reprit et Poisson d'Or continua de gagner. Une autre bille jaune vint encore rouler devant le petit prince. Cette fois, elle venait d'être lancée par une adorable petite fille, somptueusement vêtue, sortie de derrière le pot d'arbousier nain derrière lequel elle devait être cachée.

La fillette n'était pas beaucoup plus âgée que les deux garçonnets, quelques mois à peine. Elle riait aux éclats de toutes ses petites dents blanches comme des perles. Sa joie fut communicative. Zheng éclata de rire lorsqu'il la vit. Poisson d'Or ne fut pas en reste. Il alla vers la nouvelle venue, la prit par la main et, de l'air le plus sérieux du monde, la fit venir près d'eux.

— Rosée Printanière ! Viens ici, s'il te plaît, et laisse ces deux garçons tranquilles ! Et moi qui te cherchais partout ! héla une voix qui devait être celle de sa gouvernante.

Celle-ci s'approcha de la fillette. Elle était tout essoufflée.

— Mais qu'as-tu fait de tes boucles d'oreilles d'ambre ? Ton papa qui te les a offertes risque de ne pas être content..., s'écria-t-elle en constatant leur disparition.

La petite Rosée Printanière regarda sa gouvernante avec un sourire de défi. Pour rien au monde elle n'aurait avoué qu'elle les avait jetées au garçonnet qui pleurait pour le consoler.

— Laisse-la jouer ! Elle est si mignonne. Et regarde comme ils ont l'air de s'entendre, dit Yaomei à la gouvernante en l'invitant à s'asseoir auprès d'elle.

Les trois bambins, accroupis, têtes les unes contre les autres, sur le gravier, jouaient à présent aux billes comme s'ils se connaissaient depuis toujours. Rosée Printanière, qui ne maniait évidemment que les éléments de la langue orale possédés par les enfants de son âge, ne comprenait goutte à la façon de parler des deux petits garçons, et cela provoquait chez elle des fous rires qui généraient une hilarité encore plus forte auprès des garçons.

À la fin de la partie de billes, et au moment où il fallut se séparer, tant Zheng que Poisson d'Or émirent le vœu que la petite fille si rieuse et si gentille revînt jouer avec eux. À compter de ce matin-là, les trois jeunes enfants devinrent inséparables. Accomplissement Naturel, que la grâce et la beauté de la petite Rosée Printanière faisaient littéralement fondre, proposa à sa gouvernante de lui donner les mêmes cours qu'à Poisson d'Or et Zheng.

Quand Lisi en fut averti, il fut ravi. Une occasion aussi extraordinaire entrait parfaitement dans les plans qu'il formait pour sa fille.

De leur côté, Lubuwei et Zhaoji, à qui le vieux lettré avait toutefois jugé bon de s'en ouvrir en leur indiquant que les trois bambins étaient déjà d'inséparables compagnons de jeux, n'y virent pas d'inconvénient majeur et décidèrent de laisser faire.

C'est ainsi que la petite Rosée Printanière eut cette chance insigne, bien qu'elle fût du sexe opposé et au grand dam d'Intention Louable, choquée de voir qu'on préférait une fillette à son fils, d'intégrer le cours particulier royal.

*

Saut du Tigre tendit avec timidité le hufu d'Anwei à Wang le Chanceux qui en tenait l'autre moitié dans la main.

Il était fourbu après l'interminable chevauchée de six jours qu'il venait d'accomplir pour se rendre à cette étrange convocation du chef d'état-major des armées du Qin dont il ignorait la raison.

Les deux parties du petit chien de bronze niellé d'argent s'encastrèrent parfaitement. La réunion entre les deux hommes pouvait commencer.

— Je t'ai fait venir pour avoir l'avis d'Anwei sur le nouveau régiment dont nous lui avons confié le commandement, dit à l'ordonnance le chef d'état-major qui manipulait nerveusement son sceau de jade.

— Pourquoi ne pas l'avoir convoqué pour le lui demander directement ? demanda, quelque peu inquiet, Saut du Tigre.

Le jeune officier se tenait au garde-à-vous, sanglé dans son uniforme d'archer, devant le général Wang. Il portait autour de la taille une ceinture faite de plaquettes de jade assemblées par du fil de bronze. Elle était si large qu'elle lui servait aussi de cuirasse. Il avait pris soin de tailler sa moustache afin qu'elle retombe droit à l'aplomb des commissures de ses lèvres, comme le voulait le règlement du régiment du Nord que commandait Anwei.

— Si j'ai préféré avoir la réponse de ta part, cela ne regarde que moi ! Un ministre agit à sa guise ! répondit, agacé, le général en chef.

— D'après ce qu'il me dit, le couple du cheval et de l'archer est très efficace, même si la posture du tir à l'arc au galop est des plus fatigantes car elle demande beaucoup aux jambes du cavalier, hasarda l'ordonnance que la question continuait à perturber.

— Il faudrait que nos ingénieurs militaires se penchent un peu mieux sur la question afin de trouver un moyen pour que le corps du cavalier soit davantage retenu ! décréta Wang le Chanceux qui pensait déjà à ce qui allait devenir, deux siècles plus tard, ces pièces qu'on appellerait « étriers ».

Saut du Tigre ne comprenait toujours pas pourquoi il avait été convoqué au lieu et place d'Anwei par Wang le Chanceux et se doutait bien que cette entrée en matière cachait quelque chose de plus grave.

— Fatigante ! Fatigante ! Voilà donc pourquoi j'aurais sur mon bureau ce rapport qui fait état d'une pratique barbare de la part d'Anwei ! Est-il vrai qu'il offre de temps à autre un cheval en pâture à ses hommes ? Et qui plus est, en leur en faisant manger la viande crue ? Tout cela certainement pour leur donner des forces, si je comprends bien ce que tu viens de dire ! se mit à tonner le chef d'état-major qui brandissait sous le nez de l'ordonnance une lamelle de bambou gravée d'inscriptions.

Saut du Tigre, gêné, ne savait trop quoi dire. La colère du chef d'état-major le désarçonnait. Certes, de tels faits s'étaient déjà produits trois ou quatre fois et le jeune officier, que ces festins sanguinaires choquaient au plus haut point, ne s'était pas privé de confier à Anwei tout le mal qu'il en pensait. Pour autant, cela méritait-il que Wang le Chanceux en personne le convoquât pour le lui reprocher, alors qu'il n'y était pour rien ? Saut du Tigre n'était pas loin de considérer qu'il s'agissait là soit d'une mauvaise querelle, soit d'un nouveau prétexte.

— J'ai assisté au sacrifice de deux ou trois bêtes, bredouilla-t-il, mais à la décharge d'Anwei, il est vrai que la troupe se plaint très souvent de l'insuffisance des portions de viande rouge. L'avantage, avec un cheval, c'est qu'on peut nourrir en viande une centaine d'hommes pendant deux jours. Cela vaut mieux que la mise à mort de vingt chiens de race dont il faut réserver la viande pour le roi quand il célèbre l'arrivée des saisons...

Il arrêta soudain son explication.

Après tout, il n'était pas là pour parler au nom de son maître ni pour plaider sa cause auprès des autorités militaires ! L'irascibilité d'Anwei, que cette nouvelle campagne militaire était loin d'avoir fait disparaître, le mépris qu'il témoignait hélas trop souvent à son endroit et la tendance qu'il avait à le transformer en esclave ne l'incitaient pas non plus à se montrer trop zélé en de pareilles circonstances.

Le général Wang le Chanceux paraissait s'être quelque peu calmé. Il avait reposé son sceau de jade sur le bureau.

— En réalité, mon propos est tout autre. Nous avons souhaité te voir, et non ton général, à cause de bruits convergents qui nous parviennent. La rumeur, à Xianyang, s'enfle tous les jours un peu plus. Il se dit qu'Anwei armerait des troupes à sa propre solde pour un beau matin, qui sait, peut-être demain ? marcher sur la capitale du Qin et défaire son roi..., laissa tomber, l'air de rien, Wang le Chanceux.

Saut du Tigre le regarda d'un air totalement abasourdi. Jamais il n'avait imaginé ni entendu parler d'une telle chose !

Qu'Anwei en ait toujours gros sur le cœur lui paraissait évident, et qu'il considérât que le Qin ne le traitait pas avec les égards dus à ses qualités et à son rang, encore plus. Mais de là à penser que son patron fomentait une révolte militaire, qui de surcroît ne pourrait pas le mener très loin, il y avait un pas que Saut du Tigre, pour sa part, n'avait encore jamais franchi.

— Mais d'où tenez-vous de telles informations ? osa-t-il d'une voix timide.

— Nous avons, heureusement, un bon réseau de renseignements. Mais rassure-toi, tu n'es pas en cause. C'est bien pour ça, d'ailleurs, que je t'ai fait venir.

— Avec trente quadriges lourds à trois places et une centaine de cavaliers archers, je vois mal comment Anwei pourrait fomenter un coup d'État contre Yiren ! Tout cela me paraît pure calomnie, se crut-il permis d'objecter.

Saut du Tigre n'arrivait pas à croire les assertions du chef d'état-major. Le don, qui était le sien, de lire les événements à venir dans les souffles des vents et les couleurs de la terre et du ciel ne lui aurait donc, en l'espèce, servi à rien ?

— Ta jeunesse et ta bienveillance t'aveuglent. J'ai la tristesse de devoir te dire que tu ne vois pas vraiment ton chef tel qu'il est ! Compte tenu de ce qui s'est passé pour Anwei, nous sommes nombreux à juger logique sa volonté de prendre une revanche ! assena le général Wang.

— Vous vous méprenez. Anwei n'est pas homme à ressasser ainsi les choses. Tout ce qu'il souhaite, c'est revenir à Xianyang avec la conscience apaisée de celui qui, ayant fait son devoir pour son pays, en attend une juste reconnaissance. Le prince Anwei est tout sauf un rebelle...

— Tu es jeune et encore naïf. Crois-moi, il y a urgence !

Au point où ils en étaient, Saut du Tigre jugea qu'il n'avait pas d'autre choix que de pousser Wang le Chanceux dans ses derniers retranchements.

— Mais alors, admettons qu'Anwei soit le traître que vous décrivez, que puis-je faire pour vous alors même que je dois, comme tout bon soldat, obéir à ses ordres ?

— Nous aider en le mettant sous étroite surveillance. D'abord, tu ne lui diras rien de cette conversation. Ensuite, compte tenu de ce que tu sais, tu devras, à compter de ce jour, m'informer tous les mois sur tout ce qui se trame avec lui. Il s'agit là d'une mission d'une haute importance, qui te vaudra les galons de commandant si tu t'en acquittes loyalement, précisa le général Wang.

— Le chef d'état-major demande à un soldat de se montrer déloyal envers son général ! N'est-ce pas une situation étrange ?

— C'est un général de grade plus élevé que celui dont tu parles qui t'en intime l'ordre, trancha Wang le Chanceux qui commençait à regarder l'ordonnance avec sympathie.

Saut du Tigre comprit qu'il n'avait pas intérêt à s'opposer à un ordre aussi comminatoire. L'assurance de Wang le Chanceux l'ébranlait. Peut-être l'état-major du Qin disposait-il d'informations particulières sur des agissements d'Anwei que ce dernier lui aurait cachés ? Tout se mélangeait dans sa tête de bon petit soldat. Mais la partie était inégale, comment pouvait-il se soustraire à un ordre aussi péremptoire et venu du plus haut échelon de sa hiérarchie militaire ?

— Dans ce cas, je m'y résoudrai..., murmura-t-il, la mort dans l'âme.

— À la bonne heure ! Je savais que nous finirions par nous entendre, fit Wang le Chançeux en donnant à l'ordonnance une tape amicale sur l'épaule.

Puis il demanda à un serviteur d'apporter une assiette de pattes de poulet confites avec des galettes au miel et au sésame, ainsi qu'une cruche d'eau citronnée. Il fit goûter ces mets à Saut du Tigre qui s'en régala.

— Tu dois être loyal avant tout envers ton pays. Pour le militaire que tu es, promis à un avenir brillant, il n'y a pas d'autre voie possible, ajouta le général.

Les pattes de poulet étaient à la fois fondantes et légèrement craquantes. L'eau citronnée rafraîchissait sa gorge encore nouée par l'épreuve que Wang le Chanceux venait de lui faire subir. Petit à petit, le jeune officier commença à éprouver un peu moins de scrupules à l'égard d'Anwei. Après tout, il l'avait défendu loyalement mais il n'avait pas été mandaté pour s'en faire l'avocat !

Il agirait donc comme le généralissime le lui avait demandé. Il placerait le général Anwei sous surveillance.

Il interrogerait aussi les souffles et les couleurs, puisqu'il avait la chance de posséder cette science, pour deviner ce qui se tramait dans le cœur et dans l'esprit de ce prince auquel le trône du Qin avait échappé *in extremis*.

40

Le Premier ministre jouait au jeu de Yi contre lui-même lorsqu'il avait appris la nouvelle.

De stupéfaction, il avait renversé sur le sol les figurines de terre cuite qui étaient disposées sur le plateau laqué où figuraient soixante-quatre cases noires et rouges séparées par le trait blanc qui représentait la Voie Lactée de ce ciel soigneusement compartimenté.

L'assassinat du Grand Chambellan du roi du Qin dans des circonstances non élucidées contrariait au plus haut point Lubuwei. Il perdait là un élément important du dispositif d'encadrement qu'il avait placé autour de Yiren pour en assurer l'étroite surveillance.

Cela faisait bientôt deux ans qu'il avait obtenu qu'Effluves Noirs fût nommé au poste de Grand Chambellan. Le jeune eunuque avait tenu la promesse qu'il avait faite à Lubuwei de le servir fidèlement, il le renseignait secrètement chaque semaine sur les faits et gestes du roi qui lui paraissaient sortir de l'ordinaire, ainsi que sur les visiteurs qu'il recevait à son initiative. C'est dire qu'il n'avait pas grand-chose à lui révéler sur le comportement d'un jeune monarque qui passait la plupart de ses journées à la chasse et ne recevait presque personne en dehors de son Premier ministre.

Ce meurtre lui prouvait surtout, et c'était un motif d'inquiétude supplémentaire, qu'il contrôlait moins bien la situation à la Cour qu'il ne l'avait imaginé. Il éprouvait même la désagréable impression que les choses étaient en train de lui échapper.

Le lendemain de la découverte du corps l'attendait une autre mauvaise nouvelle. Peut-être, du fait de ses conséquences, bien plus terrible encore que la première. Il l'avait reçue par un simple message écrit, dont le contenu n'avait fait qu'accroître son inquiétude et sa perplexité.

Le cadavre d'Effluves Noirs avait été retrouvé par une patrouille de gendarmes, chargée d'inspecter les bords de la rivière. Il était coincé entre deux mottes herbeuses de la berge de la Wei, à une vingtaine de li en aval de Xianyang. Le corps de l'eunuque espion était gonflé comme une outre et sa peau bleuie tendue à craquer. Ses yeux avaient déjà été dévorés par des poissons carnivores. Seul le haut du crâne portait une large plaie, due probablement au heurt d'un objet contondant qui l'avait fait en partie éclater. Le corps avait dû séjourner dans l'eau depuis plusieurs jours à en juger par l'état de sa « boîte aux trésors » qui n'était plus qu'un minuscule magma informe dans lequel semblaient prises, tels des œufs de caille de mille ans, deux petites boules noires.

Le capitaine des gendarmes de la patrouille avait sans peine reconnu le jeune eunuque devenu Grand Chambellan du roi, les formes du visage d'Effluves Noirs n'ayant pas trop souffert de l'immersion. Sitôt rentré à la caserne, il avait dicté son rapport afin qu'il soit transmis dès le soir même, comme il était d'usage pour des faits aussi graves, au ministre de l'Ordre Public.

La disparition d'un personnage aussi important que le Grand Chambellan, qui avait été signalée trois jours plus tôt, avait suscité une émotion des plus vives à la cour de Xianyang. La gendarmerie du Qin avait été aussitôt mise en état d'alerte. Lisi avait ordonné que l'on multipliât les patrouilles et que l'on fouillât de fond en comble tous les endroits suspects. La découverte du corps assassiné d'Effluves Noirs avait ajouté encore à l'inquiétude et à la confusion.

Quant au message reçu par Lubuwei, le Premier ministre l'avait trouvé, au petit matin, à l'heure habituelle où il commençait sa journée de travail, glissé sous la porte de son bureau. Il tenait dans une colonne de six caractères qui avaient été gravés, à la hâte et avec gaucherie, par quelqu'un qui n'avait manifestement aucun don pour la calligraphie, sur une planche de tilleul de la longueur d'une paume.

On pouvait y lire : « Hanfeizi, espion du Chu et assassin d'Effluves Noirs. »

Atterré par cette dénonciation calomnieuse, Lubuwei avait précipitamment refermé la porte du bureau pour examiner au calme la planchette qui condamnait à mort le philosophe bègue. Son premier réflexe avait été de s'en débarrasser, par exemple en la cassant ou en la brûlant. Après tout, il suffisait de la faire disparaître et d'agir comme s'il ne l'avait jamais reçue ! Mais à peine avait-il commencé à réfléchir à la bonne façon de se défaire de ce témoignage qui lui semblait complètement absurde qu'un secrétaire était entré dans le bureau, apportant à la signature de Lubuwei l'édit par lequel le ministère de l'Ordre Public ouvrait une enquête criminelle à l'encontre du philosophe bègue. L'accusation avait dû être adressée en même temps au ministère de l'Ordre Public.

Le sang du Premier ministre se glaça : il n'avait plus le choix. Au stade actuel de la procédure, il était devenu impossible de s'y soustraire...

La lourde machine coercitive et inquisitoriale du Qin avait désormais entrepris son implacable marche. Dans un tel cas de figure, un Premier ministre, pas davantage que le roi lui-même, ne pouvait arrêter l'enquête et encore moins la procédure accusatoire qui s'ensuivrait.

Visé par une enquête criminelle, Hanfeizi serait d'office présumé coupable et il lui appartiendrait de démontrer que les charges qui pesaient contre lui étaient sans fondement, à défaut de quoi la justice du Qin le condamnerait à coup sûr à la peine capitale.

La mort dans l'âme, Lubuwei ne put donc faire autrement qu'apposer son sceau sur le texte que lui tendait le secrétaire. Sa main était plus indécise que d'habitude lorsqu'il s'exécuta.

Il poussa un très long soupir qui étonna quelque peu son interlocuteur.

Lorsque les gendarmes firent irruption dans la chambre qu'occupait toujours le philosophe bègue, au dernier étage du palais de Lubuwei sur la colline aux chevaux, Hanfeizi achevait de relire le dernier livre qu'il avait écrit. C'étaient une suite et une conclusion à la *Forêt des Anecdotes* dont il n'était pas peu fier et qui tenaient dans une vingtaine de rouleaux de tiges de bambou fendues par le milieu qu'un serviteur reliait les unes aux autres avec des cordonnets de soie.

En entendant le capitaine des gendarmes énoncer d'une voix forte les chefs d'accusation qui pesaient contre sa personne, Hanfeizi comprit instantanément que sa dernière heure était proche.

Il connaissait mieux que quiconque l'efficacité de la procédure accusatoire qui consistait à faire avouer les accusés sous la torture. Il avait écrit des pages entières sur son efficacité dissuasive et sur la garantie qu'elle assurait au pouvoir de donner toujours au peuple, face à un crime ou à un forfait perpétrés, le nom d'un coupable. Il avait raillé moult fois, dans ses historiettes qui servaient aussi d'adresse aux rois et aux princes, les souverains qui, pris d'une folle pitié, s'étaient laissés aller, pour leur plus grand malheur en général, à abandonner la procédure inquisitoire au profit de la procédure contradictoire.

Il se disait simplement, et cela l'aurait presque fait sourire car Hanfeizi était, à sa façon, un sage, qu'il n'avait pas envisagé que ce système injuste et oppressif dont il n'avait jamais cessé de vanter les mérites se retournerait un jour contre lui. Il savait que Lubuwei n'avait pas eu le choix en signant l'édit qui permettait d'enquêter contre lui.

Les institutions, et il prônait cela depuis assez longtemps pour ne pas avoir à le regretter maintenant qu'il en devenait la victime, étaient plus fortes que les hommes. Il avait sûrement fait l'objet d'une dénonciation calomnieuse, mais il était inutile de se demander d'où elle venait. Bien sûr, il pensa à Lisi et à son affrontement avec lui dans le bureau de Lubuwei deux ans plus tôt. Hanfeizi l'estimait parfaitement capable d'avoir organisé cette machination contre lui. Si tel était le cas, c'était du grand art. Mais il ne détenait aucune preuve de cela, alors que la découverte du cadavre d'Effluves Noirs sous-tendait parfaitement l'accusation de meurtre qui motivait cette enquête, même s'il n'existait aucun mobile sérieux pouvant expliquer son geste.

Pour la forme, on l'amena enchaîné à la morgue afin qu'il identifie à son tour le cadavre d'Effluves Noirs.

Comme il refusait de répondre s'il reconnaissait l'eunuque, l'un des gardes lui assena un coup sur la tête qui manqua de le faire défaillir. Son visage n'était plus qu'une rivière de sang.

Il ne se départit pas, pourtant, de son mutisme.

Amené dans sa cellule, le philosophe bègue se livra à des exercices de méditation et de respiration destinés à l'endurcir à la douleur. Il s'était juré de ne pas avouer ce crime qu'il n'avait pas commis. Il s'assit à même le sol et concentra son esprit sur le milieu de son ventre, à cet endroit où il se souvenait que les taoïstes, qu'il avait tant méprisés, disaient que se tenait le Champ de Cinabre où siège le Souffle Primordial Qi. Il importait qu'il arrive ensuite à dissocier son esprit du centre de son corps. S'il réussissait l'exercice, on pourrait, pensait-il, le frapper, le découper en lambeaux et lui rompre les os un à un sans qu'il ressente la moindre douleur.

Au bout d'une heure pendant laquelle il n'éprouva rien de plus que la douleur lancinante de sa plaie au crâne, il constata, non sans angoisse, que ce dédoublement était beaucoup moins évident à réaliser qu'il ne le croyait.

Les légistes ne se préoccupaient pas du corps mais de la seule loi de l'État, tandis que les taoïstes, considérant que le corps humain était construit à l'image de l'univers, s'investissaient dans sa connaissance et dans son contrôle.

Et si c'étaient eux qui avaient raison ? pensa-t-il soudain. Mais n'était-il pas trop tard pour se livrer à pareille constatation ? Hanfeizi se rendit compte en tout cas qu'il ne pourrait pas échapper aux atroces douleurs des tortures qu'on lui infligerait. La somme des écrits philosophiques et juridiques de tous ses ouvrages, qui en faisait l'un des grands penseurs de son époque, lui parut d'un seul coup bien dérisoire et inutile.

Quand le bourreau l'amena dans la salle d'interrogatoire, son visage tuméfié était déjà presque celui d'un mort tant il était défait. Il vit, assis au premier rang, le visage impassible du ministre de l'Ordre Public. Il essaya de croiser son regard mais l'autre s'y refusait et, malgré son insistance, s'arrangeait pour tourner la tête ailleurs. Il se dit que le courage n'était pas la vertu principale de son ancien élève.

Lorsqu'on lui dénuda lentement les tendons des talons, ce qui permit de l'accrocher par les pieds à deux petites potences fixées sur une planche, ses cris de souffrance étaient tels que les gardes eux-mêmes furent obligés de se boucher les oreilles. Mais Hanfeizi, tête en bas, le visage défiguré par la douleur et les hurlements, ne cessa de fixer Lisi jusqu'à ce qu'il perde connaissance.

Quand le bourreau abattit son sabre sur la nuque du grand théoricien du légisme, dont la tête dodelinait comme un gros coing mûr pendant à la branche du cognassier, le ministre de l'Ordre Public s'était déjà éclipsé de la salle de torture.

La tête de Hanfeizi roula sur le sol. Ses yeux exorbités exprimaient l'horreur d'un châtiment injuste.

Revenu dans son ministère, Lisi, pour essayer d'oublier le regard que le philosophe bègue lui avait lancé pendant son supplice, se plongea dans la lecture des rapports de police et de gendarmerie dont il faisait son miel.

Ils étaient l'écume qui remontait à la surface de toutes les turpitudes auxquelles les gens s'adonnaient en cachette et que traquait l'immense réseau des policiers et des espions chargés de la surveillance et de l'intimidation du peuple pour lui ôter toute velléité de révolte ou d'insurrection. Lisi parcourait toujours avec délectation ces lignes où, parmi les ragots et les rumeurs, des noms de suspects, ici et là, apparaissaient. Il avait tout pouvoir de les transformer en coupables. Il pouvait, au nom de la Loi, briser autant de vies qu'il le voulait. Ces rapports de police étaient le principal instrument de son pouvoir.

C'était d'ailleurs en prenant connaissance du rapport signalant au ministre de l'Ordre Public que le corps d'Effluves Noirs avait été retrouvé que l'idée avait germé dans son esprit.

L'occasion était trop belle ! Il avait su en profiter.

Il lui avait suffi d'accuser Hanfeizi de cet horrible meurtre dont on ne connaissait pas l'auteur et au sujet duquel aucun nom de suspect, heureusement, ne circulait. Il s'était contenté d'écrire, même s'il était un piètre calligraphe, la dénonciation du philosophe bègue sur deux planchettes, puis de glisser la première sous la porte du bureau de Lubuwei, afin d'inquiéter et de déstabiliser le Premier ministre, et la seconde sous la porte du sien. Les institutions du Qin avaient fait le reste.

Voilà comment il avait réussi à se débarrasser facilement et en toute impunité de l'homme qui le gênait. En agissant ainsi, il affaiblissait du même coup Lubuwei, qu'il privait de son principal conseiller.

Il avait fait d'une pierre deux coups. C'était un pas de plus sur le chemin qu'il s'était tracé. Un chemin sur lequel, tôt ou tard, le seul obstacle se nommerait Lubuwei.

Lorsque le bourreau vint faire signer à ce dernier, enfermé dans son bureau, la mine sombre, l'avis stipulant que la tête du philosophe Hanfeizi reposait désormais dans son caisson de sciure, le Premier ministre fit de grands efforts pour réprimer un sanglot au moment où il apposa son sceau sur la planchette toute maculée de sang.

Comme il aurait voulu, alors, se retrouver dans les bras souples de Zhaoji, esclave de ses mains expertes ! Cela faisait des mois qu'il ne pouvait plus l'approcher, et pourtant il ressentait des sensations aussi fortes et précises que si leur dernière étreinte eût daté de la veille ! Seules les cuisses douces comme la soie, la langue humide et pointue de Zhaoji, sa Vallée des Roses humidifiée par le désir qu'elle lui témoignait à peine posait-il ses mains sur elle, auraient été de nature à le consoler un peu de la mort de son ami et à apaiser l'angoisse qu'il éprouvait de n'avoir rien pu faire pour lui, tout Premier ministre qu'il fût.

Il ferma les yeux et repensa à leur dernière séance amoureuse, juste avant qu'il ne la laissât aller séduire Yiren. Aussitôt les images, les odeurs et les sons l'assaillirent. Il voyait ses jambes fuselées et souples comme des lianes, qu'elle avait posées sur ses épaules, mettant sa fente épilée de tout duvet juste au niveau de sa bouche afin qu'il pût y introduire sa langue sans le moindre effort ; il voyait l'aréole des tétons dressés de ses seins à peine alourdis par la grossesse ; il voyait ses lèvres charnues, à la carnation de pivoine, qui s'étaient ruées sur sa Tige de Jade à peine était-elle passée à leur portée pour en aspirer le suc intime comme le papillon qui butine une fleur ; il sentait sa peau soyeuse et lisse qu'il adorait mordiller et qui lui laissait à la bouche ce goût inexprimable fait d'un mélange de sel et de jasmin dont elle aimait tant s'asperger ; il s'étonnait des ruades de sa croupe frémissante, qui lui avaient rappelé la petite jument Akkal achetée à la foire aux chevaux lors de son premier séjour à Xianyang, lorsqu'il l'avait prise par-derrière, comme, selon le poème : *Deux loriots l'un sur l'autre, battant les airs de leurs ailes droites et fermes* ; il admirait l'ondulation de son ventre, tel un champ de millet mûr balayé par le vent juste avant la moisson, au moment où la jouissance transformait son corps en une cithare dont les cordes vibraient pour donner la note du plaisir intense ; il goûtait à la liqueur intime de son amante, qui s'était déposée sur la pointe de sa Tige de Jade lorsqu'elle avait joui : il avait encore à la bouche sa saveur étrange, légèrement musquée, et à l'oreille le fou rire qui l'avait prise lorsque, après s'en être enduit le doigt, il l'avait déposée sur sa langue avant de l'embrasser et de la pénétrer avec une frénésie qui ne s'était calmée que lorsque, à son tour, il avait explosé en elle...

Elle était là, couchée auprès de lui, complètement offerte. Aimante et désirable. Complémentaire. Le Yin de son Yang.

Il aurait voulu rester ainsi pendant des heures, interminablement, comme s'il lui faisait l'amour.

Car Lubuwei savait que lorsqu'il rouvrirait les yeux, elle ne serait pas là.

Et il voulait, le plus possible, retarder ce moment.

*

L'ordre de revenir à Xianyang avec la totalité de son régiment anéantit le prince Anwei et le laissa à la fois enragé et stupéfait.

Cela faisait à peine plus de deux années lunaires qu'il avait été envoyé à la frontière du Yan dans le but de conquérir une partie de cette vaste contrée de terres arables dont le Qin lorgnait autant les champs, où poussaient en abondance les cinq céréales, que les nombreux paysans qui pourraient faire de rudes et valeureux soldats.

Cette immense plaine fertile, aux vallonnements infimes que l'on pouvait contempler depuis les falaises rocheuses où le général commandant le régiment du Nord avait installé ses quartiers, ressemblait à la panse d'un énorme dragon au système pileux développé dont les poils auraient été les tiges du millet glutineux qui ondulaient comme la houle dès que le vent se levait.

Au début de l'hiver, les brûlis transformaient certaines étendues cultivées en nuages noirs qu'on aurait dit tombés du ciel sur le sol et qui continuaient, la nuit venue, à scintiller de mille feux de braises. Quelques mois plus tard, dès que les premières pluies feraient fondre la neige, une herbe vert tendre, dont raffolaient les bêtes, surgirait de cette terre noire et féconde.

Çà et là, des hameaux faits de maisonnettes troglodytes, creusées dans le lœss au-dessous du niveau du sol, se nichaient au creux des plis de cette panse. Ils abritaient les familles des pasteurs et des agriculteurs.

Dans les prés où, après les pluies, régnait toujours une activité pastorale intense, toutes sortes de ruminants se côtoyaient : vaches, moutons à poil long et épais, chèvres aux barbichettes de vieux lettrés, cerfs d'élevage aux andouillers majestueux, sans oublier ces petits chevaux robustes aux jambes recouvertes d'une fourrure bouclée qui leur permettait d'affronter la neige et le froid.

Plus à l'ouest, vers les steppes d'Asie centrale, ces

mêmes petits chevaux servaient de monture pour la redoutable chasse à l'aigle qu'Anwei aurait aimé pratiquer s'il avait réussi à dompter ces oiseaux aux ailes pointues et immenses qui tournoyaient très haut dans le ciel, inaccessibles au tir à l'arc, au-dessus de la faune qu'ils surveillaient à distance, prêts à fondre sur elle grâce à leurs yeux infaillibles.

Mais le clou du spectacle, barrant la prairie et les champs où elle serpentait, tel un gros lézard, était cette longue muraille faite de pierres et de terre séchée qui se dressait à quelques li de distance et servait d'horizon minéral à cette plaine dont on ne voyait ni le début ni la fin.

La Muraille du Yan, dont la construction, commencée un demi-siècle plus tôt, était en voie d'achèvement, faisait la fierté de ce royaume qu'elle était censée protéger des invasions de peuplades barbares, celles-là mêmes qui élevaient des chevaux et des aigles, et vivaient de pillage et de chasse dans les steppes semi-désertiques où l'herbe poussait au gré de pluies aussi torrentielles qu'incertaines.

Tous les dix li, sur une plate-forme qui s'élevait dans l'épaisseur de ce long mur dont l'arête s'élargissait pour former une petite tour, était posté un soldat regardant vers le nord, pour prévenir de toute invasion. Il fallait changer toutes les douze heures ces sentinelles que l'immobilité transformait en statues. Pour les besoins de cette cause, le Yan entretenait une véritable armée, dont les soldats pouvaient tout aussi bien mourir de soif l'été, desséchés par la canicule, que de froid l'hiver, glacés par la bise, car le règlement leur interdisait de quitter leur plate-forme pour quelque motif que ce soit avant la relève.

L'effort financier et humain nécessaire à sa construction avait considérablement affaibli le pays, dont les armées n'étaient plus que l'ombre d'elles-mêmes.

Cette déficience servait Anwei.

À la tête de son archerie cavalière dont la mobilité et l'efficacité étaient bien supérieures, il ne faisait qu'une bouchée des soldats du Yan lors d'escarmouches hebdomadaires qui lui permettaient de grignoter du terrain. Il était fier de planter le drapeau du Qin sur toutes ces langues de terre conquises les unes après les autres et de recevoir l'allégeance des paysans et des éleveurs qui passaient sous sa tutelle.

Pour récompenser l'ardeur de ses hommes, tous les trimestres environ, il leur offrait un cheval à manger. Le festin, qui durait deux jours et deux nuits entières, commençait par les libations du sang encore chaud de l'animal et se terminait par la remise de sa peau au soldat le plus valeureux, tandis qu'Anwei en conservait la crinière pour l'accrocher à sa lance. Celle-ci avait pris l'allure d'un étrange trophée que les soldats adverses prenaient pour l'incarnation d'un fantôme Gui de cheval mythique et qui les faisait fuir dès que le général fonçait sur eux en le brandissant.

Le temps n'était pas loin où il comptait, à force d'avancer, s'emparer d'un premier fortin de la Muraille. Dès lors, la conquête du Yan entier ne serait plus qu'une affaire de jours, car la chute de ce mur de pierres, outre son impact symbolique, priverait ce royaume de toute protection du côté du Nord.

Anwei avait son plan. Il lui suffirait de convaincre le Qin de contourner le Yan et de lancer une attaque massive par la steppe. Il deviendrait alors le général qui aurait apporté au Qin un royaume plus étendu encore que son propre territoire, et un réservoir inépuisable de chevaux célestes sauvages !

Ce rêve de gloire, qui le prenait par bouffées, ne s'accompagnait jamais de celui de fomenter un coup d'État en marchant sur Xianyang. Anwei était lucide. Lorsque, dans un rêve un peu fou, il se voyait venger par les armes l'humiliation que le Qin lui avait fait subir en se privant de ses services, il revenait très vite à des résolutions plus sages.

Il savait fort bien qu'à la tête de sa petite troupe il ne pouvait rien contre les immenses armées suréquipées et dotées des meilleurs chevaux du monde que le Qin pourrait déployer face à une telle initiative. Sa marche sur Xianyang n'aurait pas duré trois jours.

Sa revanche, il comptait plutôt l'obtenir par les mérites guerriers et ce courage dont il était coutumier. Il comptait ainsi plutôt sur le temps et la reconnaissance de son pays que lui vaudrait, du moins l'espérait-il, l'action obscure mais efficace qu'il menait au Yan. Il voulait simplement qu'il soit dit qu'il était le plus valeureux soldat du Qin. Il était prêt à montrer sa loyauté pour en tirer le meilleur parti. Anwei ne pouvait imaginer que tant d'efforts et d'abnégation de sa part ne seraient pas, un jour, récompensés.

C'est dire si l'ordre écrit de Wang le Chanceux, que l'officier lui avait donné à lire après avoir vérifié que les hufu s'encastraient correctement, l'avait laissé sans voix.

À quoi servait d'avoir affronté déjà deux hivers de gel et deux étés brûlants, d'avoir brisé la glace pour faire boire les chevaux puis, sous la canicule, d'avoir parcouru des dizaines de li pour leur trouver une mare ? D'avoir attendu des jours entiers, blotti contre un rocher ou sous la tente, que les tempêtes se calment et que les vents retombent pour combattre l'ennemi et le faire reculer petit à petit, en grignotant chaque jour une portion de territoire ? Tant d'efforts, tant d'abnégation et de lutte, aussi, contre ce découragement qu'il fallait toujours cacher à ses hommes, étaient réduits à néant par une simple lamelle de bambou sur laquelle figurait le sceau royal du Qin que le messager venait de lui remettre.

Hagard, il regardait l'envoyé de Wang le Chanceux

dont le visage était demeuré impassible sous la casquette de peau de buffle des coursiers royaux.

— Mais... Mais, dans moins d'un mois lunaire, je pourrai prendre ce mur !... parvint-il à bredouiller en désignant la muraille de pierres sèches qui barrait l'horizon une dizaine de li au-delà de l'endroit où ils se trouvaient.

— L'ordre du roi du Qin ne se discute jamais. Il faut rentrer, répondit l'envoyé de Wang le Chanceux sur un ton tranchant comme la lame d'un poignard.

— Même s'il devait priver le Qin de la victoire totale contre le Yan ? clama-t-il, la voix pleine de colère.

— Il faut revenir avec vos hommes à Xianyang le plus tôt possible, lâcha le messager en faisant signe à Anwei de lui rendre sa moitié de hufu.

Avant que le frère d'Anguo ait pu répondre, le messager à la casquette de peau de buffle était remonté sur son cheval puis reparti au grand galop. Il n'était plus qu'un nuage de poussière sur le chemin caillouteux qui descendait de la colline de pierres où l'armée bivouaquait vers les plaines plus riantes du Sud, là où, à une centaine de li, on pouvait rejoindre la route empierrée qui menait à Xianyang.

Depuis qu'il se sentait surveillé par Saut du Tigre, les rapports qu'Anwei entretenait avec son adjoint n'étaient plus les mêmes.

Ils étaient à présent empreints de méfiance réciproque.

De son côté, Saut du Tigre, prisonnier de la parole donnée à Wang le Chanceux, ne voyant toujours rien dans les actes d'Anwei qui laissât supposer sa félonie, s'était enfermé dans un mutisme obstiné. Il fallait qu'une escarmouche contre le Yan fût particulièrement exaltante pour lui tirer un petit cri de guerre et une intonation joyeuse. Le reste du temps, il accomplissait son travail sans un mot et ne répondait que par bribes aux questions d'Anwei qui s'inquiétait de le voir d'humeur si morose.

Aussi Anwei se garda-t-il bien de faire part à son adjoint de l'ordre venu de Xianyang. Il fit comme si de rien n'était et rentra sous sa tente, où il se mit à polir la lame de son épée de commandement.

Saut du Tigre, qui avait assisté à l'arrivée et au départ du messager royal, se doutait bien que quelque chose de grave était en train de se passer. L'arrivée inopinée du messager était aussi le signe que le chef d'état-major du Qin l'avait abreuvé de bonnes paroles et ne lui faisait pas plus confiance qu'à Anwei.

Furieux de ne pas avoir été mis dans la confidence par Wang le Chanceux, il considéra qu'il s'agissait là d'une preuve de défiance à son égard, qui remettait en cause ce pacte qu'il avait passé avec le chef d'état-major et dont il se sentait délié.

Comprenant soudain qu'il avait été complètement manipulé par les autorités du Qin, il jugea que le plus simple était de s'en ouvrir à Anwei.

— Il y avait longtemps que tu n'étais pas venu me voir sous la tente ! lui lança Anwei.

— Je suis transi de honte devant vous, fit ce dernier en se prosternant.

Pleurant à chaudes larmes, il raconta sa convocation chez Wang le Chanceux, les soupçons du général au sujet de la loyauté d'Anwei et la mission de surveillance que le chef d'état-major des armées du Qin lui avait confiée.

Plus Saut du Tigre avançait dans ses propos et plus il voyait la colère monter chez Anwei dont le visage ne cessait de s'empourprer.

— Je comprends mieux à présent ce qu'on m'a fait ! Ils ont d'abord cherché à m'éloigner. Puis, voyant que je réussissais, voilà qu'ils veulent m'abattre sous un prétexte fallacieux... Ces gens voient le mal partout !

Ce royaume où règne le soupçon ne mérite pas que je le serve. Ce pauvre Yiren n'est entouré que de manipulateurs, et il les laisse faire ! Ce garçon est un incapable. Un seul geste de sa part et cette cabale cesserait. C'est lui, et lui seul, l'irresponsable, qui tolère les félonies de tous les autres ! tonna, ivre de rage, le général exilé.

Il pensa à Fleur de Jade Malléable et à leurs cinq enfants, obligés de vivre dans ce nauséabond nid d'intrigues. Ils ne tarderaient pas, si ce n'était déjà fait, à connaître eux aussi la disgrâce et l'opprobre.

— Admettons. Mais que faut-il faire ? hasarda Saut du Tigre que les propos indignés d'Anwei avaient achevé de convaincre de sa bonne foi.

— Revenir à Xianyang, jamais ! Il faut partir loin avec nos hommes, il n'y a pas d'autre choix. Sinon, ils nous auront.

— Mais qu'allons-nous dire à nos valeureux cavaliers et archers ?

— La vérité. Ils me sont dévoués. Ce sont mes hommes, j'ai confiance. Ils me suivront là où je leur dirai d'aller et comprendront mes raisons.

— Et comment nourrirons-nous les hommes et les bêtes ? demanda timidement Saut du Tigre.

— Par la rapine, la ruse et la force, comme les bandits de grand chemin et les pillards, puisque le Qin nous y contraint, assena Anwei.

Dans les yeux du général déchu brillaient déjà, étincelants, l'éclair de la haine et cette inextinguible soif de vengeance qui, désormais, allaient guider toute son existence.

D'Anwei, le Qin venait de réussir à faire un rebelle.

*

La main parcheminée et tavelée caressait le sein ferme et toujours parfait de la reine mère.

— Ta peau est aussi doucc qu'il y a vingt ans et tes seins toujours pointus et fermes. J'ai l'impression de t'avoir quittée hier !

Élévation Paisible de Trois Degrés se pelotonnait dans les bras de Huayang comme un enfant dans le corps de sa mère. C'était encore un assez beau vieillard, que les années n'avaient pas trop abîmé. Il avait conservé ses fonctions de Grand Officier des Remontrances mais l'État, que son réseau tentaculaire de surveillance de la population dissuadait désormais d'enquêter sur ses propres dysfonctionnements, avait cessé de le solliciter. Il coulait des jours paisibles à s'adonner à la calligraphie des *Entretiens* de Confucius, en pestant contre la dérive légiste d'un État qui n'avait jamais vraiment trouvé grâce à ses yeux.

Lorsque le vieux duc avait reçu l'invitation de Huayang à venir la rejoindre dans sa chambre, cette divine surprise lui avait fait retrouver les ardeurs et l'émotion d'un jeune homme. Les années où il avait été son amant restaient son meilleur souvenir. Il n'avait jamais croisé de femme aussi sensuelle et experte, et douée d'une intelligence aussi vive.

Son jardin intime, toujours aussi soigneusement entretenu et lisse de toute pilosité, exhalait son parfum habituel qui était un mélange de jasmin, de coriandre et d'épices aux senteurs étranges venues des oasis de l'Ouest. Les doigts tremblants du vieil homme retrouvèrent sans peine la douceur humide de la Sublime Porte de son ancienne amante, provoquant un frisson qui fit onduler son ventre à peine bombé.

Le vieux duc craignait que son Bâton de Jade ne répondît point, en l'occurrence, aussi aisément qu'avant.

Il constata avec bonheur qu'il s'était trompé.

Il avait suffi que Huayang écartât doucement le pli qui fermait sa longue tunique pour que, à la vue plongeante que ce geste lui permettait d'avoir sur la Vallée des Roses qui s'en allait mourir dans l'obscurité de son entrejambe, il sentît son membre se durcir. Comme avant. Heureux comme un enfant, il se sentait renaître.

Quand elle eut fini de lui soutirer sa liqueur intime, ce qui provoqua chez le duc un râle de plaisir si puissant qu'elle dut lui placer la main sur la bouche pour éviter que les serviteurs, postés dans l'antichambre, n'entendent tout, elle lui fit part de l'objet du rendez-vous qu'elle lui avait accordé.

— L'âge commence à se faire sentir en moi. Je dois veiller à ce que mon corps conserve ses attraits. Mon Souffle Qi risque de pâtir de ces années d'abstinence sexuelle.

— Tu ne vas pas me dire que tu crois encore à ces sornettes taoïstes qui permettent à ses prêtres de s'accoupler en toute impunité avec de jeunes beautés au nom d'exercices censés améliorer les fonctions vitales ? s'exclama Élévation Paisible de Trois Degrés d'un ton plutôt agacé en rajustant ses braies de lin noir.

Que Huayang ne l'ait pas fait venir pour ses beaux yeux, passe encore... Mais que ce soit pour s'adonner à l'exercice taoïste consistant à fusionner le Yin et le Yang, cela le consternait. Malgré l'indulgence que conférait la vieillesse, il continuait à éprouver une profonde répulsion pour ces croyances populaires qui faisaient, selon lui, leur miel des penchants les plus sordides de l'espèce humaine, et n'avait jamais admis qu'une femme aussi intelligente que l'était Huayang pût accorder le moindre crédit à ces pratiques obscures et, pour tout dire, profondément avilissantes.

— Non seulement j'y crois, mais j'entends continuer à les pratiquer ! Si mon corps est aussi bien conservé, c'est grâce aux exercices auxquels je m'astreins tous les jours, répliqua-t-elle en dévoilant entièrement son corps blanc comme l'ivoire.

Élévation Paisible de Trois Degrés demeura ébloui par la beauté de ces formes intactes.

Alors elle introduisit l'index de sa main droite dans

sa Sublime Porte pour l'imbiber du mélange des liqueurs intimes qui s'y étaient répandues. Elle porta son doigt à sa bouche en fermant les yeux.

— Une goutte de cet élixir mélangé va prolonger au moins pendant six mois lunaires la vigueur de mon souffle vital. Tu aurais tort de t'en priver, dit-elle au vieux duc en lui offrant de sucer son doigt humide.

Il refusa en dissimulant tant bien que mal un certain dégoût.

— Peu m'importe, après tout, le but que tu recherches, pourvu que je puisse revenir de temps à autre partager ton étreinte, dit-il, résigné, en contemplant le corps splendide de la femme qu'il aimait toujours.

— Il est temps de partir, sinon nous allons éveiller des soupçons. Même si cela prête moins à conséquence en raison de nos âges et de nos statuts respectifs ! ajouta-t-elle en riant.

Le vieux duc la quitta après lui avoir longuement embrassé les mains, sans oser lui dire qu'elle l'avait fait à son tour rajeunir de dix ans.

Lorsqu'il se fut éclipsé, Huayang prit soin de ne pas essuyer le doigt qu'elle avait porté à sa bouche. Elle devait le garder intact pendant quelques heures en prévision de la visite de Zheng et de Poisson d'Or qu'elle avait invités à goûter.

Elle ne se contentait pas de se livrer à son exercice quotidien devant le « corps écrit » du petit Zheng, elle adorait voir cet enfant, le toucher, le caresser, le serrer dans ses bras. Et comme Zheng et Poisson d'Or étaient inséparables, elle avait pris l'habitude d'agir de même avec Poisson d'Or. Au fil de ces rencontres avec les deux bambins, elle avait fini par s'attacher autant à lui, petit garçon des plus affectueux, qu'au propre fils de Zhaoji, même si elle ne l'associait pas à ses méditations, faute de disposer de son « corps écrit ».

Ce jour-là, l'étreinte amoureuse qu'elle avait partagée avec son vieil amant avait réveillé tous ses sens.

Elle était épanouie et heureuse lorsqu'elle fit entrer dans sa chambre les deux petits garçons.

Toujours selon le même cérémonial, après leur avoir distribué une ration de sucreries à base de gingembre confit, elle leur montra son brûle-parfum Boshanlu. De joie, ils battirent des mains. Puis elle alluma des braises et y jeta de l'encens et un peu de poudre jaune qui crépita. Les deux enfants, toujours aussi émerveillés par cette manipulation à laquelle ils avaient pourtant assisté maintes fois, contemplèrent les volutes des fumerolles qui s'élevaient en direction du plafond à caissons.

— Il faut d'abord taper dans ma main en jurant de garder pour nous nos petits secrets, murmura Huayang.

Poisson d'Or se précipita le premier en riant pour coller sa paume à celle de la reine mère. Les volutes formaient à présent une épaisse fumée d'encens et des gerbes d'étincelles fusaient du brûle-parfum.

— Qu'est-ce qu'on doit dire maintenant ? ajouta-t-elle comme un maître interroge ses élèves.

— Mon cœur s'ébattait dans le commencement des choses ! s'écrièrent ensemble les deux garçons qui s'étaient accroupis devant le petit brûle-parfum.

C'était une phrase de Laozi telle que la rapportaient les écrits de Zhuangzi. Ainsi débutait la description du corps cosmique du maître du Dao, image de l'univers tout entier. Puis elle leur apprit une autre phrase, puis une autre encore.

— Mais est-ce que Laozi le Vénérable était un gentil monsieur ? demanda Poisson d'Or de sa petite voix flûtée.

— Plus que gentil. Sans lui, les hommes seraient très malheureux. C'est lui qui nous a appris la voie du bonheur et de l'harmonie qu'à votre tour, lorsque vous deviendrez grands, il vous reviendra de pratiquer, expliqua-t-elle aux deux enfants qui buvaient ses paroles.

C'était de cette façon, par le jeu et l'émerveillement, en usant de cette douce persuasion dont elle faisait preuve et surtout grâce à cette tendre confiance qu'elle suscitait auprès des deux garçonnets, que Huayang avait décidé d'initier secrètement Poisson d'Or et Zheng à la Grande Voie du taoïsme, à ses principes et à ses pratiques.

Les flammes s'éteignirent et la fumée se dissipa. Il était temps d'arrêter là, avant d'éveiller les soupçons des gouvernantes et des servantes qui papotaient dans le jardin d'agrément.

Elle embrassa tendrement ses deux petits disciples, puis elle s'arrangea pour passer dans leur chevelure sa main droite dont l'index avait recueilli l'élixir mélangé et qu'elle avait pris soin de ne pas essuyer.

Elle était heureuse. Elle venait de leur donner encore un peu plus de son énergie vitale.

Elle se sentait utile et, à ce moment-là, c'était bien ce qui lui importait le plus.

41

— Je vous ai dérangé pour vous supplier de m'accorder une ultime faveur, confia avec respect Lubuwei à Accomplissement Naturel après l'avoir invité à s'asseoir devant lui.

Le Très Sage Conservateur du Pavillon de la Forêt des Arbousiers se demandait ce que pouvait cacher un tel assaut d'obséquiosité de la part du redouté Premier ministre du Qin.

— Je suis votre très humble serviteur, lui répondit-il en essayant de cacher au mieux l'anxiété que cet entretien provoquait dans son esprit.

Lubuwei avait l'air songeur. En l'observant, tassé dans son fauteuil, Accomplissement Naturel constata qu'une série de petits plis alourdissaient légèrement les commissures de ses lèvres et accentuaient imperceptiblement le plissement de ses paupières. Comme à son habitude, le Premier ministre prit la parole d'une voix lente et douce.

— Vous risquez de me considérer comme un être présomptueux et pétri d'orgueil, mais vos qualités de jugement m'ont incité à vous dévoiler aujourd'hui mes plus intimes aspirations.

— C'est là une marque de confiance qui vous vaut ma plus grande estime, assura aussitôt le vieux lettré.

— Voici ce dont il s'agit. Les années passent et je

commence à en ressentir le poids. Cela fait bientôt six ans que je suis le Premier ministre du Qin et j'éprouve le besoin de laisser aux générations futures une chronique ou un livre écrit qui résume un peu tout ce que l'esprit humain connaît déjà. Mais le poids de ma charge ne me donne pas le temps de me livrer à une telle compilation. Aussi ai-je naturellement pensé à vous. J'ajoute que l'enseignement que vous dispensez au prince héritier et au jeune Poisson d'Or confirme, s'il en était besoin, l'étendue de votre culture ainsi que votre capacité à classer et à ordonner ces textes anciens qui, à première vue, se ressemblent tous. La plupart, il faut bien le dire, sont abscons, hermétiques, difficiles à comprendre pour le commun des mortels. J'aimerais pouvoir en présenter une compilation assortie de commentaires, qui les rendît en quelque sorte plus accessibles. Qu'en pensez-vous ?

— C'est là une initiative hautement méritoire ! se borna à constater le Très Sage Conservateur.

Accomplissement Naturel venait de découvrir à quel point étaient grandes, et d'un ordre particulier, les ambitions de Lubuwei. Sa démarche, en effet, paraissait parfaitement adaptée à son profil.

Lorsqu'on ne pouvait prétendre soi-même à un titre de roi, il était tout aussi efficace, si l'on n'était ni architecte ni sculpteur ou fondeur de bronze, au regard de la trace qu'on souhaitait inscrire pour les générations futures, de donner son nom à un grand livre ou à une série de textes.

Ainsi, la mort atroce de Hanfeizi n'avait pas empêché son œuvre de lui survivre, et avec quel éclat ! Pas moins d'une vingtaine de scribes recopiaient non seulement la *Forêt des Anecdotes,* mais aussi les autres écrits du philosophe bègue, dont les exemplaires circulaient d'un royaume à l'autre comme autant de manuels du bien gouverner.

Si les hommes passaient, les écrits, eux, demeuraient.

Mais encore fallait-il posséder les qualités littéraires et philosophiques nécessaires à l'écriture d'un texte sensé et cohérent, ou encore d'un poème. Et cela n'était pas donné à tout le monde.

Lubuwei était parfaitement conscient de ses lacunes. C'est pourquoi il s'était habilement orienté vers la voie d'une anthologie, soit d'un recueil de textes compilés, dont l'objectif principal était moins de faire œuvre d'originalité que de vulgarisation.

— Puis-je compter sur vous pour m'aider dans cette entreprise ? demanda Lubuwei d'une voix pressante.

— Je dois réfléchir, c'est là une tâche immense ! Et quelle théorie souhaiteriez-vous faire valoir dans de tels écrits ? La théorie de Confucius, celle du Yin et du Yang, celle du philosophe Mozi, celle du regretté légiste Hanfeizi ? questionna habilement le vieux lettré qui cherchait désormais à pousser Lubuwei dans ses derniers retranchements.

— Toutes sans exception, y compris celle de l'école des Noms et celle des Stratèges ! Je ne suis pas un théoricien. Ce que je souhaite, c'est compiler le travail des autres, le classer et le mettre en forme pour qu'il soit plus accessible, répéta le Premier ministre.

— En somme, vous voulez que les générations futures puissent vous traiter de « grand pédagogue »...

— La formule n'est pas mauvaise ! observa Lubuwei en souriant.

Quel diable d'homme ! Peu de chose lui échappe ! se disait Accomplissement Naturel en observant attentivement le visage de Lubuwei qui avait commencé à s'animer.

— Avez-vous déjà pensé au titre que vous donneriez à votre livre ? interrogea, légèrement méfiant, le vieux lettré.

— J'ai son titre : *Chroniques des Printemps et des Automnes de Lubuwei*, annonça triomphalement le Premier ministre, particulièrement ficr de l'effet produit par ses paroles sur Accomplissement Naturel.

— Il est vrai que la bibliothèque royale possède tous les textes de ces écoles. Il suffirait de les classer par écoles et par thèmes, avança Accomplissement Naturel, que le projet de Lubuwei ne laissait pas indifférent.

— Si un jour, par malheur, les *Cinq Classiques* et les *Quatre Livres* qui sont l'héritage grâce auquel s'est formée notre pensée venaient à disparaître de la bibliothèque royale, cette compilation constituerait une sauvegarde pour les générations à venir ! ajouta, pensif, le Premier ministre.

— Pourquoi envisagez-vous une telle catastrophe ? Les bois dans lesquels sont construits nos rayonnages ont été enduits d'une substance qui les rend presque invulnérables au feu. Des gardes bibliothécaires veillent jour et nuit sur nos trésors écrits...

— Je n'ai pas dit qu'ils seraient détruits accidentellement ! Si tel devait être le cas, ce serait plutôt par un acte volontaire. Celui, par exemple, d'un despote qui voudrait, en éradiquant la classe des lettrés, empêcher la jeunesse de s'instruire en tirant profit des exemples passés afin de retirer au peuple toute capacité de jugement et de révolte... Et pour parvenir à ses fins, le despote déciderait, par exemple, de faire jeter tous les livres dans un grand brasier !

Devant l'air consterné d'Accomplissement Naturel qui se demandait quelle mouche avait piqué Lubuwei, celui-ci s'empressa de le rassurer :

— Bien sûr, tout cela n'est qu'une boutade ! Une telle hypothèse paraît hautement improbable...

Lubuwei suspendit alors sa phrase avant de poursuivre :

— ... du moins aujourd'hui.

Le vieux lettré regardait d'un air pensif le tripode de bronze posé sur le bureau où avaient été gravés les idéogrammes de l'édit par lequel Yiren avait nommé

Lubuwei Premier ministre du Qin. La prétendue boutade de ce dernier le faisait réfléchir. Elle lui semblait moins absurde qu'il n'y paraissait au premier abord.

Il aiderait Lubuwei à réaliser son projet. À toutes fins utiles.

— Votre proposition m'intéresse. Je suis prêt à m'atteler à cette tâche dès que mes fonctions de précepteur du prince héritier m'en laisseront le temps, annonça-t-il de sa voix douce en s'inclinant respectueusement devant Lubuwei.

Cet accord, somme toute facilement arraché au vieil érudit, eut l'effet d'un baume sur le cœur de Lubuwei.

Depuis la mort de Hanfeizi, plus les années passaient et plus les charmes du pouvoir suprême lui semblaient s'épuiser. Le doute le taraudait, ne lui laissant guère de répit. En laissant la femme qu'il aimait devenir reine, n'avait-il pas définitivement saccagé sa vie ? Il voyait, de loin, grandir son fils, avec la sensation que le garçon lui avait échappé à jamais. Quant à sa mère, l'impossibilité de la prendre contre lui, quand il l'approchait, lui pesait de plus en plus. Lorsqu'il lui arrivait de croiser le regard de Zhaoji, le cœur du marchand de chevaux célestes se serrait comme un nœud coulant, les sensations qu'il avait éprouvées dans ses bras lui revenaient comme par bouffées. S'il n'y avait eu l'étiquette qui voulait cette présence permanente des majordomes, des domestiques et des servantes autour de la reine, nul doute qu'il n'eût essayé de lui voler un baiser, de caresser, ne serait-ce qu'en l'effleurant, sa poitrine ou son ventre...

Il avait l'impression d'être sur un bord du fleuve et elle de l'autre côté, alors qu'ils étaient faits l'un pour l'autre.

Cette compilation de textes anciens, qu'il avait demandé à Accomplissement Naturel d'établir pour son compte, il n'aurait pu la réaliser s'il n'avait pas été Premier ministre du Qin. Ses fonctions, en l'occurrence, lui en donnaient tout de même la possibilité. Au moment où il atteignait l'âge où l'on commence le bilan de sa vie, c'était là, au moins, une certaine consolation et, pour ainsi dire, une contrepartie au sacrifice de son propre bonheur.

Et il éprouvait l'impression bizarre que cet austère travail de littérature et d'histoire, ces *Chroniques des Printemps et des Automnes de Lubuwei*, servirait de façon particulière aux générations futures, et que cette œuvre, en donnant un sens à la vie de celui qui l'avait imaginée, serait probablement la trace qui resterait après sa mort, puisqu'il avait laissé partir vers d'autres rivages le propre fruit de son sang.

*

Malgré les protestations de Zhaoji qu'une telle perspective rendait folle d'inquiétude, Yiren avait décidé d'emmener son fils à la chasse.

C'était la première fois que le roi s'intéressait un tant soit peu au petit Zheng.

Jusque-là, il s'était contenté de le voir grandir. C'était Zhaoji qui s'occupait entièrement de lui. Puis, l'enfant grandissant, celui qui croyait être son père avait pris peu à peu conscience de son existence. Sa décision de l'emmener chasser le daim relevait de cette considération qu'il commençait à témoigner à l'égard de son fils. Celui-ci venait d'accomplir huit ans, en comptant, comme c'était l'usage, à partir de la date de sa conception. C'était un vrai petit homme, qui s'exprimait dans un langage fort châtié et connaissait déjà une foule de choses. Il avait appris à se tenir agrippé à la ceinture d'un cavalier et s'essayait déjà avec un certain bonheur au tir à l'arc ainsi qu'au maniement d'un petit sabre de bois. Zheng était donc parfaitement capable de suivre une chasse à courre sur le cheval de son père.

Quand Yiren avait proposé à Zheng de l'emmener avec lui, le petit prince n'avait eu qu'un cri :

— Et Poisson d'Or ? Il faut qu'il vienne aussi !

Le ton du garçonnet s'était fait aussi impérieux qu'étaient grands la complicité et l'attachement qui caractérisaient ses relations avec Poisson d'Or.

— Bien sûr, il viendra avec nous. Il chevauchera derrière le fauconnier. L'animal du mois étant une bête à poil, nous irons chasser le daim, avait répondu Yiren.

Le souverain ne se sentait pas capable de contrarier son fils, même si la présence permanente aux côtés de Zheng de l'enfant du Sud-Ouest recueilli par Lubuwei finissait par l'agacer quelque peu.

Zhaogao aurait bien aimé se joindre à eux, il n'avait cependant pas osé faire part de son désir à Intention Louable. À peine plus âgé que Zheng et Poisson d'Or, mais surprotégé par sa mère dont le veuvage avait reporté sur cet unique fils l'amour qu'elle avait éprouvé pour Zhaosheng son époux, il se joignait désormais moins fréquemment à ses deux camarades.

Cela faisait des mois que Zheng demandait à son père de pouvoir l'accompagner quand il partait traquer le gibier. Pour les enfants, la chasse était un monde étrange, presque magique ; une quête initiatique à l'image de celle que Huayang leur enseignait secrètement, à ceci près qu'elle avait lieu dans une forêt profonde et que les animaux n'obéissaient pas à l'homme comme le corps humain pouvait être soumis à l'esprit.

Depuis leur plus jeune âge, Zheng et Poisson d'Or assistaient, fous d'excitation, au retour des chasses royales dont la pompe équivalait à celle des grandes parades militaires lorsqu'elles traversaient la ville. Ordonnés selon leur rang hiérarchique, tenant fièrement les trophées de leurs prises comme des oriflammes, cernés par les meutes de chiens à la robe fauve et aux canines acérées jaillissant des muselières, une centaine de chasseurs à pied et à cheval encadraient le roi. Plus loin derrière, un char lourd, qui répandait une forte odeur de sang, de souillure et de terre humide, transportait les animaux tués : oies et cochons sauvages, poules faisanes, biches et cerfs, ours, mouflons, singes hurleurs, loups blancs et gris, renards à la queue rouge. Toute la faune sauvage du Qin pouvait se trouver là.

Plus rarement, et ce jour-là un tambour célébrait l'événement dont on graverait la date sur un tripode de bronze, s'étalait la dépouille rayée tricolore du tigre dont le roi tenait fièrement la tête coupée sur l'encolure de son cheval. Les pattes et les parties de l'animal seraient découpées pour être séchées et conservées dans des coffres dont seul le monarque avait la clé. Elles deviendraient le médicament le plus recherché par les hommes qui souhaitaient retrouver leur vitalité sexuelle et permettraient au roi de récompenser certains de ses sujets dont il souhaitait s'attacher les services ou récompenser telle action.

Tout Xianyang, au demeurant, quel que fût le gibier rapporté, célébrait le retour des chasseurs, car chacun attendait impatiemment la distribution de viande qui aurait lieu le lendemain. Il faudrait se lever aux aurores et jouer fermement des coudes pour accéder aux carcasses et aux morceaux de chair qui seraient déversés en tas par les équarrisseurs devant la porte du Palais Royal.

La chasse au daim se déroulait en général dans une forêt de futaies hautes où poussaient à profusion des myrtilles et autres baies sauvages dont ces bêtes raffolaient.

Il ne fallait pas moins de trois jours de chevauchée pour s'y rendre, après avoir traversé un petit massif montagneux parcouru par les torrents où l'on pouvait, à condition de se poster aux bons endroits, surprendre au bord de la rivière les grands ours bruns en train de pêcher, d'un coup de patte, la truite saumonée.

C'est là que Yiren avait décidé d'emmener les deux enfants.

Ils quittèrent Xianyang au petit matin, à la tête d'une escouade d'une trentaine de chasseurs à cheval. Trois grands chiens à la queue dressée comme un dard de scorpion en colère les précédaient. Zheng se tenait serré contre son père, tandis que Poisson d'Or embrassait la taille d'un fauconnier nommé Biluan. Sur chacune des épaules de cet homme au crâne rasé et au visage glabre, dont le teint mat indiquait la provenance des steppes de l'Ouest, se tenait un oiseau de proie dont la tête avait été encapuchonnée dans un petit sac de peau de buffle tenu par des lanières.

Lorsque Biluan mettait son cheval au galop, les rapaces enfonçaient leurs serres immenses dans les épaulettes de cuir du fauconnier et Poisson d'Or sentait les plumes de leurs queues lui balayer doucement le front. Le reste de la troupe chevauchait en silence, arc et carquois de flèches attachés à la selle par des lanières de soie écarlates.

Lorsqu'ils arrivèrent sans encombre à l'orée de la forêt aux daims, la nuit allait tomber. Yiren donna l'ordre d'installer le bivouac. Deux chasseurs furent chargés d'aller tuer des cochons sauvages pour le dîner tandis que Biluan, après avoir décapuchonné ses faucons, les détachait pour leur permettre de s'envoler. À peine libérés, les oiseaux, d'un lourd battement d'ailes, quittèrent le sol, puis, en trois ou quatre légers coups d'empennage, allèrent se poser tout en haut de la cime d'un mélèze. Le fauconnier disposa deux boulettes de viande faisandée à ses pieds. Aussitôt, les rapaces atterrirent devant lui après un élégant vol circulaire qui se termina par le hachement saccadé de leurs voilures.

Poisson d'Or et Zheng jouaient à cache-cache au milieu des buissons de myrtilles, comme deux jeunes chiens qu'on vient de détacher de leur laisse, pour se dégourdir les jambes. Les enfants se ruèrent sur les petites sphères couleur d'ardoise et gorgées de sucre. Puis ils se tirèrent mutuellement leurs langues pointues bleuies par les myrtilles, ce qui eut le don de leur provoquer un fou rire dont ils ne se départirent que lorsque, épuisés, on les coucha sur une couverture après le dîner.

— Il faut bien dormir. Demain, les choses sérieuses commencent. Tu vas jouer au chasseur pour de vrai ! dit gentiment le roi Yiren à son fils.

Le lendemain, la battue à pied commença alors qu'il faisait à peine jour dans la forêt obscure et silencieuse où les troncs des mélèzes s'élevaient comme les colonnes d'un temple. Des gazouillis d'oiseaux troublèrent peu à peu le silence, le soleil provoquait l'éveil de la forêt.

Yiren, comme son statut et son rang le requéraient, marchait à l'avant, une longue dague à la main. C'était à lui que reviendrait l'honneur de poignarder le premier animal qui tomberait à terre après avoir été traqué par les chiens.

Derrière lui venait le fauconnier. Il aurait à libérer ses rapaces si les chiens, oreilles basses et langue pendante, revenaient bredouilles. L'endroit où ils se mettraient à tournoyer dans le ciel soulignerait la probable présence d'un faon dont les parents n'étaient jamais très loin. Alors les chiens, ragaillardis, ayant comme par miracle retrouvé leur flair, entameraient leur course effrénée jusqu'à ce que l'un des cervidés, épuisé par sa fuite, commît l'erreur fatale qui le ferait chuter à terre. Cerné par les molosses, les muscles contractés par la peur, hoquetant à force d'essoufflement, l'animal à la robe rouge parsemée de boules blanches comme des nuages serait alors tué par le piqueur, d'un puissant coup de dague à la base du cou.

Les deux enfants suivaient tant bien que mal la cohorte des chasseurs qui avançait à vive allure derrière les chiens. Ceux-ci n'avaient pas tardé à humer les traces de musc que les daims laissaient sur leur passage.

La traque était si excitante et paraissait tellement prometteuse que les hommes, tout absorbés qu'ils étaient à bien se diriger vers l'endroit où l'on entendait la meute aboyer, en avaient oublié les deux petits garçons qu'ils avaient laissés à la traîne. Tendus vers leur but, ils avançaient à vive allure, le daim était maintenant à portée de vue. On pouvait l'apercevoir à terre, coincé contre un rocher, incapable de faire fuir ses poursuivants dont les crocs commençaient à ensanglanter son élégante robe tachetée.

Yiren sonna alors la charge avec une corne de bélier. Les hommes se ruèrent vers l'animal en repoussant du pied les molosses, qui en brandissant son poignard, qui en préparant sa flèche. D'un coup de dague, le roi n'eut plus qu'à tuer l'animal terrorisé et exsangue sous les acclamations de ses valets de chasse.

Poisson d'Or et Zheng s'étaient donc retrouvés seuls, au milieu des arbres et des buissons de myrtilles. Leurs petites jambes ne leur permettaient pas de courir aussi vite que leurs aînés. Quand ils virent qu'il n'y avait plus personne autour d'eux, l'enfant à la marque n'éprouva nul embarras. Au contraire. C'était la preuve qu'il était un « grand ». Et il n'était pas mécontent de jouer ce rôle.

— Viens par ici ! On va faire le vrai chasseur ! proposa-t-il, ravi, à son « jumeau ».

— Mais nous risquons de nous perdre si nous allons trop loin, objecta, apeuré, Zheng.

Le bruit des chiens et de la trompe ne s'entendait presque plus. Après avoir essayé, mais en vain, de dérider le petit Zheng en lui proposant de faire le daim tandis qu'il jouerait au chasseur, Poisson d'Or comprit qu'il n'obtiendrait rien de plus de son compagnon.

— Dans ce cas, on revient au bivouac et on joue à se tirer la langue. Celui qui fera le plus vite aura un gage sur l'autre, décida l'enfant à la marque en s'élançant dans la direction par où ils étaient arrivés.

— D'accord ! Va pour le concours de langue ! s'écria Zheng.

Ils firent la course en riant, jouant à se jeter au sol jusqu'à en perdre haleine, cueillant des myrtilles qu'ils se lançaient à la figure, se plaquant mutuellement le dos contre le sol en montrant leurs langues bleues.

Quand ils finirent par se relever, hors d'haleine, et regardèrent autour d'eux : nulle trace de bivouac ! À perte de vue, il y avait toujours des troncs de mélèzes parfaitement semblables, mais la forêt n'était plus la même. Elle avait un je-ne-sais-quoi de différent. Des arbres aux feuilles rondes poussaient avec les mélèzes et cachaient presque le ciel. Ici et là, de gros rochers moussus sur lesquels un lichen dessinait des signes étranges émergeaient d'un océan de fougères dans lequel, en raison de leur petite taille, il était exclu de s'aventurer car ils arrivaient à peine à la hauteur de leurs tiges.

Ils firent quelques pas de côté. Ils n'étaient pas rassurés mais n'osaient se l'avouer l'un à l'autre. Un peu plus loin, la forêt s'arrêtait devant une falaise dont les rochers élancés et cylindriques ressemblaient aux tours d'un château maléfique.

Les deux enfants ne savaient plus où ils étaient.

Alors, pour la première fois, Poisson d'Or vit Zheng rouler des yeux blancs de colère. Décuplée par la peur qui nouait la gorge du prince héritier, son ire dépassait toutes les bornes. Poisson d'Or, incrédule, mit un certain temps à comprendre qu'il était l'objet de cette fureur. C'était pour lui une révélation douloureuse. Le petit enfant qu'il était ne s'attendait pas à une réaction aussi injuste et imméritée. Zheng montrait une face cachée de sa personnalité qui n'était guère à son avantage et que son jeune âge n'avait pas permis, jusque-là, de révéler.

Poisson d'Or, du coup, plus désemparé et triste qu'apeuré, ne comprenait pas ce qui se passait.

— Nous sommes perdus, et c'est ta faute ! Je suis le fils du roi, toi tu n'es rien ! Je n'aurais pas dû t'écouter ! Il fallait attendre et pas revenir au bivouac ! C'est moi, maintenant, qui commande ! hurlait Zheng en trépignant.

— Mais je croyais bien faire..., finit par protester Poisson d'Or.

La violence de Zheng l'avait à ce point désarçonné qu'il était demeuré un instant sans réponse.

Sa protestation ne fit que renforcer la fureur et la hargne de son camarade qui se lança sur lui, plaquant son dos contre le sol pour le rouer de coups de poing. L'enfant royal se déchaînait contre son jumeau à la marque comme s'il était devenu son pire ennemi.

Poisson d'Or, d'habitude prompt à se défendre, était si désemparé qu'il se laissait faire. Les yeux fermés, il recevait les coups qui pleuvaient et pleurait à chaudes larmes. La découverte de la violence et de l'injustice que Zheng avait témoignées à son égard le bouleversait. Il était prêt à se laisser piétiner jusqu'à en mourir tellement il se sentait triste.

Soudain, les coups cessèrent. Il ouvrit les yeux. Zheng n'était plus sur lui.

Le fauconnier Biluan venait de le soulever en le prenant par la taille.

L'explosion de rage de Zheng faisait penser au serpent dont on croit qu'il dort au soleil et qui, d'un seul coup de tête, pique le rat mulot qui passe à sa portée. L'enfant à la marque était beaucoup trop jeune pour disséquer ce nouveau trait de la personnalité du petit Zheng mais, sans qu'il le sache, cet épisode le marquerait pour la suite.

Il avait eu très peur. Non pas de Zheng, le chétif dont les poings et les griffures l'avaient à peine atteint. Peur en revanche de sa réaction soudaine et inattendue. Peur de cette violence enfouie qui avait éclaté au grand jour. Il ignorait encore ce qu'était la méfiance. Il avait pensé, jusque-là, quc tous les enfants se ressemblaient et que Zheng était un petit garçon comme lui. Il découvrait que ce n'était pas vrai, qu'il y avait de gentils enfants et des enfants plus fourbes, qui pouvaient devenir méchants. De ce jour, il se méfierait.

De retour à Xianyang, Poisson d'Or était triste lorsque le fauconnier Biluan le raccompagna au palais de Lubuwei, sur la colline aux chevaux.

En voyant sa mine déconfite, Intention Louable lui demanda ce qui n'allait pas. Il refusa obstinément de répondre. De même, lorsque Zhaogao, pour une fois volubile, lui demanda, les yeux brillants d'excitation, de raconter son expédition, il se mura dans un lourd silence. C'est à peine s'il lâcha qu'ils avaient réussi à tuer une vingtaine de daims.

Croyant que Poisson d'Or lui faisait la tête, Zhaogao se renfrogna et s'en fut jouer seul.

Ce jour-là, personne ne reconnut Poisson d'Or dont la gentillesse et le caractère expansif avaient disparu. La tristesse de l'enfant à la marque faisait peine à voir, mais il avait décidé de la garder pour lui. Il ne comptait même pas parler à Lubuwei, en qui il avait pourtant toute confiance et auquel il n'avait jamais rien caché.

Zheng serait désormais un peu moins son « jumeau ».

La seule avec laquelle il décida de partager sa tristesse et son indignation fut Rosée Printanière. Lorsqu'il la vit, le lendemain de son retour, dans la grande salle de lecture de la bibliothèque royale du Pavillon de la Forêt des Arbousiers, il osa lui dire que Zheng avait été méchant. Il se confia à elle sans aucune réticence, cette petite fille lui ressemblait, il en était certain. Elle était douce et aimable avec chacun. Son cœur et son esprit étaient purs de toute haine. Ils étaient au moins deux, elle et lui, à être faits de la même façon.

La fillette, dont la beauté et le charme devenaient chaque jour un peu plus éclatants, lui répondit alors de son adorable petite voix haut perchée :

— Ce n'est pas grave, puisque moi je serai toujours gentille avec toi. L'important, c'est toi et c'est moi !

Puis elle déposa sur le front du garçonnet, après l'avoir pris par les épaules, le plus doux des baisers.

Elle avait su trouver les mots et les gestes simples pour consoler Poisson d'Or.

*

— Garde courage ! Nous ne tarderons pas à arriver dans cet endroit au climat moins rude où nous trouverons enfin les plantes pour soigner efficacement ton mal.

Anwei était penché sur le corps grelottant de fièvre de Saut du Tigre, que l'exercice de divination auquel il venait de se livrer avait laissé un peu plus épuisé.

À force d'errer en rond dans les plaines arides du Nord, cette armée était si accablée par les miasmes qu'elle n'était plus capable de s'orienter et ne tarderait pas à être totalement anéantie. Il fallait absolument trouver refuge sur des terres plus clémentes. C'est pourquoi, malgré son épuisement, Saut du Tigre avait mis ce qui lui restait de force à écouter le vent, à humer les souffles et à ausculter la terre.

Forts de cette prédiction, Anwei et ses hommes en haillons marchaient donc vers le Sud, dont la couleur associée était le rouge et l'animal celui à plumes ; l'agent du Sud était le feu et son odeur le brûlé. Le Sud était ainsi la zone où le froid, heureusement, serait moins mordant et la nature, par conséquent, plus hospitalière. C'était la direction qu'il fallait prendre.

La robe de leurs chevaux fantomatiques luisait de sueur et de sang. Cela faisait déjà trois longs mois que l'épidémie de fièvres ravageait la troupe, s'attaquant non seulement aux hommes mais également aux chevaux dont elle faisait gonfler le ventre comme une outre jusqu'à ce que, épuisés, leurs jarrets fléchissent et ne leur permettent plus de se relever. Alors, il ne restait qu'à leur donner l'horrible coup de grâce qui les laissait exsangues, tandis qu'une odeur pestilentielle s'échappait de leur croupe.

Comme il paraissait loin le temps où, quatre ans plus tôt, après leur défection sur la frontière du Yan, Anwei et sa centaine de cavaliers archers avaient pillé et rançonné tout leur soûl, terrorisant les villages entiers. Pour le général déchu, cela avait été une habile et nécessaire démonstration de force, destinée à intimider ceux qui à Xianyang voulaient l'abattre. Mais on ne pouvait piller et rançonner sans recevoir, à son tour, de rudes coups. Le Qin avait lancé des escouades de gendarmes de plus en plus fournies aux trousses d'Anwei. Elles compliquaient singulièrement sa tâche, l'obligeant à parcourir des distances toujours plus longues et à changer de campement tous les soirs, ce qui avait fini par épuiser les hommes autant que les chevaux.

Aussi, ce qui avait été, au départ, une armée en campagne, constituée de solides cavaliers sanglés dans leurs uniformes avançant à un rythme ordonné, était peu à peu devenu une bande de pillards aux cheveux hirsutes, revêtus de peaux de bêtes. Leurs chevaux, contaminés par ce terrible parasite qui les faisait « suer le sang », terrifiaient les populations, aussi avaient-elles surnommé « armée des fantômes » cet improbable escadron condamné à avancer sans cesse.

Pourchassée, dénoncée par les populations et ses victimes qui la haïssaient, cette troupe maudite ne devait son salut qu'à son perpétuel mouvement. Quatre rudes hivers étaient passés et ils n'étaient plus qu'une vingtaine d'hommes et de chevaux, plus décharnés et fourbus les uns que les autres, à composer cette cohorte dérisoire qui n'arrivait à intimider que les paysans et les villageois qui la découvraient pour la première fois.

Dans cette longue descente vers l'anéantissement qui les guettait, Saut du Tigre ne s'était pas montré le moins courageux. Il ne cessait de prodiguer à ses compagnons des encouragements et des conseils pour s'économiser. Il allait de l'un à l'autre, leur indiquant la bonne façon de dormir sur une aire de cailloux ou encore leur proposant de mâchouiller une plante sucrée apte à leur redonner quelques forces. Lorsque le parasite chevalin attaquait leur monture, il leur enseignait comment on pouvait l'extraire de la veine jugulaire en la suçant jusqu'à ce qu'on sente contre ses lèvres la petite larve blanche responsable de ces terribles sudations sanguinolentes qui finissaient par les faire mourir d'inanition.

Mais depuis que la fièvre l'avait lui-même atteint, il sentait s'épuiser ses propres souffles vitaux. Son énergie intérieure s'écoulait lentement à l'extérieur de son corps, malgré tous les efforts qu'il pouvait faire pour la retenir. Il se voyait, inexorablement, partir de l'autre côté de la montagne, il fallait donc absolument, avant qu'il ne soit trop tard, aller vers une direction plus favorable.

C'est ainsi qu'il avait humé ce vent qui s'était mis à rugir et avait tant bien que mal procédé à un exercice divinatoire par les souffles, même s'il ne disposait plus de son tuyau sonore qu'il avait laissé à Xianyang. Au prix d'efforts surhumains, il avait réussi à s'agenouiller à même le sol et avait collé son oreille brûlante contre la terre, puis, les yeux fermés, la bouche grande ouverte, il avait aspiré les souffles pour repérer leur provenance, leurs caractéristiques et, en un mot, leurs messages.

Au bord de la syncope et toussant au point d'en rendre ses poumons, il avait réussi à détecter que les souffles favorables signalaient l'animal à plumes et évoquaient la couleur rouge, et avait retrouvé cette odeur de brûlé et cette saveur amère si caractéristiques : les souffles favorables, c'était sûr, venaient du Sud et leurs doux mugissements sonnaient déjà comme un réconfort.

Alors, péniblement, il s'était relevé en criant, hors

d'haleine : « Par là, il faut aller vers le Sud ! » avant de s'effondrer dans les bras d'Anwei.

Deux jours après, les contreforts boisés du massif où culminait le mont Huashan apparurent par morceaux, à travers les lambeaux déchiquetés de la brume qui s'évaporait.

Ils commençaient à en aborder les premières pentes lorsque Saut du Tigre, trop exténué pour continuer, demanda qu'on l'adossât au tronc moussu d'un hêtre pourpre. On le descendit de son cheval et on l'installa assis contre cet arbre, tandis qu'Anwei partait en reconnaissance avec ce qui restait d'hommes et de bêtes encore valides à la recherche d'une auberge ou d'un village.

— Qui êtes-vous ? Vous êtes transi de froid !

La voix grave l'avait instantanément réveillé. Il avait ouvert les yeux pour regarder l'inconnu.

L'homme, dont le visage frôlait le sien, avait le crâne entièrement rasé.

— Je suis perclus de fièvre, murmura Saut du Tigre qui pouvait à peine s'exprimer tant il claquait des dents.

— Je vais vous amener dans un endroit sûr où je pourrai vous soigner. Là-bas, au moins, nous serons à l'abri des rôdeurs.

Avant même qu'il ait pu protester, l'homme au crâne rasé l'avait soulevé et placé sur son épaule comme on porte un fagot.

Saut du Tigre voyait qu'ils gravissaient à toute allure la pente de la montagne. La force et la puissance de l'inconnu devaient être immenses, à en juger par la rapidité de sa progression. Après maints tournants et vallonnements, l'inconnu le reposa doucement sur le sol.

Derrière l'homme au crâne rasé se dressait une cabane aux formes étranges, faite de planches assemblées sur un gros soubassement de pierres. La porte d'entrée, presque carrée, était flanquée de deux troncs d'arbres sculptés de têtes d'animaux qui supportaient un entablement orné de masques Taotie. Son immense toit de fougères séchées descendait des deux côtés jusqu'au soubassement, comme les pans d'une tente. De ce toit végétal s'échappait une épaisse colonne de fumée.

— Mon nom est Wudong. Et lui, c'est Zhaogongming, annonça l'inconnu en désignant un autre individu qui soufflait sur les braises d'un foyer central qu'entourait une rangée de grosses pierres noircies par la fumée.

Wudong portait sur sa poitrine un Bi taillé dans une émeraude où s'entremêlaient les symboles du Yin et du Yang dont le pauvre Saut du Tigre n'arrivait pas à distinguer la forme tant ses yeux étaient embués.

— Moi, je suis Saut du Tigre, parvint-il à articuler.

Les deux hommes l'aidèrent à s'allonger sur un lit de fougères.

Wudong passa sa main sur le front du malade, puis il lui tâta le pouls. Ensuite, il le palpa sur tous les croisements de trajets d'énergie. Il sentit que le mal s'était fixé sur de nombreux points de son corps.

— Il est rempli de fièvres négatives, les souffles ne sont plus en harmonie avec le sang. Donne-moi les pilules d'orpiment et de réalgar, cela devrait suffire. Dans le cas contraire, nous passerons aux simples et, si c'est insuffisant, aux fines aiguilles, ordonna le grand prêtre taoïste à son acolyte.

Zhaogongming apporta les deux pilules sur un petit plateau en bois laqué et deux récipients de bronze qu'il posa devant Wudong. Celui-ci introduisit les pilules grises dans la bouche de Saut du Tigre et lui tendit la coupe Gu longiligne et finement ciselée que sa verseuse Gong en forme d'oiseau venait de remplir d'eau brûlante.

— Le mieux est de les avaler sans mâcher. Leur goût est très amer.

Saut du Tigre parvint à déglutir ce breuvage avant de sombrer dans le sommeil comme une pierre.

Il mit plus de deux mois à guérir. Son état était beaucoup plus alarmant qu'il n'y paraissait. Sans le secours du grand prêtre et de ses soins attentivement prodigués, il serait assurément mort, assis contre le tronc mousseux du hêtre pourpre où Anwei l'avait laissé pour aller chercher des secours.

Wudong avait été contraint de recourir non seulement aux simples, dont il lui avait fait boire d'innombrables décoctions qui, malgré les savants mélanges auxquels il se livrait en invoquant le dieu du Sol, ne paraissaient pas donner de grands résultats, mais encore aux fines aiguilles de fer qui, plantées aux endroits exacts, réussirent enfin à repousser la fièvre loin du corps décharné du malheureux.

Un matin, Saut du Tigre, qui n'avait plus que la peau et les os, se réveilla enfin guéri. Il lui restait une aiguille au milieu du nez dont il sentait à peine le picotement et qu'il prit, voulant la chasser, pour un moustique.

— Je voudrais vous remercier pour ce que vous avez fait pour moi, dit-il à Wudong qui, tous les matins, venait constater l'amélioration de son état.

— À force de te piquer avec mes aiguilles, nous avons fini par vaincre les souffles néfastes qui rongeaient ton organisme. Tu peux remercier ces petits bâtonnets de fer aiguisés. Sans eux, tu serais parti de l'autre côté de la montagne... Tu es guéri et désormais des nôtres. Inutile de te dire que tu peux rester ici autant que tu le veux ! répondit Wudong d'une voix rocailleuse qui provoqua un frisson chez Saut du Tigre.

Ce dernier, méfiant et épuisé par sa maladie, se demandait ce que pouvait cacher une telle invitation.

— Heureusement que l'Empereur Jaune, dans sa grande sagesse, obligea les humains à adopter les aiguilles de métal pour remplacer celles qui étaient en pierre ! Elles devaient faire autrement plus mal ! crut bon d'ajouter Zhaogongming.

Ses propos étaient assortis d'une mimique tragicomique qui eut le don de faire froncer les sourcils charbonneux de Wudong.

— Ces petites aiguilles m'ont surtout fait du bien ! Me voilà donc enfin guéri ! lança Saut du Tigre en éclatant d'un rire sonore.

Il trouvait les attitudes efféminées de Zhaogongming fort drôles.

— Que comptes-tu faire maintenant ? poursuivit l'acolyte du grand prêtre en roucoulant.

Saut du Tigre regarda Zhaogongming. Il vit dans son regard, au-delà d'une certaine concupiscence, qu'il devait préférer les garçons aux filles. Mais il y vit aussi beaucoup de bienveillance et de douceur, pour ne pas dire de la bonté. Or on lui avait toujours dit qu'un disciple taoïste était à l'image de son maître. Cela signifiait que le grand prêtre Wudong, malgré son apparence quelque peu intimidante et sévère, devait aussi se montrer capable d'humanité. Son invitation était probablement sincère. D'ailleurs, si ces deux hommes lui avaient voulu du mal, ils n'auraient pas mis autant d'efforts à le guérir. Sa méfiance, à bien y réfléchir, n'était pas de mise.

Il n'avait aucune nouvelle d'Anwei ni de sa petite troupe de soldats perdus. Il ne se voyait pas revenir seul à Xianyang pour se constituer prisonnier en formant des vœux et en brûlant de l'encens pour que la justice du Qin fût clémente à son égard. Les déserteurs étaient obligatoirement punis de mort.

La perspective de s'établir quelques mois de plus dans cette cabane, dont sa guérison témoignait qu'elle était parfaitement orientée selon les préceptes du Fengshui, n'était pas pour lui déplaire. C'était à coup sûr le moyen le plus efficace pour récupérer dans les meilleurs délais sa santé d'antan. De surcroît, il ne lui déplaisait pas de pouvoir côtoyer ainsi deux spécialistes du Dao qui devaient posséder des recettes de longévité à revendre. Il pourrait de la sorte ajouter des pratiques et des connaissances nouvelles à celles qu'il possédait déjà.

Aussi se tourna-t-il vers Wudong pour affirmer d'un ton légèrement obséquieux :

— Je suis très honoré. En acceptant pour quelques mois votre hospitalité, je pourrai moi aussi, si vous voulez bien m'y associer, connaître vos secrets pour, demain, les faire partager à d'autres...

— Tu es désormais mon élève ! s'écria Zhaogongming en souriant.

Le lendemain, l'acolyte prit une pincée de cette fameuse poudre noire dont il avait inventé la composition et la versa dans un creuset de pierre. Puis il alluma le petit tas qui explosa en crépitant avant de s'enflammer. Devant le spectacle de ces flammes bleues et orangées qu'il voyait pour la première fois, Saut du Tigre fut émerveillé :

— Bravo ! Tu es un vrai sorcier qui sait commander au feu !

Il se disait qu'un jour, peut-être, il arriverait à son tour à faire jaillir un crépitement d'étincelles et de flammes d'une anodine poudre sombre comme le charbon. Il aurait bien fait exploser une pincée de cette poudre noire sous le fauteuil de Wang le Chanceux !

— Tu verras, en restant avec nous, tu apprendras bien d'autres de nos secrets ! lui assura en minaudant l'assistant du grand prêtre.

Il venait de s'approcher tout près de lui et son visage frôlait le sien comme pour l'embrasser. Alors Saut du Tigre, qui détestait les situations ambiguës mais ne lui voulait aucun mal, le repoussa gentiment en lui soufflant à l'oreille :

— Je ne peux rien pour toi. Ma préférence va aux filles...

Et c'est ainsi que Saut du Tigre resta avec les taoïstes réfugiés sur le mont Huashan.

42

La confrérie du Cercle du Phénix tenait cette nuit-là son assemblée générale ordinaire, qui avait lieu tous les ans au début du printemps.

Tous ses membres avaient été convoqués et la plupart s'étaient arrangés pour être présents. La raison principale en était importante, il s'agissait en effet de procéder à l'élection de nouveaux membres du directoire de la confrérie des eunuques, parmi lesquels serait choisi, le moment venu, le successeur de Forêt des Pinacles dont l'âge de la retraite approchait.

Ce dernier était d'ailleurs ému comme une jeune vierge présentée à un homme pour la première fois lorsqu'il prit la parole, juché sur ses sempiternelles socques de bois dont la tranche dorée était, pour la circonstance, ornée de phénix écarlates. Ses bajoues fardées de blanc, accordées à la couleur de sa longue tunique plissée, le faisaient ressembler à une vieille dinde prête à cuire.

— Mes chers amis, voilà bientôt dix ans que Yiren est monté sur le trône. Il est temps pour moi de passer la main et de solliciter l'un d'entre vous pour me remplacer à la tête de notre honorable confrérie, commença-t-il d'une voix plus chevrotante que d'ordinaire.

L'entrée en matière de Forêt des Pinacles fit l'effet d'un coup de tonnerre sur cette assemblée qui était tout aussi colorée, bruyante et bruissante de roucoulades qu'à l'accoutumée. Les protestations fusèrent. Cette démission-surprise les prenait de court. Le vieil eunuque, la larme à l'œil et plutôt content de son petit effet, constatait avec satisfaction sa popularité et la reconnaissance que ses pairs lui vouaient.

— Mes forces m'abandonnent et mon esprit n'est plus assez vif pour assurer la direction de nos travaux. L'exercice de notre métier est de plus en plus difficile. Je me rends compte que je suis un homme du passé..., ajouta-t-il, faussement modeste.

— Donne-nous d'abord lecture de ton rapport et nous verrons bien ensuite ce que nous ferons de toi ! s'exclama une voix fluette qui eut le don de provoquer l'hilarité générale.

L'ordre du jour appelait en effet également l'examen d'une étude sur la participation des eunuques aux postes administratifs des classes une et deux. Il s'agissait de déterminer si l'influence de la confrérie continuait à croître dans cette couche de fonctionnaires intermédiaires qui étaient la véritable colonne vertébrale des principaux services de l'État.

Le vieil eunuque prit une planchette de bambou et commença à lire à haute voix puis, devant l'aridité du texte assorti de nombres indiciels, de comparaisons et de pourcentages rébarbatifs censés appuyer sa démonstration, il préféra abréger et se lancer dans une improvisation destinée à conclure son propos :

— Chers amis du Cercle du Phénix, grâces soient rendues à nos dieux protecteurs Fuxin et Na qui sont à l'origine du monde et à qui nous devons d'exister ! Par rapport à notre situation à la fin du règne d'Anguo, qui avait vu notre influence reculer dangereusement, je dois dire que nous jouissons à présent d'un rapport de force beaucoup plus favorable, même s'il me faut tenir compte de notre incapacité à remplacer l'un des nôtres. Je veux parler du très regretté Effluves Noirs dont le poste demeure vacant après son lâche assassinat, déclara avec satisfaction Forêt des Pinacles après avoir remis son texte dans sa poche.

La constatation était fondée.

Après la montée de Yiren sur le trône, les eunuques avaient réussi, à force d'intrigues et de déploiement de ruse, à récupérer une dizaine de postes stratégiques qui leur avaient permis de renforcer leur influence. Quant aux postes administratifs des classes une et deux, moins d'un quart était occupé par des castrats mais cette proportion n'avait pas varié depuis le règne du roi Zhong. Le bilan de l'action menée par le Cercle s'avérait donc, contrairement à la période d'Anguo, particulièrement positif.

Une main se leva pour demander la parole. C'était Maillon Essentiel qui souhaitait à son tour s'exprimer.

— C'est moins le roi Yiren qui s'est opposé à la nomination d'un eunuque au poste de Grand Chambellan que le Premier ministre. Lubuwei, je vous le dis, se méfie, hélas, des eunuques que nous sommes ! Il nous faut agir auprès de lui pour plaider notre cause car c'est un homme honnête et juste, qui reconnaîtra facilement s'être trompé dès lors que nous aurons réussi à l'en convaincre..., lança d'une voix forte le chef du Bureau des Rumeurs à ses collègues qui avaient soudain fait silence.

Au sein de la confrérie du Cercle du Phénix, le prestige de Maillon Essentiel, dont ses fonctions faisaient l'un des personnages les mieux informés du royaume, s'était accru dans des proportions considérables, au point que plus d'un l'aurait bien vu en prendre la tête. Chacun écoutait donc ses propos avec le plus vif respect et une grande attention.

— Ce qui est sûr, c'est que le pouvoir de ce Lubuwei empiète de plus en plus sur celui de notre roi ! Et sans parler du nôtre ! s'écria alors avec aigreur Couteau Rapide.

— Le pouvoir a horreur du vide. L'influence du Premier ministre va de pair avec l'absence du souverain de la scène publique ! Heureusement que Lubuwei veille sur les affaires du royaume, répliqua Maillon Essentiel au chirurgien en chef.

Ce dernier détestait depuis toujours ce marchand de chevaux que son intelligence et son activisme avaient rendu incontournable, privant d'autant les eunuques d'une partie de leur influence.

Il n'était d'ailleurs pas le seul à penser ainsi.

— Il est vrai que notre roi s'intéresse assez peu aux affaires de l'État, ajouta, désolé, Forêt des Pinacles.

C'est alors qu'une voix de crécelle s'éleva au sein de l'assistance.

— Souvenons-nous que l'on murmure partout que le Premier ministre serait à la fois le propre père de Zheng et celui de Poisson d'Or !

— Ces deux adolescents sont aussi différents qu'un saule peut l'être d'un catalpa ! Le prince héritier a peur des autres, tandis que Poisson d'Or va toujours vers celui avec lequel il parle. L'un, malgré qu'il soit un enfant, instille la méfiance, l'autre, déjà, sait se faire aimer. On dit qu'ils ont reçu la même éducation et pourtant tout les sépare. Ils ne peuvent pas être issus du même père ! protesta Maillon Essentiel.

— Alors duquel, dans ces conditions et selon toi, Lubuwei serait-il le père ? fit la voix de crécelle.

— Trêve de médisances ! Vous savez fort bien ce que valent certaines rumeurs ! Je suis le mieux placé, en raison des fonctions qui sont les miennes, pour affirmer qu'il s'agit là de médisances dépourvues de preuves, répliqua Maillon Essentiel.

— On dit même, gloussa un autre, que Zheng jalouserait Poisson d'Or à cause de son succès auprès des demoiselles... Il est vrai qu'il est beaucoup plus mignon et désirable que le prince héritier !

— Mais si Lubuwei n'est pas le père de cet adolescent, d'où vient-il donc ? Pourquoi Lubuwei l'éduque-t-il comme son propre fils ? Il a fait en sorte qu'Accomplissement Naturel lui inculque tout le savoir nécessaire à un prince de sang royal ! maugréa Forêt des Pinacles en regardant Maillon Essentiel.

— C'est là un grand mystère que je compte bien percer un jour, répondit avec fermeté et conviction le chef du Bureau des Rumeurs.

— Quoi qu'il en soit, reprit la même voix de crécelle, je nous souhaite à tous bien du plaisir le jour où Zheng montera sur le trône du Qin. Ce garçon a un regard aussi dur que la pierre de jade. Il sera, à n'en pas douter, un terrible tyran sanguinaire ! Je crois que nous aurons tous le plus grand mal à nous tailler une petite place à l'ombre de son soleil... Une fois installé au sommet de l'État, il sera implacable !

Un silence glacial s'installa dans l'assistance. Personne n'osa contredire ces propos tellement ils sonnaient juste. Le jeune prince avait déjà une réputation de despote bien établie.

C'est alors que Maillon Essentiel décida de reprendre la parole.

— Plutôt que d'ergoter sur des paternités incertaines, car tout cela ne mène pas à grand-chose, je souhaiterais vous interpeller sur un point beaucoup plus essentiel. Il s'agit du légisme. Cette façon de concevoir l'État gagne de plus en plus de terrain, avec son lot de contraintes et la terreur sociale à base de délation qui l'accompagne inexorablement. Est-ce là une bonne chose ? Est-ce que le peuple est bien traité ? Fait-il bon vivre au Qin ? Jusqu'où tout cela tiendra-t-il ? Peut-on faire avancer un pays par la seule tyrannie ? Voilà des questions qui me semblent plus importantes que les différences entre les personnalités du prince héritier et de Poisson d'Or, affirma-t-il d'un ton soudain devenu grave à l'assistance qui l'écoutait religieusement.

— Sommes-nous ici pour philosopher ou bien pour

agir au mieux des intérêts de notre corporation ? questionna Couteau Rapide de sa petite voix aigre et flûtée.

— Je ne pense pas avoir de leçon à recevoir de ta part et tu en connais parfaitement la raison, répliqua Maillon Essentiel, ce qui eut le don de faire piquer du nez le chirurgien en chef.

— Notre ami a le courage de poser la question du légisme, intervint alors Forêt des Pinacles. La vieille créature que je suis devenu peut vous dire que le peuple du Qin était bien plus heureux du temps du père du roi Zhong, à une époque où la doctrine confucéenne servait de guide au gouvernement, qu'il ne l'est à présent sous Yiren !

— Mais que peuvent à cela les pauvres eunuques que nous sommes ? demanda quelqu'un.

— S'organiser davantage pour peser sur l'évolution de l'État. Assister à la montée de la tyrannie destructrice qui finira par nous laminer autant que les autres serait irresponsable et même pure folie ! Il ne faut pas oublier que nous sommes une minorité. Si les choses continuent dans le mauvais sens, plus aucune minorité ne sera tolérée ! assena le vieux Forêt des Pinacles d'un ton enflammé.

Des applaudissements crépitèrent. Forêt des Pinacles, dont la suée due à l'émotion faisait couler le maquillage, se hissa alors sur un tabouret. Le moment était propice. L'assistance, chauffée à blanc, l'écouterait. Il poursuivit d'une voix forte :

— Chers amis, il est grand temps d'élire à notre tête ce cher Maillon Essentiel. Ses interrogations sont les bonnes. Ses vues sont pertinentes. Qui ne réfléchit pas finit par mal agir. Lui seul a les capacités requises pour réfléchir et agir au mieux de nos intérêts !

C'était un véritable discours électoral, prononcé avec une telle force de conviction que personne n'y trouva à redire, pas même le chirurgien en chef.

Par acclamations et en l'absence de tout rival, l'eunuque Maillon Essentiel fut ainsi élu directeur du Cercle du Phénix en remplacement de Forêt des Pinacles, au grand dam de Couteau Rapide.

*

— Le Brigand à la Crinière de Cheval a encore sévi ! s'exclama le chef de brigade à qui le ministre de l'Ordre Public demandait des précisions au sujet d'un rapport qu'il avait lu la veille au soir, indiquant qu'une bergerie d'une province septentrionale avait encore été incendiée.

Cela faisait pas moins de cinq années lunaires que toutes les polices du royaume traquaient la terrible silhouette que ses victimes appelaient le « Brigand à la Crinière de Cheval ».

La créature, qui apparaissait et s'évanouissait comme par miracle, ne pouvait être humaine. On penchait plutôt pour un fantôme ; les plus audacieux assuraient que ce cavalier au visage masqué par les crinières de cheval attachées au cimier de son casque était l'incarnation d'un esprit Gui. Les Gui étaient des esprits maléfiques, qui empoisonnaient l'existence des cadavres qu'on protégeait de leur influence, à l'orée des tombeaux, par des figurines aux masques épouvantables, censées les terroriser. Ce Gui-ci, qui paraissait invincible, sévissait dans les villages des provinces du Nord où il semait la terreur parmi la population sous les traits de cet horrible spectre.

La créature maléfique surgissait toujours là où on ne l'attendait pas, tuant ici une brebis, là un buffle, dévastant les potagers en les faisant piétiner par les sabots de son cheval, mettant le feu aux étables et aux garde-manger. Elle ne s'en prenait pas directement aux humains, qu'elle se contentait de bousculer pour s'emparer de leurs bêtes et de leurs biens qu'elle brûlait volontiers.

Bien que plutôt anodins, les méfaits du Brigand à la Crinière de Cheval étaient déjà l'objet de légendes et de récits qui les amplifiaient de façon outrancière. Ses maléfices avaient fini par hanter les esprits. Pour faire peur aux enfants et les dissuader de commettre certaines bêtises, les matrones n'hésitaient pas à évoquer cette créature terrifiante. C'était à ce Gui qu'elles menaçaient de les confier au cas où ils désobéiraient.

— Mais comment se fait-il que nous ne parvenions pas à l'arrêter ? demanda Lisi. Voilà bien le dixième rapport transmis sur ses rapines et ses exactions !

Il reprit au policier la lamelle de bambou qu'il venait de lui donner à lire.

— Cet individu est insaisissable. Il surgit toujours là où on ne l'attend pas ! À croire que c'est vraiment un Gui !

Lisi ne croyait pas à toutes ces histoires d'esprits maléfiques. Pour lui, les Gui n'étaient que le fruit de l'imagination de personnes incultes et crédules ; comme devait l'être ce pauvre policier qui se tenait en face de lui et dont il se demandait comment il avait fait pour devenir chef de brigade.

— Mais il exerce bien ses talents sur un territoire déterminé ! À moins qu'il ne soit un oiseau capable d'aller ici et là d'un coup d'aile ! s'écria le ministre de l'Ordre Public de plus en plus agacé par la tournure de la situation.

— Il est vrai que ses méfaits tiennent dans un quadrilatère d'environ trois cents li de côté, dont le centre serait la ville de Lingzhou, précisa instantanément le chef de brigade.

L'homme gardait en mémoire la carte des agissements du Brigand à la Crinière de Cheval, ornée de petites croix à l'endroit de ses méfaits, telle que son service l'avait établie depuis des mois et qu'il avait accrochée au mur de son bureau.

— Tu vas mettre l'ensemble de ta brigade à ses

trousses. Je veux ce brigand vivant devant moi le plus rapidement possible, ordonna Lisi. Sinon, ajouta-t-il d'un air menaçant, gare à tes galons. Le ministre de l'Ordre Public a le droit de rétrograder un officier !

— Monsieur le Ministre, si c'est un Gui, nous ne pourrons jamais le prendre ! Un Gui est aussi impalpable qu'un nuage..., gémit le policier.

— Ne me parle plus de Gui ! Tu vas faire ce que j'ai dit, un point c'est tout ! hurla Lisi, hors de lui.

— Votre Excellence, ce sera fait dès mon retour à la caserne, bredouilla d'une voix tremblante le chef de brigade dont le visage était devenu livide.

À plusieurs centaines de li de là, aux confins d'une province du Nord-Est, au moment précis où le pauvre chef de brigade s'apprêtait à transmettre à ses sous-officiers, en le reprenant à son compte, y compris la menace qui y était assortie, l'ordre du ministre de l'Ordre Public, le Brigand à la Crinière de Cheval venait d'achever sa journée de rapines et s'apprêtait à passer la nuit dans l'une de ses cachettes habituelles, à l'abri d'un cirque de hautes falaises rocheuses dont l'accès, au moyen d'un étroit défilé, était invisible pour qui ne connaissait pas parfaitement les lieux.

Si le chef de brigade avait pu être là, il aurait constaté que ce n'était pas un Gui.

Lorsqu'il ôta son casque à crinière, Anwei poussa un soupir. Sa journée passée à galoper pour semer un garde-champêtre à qui il avait volé une poule lui avait rompu le dos. Ses pieds gonflés le faisaient atrocement souffrir. Il attacha son cheval à un buisson et s'assit sur un rocher. L'animal, qui était familier de l'endroit, commença à brouter ce qu'il restait de feuilles sur le buisson décharné.

Quand il essaya d'ôter ses chausses de cuir après en avoir desserré les lanières, il ne put s'empêcher de hurler de douleur tant ses chevilles étaient meurtries.

L'écho de sa plainte, parfaitement renvoyé par les falaises circulaires, le fit sursauter de terreur, comme si quelqu'un le surveillait et s'apprêtait à se jeter sur lui. Le silence sépulcral de cet écrin minéral battu par les vents, où quelques maigres plantes épineuses parvenaient à s'accrocher entre les roches, le rassura. La pierre renvoya l'écho du cri d'un hibou.

Épuisé, il ferma les yeux.

Dans les rares moments où il n'était pas obligé d'être sur ses gardes, Anwei aimait laisser vagabonder son esprit. Il supportait de moins en moins les contraintes de son errance, la condition de perpétuel fugitif traqué par les gendarmes de Yiren lui pesait.

Après avoir vainement cherché Saut du Tigre, qu'il n'avait pas retrouvé au pied de l'arbre où il l'avait laissé, il avait continué à battre la campagne à la tête de sa minuscule escouade. Puis la perte progressive de ses hommes, les uns ayant fui, d'autres ayant succombé aux miasmes et à l'épuisement, l'avait contraint à errer seul et à piller pour survivre, la police du Qin à ses trousses.

Ce soir-là, son ressentiment était encore plus fort que d'habitude.

Il haïssait cet État qu'il rendait responsable de son infortune et qui avait préféré l'éliminer pour d'obscures raisons... Cela faisait des années qu'il cherchait vainement à comprendre pourquoi on l'avait envoyé sur ce front pour l'en retirer quelques mois plus tard, comme s'il n'avait été qu'un jouet dans les mains du pouvoir à Xianyang. La relation que Saut du Tigre lui avait faite des propos que Wang le Chanceux avait tenus à son égard avait eu pour effet d'accroître son indignation et sa rancune.

Il constatait que celles-ci, loin de s'effacer avec le temps, demeuraient toujours aussi vives.

Alors, la rage et le désespoir prirent le dessus. Il se roula par terre en frappant la pierre de ses poings jusqu'à ce que la peau de ses phalanges éclate. Il hurla à l'injustice, au déshonneur et à l'infortune qu'il subissait. Il se mit à maudire tous les dieux et toutes les écoles philosophiques, tous les maîtres penseurs, de Confucius à Mozi en passant par Zhuangzi. Il demanda pardon à Fleur de Jade Malléable de l'avoir abandonnée à son sort pour assouvir un rêve de gloire qui l'avait amené dans la terrible impasse où il se trouvait. Il en arriva même à maudire sa soif de revanche qui avait fini par causer sa perte en l'entraînant dans ce piège où le Qin l'avait fait tomber.

Lorsqu'il se releva, épuisé et mouillé par ses pleurs, l'image du jeune Yiren se dressa devant ses yeux. Confortablement assis sur le trône qu'il aurait dû occuper, le roi le regardait d'un air narquois. Il sentit un immense flot de haine surgir de son ventre. Il aurait voulu serrer le cou de son neveu jusqu'à ce que ses vertèbres craquent une à une.

La colère d'Anwei, ce soir-là, était intacte et sa soif de vengeance irrépressible. Le temps n'y avait rien fait. Au contraire, il avait décuplé sa hargne. Le prince déchu, debout, tendait les poings vers le ciel.

Le hibou s'était tu. Le silence fut de courte durée.

On pouvait entendre, au loin, les aboiements assourdis d'une meute de chiens. Une voix paraissait crier des ordres à la meute. Puis la voix se fit plus précise.

— Cherche ! Cherche ! pouvait-il à présent percevoir tandis que les jappements des molosses furieux se rapprochaient.

Son cheval, inquiet, remua les oreilles.

C'était une battue. On était à sa recherche. Une fois de plus ! La meute, cette fois, semblait être nombreuse. Il devait partir au plus vite, quitter ce cirque minéral avant qu'il ne devienne une souricière. Comme d'habitude, il fallait fuir, à peine le pied posé à terre. L'errance ne s'arrêterait-elle donc jamais ?

Anwei rassembla ce qui lui restait d'énergie, se hissa sur son cheval et repartit dans les ténèbres à vive allure.

Dents serrées, il galopait à présent en silence sous la lune pleine.

Fuir, pour lui, devenait chaque jour un peu plus insupportable. Il ne se sentait plus une vocation de vagabond. Privé de la présence de Saut du Tigre, sa propre existence avait de moins en moins de sens. Mieux valait abandonner cette errance. Il se rendait compte qu'il attendait désormais avec impatience le moment où il finirait par se laisser prendre. Il pressentait même, en fixant le disque argenté de l'astre nocturne, le soulagement qu'il éprouverait lorsque le sabre du bourreau s'abattrait sur son cou.

Sa décision était prise. Il n'irait pas plus loin. Il avait atteint le bout du désespoir.

Mais avant l'arrêt de toute vie dans son corps, avant de rendre les armes devant cet État honni qui avait juré sa perte et l'avait obtenue, il s'était juré d'accomplir une ultime tâche, un dernier travail qui mobiliserait les dernières forces qui lui restaient.

C'était un geste simple, qu'il comptait accomplir avec délectation.

Après tant d'années inutiles et néfastes, peut-être le destin lui accorderait-il cette unique et dernière chance ?

*

La sourde rivalité qui opposait depuis longtemps les deux hommes était perceptible à la vivacité de leurs échanges.

— Comment se fait-il que ton service n'ait pas encore été capable de mettre un nom sur l'individu qui terrorise nos campagnes, coiffé de ce casque à crinière ?

— Cette créature n'appose pas son sceau sur les porcheries et les granges où elle pratique ses rapines ! répondit, excédé, le chef du Bureau des Rumeurs.

C'est peu dire que Maillon Essentiel n'appréciait que modérément l'interrogatoire en bonne et due forme que Lisi lui faisait subir.

La cause de leur contentieux s'appelait Yiren, qui ne demandait jamais à Maillon Essentiel de lui rendre compte de quoi que ce soit sur l'activité du Bureau des Rumeurs, alors que ce service était censé relever de sa seule autorité.

Le souverain n'avait jamais cru bon de recevoir l'eunuque en tête à tête pour lui faire part de ses soupçons sur tel ou tel, ou encore de ses besoins en matière de surveillance et d'espionnage de la population ou de la Cour. Le résultat avait été une tentative de mainmise de Lisi sur le service dont la mise en œuvre des moyens dépendait, il est vrai, de la compétence du seul ministre de l'Ordre Public.

Maillon Essentiel, de son côté, se défendait comme un beau diable pour empêcher le ministre légiste d'arriver à ses fins. Il estimait, à juste titre, qu'il ne devait en référer qu'au roi, dont le Bureau des Rumeurs relevait directement. De ce rapport de force permanent était née une solide inimitié entre les deux hommes. Et celui qui avait rang de simple fonctionnaire, en l'occurrence Maillon Essentiel, aurait dû s'incliner, en toute logique, devant l'autre, qui avait rang de ministre...

Lubuwei, qui considérait Maillon Essentiel avec sympathie, n'avait toutefois pas souhaité s'en mêler. C'était pour lui un moyen comme un autre de ne pas donner raison à Lisi qui passait son temps à critiquer Maillon Essentiel devant lui.

Cette fois, Maillon Essentiel avait un motif beaucoup plus profond et grave de reproche à l'encontre de Lisi.

Il était en effet persuadé, même s'il n'en détenait aucune preuve, que celui-ci était à l'origine de la dénonciation calomnieuse de Hanfeizi qui avait entraîné sa condamnation à mort.

En prenant autant de précautions pour mener à bien cette exfiltration d'Effluves Noirs qui avait mal tourné, il s'était rendu compte en effet qu'il avait involontairement permis au ministre de l'Ordre Public de jeter en toute impunité l'opprobre sur un innocent. Car en décidant que le moment était venu de rendre la monnaie de sa pièce à ce vieux renard de Wen, le souverain obèse du Chu, en lui jouant le tour pendable de lui renvoyer son espion à demeure, il ne savait pas que, du même coup, il avait envoyé Hanfeizi au supplice et à la mort.

Pour arriver à une telle fin, il avait juste fait passer à Effluves Noirs le coffret que lui avait confié le roi Wen, dans lequel était rangé le bandeau de soie noire sur lequel une fleur de lotus avait été brodée au fil d'or. Dans le coffret, il avait joint un message anonyme habilement rédigé qui laissait entendre que son rédacteur en connaissait long sur les activités clandestines d'un certain haut dignitaire de la Cour. Pour en savoir plus, il suffirait à Effluves Noirs de ceindre le bandeau sur son front et de donner à l'homme qu'il retrouverait la nuit même au bord de la Wei, à un endroit précis, le mot de passe : « Maillon Essentiel ».

Naïvement, Effluves Noirs y avait vu un clin d'œil destiné à lui faire comprendre que la personne visée par le message n'était autre que son ex-supérieur hiérarchique que le Chu avait probablement décidé d'éliminer.

Depuis son retour du Chu, qui remontait déjà à plusieurs années, Maillon Essentiel n'avait jamais fait aucune allusion devant Effluves Noirs sur ce qui s'était passé avec le roi Wen, pas plus qu'il n'était revenu sur la phrase sibylline par laquelle il lui avait laissé entendre qu'ils étaient désormais « alliés ».

C'était sûrement un peu tout cela que ce mystérieux rendez-vous allait éclaircir. Et le Grand Chambellan eunuque espion du Chu, brûlant d'impatience, appâté par le dispositif mis au point par le chef du Bureau des Rumeurs, s'était rendu au bord de la Wei sans méfiance. Pour en avoir le cœur net.

Il faisait nuit. Conformément à la recommandation qui figurait sur le message anonyme, il avait noué sur son front le bandeau de soie noire et, à peine arrivé à l'endroit indiqué, avait crié dans l'ombre le mot de passe.

À peine l'avait-il prononcé qu'un gourdin cerclé de bronze s'était abattu sur son crâne avec une violence inouïe, provoquant un petit jet de cervelle et de sang.

L'avant-veille, Maillon Essentiel avait fait savoir à son correspondant habituel qu'il était temps pour lui de regagner le Chu car il sentait que les soupçons de plus en plus lourds qui pesaient sur ses activités clandestines n'allaient pas tarder à provoquer son arrestation, mettant en péril tout le réseau d'espions du Chu au Qin.

Ce que Maillon Essentiel n'avait pas prévu, c'est qu'au lieu de le ramener secrètement à Ying, la capitale, comme cela avait été convenu entre le roi Wen et lui, les agents du Chu, après avoir tué Effluves Noirs, avaient jeté son corps dans la Wei sans même se rendre compte qu'il s'agissait de leur propre eunuque espion !

Le marché qu'il avait passé avec Wen n'était, en réalité, qu'un marché de dupes dont la victime, heureusement, avait été Effluves Noirs ! Il n'y avait donc rien à regretter. Maillon Essentiel n'avait d'ailleurs jamais eu confiance dans la parole du roi obèse. Mais de cette bévue, l'assassinat imprévu du Grand Chambellan par les services spéciaux du Chu, Lisi s'était admirablement servi.

Telle était l'intime conviction de Maillon Essentiel, qui connaissait par ailleurs la mésentente entre le professeur légiste et son élève, devenus rivaux. Le chef du Bureau des Rumeurs était persuadé que Lisi devait avoir eu connaissance de la mort de l'eunuque avant tout le monde, grâce aux rapports que la gendarmerie et la police lui transmettaient quotidiennement, ce qui avait suffi à lui donner l'avance nécessaire pour mettre en œuvre la redoutable machination qui avait fait de Hanfeizi un coupable sans autre preuve que sa dénonciation.

Dix ans après les faits, Maillon Essentiel ne ressentait aucun remords. En éliminant Effluves Noirs, qui avait réussi à s'infiltrer dans l'intimité de Yiren, n'avait-il pas agi dans l'intérêt de son pays ? Même s'il ne pouvait s'en prévaloir, il avait ôté au Chu le pion essentiel de son dispositif d'espionnage au cœur même du pouvoir du Qin. Un tel acte n'aurait-il pas dû lui valoir une stèle ?

En revanche, la condamnation à la peine capitale de Hanfeizi, injustement accusé d'un meurtre qu'il n'avait pas commis, continuait à le révolter. La mort du philosophe bègue, outre qu'elle lui donnait à réfléchir sur l'injustice de la force légale sur laquelle était fondée l'autorité de l'État, lui avait laissé un goût amer.

Il y voyait la conséquence des errements de ce système accusatoire fondé sur les dénonciations anonymes et destiné à distiller la peur et la méfiance au sein du peuple.

Ses fonctions de chef du Bureau des Rumeurs, paradoxalement, avaient renforcé ses préventions contre ce système basé sur la délation, la méfiance et la crainte, qui faisait de la société un immense chaudron où l'individu réduisait à petit feu comme la sauce de la viande des sacrifices rituels accomplis aux portes des tombeaux les jours de funérailles.

La vie en commun au Qin n'était plus qu'un immense réseau de turpitudes et de souffrances. L'« autre » était toujours l'ennemi en puissance, celui qui pouvait vous attirer tous les ennuis du monde. Aider autrui pouvait amener les pires conséquences pour soi. Chacun vivait donc replié sur lui-même, condamné à ne jamais montrer à l'extérieur qu'il était heureux. Un bonheur ou une satisfaction quelconque ne devaient jamais apparaître. Il importait surtout de veiller à ne jamais éveiller l'attention, car l'envie et la jalousie étaient le corollaire de la suspicion dont étaient empreints les rapports entre les individus. Mieux valait encore se terrer que rayonner ! La solidarité avait ainsi le plus grand mal à se frayer un chemin dans la jungle sociale où la loi de l'État s'appliquait implacablement. Toute tentative de coalition entre des citoyens, le moindre rassemblement, la plus petite initiative qui ne vînt pas d'en haut étaient impitoyablement réprimés et leurs auteurs sévèrement condamnés puis châtiés.

Maillon Essentiel était en outre l'un des mieux placés pour savoir que, le plus souvent, les rumeurs et les dénonciations ne reposaient sur rien d'autre que du vent. Les calomnies permettaient surtout de régler des comptes, d'éliminer tel ou tel et d'accroître le pouvoir de tel autre, bref, elles étaient exclusivement un instrument de domination et d'oppression du peuple. Les mots de justice et d'équité, au nom desquelles l'État prétendait agir, n'étaient que des alibis...

Le légisme n'était qu'un cynisme d'État.

Le chef du Bureau des Rumeurs n'était pas loin de considérer que le rôle de Lisi, en contribuant à établir la toute-puissance de cette doctrine sur les autres, aboutirait à faire le malheur du peuple de ce royaume. Aussi regardait-il le ministre avec un mépris qu'il n'essayait même pas de dissimuler.

— Si le Bureau des Rumeurs n'est pas capable de mettre un nom sur cette créature, à quoi sert-il ? Je pose la question !

L'attaque du ministre de l'Ordre Public, cette fois, était frontale.

L'eunuque regarda Lisi droit dans les yeux. Il connaissait depuis des mois le nom de celui qui se cachait derrière la créature malfaisante, il y avait beau temps que ses agents avaient découvert sa véritable identité. Mais il s'était juré de ne jamais la dévoiler à l'homme qui lui faisait face, il ne souhaitait pas lui offrir un tel cadeau.

Il prit congé sans un mot de ce ministre légiste qui avait une pierre à la place du cœur.

Lorsqu'il sortit de la Chancellerie, il retrouva les rues de la ville bondées d'hommes, de femmes et d'enfants anonymes qui allaient et venaient, vaquant paisiblement à leur survie quotidienne.

Beaucoup d'hommes allaient boire dans les auberges leurs maigres émoluments, que les collecteurs de taxes sur les boissons fermentées ne tarderaient pas à récupérer sous forme d'impôts dont l'essentiel servait à payer les fonctionnaires civils et les soldats.

Les femmes, sur les épaules desquelles reposait, *in fine*, la subsistance de la famille, n'avaient même pas cette possibilité de noyer dans l'alcool leur mal de vivre. Elles s'adonnaient au troc et parvenaient à faire des miracles en se procurant quotidiennement la stricte quantité de nourriture nécessaire pour leur maisonnée contre d'autres biens ou menus services qu'elles semblaient faire surgir de nulle part tant ils nécessitaient des trésors d'inventivité et d'astuce.

Les femmes étaient devenues l'âme du commerce entre les pauvres. Sans elles, sans leur abnégation et sans leur instinct maternel, qui était aussi un instinct de survie, le Qin n'aurait pas tardé à sombrer dans la guerre civile.

C'était aux femmes que tous ces hommes qui vaquaient dans la rue devaient les infimes plaisirs qui les faisaient tenir : avaler une gorgée d'alcool de sorgo ; rouler une feuille de tabac ; chiquer un peu de bétel ou encore parier à un combat de cailles. Et chaque lendemain, il fallait recommencer. Tous semblaient joyeux et insouciants. C'étaient eux, pourtant, que l'État du

Qin opprimait... Mais en étaient-ils seulement conscients ?

Pour être lucide, il aurait d'abord fallu être capable de penser, c'est-à-dire avoir mangé à sa faim, bu et dormi, puis disposer ne serait-ce que d'un peu du temps nécessaire pour réfléchir, et, pour se forger son propre jugement, observer les choses, ce qui aurait supposé que l'on cessât un instant de les subir. La peur, alliée à la faim, suffisait à dompter ce peuple, épuisé à trouver juste de quoi survivre.

Ils étaient pourtant bien plus nombreux que ceux qui les opprimaient. Il leur aurait suffi de s'organiser et le poids de la foule aurait fait le reste. Le peuple ignorait qu'il était fort, et l'État le bernait en lui faisant croire qu'il le protégeait !

N'était-ce pas là, dans ces confusions soigneusement entretenues, que résidait le secret de cette implacable tyrannie ?

43

Zheng prit son petit air pincé.

— Tu l'as encore vexé en m'offrant ce gage et non à lui..., murmura Rosée Printanière à l'oreille de Poisson d'Or.

Les souffles propagés par les vents forts avaient incité les quatre enfants à sortir leurs cerfs-volants. La cour principale du Palais Royal, dont chaque côté ne mesurait pas moins d'un demi-li, était l'endroit propice pour faire s'envoler ces grands oiseaux aux fines ailes de soie peinte déployées autour de longues baguettes de bambou articulées.

À tout seigneur tout honneur, celui de Zheng représentait un phénix couleur orange mandarine, tandis que Poisson d'Or et Rosée Printanière tiraient chacun sur une cordelette à laquelle une grue de papier était accrochée. La grue de la fillette était verte, alors que celle du garçon à la marque était de couleur bleue.

Zhaogao qui, pour une fois, s'était joint au groupe essayait tant bien que mal de faire voler un simple losange rouge auquel sa mère avait attaché un flot de rubans noirs.

Cet après-midi-là, Rosée Printanière, que le vieil Accomplissement Naturel n'avait pas hésité à enrôler dans la compilation des *Printemps et des Automnes de Lubuwei*, ce qui la rendait incollable sur les textes classiques et les écoles de pensée dont ils étaient issus, avait suggéré de donner à leur concours de cerfs-volants une coloration plus culturelle. Et Zheng et Poisson d'Or avaient accepté de bonne grâce de participer à ce que la jeune fille avait appelé « le concours de cerfs-volants philosophiques ». Zhaogao, moins instruit, se bornerait à écouter.

Le jeu proposé par Rosée Printanière consistait à affubler chaque oiseau volant du nom d'une école de pensée particulière. Chaque joueur disposait de dix points, correspondant à dix parties. Le premier dont l'oiseau de soie tomberait ferait perdre un point à l'école qu'il représentait. Il pourrait rattraper ce point si le vainqueur de la partie lui donnait son gage. À l'issue du concours, l'école philosophique qui triompherait serait celle qui garderait le plus grand nombre de points.

Pour respecter son rang royal, que l'adolescent ne se privait jamais, au demeurant, de faire valoir, c'était à Zheng qu'était revenu de choisir en premier l'école que son phénix orange allait représenter. Sans hésiter, il avait jeté son dévolu sur l'école du Fajia, celle du légisme, pour laquelle il manifestait déjà un certain tropisme. Rosée Printanière, de son côté, en jeune fille modèle qu'elle était, avait adopté l'école des lettrés confucéens Rujia, et Poisson d'Or celle du Yin et du Yang, soit l'école du Yinyangjia vers laquelle, depuis que Huayang lui en avait fait découvrir certains exercices, il se sentait confusément attiré. Zhaogao avait préféré s'abstenir.

Comme par un fait exprès, c'étaient donc les trois principaux courants idéologiques qui allaient s'affronter dans les airs sous la forme de ces oiseaux volants qu'il s'agissait de maintenir face au vent le plus longtemps possible...

Les manipulateurs chevronnés arrivaient à faire longuement tournoyer les cerfs-volants comme de grands rapaces prêts à fondre sur leurs proies. Alors, leurs appendices de lanières de soie virevoltaient comme le pinceau d'un calligraphe virtuose qui se serait caché dans les nuages.

Ni Rosée Printanière ni le prince Zheng, qui était particulièrement gauche, ne possédaient la technique nécessaire, et leurs oiseaux à peine en l'air retombaient lourdement sur le sol. Poisson d'Or, en revanche, sans avoir été davantage initié à cette pratique que les deux autres, faisait preuve d'indéniables qualités. Il arrivait, à force de courir et de tirer finement sur la corde, à faire tenir face au vent sa grue bleue dont les ailes battaient l'air en cadence.

Cela lui valait de remporter chaque partie l'une après l'autre, sans se rendre compte que le visage du prince héritier se rembrunissait au fur et à mesure que son phénix déchiqueté s'abattait violemment à terre après s'être élevé d'à peine quelques li.

Poisson d'Or prenait d'autant plus à cœur ce concours qu'il assistait avec satisfaction au triomphe de l'école qui avait ses faveurs et à la chute de celle des légistes vers laquelle rien ne l'attirait. Aussi, dans le feu de l'action, émaillait-il ses victoires de commentaires flatteurs sur le Yin et le Yang et de remarques gentiment sarcastiques sur l'infériorité de l'école du Fajia.

La première manche achevée, une autre commença.

Comme précédemment, le prince Zheng échoua dans sa première tentative. Il ne parvint même pas à faire décoller son phénix de soie dont la corde cassa, provoquant l'hilarité des trois autres.

— Le légisme, au tapis ! Quant au confucianisme, peut mieux faire ! s'écria Poisson d'Or à la fin de la quatrième manche après avoir donné une fois de plus son gage à Rosée Printanière, reléguant ainsi à la troisième et dernière place du concours de cerfs-volants philosophiques le prince héritier du Qin.

Zhaogao, silencieux, se contentait d'observer Zheng et ses deux autres camarades.

La mine déconfite et choquée du prince héritier, devant ce qui n'était pourtant qu'un jeu, avait alerté la jeune fille qui avait essayé de prévenir Poisson d'Or par des gestes avant qu'il ne soit trop tard. Celui-ci, trop absorbé à faire tournoyer dans les airs sa grue bleue, ne s'était aperçu de rien. Alors, croyant bien faire, elle avait insisté plus directement, en lui pinçant le bras et en lui murmurant à l'oreille de céder à Zheng le point qu'il allait gagner.

À l'issue de la cinquième manche qu'il venait une fois de plus de remporter, l'enfant à la marque proposa enfin son gage à Zheng. Mais celui-ci s'en offusqua et se mit en colère.

— Je n'ai pas besoin de l'aumône ! De toute façon, l'école de la Loi sera toujours plus forte que toutes les autres ! hurla-t-il à Poisson d'Or en piétinant son cerf-volant avant de repartir sans un mot, plantant là ses camarades.

Zhaogao s'élança à sa poursuite pour le réconforter, après avoir soufflé aux deux autres :

— Le futur roi ne doit jamais être humilié !

— J'ai l'impression de revivre ce malheureux épisode de la chasse au daim, confia doucement Poisson d'Or à Rosée Printanière.

Il était proprement sidéré par la violence de la réaction de Zheng.

— Il n'a pas supporté tes plaisanteries sur la faiblesse du légisme. Zheng est devenu un personnage pétri d'orgueil, constata la jeune fille.

— Hélas, c'est aussi ce que je vois.

— Si un jour il est roi, ce sera un tyran. Quant à Zhaogao, il deviendra, j'en suis sûre, un de ses courtisans les plus zélés ! poursuivit Rosée Printanière, soudain toute songeuse.

Puis elle se dirigea vers son jeune ami et prit ses mains dans les siennes.

Elle regarda alentour, la place était vide. Alors, d'une voix indignée, elle s'emporta :

— Je partage ce que tu as dit sur le légisme. J'en parle en connaissance de cause pour en avoir compilé l'essentiel des textes pour l'anthologie littéraire et philosophique qu'Accomplissement Naturel est en train de rédiger à l'intention de Lubuwei. Ces légistes ne sont pas des philosophes mais plutôt des brutes épaisses qui n'ont que le mot « loi » à la bouche ! Selon eux, la fin justifie toujours n'importe quel moyen !

Rose d'émotion devant la hardiesse dont elle avait fait preuve en livrant à son ami le fond de sa pensée qu'elle n'avait jamais encore osé révéler à personne, elle se tut brusquement, telle une enfant prise en faute.

Avec tendresse, Poisson d'Or déposa un baiser sur son joli front blanc comme du marbre. Il vit dans les pupilles dorées de la jeune fille un je-ne-sais-quoi qui ressemblait à une irrépressible attirance. Il avait soudain envie de mordre sa petite bouche aux lèvres roses parfaitement dessinées et gonflées comme un bouton de pivoine prêt à éclore, mais il n'osa pas.

Ils restèrent un long moment l'un face à l'autre, mains mêlées, yeux dans les yeux, à scruter le paysage intérieur de l'autre.

Aux pieds des deux adolescents restés seuls au milieu de cette immense cour pavée de pierres et balayée par les vents, qui venaient soudain de découvrir à quel point leur complicité se doublait d'une attirance mutuelle, les cerfs-volants n'étaient plus qu'un petit tas de soieries froissées, mais ils étaient devenus aussi les trophées de cette chasse à la beauté, à la bonté, à la tolérance et à la bienveillance qu'ils rêvaient désormais de faire leur.

Cet absolu, ils en étaient sûrs, serait toujours le but vers lequel tendraient leurs existences.

Ils ne se doutaient pas que le destin se chargerait de leur apprendre qu'il était des amours évidentes que la vie, pourtant, s'acharnait à rendre impossibles.

Comme pour le Bouvier et la Tisserande, que séparait la Voie Lactée.

*

Saut du Tigre se sentait désormais un peu chez lui dans la grotte de la prêtresse médiumnique.

Depuis qu'il habitait avec Wudong et Zhaogongming, il rendait souvent visite à Vallée Profonde qui, de son côté, l'avait pris en sympathie.

Il appréciait l'atmosphère particulière de la caverne, avec au fond cette petite source d'eau claire auprès de laquelle il aimait s'asseoir sur un rocher.

Ce jour-là, la prêtresse avait invité les trois hommes à venir partager avec elle des exercices de longévité et de renforcement des souffles internes.

Devant l'étonnement du grand prêtre taoïste qui trouvait curieuse son initiative, alors qu'ils s'étaient déjà livrés trois jours plus tôt à une longue séance de « guider et tirer » Daoyin destinée à tonifier la musculature du corps, elle avait répondu :

— Je dois vérifier que ma petite Rosée Printanière n'est pas sous l'influence des souffles négatifs, et mes ressources intérieures ne sont plus ce qu'elles étaient. J'ai de plus en plus de mal à capter son image, car ma petite-fille grandit et sa personnalité devient plus complexe. Pour réussir à ausculter la vision de son corps, je dois puiser une immense énergie interne. Or mes réserves ne suffisent plus. Grâce à vous, je pourrais les augmenter. Voilà pourquoi je vous propose que nous nous livrions tous les quatre à un exercice d'alchimie intérieure Neidan. Seul le Neidan me permettra d'être assez forte pour appeler en moi l'image de Rosée Printanière...

Comment pouvaient-ils lui refuser un tel service ? Sans même attendre la réponse de Wudong, Vallée Profonde, tout sourire, avait d'ailleurs commencé à se dévêtir.

Elle se tenait à présent entièrement nue devant le lac miniature du petit réservoir de sa source, comme si elle en avait été l'esprit protecteur.

Le corps de la femme âgée qu'elle était devenue avait conservé des restes plus que convenables. Les aréoles de ses seins lourds, de la taille et de la couleur d'un petit Bi de jade bistre, ressemblaient aux yeux immenses d'un visage dont son ventre rebondi aurait été le menton et le nombril profond la bouche étonnée. Sa Vallée des Roses, dont on pouvait apercevoir la délicate fente empourprée, surmontait des cuisses puissantes qui paraissaient déjà animées de cette imperceptible palpitation d'un désir qu'elle n'avait pu assouvir depuis longtemps.

Vallée Profonde se préparait à capter les jaillissements et les souffles vitaux de ses partenaires pendant qu'elle s'efforcerait de garder les siens à l'intérieur de son propre corps. C'était le seul moyen de ne surtout pas disperser ni éparpiller ses forces vitales. Dans cet exercice Neidan qu'elle se préparait à accomplir, elle essaierait, au contraire, de prendre de leur énergie afin d'augmenter la sienne en s'arrangeant pour ne rien donner de plus à ses trois partenaires que la révélation de leur propre plaisir.

Wudong et Zhaogongming avaient déjà pratiqué cet exercice sexuel collectif destiné à régénérer les souffles vitaux. Il était réservé aux seuls initiés du grade ultime, et se pratiquait secrètement. Nul ne pouvait y assister sans y participer. La règle était de ne jamais dévoiler cette pratique aux non-initiés. Pour le réaliser dans les règles, les adeptes devaient être entièrement nus.

La prêtresse se tenait debout, nue, jambes et bras écartés, prête à accueillir les trois hommes. Les deux taoïstes l'avaient imitée en quittant eux aussi leurs vêtements. Ils avaient commencé à s'enduire mutuellement d'un onguent huileux qu'ils versaient sur leurs mains à l'aide d'une petite fiole de bronze en forme de courge.

— L'alchimie du Neidan suppose que le corps soit dépouillé de tout, précisa la prêtresse médiumnique à l'adresse de Saut du Tigre.

Celui-ci n'avait pas encore osé ôter sa chemise et ne savait pas s'il devait suivre les gestes de ses deux collègues.

— Mais a-t-il déjà passé le cinquième grade de l'initiation ? s'inquiéta Zhaogongming en s'adressant au grand prêtre.

— Au point où nous en sommes, cela n'a plus d'importance, répondit, non sans malice, la voix caverneuse de ce dernier.

Il observait avec un certain amusement Saut du Tigre qui venait de s'exécuter de mauvaise grâce, mais dont la Tige de Jade ne paraissait pas insensible à la vision du corps dénudé de Vallée Profonde.

À la demande de Wudong, Zhaogongming le fit s'allonger sur le ventre afin de le masser de la tête aux pieds avec un onguent à l'huile de camphrier. Saut du Tigre sentit une douce chaleur envahir tous les muscles de son corps et finit par laisser voguer son esprit.

Il ferma les yeux et faillit s'endormir tellement il était détendu. Il entendit néanmoins, quoique assourdie, la voix de Vallée Profonde qui s'élevait sous la voûte de pierre comme une incantation.

— Nous devons rendre grâces à l'Inspecteur Universel des Mérites et le supplier de nous accorder le bon mélange de nos souffles et de nos essences.

Saut du Tigre sentait qu'elle était juste devant lui. Il redressa la tête. Elle avait pris par la main le grand prêtre et son acolyte pour former une triade dont elle aurait été la divinité centrale. Puis, les yeux mi-clos, entrée dans une sorte d'extase, elle procéda, comme il était d'usage pour commencer l'exercice du Neidan, à la description de Pangu, le géant cosmique créateur de l'univers :

— Nos corps vont s'approprier l'univers ; nos corps seront l'univers, comme le fut celui de Pangu qui est à l'origine des choses. Sa respiration est devenue le vent ; son œil gauche la lune ; son œil droit le soleil ; ses quatre membres les points cardinaux ; son sang et sa Liqueur de Jade devinrent les fleuves ; sa chair les prés et les champs. Quand ses muscles tressaillent, cela provoque un séisme. Sa moelle épinière donna le jade et sa sueur la pluie !

Les deux prêtres buvaient les paroles de Vallée Profonde comme si c'était un élixir de longévité.

Puis ils firent signe à Saut du Tigre de venir les rejoindre. Ce dernier décida d'abandonner toute pudibonderie, se releva et se rendit, nu comme un ver, devant la prêtresse médiumnique qui le prit aussitôt tendrement dans ses bras, en veillant à frotter son ventre contre le sien. Aussitôt, Saut du Tigre sentit son Bâton de Jade se dresser comme la trompe d'un éléphant au salut.

La vigueur dont il faisait preuve s'expliquait autant par son âge que par l'abstinence à laquelle il s'était vu contraint depuis qu'il avait quitté Xianyang. C'est dire si Vallée Profonde n'eut aucun mal à réveiller ses sens assoiffés de volupté.

Elle s'agenouilla devant lui pour butiner son corps, tandis qu'elle faisait signe aux autres d'approcher. Ils s'exécutèrent sans réticence.

L'encastrement de leurs quatre corps emmêlés les rendait quasiment interchangeables. Les rôles s'inversaient. La roue de l'amour tournait d'un cran chaque fois. Semblables à ces chandeliers dont les pieds représentaient un dragon à quatre queues, leurs figures se rejoignaient pour ne faire qu'une. Cette danse précise se prolongea un long moment, chacun faisant à l'autre ce que l'autre venait de lui prodiguer. Leurs mouvements extatiques étaient lents comme la danse d'un tigre prêt à bondir, lorsque le fauve bande ses muscles dont il délivrera soudain l'immense force.

Au milieu des trois autres, Saut du Tigre éprouvait les plus grandes difficultés à se retenir alors qu'il sentait monter l'excitation croissante du plaisir.

— Unissons nos souffles et nos esprits, murmura Wudong, le souffle est la mère de l'esprit et l'esprit le fils du souffle. Les Cinq Souffles vont s'accorder à nos Trois Originels.

Les Cinq Souffles avaient leur siège dans les cinq organes vitaux : foie, cœur, rate, poumons et reins. Les Sandian, ou Trois Originels, étaient les trois Champs de Cinabre de la tête, du buste et de l'abdomen.

L'indicible extase commune des deux taoïstes arrivait lentement, comme la vague provoquée par les remous d'un fleuve en crue qui en submerge la berge. Il y avait déjà un moment que Saut du Tigre avait laissé s'épancher, dans des orifices qu'il aurait été bien incapable de reconnaître, sa Liqueur de Jade qui avait jailli, abondante et laiteuse comme un torrent en crue.

Vallée Profonde, qui connaissait intimement le fonctionnement de son corps, sentit que sa source intérieure n'allait pas tarder à jaillir à son tour. Alors, comme elle avait déjà recueilli de nombreux sucs Yang de ses partenaires, elle referma précipitamment toutes ses portes intérieures pour garder soigneusement en elle le précieux mélange de son Yin et de leur Yang.

Les trois hommes, dont l'esprit continuait à voguer dans les nuages irisés de la fête des sens à laquelle ils venaient de goûter, ne s'étaient rendu compte de rien. Saut du Tigre sentait la main habile de Zhaogongming caresser doucement sa Tige de Jade qui était redevenue aussi molle qu'un concombre de mer.

Ils étaient en extase, insensibles à tout le reste.

Lorsqu'elle eut fini de se rhabiller, Vallée Profonde

constata avec satisfaction que ses partenaires dormaient à poings fermés, côte à côte à même le sol, comme de petits tigres repus que leur mère vient d'allaiter.

Elle se sentait tigresse. Elle s'était régénérée en leur prenant leurs souffles. Elle avait su leur donner la dose nécessaire de plaisir pour qu'ils acceptent sans protester cet échange inégal. Elle avait parfaitement réussi cet exercice d'alchimie intérieure Neidan destiné à lui permettre d'entrer en contact avec sa petite Rosée Printanière.

Elle se sentait prête, débordante de force intérieure. Pourquoi attendre ? Elle avait hâte de savoir.

Elle ferma les yeux.

Instantanément lui apparut l'image de la fille de sa regrettée Inébranlable Étoile de l'Est. Rosée Printanière était encore plus belle et avenante que la dernière fois. C'était le portrait craché de sa mère, et donc de sa grand-mère, pensa-t-elle avec fierté. Elle appela l'image des Trois Originels de la jeune fille et y vit aussitôt la force et la puissance. Tout allait bien pour sa petite-fille !

Elle était rassurée. Rosée Printanière ne souffrait d'aucun mal. Elle ne percevait autour de sa tête nulle onde négative. C'est tout juste si elle sentit, en explorant minutieusement le Champ de Cinabre du deuxième étage, celui du buste où est logé le cœur, que deux forces contraires semblaient s'y exercer, comme si deux désirs opposés s'affrontaient au-dessus.

Cette situation l'amusa. Déjà sa petite-fille, malgré son très jeune âge, était l'objet d'un début de rivalité amoureuse ! Fallait-il le déplorer ? Rosée Printanière serait assurément, mais c'était normal compte tenu de sa grande beauté et de sa vive intelligence, désirée par des hommes qui l'aimeraient passionnément.

Alors, sous le regard médusé de Saut du Tigre qui venait de sortir de l'état second dans lequel l'exercice Neidan l'avait laissé, Vallée Profonde alla chercher dans un panier d'osier un petit œuf. Ce devait être un œuf de poule faisane ou de pintade. Elle le goba après avoir délicatement percé un trou à sa base. Elle prit ensuite une tige d'armoise séchée qu'elle enroula sur elle-même pour en faire une mèche qu'elle introduisit délicatement à l'intérieur de l'œuf. Puis elle posa le tout dans la main de Saut du Tigre, de plus en plus ahuri.

Elle alluma la mèche.

L'œuf s'éclaira comme une pierre de lune. Au bout de quelques instants, on entendit le grésillement de la combustion de l'armoise.

La prêtresse effectua alors quelques passes au-dessus de l'œuf. Celui-ci émit un bref sifflement et se trouva projeté vers le plafond de la grotte – comme ces gros insectes volants dont le battement des ailes était si rapide qu'on ne les voyait pas avant de s'écraser sur un rocher dans un minuscule jaillissement de flammes.

Le bruit réveilla de leur torpeur Wudong et Zhaogongming.

— J'ai pour habitude de faire voler un œuf pour célébrer la fin de l'alchimie intérieure Neidan. Celle-ci était si réussie que je m'en serais voulue de déroger à la tradition ! dit-elle en guise d'explication.

— Comme je me sens bien ! soupira Saut du Tigre en souriant à la vieille prêtresse.

*

Huayang qui, d'ordinaire, ne rêvait jamais était en train de faire un horrible cauchemar.

Elle venait de mettre au monde un enfant sans bras ni jambes, pas plus grand qu'une poupée, dont le visage était celui de Yiren. Zhaoji avait alors fait irruption dans sa chambre où elle était entrée sans frapper. Puis elle lui avait vertement reproché de n'être capable que d'enfanter des monstres. Alors, pétrie de honte, elle avait porté l'enfant jusqu'à la Wei et avait jeté son petit corps dans la rivière. L'enfant sans bras ni jambes avait poussé un cri strident et aussi aigu que la pointe du poignard qui lui perçait le cœur.

Elle s'était réveillée en nage et avait tâté son ventre d'une main tremblante, pour être bien sûre qu'elle n'avait fait que rêver. Par la suite, elle n'avait plus réussi à se rendormir jusqu'au lever. Ses servantes l'avaient trouvée prostrée et haletante, recroquevillée au bord de son lit. Elle n'avait pas souhaité leur expliquer la cause de son état.

Huayang essayait maintenant de se raisonner. En vain.

Ce mauvais rêve n'était peut-être que la conséquence de l'agacement intime provoqué par cette insupportable sensation de vieillir qu'elle ressentait depuis quelque temps et dont elle traquait inlassablement la moindre trace sur sa peau.

L'épreuve du temps, qu'elle subissait comme tout un chacun mais supportait beaucoup plus mal que les autres, commençait à tourner à l'obsession.

Son corps avait été son bien le plus précieux. Grâce à ses formes magnifiques et aux multiples soins qu'elle lui avait prodigués pour l'entretenir, elle s'en était admirablement servi, que ce soit pour séduire Anguo, afin de garder auprès d'elle ce roi inconstant et volage, ou pour manipuler Élévation Paisible de Trois Degrés à qui elle devait d'avoir échappé à son ensevelissement vivante auprès du roi défunt.

C'était dans le désir suscité chez les hommes, auxquels elle aimait plaire, qu'elle puisait sa force mentale immense.

Or elle voyait à présent avec effroi ses seins s'alourdir malgré le massage qu'elle leur prodiguait quotidiennement, et d'imperceptibles vergetures monter inexorablement à l'assaut de ses cuisses. Elle constatait que de petites poches, qu'un savant maquillage à base d'armoise et d'argile n'arrivait plus à effacer, avaient tendance à se former sous ses yeux. Surtout, elle sentait monter subrepticement en elle cette sourde fatigue intérieure qui la prenait comme dans un étau à certaines heures de la journée et contre laquelle elle avait constaté qu'il était inutile de lutter. Elle multipliait les exercices favorisant le souffle et la longévité. Elle ne passait pas un repas sans prendre un breuvage ou une pilule destinés à fortifier son être. Elle tâchait de concentrer son esprit sur des choses fortes et pures, pour tenter de conserver cette énergie qu'elle sentait s'échapper d'elle comme l'eau coule d'un récipient de bronze dont le fond est percé par l'usure.

Elle craignait par-dessus tout ce moment où elle n'aurait plus en elle assez de cette énergie vitale pour la transmettre à ses deux protégés.

Elle s'était persuadée que l'attachement que Zheng et Poisson d'Or lui témoignaient tenait pour une très large part aux souffles positifs insufflés aux deux adolescents pendant ces exercices qu'elle avait continué à pratiquer secrètement avec eux.

Qu'adviendrait-il lorsque ses forces amoindries ne lui permettraient plus d'orienter vers les deux jeunes gens cette énergie intime qui les rattachait à elle ? Ne s'éloigneraient-ils pas ? Ne l'oublieraient-ils pas ? La crainte qu'elle éprouvait visait Zheng en premier. Il était bien plus calculateur que ne l'était Poisson d'Or, dont la personnalité était beaucoup plus généreuse et transparente. Elle soupçonnait le prince héritier du Qin d'être quelque peu oublieux et ingrat, capable de jeter ce qui ne lui était plus utile.

Des deux garçons d'ailleurs, curieusement, elle en était au point où, malgré tout l'attachement qu'elle éprouvait pour Zhaoji, elle se sentait davantage attirée vers Poisson d'Or, celui dont la peau des fesses était marquée d'une sorte de Bi.

Lorsqu'elle avait découvert cette étrangeté, un jour

qu'elle avait entrepris de changer ses couches alors qu'il n'avait encore que quelques mois, elle n'avait pu s'empêcher d'y voir un signe prémonitoire. Poisson d'Or, selon elle, n'avait pas été marqué par hasard de ce sceau du destin. Les qualités intrinsèques du bambin, qui n'avaient pas tardé à se révéler depuis qu'il était tout petit, avaient fait le reste. Huayang croyait dur comme fer à la bonne étoile de Poisson d'Or. Si on lui avait donné à choisir entre les deux enfants, c'est celui à la marque dont elle aurait fait le sien.

Pour se changer les idées et calmer son émoi, après s'être adonnée à sa toilette, elle renvoya ses femmes de chambre et décida de se rendre au Pavillon de la Forêt des Arbousiers dont elle appréciait l'harmonie et la tranquillité.

Le soleil était voilé par des nuages gris dont les turgescences prenaient tantôt de drôles de formes animales, tantôt les formes sinueuses d'un champignon d'immortalité. Elle s'était assise sur le banc de marbre de l'un des édicules orientés et contemplait l'eau immobile des douves qui lui faisait penser à du mercure fondu, lorsqu'elle sentit qu'on lui effleurait l'épaule.

C'était Rosée Printanière qui lui tendait gentiment une orchidée.

— Accomplissement Naturel m'a demandé de vous la porter, dit sobrement la jeune fille en baissant respectueusement les yeux devant la reine mère.

— Et que fais-tu ici ? interrogea celle-ci avec bienveillance.

— J'aide le Très Sage Conservateur à compiler des textes anciens dans un recueil que Lubuwei l'a chargé de composer afin de laisser aux générations futures une sorte de résumé de tous nos courants de pensée. C'est long mais passionnant, répondit Rosée Printanière.

Huayang la regarda, étonnée. Elle n'imaginait pas qu'une jeune fille aussi belle et gracieuse pût s'occuper d'une tâche digne d'un vieux lettré.

— Tu dois déjà être un puits de science pour qu'Accomplissement Naturel ait jugé bon de t'enrôler dans une telle entreprise ! s'exclama-t-elle.

— Oh ! j'ai été à bonne école ! Il m'a appris à lire et à écrire les caractères de notre langue écrite. Et ma mémoire n'est pas mauvaise. Je me borne à recopier les passages qu'il m'indique, protesta modestement Rosée Printanière.

— Poisson d'Or me parle souvent de toi, poursuivit Huayang en souriant.

Lorsqu'elle entendit ce nom, le visage de Rosée Printanière, jusque-là si calme, devint soudain tout rouge et ses yeux s'illuminèrent.

Huayang comprit que la jeune et pure enfant aimait son Poisson d'Or de toutes les fibres de son être.

— Moi aussi, je l'aime beaucoup, ajouta-t-elle pensivement.

Sa remarque eut le don de faire partir à reculons Rosée Printanière dont la confusion, en raison du trouble qu'elle avait laissé apparaître devant la reine mère, était à son comble.

Huayang porta de nouveau son regard vers la surface parfaitement aplanie des douves où, à cette heure de la journée, les carpes devaient dormir tapies au fond de la vase.

Telle une plaque d'ardoise, l'eau bleutée demeurait immobile, comme à l'état solide. Alors, l'esprit apaisé par le calme de cette surface unie, la reine mère se remit à réfléchir.

Elle se disait que Poisson d'Or et Rosée Printanière seraient chacun l'aile de cet oiseau étrange qui n'en possédait qu'une et ne pouvait voler qu'accouplé à sa moitié : le Biyiniao. Mais la vie accorderait-elle aux deux jeunes gens la grâce de leur permettre de voler ensemble ? Rien n'était moins sûr. Elle aurait tant voulu, malgré tout, que ce fût le cas pour eux, qui étaient si bien assortis l'un à l'autre.

Ellc ressentit soudain l'immense nostalgie de ne jamais avoir connu l'amour fou et la passion qui égare. Elle n'avait, hélas ! jamais rencontré son Biyiniao... Avait-elle seulement éprouvé une passion, comme cette jeune fille qui semblait être éprise au point de perdre toute contenance ? Elle s'était plus servie des hommes qu'elle ne les avait aimés. Elle éprouva aussi, encore une fois, le lancinant regret de n'avoir pu enfanter et d'être comme ces rues qui, pour être majestueuses et belles, bordées des plus beaux palais et plantées des plus beaux arbres du monde, n'en finissaient pas moins en cul-de-sac.

Elle s'était souvent demandé si elle était vraiment faite pour le bonheur ; si elle avait réussi sa vie, quoiqu'elle ait pu être reine ; si elle avait, en fin de compte, donné autant qu'elle avait reçu... Car c'était là, pensait-elle, dans le don de soi, l'échange et la réciprocité, que se nichait toujours l'amour vrai, celui qui transcendait tout le reste.

Et là, devant la surface laquée ardoise de ces douves immobiles et silencieuses, la réponse, implacable, devenait évidente : c'était non. Elle n'avait pas été capable de donner à quelqu'un ce qu'elle avait de meilleur en elle, car elle n'avait pas eu d'enfant. Il ne lui restait plus qu'à former des vœux ardents pour que l'avenir accorde aux jeunes et beaux Poisson d'Or et Rosée Printanière ce bonheur qu'elle n'avait pas reçu.

44

Le roi benêt avait définitivement abandonné les rênes du pouvoir à Lubuwei.

À mesure que les années passaient, en dehors des étreintes que lui procurait sa femme lorsqu'il la rejoignait le soir sur sa couche, Yiren ne s'intéressait plus qu'à la chasse.

Il rendait régulièrement hommage à Zhaoji, à laquelle il demeurait charnellement attaché, au cours d'étreintes furtives où il prenait son plaisir sans penser à le rendre. Il regardait, de loin, grandir Zheng. Mais quand ils se voyaient, une ou deux fois par mois, pas plus, le fils et celui qui croyait être son père avaient de moins en moins de choses à se raconter, hormis ses dernières traques de gibier que Yiren jugeait bon de décrire au jeune homme par le menu alors que celui-ci, de son côté plus porté vers les livres et la stratégie politique, l'écoutait d'une oreille distraite.

Ce jour-là, le roi chevauchait seul avec un serviteur. Ils avaient quitté Xianyang depuis plusieurs jours et se préparaient à passer une semaine de plus à califourchon. Ils se dirigeaient en effet vers les territoires ventés du Nord-Ouest, parsemés de bouleaux et de taillis épineux, où l'animal roi prenait volontiers ses quartiers d'hiver.

Yiren était plein d'allant et d'espoir car cette partie

de chasse au tigre blanc, en raison du moment choisi, ne pouvait être que faste.

C'était en effet la fin de l'été, le moment où la nature s'apprêtait à basculer vers la froidure qui, progressivement, amènerait l'hiver. La saison correspondait aux animaux à poil ; le métal de l'automne était l'argent et sa saveur l'âcre. L'automne correspondait aussi à l'odeur de viande et sa note de musique donnait le subtil Shang. Mais surtout, la couleur emblématique de l'automne était le blanc. La couleur du deuil. La couleur du fauve sibérien dont les canines, pointues comme des harpons, étaient aussi longues que la paume de la main.

Et c'était là le plus heureux des présages, puisque Yiren rêvait de tuer un de ces tigres couleur de deuil qui vivaient dans les contrées froides, ceux dont la robe leur permettait de passer inaperçus quand le manteau de neige recouvrait les steppes autour des bosquets de bouleaux où d'ordinaire ils se cachaient.

Pour lui, c'était un grand jour, comme il en arrivait à peine un, voire deux, pendant toute une année lunaire. Qui plus est, comme il l'avait fait préciser et dûment vérifier par le devin géomancien Embrasse la Simplicité, c'était assurément le jour le plus faste.

En effet, en ce début d'automne, le soleil se positionnait à la place de la constellation Yi dite de l'Aile, qui était la vingt-septième étape stellaire de la constellation zodiacale, et le soir, c'était le Dou, soit le Boisseau, c'est-à dire la huitième étape stellaire qui culminait avec les six étoiles. Le matin, Dou le Boisseau était remplacé par la dix-neuvième constellation Bi, dite l'Arrêt, qui comprenait huit étoiles. Bi l'Arrêt ne pouvait que porter chance à celui qui souhaitait, précisément en ce début d'automne, *arrêter* le tigre *blanc*.

Telle était du moins la conclusion qu'Embrasse la Simplicité avait annoncée triomphalement à Yiren après avoir longuement consulté ses cartes du ciel.

Le roi Yiren avait prévu de partir assez loin vers le Nord-Est du royaume, là où s'étendait ce vaste plateau steppique où des forêts de bouleaux et de conifères rabougris abritaient cet animal royal au pelage immaculé à peine strié de noir à l'endroit du poitrail. Il avait conçu cette chasse comme une sorte de duel qui devait l'opposer sans intermédiaire à l'animal mythique.

Aussi avait-il jugé bon, malgré les protestations de certains ministres, de n'emmener avec lui qu'un page, chargé de porter ses armes : un arc de la hauteur d'un homme et trois épées courtes, afin d'achever l'animal une fois qu'il aurait été blessé par les flèches dont il avait pris soin de faire enduire l'embout d'une décoction paralysante.

Après six journées de chevauchée ininterrompue, les deux hommes étaient enfin arrivés sur le haut plateau steppique et rocailleux balayé par un vent glacial.

Le passage de la chaleur au froid avait été, cette année-là, particulièrement rude. Il avait neigé la veille et un manteau poudreux immaculé recouvrait le sol, cachant les pierres éparses qui jonchaient ce demi-désert et rendaient par temps sec périlleuse la progression à cheval. De nombreux animaux avaient laissé leurs empreintes sur la neige. Ici, c'étaient des pattes d'oiseaux, là les longues griffures de la marmotte et du castor. Un peu plus loin, le tronc fraîchement déchiqueté d'un bouleau devait être, à en juger par les traces que l'animal avait imprimées sur la neige, le fait d'un ours des steppes, ce terrifiant et dangereux plantigrade capable de tuer un chasseur d'un seul coup de patte.

Yiren sentit monter en lui le goût du sang qu'éprouvaient les chasseurs de gros gibier quand ils entraient dans le territoire de leur proie, lorsque apparurent enfin, parfaitement imprimées sur la couche neigeuse, les marques caractéristiques des coussinets immenses et des griffes puissantes de l'animal roi.

Le roi fit signe à son serviteur de descendre de cheval et de lui donner l'arc et son épée la plus effilée. À partir de là, s'ils voulaient éviter que cet animal méfiant, à l'ouïe et à l'odorat si fins, ne s'enfuie, il fallait continuer la traque à pied.

Ils attachèrent leurs chevaux à un bouleau et commencèrent à suivre les traces du félin à travers la forêt de résineux rabougris qui s'ouvrait devant eux. Les marques étaient fraîches et semblaient indiquer un récent passage de l'animal, ou plutôt des animaux, car des marques plus petites venaient d'apparaître, juste à côté des premières.

Yiren pensa qu'il devait s'agir d'une tigresse et de son petit, et décida par conséquent de redoubler de prudence. Rien n'était plus redoutable qu'une mère tigresse défendant son petit face à un autre prédateur !

Le ciel d'azur fut traversé par le vol lourd de l'aigle circaète, amateur de reptiles. Yiren prit cela pour un heureux présage.

Une famille de zibelines traversait un coteau neigeux au pied duquel on pouvait distinguer le trou de son terrier. Les petites bêtes fuselées, dont le pelage clair se confondait presque avec la neige, ondulaient gracieusement entre deux soubresauts.

Un vent du nord, puissant comme un souffle néfaste, venait de se lever, poussant quelques nuages blancs au ras du sol, sur le chemin de la traque. Yiren, dont c'était l'unique lecture, pensa à la strophe du *Livre des Mutations Yijing* : « *Le nuage suit le dragon et le vent suit le tigre* », et se dit que l'animal ne devait plus être très loin.

Il ne s'était pas trompé.

Devant lui, à une trentaine de li à peine, Yiren constata que les traces aboutissaient à une sorte de tertre formé de branchages morts enchevêtrés. Il pensa que c'était là, au milieu de ce fouillis végétal, que devaient se cacher l'animal et son petit. Il arma son arc, fit signe au serviteur de se poster derrière le tronc d'un bouleau plus gros que les autres, et avança à pas lents, muscles tendus, prêt à lâcher sur le fauve sa flèche dont il venait à nouveau d'enduire le bout d'une substance paralysante.

Il progressait, concentré sur lui-même et attentif au moindre souffle, prenant soin de ne faire aucun bruit.

Rien ne paraissait bouger dans l'immense hallier.

Il pouvait à présent en toucher les branches épineuses qui formaient un barrage infranchissable. Il se baissa pour essayer de profiter d'un trou qui paraissait s'ouvrir dans le chaos de branches mortes qui l'empêchait d'aller plus loin...

C'est alors qu'il vit l'éclair de ses yeux écarlates cernés d'or. Ils étaient phosphorescents comme des étoiles. Une tigresse, dans sa belle robe blanche et duveteuse, était tapie au fond du hallier, allaitant un petit qui n'était pas plus gros qu'un chat.

Elle le regardait sans broncher ni manifester la moindre inquiétude, dans cette posture royale qu'ont seuls les fauves parce qu'ils sont conscients de leur supériorité sur le reste du monde animal.

Le roi benêt essaya de faire rapidement le point.

Décocher une flèche à travers le mur de bois mort était impossible et dangereux. Il valait mieux attendre que la tigresse ressortît par le trou situé à la base du hallier, et là, viser soigneusement la base du cou immaculé pour y expédier la flèche empoisonnée avant d'y voir apparaître la tache écarlate qui serait le signe que l'animal, touché, ne tarderait pas à mourir.

Il décida ainsi de rebrousser chemin pour se mettre à l'abri derrière le bouleau où l'attendait son serviteur. Il suffisait, jugea-t-il, de patienter. Il se voyait bander son arc dès que la tête du fauve apparaîtrait et ajuster au mieux son tir pour essayer de l'atteindre à cette orée du poitrail où le produit paralysant aurait l'effet le plus rapide.

Quand il atteignit l'arbre, il eut à peine le temps de

se rendre compte qu'une créature bizarre, mi-homme, mi-cheval, l'y attendait au lieu et place de son serviteur, et que ce monstre, dont le casque ruisselait de longs poils, avait la face du prince Anwei.

Il ne vit même pas la haine qui déformait le visage de son assassin lorsque celui-ci abattit son bras pour porter à son neveu le coup fatal.

Avant qu'il ait pu se rendre compte de ce qui lui arrivait, la lame tranchante de l'épée du frère d'Anguo avait déjà percé le torse du pauvre roi Yiren de part en part.

Au loin, Anwei pouvait voir la minuscule silhouette du serviteur qui s'enfuyait à toutes jambes vers l'endroit où les deux chasseurs avaient attaché les chevaux. Le prince déchu et pourchassé ne chercha même pas à le rattraper, il n'en avait que faire. Il avait enfin accompli sa tâche. Il avait eu la force d'aller jusqu'au bout du chemin. Il s'était vengé.

À ses pieds, sur la neige rose maculée par le sang de ses blessures, gisait le cadavre du souverain du Qin dont les lèvres et le nez commençaient à bleuir sous l'effet du froid.

Caché derrière les chevaux, le serviteur du roi, pétrifié par la peur et le froid, avait tout vu.

*

Le prince héritier Zheng apprit la mort de son père en pleine séance de calligraphie, de la bouche même d'Accomplissement Naturel.

Quelques heures plus tôt, transi, hagard et hâve comme un spectre, le serviteur du roi était revenu au Palais. Là, entre deux lampées de soupe brûlante, il avait raconté comment Yiren avait été tué par le tigre qui, par vengeance, s'était transformé en cette étrange créature à l'allure terrifiante contre laquelle il n'avait rien pu faire.

Étonné par un brouhaha inhabituel et le crissement des graviers de la cour, Zheng s'était approché du balcon pour voir de quoi il retournait. C'était la garde royale, qui avait déjà pris place au pied de la tour centrale du Pavillon de la Forêt des Arbousiers, prête à rendre les honneurs au futur roi du Qin.

Ce déploiement militaire l'avait étonné, mais il n'y avait pas prêté plus d'attention que cela et était revenu s'asseoir à la table où étaient posés, soigneusement rangés, ses stylets et ses pinceaux... Il s'acharnait, non sans peine, à calligraphier le caractère du bonheur en « écriture ordinaire des fonctionnaires », dite Lishu, ou encore « écriture de chancellerie », qui nécessitait, si on voulait la maîtriser parfaitement, de longues années d'apprentissage, quand Accomplissement Naturel s'était approché de lui.

— Votre père est mort au cours de la chasse au tigre. Demain, vous serez le grand souverain du Qin, avait murmuré avec respect le vieux lettré à son élève.

Le jeune prince n'avait pas mis longtemps à comprendre, au voussoiement du vieux lettré, que son statut venait de changer.

— Le roi Yiren s'est tué à la chasse, c'est à Zheng qu'il revient de monter sur le trône du Qin, avait répété le Très Sage Conservateur en apercevant Poisson d'Or.

Ce dernier, surpris par tant d'agitation, était venu aux nouvelles depuis l'autre extrémité de la salle où il déchiffrait le *Zhuangzi*.

Poisson d'Or s'approcha alors de Zheng et lui donna l'accolade. Il sentit que son camarade était ému par ce geste et cela le réjouit.

— Je te souhaite une immense réussite, ajouta-t-il après avoir posé ses lèvres sur son poignet en signe d'allégeance.

Zheng le dévisagea fièrement. Ne tenait-il pas là une sorte de revanche aussi étrange qu'inattendue ? Assister enfin à la soumission de celui qui le surpassait en tout ne lui déplaisait pas. Après tous ces jeux et tous ces concours remportés par son « jumeau » plus doué que lui dans tant de matières, y compris en calligraphie, après tous ces talents que l'autre, le rival inaccessible, possédait et qu'il n'avait pas, ce nouveau statut royal était au moins ce que Poisson d'Or ne pourrait jamais lui ôter.

— Je tâcherai de faire de notre royaume un pays encore plus puissant qu'il n'est aujourd'hui ! lâcha-t-il le plus sérieusement du monde.

Poisson d'Or comprit que Zheng n'aurait aucun mal à se glisser dans ses nouveaux habits de roi. Il venait à peine d'entrer dans sa treizième année et voilà que, sachant qu'il succédait à son père tragiquement tué lors d'une partie de chasse, loin d'éprouver une émotion ou un regret quelconque, il s'exprimait déjà comme un souverain d'âge mûr.

Dehors, le tambour accordé battait la cadence du pas des soldats. Un détachement de l'armée, en rangs serrés, avait pris place derrière les éléments de la garde royale. L'oriflamme, qui portait le caractère « Zheng » jaune sur fond noir, flottait au vent. Un capitaine donnait des ordres secs et tranchants comme une lame, que les hommes exécutaient au pouce près, tels des automates. L'armée du Qin, par son impeccable manœuvre de parade, s'apprêtait à accomplir un premier geste de respect à l'égard de son nouveau chef.

Le jeune futur roi se rendit sur le balcon pour saluer cette foule en armes qui lui rendit une immense ovation en brandissant ses hallebardes.

— Longue vie, longue vie à Zheng ! hurlèrent à l'unisson les soldats rassemblés au pied de la Tour de la Mémoire.

De retour dans la salle de la bibliothèque, Zheng se mit à penser à Rosée Printanière et chercha l'endroit où elle pouvait se trouver.

La jeune fille avait assisté à toute la scène, perchée

sur une échelle qui lui permettait d'accéder aux rayonnages supérieurs des casiers où étaient rangés les premiers textes enroulés en vue de leur compilation pour les *Printemps et Automnes de Lubuwei*.

Lorsqu'il l'aperçut, il se précipita vers elle.

— Rosée Printanière, je te cherchais !

— Comment vais-je t'appeler à présent, roi Zheng ou roi du Qin ? Ou prendras-tu un nom particulier de roi ? demanda-t-elle malicieusement au jeune homme.

Il n'y avait nul respect dans ses propos mais elle avait tenu à lui montrer que son statut ne changerait rien, de son point de vue, à leurs rapports.

— Je veux que tu continues à m'appeler Zheng, répondit-il à voix basse.

La voix du nouveau roi n'était pas loin d'être suppliante ; Zheng, en prononçant ces mots, avait essayé de prendre la main de la jeune fille pour l'aider à descendre de son échelle mais celle-ci avait semblé ignorer son geste.

Elle posa devant lui, sur la table, les deux rouleaux de planchettes de bambou qu'elle portait dans ses bras.

— Je t'ai sorti ce précieux exemplaire du rituel des empereurs Zhou, le *Zhouli*. Je viens de l'éplucher. Il y a là toute la somme des rituels qu'il convient d'accomplir lorsqu'on devient roi.

Elle le fixait droit dans les yeux. Elle avait cette petite moue, sérieuse et péremptoire, qui rendait adorable son minois aux yeux clairs.

— Ton attention est délicate et je t'en remercie. Mais les rites sont formels et souvent passéistes. Selon moi, le roi doit surtout bien gouverner son pays ! affirma doucement le futur roi en prenant soin de ne pas faire de peine à la jeune fille.

— Ai-je descendu, dans ces conditions, ce pesant *Zhouli* pour rien ? insista-t-elle pour le tester.

— Non, bien sûr. Je vais l'emporter pour le relire

dès ce soir, assura-t-il sur le ton de la confidence, afin que nul ne perçoive ses propos.

Un froissement de soie se fit alors entendre, venu du fond de la pièce. La silhouette élégante et colorée de la reine mère faisait irruption dans la bibliothèque.

Huayang, encore bouleversée par son mauvais rêve, se précipita sur Zheng pour le prendre et le serrer dans ses bras. Elle voulait consoler l'adolescent de la mort atroce de son père. Elle aurait aimé l'avoir contre son sein pour lui prodiguer toute sa tendresse et lui insuffler un peu de son énergie interne comme elle l'avait si souvent fait lorsqu'il n'était encore qu'un enfant.

Elle perçut très vite, à la posture du jeune homme, légèrement en retrait, et à son absence de réaction, sa réticence à l'égard de ce geste public d'affection. Zheng évita de la regarder en face. Déjà soucieux de préserver l'étiquette et de ne rien laisser transparaître de ses pensées intimes, le nouveau roi ne souhaitait visiblement pas se livrer en public à de telles effusions.

Celui qui allait devenir roi du Qin à la suite de Yiren n'avait pas tardé, aidé par ce qu'il connaissait déjà des préceptes du bon gouvernement légiste, à apprendre le maintien de cette distance qu'un souverain devait établir vis-à-vis de ses sujets, y compris ses parents et ses amis les plus proches, s'il voulait être craint et respecté par son peuple.

Huayang comprit que Zheng ne serait plus jamais ce même petit garçon qu'elle avait à ce point choyé, en prenant tant de soin à lui transmettre des souffles positifs devant l'image de son « corps écrit ». Voilà qu'il se comportait déjà comme le souverain du royaume, oublieux de l'affection qu'elle lui avait prodiguée ! Sa déception était immense et, telle une lame de jade, lui perçait le cœur.

Instinctivement, elle vacilla et recula de deux pas. Elle avait l'impression d'avoir reçu un coup de poing à la hauteur du bas-ventre, elle était abasourdie. Mais il ne fallait rien montrer de son désarroi, elle était en représentation. Elle s'efforça d'adopter à son tour une pose beaucoup plus convenue et distante.

Devant les autres, elle était à nouveau la reine mère.

Poisson d'Or, qui avait assisté au manège, s'était approché d'elle et, gentiment, lui avait pris la main. Elle la sentait douce et chaude, comme l'était le caractère de l'enfant à la marque. Huayang, en signe de complicité et de remerciement, lui caressa imperceptiblement la paume. Le jeune homme lui sourit dans un regard complice. Elle se sentit proche de lui. De ce jour, elle décida qu'elle l'aimerait davantage encore.

*

La mort du roi avait cueilli Lubuwei à froid.

Non pas tant que cet événement imprévu dût changer le cours de sa propre existence : il était déjà Premier ministre et n'attendait, à cet égard, rien de plus. Les événements, pourtant, allaient se précipiter : son fils accéderait au trône bien plus tôt que prévu. Quelles en seraient les conséquences ? Il n'en savait rien, ni ne pouvait se douter à quel point elles risquaient d'être dangereuses pour ce qui le concernait. Il ressentait, de surcroît, un sentiment qui ressemblait à de la joie, celle de la perspective de pouvoir à nouveau se retrouver dans les bras de Zhaoji.

Dès qu'il avait appris la disparition de Yiren, cela avait été sa première pensée. Après tant d'années de relégation, il sublimait leur future étreinte au point d'en faire un rituel amoureux complexe qui durerait des heures et dont il se surprenait – au point d'en oublier le deuil à élaborer la marche vers l'extase mutuelle. Mais serait-elle aussi disponible que lui ? En aurait-elle, surtout, autant envie ? Ces douces interrogations le rendaient fébrile, irritable même, lui qui s'efforçait toujours de se montrer d'humeur égale.

Il arrivait à peine à chasser ces images voluptueuses de son esprit lorsque le géomancien, qu'il venait de convoquer, s'était présenté devant lui.

— Il nous faut une date précise pour l'intronisation du nouveau roi. Elle doit être la plus favorable, peu importe s'il faut attendre un nouveau cycle lunaire. Et par la même occasion, tu vérifieras que le thème astral du jour de la conception de Zheng ne comporte aucune contre-indication ni empêchement majeur, ordonna Lubuwei à Embrasse la Simplicité.

Le Premier ministre souhaitait mettre son fils à l'abri de toute mauvaise surprise liée aux astres et aux souffles. C'est pourquoi il avait décidé de prendre en main lui-même la procédure complexe qui devait précéder la montée de Zheng sur le trône.

— Je peux déjà vous dire que la couleur du nouveau roi sera le jaune. C'est en tout cas ce qui ressort de l'examen du tableau des correspondances entre les éléments, les directions et les souffles ! déclara avec emphase Embrasse la Simplicité.

Le jaune était la couleur de l'Empereur mythique à qui les hommes devaient non seulement l'écriture, mais aussi la science médicale, l'élevage des vers à soie, l'invention de l'arbalète et du miroir, ainsi que de tant d'autres choses favorables sans lesquelles ils auraient continué à vivre comme les singes de la forêt.

— Va pour cette couleur, même si peu de rois ont osé jusqu'à présent l'utiliser, de peur de vexer l'illustre Empereur Jaune, dit Lubuwei en souriant.

Zhaoji venait de les rejoindre. Elle fit signe à Lubuwei de s'approcher d'elle.

— Zheng est odieux avec moi ! C'est tout juste s'il s'adresse à moi comme à une servante ! souffla-t-elle à l'oreille du père de son fils.

— Mais qu'y puis-je ? Au nom de quoi pourrais-je lui faire une quelconque leçon ? rétorqua Lubuwei, excédé, à la mère de leur enfant.

Il s'agaçait encore des propos de Zhaoji lorsqu'il demanda à celui qui était à la fois géomancien et devin de continuer à examiner ses cartes du ciel.

Embrasse la Simplicité alla chercher son gabarit de jade en forme de Bi. Cet instrument permettait, quand on pointait son œil au centre pour viser exactement l'étoile Polaire, de déterminer au moyen de son bord dentelé et cranté la place exacte des constellations entourant cette étoile.

— Cette nuit, avant que la lune ne se lève, je procéderai à une ultime vérification avec cet ustensile, assura-t-il en montrant le gabarit.

Le lendemain, vérification faite, le devin donna à Lubuwei la date souhaitable, selon ses calculs, pour l'intronisation de Zheng :

— Au deuxième mois de l'automne, le soleil s'en va en Jia, la première étape stellaire. Ce sera on ne peut plus favorable. Les jours les plus fastes du mois seront Geng et Xin, le septième et le huitième jour de chaque décade. Qui plus est, le souverain du mois sera Shaoshao, le propre fils de l'Empereur Jaune ! Nous resterons donc toujours dans la bonne couleur. La note musicale du mois sera le Shang. Il faudra veiller à accorder les cithares en conséquence et à commencer par frapper les cloches qui produisent la note Shang. Le chiffre du mois sera le neuf. Il devra y avoir neuf tripodes de bronze autour du nouveau roi.

— Si j'ai bien compris, nous avons donc le choix, selon tes projections et tes correspondances, entre six dates dans le mois ?

— C'est cela même.

— Il me faut à présent la meilleure des six ! lança Lubuwei au géomancien devin.

Embrasse la Simplicité se voyait quelque peu pris de court. Il n'avait encore jamais été appelé à choisir entre des dates déjà aussi favorables. D'habitude, on se contentait de désigner parmi elles celle qui était la plus commode. En l'obligeant à trier de nouveau les dates favorables, le Premier ministre, manifestement, voulait mettre toutes les chances du côté du futur roi. Le devin réfléchissait. La question n'était pas simple à trancher. Il se remit à consulter frénétiquement sa carte du ciel et ses tableaux de correspondance entre les éléments, les sens, les matières, les nourritures et les souffles.

Au bout d'un long moment, et après avoir tourné ses calculs dans tous les sens, il reprit la parole. Il avait l'air soulagé, ses calculs n'avaient pas été vains. Une date, plus favorable que les autres, émergeait de ses cogitations.

— Je constate que le tube musical de ce mois est le tube Nanlu. Or ce tube Yin, de génération inférieure, est le quatrième des douze tubes musicaux qui permettent d'étalonner les sons de l'univers. Cela me conduit donc à opter pour le quatrième des jours que nous avons déjà sélectionnés, soit le deuxième Xin, ou, si vous voulez, le seizième jour du mois ! clama en jubilant Embrasse la Simplicité.

Le géomancien devin, tel un fonctionnaire brillamment reçu à un concours difficile, était à la fois ravi et soulagé d'avoir évité la situation délicate où il se serait trouvé s'il n'avait pu calculer cette précieuse date.

— Vois-tu pour ce jour-là des contre-indications gênantes qui empêcheraient les cérémonies de se dérouler convenablement, comme l'interdiction de porter des vêtements longs ou de déplacer des meubles ?

— Je ne vois aucune contre-indication particulière qui serait de nature à gêner l'organisation des cérémonies.

— Quelle sera, à cette date, la viande recommandée pour les sacrifices ?

— La viande des sacrifices devra être le foie. Et comme l'odeur du mois est celle de la viande crue, c'est le foie cru des animaux qui devra être consommé dans ces circonstances.

— Ce sera donc le seizième jour de ce mois. Il nous en reste quinze pour tout organiser, c'est bien peu. Nous n'avons pas de temps à perdre si nous voulons préparer pour le roi Zheng des cérémonies dignes de lui ! s'exclama le Premier ministre.

Il s'aperçut que c'était la première fois qu'il parlait de son fils en ces termes.

Et cela, soudain, lui fit une impression curieuse.

45

Lubuwei, atterré, avait compris que son fils ne lui voulait pas de bien. Les cérémonies d'intronisation du roi Zheng venaient de prendre fin et cette conclusion s'imposait à lui comme une évidence.

Le Premier ministre avait procédé à l'ordonnancement du rituel qui faisait de son propre fils le souverain du royaume. Bizarrement, il n'avait ressenti nulle émotion. Il s'était aperçu, en regardant la face ingrate, aux yeux intelligents mais durs, de ce tout jeune homme qui le considérait avec distance, que son enfant lui avait complètement échappé. C'était un étranger devant lequel il s'était prosterné en premier, en tant que second personnage de l'État, ainsi que le spécifiaient les rites d'allégeance royaux.

— Longue vie à mon roi ! Immortalité à mon roi ! Gloire et Vertu pour mon roi !...

Telles étaient les paroles qu'il s'était entendu prononcer au moment où, cassé en deux au pied du trône, il avait baisé le genou gauche du nouveau souverain. Cela lui avait fait tout drôle de s'adresser en ces termes au fruit de ses amours avec Zhaoji. Il avait alors relevé les yeux, pour essayer de croiser le regard de Zheng. La froide indifférence de celui-ci l'avait glacé. Il avait même cru percevoir de l'hostilité – à tout le moins de la méfiance au fond des pupilles noires dans lesquelles le reflet des torchères de la salle du couronnement semblait tracer des sillons mordorés.

Se pouvait-il que son fils fût devenu un ennemi irréductible ? Avait-il enfanté un être qui, désormais, après lui avoir échappé, se retournerait contre celui qui, omniprésent, tirait toutes les ficelles du royaume ? N'avait-il pas fabriqué un implacable rival bien décidé, pour ce qui le concernait, à gouverner et qui, fort de sa légitimité nouvelle, chercherait par tous les moyens à faire table rase du passé en éloignant du pouvoir ce Premier ministre, son père ignoré, devenu par trop puissant et tutélaire ?

Lubuwei, en tout état de cause, était déjà sûr d'une chose : Zheng ne serait pas Yiren. Ce jeune roi n'obéirait à personne, et il était inutile d'essayer de l'orienter, encore moins de le manipuler.

À la fin de la cérémonie, accablé par le souvenir de ce regard lourd de sous-entendus hostiles, il avait néanmoins eu la force de murmurer à l'oreille de Zhaoji qu'il brûlait de la revoir. Il avait heureusement senti, à la pression de la main de la reine sur la sienne, que ce désir était plus que jamais partagé. Le soulagement qu'il avait éprouvé était tel qu'il avait failli éclater en sanglots. Au moins Zhaoji lui était-elle restée fidèle...

— Quand et où ? lui avait-elle chuchoté, la voix bruissante d'émotion.

— Cette nuit, chez Huayang... Si tu le veux bien...

Ainsi, le soir même, les deux amants, que leur stratagème avait séparés, venaient de se retrouver pour la première fois depuis de longues années dans une alcôve que la reine mère leur avait prêtée de bonne grâce.

Après une attente aussi prolongée, leurs corps, ivres de désir et éperdus de ces retrouvailles, n'avaient pas tardé à prendre feu, tels ces champignons arboricoles qu'on faisait sécher et qui s'enflammaient au premier contact d'une flammèche.

— Il y a bien longtemps que nous n'avons pas

échangé nos sources internes ! Maintenant que Yiren n'est plus là, plus rien ne s'y oppose ! gémit Zhaoji en l'enlaçant.

Elle n'avait pu s'empêcher de placer sa cuisse entre celles de Lubuwei et de coller son ventre au sien, à peine était-il entré dans la chambre, tant elle brûlait d'envie de lui.

Avant qu'il ait esquissé le moindre geste, elle avait défait rapidement et sans hésiter, malgré l'émoi qui faisait trembler ses mains, le large ceinturon clouté qui tenait fermées les braies de Lubuwei. Puis sa bouche pulpeuse et humide était allée droit au but. Lubuwei, qui n'aimait rien tant que les longues entrées en matière, n'avait su résister aux effets de la petite langue rose et pointue de son amante, qui avait pris soin d'écarter les pans de son chemisier de soie blanche – elle était endeuillée... pour lui permettre de caresser ses seins gonflés et dressés comme des mangues.

— Tu es complètement folle ! Ne vois-tu pas les risques que tu nous fais prendre en agissant ainsi ! Malheur à nous si d'aucuns découvrent, à la Cour, que nous sommes amants ! souffla Lubuwei que deux râles extatiques avaient manqué de faire tomber et qui était parvenu à se retenir en s'appuyant contre le mur.

— Personne ne nous voit. J'ai tiré le verrou, répliqua-t-elle tandis qu'un long frisson faisait durcir son ventre dont le bijou de nombril brillait de mille feux.

— Mais on pourrait nous entendre ! Les serviteurs, tu le sais, sont payés par le Bureau des Rumeurs pour écouter aux portes !

Lubuwei, à la hâte, rajusta ses braies et boucla sa ceinture.

— Quand m'accorderas-tu de passer une nuit complète ensemble ? demanda langoureusement la belle Zhaoji qui s'était de nouveau approchée de Lubuwei en lui tendant ses lèvres.

Il s'esquiva et elle se retrouva face au mur.

— Dès que nous pourrons disposer d'un endroit adéquat, mais nous devrons alors prendre toutes les précautions possibles... N'oublie pas que tu es la reine mère et que je suis le Premier ministre !

Zhaoji fit la moue.

Lubuwei regarda son petit minois triste et comprit qu'elle allait se mettre à bouder. Il se préparait à lui dire un mot gentil lorsqu'elle plaqua son visage contre le mur et se mit à sangloter. Sa tristesse ne paraissait pas feinte. Il lui toucha l'épaule, mais elle ne voulut rien savoir.

— Mais qu'ai-je dit de mal pour que tu sois dans cet état ?

— Je me demande si tu m'aimes autant qu'hier ! murmura- t-elle avec de tels accents de désespoir qu'ils bouleversèrent son amant.

Elle sanglotait de plus belle. Son corps souple, secoué de spasmes, ondulait comme la queue d'un dragon. Lubuwei la pressa contre lui pour la consoler. Son nez touchait la douce nuque duveteuse et parfumée de Zhaoji. Il aurait donné n'importe quoi pour la consoler et qu'elle s'arrêtât, sur l'instant, de pleurer.

— Je me suis mal fait comprendre. Je t'aime autant qu'hier et brûle de désir pour toi bien plus que tu l'imagines, glissa-t-il dans le creux de sa petite oreille.

Pour mieux souligner l'ardeur de sa déclaration, il s'était agenouillé à ses pieds et lui baisait les mains avec effusion. Il ne voulait surtout pas la décevoir, à présent que la mort du roi Yiren l'avait replacée à sa portée.

— Dans ce cas, il me faut une preuve ! affirma-t-elle brusquement en se retournant.

Elle voyait le haut de son crâne et la légère tonsure qui commençait à s'y former. Elle lui effleura l'épaule. Il se releva et remarqua ses yeux éplorés.

— Laquelle ? Dis-moi, Zhaoji, laquelle ? demanda-t-il d'un ton pressant en passant ses doigts autour de ses yeux pour essuyer ses larmes.

— Maintenant que notre fils va devenir le roi du Qin, il risque d'affronter maints tourments. Les obstacles sur sa route seront innombrables.

— Ce ne seront que les tourments d'un roi, il y a pire ! Notre fils est volontaire, il saura bien ce qu'il veut.

Il avait de la peine à se montrer compatissant vis-à-vis d'un être dont les yeux perçants et durs lui avaient manifesté tant d'hostilité lorsqu'il lui avait rendu hommage, juste après son intronisation.

— N'oublie pas que c'était l'autre enfant, pas le nôtre, dont nous avions prévu, hier, qu'il serait aujourd'hui à la place de notre fils. Le sort, malheureusement, en a voulu autrement ! Le métier de roi est aussi le plus dangereux qui soit. Je crains le pire pour notre Zheng.

Zhaoji paraissait vraiment gagnée par la panique. Lubuwei découvrait en même temps jusqu'où pouvait aller l'amour maternel. Il constatait qu'elle était plus proche de Zheng que lui. C'était normal. En la laissant épouser Yiren, des deux, c'était elle qui était restée la mère de leur fils, tandis que lui avait dû s'effacer.

— Mais alors, que veux-tu faire ? dit-il, éprouvé lui aussi par ce fossé que la vie, malgré leur amour intact, avait finalement creusé entre eux.

Elle hésita un instant, puis décida de se lancer.

— Serait-ce trop te demander que de déposer à la Cour le Bi noir étoilé que tu possèdes ? Lui seul portera suffisamment chance à notre enfant. Il en aura tant besoin !

Ses yeux brillants de larmes reflétaient la soudaine fougue de son propos. Elle avait parlé avec l'autorité et la conviction d'une mère qui plaidait devant son époux la cause de leur enfant.

— Mais tu sais à quel point je tiens à cet objet

rituel ! Je n'ai pas envie qu'un chambellan quelconque l'égare..., répliqua, plus que réticent, Lubuwei.

— Pas si c'est au musée royal, avec les autres disques rituels de jade qui s'y trouvent déjà ! Que je sache, la tour centrale du Pavillon de la Forêt des Arbousiers est gardée jour et nuit par des hommes en armes..., ajouta Zhaoji fébrilement.

Devant de tels accents et une telle insistance, Lubuwei ne savait trop quoi décider.

— Si nous le déposons au musée, avec les autres pièces du trésor du Qin, es-tu d'accord ? Tu y aurais accès quand tu le voudrais ! insista-t-elle.

Lubuwei était allé s'asseoir un peu à l'écart. Il lui tournait le dos.

— Je pense que cet objet m'est plus utile qu'à Zheng, finit-il par lâcher, le visage fermé.

Zhaoji s'était rapprochée tout près de Lubuwei par-derrière et commença à passer sa langue sur son oreille.

— Dis-moi encore que tu tiens à moi..., gémit-elle doucement.

Un frisson qui ressemblait à du plaisir le parcourut. Il sentait sa langue humide et chaude passer et repasser sur son ouïe.

— Je n'ai jamais aimé que toi ! Ai-je besoin de te le dire ?

Elle se fit encore plus directe.

— Dans ce cas, fais ce que je viens de te demander ! Fais-le pour notre enfant. Fais-le pour moi. Pour nous. D'ailleurs, rien ne t'empêchera de venir contempler ton Bi ni de le prendre dans tes mains. Mais là où il sera, il protégera notre fils comme il nous a déjà protégés.

Zhaoji vit dans les yeux de Lubuwei qu'elle venait d'obtenir gain de cause.

— Ta force de persuasion est aussi forte que les sentiments qui nous attachent l'un à l'autre. Quoi qu'il m'en coûte, je ferai comme tu souhaites ! J'espère que notre fils se montrera digne de mon geste, finit-il par dire d'une petite voix à Zhaoji qui jubilait intérieurement.

Puis il quitta l'alcôve d'emprunt en hâte, comme un voleur qui a peur d'être surpris.

Plus tard, de retour chez lui, devant l'objet rituel dont il avait accepté de se séparer par amour, il ressentit l'impression étrange d'un douloureux arrachement. Non seulement son fils lui avait échappé mais encore son ancienne femme, en choisissant le parti de ce dernier, démontrait s'il en était besoin qu'elle était surtout devenue mère.

À ce jeu-là, bientôt, que lui resterait-il ? Il s'était laissé déposséder de tout ce à quoi il tenait le plus !

Dans peu de temps, cet immense disque de jade noir parsemé d'étoiles, cet objet rituel auquel il tenait bien plus qu'à la prunelle de ses yeux, ne serait plus à portée de sa main. Il allait être inscrit sur un inventaire qui stipulerait qu'il faisait désormais partie du patrimoine inaliénable et imprescriptible du royaume de Qin. En devenant un trésor national, propriété du peuple, car telle en était la stricte définition, le Bi noir étoilé risquait de ne plus appartenir à personne et de devenir une sorte d'orphelin.

Ce qui était à tout le monde finissait par n'être à aucun.

Il pourrait fort bien tomber dans l'oubli et le néant, à l'abri de son armoire forte en compagnie d'autres objets précieux amassés là par les souverains du Qin au cours de leurs conquêtes mais dont personne, à la Cour, ne se souciait réellement si ce n'était pour vérifier qu'ils étaient toujours à leur bonne place et qu'il n'en manquait pas un seul.

Plus personne ne désirerait le Bi noir étoilé. Aucune autre main que la sienne ne le prendrait pour dialoguer avec lui et en scruter les signes si indéchiffrables et si explicites à la fois. Aucune paume ne viendrait plus caresser sa surface délicatement polie par les meules de l'artiste qui l'avait inventé.

Le disque de jade ne pourrait plus porter chance ni rendre immortel, faute d'interlocuteur, faute de protégé, faute de véritable tuteur. Ce serait pour cet objet magique un glissement vers l'inutilité et vers l'inexistence, et donc vers une sorte de mort.

Et cette idée révulsait au plus haut point le Premier ministre, qui s'en voulait déjà d'avoir cédé si facilement à Zhaoji. Jusqu'où pouvaient conduire l'amour d'une mère et les sentiments d'un homme amoureux ? Ne s'était-il pas montré trop faible ? Cet ultime geste d'amour, accompli pour elle, était-il raisonnable ? Lubuwei en doutait fort, et il savait très bien que Zheng ne lui en saurait jamais gré.

Mais il était trop tard pour faire machine arrière.

Le marchand de chevaux célestes n'était pas du genre à reprendre la parole donnée...

Alors, la mort dans l'âme, après avoir ouvert l'armoire où il était rangé dans son foulard de soie, il concentra une dernière fois toute son énergie sur le Bi noir. Il n'était pas près d'oublier l'ultime méditation qu'il pratiqua ce soir-là !

À peine s'était-il concentré que les étoiles micacées parurent s'affranchir de la barrière du jade pour se projeter en un jet continu vers son visage, comme si elles y avaient été attirées par un puissant flux énergétique. C'était une véritable pluie d'étoiles qui s'abattit sur lui. Il se sentait inondé par cette incroyable force, par cette attirance que le disque exerçait indubitablement sur lui.

À la surface du Bi, le Bouvier et la Tisserande pour une fois réunis tourbillonnaient ensemble dans une danse folle et semblaient inscrire dans le néant de leur firmament minéral les contours et les traits de mystérieux et illisibles caractères. À y regarder de plus près, ces sortes d'idéogrammes possédaient un sens.

Il s'efforça de les déchiffrer, en traduisant fébrilement ce que voulaient dire les lignes et les courbes qui s'inscrivaient sur la pierre pour former ces objets d'apparence calligraphique. Et il finit par voir s'inscrire le caractère qui signifiait le « jaune ». C'était non seulement la couleur du Chaos originel de Hongmeng mais aussi celle de son fils Zheng. Cela lui sembla un heureux présage. Du coup, il se sentait un peu moins démuni par le don à son fils du Bi noir étoilé. Il en était presque guilleret.

Mais sa petite joie fut de courte durée.

Un autre caractère, à présent, apparaissait sur la pierre noire. Incrédule, il le relut dix fois, faisant tourner à plusieurs reprises le disque pour s'assurer qu'il ne se trompait pas.

C'était pourtant bien ça : l'idéogramme du « jaune » s'était effacé au profit d'un autre, celui de la « mort ». Il se frotta les yeux mais le mot « mort », dans son horrible sécheresse, restait gravé dans la pierre de jade...

Frissonnant et hagard, il essaya de chasser cette vision de son esprit.

Mais il savait qu'une page de sa vie venait de se tourner.

*

Le lendemain même de l'intronisation, Lisi, qui ne voulait pas perdre un instant, était allé faire allégeance au roi Zheng :

— Je suis venu vous dire, ô mon roi, que je suis votre très humble serviteur !

Zheng, droit comme une planche, avait opiné sans dire un mot. Il était assis dans un fauteuil de sa chambre, les mains à plat sur les cuisses, dans une posture royale inspirée par le livre rituel des Zhou, le *Zhouli*, que lui avait donné Rosée Printanière.

Il n'était pas mécontent de voir le père de cette dernière venir ainsi, toutes affaires cessantes, se prosterner à ses pieds.

— Majesté, je viens plaider auprès de Votre Seigneurie pour un État fort. Chacun connaît votre penchant pour le légisme. C'est également l'école philosophique que je vénère le plus. Mais permettez-moi de vous dire que nos institutions sont loin de fonctionner selon les principes de cette école !

Le ministre de l'Ordre Public savait qu'il ne prenait pas grand risque à aller ainsi directement au fait.

Les penchants de Zheng pour l'école du Fajia et son caractère déjà aussi tranchant qu'austère, et donc parfaitement accordé à cette philosophie, n'étaient, à Xianyang, un secret pour personne. Lisi y voyait surtout l'opportunité de gravir rapidement cette ultime marche dans son ascension vers le pouvoir suprême dont Lubuwei lui avait toujours refusé l'accès.

Aussi avait-il l'intention de mettre tous les atouts de son côté et de se battre, s'il le fallait, comme un beau diable, pour obtenir du roi la création à son profit d'un ministère de la Loi.

Le jeune Zheng lui fit signe de poursuivre.

— Mon Sire, l'État du Qin pourrait être beaucoup plus fort, étendre son emprise sur des territoires encore plus vastes, collecter plus d'impôts et lever des troupes plus nombreuses. Alors son roi serait le plus puissant et le plus redouté ! Il gouvernerait son royaume d'un simple froncement de sourcils !

— Je partage cette ambition que tu as pour notre État. Mais comment peux-tu m'y aider ?

— Sire, il vous faut un coadjuteur dont la fonction consisterait à mettre en œuvre les préceptes légistes au sein de l'État et du gouvernement, une sorte de ministre de la Loi.

Le roi baissa les yeux. C'était le signe qu'il réfléchissait.

— Accepterais-tu d'être toi-même ce ministre de la Loi ? demanda-t-il à Lisi.

— Je trouverais pertinent que ce poste prît en fait l'appellation de ministère de la Loi et des Noms, suggéra Lisi, comblé d'aise.

Zheng observait avec attention le visage du ministre.

— Je suis d'accord ! Le prince doit être capable de « classer les noms ». L'ordre premier des choses suppose qu'elles soient correctement nommées !

Le jeune roi connaissait bien son légisme. Il avait passé des heures à méditer sur la théorie de la « révision des noms » telle que l'avait développée Hanfeizi. Il en avait étudié attentivement la plupart des écrits.

— Dans le cas contraire, il faut même ne pas hésiter à procéder à la rectification des noms, reprit Lisi avec emphase.

— Que veux-tu dire par là au juste ? demanda en feignant l'étonnement Zheng qui voulait mesurer le degré des connaissances que Lisi avait de la théorie légiste.

— Le roi et l'État doivent avoir la possibilité de changer le nom de telle personne ou de telle chose, s'ils jugent que cette appellation ou cette dénomination paraît inopportune ou peu pertinente. Voilà ce que j'entends par « rectification » des noms, précisa le ministre légiste.

— Maintenant je te suis mieux. Il est vrai que ce pouvoir de nommer me paraît le plus fécond pour un souverain qui veut exercer sa marque durablement. Le pouvoir des mots est probablement le plus grand de tous, fit remarquer le jeune roi.

Les propos de Lisi venaient de lui ouvrir de nouvelles perspectives. Et elles paraissaient immenses. Existait-il de plus grand pouvoir que celui de nommer les choses et les gens ? Zheng se prit à rêver qu'il pourrait accorder l'univers tout entier et tous les peuples de son royaume à son propre diapason. Alors, forcément, il régnerait sans partage et son pouvoir s'exercerait jusque dans les têtes de ses sujets, lesquels auraient été forcés d'adopter le nouveau vocabulaire royal.

Lisi s'aperçut qu'il avait visé juste. Il se sentait de plain-pied avec la conception du pouvoir qui allait être celle du roi Zheng. En quelques instants, il venait d'obtenir ce qu'il avait attendu en vain pendant des années.

La maturité du nouveau souverain, au demeurant, le laissait pantois. Le jeune homme raisonnait déjà comme un vieux monarque parfaitement averti. Il saurait se montrer implacable dans ses actes et roué dans ses dires. Ce serait à coup sûr une main de jade gantée de soie.

Or, si Lisi était convaincu d'une chose, c'était bien que la seule façon d'exercer efficacement le pouvoir était de le faire sans nuances. La moindre faiblesse pouvait détruire les structures les plus solides.

Il en était sûr, Zheng possédait les qualités pour faire un très grand roi !

Profitant de l'aubaine de cet entretien où tout paraissait possible, il présenta à Zheng une ultime requête.

— Un grand roi doit veiller à son intégrité physique. Il est toujours cerné par des courtisans prêts à le trahir. Il vous faudrait un médecin attitré qui vous protège des miasmes extérieurs mais aussi des poisons que d'aucuns seraient tentés de mettre dans votre nourriture. Il veillerait sur vous de jour comme de nuit...

— Mais n'est-ce pas là le rôle de ce vieil eunuque, Forêt des Pinacles, je crois, qui est censé être le chef des Officiers de Bouche et passe ses journées à caqueter comme une vieille poule ? demanda le jeune roi qui connaissait déjà parfaitement les fonctions dévolues à tel ou tel à la cour du Qin.

— En effet. Mais cette créature est tout sauf fiable. Forêt des Pinacles est un bavard impénitent qui n'a jamais accepté de devoir quitter les fonctions qu'il exerçait du temps de votre grand-père, lorsqu'il était Directeur du Haut Concubinage, affirma Lisi.

— Alors que proposes-tu ?

— Mon camarade d'études, Ainsi Parfois, est déjà médecin officiel de la cour du Qin. Vous pourriez le prendre comme Grand Chambellan. Votre père n'avait pas souhaité remplacer Effluves Noirs après son assassinat et le poste est toujours vacant.

Zheng se garda d'acquiescer.

Il ne voulait pas donner le sentiment à Lisi qu'il accéderait à tous ses souhaits. Il convenait que le prochain ministre de la Loi et des Noms, tout légiste et collaborateur efficace qu'il fût, comprît que le roi du Qin n'était pas une créature qu'on manipulait facilement.

— Nous verrons plus tard..., dit-il brièvement, le visage fermé.

Lisi se demanda ce qu'il avait pu dire pour fâcher ainsi son prince.

Prudemment, il jugea préférable de se retirer afin de ne pas susciter une ire susceptible de remettre en cause la nomination qu'il venait d'obtenir à un poste qu'il convoitait depuis si longtemps et qui était parfaitement taillé à sa mesure.

Après le départ de Lisi, Zheng demanda à un serviteur de faire venir céans le chef du Bureau des Rumeurs.

Par chance, Maillon Essentiel n'était pas en mission à l'extérieur de la ville et put se rendre aussitôt auprès du roi.

Il connaissait à peine le fils de Zhaoji.

La rumeur récurrente qui faisait de Lubuwei son père était souvent revenue à ses oreilles, sans jamais, toutefois, avoir fait l'objet d'enquêtes et de vérifications particulières de la part de son service. C'eût été bien trop risqué. À ceux qui lui suggéraient d'enquêter sur ce sujet, dont certains continuaient à faire des gorges chaudes, il répondait toujours qu'il ne lancerait aucune investigation tant que le roi ne le lui aurait pas demandé expressément.

— Nous aurons à travailler ensemble. Ton service doit être mon ouïe et ma vue ! lui lança Zheng à peine se fut-il incliné devant lui.

— Majesté, le Bureau des Rumeurs est là pour ça... Il travaille directement sous les ordres du roi et, si Votre Seigneurie le souhaite, à son unique usage, bredouilla-t-il, pris de court par cette absence d'entrée en matière.

— Il faudra me rendre un rapport hebdomadaire sur les agissements du ministre Lisi, ordonna Zheng tout à trac.

— Ce sera fait, assura l'autre en s'inclinant avec respect.

Lorsqu'il releva la tête, Maillon Essentiel cachait tant bien que mal sa stupéfaction.

La satisfaction d'avoir reçu aussi rapidement une directive royale de la part de Zheng s'effaçait devant l'étonnement provoqué par l'objet de l'entretien souhaité par le roi. Voilà qu'on lui demandait de surveiller le ministre qui exerçait la tutelle de son propre service ! Cela changeait de l'ancien roi Yiren qui n'avait jamais daigné solliciter ses services ni prendre le moindre avis auprès de lui !

Ce jeune Zheng, décidément, ne semblait pas du genre à traîner en besogne... La méfiance lui tenait lieu de conduite !

Maillon Essentiel éprouvait toutefois une sorte de malaise. Il se demandait, après avoir quitté cet homme si jeune et déjà si terrible, jusqu'à quelle extrémité il lui faudrait aller pour être les yeux et les oreilles d'un roi aussi rusé.

*

— Hier fut assurément un très grand jour pour le Qin ! s'exclama avec emphase Élévation Paisible de

Trois Degrés. Nous avons désormais un roi qui aura sûrement plus à cœur de s'occuper des affaires du royaume que ne le fit son père.

— Il est vrai que tout donne à penser qu'il en sera ainsi, répondit Huayang d'un air convenu et sans montrer le moindre enthousiasme.

— Tu n'as pas l'air plus satisfaite que ça ! fit le duc que cette réserve à l'égard du nouveau roi dont témoignait la reine mère intriguait quelque peu.

— Ce garçon avait déjà revêtu les habits de roi avant même d'être monté sur le trône ! Je savais qu'il était fait pour régner, mais cette façon qu'il a eue de se glisser dans ce nouveau rôle sans manifester la moindre émotion ni le moindre contentement me semble bizarre, pour ne pas dire inquiétante, surtout vu son âge, persifla-t-elle.

Huayang n'avait toujours pas admis la distance avec laquelle Zheng l'avait traitée alors qu'elle s'était précipitée vers lui, dans la salle de lecture de la bibliothèque de la Tour de la Mémoire, pour le consoler de la mort de son père.

La froideur et le cynisme qu'il avait alors révélés faisaient qu'elle le considérait désormais avec d'autres yeux, comme si un voile s'était brusquement déchiré, laissant apparaître la véritable nature, méfiante et calculatrice, et somme toute peu commode, de ce jeune homme qu'elle avait pourtant tellement choyé.

— Il est sûrement beaucoup plus mûr que son âge ! protesta le vieux noble confucéen.

Il n'arriverait jamais à se départir de ce profond respect que lui inspiraient naturellement tous les souverains qui se succédaient à la tête de son pays.

— Je me méfie des êtres qui accèdent trop tôt aux responsabilités d'un adulte... Ils sont comme le bois vert, impropre à la taille et au façonnage. Ils ne savent pas aimer. Rien ne les émerveille. Ils ne connaissent que la dureté. Ils agissent comme des innocents, en toute bonne conscience, alors qu'ils sont capables des pires crimes.

— Tu exagères. D'habitude, tu as davantage le sens de la mesure !

— L'avenir tranchera ! Il suffit d'attendre et nous verrons bien. Je souhaite me tromper !

— Parions que je ne serai plus là pour le voir et parlons d'autre chose, chuchota le vieil homme en glissant sa main dans l'échancrure de la chemise de la reine mère.

Sa main ridée trouva la chaleur des seins de Huayang à peine alourdis par le temps. Il caressa doucement leurs tétons en pensant à ces bourgeons de fleurs de cerisier à qui il suffisait d'un peu de soleil pour devenir ces magnifiques fleurs délicates et éphémères. Tout le corps de Huayang était ainsi, prêt à s'ouvrir comme une corolle pour remplir l'atmosphère d'inoubliables odeurs. Et plus il l'approchait, plus Élévation Paisible de Trois Degrés se sentait redevenir jeune. Ses forces, dont il constatait qu'elles l'abandonnaient de jour en jour, revenaient comme par miracle. Il sentait durcir son vieux membre ridé comme une racine de catalpa. L'amour rendait espoir et faisait renaître.

Il redoubla d'empressement et entreprit d'entrouvrir la fente de sa longue robe.

Huayang ne le laissa pas aller plus loin. Elle demeurait pensive.

— Ma seule consolation, c'est d'avoir réussi à intéresser Zheng au contrôle des souffles et à l'harmonie qui doit exister entre le corps humain et l'univers tout entier. Au moins aura-t-il ainsi ressenti ce qu'était l'appel du grand Dao et toute l'harmonie intérieure qu'on peut y puiser dès lors qu'on a la sagesse de s'y conformer, murmura-t-elle.

— Tu veux dire que tu l'as initié à tes sornettes ? s'esclaffa en riant le vieux confucéen qui aimait bien la taquiner sur ce terrain.

— Très exactement ! Que lui en restera-t-il une fois qu'il sera occupé par les affaires du royaume ? Je n'en sais rien. Qui a touché de près à cette expérience, de toute façon, en reste durablement marqué et ne peut l'oublier, même si elle demeure enfouie au plus profond de lui. On ne revient jamais indemne du grand Voyage Intérieur...

Elle avait le regard perdu vers des horizons et des paysages qu'elle seule connaissait. Ses narines étaient dilatées, comme si elle était en train de humer les souffles externes qui circulaient autour de son corps avant de s'enrouler autour de celui du vieil homme assis à ses côtés.

— Je ne crois pas aux remèdes qui rajeunissent. Le corps humain est comme les plantes, il fait des bourgeons et puis se fane. À quoi sert-il de lutter contre l'évolution des choses ? demanda-t-il avec douceur à la femme qu'il avait tant aimée.

— Même si l'immortalité est hors d'atteinte, l'être peut s'en approcher, dès lors qu'il le désire et qu'il le rêve, dit-elle en serrant les mains du vieux duc dans les siennes.

Puis elle lui fit signe qu'il était temps de partir.

Seule dans sa chambre, elle prit sur sa coiffeuse un de ces petits miroirs de bronze que l'on disait magiques parce que, si on les tenait en plein soleil devant un mur, leur surface réfléchissante devenait transparente au point de permettre de voir l'ombre portée des motifs ou des caractères dont leur dos était orné. En réalité, cette propriété était due au polissage au mercure de la surface réfléchissante, dont la minceur était si grande que les contours du décor apparaissaient du simple fait de leur épaisseur, telle une ombre sur une toile huilée que l'on éclaire par-derrière au moyen d'une lampe.

Elle vit apparaître son visage sur la surface du miroir.

Elle regarda attentivement les yeux de cette femme. Autour de ses paupières, de minuscules rides s'étaient formées, comme la surface d'un lac sous l'effet de la levée de la brise. L'atteinte du temps était là. Cette femme était encore belle, mais jusqu'à quand ? Les exercices de contrôle de souffles auxquels elle s'adonnait avaient-ils un effet durable ? Les mixtures et les potions qu'elle mêlait à ses breuvages arriveraient-elles à changer l'inexorable cours des choses ?

Il valait mieux ne pas trop se poser la question. C'était encore la meilleure façon de continuer à croire qu'il était possible au moins de retarder, à défaut de pouvoir l'arrêter, la marche du temps.

Elle reposa le miroir sur la coiffeuse.

Sa main toucha alors par inadvertance la planchette de bambou du « corps écrit » de Zheng qu'elle posait toujours là, sur un plateau de bronze, avec d'autres formules sacramentelles dont elle faisait usage. Elle porta doucement la planchette à ses narines. Elle sentait encore l'encens qu'elle faisait brûler lorsqu'elle utilisait le « corps écrit ».

Combien de fois avait-elle accompli les exercices adéquats et prononcé les formules nécessaires, devant ce texte, pour orienter vers le fils de Zhaoji et de Lubuwei toutes les énergies positives et lui donner la force physique et mentale dont il avait besoin ? Elle ne le savait plus au juste.

Ce dont elle était sûre, en revanche, c'est qu'elle avait essayé de transmettre à cet enfant le meilleur d'elle-même et qu'il ne paraissait pas lui en être le moins du monde reconnaissant.

Elle tenait serrée dans sa main la description en quelques idéogrammes de l'enveloppe charnelle de celui qui, la veille, était monté sur le trône du Qin.

Elle n'éprouvait plus ce sentiment étrange de possession du corps du jeune garçon qu'elle retrouvait chaque fois qu'elle tenait son « corps écrit » dans sa paume, au moment où elle appelait les souffles. Elle serrait un simple morceau de bois qui n'évoquait plus rien pour elle, si ce n'était des souvenirs qu'elle eût préféré effacer de sa mémoire.

Elle savait que plus jamais Zheng ne lui appartiendrait. Dès lors, cette planchette devenait un objet parfaitement inutile. D'ailleurs, mieux valait qu'il en fût ainsi.

Alors elle respira profondément et rangea le « corps écrit » de Zheng au fond du petit coffre de cèdre où elle disposait ses parures. Puis elle se jura d'essayer d'oublier, par tous les moyens, son existence.

Cette planchette, désormais, lui rappelait de trop mauvais souvenirs.

46

Jugeant que le moment était venu de lui transmettre cet objet si précieux qu'elle avait eu tant de mal à obtenir de Lubuwei, elle lui tendit le Bi noir étoilé.

Elle venait de sortir le disque de jade de sa housse de soie jaune damassée. Les minuscules étoiles micacées qui constellaient sa surface, lisse comme les eaux calmes d'un lac et sombre comme une nuit sans lune, se mirent aussitôt à chatoyer. Dans sa main, la pierre polie par les meules abrasives était aussi douce que la peau de ses cuisses lorsque, comme chaque matin pour se faire belle, elle les massait et les parfumait.

— Ce Bi rituel en jade noir est très rare. Il est de ceux qui portent chance. Je te le confie. Il te servira, dit sobrement Zhaoji à son fils.

Zheng recevait, dans ses appartements privés, les hommages des principaux dignitaires de la Cour.

Il y avait là tout ce que celle-ci comptait de très hauts fonctionnaires, de militaires de haut rang, de ministres ou de courtisans, auxquels l'avidité d'honneurs et de prébendes donnait le culot d'être présents, soucieux de se faire remarquer et de plaire. Les chamarrures bigarrées de leurs tenues d'apparat brillaient de mille éclats ; tous les chignons, impeccablement tirés, étaient retenus par des bagues ornées de pierreries ; certains avaient même jugé bon de se munir d'un petit fanion aux armes du nouveau roi : un tripode surmonté d'un glaive.

L'esprit manifestement ailleurs, engoncé dans les robes superposées que le rituel imposait, submergé par les compliments que ses visiteurs lui adressaient, entre moult courbettes, le souverain n'avait écouté que d'une oreille les propos tenus par sa mère.

Il la remercia distraitement du bout des lèvres. Zhaoji dut insister pour qu'il daignât s'emparer du Bi.

— Qu'on le fasse porter à Accomplissement Naturel afin qu'il l'entrepose avec les autres disques de jade qui font partie du Trésor National ! ordonna-t-il mollement.

Zhaoji était terriblement déçue de constater le peu de cas que son fils semblait faire de ce cadeau qui lui avait pourtant coûté tant d'efforts. Lubuwei avait eu le plus grand mal à s'en séparer, elle ne le lui avait pas arraché sans peine. Pour le marchand de Handan, cela avait été un véritable déchirement, mais il avait accepté pour ne pas la chagriner.

Et voilà que Zheng ne paraissait pas plus intéressé que ça par ce Bi noir aux vertus magiques qui avait failli devenir une pomme de discorde entre ses parents !

Il l'avait à peine examiné. Il est vrai qu'il n'en connaissait pas les vertus... et pour cause ! Zhaoji ne pouvait pas lui en dire plus, à moins de trop lui en dire. Ce précieux disque ne serait donc pour le roi qu'une belle antiquité archéologique de plus, tout juste bonne à ranger dans la réserve du musée de la tour centrale du Pavillon de la Forêt des Arbousiers où elle finirait entassée avec les livres et les collections d'objets rares...

Zhaoji préféra toutefois mettre cette attitude sur le compte de l'accaparement de son fils par ses nouvelles fonctions royales et les nombreux solliciteurs qui avaient déjà commencé à faire son siège, alors qu'il venait à peine de monter sur le trône.

De fait, pour les bureaucrates de tout poil, l'heure était plus que jamais à la mobilisation et à la fébrilité ; c'était le moment d'affûter les armes, les tactiques et les stratégies qui leur permettraient de gravir une marche supplémentaire de l'escalier de leur gloriole personnelle.

Tout allait se jouer en quelques jours, pour ne pas dire en quelques heures, au cours desquels les bonnes places seraient prises d'assaut. Il importait, alors, de se faire remarquer sous le jour le plus favorable, de témoigner d'une indéfectible loyauté à la noble cause royale et de faire miroiter l'ampleur des talents que l'on serait susceptible, pour l'heureux cas où l'on serait choisi, de mettre au service du souverain.

À la cour du Qin, la fébrilité des uns et des autres était à son comble, d'autant plus justifiée que Zheng avait fait savoir qu'il souhaitait aller vite en besogne pour constituer son gouvernement. Il avait prévu de réunir un premier conseil des ministres dès la fin de la semaine suivant son intronisation.

Avant de décider quoi que ce soit, le nouveau roi, que sa méfiance protégeait de toutes ces duperies, avait commencé par faire venir devant lui Ainsi Parfois, afin de mieux le connaître et d'évaluer les capacités de celui que Lisi lui avait si chaudement recommandé.

Le but était surtout de tester sa fiabilité afin de déterminer s'il avait le bon profil pour devenir son Grand Chambellan. C'était aussi pour lui, puisque l'idée venait de Lisi, une façon de juger du bien-fondé de sa suggestion.

Ainsi Parfois était arrivé à Xianyang en compagnie de Lisi à l'époque où le vieux roi Zhong régnait encore. Ce dernier avait demandé à Accomplissement Naturel de se rendre à Linzi pour recruter quelques brillants élèves de l'Académie Jixia, la grande école la plus remarquable de l'époque et dont la réputation avait largement débordé les frontières du royaume de Qi où elle était située. Lisi y apprenait alors le droit tandis qu'Ainsi Parfois y étudiait la médecine.

À Xianyang, Ainsi Parfois, qui se sentait toujours une vocation de soigneur des corps, avait brillamment poursuivi ses études médicales après avoir achevé sa scolarité au Collège des Fonctionnaires Supérieurs d'Autorité. Devenu un praticien renommé, il s'était attaché à répandre son savoir et avait mis dans une forme accessible à la lecture une encyclopédie médicale à partir de l'exégèse du texte complet du premier manuel de médecine, *Les Questions Primordiales du Classique de l'Interne de l'Empereur Jaune,* que son ésotérisme rendait obscur et peu accessible au commun des lettrés.

Fort astucieusement, Ainsi Parfois avait réuni en une seule les deux parties de cet ouvrage ancien, *Simples Questions* et *Le Pivot spirituel*, auxquelles il avait ajouté le *Classique des difficultés* rédigé par le fameux praticien Bianqiu, qui s'était deux siècles plus tôt rendu célèbre en inventant le diagnostic par la prise du pouls, l'écoute du souffle et l'examen du teint du malade. Grâce à ses techniques, Bianqiu avait notamment ramené à la vie le prince héritier du royaume de Guo qu'on lui avait demandé de soigner.

Ainsi Parfois avait pris Bianqiu comme modèle. Son immense savoir médical et son goût pour la vulgarisation lui avaient valu d'être nommé par Anguo médecin officiel de la cour du Qin. Il était d'usage que le roi prît à son service le meilleur médecin du royaume. C'était donc en toute logique que Huayang avait fait appel à Ainsi Parfois lorsqu'elle avait souhaité établir le « corps écrit » du futur roi...

La réputation déjà bien établie d'Ainsi Parfois n'avait pas empêché Zheng de souhaiter lui faire subir un véritable interrogatoire policier, afin de mieux cerner son caractère, sa discrétion et, surtout, d'éprouver sa loyauté.

— Si je suis atteint d'une maladie mortelle, oseras-tu me l'annoncer ? avait-il fini par demander au médecin.

La réponse avait été claire et limpide. Elle n'avait pas semblé être assortie de la moindre gêne de sa part.

— Dès lors que ce sera convenu entre nous, je n'hésiterai pas à le faire. À condition que ce soit sans témoins. Le peuple ne doit jamais savoir que son roi se meurt.

L'absence de retenue et de calcul d'Ainsi Parfois dans sa réponse à une question aussi délicate avait définitivement convaincu le roi que le médecin était bien l'homme de la situation.

Aussi avait-il décidé de le nommer Grand Chambellan du roi en ordonnant au scribe-greffier de rédiger dans l'instant le décret de nomination, sur lequel il avait fait apposer le sceau royal du Qin avant qu'il fût placardé, afin que nul n'en ignorât, au balcon du premier étage de l'imposante Tour de l'Affichage de Xianyang.

C'était ainsi que Lisi, non sans un pincement au cœur, avait appris la nomination du Grand Chambellan comme tout un chacun, alors qu'il l'avait pourtant suscitée ! Cela n'avait pas manqué de l'inquiéter. Il y voyait une marque de défiance à son endroit et se demandait ce qui, dans l'attitude qu'il avait eue vis-à-vis du roi, avait pu la provoquer. Il en était arrivé à craindre désormais pour sa propre nomination au poste ministériel qu'il convoitait.

En prenant sa décision sans lui en parler, Zheng avait donc visé juste. Il l'avait inquiété pour mieux le soumettre. Il convenait que chacun demeurât toujours sur le qui-vive et ne se crût jamais invulnérable.

Alors seulement, il avait convoqué Lisi et, sans dire un mot, lui avait montré le décret, dont l'encre était à peine sèche, qui le nommait ministre de la Loi et des Noms.

Cassé en deux, soulagé du poids de toute cette

angoisse qui l'étreignait, éperdu de reconnaissance, Lisi s'était jeté comme un obscur valet aux pieds de Zheng.

— Maintenant que tu as eu ce que tu souhaitais, il s'agit de servir au mieux les intérêts de l'État. Après le Premier ministre, tu es désormais le personnage le plus important de mon gouvernement.

— Majesté, soyez assuré que je vous en serai éternellement reconnaissant ! bredouilla le nouveau ministre.

Il s'était relevé et ajustait tant bien que mal les plis de son pourpoint qui, débordant de sa ceinture, s'était froissé.

— Comment va la petite Rosée Printanière ? s'enquit alors le roi, l'air de rien.

La question lui brûlait les lèvres mais il avait pris soin de ne pas le montrer.

Lisi, qui connaissait les penchants du jeune monarque pour sa fille et craignait par-dessus tout que sa montée sur le trône les lui fît oublier, comprit qu'il n'en était rien.

Cette divine surprise le combla. Il était rassuré.

— Elle va très bien. Elle sera aussi cultivée qu'elle est déjà belle. Elle assiste Accomplissement Naturel dans la compilation des textes fondateurs des diverses écoles de pensée philosophique que Lubuwei lui a demandé d'établir.

— Ah oui ! Les fameux *Printemps et Automnes de Lubuwei* ! Chacun en parle à la Cour depuis des mois ! Curieuse initiative de la part d'un Premier ministre... Jusqu'où va se nicher la soif qu'ont certains de laisser leur trace dans l'histoire !

Abasourdi par le persiflage auquel le jeune souverain venait de se livrer, Lisi évita de donner le moindre signe de surprise et fit comme si de rien n'était. De tels propos constituaient la preuve insigne que Zheng souhaitait échapper à l'omniprésente tutelle que le Premier ministre n'avait cessé d'exercer sur le défunt roi Yiren.

Lisi en était à présent convaincu : cette défiance envers Lubuwei était un élément de nature à favoriser ses propres plans et sa propre ascension. Tout affaiblissement de l'actuel Premier ministre lui profiterait. Lubuwei était la dernière haie à franchir avant d'accéder à cette même fonction suprême à laquelle il n'avait cessé de rêver depuis des années. Et la seule façon de traiter cet obstacle était de l'éliminer.

À cet égard, l'attitude que le jeune souverain venait de révéler faisait de celui-ci l'allié objectif de Lisi dans sa course vers le sommet.

— Je dois avouer en effet qu'il appartient plus à un roi qu'à un Premier ministre d'apposer son nom sur une compilation de textes anciens destinée à l'édification des générations futures, ajouta-t-il benoîtement pour abonder dans le sens du roi.

La chute de Lubuwei était en marche, inéluctable ! Rien, et surtout pas l'intéressé, ne pourrait désormais l'arrêter.

Le pouvoir est comme une montagne dont la cime majestueuse dépasse de la calotte de brume qui empêche de voir se qui se trame en dessous. Quand on est à son sommet, on finit toujours par devoir redescendre car, sur cette étroite plate-forme, il n'y a place que pour un seul.

Trop de puissance, trop de richesses, trop de finesse et trop d'intelligence. Trop de poids... Lubuwei avait accumulé trop d'atouts pour ne pas devoir, un jour, en subir le revers. Il avait su profiter admirablement de la faiblesse des rois Anguo et Yiren, qu'il avait par ailleurs loyalement servis. Son habileté et son entregent avaient fait le reste, devant deux rois aux qualités médiocres, peu soucieux du destin de leur royaume, plus intéressés par la chasse que par l'exercice du pouvoir. Avec Zheng, ce serait différent, tout allait changer. Le jeune roi, parfaitement conscient de ses propres qualités, avait bien l'intention d'exercer le pouvoir sans intermédiaire.

Et cela, le subtil et ambitieux Lisi venait de le comprendre, de même qu'il commençait à évaluer tout le parti qu'il pourrait en tirer...

Lorsqu'il quitta le roi, une intense jubilation avait fait place à l'inquiétude qui le rongeait lorsqu'il s'était présenté devant lui.

*

L'air était transparent et, vers l'horizon, plus rien ne poudroyait.

Du balcon du sixième et dernier étage de la Tour de la Mémoire du Pavillon de la Forêt des Arbousiers, la main de Lisi fendait l'air et semblait redessiner les motifs de l'ondoyant tapis des toits et des murailles de tous ces édifices et de tous ces palais qui s'étendaient depuis le pied de la tour jusqu'aux collines environnantes.

C'était à cet endroit qu'il avait convaincu le roi Zheng de se rendre, pour lui parler – lui avait-il confié d'un projet capital.

Zheng, qui répugnait à ce genre d'exercice et détestait qu'on lui forçât la main, avait commencé par ne pas donner suite à la proposition.

Puis, devant l'insistance de son ministre, il avait fini par se résoudre à monter en sa compagnie tout en haut de cette tour où étaient soigneusement rangés les trésors littéraires et archéologiques du musée et de la bibliothèque royale du Qin.

Le tout récent ministre de la Loi et des Noms avait décidé de sensibiliser le nouveau roi aux problèmes de l'aménagement des paysages et des constructions d'édifices publics qui, selon lui, distinguaient la capacité du souverain d'un État à imprimer une marque durable dans le temps et l'espace. C'était aussi une bonne façon de montrer au peuple que son prince s'intéressait à sa vie quotidienne et à son environnement. Un grand monarque se devait d'être un grand bâtisseur.

Lorsqu'ils furent montés, Lisi sentit que le roi, tout en feignant de regarder le paysage, écoutait en fait son discours avec la plus grande attention. Ayant dit tout ce qu'il souhaitait, le ministre conclut par quelques phrases percutantes, après avoir marqué sciemment un temps d'arrêt pour bien ménager ses effets.

— Majesté, clama-t-il une voix forte, rectifier les noms et faire respecter la Loi ne suffisent pas à la grandeur d'un monarque. Celui-ci se doit aussi d'être capable de modifier l'espace, d'élever des édifices qui changent un paysage, de barrer les rivières pour irriguer les champs, de construire des murs si longs et si hauts qu'ils seront infranchissables par les barbares qui nous entourent. Un grand roi doit montrer qu'il peut transformer le cadre de vie de son peuple ! Un grand roi doit être un architecte, un jardinier doublé d'un hydrologue... Sire, il vous faut un homme de l'art capable de façonner les villes, les fleuves, les plaines et les montagnes du Qin à l'image de votre grandeur !

Tout en continuant sa tirade, Lisi observait avec attention le visage du roi et pouvait constater qu'il en flattait l'immense orgueil.

Zheng regardait avec attention sa grande ville, la myriade de ses toits recourbés aux pointes en queue d'hirondelle, qui paraissaient lui rendre hommage, ses collines alentour où les conifères tordus par les ans et les vents s'accrochant aux rochers criblés de trous semblaient lui murmurer des compliments, et la rivière Wei dont le ruban argenté serpentait en contrebas dans la plaine herbeuse, comme le corps d'un dragon qui venait lui prêter allégeance.

L'air pur et transparent comme jamais faisait ressortir les couleurs, les ombres et les formes. Une légère brise s'était levée, qui lui caressait doucement le visage.

Imprimer une marque supplémentaire à tout cela, assurément, ne lui aurait pas déplu, tout comme recevoir les compliments des fleuves dont il aurait modifié le cours, et des montagnes qu'il aurait arasées...

En jouant ainsi sur l'ego qu'il savait déjà immense du jeune Zheng, le fringant ministre de la Loi et des Noms avait décidé de ne pas y aller par quatre chemins pour le piquer au vif. Il avait longuement préparé son argumentaire, chaque mot, chaque expression avaient été soigneusement pesés. Il l'avait écrit et réécrit, fignolant les moindres détails, puis appris par cœur. C'était ainsi que l'on pouvait espérer, pensait-il, en le faisant rêver de grandeur et de gloire, convaincre ce nouveau roi qui ne laissait rien passer des faux raisonnements et des démonstrations hasardeuses.

Lisi avait poussé ses feux autant qu'il le pouvait, dès lors qu'il avait perçu chez le roi un écho à ses propos.

À en juger par l'intense éclat de son regard et la rougeur de ses joues, Zheng ne semblait pas insensible à ces phrases pompeuses, mais ô combien évocatrices, que Lisi lui avait débitées d'un trait avec emphase et force gestes appuyés.

— Mais connais-tu seulement un architecte sur lequel je pourrais m'appuyer pour accomplir ce que tu proposes ? questionna le jeune souverain à peine son ministre eut-il terminé.

C'était gagné. Lisi venait d'obtenir gain de cause. Il n'avait eu, en faisant vibrer la corde sensible de son orgueil, qu'à proposer à Zheng le bon remède pour étancher sa soif de renommée, et celui-ci s'était jeté dessus comme un tigre devant lequel on aurait déposé un mouton gras.

— Majesté, je pense avoir ce qu'il vous faut. Lubuwei a fait travailler un excellent architecte qui a construit tout le complexe équestre au milieu duquel il a bâti son palais, sur la colline aux chevaux. Je suis sûr que ce dernier accepterait de devenir le bâtisseur de vos projets. D'ailleurs, une telle proposition se refuse-t-elle ? répondit Lisi, après avoir feint de réfléchir pour ne pas laisser croire au roi qu'il avait déjà manigancé son affaire.

— Comment s'appelle-t-il ?

— Celui dont je vous parle a pour nom Parfait en Tous Points.

— Voilà bien un Xiaoming prédestiné pour un homme de l'art ! Convoque cet homme, afin que nous voyions ensemble ce que nous pourrions entreprendre.

Lisi avait déjà demandé à Parfait en Tous Points de se tenir prêt, pour le cas où le roi aurait souhaité le rencontrer.

Il connaissait fort bien les liens qui unissaient Lubuwei à ce talentueux architecte que le marchand avait contribué à « lancer » en lui confiant son premier grand chantier des écuries en bois dont le toit avait la forme d'une coque de navire renversée. En le recommandant ainsi au nouveau roi, il savait aussi qu'il se l'attachait définitivement et s'en faisait un indéfectible allié.

Quelques instants plus tard, Parfait en Tous Points, qui attendait au pied de la Tour de la Mémoire, rejoignit, tout rose d'émotion, les deux hommes sur le balcon.

Après les présentations d'usage, le nouveau roi du Qin, dont le discours de Lisi avait passablement enflammé l'esprit, se mit à bombarder l'architecte de questions.

— Quels monuments doit construire, selon toi, un grand roi ?

— Il doit s'efforcer d'édifier des bâtiments dont la forme rappellera celle de l'univers. De la sorte, il contribuera à l'harmonie générale, dit sobrement Parfait en Tous Points.

Il ne savait pas trop sur quel pied danser et hésitait à se lancer.

— Mais encore ? demanda le roi dont les yeux brillaient d'excitation.

Discrètement, Lisi lui fit signe qu'il pouvait développer sans crainte l'argumentaire sur lequel ils s'étaient mis d'accord. Il s'agissait de convaincre le roi Zheng de se lancer dans une politique de grands travaux en se fondant sur l'exemple prestigieux des bâtisseurs des dynasties anciennes.

— Si je me réfère au livre des rituels de l'ancien empire des Zhou, le *Zhouli,* la capitale idéale d'un grand roi est ceinte d'un mur quadrilatère percé de douze portes, une par mois de l'année. Au centre doit se trouver le Palais du Prince, c'est-à-dire votre demeure, avec en son milieu la salle des audiences où vous devez vous tenir. Ainsi, vous avez une vue sur tout votre peuple et rien ne peut vous échapper. Votre Palais devra faire face au sud et tourner le dos au marché public qui se tient tous les jours au nord de l'enceinte, car vous tolérez le commerce, sans pour autant ouvrir les portes de votre demeure aux commerçants. Vous réserverez ce privilège aux paysans et aux soldats. Dans la ville idéale, chaque corporation, chaque catégorie sociale dispose d'un quartier qui lui est spécialement affecté, et nul ne doit pouvoir habiter où bon lui semble ! L'organisation de l'espace doit être le calque de l'ordre social.

— Tout cela est bel et bon, mais nous en sommes fort loin ! constata amèrement le souverain.

Le spectacle de sa capitale fourmillante et colorée qui, d'ordinaire, lui seyait ne manquait pas, ce jour-là, de l'agacer.

Il désignait la forêt touffue des toits de la ville, l'inextricable fouillis de ses maisons et de ses immeubles au sein duquel ses principales artères grouillantes peinaient à se tailler leur itinéraire. C'était l'exact envers de la description que l'architecte venait de faire de la cité idéale ! Xianyang était un chaos urbain où toutes les classes se côtoyaient et se mélangeaient dans une joyeuse confusion.

— À compter de ce jour, pour chacune de mes conquêtes militaires, je ferai construire un palais commémoratif. L'édifice aura le style des constructions du territoire conquis et je pourrai en profiter pour y loger certains prisonniers de marque. Je ferai aménager Xianyang de telle sorte qu'elle sera traversée par de grandes avenues rectilignes ! Je veillerai à ce que le quartier marchand ne soit pas mélangé avec les autres ! clama le jeune roi avec autorité, en guise de bonne résolution.

— L'idée me paraît excellente, mais j'ai une autre suggestion à vous faire..., répondit alors l'architecte, ce qui lui valut un regard courroucé de Lisi.

Parfait en Tous Points observa son camarade d'un air ahuri. Celui-ci profita d'un instant d'inattention du souverain qui rajustait son chignon pour glisser à l'oreille de l'architecte qu'il fallait toujours se garder de complimenter le roi Zheng car cela signifiait que l'on se permettait de le juger, ce que l'intéressé détestait.

— Tu as parlé d'une suggestion ? dit le roi, légèrement agacé.

L'architecte, après avoir hésité un instant, reprit la parole d'une voix moins assurée.

— Oh ! c'est une idée dont on parle depuis longtemps mais qui n'a jamais été mise en œuvre de façon significative...

— Eh bien, parle ! Je t'écoute !

— Il y a des années de cela, certains souverains du Zhao et du Wei ont commencé à bâtir de longs murs de terre empierrés destinés à protéger leurs royaumes de l'intrusion des peuplades du Nord. Pourquoi le roi du Qin ne lancerait-il pas la construction d'une vraie muraille infranchissable, faite, quant à elle, de pierres soigneusement taillées ? Elle témoignerait de la grandeur et de la puissance de votre immense royaume ! Le Qin deviendrait ainsi un véritable sanctuaire inviolable.

— Et quelle devrait être sa longueur pour qu'elle sépare réellement le Qin des peuplades barbares et des royaumes inférieurs ?

— Elle devrait s'étendre sur plusieurs milliers de li ! Ce serait un chantier immense, ô mon roi, qui mobiliserait des dizaines de milliers de vos sujets pendant un temps indéfini.

— Mais comment feras-tu tenir solidement les pierres les unes sur les autres ? Tous les murs de pierres sèches sont détruits par les pluies et les vents ! maugréa le souverain.

— Il suffira de mélanger de la chaux, de la poudre de pierre et du bouillon de riz : la pâte ainsi formée, qui servira de colle, durcit comme la pierre elle-même.

— Ce serait le chantier d'une vie de grand roi ! renchérit Lisi.

Médusé, le roi avait écouté sans broncher la suggestion de Parfait en Tous Points.

Il voyait déjà, barrant l'horizon des plaines, des collines et des montagnes, des plus arides aux plus luxuriantes, ce Grand Mur impeccablement dressé de pierres parfaitement rectangulaires qui préserverait le Qin des invasions des Xiang tout en rappelant aux voyageurs qui franchiraient ses portes la puissance de l'État qui avait osé se lancer dans une entreprise aussi folle.

La longue ligne formée par ce Grand Mur serait aussi puissante que le trait primordial Yi, l'Un, l'unité de base avec laquelle on dessinait les huit trigrammes et les soixante-quatre hexagrammes du *Livre des Mutations* qui signifiaient la mutabilité de l'univers. En bâtissant le Grand Mur, c'était le début du monde que le roi du Qin, de fait, édifierait.

Quoi de plus efficace, au demeurant, et quoi de plus représentatif, de surcroît, que ce mur-frontière qui séparerait la lumière de la nuit, la culture de la barbarie et le Qin du bas monde, pour afficher son nom et imprimer durablement sa marque ?

— Parfait en Tous Points, je te nomme dès aujourd'hui Grand Architecte du royaume de Qin, laissa tomber le roi Zheng en indiquant au serviteur présent de raccompagner les deux visiteurs.

Demeuré seul au balcon de la Tour de la Mémoire, il porta de nouveau son regard vers l'horizon des collines et imagina ce Grand Mur qui, un jour peut-être, le barrerait de façon aussi rectiligne que le trait horizontal Yi du pinceau du peintre. Alors, à n'en pas douter, il serait devenu un très grand roi...

Ivre de volonté de puissance, il laissa vagabonder son esprit vers les rêves de grandeur et de conquêtes que la vision de cette haute muraille venait de susciter en lui.

Il ferait du pays de Qin le centre de la rosace des huit trigrammes Bagua, qui représentaient respectivement la terre Kun, la montagne Gen, l'eau Kan, le vent Xun, le ciel Qian, les vapeurs Dui, le feu Li et le tonnerre Zhen.

Avec les Bagua, on possédait tout ce qui était nécessaire à la nature pour qu'elle fût la nature. Le roi du pays du Centre deviendrait alors le Faîte Suprême Taiji, ce minuscule point nodal au centre de la carte des soixante-quatre hexagrammes des Mutations, l'endroit exact où naissait le mouvement Yi qui ne cessait jamais. C'était là que s'entremêlaient toutes les Mutations pour former l'Un. Le souverain deviendrait l'Ineffable autour duquel tournerait tout le reste.

Dominer l'Univers : tel était le but que le jeune roi était en train de s'assigner.

Tel était son rêve fou.

*

Disposée en cercle autour d'un tripode brasero, la vaisselle de bronze étincelait. Elle avait été lustrée pendant des heures par les majordomes et les officiers du service de Bouche.

— Je suis heureux que tu aies accepté mon invitation et je me réjouis de te recevoir à ma table, ô Rosée Printanière, dit le nouveau roi en s'inclinant devant la jeune fille, richement parée pour la circonstance.

Les propos étaient parfaitement convenus, comme le voulait l'étiquette royale, vis-à-vis de laquelle Zheng n'avait pas d'autre choix que de se conformer puisqu'il s'agissait d'un repas officiel. Mais les paroles qu'il venait de prononcer étaient sincères, il abordait ce repas avec joie. Cela pouvait se vérifier au grand sourire qu'il affichait.

Après avoir décliné pas moins de trois invitations à venir partager le déjeuner du roi, Rosée Printanière, sous la pression insistante de son père qui craignait de pâtir de ces refus réitérés, avait fini par s'y rendre, mais sans aucun plaisir, comme on accomplit un devoir.

Elle fit sa révérence tout en continuant à le fixer d'un petit air de défi.

Le roi Zheng avait fait préparer, pour cette circonstance tant attendue, le plus somptueux des repas. Comme il n'invitait à sa table que très rarement, se contentant le plus souvent de frugalité, ce déjeuner royal avait pris une importance particulière. Depuis trois jours, les cuisiniers royaux s'affairaient en tous sens, ventre noué, plus concentrés encore que des moines taoïstes en méditation, hantés par la peur de rater une préparation ou un assaisonnement qui vaudrait à leur plat d'être renvoyé à la cuisine après qu'il eut été goûté par le chef des Officiers de Bouche, Forêt des Pinacles. Et tous ces gâte-sauces se voyaient mal continuer à exercer leur métier amputés d'une main, puisque c'était là le châtiment encouru en cas de refus de faire porter un plat sur la table royale.

Le vieil eunuque, qui n'en demandait pas tant, avait été prié de reprendre du service après des années de désœuvrement passées à se morfondre dans cette fonction que le roi Yiren, fort peu préoccupé de perfection culinaire et n'ayant jamais pensé à faire goûter la nourriture qu'on lui servait, avait laissé tomber en désuétude.

Après s'être plaint de ce désœuvrement, Forêt des Pinacles avait été prié par Lisi de réactiver son jugement. C'était tout juste, depuis que Zheng régnait, s'il ne subissait pas son indigestion quotidienne, occupé qu'il était du matin au soir à goûter chaque plat avant de consigner sur un certificat s'il lui paraissait ou non consommable par le roi. Le plus souvent, la nourriture n'était même pas portée sur la table royale, Zheng se contentant d'un poisson frit et de quelques ignames bouillies.

À son corps défendant, Forêt des Pinacles était ainsi devenu la bête noire des brigades culinaires, même s'il avait jusqu'à présent réussi à éviter l'amputation du moindre membre d'un marmiton. Ce jour-là, pas un ingrédient ni le moindre condiment ne manquait aux spécialités préparées en cuisine et la composition des éléments de chaque plat ressemblait à une calligraphie, tant le souci de précision et d'harmonie paraissait avoir guidé ceux qui les avaient arrangés sur leurs assiettes.

Les plats avaient été soigneusement disposés, selon l'ordre strict prévu par les rituels alimentaires, sur les vases Ding de bronze à réchaud intégré, afin de conserver leur température adéquate. Ces Ding avaient été spécialement fondus pour le nouveau roi dont ils portaient le nom et la date de naissance, celle supposée de sa conception, artistiquement gravés au flanc de leur panse. Des majordomes en tenue d'apparat les avaient apportés en procession avant de les placer au centre de la vaste table carrée, recouverte d'une nappe de soie festonnée et brodée de phénix jaunes. Ce qui était comestible était entouré de ce qui était fait pour être bu. Tout le pourtour de la table était occupé par des bols et des récipients à libation Zun, remplis jusqu'à ras bord d'eau parfumée et de thé vert.

La table royale représentait l'Univers, dont les plats comestibles auraient été les montagnes et les plaines, tandis que les denrées buvables seraient les mers, les lacs et les rivières.

Il y avait là, notamment, des foies et des cœurs de poulet gras au vinaigre, de la purée de colocases aux oignons, du céleri bouilli, des Fleurs d'Or à la friture, du poumon de cochon bouilli et coupé en dés minuscules, de la « viande paille » de bœuf, du canard à la cuisson sèche et à la cuisson humide, des tendons de pieds de cochon à l'huile de sésame, des rouleaux de citrouille frite en manière de serpent à la purée d'hémérocalles, de la carpe à l'étuvée farcie au porc et au gingembre, des anguilles farcies au vin jaune et aux champignons noirs, des œufs de cane fumés, des Dianluo ou bigorneaux de rivière à la sauce carnée, ainsi que du « riz aux huit choses précieuses » recouvert de pétales de magnolia frits. Sur un petit plateau avaient été disposées des sucreries au sésame, à la purée de jujube, à la farine de châtaigne et à l'écorce de mandarine dont le roi Zheng savait que Rosée Printanière raffolait.

Ayant prononcé la phrase rituelle de bienvenue, le jeune roi, tout émoustillé par sa présence, décida de faire table rase de l'étiquette selon laquelle il fallait commencer par goûter les mets les plus éloignés du centre de la table.

— Je te conseille de commencer par les rouleaux de citrouille frite, ils sont délicieux. Regarde comme le cuisinier sait leur donner la forme d'un petit serpent, indiqua-t-il d'un ton enjoué à la fille de son ministre de la Loi et des Noms.

Rosée Printanière tâta du bout des lèvres l'un de ces

beignets craquants et dorés à souhait, qui s'entortillaient autour d'une petite lamelle de bambou permettant de les saisir sans se brûler les doigts.

Zheng ordonna à un serviteur de servir à la jeune fille de la carpe farcie au porc et au gingembre, un mets royal qu'il appréciait tout particulièrement. Les cuisiniers avaient apprêté, pour la circonstance, l'une des plus belles carpes géantes pêchée exprès dans les douves du Pavillon de la Forêt des Arbousiers.

— Qu'en penses-tu ?

Il venait de lui tendre un morceau de poisson qu'il avait lui-même délicatement détaché du ventre de la carpe.

— Pas mauvais, se contenta-t-elle de répondre en y goûtant à peine.

Conscient de sa bouderie évidente, il s'était mis en tête de la dérider. Après avoir essayé, en vain, de la faire sourire, il avait décidé de déployer vis-à-vis d'elle des trésors de prévenance pour lui montrer que sa bienveillance était sincère. Ainsi il lui fit essayer tous les plats un à un, des plus salés et pimentés jusqu'aux plus sucrés, et toujours sans qu'elle réagît d'une manière quelconque, ni en bien ni en mal. Impassible devant toutes ses tentatives de séduction, Rosée Printanière, dont les yeux ne cillaient même pas, réussissait à merveille à faire part au jeune roi de sa profonde indifférence.

Le pauvre Zheng s'était imaginé, et s'en était fait une joie, pouvoir enfin susciter l'intérêt de la jeune fille maintenant qu'il était monté sur le trône. Connaissant son caractère quelque peu frondeur, il s'était par ailleurs juré de lui prouver que son nouveau statut ne lui était pas monté à la tête, pensant qu'elle lui donnerait acte de ce comportement modeste.

Quelque peu surpris et passablement déçu, il ne pouvait faire autrement que de constater la totale imperméabilité de sa jeune invitée à ses tentatives de séduction et à cette modestie à laquelle il s'était astreint. Il ne s'attendait pas à tant d'indifférence et de froideur.

Il était roi du Qin, mais pour Rosée Printanière il n'était visiblement rien d'autre que Zheng. Il réprima l'agacement qu'il sentait pointer dans son cœur, se disant qu'il ne fallait pas fournir de prétexte supplémentaire à sa bouderie. Il fit un effort sur lui-même, arrêta de la servir, recula un peu sa chaise et se mit à la regarder en souriant du mieux qu'il pouvait.

Dans ses habits d'apparat et avec sa petite mine effrontée, elle était encore plus ravissante que d'habitude. Consciente qu'il l'observait, elle s'était emparée négligemment d'une écorce de mandarine confite qu'elle s'était mise à sucer. Ses lèvres roses formaient un adorable petit cercle plissé qu'il aurait volontiers mordu à son tour.

La réticence qu'elle lui témoignait ne faisait qu'accroître son désir de l'amadouer. Il n'osait pas se l'avouer, mais c'était bien de l'amour qu'il éprouvait pour la jeune fille.

Il contempla une fois encore ce visage à l'ovale parfait dont la longue chevelure noire et luisante comme le charbon de bois soulignait le front haut, illuminé par l'éclat de ses yeux en amande, brillants d'intelligence, qui encadraient, telles deux agates taillées avec soin, un petit nez blanc comme l'ivoire dont les narines palpitantes témoignaient du caractère passionné qui était le sien.

Elle avait maintenant avalé son écorce de mandarine. Sa bouche pulpeuse aux lèvres carmin comme une arbouse demeurait désespérément close. Rosée Printanière n'était pas près de cesser de bouder le roi.

Zheng comprit qu'il était inutile d'insister davantage : il n'obtiendrait rien de plus de sa part. Sa déception était immense et, pris de court, il jugea qu'il valait mieux mettre un terme à ces agapes si peu concluantes. Après toutes les flatteries et les flagorneries qu'il ne cessait de recevoir depuis son couronnement, cet entretien avec Rosée Printanière avait au moins le mérite de le faire redescendre du nuage sur lequel les courtisans et les obligés dont il était entouré l'avaient installé.

Charmer Rosée Printanière ne serait pas, assurément, une mince affaire, mais il était bien résolu à y mettre les moyens et le temps. D'ailleurs, le tempérament hors du commun de la jeune fille, ainsi que sa force de caractère, au-delà de sa beauté, ne le méritaient-ils pas ?

Il sentit son cœur battre un peu plus vite lorsqu'il se rapprocha d'elle. Il humait à présent sa subtile odeur de parfum au jasmin. Il vérifia que le domestique encore présent était suffisamment éloigné d'eux pour qu'il n'entendît pas ses propos.

— Sais-tu que je tiens à toi ? chuchota-t-il sans oser lui prendre la main.

Elle faisait mine de se régaler avec une autre écorce de mandarine confite et feignit obstinément de ne pas prêter attention à cette confidence, ni même de l'avoir entendue.

— Bien plus que tu n'as l'air de le croire ! ajouta-t-il, marri.

Elle cessa alors de sucer sa friandise, tourna son visage vers le sien et le dévisagea.

— Qu'est-ce que ça fait d'être roi ? demanda-t-elle soudain, non sans une certaine brusquerie.

Elle souhaitait le défier et le fixa droit dans les yeux. Stupéfait par tant d'audace, il se rapprocha un peu plus de la jeune fille. Il pouvait voir dans son iris de petits reflets mordorés qui formaient les minuscules rayons d'un soleil dont le centre aurait été sa pupille.

Son attirance pour ce regard était si grande qu'il ne put faire autrement que répondre le plus sincèrement du monde à la question qu'elle venait de lui poser.

— Oh ! si tu savais ! Pas grand-chose de plus, si ce n'est un immense poids sur les épaules. Et encore ne suis-je roi que depuis trois mois lunaires ! avoua-t-il en souriant à peine.

Elle but une gorgée d'eau parfumée. Ses lèvres humectées étaient à présent devenues rouges comme des cerises mûres. L'or de son regard paraissait poudroyer de colère.

— Je veux que tu saches une chose, lui assena-t-elle, mon père est mon père, et moi c'est moi !

Le roi considéra avec stupeur la jeune effrontée. Une telle dureté le blessait. L'argument, de surcroît, lui semblait fallacieux. Qu'elle ait cru bon de mêler son père à tout cela lui apparut comme une insupportable marque de défiance à son égard. Comme si elle l'avait cru capable d'user d'un tel moyen de pression pour la faire fléchir !

En lui prêtant des intentions aussi funestes, elle l'avait vexé. Elle avait dépassé les bornes de la décence, c'était humiliant... Il serra les poings pour s'empêcher d'exploser de rage.

— Je l'avais compris avant même que tu me le précises, répliqua-t-il brutalement.

— Je tenais néanmoins à te le dire, poursuivit-elle calmement sans se démonter le moins du monde.

Puis elle commença à manger, comme si de rien n'était, une portion de carpe farcie accompagnée de « riz aux huit choses précieuses » dont elle s'était servie toute seule, sous le regard fermé de Zheng.

— Comme tout ça est bon ! J'ai une faim de tigre ! s'exclama- t-elle, soudain enjouée.

C'était lui à présent qui, à son tour la moue boudeuse, touchait à peine aux plats.

— Tu m'as fait préparer des mets absolument délicieux. Je t'en remercie du fond du cœur ! susurra-t-elle, charmeuse.

Après s'être rincé la gorge avec du thé vert, elle avisa le dernier œuf fumé de cane qui coiffait la pyramide centrale au milieu de la table et s'en empara délicatement. Elle perça la coquille aux deux bouts, aspira un peu de jaune puis la tendit au jeune roi afin qu'il en gobât le reste.

Il refusa poliment. Elle se leva et s'en vint coller sur la bouche de Zheng le trou de la coquille.

— Bois, c'est un fortifiant. Tu en auras besoin dans tes fonctions de roi ! insista-t-elle d'une voix légère.

47

Un éclatant soleil réchauffait peu à peu le ciel d'azur que la réverbération commençait déjà à faire trembloter. La journée s'annonçait radieuse.

Sur l'immense pré, Poisson d'Or et Zhaogao s'entraînaient avec une grande application, sous le contrôle d'un moniteur, au tir à l'arc et au maniement du glaive.

Zhaogao regardait avec intérêt et non sans un certain trouble les muscles bandés et luisants de sueur de Poisson d'Or qui s'apprêtait à mettre dans le centre de la cible sa huitième flèche.

— Si tu ne fais que regarder Poisson d'Or, tu ne réussiras jamais à placer une flèche dans l'écusson ! hurla le moniteur au moment où il venait de rater son sixième tir.

Les cours avaient lieu à l'Académie Royale des Arts Martiaux. Cette école des corps et des gestes occupait à la périphérie de la ville un vaste domaine où tous les jeunes gens bien nés de Xianyang, qu'ils se destinassent au métier des armes, à celui de fonctionnaire ou même à celui de lettré, apprenaient à adopter ces postures et à accomplir ces mouvements des bras, de la tête et des jambes qui renforçaient les défenses physiques des hommes tout en témoignant de leur force mentale.

De tous les Arts Martiaux, le tir à l'arc était assurément celui qui nécessitait le plus de concentration et de calme.

Il fallait d'abord accomplir de nombreux exercices d'élongation Daoyin, destinés à détendre tous les muscles du corps. Le moindre tremblement du bras ou du poignet, en effet, au moment où la corde de soie se tendait, faisait immanquablement dévier la flèche de l'axe de sa trajectoire. La tension du cordage devait être continue et soigneusement mesurée, afin de propulser la flèche à la vitesse idéale de pénétration de l'air. Seuls atteindraient cette perfection ceux qui arrivaient à concentrer leurs souffles dans le Champ de Cinabre inférieur de leur bas-ventre, qui était, ainsi que le décrivait le *Livre du Centre* de Laozi, la racine de l'homme et l'endroit où se nichait son esprit vital. C'était là que se tenait opportunément la source primaire du Souffle Qi, dans ce qu'on appelait le Beau-Palais-qui-garde-l'Essence.

Le tir à l'arc, sollicitant autant la pensée que les muscles, n'était rien de moins qu'un exercice d'explication de la création de l'Univers tout entier.

— Je serais moins mauvais si je pouvais tirer à l'arbalète. Heureusement que je manie mieux les armes tranchantes ! se plaignit Zhaogao qui était beaucoup moins doué que Poisson d'Or dans cette discipline.

— Tu es comme ce pauvre Zheng..., dit en riant Poisson d'Or. Te souviens-tu, il était si mauvais à l'arc qu'il n'utilisait plus que l'arbalète pour concourir contre moi !

Zhaogao esquissa un sourire forcé qui tenait plus de la grimace.

Il en avait assez, là comme ailleurs, qu'il s'agisse de disciplines physiques ou intellectuelles, de subir l'écrasante supériorité de Poisson d'Or, mais il était trop complexé pour lui en faire part.

Comme tous les garçons trop couvés par leur mère, Zhaogao était d'une nature peu expansive et entretenait avec les adolescents de son âge des rapports compliqués. Les filles ne l'intéressaient guère, il n'osait pas se l'avouer mais il éprouvait un certain penchant pour les garçons. Le corps puissant de Poisson d'Or, par exemple, ne le laissait pas indifférent. À la jalousie et aux agaceries s'ajoutait ainsi ce qui ressemblait à de l'attirance.

Dans le trio qu'ils avaient formé enfants, Zhaogao n'avait pas tardé, malgré cela, à se coaliser avec l'héritier du trône qui souffrait autant que lui de l'écrasante suprématie de Poisson d'Or dans les disciplines relevant tant de l'adresse que de la force.

Zhaogao et Poisson d'Or, de surcroît, ayant pourtant vécu sous le même toit, celui du palais de Lubuwei, n'avaient pas pour autant été élevés ensemble. Ils n'avaient jamais appris les mêmes choses au même moment. Zhaogao n'avait pas eu le privilège, à l'instar de Rosée Printanière, d'être admis aux cours particuliers royaux dispensés par le vénérable lettré Accomplissement Naturel. Il avait été le parent pauvre du trio, ou plutôt du quatuor, si on y adjoignait la fille de Lisi.

Aussi sa promiscuité avec Poisson d'Or n'avait-elle fait qu'exacerber ce sentiment d'infériorité qu'il avait nourri dès son plus jeune âge à l'encontre de ce rival qu'il admirait et dont chacun adorait la gentillesse, la joie de vivre et cette façon qu'il avait, sans la moindre retenue ni le moindre calcul, de toujours aller vers les autres.

Par réaction, le fils d'Intention Louable avait cultivé le côté taciturne de son caractère qui en faisait un enfant d'abord difficile, plutôt taciturne. Il s'était rapproché tant bien que mal du petit Zheng pour former avec lui la coalition des médiocres, face à l'autre qui réussissait si facilement en tout. Leur infériorité par rapport aux talents de l'enfant à la marque avait été l'unique ciment de leur alliance.

Depuis qu'en montant sur le trône du Qin, le jeune

roi avait disloqué le trio, Zhaogao s'était brutalement retrouvé sans allié véritable. Lorsque son emploi du temps le lui permettait, c'est-à-dire aux rares moments où les affaires du royaume lui en laissaient le temps, le souverain, conscient de la solitude de son camarade, s'efforçait néanmoins de continuer à le fréquenter.

Les deux jeunes gens partaient alors chevaucher à bride abattue dans les collines autour de la ville, escortés par une dizaine de gardes royaux.

Avec le temps, ces chevauchées amicales avaient commencé à s'espacer. Zheng était de moins en moins disponible, Zhaogao sentait aussi que ses nouvelles fonctions changeaient son caractère. Il le trouvait plus distant et, pour tout dire, moins complice, voire presque indifférent à son égard. Le pouvoir, petit à petit, l'isolait.

Pour occuper ses journées plutôt oisives, Zhaogao, contrairement à Poisson d'Or qui débordait d'activité, passait désormais de longues heures à l'Académie Royale des Arts Martiaux. Outre le tir à l'arc, il y pratiquait la lutte, les exercices de respiration et le maniement de toutes sortes d'armes tranchantes ou percutantes. Il n'arrêtait de se battre ou de bouger que lorsqu'il était épuisé. C'était pour lui une façon d'échapper à la tristesse qui l'étreignait depuis qu'il s'était rendu compte que la route de Zheng avait définitivement quitté la sienne, et qu'elles ne se recroiseraient pas de sitôt.

C'était donc un Zhaogao tout morose, écorché vif, que Poisson d'Or avait ce matin-là en face de lui.

— Zheng n'a plus besoin de s'échiner, lui, à tirer à l'arc... Il dispose, s'il veut, de tous les archers militaires du pays ! répondit, plus qu'agacé, Zhaogao à Poisson d'Or.

— Pourquoi tant d'agressivité à mon égard ? Qu'ai-je dit pour que tu sois à ce point excédé ? demanda l'autre gentiment, cherchant à apaiser son camarade.

Zhaogao était bien trop fier pour livrer à son compagnon les raisons de ce désarroi, dans lesquelles, au demeurant, entrait pour une très large part cet inextricable mélange d'attirance physique et d'inavouable jalousie qu'il éprouvait à son égard. Il se contenta donc de jeter rageusement son arc par terre et de planter là son camarade.

Pour calmer son esprit qui bouillonnait, il se rendit dans la salle réservée aux exercices avec les poids de fonte, destinés à faire grossir les muscles des bras et du torse. C'était là, entre deux séances de maniement des armes, qu'il passait le plus clair de son temps lorsqu'il se trouvait à l'Académie.

Complexé par une constitution qu'il considérait comme chétive, il avait entrepris de sculpter son corps pour le faire ressembler à ces tripodes de bronze aux motifs ronds ou anguleux mais toujours saillants.

Sur une longue étagère s'alignaient, par ordre croissant, les poids de fonte dont le plus lourd pesait un dan [1] à lui tout seul et le plus petit un demi-jin [2]. Ils avaient tous la forme de cylindres légèrement évasés à la base, qu'un tenon en forme d'oiseau situé au sommet permettait de prendre et de soulever.

Zhaogao s'empara d'un poids médian qui pesait vingt jin et commença à le soulever et à le baisser en cadence avec un bras puis avec l'autre, au rythme des battements du petit tambour que frappait le moniteur de la salle de musculation. Le tambour était posé sur un socle de bronze figurant un oiseau mythique dont la tête aux andouillers de cerf s'emmanchait sur un long cou recouvert d'écailles, son corps ovoïde reposant sur de fines pattes d'échassier griffues comme celles d'un tigre.

Au bout d'un moment, l'effort commençant à le faire

1. Un dan = 60 kg environ.
2. Un jin = 600 g environ.

transpirer à grosses gouttes, son esprit se détendit. Ses muscles, sollicités par le maniement des poids, gonflaient à vue d'œil et devenaient aussi brillants et lustrés que ces coloquintes astiquées par les marchandes de légumes qui les vendaient sur leurs étalages. Il constata avec satisfaction que leur volume avait augmenté depuis sa dernière séance.

Il se sentit soudain plus fort, et cela le réconforta. À force de travail, ses biceps deviendraient plus durs et plus noueux encore. Il ne serait plus « Zhaogao le maigrichon ». Il n'aurait plus ces creux aux omoplates et ce sternum apparent qui l'avaient toujours affecté depuis qu'il était enfant. Chaque semaine, ses muscles gagnaient du terrain sur sa chétivité ! N'était-ce pas la preuve éclatante qu'à condition de le vouloir, on pouvait changer d'aspect et devenir fort là où on était faible ?

Pourquoi n'arriverait-il pas, dans ces conditions, à s'extraire de cette insupportable infériorité par rapport à ce jeune rival auquel tout réussissait sans le moindre effort ?

Il se mit à rêver à la revanche qu'il pourrait enfin prendre sur Poisson d'Or. Pour qu'elle fût efficace et obtînt tout son sens, il fallait aussi que sa démarche rencontrât un écho auprès de Zheng et, si possible, que le souverain acceptât d'appuyer son ancien camarade. Ne serait-ce pas, aussi, la meilleure façon de renouer avec lui une alliance contre celui dont il n'acceptait plus d'être l'éternel rival ?

Pour arriver à ses fins, l'idée lui vint, tout en soulevant ses poids de fonte, que le métier des armes était peut-être la voie la plus commode, et surtout la plus accessible pour lui, à emprunter. Devenir haut fonctionnaire paraissait en effet rigoureusement exclu, il était déjà trop tard pour concourir aux examens du premier grade et ceux-ci étaient, de surcroît, extraordinairement difficiles à réussir.

Lorsqu'il arriva à la deux centième levée de ses poids, il avait les idées plus claires sur l'action qu'il souhaitait mener : il commencerait par devenir un champion en arts martiaux, non pas au tir à l'arc où il restait décidément d'un niveau pitoyable, mais par exemple au sabre, qu'il commençait à manier avec dextérité. Puis, muni de ce diplôme qui en valait bien un autre, il solliciterait le roi afin qu'il lui trouve dans l'armée du Qin un poste à sa mesure, où il pourrait faire valoir ses qualités combattantes.

Alors, il commencerait à mener des campagnes offensives, et il ne doutait pas qu'il finirait par remporter moult victoires. Fort de ses succès, il deviendrait ce grand chef de guerre envié qui aurait puissamment aidé le nouveau roi du Qin à étendre les frontières du royaume bien au-delà de leurs limites actuelles. Il voyait déjà son habit d'apparat hérissé de fanions commémoratifs et son nom dûment inscrit par les annalistes royaux à la rubrique des hauts faits d'armes ! Reconnu comme un héros national, et salué comme tel par les badauds lorsqu'il se promènerait dans les rues, il disposerait enfin de la légitimité qui lui permettrait de se placer au-dessus de Poisson d'Or...

Un bruit sec précédé d'un sifflement et d'une harmonieuse note musicale le fit sortir de ce rêve quelque peu puéril. Il regarda dans la direction du champ de tir à l'arc.

Poisson d'Or, imperturbable, poursuivait ses exploits et venait de mettre un nouveau trait en plein dans le mille.

Zhaogao observa avec envie les gestes lents et parfaitement maîtrisés de son modèle inaccessible, depuis l'accrochage dans l'encoche de la flèche de la cordelette de soie jusqu'à la libération de celle-ci, du simple écart de l'index et du pouce, moment où se produisait toujours la même note.

Ce Poisson d'Or, qui possédait cette faculté très rare

de certains individus capables de maîtriser sans effort apparent leurs énergies et leur souffles internes, lui parut soudain d'une beauté insolente. Tout en le haïssant, il l'aurait volontiers pris dans ses bras. Il imagina qu'il caressait ses épaules... Plus il le regardait et plus il se disait qu'il n'arriverait jamais à tirer à l'arc de cette façon si élégante. C'était à la fois une musique et une danse. Presque la musique et la danse de l'amour, celle-là même que le *Shijing* faisait chanter entre les jeunes gens et les jeunes filles au moment de l'éveil du Printemps.

Il frissonna.

Pour mener à bien son projet, il importait qu'il le détestât, qu'il en fût jaloux et non pas qu'il en tombât amoureux !

*

Lorsque le vieux lettré Accomplissement Naturel y entra comme une ombre discrète, le nouveau roi du Qin allait et venait dans le vaste bureau qu'avaient déjà occupé ses aïeux.

C'était la façon qu'avait Zheng de réfléchir.

Il régnait depuis six mois à peine mais s'était coulé dans la fonction suprême avec tellement de naturel que certains courtisans n'hésitaient pas à prétendre qu'il était déjà monté sur le trône avant même d'être né !

Le souverain venait de s'asseoir derrière son bureau et tripotait une petite lampe à huile en bronze qui avait la forme d'un bélier couché. L'idéogramme « Yang », qui désignait le bélier, était très proche dans sa graphie de celui qui signifiait « faste » et de « bon augure ». Aussi, par la forme empruntée à cet animal, la lampe à huile du roi était-elle censée lui apporter tout le bonheur du monde.

Le Très Sage Conservateur du Pavillon de la Forêt des Arbousiers ignorait les motifs de sa convocation, aussi éprouva-t-il un très léger pincement au cœur lorsque ce roi que l'on disait si cruel et si imprévisible prit lentement la parole.

— Les militaires privilégient toujours l'action par rapport à la préparation et à la réflexion. Ils ont tort ! J'aimerais t'interroger sur l'ouvrage du valeureux Sunzi, *L'Art de la Guerre*. Je réfléchis au lancement de grandes offensives militaires et souhaiterais m'inspirer de ce théoricien.

Le vieux lettré réprima un soupir de soulagement. Ce n'était rien que de très banal. Depuis des lustres, il avait l'habitude de servir ainsi de bibliothèque orale pour les princes qui, tel le vieux roi Zhong, daignaient faire appel à son savoir. Anguo et Yiren, de leur côté, s'étaient abstenus de le consulter. Mais c'était parce qu'ils n'avaient jamais eu de capacité de réflexion autonome. Accomplissement Naturel se souvenait avoir souvent impressionné le roi Zhong par l'ampleur de sa mémoire qui l'amenait à produire sans délai les citations les plus pertinentes.

Aussi jugea-t-il bon de déclamer la première phrase de cet auteur qui lui vint à l'esprit :

— « *Dans l'art militaire, chaque opération particulière comporte des parties qui demandent le grand jour et d'autres, au contraire, le secret absolu. Il ne sert à rien de les assigner à l'avance : tout dépend des circonstances.* » Il a dit aussi : « *Le commandement du grand nombre est le même que celui d'une toute petite troupe !* »

— Mais où se niche dans tout cela la stratégie militaire ? questionna le roi dont le visage s'était penché légèrement vers celui du vieux sage.

Le lettré vénérable, dont la vue baissait, remarqua les deux agrafes de bronze en forme de serpent aquatique incrustées d'or et de fil d'argent qui retenaient le long manteau de lin jaune canari que le souverain portait sur ses épaules.

— Majesté, les serpents aquatiques, comme ceux que vous portez en pendentifs, sont capables d'attraper des poissons de dix fois leur taille !

— Qu'est-ce à dire ?

— Il en va de la guerre comme du reste. Il faut faire preuve d'intelligence et de bon sens. La qualité, sous la réserve de disposer du minimum nécessaire, prime toujours sur la quantité.

— Mais je ne vois là que des banalités !

— Sans doute, mais telle est bien la leçon de Sunzi !

— En quoi ce stratège est-il si célèbre ? demanda, irrité, le nouveau roi du Qin.

— Ne pas s'opposer frontalement au cours des choses mais essayer d'épouser les forces adverses, pour mieux les retourner. Bien observer le terrain sur lequel va se dérouler le combat et le classer dans l'une des neuf catégories de Sunzi : dans un « lieu léger », il ne faudra pas établir de campement, tandis que dans un « lieu grave et important », on s'emparera de tout ce qui s'y trouve... Dans un « lieu de mort », il ne faut point hésiter à aller combattre... Et ainsi de suite, poursuivit, imperturbable, le Très Sage Conservateur.

— Mais comment peut-on déterminer à l'avance la nature d'un terrain sur lequel on va aller combattre ? s'enquit le jeune Zheng qui paraissait un peu plus convaincu par les dernières citations du vénérable lettré.

— Les géomanciens sont là pour cela. C'est à eux qu'il revient de dire, grâce à leur table de divination Shi, composée de deux parties de bois, l'une, carrée, représentant la terre, et l'autre, ronde, symbolisant le ciel et pivotant sur elle-même, ce que recouvrent les formes des rochers et de la terre à tel endroit précis.

— Est-ce à dire que si j'applique les principes du Fengshui aux champs de bataille à venir, mes armées en tireront profit ?

— C'est évident, Majesté. Il ne suffit pas d'un bon

général, de bons chevaux et de bons archers. Encore faut-il que tout cela s'ordonne dans l'harmonie générale du Yin et du Yang, ainsi que des Cinq Éléments tels que nous les décrit le *Shujing* : l'eau qui mouille, descend et devient salée ; le feu qui brûle, monte et devient amer ; le métal qui obéit à la main, se tord et devient âcre ; le bois qui se laisse courber et redresser, puis devient acide ; la terre qui s'ensemence pour donner la récolte et devient enfin douce. La guerre, ô mon prince, sera gagnée par celui qui aura su l'accorder au Grand Souffle de l'Univers.

Le dialogue se poursuivit pendant un long moment.

La lumière du jour commençait à décliner. L'air était traversé par les cris stridents des hirondelles qui venaient nicher dans les cyprès de la cour principale du Palais Royal. Accomplissement Naturel, pensant que l'intérêt du jeune roi faiblissait, jugea qu'il était peut-être temps d'arrêter là cette conversation.

Mais le souverain ne l'entendait pas de cette oreille. Il voulait continuer à tester la science et la mémoire de son interlocuteur.

— Maintenant que nous avons parlé de Sunzi et de son *Art de la Guerre*, peux-tu à présent me dire ne serait-ce qu'un mot de Xunzi le philosophe ? Il me semble avoir entendu que son renom était tel qu'il fut nommé quelque temps professeur de philosophie politique à l'Académie Jixia. Je crois même que notre ministre de la Loi et des Noms eut l'occasion de suivre les cours de cet individu.

— « *Ce sont les mêmes choses que les hommes aiment et détestent, mais celles qu'ils recherchent sont nombreuses et, de ce fait, ceux qui désirent ces choses sont aussi nombreux que les choses désirées sont rares. C'est cette distorsion qui provoque généralement les conflits. Pour y remédier, il suffit de hiérarchiser la société en strates étanches où chacun doit rester à sa place. Les soldats galonnés et les fonctionnaires doi-*

vent être éduqués par la Musique et les Rites, tandis que le peuple doit l'être par les Lois et les Règles ! » Telle est la première citation de Xunzi qui me vient à l'esprit, répondit le lettré, imperturbable.

— La Musique pour les uns et les Règles pour les autres... Tout cela a l'heur de me plaire ! Mais peut-on dire pour autant que ce Xunzi soit un véritable légiste ?

— Pas vraiment. Sa philosophie procède d'une vision particulièrement hiérarchisée de la société. Xunzi s'inscrit plutôt dans une stricte tradition confucéenne, même s'il se montre pessimiste sur la nature humaine en qui il n'a pas du tout confiance.

— Je partage en tous points un tel avis ! Un roi ne doit avoir confiance qu'en lui-même, marmonna le jeune roi.

Il avait cependant parlé suffisamment fort pour que le vieux lettré l'entendît. C'est alors qu'il finit par lâcher brusquement l'information qui motivait, en fait, la convocation du vieux sage.

— J'ai décidé aussi d'ériger un immense mur qui protégera le Qin des invasions des barbares du Nord.

Le roi marqua une pause pour observer la réaction d'Accomplissement Naturel.

— En avez-vous parlé à un géomancien ? hasarda ce dernier timidement.

Il n'était pas loin de considérer qu'un tel projet, à la fois par le bouleversement du paysage qu'il allait provoquer et par le nombre d'ouvriers qui serait nécessaire pour l'ériger, était pure folie mégalomaniaque.

Sa réponse avait pris de court le jeune roi qui parut se renfrogner. Puis, après avoir récupéré sa petite lampe à huile en forme de bélier couché, il se tassa dans son fauteuil.

— Je me soucie de tes géomanciens comme d'une guigne ! Cette muraille ne pourra qu'être bénéfique pour le royaume de Qin. Ce que le roi décide doit être exécuté !

— Majesté, c'est une construction qui risque d'empêcher certaines rivières de couler...

— Tu dis n'importe quoi ! lança le roi en colère.

Accomplissement Naturel avait compris qu'il valait mieux, à ce stade, ne pas répondre et en rester là. Il se leva pour indiquer qu'il était prêt à prendre congé.

Mais Zheng n'en avait pas terminé. Il n'avait pas été long à percevoir les réticences manifestées par Accomplissement Naturel, et il fulminait.

— J'ai oublié de te dire quelque chose d'important, lâcha-t-il au vieux lettré d'un ton menaçant. Je hais les livres ! Ils sont source de problèmes, ils véhiculent la prétendue connaissance. Ce ne sont bien souvent que des sornettes, à ceci près qu'elles sont capables de conduire les êtres crédules aux pires excès !

Le Très Sage Conservateur, qui vivait au milieu de ses rouleaux de bambou qu'il compilait, classait ou recopiait à longueur de journée, et pour lequel la suprématie de la chose écrite sur tout le reste ne se discutait pas, avait pris le parti de se taire. Il aurait été incapable de déterminer si les imprécations du roi étaient de la provocation ou s'il pensait sincèrement les propos qu'il venait de tenir.

Pour essayer d'en avoir le cœur net, Accomplissement Naturel se mit à regarder le souverain de biais. Sa rage ne semblait nullement feinte. Zheng, pour une fois, s'était visiblement laissé aller à libérer toute la violence qu'il avait au fond du cœur.

Cela lui glaça les os.

Où était donc passé le jeune élève studieux à qui il avait cru inculquer l'amour des textes anciens, des *Quatre Livres* et des *Cinq Classiques* ?

Le Qin s'était donné un roi qui ne croyait qu'en lui-même ; un roi qui serait capable de faire table rase de toutes les traditions ancestrales ; un prince qui ferait fi de tous les legs immémoriaux que des cohortes de lettrés se transmettaient, avec opiniâtreté, de génération en génération depuis des siècles ; un souverain qui prétendait abolir l'Histoire !

Le vieux lettré, qui se considérait, à fort juste titre, comme le dépositaire de ces trésors pour le compte du royaume, en avait les larmes aux yeux. Pour ne pas le montrer, c'est en baissant la tête qu'il salua le roi avant de se retirer à reculons.

Abattu comme un arbre frappé par la foudre, il revint d'un pas lent dans sa Tour de la Mémoire. Il n'avait aucune illusion. Désormais, il savait.

Le royaume de Qin était gouverné par un être que rien, tant pour le pire que pour le meilleur, ne saurait jamais arrêter.

*

C'était la première fois, depuis que Zheng était monté sur le trône, que la vénérable confrérie du Cercle du Phénix se réunissait au grand complet pour délibérer.

Son président Maillon Essentiel, comme il était d'usage, prit la parole en premier.

— Chers amis, bienvenue à tous ! Un nouveau roi vient de monter sur le trône du Qin. Nous le connaissons peu, mais il est déjà manifeste qu'il ne ressemble en rien ni à Anguo ni à Yiren. Le roi Zheng sait ce qu'il veut. Pour nous autres eunuques, la donne change. Hier, nous avions des souverains faibles, peu attentifs et, pour tout dire, manipulables à souhait. Aujourd'hui, nous avons affaire à un prince qui ne s'en laissera conter par personne. C'est un nouveau contexte, qui impose de notre part une attitude nouvelle...

— Est-ce à dire que nous sommes déjà sur la voie de la disparition ? On annonce notre déclin depuis si longtemps ! glousssa en plaisantant une voix de fausset.

Ces propos eurent le don de faire éclater de rire cette assistance colorée et bruyante, habillée de soies criardes et parfumée d'odeurs entêtantes, qui se pressait dans l'atmosphère poussiéreuse de l'habituelle grange désaffectée.

— Pour ce qui me concerne, ce serait plutôt l'inverse ! On peut dire que j'en ai repris, du service ! Je n'ai jamais autant goûté de plats que depuis que Zheng est devenu roi. Je vais finir par mourir d'indigestion ! gémit drôlement Forêt des Pinacles.

Juché sur ses cothurnes dont la tranche de cuir noir gaufré était artistiquement incrustée de fleurs de lotus rouges, il exhibait à la ronde son ventre imposant, tendu et rebondi comme une panse de gourde à libations.

— D'après ce qui se murmure, c'est-à-dire que le nouveau roi s'appuierait davantage sur Lisi que sur Lubuwei, alors le tout-légisme serait en passe de triompher au Qin, avança d'un ton plutôt aigre Couteau Rapide que sa calvitie galopante faisait ressembler à ces gros échassiers déplumés qui se postent toujours aux abords des décharges publiques.

— Les rapports de père à fils sont souvent fort complexes, s'esclaffa une créature assez menue et tout habillée de soie écarlate.

— Il suffit ! tonna Maillon Essentiel. Ces ragots continuent à courir Xianyang sans qu'il y ait la moindre preuve. D'ailleurs, cela ne change rien à la situation du royaume de Qin. Ce jeune roi ne se sent redevable ni de rien ni à personne !

— Oui, mais cela pourrait avoir des conséquences non négligeables si d'aventure, un jour, ces rumeurs revenaient aux oreilles dudit roi, dit Forêt des Pinacles d'un ton entendu de vieille commère.

— Ce jour-là, je pense surtout que c'en serait fini de Lubuwei, murmura, pensif, Maillon Essentiel d'une voix si basse que personne ne l'entendit.

— Ministre de la Loi et des Noms ! Peux-tu, cher Maillon Essentiel, nous expliquer ce que cette fonction nouvelle signifie ? demanda alors un jeune eunuque au visage sympathique, qui, venant de subir l'opération de castration, assistait pour la première fois aux discussions de la confrérie.

— Lisi, tout comme, d'ailleurs, le roi Zheng, est un adepte de la théorie légiste. Il s'en est même fait le chantre. Comme tu es nouveau parmi nous, je vais t'expliquer en quoi cela consiste, en m'excusant par avance devant nos amis car eux savent déjà très largement ce que je vais dire.

— Je t'en remercie, fit gentiment le jeune et récent eunuque.

— C'est le sire Shang, dit Shang Yang, qui, l'un des premiers, organisa la population du Qin de telle sorte que seuls ceux qui servaient l'État, qu'ils fussent civils ou militaires, avaient droit à des prébendes. C'était il y a un siècle. De là datent les premières victoires de notre royaume. Il créa vingt et un degrés de noblesse pour faits militaires. Il plaça la Règle au-dessus du reste. On peut dire que ce fut le premier praticien du légisme. Pour un légiste, l'État, dont l'instrument est la Règle qu'il incarne, transcende toute la société et tous les intérêts particuliers.

— Mais que devient le peuple dans tout ça ? s'inquiéta le jeune homme.

— Le citoyen, l'individu est asservi car il défend obligatoirement son intérêt particulier qui est, par nature, contraire à celui de l'État. Un légiste se méfie donc de l'individu comme de la peste ! Le citoyen devient l'ennemi intérieur. Tout doit concourir à la suprématie de l'État.

— Et le roi ?

— Le roi n'est que l'horloger ultime de cette mécanique complexe dont le fonctionnement est fondé sur la tyrannie et la contrainte. Pour durer, il lui suffit de ruser et de cacher son jeu afin de déjouer les complots de ses proches. Dans l'État légiste, le danger ne vient jamais du peuple, trop asservi pour se révolter, mais plutôt des rivaux du souverain qui chercheraient à prendre sa place ! Aussi, le roi efficace est celui qui se garde de ne jamais déléguer à quiconque la moindre parcelle de sa puissance. Voilà un résumé rapide de ce que prône la philosophie légiste...

L'assistance, médusée, avait écouté avec attention la violente diatribe de Maillon Essentiel. Les remarques fusaient, entre le persiflage du légisme et la crainte que cette conception du pouvoir engendrait chez ces créatures qui, n'étant considérées ni comme des citoyens ni comme des agents de l'État, étaient somme toute plus à l'aise dans le compromis et la négociation que dans le totalitarisme.

— Au fond, tu ne nous annonces rien de moins que des temps fort malheureux pour le peuple du Qin ! dit l'eunuque nouvellement castré.

— Je ne doute pas que notre roi fera du Qin l'État le plus fort parmi ses grands et puissants voisins. Mais je ne pense pas que le peuple en tirera le moindre profit..., crut bon de préciser Maillon Essentiel.

— Tes propos sont exagérés... Pour un peu, tu prônerais la sédition et la révolte à notre illustre confrérie ! s'écria, acide comme un quartier de citron, Couteau Rapide.

— La leçon que tu donnes sonne mal dans ta bouche, répliqua sèchement Maillon Essentiel pour le faire taire.

C'était aussi une façon de lui faire comprendre qu'il n'avait pas intérêt à aller plus loin s'il ne voulait pas que l'on révélât en assemblée plénière de la confrérie son passé trouble d'espion recruté à la cour du Qin par le pays de Chu, dont il détenait les irréfutables preuves.

De fait, même si Couteau Rapide n'était plus, depuis la mort d'Effluves Noirs, ce que l'on nomme un agent actif de cet État ennemi, Maillon Essentiel avait de quoi en dire assez pour conduire à l'échafaud le chirurgien en chef qui castrait à la chaîne les candidats eunuques.

Celui-ci, qui avait compris qu'il n'avait pas intérêt à aller plus loin, baissa la tête et prit un air renfrogné. Forêt des Pinacles, de son côté, qui à présent ne détestait pas jouer les vieux sages, prit de nouveau la parole.

— Cela fait six mois à peine que Zheng règne sur le Qin, certes, déjà d'une main de fer. Je propose que nous nous donnions six mois de plus pour mieux juger de l'évolution des choses et envisager alors ce qu'il conviendra de faire. Après tout, notre jeune souverain pourrait aussi finir par se lasser de la chose publique ! Souvenez-vous du roi Zhong. Certains d'entre vous l'ont bien connu. L'un des nôtres, l'eunuque Droit Devant, était d'ailleurs son Grand Chambellan. Il avait commencé à régner à la manière du jeune Zheng. Il allait dans les moindres détails et sa méfiance n'avait d'égal que son autoritarisme. À la fin de sa vie, c'était devenu un vieil homme tellement obsédé par la quête de l'immortalité et le plaisir sexuel qu'il ne s'occupait plus que de fort loin des affaires du Qin, rappela-t-il.

— Mais le roi Zheng est-il seulement capable de tomber amoureux d'une femme ? interrogea le tout jeune membre de la confrérie que son âge rendait encore un peu naïf.

— Petit, peux-tu me rappeler ton nom ? demanda Forêt des Pinacles.

— Je suis Feu Brûlant, tel est mon Xiaoming !

— Eh bien, mon cher Feu Brûlant, tu poses là une pertinente question, ricana le vieil eunuque au ventre rebondi.

Quelques gloussements et rires fusèrent ici et là, contribuant quelque peu à détendre une atmosphère plutôt lourde.

— Il est à Xianyang une jeune personne qui ne laisse pas Zheng insensible. Mes agents ont pu le vérifier. C'est la fille du ministre de la Loi et des Noms, confia alors Maillon Essentiel.

— Décidément, Lisi est partout ! Voilà maintenant

qu'il agit par l'intermédiaire de sa fille... Ce n'est plus un ministre de la Loi et des Noms, c'est le ministre de l'Omniprésence ! lança la voix de fausset, ravie de l'hilarité que son propos venait de déclencher au sein de cette assistance où chacun, pour conjurer sa peur, se tordait désormais de rire.

— Je ne suis pas sûr que la jeune Rosée Printanière soit du genre à s'en laisser conter, y compris par son père. Elle ressemble à sa mère, la défunte Inébranlable Étoile de l'Est, qui avait un sacré caractère et n'hésitait pas à tenir tête à son époux Lisi plus souvent qu'à son tour, précisa Maillon Essentiel.

— Défunte ? Mais de quoi est-elle morte ? s'enquit, étonné, Feu Brûlant qui, arrivé récemment à Xianyang en provenance d'une province reculée, ne connaissait pas grand-chose aux arcanes de la cour du Qin.

— Un crime horrible mais totalement inexpliqué, dit Forêt des Pinacles. Le cadavre en voie de pourrissement de cette malheureuse fut retrouvé dans une décharge d'ordures. L'assassin court encore...

— Au Qin, on a beau avoir un État légiste et policier, il y a toujours, là comme ailleurs, des crimes impunis. Malgré les multiples enquêtes et les nombreuses filatures effectuées les jours suivant la découverte du corps, le Bureau des Rumeurs n'est jamais parvenu à élucider les circonstances du meurtre d'Inébranlable Étoile de l'Est, qui laissa orpheline la jolie Rosée Printanière, ajouta pensivement Maillon Essentiel.

— Il n'est jamais trop tard pour relancer une enquête ! Qu'attends-tu pour le faire ? rétorqua avec aigreur Couteau Rapide à l'adresse du chef du Bureau des Rumeurs.

— Sans doute. Mais peut-être aussi vaut-il mieux, compte tenu de ce qui se passe à la Cour et dont nous venons de parler, que nous en soyons restés là, répondit, énigmatique, Maillon Essentiel.

Le président du Cercle du Phénix, visiblement, en

savait un peu plus que ce qu'il avait bien voulu en dire. Il reprit une dernière fois la parole.

— Rendez-vous dans six mois ! Nous y serons à même de faire le point avec tout le recul nécessaire. D'ici là, mes chers amis, portez-vous bien et, surtout, veillez sur votre petite « boîte aux trésors » qui est toujours votre bien le plus précieux !

Sa dernière allusion à leurs parties intimes, qu'ils gardaient tous sur eux enfermées dans une minuscule boîte qui ne les quittait jamais, déclencha une nouvelle hilarité générale.

Maillon Essentiel possédait le don de détendre les atmosphères les plus pesantes.

Le jeune eunuque Feu Brûlant, admiratif, regardait à présent son illustre aîné en souriant. Maillon Essentiel, qui le trouvait fort sympathique, lui rendit son sourire.

Alors, rasséréné, le Cercle du Phénix ne tarda pas à se disperser silencieusement dans la nuit noire.

48

Ils pouvaient entendre les sabots des chevaux frapper de temps à autre d'un coup rude les planches de leurs stalles situées juste en dessous de la plate-forme qui supportait leurs ébats.

L'entêtante odeur d'écurie ne les empêchait pas de se donner l'un à l'autre avec la fougue de leurs premières amours.

— Ton Jardin Intime est toujours aussi lisse et parfumé que le pétale d'un nénuphar blanc... J'ai l'impression de t'avoir quittée à peine hier, alors que plus de dix jours ont passé sans que nous ayons pu, ne serait-ce qu'une fois, goûter l'un à l'autre, murmura Lubuwei à l'oreille de Zhaoji tout en introduisant un doigt puis un autre dans les fines lèvres roses de son Ultime Fente dont il sentit instantanément se diffuser la chaude humidité.

— Tu dis cela chaque fois ! Jusqu'à quand te plaindras-tu ? parvint à répondre en riant Zhaoji, que la montée du plaisir empêchait d'articuler sa phrase correctement.

Quelques instants plus tard, la perle fine de l'anneau du bijou qui perçait son nombril se mit à vibrer comme la clochette que l'on agite dans un temple pour faire fuir les esprits malins. Son ventre fut alors secoué de longs spasmes de plaisir, comme la surface d'un lac lorsque le vent y fait naître des vagues.

Incapable de proférer la moindre parole, Zhaoji se laissait aller sans la moindre réticence sous les doigts experts et les lèvres brûlantes de Lubuwei qui ne cessaient d'explorer les moindres recoins de ce corps splendide qu'il redécouvrait, comme la première fois, avec la même curiosité et la même émotion. Elle était entièrement nue. Ses jambes écartées débordaient de l'étroite banquette sur laquelle il l'avait allongée. Ses pieds allaient et venaient, raclant le sol jonché de paille, accompagnant avec harmonie le va-et-vient de la Tige de Jade de l'homme à qui elle se donnait.

Depuis la mort de Yiren, Lubuwei et Zhaoji avaient tout naturellement repris leurs relations amoureuses. Elles les comblaient autant l'un que l'autre, et en arrivaient même à leur faire regretter, sans qu'ils osent encore se l'avouer, d'avoir manigancé le simulacre de paternité du roi Yiren qui les avait séparés. Cette soif inextinguible qu'ils avaient l'un de l'autre les faisait ressembler à ces plantes chétives qui, n'ayant pas reçu de pluie pendant trop longtemps, dès qu'elles recevaient l'ondée, voyaient poindre les bourgeons de leurs fleurs.

Leurs retrouvailles avaient eu lieu le jour de l'intronisation du roi Zheng. C'était ce soir-là, après cette inoubliable étreinte qui avait fait perdre à son amant toute capacité de résistance, que Zhaoji avait réussi à extorquer à Lubuwei le Bi noir étoilé qu'elle avait par la suite remis au roi son fils, dans l'espoir que son règne fût placé sous sa protection.

Celui-ci ne s'était pas rendu compte de l'importance de ce geste, et Zhaoji, tant elle avait eu l'impression d'arracher une côte à son amant en le privant de son disque de jade pour le donner à leur enfant, n'avait pas osé lui faire part de sa déception.

Passée cette première étreinte, se voir en tête à tête avait été beaucoup plus difficile pour les parents du nouveau roi. Zhaoji était toujours la reine mère endeuillée, et Lubuwei le Premier ministre du royaume. Comme toute reine mère, Zhaoji était censée porter le deuil de son défunt mari.

Il n'avait jamais été question pour elle, fort heureusement, comme cela avait été le cas pour Huayang à la mort d'Anguo, qu'on l'enterrât vivante avec Yiren, pour la simple raison que le corps du roi, mystérieusement tué au cours d'une partie de chasse au tigre, n'avait jamais été retrouvé dans la forêt de bouleaux où Anwei l'avait assassiné.

Pour remédier à cette absence, la Cour, après avoir consulté les plus éminents spécialistes des rituels funéraires, avait opté pour le remplacement du corps du défunt par une effigie de bois sculptée à son image. Il eût été, dès lors, profondément illogique de faire accompagner une sculpture inerte par le corps vivant de son épouse. Dans le tombeau du roi Yiren, on avait donc décidé de placer uniquement des Mingqi inanimés en terre cuite, en bois laqué ou en bois peint. L'un d'eux, un peu plus grand que les autres, aurait l'apparence de la reine Zhaoji.

Pour que le sculpteur-potier pût la réaliser, elle avait posé devant lui de longues heures.

Comme toute veuve royale et dans des circonstances normales, Zhaoji aurait dû revêtir le lourd et rugueux habit de deuil Zhancui, un manteau sans manches fait de lin grossier et dépourvu de coutures qu'il fallait porter trois ans ; elle avait obtenu, en raison de l'absence de la dépouille de son mari – ce qui lui avait permis de plaider qu'il existait un doute, fût-il infime, sur la réalité de sa mort de porter l'habit Qicui, de chanvre moins grossier et doté, lui, de coutures, qu'elle avait revêtu pour les cérémonies d'intronisation de son fils et qu'elle ne serait obligée de porter que pendant trois mois.

Elle ne jetait le Qicui sur ses épaules que pour sortir, ce qui ne l'empêchait nullement, lorsqu'elle était chez elle, de continuer à se parer des somptueux et élégants vêtements d'une garde-robe faite pour mettre en valeur ses formes avantageuses.

Elle s'était vue néanmoins obligée d'accomplir, sous l'étroit contrôle des fonctionnaires du Bureau des Rituels, tous les rites mortuaires prescrits par le *Livre des Rites* – il pouvait y en avoir plus de cinq quotidiennement ! qui ponctuaient les cent premiers jours suivant l'enterrement, à la fin desquels la combustion d'une plaquette votive portant le nom du défunt libérait enfin l'endeuillée de ses lourdes obligations.

Pour se revoir et passer un peu de temps ensemble, les amants avaient été contraints d'user de mille subterfuges, comme de jeunes amoureux obligés de ruser pour s'aimer en cachette ! Afin d'éviter tout soupçon de la part de leur entourage, il convenait qu'on ne les remarquât jamais ensemble, ni chez l'un ni chez l'autre. Une reine endeuillée ne saurait être soupçonnée d'entretenir une relation coupable avec le Premier ministre de son mari décédé.

Lubuwei avait donc déniché un nid d'amour sous les combles de la petite écurie, en contrebas de sa colline aux chevaux, qui permettait d'abriter ses plus beaux étalons Akkal téklé lorsque les pouliches étaient pleines et que la fougue de ces mâles impétueux aurait constitué un danger pour ces dernières avant leur mise bas.

Ce bâtiment de modeste apparence, construit en planches de catalpa à l'abri derrière une rangée d'acacias centenaires, ne se voyait pas de loin. Situé un peu à l'écart des grands haras, on pouvait y pénétrer en toute discrétion. C'était là, au-dessus de ces petits chevaux piaffants d'énergie que l'on disait « célestes » parce qu'ils étaient issus des croisements avec les étalons sauvages des hautes montagnes de l'Ouest, que le couple à nouveau réuni volait au temps, dès qu'il le pouvait, une ou deux heures d'étreintes passionnées.

À présent, Zhaoji, qui avait déjà joui à trois reprises,

venait de placer ses jambes sur les épaules de son amant et s'offrait à lui comme un de ces vases à libations Hu duquel on aurait soulevé le couvercle pour vider d'un trait son exquis breuvage. Une gouttelette de Liqueur de Jade, aussi brillante et blanche qu'une pierre de lune – mais s'agissait-il de la sienne ou de celle de Lubuwei ? –, perla, telle l'ultime et ineffable offrande de son Souffle Primordial Qi, des lèvres écartées de sa Fente Intime.

Entre Zhaoji et Lubuwei, il n'était pas question que chacun retînt au sein de lui-même, ainsi que le pratiquaient les adeptes du taoïsme amoureux, l'écoulement de son Humeur Essentielle. Ils formeraient l'Un en se donnant et non en se retenant.

Lubuwei réussit à saisir délicatement l'offrande sur l'extrémité de sa langue, puis il embrassa goulûment Zhaoji en lui chuchotant doucement dans le creux de l'oreille :

— Nos énergies, tout comme nos Sèves de Jade, sont à présent mêlées l'une à l'autre ! Comme c'est bon d'unir ainsi ton Yin à mon Yang !

Alors Zhaoji décida de prendre l'initiative et d'intervertir les positions. Elle fit signe à Lubuwei de se laisser faire et s'assit sur le corps étendu de son amant. Elle avait décidé de se servir de son Bâton de Jade comme d'un axe ou un Cong, ce tube de jade sculpté en compartiments que l'on introduisait dans le Bi rituel, en l'espèce son Ultime Fente. C'était ainsi que pratiquaient les astrologues et les devins pour fabriquer ces boussoles cosmiques avec lesquelles les anciens arrivaient à se repérer dans l'inextricable chaos des étoiles du ciel. Il était la Terre et elle était le Ciel. De leur fusion naîtrait l'Un, l'Ineffable, le Vide, l'Indicible qui était à l'origine de tout. Elle prolongea le Rituel jusqu'à ce que le hurlement de plaisir de Lubuwei, qui paraissait avoir été terrassé par une force gigantesque, signifiât qu'il venait de lâcher en elle, pour la troisième fois, le subtil nuage de sa brume intime.

L'Un était bien là, au milieu d'eux.

Pelotonné contre le ventre immaculé de son amante et abandonné dans ses bras comme un enfant dans ceux de sa mère, Lubuwei venait de s'endormir du sommeil du juste lorsque Zhaoji lui toucha doucement l'épaule pour le réveiller.

Au rez-de-chaussée, des pas résonnaient sur les planches de l'écurie et faisaient bouger la paille qui y était répandue.

Quelqu'un venait d'entrer dans l'écurie des chevaux célestes.

Lubuwei avisa tout près d'eux, sur la plate-forme du grenier, un tas de foin. Avec d'infinies précautions pour faire le moins de bruit possible, il se mit à en jeter des poignées sur leurs corps jusqu'à ce qu'ils en soient totalement recouverts. Face à eux se dressaient les deux montants de l'échelle qui permettait d'accéder au grenier où ils se tenaient.

Il constata, non sans appréhension, que les montants de l'échelle commençaient à leur tour à trembler imperceptiblement. Quelqu'un montait lentement à l'étage.

Consciente du danger, Zhaoji, terrorisée, se serra tout contre lui. Ils étaient blottis comme deux oiseaux au fond de leur nid de paille, sans bouger d'un pouce et retenant leur respiration.

La pointe d'un bonnet de bure, que les rayons du soleil venus de la grande ouverture pratiquée sous le toit rendaient sombre en l'éclairant par-derrière, apparut alors en contre-jour. Puis ils aperçurent un visage, dont ils ne pouvaient distinguer, pour la même raison, que les contours.

L'homme scrutait le tas de foin d'un air soupçonneux. Lubuwei pensa qu'il ne pouvait pas ne pas les voir. Le foin recouvrait à peine leurs corps enlacés et le soleil les éclairait de face, ce qui devait faire luire leurs muscles en sueur.

Le cœur des deux amants battait à tout rompre. Il suffisait à l'inconnu de faire un pas de plus pour qu'ils fussent pris sur le fait ! L'homme ne bougeait plus, continuant à observer les herbes sèches qui leur servaient de cachette. De longues minutes s'écoulèrent, qui leur parurent des siècles. Ils entendaient, en dessous, les chevaux souffler d'inquiétude par leurs naseaux frémissants et donner des coups de sabot contre les planches de leurs stalles.

L'inconnu ne devait pas être un familier de l'écurie des étalons Akkal. Inexplicablement, il ne posa pas le pied sur la plate-forme et finit par redescendre, comme il était monté, avec des gestes lents, sans faire le moindre bruit. Ils entendirent la porte de l'écurie se refermer derrière lui.

L'homme venait de sortir. Les avait-il vus ? N'avait-il rien distingué ? Étrangement, Lubuwei était incapable de le dire.

— Je suis sûre qu'il nous a vus ! gémit Zhaoji.

— Comment peux-tu l'affirmer ?

— Je ne sais pas, mais c'est une conviction intime. Les rayons du soleil nous éclairaient de face ! Cet homme nous a vus, mais n'a pas souhaité intervenir, ajouta-t-elle d'un ton angoissé.

— Le pire n'est jamais sûr..., dit Lubuwei pendant qu'ils se rhabillaient à la hâte.

Ils descendirent de la plate-forme puis, s'étant assurés qu'il n'y avait plus personne à l'intérieur ni autour de l'écurie, ils repartirent chacun de leur côté, comme des voleurs.

*

Cela faisait au moins dix ans que Couteau Rapide n'avait pas retourné, comme ce matin-là, le petit tripode de bronze placé sur le rebord de la fenêtre de sa chambre.

Il frissonna en remettant le vase d'aplomb sur ses pieds.

Après ces longues années de silence, qui avaient fini par le persuader que le Chu ne ferait plus jamais appel à ses services, ce signal, par lequel son correspondant lui fixait rendez-vous à l'endroit habituel le soir même, ne lui disait rien qui vaille.

Faute d'être sollicité, il y avait bien longtemps qu'il n'avait pas eu à prendre de tels risques. Il avait, pensait-il, réussi à se faire oublier. C'est ainsi qu'il avait échappé à toute mise en cause de la part de Maillon Essentiel, alors qu'il connaissait parfaitement les soupçons que ce dernier nourrissait à son égard. Mais rien, dans sa conduite, ne laissait entendre qu'il continuait à travailler pour une puissance étrangère.

Cette sollicitation prouvait, malheureusement, le contraire, tout en risquant de remettre à nouveau tout en cause...

L'horrible fin d'Effluves Noirs, retrouvé noyé dans la Wei après avoir réussi à se faire nommer au poste ultra-sensible de Grand Chambellan du roi, avait sonné pour lui comme un sombre avertissement mais il s'était efforcé d'en effacer le souvenir de sa mémoire et avait fini par ne plus y penser. Tel pouvait être, assurément, le sort réservé aux espions qui prenaient trop de risques et finissaient par fragiliser leur position en entraînant les soupçons de leur cible et la méfiance de leurs commanditaires, qui s'en débarrassaient alors avant qu'ils ne fussent démasqués.

Aussi Couteau Rapide avait-il décidé qu'il éviterait à tout prix de suivre ce déplorable exemple.

Le signal qu'il venait de recevoir tombait, de ce fait, plutôt mal.

Quant à la perspective de se rendre une fois de plus au pied de ce gibet puant, où pullulaient les insectes et la vermine, situé au bout de la majestueuse avenue qui passait devant le parc de la clinique des eunuques où il continuait à habiter son élégant pavillon, le moins qu'on puisse dire, c'était qu'elle ne l'enchantait guère.

Là en effet, sur d'horribles dalles de pierre encroûtées par le sang et les viscères séchés, les corps en putréfaction des voleurs et des criminels s'entassaient tous les jours un peu plus, sous un épais nuage de grosses mouches bleues. C'était l'effet mécanique des lois répressives qu'on appliquait avec vigueur depuis l'avènement de Zheng qui avait décrété, à peine monté sur le trône, qu'il n'emploierait jamais sa faculté de grâce envers les condamnés. La puanteur qui flottait au-dessus du gibet s'étendait à des li à la ronde, comme si elle était faite pour dissuader les malandrins qui en respiraient les effluves fétides.

À la tombée de la nuit pourtant, la mort dans l'âme et contre son gré, hanté par les mauvais souvenirs de son passé de vieil espion et de traître, Couteau Rapide se rendit au pied du gibet en espérant qu'il n'y trouverait personne et que ses mandants s'étaient trompés de correspondant.

Un homme, hélas, l'y attendait. Il portait un chapeau à larges bords qui, l'obscurité aidant, dissimulait son visage.

Couteau Rapide s'approcha lentement de l'inconnu en regardant à la ronde. Il voulait être sûr qu'il s'agissait bien de son interlocuteur.

Ils étaient seuls. Il ne pouvait donc y avoir de doute.

— Le Chu est désireux que tu puisses confirmer l'idylle qui paraît s'être nouée entre la reine mère du Qin et le Premier ministre, indiqua à voix basse l'inconnu à Couteau Rapide.

Le chirurgien en chef des eunuques manqua de tomber à la renverse.

Il connaissait, comme chacun à la cour de Xianyang, cette rumeur qui courait depuis des semaines. Mais il ne pensait pas qu'elle avait pris une telle importance, au point de susciter pareille démarche des services spéciaux du Chu.

Surtout, il ne voyait pas en quoi, ni, surtout, dans quel but, ce royaume avait besoin de se faire confirmer une telle information qui lui semblait relever davantage de l'anecdote que de ces secrets militaires dont les royaumes ennemis étaient, à juste titre, friands.

— N'as-tu donc que cela à me dire ?

— Non, il y a autre chose. L'eunuque Maillon Essentiel enquête à ce sujet, à la demande du roi. Il a surpris la reine et le Premier ministre ensemble. Nous ne sommes pas sûrs qu'il les dénoncera. Le Chu souhaite que tu suives l'affaire. Il considère, compte tenu de ce que je viens de te dire, qu'elle est loin d'être anecdotique ! Je te retrouverai au même endroit à la même heure dans dix jours, dit l'homme avant de se volatiliser dans l'obscurité.

Dans le nuage des odeurs putrides des cadavres du gibet, Couteau Rapide se trouva tout d'un coup saisi d'une immense perplexité.

Comment les espions du Chu arrivaient-ils à savoir autant de choses ? Où donc se dissimulaient-ils ? Certainement là où personne ne les attendait... Le ministre à la réputation la plus patriote, précisément pour cette raison, pouvait être un traître à la solde de l'ennemi. Il devait sûrement y en avoir des dizaines, et pourquoi pas des centaines, disséminés au cœur de l'État, voire dans l'entourage immédiat du roi Zheng, à épier ses moindres faits et gestes, à surveiller les personnages importants de la Cour, sans parler des seconds couteaux de son espèce.

Il se sentit soudain pris de vertige, comme s'il avait constaté que ce qu'il croyait être un cauchemar n'était que réalité.

De ce monde obscur des agents dormants et des espions actifs, on n'avait conscience que lorsqu'on était soi-même un membre du réseau. La grande force du Chu avait été de construire des réseaux parfaitement étanches entre eux. Les relations horizontales entre espions étaient proscrites, rares étaient les agents qui se connaissaient mutuellement. Deux espions pouvaient fort bien se fréquenter sans se douter un seul instant qu'ils travaillaient pour la même puissance étrangère. Aucun d'eux ne pouvait prendre l'initiative de contacter son mandant. D'ailleurs, il n'en connaissait jamais le nom, mais devait, en revanche, attendre qu'on le sollicite.

C'était grâce à de telles règles que le réseau du Chu, dont il pensait naïvement qu'il s'était délivré, avait réussi à pénétrer le cœur même du pouvoir du Qin.

Un peu hagard et perdu dans ses pensées, Couteau Rapide s'en retourna lentement par l'avenue qui menait à la clinique des eunuques.

Il fit le point. En y réfléchissant, tout cela était moins néfaste pour lui qu'il n'y semblait. Ce qu'il retenait du rendez-vous au pied du gibet était surtout ce qu'il avait appris de la conduite de Maillon Essentiel. Le chef du Bureau des Rumeurs couvrait une liaison amoureuse entre le Premier ministre et la reine mère, alors même que le nouveau roi lui avait demandé d'enquêter à ce sujet.

Il tenait enfin de quoi abattre ce chef du Bureau des Rumeurs qui laissait toujours planer toutes sortes de menaces contre lui ! Il lui suffirait de faire connaître cet épisode au roi pour envoyer Maillon Essentiel à l'échafaud ou au carcan.

Il s'apprêtait à franchir le portail qui donnait accès au parc de la clinique des eunuques lorsqu'il entendit qu'on le hélait.

C'était le jeune eunuque qu'il avait opéré quelques semaines auparavant et qui, depuis lors, était devenu le benjamin de la confrérie du Cercle du Phénix.

— Bonjour, Feu Brûlant ! Tes douleurs se calment-elles ? lui demanda Couteau Rapide.

Il faisait allusion à des complications post-castration, dues à une mauvaise cicatrisation de ses chairs, qui avaient fait horriblement souffrir le jeune homme.

— Je n'ai plus mal ! Je ne viens pas pour ça mais parce que tu as omis de me rendre ma « boîte aux trésors ». Cela fait déjà trois fois que je la réclame en vain. Je me suis rendu compte que j'en avais été privé à la fin de notre dernière assemblée, lorsque Maillon Essentiel y fit cette allusion qui déclencha l'hilarité générale. Du coup, je me suis aperçu que je ne portais pas sur moi mes attributs séchés. Si je venais à mourir, mes proches refuseraient les funérailles à mon corps mutilé et personne ne me rendrait de culte. Car « il faut rendre aux ancêtres le corps tel qu'ils nous l'ont légué ». Aussi, je viens te les réclamer !

Couteau Rapide grimaça.

Il savait, et pour cause, mieux que personne que Feu Brûlant n'avait pas eu droit à sa « boîte aux trésors ».

Après l'opération, au cours de laquelle il avait eu, par simple inadvertance, un geste de trop avec son bistouri, l'hémorragie ne paraissait laisser aucune chance de survie au jeune eunuque. À sa sortie de la salle d'opération, celui-ci avait perdu en effet une bonne part de son sang. Le chirurgien en avait profité pour subtiliser les « trésors » du jeune garçon afin de les vendre au prix fort à un apothicaire de Xianyang, dont la spécialité consistait à les broyer avec de la poudre d'os de tigre pour en faire un tonique de l'amour dont les fioles s'arrachaient à prix d'or !

— Je crains qu'ils ne soient perdus, bredouilla-t-il. Tu comprends, dans la panique qui a suivi ton opération... Il y avait du sang partout... Elles ont dû être ramassées avec les lambeaux de pansements que les infirmiers jettent tous les soirs à la poubelle ! Je vais m'...

— J'exige ma « boîte aux trésors » ! hurla Feu Brûlant avant que Couteau Rapide ait eu le temps de terminer sa phrase.

Il s'était approché, menaçant, du chirurgien en chef et avait posté sa bouche tout contre son visage.

— On m'a obligé à me faire castrer ! Je ne savais pas à quoi j'aurais droit lorsque des eunuques sont passés dans mon village et m'ont acheté à mes parents pour deux taels d'argent ! Il en fallait deux fois plus pour le prix d'un cheval adulte, mais ma famille était très pauvre. À présent que j'ai perdu ma virilité et que j'ai souffert dans ma chair comme une bête blessée, je tiens par-dessus tout à ce qu'on me rende mon dû ! assena Feu Brûlant en empoignant Couteau Rapide par les épaules.

Le chirurgien en chef, paniqué, appela à l'aide.

Quelques instants plus tard apparurent les deux colosses qui lui servaient à tenir sur la chaise d'opération les candidats à la castration. Ils s'emparèrent sans ménagement du jeune eunuque et, pendant qu'il se débattait en vain en protestant, le jetèrent sans un mot hors du parc de la clinique.

— Savez-vous où travaille actuellement ce pauvre garçon ? leur demanda avec une feinte commisération Couteau Rapide.

— Il vient d'entrer au service de la reine Huayang. Il est déjà venu trois fois nous réclamer ses parties ! C'est devenu une obsession ! répondit l'un des infirmiers en éclatant de rire.

*

Maillon Essentiel redoutait cette entrevue qu'il allait avoir avec le roi Zheng.

Il comptait en profiter pour lui remettre le rapport hebdomadaire, dont il ne percevait guère l'utilité – si ce n'est qu'il avait été souhaité par le roi sur lequel étaient consignés tous les faits et gestes de Lisi, ses audiences, ses déplacements et ses fréquentations.

C'était indéfiniment le même récit, qui répétait toujours les mêmes choses fort banales. Lisi ne faisait que mener la vie très occupée d'un ministre important, complètement dévoué à la cause du nouveau roi. Ses journées se déroulaient invariablement selon le même rythme, parfaitement attendu.

En réalité, l'eunuque craignait surtout que le jeune roi n'abordât à nouveau la rumeur de la liaison entre Lubuwei et la reine Zhaoji, dont toute la cour de Xianyang ne cessait de gloser depuis au moins quinze jours.

Il avait réussi, une fois déjà, à éluder la question lorsque, huit jours plus tôt, le roi l'avait convoqué pour lui faire part de cette insistante rumeur.

— Majesté, si vous commencez à écouter les ragots de ce genre, je crains qu'il ne nous faille deux fois plus d'effectifs au Bureau des Rumeurs pour tous les vérifier ! avait-il répondu au roi après que ce dernier lui en eut fait part.

— Je t'ordonne néanmoins de procéder aux investigations d'usage, ne t'en déplaise ! avait ordonné, au comble de l'agacement, le jeune souverain.

Car le roi, dans son for intérieur – la persistance de la rumeur ne pouvant s'expliquer autrement... était persuadé qu'il devait y avoir anguille sous roche entre sa mère et le Premier ministre.

Maillon Essentiel allait par conséquent devoir encore nier ce qui, à ses propres yeux, avait déjà la force de l'évidence. Car l'improbable était devenu une certitude : la mère du roi Zheng couchait bel et bien avec le Premier ministre du royaume !

Maillon Essentiel avait pu le constater en personne, puisqu'il les avait surpris dans les combles de l'écurie des chevaux Akkal de Lubuwei.

Divers rapports d'indicateurs du Bureau des Rumeurs l'avaient orienté vers cet endroit. Les retrouvailles de Zhaoji et Lubuwei, dans la chambre de la reine veuve, le soir même de la clôture des cérémonies d'intronisation du nouveau roi, avaient déjà été signalées par le personnel de service, que les râles de plaisir de Lubuwei et Zhaoji avaient alerté.

Des informateurs du Bureau des Rumeurs avaient alors commencé à les suivre discrètement. L'un d'entre eux, sellier de son état et que ses occupations amenaient souvent à la colline aux chevaux où il réparait les harnachements, n'avait pas tardé à constater que les deux amants se rendaient au même moment, chacun de leur côté, vers la petite écurie des étalons Akkal. Ils n'y restaient qu'un bref moment, toujours à la même heure de la journée, et quand ils en ressortaient la rougeur de leurs visages ne laissait aucun doute sur ce qu'ils venaient de faire ensemble.

À ce stade de l'enquête et compte tenu de son caractère ultra-sensible, Maillon Essentiel, que le roi venait à nouveau de solliciter explicitement, avait décidé qu'il s'y rendrait lui-même, dès le lendemain de son entrevue avec Zheng, au moment où les deux amants étaient censés s'y retrouver.

Monté sur l'échelle, il n'avait eu aucun mal à distinguer, sous le foin entassé à la hâte, les corps nus de Zhaoji et Lubuwei blottis l'un contre l'autre.

Il avait été alors en proie à un cruel dilemme. Soit il décidait de les surprendre sur le fait, comme deux vulgaires malfaiteurs, et le scandale éclaterait, incontrôlable, les conduisant vraisemblablement à la mort ou, à tout le moins, à la déchéance, soit il faisait semblant de n'avoir rien vu et les enquêtes s'arrêteraient d'elles-mêmes.

Les fonctions qu'il occupait l'auraient plutôt porté à tirer toutes les conséquences de ce qu'il avait clairement aperçu. En rapportant ces deux trophées au jeune roi, Maillon Essentiel aurait de surcroît fait briller un peu plus son étoile. Son cœur, en revanche, l'avait incité à agir comme si les combles et le tas de foin avaient été parfaitement vides.

Il n'avait eu, d'ailleurs, aucun mal à opter pour le silence. C'était pour lui une façon de prendre quelque distance avec un système auquel il adhérait de moins en moins.

Les basses besognes de surveillance qui empoisonnaient chaque jour un peu plus la vie des citoyens du Qin commençaient à lasser sérieusement le responsable du service qui avait pour tâche de les exercer. Comme il l'avait déjà proclamé devant la confrérie des eunuques, il se sentait de moins en moins en phase avec le principe légiste de la terreur et de la délation.

Que Lubuwei fût l'amant de Zhaoji, après tout, ne gênait personne ni n'entamait en quoi que ce soit le crédit du royaume de Qin. Le bonheur de quelques individus ne signifiait pas obligatoirement le malheur de l'ensemble de la collectivité. Il n'avait rien contre Zhaoji et Lubuwei, et pensait qu'ils avaient le droit de s'aimer s'ils le désiraient. Il se voyait mal jouer les supplétifs de la mise au jour d'un prétendu scandale qui, de fait, n'en était un qu'aux yeux des âmes bien-pensantes et, surtout, ne portait tort à personne. Il trouvait que le Bureau des Rumeurs avait mieux à faire qu'à surveiller les mœurs privées des uns et des autres, alors que la corruption et le crime organisé, petit à petit, gangrenaient dangereusement l'administration de l'État où les prébendiers de tout poil pullulaient.

Il ne lui avait donc pas été difficile de décider qu'il n'avait rien vu et de le faire savoir cyniquement à qui de droit.

Il lui fallait, en revanche, s'assurer que le roi Zheng ne disposait pas d'autres sources d'information qui le mettraient en porte-à-faux dès lors qu'il lui signifierait que les enquêtes diligentées par le Bureau des Rumeurs, au sujet de cette prétendue idylle, s'étaient révélées totalement vaines. Or, de cela, il n'était rien moins que sûr.

Aussi n'était-il pas très à l'aise lorsqu'il pénétra dans le bureau du souverain.

Il remarqua, et cela ne lui parut pas du meilleur augure, que Lisi se tenait debout derrière Zheng.

— Alors, ces enquêtes sur l'idylle de la reine et du Premier ministre, où en sont-elles ? lui lança le roi, à peine s'était-il présenté devant lui.

Maillon Essentiel, qui n'en menait pas large, parvint toutefois à rassembler ses forces et à énoncer du ton le plus convaincant possible ce qu'il avait prévu.

— Rien de plus, Sire. J'ai personnellement conduit une investigation, suite à des rapports faisant état d'éventuelles rencontres, en un lieu précis, entre votre mère et le Premier ministre, mais je n'ai rien trouvé. À l'heure où ils étaient censés s'y rencontrer, l'endroit, une petite écurie de la colline aux chevaux, était parfaitement vide.

Maillon Essentiel scrutait le visage de Zheng pour suivre l'effet de ses propos et voir s'il les prenait pour argent comptant.

— Il y a une maxime : lorsqu'il y a de la fumée, c'est qu'il y a un feu ! Es-tu sûr de t'être rendu au bon endroit ? questionna le roi, plein de méfiance.

— Assurément ! Je n'avais pas moins de trois rapports d'enquête qui indiquaient le même lieu : un grenier situé au-dessus des stalles des étalons Akkal. Quand j'y suis allé, je vous le répète, il n'y avait personne !

Sentant bien que le roi doutait, il s'était efforcé, à coups de gestes affirmatifs, d'adopter la posture la plus convaincante possible.

— Que pense de tout cela le ministre de la Loi et des Noms ? demanda Zheng qui s'était retourné vers Lisi.

L'eunuque sentit son cœur se pincer. Avec l'entrée en lice de Lisi, il allait sûrement devoir jouer serré.

— Les rumeurs sont ce qu'elles sont, il faut les prendre avec les précautions d'usage. Celle-ci, cependant, correspond sûrement à une réalité pour continuer à se propager comme elle le fait. La Cour bruit de tout cela depuis que vous êtes monté sur le trône du Qin, ô mon roi ! avança le ministre d'une voix mielleuse et sur un ton perfide.

— Le Bureau des Rumeurs est formel, nous n'avons trouvé aucune preuve matérielle de cette idylle ! insista Maillon Essentiel.

— Et ces effusions le soir même de l'intronisation du roi, qu'en fais-tu ?

La voix du ministre garant de la Règle s'était faite coupante comme un couteau à lame de jade.

— Ce ne sont que des ragots de serviteurs mal intentionnés ! Cette nuit-là, Lubuwei était auprès de Zhaoji pour la réconforter après la mort tragique et encore toute récente du roi Yiren, pour lequel la reine éprouvait une immense affection. Quant aux prétendus « râles de plaisir » que d'aucuns ont cru entendre, rien ne ressemble plus à de tels râles que des sanglots de douleur ! répliqua Maillon Essentiel avec la dernière énergie pour essayer de couper court aux arguments de l'autre.

Il mentait effrontément mais cela ne le gênait nullement. C'était à ses yeux pour une noble cause. Celle de la préservation de l'intimité et de l'amour entre les êtres. En outre, il voyait parfaitement venir Lisi, dont il connaissait la rivalité avec Lubuwei et qui avait intérêt à discréditer le Premier ministre, voire à l'éliminer par tous les moyens, y compris les plus vils. C'était aussi, pour Maillon Essentiel, une façon de défendre le marchand de chevaux célestes qui avait tant fait pour le royaume de Qin et dont il devinait bien que certains, parce qu'ils voulaient prendre sa place, auraient souhaité commencer à instruire le procès.

Il se sentait donc l'âme d'un rebelle et cela lui donnait de l'allant.

— Majesté, je vous propose de mener l'enquête moi-même, dit alors le ministre en défiant Maillon Essentiel du regard.

À ce moment précis, l'eunuque comprit qu'il avait face à lui un ennemi irréductible qui ne laisserait rien passer.

— Si l'on doit parler d'enquêtes qui n'ont jamais débouché sur un coupable et qu'il convient de relancer, il en est une dont je souhaiterais à mon tour que notre roi me charge, assena alors Maillon Essentiel.

— De quoi veux-tu parler ? s'enquit le roi.

— De l'enquête sur l'assassinat de votre épouse Inébranlable Étoile de l'Est, répondit Maillon Essentiel en se tournant vers Lisi.

Le ministre de la Loi et des Noms esquissa à peine un léger battement de paupières. Puis, très calmement, il répondit à l'eunuque avec un sang-froid remarquable :

— Si on retrouve un jour l'assassin de mon épouse, je demanderai à notre roi une dérogation pour qu'il ne soit pas livré à la justice de notre pays afin de pouvoir m'occuper personnellement de son cas...

— Je suis pour que la justice du Qin passe partout où c'est nécessaire ! s'exclama le roi.

Il souhaitait couper court à cette joute oratoire à laquelle les deux hommes avaient commencé à se livrer. Elle lui semblait à la fois dérisoire et inutile.

Alors, d'un geste impérieux, il leur fit signe de se taire.

— Va pour les deux enquêtes ! laissa-t-il finalement tomber.

En les renvoyant dos à dos, il évitait de donner raison à l'un contre l'autre. C'était la méthode du roi Zheng : diviser, toujours, pour mieux régner.

49

— Je t'ai demandé de venir pour que tu me procures ces pilules qui allongent la vie des hommes, lui dit-il d'un ton abrupt, non sans une certaine gêne, conscient, en formulant ainsi sa requête, qu'il se plaçait vis-à-vis d'elle dans une position de dépendance.

Mais elle était, en l'occurrence, l'unique personne à qui il pouvait s'adresser sans craindre que cela s'ébruitât hors du Palais Royal.

C'était la première fois, depuis qu'il avait rudement repoussé son geste d'affection quand elle avait appris la mort de Yiren, qu'elle le voyait en tête à tête.

Cela faisait un an, jour pour jour, qu'il était monté sur le trône du Qin et elle le trouvait déjà passablement changé. Le poids des responsabilités du pouvoir suprême semblait avoir creusé et durci son visage, en renforçant la proéminence de son nez. La taille de ses grands yeux noirs était accentuée par des cernes qui atténuaient en revanche la dureté de leur éclat.

Il n'avait pas encore quinze ans mais en paraissait déjà près de vingt-cinq.

— C'est que, lui assena-t-elle, il te faudrait accomplir les exercices nécessaires, faute de quoi les pilules d'immortalité risquent de ne te causer que des maux d'estomac !

Cette phrase, dans sa bouche, avait un délicieux goût de revanche.

Huayang était décidée à lui tenir tête et, pour bien lui faire comprendre qu'elle n'avait pas oublié son attitude, un an plus tôt, elle mit un point d'honneur à ne pas acquiescer complaisamment à sa demande mais, au contraire, à formuler ce qui ressemblait à des reproches.

Elle constatait au demeurant avec bonheur que le jeune roi n'avait pas abandonné les principes de recherche de la longévité qu'elle lui avait inculqués depuis sa prime jeunesse. Les exercices auxquels elle s'était livrée parfois en sa présence, mais surtout devant celle de son « corps écrit », n'avaient donc pas été inutiles. C'était pour la première épouse d'Anguo un immense motif de réconfort et de satisfaction, et peut-être le signe qu'il y avait un biais par lequel elle pouvait espérer tenir ce jeune roi.

— Régner suppose une telle énergie que je sens, le soir venu, tous mes souffles s'épuiser... N'y aurait-il pas à Xianyang d'apothicaire ou d'alchimiste capable de fabriquer ces pilules de longévité ? demanda-t-il à Huayang d'un air triste.

— Pourquoi ne le fais-tu pas rechercher ? S'il en existe un, qui plus que toi dispose des moyens de le trouver ? répondit-elle, légèrement perfide.

— Si l'on savait que le roi court après ces pilules, ce serait hélas un grand aveu de faiblesse de sa part et c'en serait fini de son autorité, avoua-t-il piteusement.

— Il est vrai que mon époux et ton aïeul, Anguo, décida un jour pour d'obscures raisons d'éradiquer le taoïsme du royaume. Il en chassa alors tous les prêtres. Eux seuls disposaient des pouvoirs alchimiques nécessaires pour fabriquer les élixirs de longue vie ! Heureusement, j'ai pu conserver un vase de pilules d'immortalité dont je continue à me servir, lui confia-t-elle, pas mécontente de voir son embarras.

— Pourras-tu m'en donner quelques-unes ? supplia

Zheng qui, de grand roi, paraissait être redevenu un simple adolescent quémandeur.

— Ma réserve est pratiquement épuisée. De plus, il me faut te le répéter, ces pilules ne sont efficaces que si on les accompagne d'exercices de concentration. Comme je comprends que tu ne souhaites pas faire connaître à autrui ta recherche d'immortalité, je pense que tu devrais t'orienter vers d'autres remèdes..., dit-elle de sa voix la plus suave.

Elle remuait avec délice le fer dans cette plaie où elle avait réussi à l'introduire.

— C'est entendu. Mais alors, que me conseilles-tu ?

L'anxiété profonde du jeune roi se lisait sur son visage.

— Il existe des mixtures propices à la régénération des souffles intérieurs, même si elles n'ont pas l'efficacité de celles obtenues par l'alchimie. Elles sont généralement à base d'ingrédients comme la poudre de dent de tigre ou de patte séchée du même animal, ou encore des parties nobles de l'éléphant, mais également de plantes comme la racine de ginseng ou la fleur de badiane.

— Il faut absolument que tu me procures de tels médicaments ! implora le roi.

Zheng s'était mis à ressembler au petit garçon que Huayang avait connu avant que la destinée ne l'appelât à diriger l'État du Qin.

— Ces potions ne se trouvent pas sous le sabot d'un cheval ! Je vais néanmoins demander au jeune eunuque Feu Brûlant, que je viens d'embaucher comme Intendant personnel – un garçon qui me paraît malin comme un singe !, d'aller voir dans le quartier des apothicaires s'il peut trouver quelque chose qui te ferait de l'effet en attendant que je remette la main sur Wudong, assura-t-elle, soudain redevenue plus compréhensive.

— Je ne sais comment te remercier...

— Es-tu prêt à ce que le Qin abandonne les persécutions contre les taoïstes ? Si je retrouve Wudong, c'est assurément la seule question que le grand prêtre me posera.

La réponse du roi ne se fit pas attendre.

— Dès demain s'il le faut ! Il me suffit de regarder par quel moyen juridique, loi, décret, édit ou autre, cette lutte a été engagée, afin d'user du même instrument de droit pour la faire immédiatement cesser.

— Dans ce cas, je vais tout faire pour retrouver le grand prêtre Wudong. Le moment venu, c'est sûr, il aura à cœur de te remercier de ta clémence. Je suis persuadée qu'il mettra en branle toute sa science alchimique pour te mitonner des pilules d'une efficacité exceptionnelle..., promit-elle d'un air rassurant.

À ces mots, le visage du jeune roi s'illumina.

C'était là tout son rêve, inavoué et encore plus inavouable. Il se voyait déjà centenaire, défiant le temps et inaccessible à son usure, régnant sur un Empire qui s'étendrait à perte de vue au-delà des frontières actuelles du Qin, dont il aurait fait, grâce à son exceptionnelle longévité, le vainqueur du Zhao, du Chu, du Han et du Qi ainsi que des autres royaumes contre lesquels son pays guerroyait depuis des siècles.

— Je ne te remercierai jamais assez. Un roi qui veut laisser une empreinte doit pouvoir durer des siècles.

— L'important, surtout, est de renforcer tes vents internes, ceux-là mêmes qui sont à l'origine du Souffle Primordial Qi sans lequel il n'y a pas de vie. C'est par l'équilibre des Souffles Yi et Yang que l'esprit humain aborde le Grand Dao et devient puissant. Et un grand roi doit disposer d'un esprit puissant !

Le jeune souverain écoutait avec la plus grande attention les paroles tirées du *Livre du Centre* de Laozi que Huayang venait de prononcer.

La reine mère, alors, ragaillardie, se dit que tout n'était peut-être pas perdu pour ce jeune homme qu'elle avait tant aimé.

— Que penses-tu de la géomancie ? reprit le roi à brûle-pourpoint, au moment où elle s'apprêtait à prendre congé.

Zheng souhaitait avoir l'avis de Huayang sur cette pratique. Les propos d'Accomplissement Naturel, lorsqu'il l'avait interrogé quelques semaines plus tôt sur l'art de faire la guerre, ne l'avaient pas laissé indifférent, même s'il avait pris soin d'en dénier le bien-fondé.

— Si on croit aux pilules d'immortalité, alors il faut croire à la science Fengshui de l'eau et du vent. L'espace compte autant que le temps. La nature est à l'image du corps. La géomancie, à mes yeux, est une science indispensable, affirma-t-elle.

— Il est heureux que je puisse compter sur toi ! Tu es une sage femme ! murmura le jeune roi en s'éloignant de son bureau.

Huayang le regarda. De dos, Zheng paraissait encore plus voûté. On aurait presque dit un homme âgé dont le poids des responsabilités pesait physiquement sur les épaules au point de les affaisser.

Ce jeune roi, se dit la reine mère, de quel côté pencherait-il ? En bon légiste, mettrait-il la Loi et la Règle au-dessus de toutes choses, ne croyant que dans ce qu'il faisait ? Ou bien, soucieux d'immortalité et, l'âge venant, hanté par la mort, serait-il capable d'abandonner tout pragmatisme, comme l'avait déjà fait son arrière-grand-père, le vieux Zhong, en se laissant guider par ses seuls instincts ? Finirait-elle par avoir sur le jeune Zheng la même emprise ?

La reine Huayang se souviendrait toujours de ce vieillard dont elle seule avait été capable, à la fin de sa vie, de réveiller les sens. Sous ses mains expertes et entre ses lèvres humides et chaudes, la pauvre chose que le vieillard avait entre les jambes avait fini par retrouver un certain maintien et une allure presque normale. Elle seule était parvenue à ce résultat que les pilules de Wudong n'étaient pas arrivées à obtenir.

L'amour et la tendresse, elle en était sûre, étaient bien plus forts que l'alchimie et les élixirs de longévité. Mais c'était un secret qu'elle ne divulguerait jamais à personne, et surtout pas à celui qui ne le méritait pas.

D'un côté, il y avait donc la Loi et de l'autre, l'Ineffable. Entre ces deux extrêmes, comment le roi Zheng se situerait-il ?

Elle était loin de se douter, parce que, pour elle, c'était inconcevable, qu'il refuserait toujours de choisir.

*

— Zhaogao souhaite exercer un commandement dans l'armée. Il est encore un peu trop jeune pour prétendre au grade de général, et surtout il n'a pas fait ses preuves au combat. Mais je suis d'accord pour qu'on lui trouve un régiment dont il aura la charge, ordonna le roi Zheng au général Wang le Chanceux.

Wang le Chanceux venait de remplacer, comme ministre de la Guerre, le vieux maréchal Paix des Armes que sa santé de plus en plus chancelante avait contraint de se retirer pour jouir d'une retraite méritée.

— Le noble souhait de mon auguste souverain sera exécuté dès demain ! À quel type de régiment pense-t-il exactement ? s'informa le nouveau ministre de la Guerre, cassé en deux.

— Judicieuse question ! Je n'y ai pas réfléchi. S'il veut monter en grade, il faut lui confier un commandement actif, un poste où il soit à même de faire rapidement ses preuves...

Wang le Chanceux se mit à réfléchir.

— Majesté, j'ai une suggestion à faire à Votre Seigneurie.

— Parle ! J'écoute.

— Depuis la défection d'Anwei, du temps de votre père, la muraille de pierres dressée par le royaume de

Yan, au nord, reste à prendre. Le Qin délaisse à tort ce territoire immense qui pourrait, à condition d'y envoyer un corps expéditionnaire efficace, tomber dans son escarcelle...

— Va pour ce mur, derrière lequel le royaume de Yan prétend s'abriter ! Tu pourvoiras le régiment de Zhaogao en arbalètes, catapultes et solides destriers.

— Ce sera fait dès demain.

— Mais pourquoi, au juste, a-t-on empêché mon grand-oncle de continuer à guerroyer là-haut ? ajouta le roi, curieux de savoir ce qui s'était passé.

— Le prince Anwei, recru d'aigreur et de ressentiment envers la Cour, s'apprêtait à déposer votre père par les armes. Il se considérait comme le successeur légitime de votre grand-père le roi Anguo lorsque celui-ci, très malade, finit par quitter ce monde.

Zheng, tout en acquiesçant, ne put s'empêcher de faire la moue. Il méditait sur l'exemple d'Anwei. On n'était jamais assez sur ses gardes, pensait-il. Mieux valait tuer dans l'œuf les complots avant qu'ils n'aboutissent. Encore fallait-il pouvoir détecter leur préparation le plus en amont possible. Le Bureau des Rumeurs était-il, à cet égard, suffisamment fiable ? Il finissait par en douter et rêvait déjà de se constituer un régiment spécial, qui serait à la fois une garde prétorienne à son seul service et une véritable police secrète, ne recevant d'ordres que de lui en personne.

Il était tellement absorbé par ses pensées qu'il n'avait pas remarqué que le général Wang attendait à présent qu'il veuille bien lui signifier que l'entretien était terminé.

Par un curieux concours de circonstances, par ailleurs, les deux hommes n'étaient pas au courant du rôle essentiel que l'un avait joué pour l'autre. Wang le Chanceux ne saurait jamais que Zheng lui devait d'être monté sur le trône. Pas plus que Zheng, jamais, ne s'en douterait.

C'était en effet Wang le Chanceux et lui seul qui, croyant bien faire et agissant de sa propre initiative, avait manigancé de faire revenir Anwei du Yan où le Qin l'avait envoyé guerroyer, accréditant la rumeur qui suspectait le frère cadet d'Anguo de fomenter une rébellion contre le pouvoir central. Cet ordre malencontreux avait poussé Anwei à se venger de son neveu Yiren en l'assassinant, alors que celui-ci n'y était strictement pour rien.

Le général Wang le Chanceux, en l'espèce, avait cru plaire ainsi en haut lieu en devançant, en quelque sorte, ce qu'il devinait être le désir de l'entourage du roi Yiren. Il s'était transformé en un fort habile courtisan. Par cette initiative, il s'était fait à bon compte une flatteuse réputation de fidélité à la cause royale, il était devenu celui grâce auquel un odieux complot avait été efficacement déjoué. Son accession au poste de ministre de la Guerre était la preuve qu'il avait agi avec discernement.

Au Qin, en effet, l'emprise de la méfiance était telle que les soupçons que Wang le Chanceux avait fait peser sur Anwei semblaient aller de soi. Personne n'imaginait que l'oncle du roi n'eût pas, un jour ou l'autre, essayé de trahir son neveu.

Il y avait eu d'abord ces informations, venues de la propre troupe d'Anwei, faisant état de ces bombances au cours desquelles il régalait ses hommes avec la viande de ses chevaux malades. Elles avaient horrifié le général Wang pour qui les destriers appartenaient à une catégorie à part, intermédiaire entre le monde animal et le monde humain. C'est tout juste si cela n'était pas, à ses yeux, de la pure anthropophagie ! Lorsqu'il avait convoqué l'ordonnance d'Anwei, celle-ci avait d'ailleurs confirmé l'atroce information. Un mangeur de viande de cheval ne pouvait être qu'un monstre !

Et de monstre à rebelle, ou de scélérat à traître, il n'y avait qu'un pas, que Wang le Chanceux avait allégrement franchi. La directive de surveiller Anwei qu'il avait donnée à sa jeune ordonnance était restée lettre morte. Saut du Tigre ne lui avait jamais rendu compte de rien. Comment aurait-il pu le faire, au demeurant, puisque la loyauté d'Anwei ne pouvait être mise en cause ? Mais l'habile Wang le Chanceux avait utilisé ce silence de Saut du Tigre en faisant courir le bruit que c'était une preuve de sa collusion avec Anwei. L'ordonnance, avait-il prétendu, devait même avoir averti Anwei des soupçons qui pesaient sur lui.

Aux marches septentrionales du royaume, un redoutable complot fomenté par Anwei et Saut du Tigre se préparait, c'était d'une évidence limpide ! Wang le Chanceux n'avait eu aucun mal à étayer cette hypothèse, il n'avait même pas eu besoin d'en fournir les preuves. Ses soupçons efficacement instillés avaient suffi à instruire le procès d'Anwei.

Chacun avait trouvé normal, dans ces conditions, que fût prise l'initiative de destituer Anwei de son commandement et de lui ordonner de revenir à Xianyang toutes affaires cessantes afin que l'on procède à son jugement.

La désertion du prince comploteur était tombée à pic. Elle apparaissait comme la signature de sa félonie et avait rejailli sur le prestige du général Wang dont chacun avait pu louer la perspicacité.

Quant à sa disparition, elle arrangeait formidablement le général. Il n'avait pas à craindre de procès au cours duquel Anwei aurait pu lui dire ses quatre vérités, le mettant dans un certain embarras. Disparition qui restait une énigme irrésolue puisque Anwei avait échappé jusque-là à toutes les recherches menées par les autorités du Qin. Et comme tout État policier, le Qin avait besoin d'enquêtes qui ne donnaient rien, de criminels qui continuaient à hanter les provinces, au nez et à la barbe des autorités. Tant qu'ils n'étaient pas pris, le peuple avait peur et demeurait docile, et, du jour où ils étaient capturés, l'État pouvait s'enorgueillir d'avoir accompli un formidable exploit.

Par un étrange retour des choses, c'était à présent Zhaogao que le général Wang allait envoyer vers cette destination froide et lointaine qui avait si mal réussi à ce malheureux Anwei...

— Tu peux disposer, dit enfin Zheng, libérant le ministre de la Guerre.

— Je vais aller prévenir Zhaogao séance tenante, bredouilla Wang le Chanceux qui s'en alla à reculons.

L'après-midi même, il se rendit à l'Académie des Arts Martiaux où Zhaogao, pour tuer le temps, passait toujours le plus clair de ses journées à muscler son corps et à sculpter ses abdominaux.

Lorsque Wang le Chanceux arriva dans la vaste cour où claquaient les bâtons et tintaient les lames des élèves qui s'entraînaient, les cris gutturaux des combattants cessèrent d'un seul coup.

C'était la première fois qu'un ministre de la Guerre se déplaçait en personne à l'Académie !

— Je cherche l'élève Zhaogao, dit Wang le Chanceux à l'un des moniteurs présents.

On lui indiqua la direction du gymnase.

Là, il retrouva le fils de Zhaosheng et d'Intention Louable qui, tout mouillé de sueur et luisant comme un poisson sorti de l'onde, maniait ses poids de fer en cadence.

— Notre roi m'a fait part de ton souhait de servir dans les armées du Qin et demandé de l'examiner favorablement, annonça le ministre de la Guerre au jeune homme.

— J'espère être un militaire aussi valeureux que vous ! s'écria fièrement le jeune homme en gonflant ses biceps.

Le ministre pouvait constater les effets des exercices acharnés auxquels Zhaogao se livrait depuis des mois. Sa taille modeste ne faisait qu'accentuer la force de ses bras et de ses cuisses dont chaque muscle saillait comme les racines noueuses d'un très vieux genévrier.

— Tu partiras vers le nord, là où le Yan a commencé à édifier un long mur de pierres pour se protéger des Xiongnu. Il s'agira de réduire les armées de cet État qui ne cesse, nous dit-on, de s'affaiblir. Après quoi nous pourrons lancer contre lui une offensive qui, je l'espère, sera victorieuse !

Le jeune homme alla poser ses deux poids de fer sur leur étagère. Lorsqu'il revint d'un pas lent et solennel vers Wang le Chanceux, sa posture était si fière et il bombait tellement le torse qu'on aurait dit que tous ses muscles allaient éclater.

— J'irai là où le roi a décidé de m'envoyer, clama-t-il, la voix remplie d'exaltation.

Le rêve de Zhaogao de devenir quelqu'un, petit à petit, prenait corps, il allait pouvoir satisfaire son orgueil bafoué.

*

Au siège du Bureau des Rumeurs, les deux eunuques se faisaient face. Lorsqu'il s'était avancé vers Maillon Essentiel, les yeux de Couteau Rapide brillaient d'un éclat funeste.

— Je sais que tu as gardé pour toi une information que tu aurais dû transmettre à notre roi, déclara-t-il d'une voix dure, à peine assis.

Le chef du Bureau des Rumeurs, demeuré impassible, faisait celui qui ne comprenait pas.

— Tu ne vois pas de quoi je parle ? ajouta, l'air mauvais, le chirurgien en chef. Vraiment pas ? Mais vas-y ! Je t'écoute...

Maillon Essentiel feignait un total détachement.

— Tu as surpris Lubuwei et Zhaoji allongés ensemble dans le grenier d'une écurie et tu n'en as rien dit à qui de droit !

Pour Maillon Essentiel, le choc fut si rude qu'il dut se mordre la langue pour ne pas vaciller. Quelqu'un devait l'avoir suivi lorsqu'il était aller inspecter le grenier de l'écurie des étalons Akkal de Lubuwei. Sans doute un espion à la solde du Chu. On n'était jamais assez méfiant, même lorsqu'on dirigeait un service de renseignements, dans ce système d'État policier fondé sur la terreur où l'absence totale de patriotisme favorisait le travail d'un si grand nombre d'espions.

Au point où ils en étaient, et compte tenu de la soudaineté et de la précision de l'attaque du chirurgien en chef des eunuques, la seule solution était de tout nier en bloc.

— Tu as certainement eu des visions, mon pauvre Couteau Rapide. Crois-tu que je n'ai pas mieux à faire que de surveiller la reine mère et le Premier ministre pour savoir s'ils couchent l'un avec l'autre ? fit-il, cinglant.

— Mes sources sont sûres..., se contenta de répondre, mielleux, le chirurgien en chef.

La meilleure défense, pensa alors Maillon Essentiel, était encore l'attaque.

— Et les miennes ne le sont pas moins sur ta partie liée avec le Chu ! N'est-ce pas toi, Couteau Rapide, qui, naguère, recommandas chaleureusement au roi Anguo de nommer Effluves Noirs au sein de mon propre service ?

— Balivernes ! Tu n'en as jamais eu aucune preuve. D'ailleurs, si tel avait été le cas, pourquoi aurais-tu attendu jusqu'à maintenant pour t'en servir ? siffla-t-il, venimeux.

— N'est-ce pas toi, un soir, qui l'avouas, au beau milieu d'une réunion des eunuques, parce que ta langue avait fourché ? poursuivit l'autre.

Les propos de Maillon Essentiel avaient mis Couteau Rapide hors de lui. Son corps tremblait comme la corde d'un arc après le lancement d'une flèche. S'il ne se maîtrisait pas, il finirait par s'étrangler de rage ! Il fit donc un effort pour se calmer et posa ses deux mains sur son ventre afin de retrouver un peu de sérénité intérieure.

— Il faut d'abord répondre à ma question. Peux-tu me jurer que la reine mère et le Premier ministre n'ont pas renoué d'idylle ? demanda de nouveau le chirurgien en chef d'un ton sobre.

— J'affirme ne rien en savoir ! répondit, toujours apparemment aussi frondeur, Maillon Essentiel.

— Tu sais ce qui pourrait advenir de toi si l'on savait en haut lieu que tu as gardé pour toi un secret ?

Le chef du Bureau des Rumeurs, malgré les efforts qu'il faisait pour n'en rien laisser paraître, avait l'impression que le sol était en train de se dérober sous ses pieds. En ayant gardé pour lui ce qu'il avait vu dans le grenier de l'écurie des petits Akkal, il savait qu'il s'exposait à une condamnation à mort pour haute trahison.

Il fulminait de colère contre Couteau Rapide et la bassesse du procédé qu'il s'apprêtait à employer pour le détruire. Il rassembla les dernières forces qui lui restaient pour continuer à feindre la plus totale surprise.

— Fais ce que bon te semble ! Ce pays est coutumier des accusations lancées sans preuves, va te répandre où tu le souhaites ! Sollicite une audience auprès de Zheng et porte-lui ces nouvelles comme une offrande sur un plateau de bronze !

La voix de Maillon Essentiel tremblait d'indignation.

— Tout doux, Maillon Essentiel ! Tout doux ! Je comprends ta contrariété ! Pour autant, je n'ai jamais dit que j'allais te dénoncer... D'ailleurs, j'ai bien trop à faire. Plus de dix impétrants m'attendent, au moment où je te parle, pour se faire opérer...

S'il se fût trouvé seul en présence d'une telle vermine, nul doute que Maillon Essentiel lui eût sauté à la figure pour lui faire rendre gorge. Mais c'était un moment où les locaux du Bureau des Rumeurs étaient aussi animés que ceux d'une ruche. Déjà, certains agents du service observaient avec inquiétude le visage de leur chef rouge de colère et se doutaient que quelque chose n'allait pas.

Il n'y avait rien d'autre à faire qu'à serrer les poings.

— Je te l'ai dit, agis à ta guise ! Je n'ai que faire de tes sous-entendus ! lança Maillon Essentiel à Couteau Rapide lorsque celui-ci prit congé en souriant narquoisement.

Demeuré seul, Maillon Essentiel essaya de retrouver ses esprits. La menace de Couteau Rapide était claire et nul doute qu'il en ferait, le moment venu, bon usage.

Il fallait donc agir d'urgence.

Au point où il en était, le chef du Bureau des Rumeurs jugea que l'important était de commencer par faire comprendre à Lubuwei que la reprise de sa liaison avec Zhaoji n'était plus un secret pour personne et que la plus élémentaire prudence devait conduire le Premier ministre à l'interrompre.

Alors pouvait-on espérer, pensait-il, que la rumeur s'estomperait d'elle-même et que la surveillance dont les deux amants faisaient, de maints côtés, l'objet confirmerait qu'il n'y avait rien de tangible derrière les ragots malveillants.

Maillon Essentiel réfléchissait au truchement qu'il pourrait utiliser pour prévenir de la situation, sans pour autant l'offusquer, le Premier ministre. Il se mit à procéder à l'énumération de ses connaissances et de ses proches en qui Lubuwei pourrait avoir confiance. Il arriva rapidement à la conclusion que le mieux était encore qu'il s'adressât lui-même directement à lui sans témoin, en tête à tête.

Le soir même, il s'arrangea pour se trouver devant la porte du bureau de Lubuwei à l'heure où, d'habitude, celui-ci le quittait pour rentrer chez lui et y goûter quelque repos après de harassantes journées de travail.

— Voilà que le Bureau des Rumeurs surveille le Premier ministre ! plaisanta Lubuwei.

— Il faut que l'on se parle seul à seul, c'est important, annonça, décidé à tout dire, Maillon Essentiel.

Lubuwei, quelque peu étonné, le fit entrer dans son bureau et referma la porte.

— Certains, à la Cour, connaissent votre idylle avec la reine mère. Le roi nourrit déjà des soupçons à votre égard. Quant à moi, je cours les plus grands risques en vous avertissant ainsi...

— Dans ce cas, pourquoi le fais-tu ? répondit, pensif, le Premier ministre.

Lubuwei, curieusement, étonnamment calme et résigné, ne paraissait pas surpris le moins du monde par les propos de l'eunuque.

— La lâcheté me répugne. Je vois se dessiner une vaste coalition de tous ceux qui ont intérêt à votre perte. Je trouve cela injuste !

— Et le roi Zheng, qu'en pense-t-il ? questionna Lubuwei.

— Votre position au Qin, où on se plaît à vous traiter de vice-roi, est si forte depuis des lustres qu'elle ne peut que lui porter ombrage !

Le Premier ministre avait fait asseoir dans un fauteuil face au sien le chef du Bureau des Rumeurs.

— Qu'est-ce qui te fait dire ça ? poursuivit-il en souriant tristement à l'eunuque.

La façon dont il l'avait posée montrait que la question, déjà, valait réponse. Il avait l'air fatigué, partagé entre l'accablement et l'indifférence, comme si ce qu'il venait d'apprendre devait, un jour ou l'autre, arriver.

— C'est une évidence. Depuis qu'il est monté sur le trône, de bons esprits s'échinent à lui démontrer que sa mère est votre amante. Devant moi, il y a quelque temps, il a chargé Lisi de lui faire rapport à ce sujet.

— S'il savait ! soupira Lubuwei.

La façon dont il avait laissé échapper son soupir en disait long sur le désespoir qui était le sien. C'était son propre fils qui le faisait ainsi espionner par le ministre de la Loi et des Noms ! Il ne ressentait nulle révolte, ni sentiment particulier d'injustice, simplement une infinie mélancolie.

— Lisi, comme il est naturel, a mandaté le Bureau des Rumeurs pour cette enquête. C'est moi qui vous ai surpris avec la reine, l'autre jour, sous le tas de foin du grenier qui abritait vos ébats...

— Et tu l'as gardé pour toi ?

— Puisque je vous le dis ! protesta l'eunuque.

Il s'était levé et avait saisi les bras de Lubuwei.

— J'ai préféré ne rien révéler parce que je vous veux du bien ! ajouta-t-il, éploré.

— Mais tel que je connais le Qin, tôt ou tard on finira par savoir que tu as gardé pour toi une information que tes fonctions t'obligeaient à faire remonter...

— Ce pourrait être déjà, hélas, le cas. Peut-être viendra-t-on m'arrêter tout à l'heure. Mais maintenant que je vous ai dit la vérité, j'aurai au moins ma conscience pour moi ! souffla-t-il en quittant rapidement le bureau de Lubuwei.

Dehors, Maillon Essentiel se repassa la conversation qu'il venait d'avoir avec Lubuwei.

Il l'avait trouvé étrangement serein. Le Premier ministre n'avait pas cherché à nier quoi que ce soit. Il ne s'était ni récrié ni drapé dans une quelconque dignité offensée. L'eunuque trouvait pour le moins édifiante une telle résignation. Que cachait-elle ? Comment un homme parti de si loin et arrivé si haut pouvait-il soudain se comporter ainsi, un peu comme un acrobate qui, arrivé tout en haut d'un mât, aurait subitement décidé de décrocher ? Pourquoi, après tant d'efforts, tout laisser courir de la sorte ?

Au moment où Maillon Essentiel sentait un certain

trouble le gagner, Lubuwei ouvrit le grand tiroir de la table de son bureau et prit négligemment le petit morceau de bambou qu'on lui avait fait porter la veille au soir, alors qu'il venait à peine de regagner sa belle demeure de la colline aux chevaux.

Il ne comportait pas plus de huit idéogrammes, écrits de façon cursive par une main qui avait dû agir à la hâte.

Juste un petit texte anonyme, qui lui avait appris qu'il avait été dénoncé à son fils.

50

C'était le soir, dans l'une des innombrables auberges de plaisir du quartier des Fleurs et Saules de Xianyang.

La courtisane dévisageait avec amusement ce jeune homme au visage fin, au regard avenant et légèrement intimidé, qui venait de poser une main malhabile sur ses seins découverts.

— C'est la première fois que tu viens aux femmes ? demandat-elle en riant aux éclats.

— Il faut bien un début à tout, fit le jeune homme.

Quoiqu'un peu gêné par la question, il souriait néanmoins agréablement et paraissait apprécier ce premier contact avec les tétons de la belle, bruns et dressés vers le ciel.

La fille, une superbe créature à la chevelure brune et aux yeux de jade que son métier n'avait pas encore trop usés, s'était déshabillée avec lenteur, en prenant des poses lascives, jusqu'à ce qu'elle soit entièrement nue. Puis elle avait pris la main du jeune homme et fait parcourir lentement son ventre, en s'attardant sur la fine toison pubienne qu'elle avait pris soin, au préalable, de parfumer et d'enduire d'une crème huileuse.

— Voilà comment tu vas faire s'ouvrir ma Vallée des Roses. Il te suffit de suivre ma main ! assura la femme à l'oreille du jeune homme.

Elle n'eut aucun mal à extraire de ses braies la Tige

de Jade de Poisson d'Or, dont l'aspect traduisait déjà l'incontestable et vigoureuse tension.

Le désir, qu'il sentait fourmiller au bas de son ventre, commençait à lui donner la chair de poule.

C'était beaucoup plus fort qu'avec Huayang lorsque, au cours des exercices de contrôle des souffles internes, la reine mère lui massait le dos ou appuyait ses mains sur le Champ de Cinabre inférieur de son ventre plat et musclé. La première épouse du roi Anguo ne dédaignait pas toucher le corps de Poisson d'Or, lequel avait, à son tour, découvert la sensation de la peau lisse et parfumée de Huayang lorsqu'elle le frottait. Mais cela demeurait de simples caresses, un léger contact entre eux, sans aucun mélange ni aucune recherche d'un quelconque plaisir. Elle s'était toujours empêchée d'aller plus loin avec lui, malgré l'envie qu'elle en avait, surtout quand elle se retrouvait seule en compagnie du jeune homme, à présent que les fonctions royales de Zheng l'empêchaient de se joindre à eux.

La courtisane se servait maintenant de la Tige de Jade de Poisson d'Or comme d'un pinceau de lettré qui aurait dessiné les idéogrammes « amour, séduction, plaisir » sur le haut de ses cuisses qu'elle tenait largement ouvertes, laissant entrevoir, tout au fond de sa Vallée des Roses, la Sublime Fente déjà entrouverte.

Poisson d'Or se retenait de toutes ses forces.

Lorsqu'elle l'aida à pénétrer dans sa Porte Intime, elle ne put s'empêcher de se tortiller de plaisir en susurrant : « Oui, c'est bon ! Oui, c'est très bon ! »

Alors elle poussa un grand cri et tout son corps se mit à onduler tandis que la Fontaine de Jade de Poisson d'Or avait jailli, à peine son membre était-il entré dans la douce cavité de la courtisane. Celle-ci n'avait pas boudé son plaisir. Quant à lui, sans trop comprendre ce qui venait de lui arriver, il en était encore tout étourdi.

Après la « petite mort », elle lui dit :

— Tu auras toutes les femmes à tes pieds. Pour une

première fois, c'est déjà la pratique d'un séducteur aguerri !

— Tu m'as bien guidé ! fit-il modestement.

— Te reverrai-je ? minauda-t-elle en tortillant son mignon derrière.

Poisson d'Or, qui avait rajusté ses braies, sortit sans répondre après l'avoir embrassée sur le front.

Dehors, il retrouva l'Homme sans Peur qui l'attendait à la porte du bordel.

Au fil des ans, les tâches publiques de Lubuwei l'accaparant totalement, le géant hun était devenu une sorte de protecteur attitré pour celui qu'il avait ramené tout juste né, à la demande du marchand, de la lointaine contrée du grand Sud-Ouest où il l'avait trouvé. Certains jours, il était même son principal éducateur.

C'était lui qui avait appris à Poisson d'Or à monter à cheval et à attraper les oiseaux à la fronde quand il était plus jeune. C'était lui qui lui avait enseigné à traquer le cerf et le singe hurleur, et à distinguer, grâce à la forme de leurs empreintes, les animaux et les oiseaux qui peuplaient les collines et les forêts, à pêcher dans les rivières les saumons et les carpes. L'Homme sans Peur n'avait pas eu grand mal à lui inculquer ce goût de la nature et cet amour des grands espaces, là où l'on pouvait galoper pendant des heures sans croiser âme qui vive et où les souffles venus des quatre directions, parce qu'ils n'avaient rencontré aucun obstacle, atteignaient toute leur puissance.

Cela leur donnait l'occasion de passer de longs moments ensemble, au cours desquels Poisson d'Or ne se lassait pas d'interroger le géant sur les circonstances dans lesquelles il l'avait ramené à Xianyang.

Alors, l'Homme sans Peur répondait invariablement par un énigmatique : « Secret de Hun ! » qui finissait toujours par un immense éclat de rire. Jusqu'au jour où, Poisson d'Or l'ayant pressé plus que d'habitude, le géant, de guerre lasse, avait fini par avouer que Lubuwei lui avait fait jurer de ne jamais révéler à quiconque ce qui s'était passé.

Poisson d'Or connaissait suffisamment la loyauté de caractère de l'Homme sans Peur pour savoir qu'il tiendrait parole. Il avait donc cessé de l'interroger sur ses origines mais ne lui avait pas tenu rigueur de ce refus de lui en dévoiler davantage, puisque telle était la volonté de Lubuwei, ce tuteur pour lequel il avait tant de respect.

Quand Poisson d'Or avait émis le souhait d'aller pour la première fois aux femmes, ainsi que Huayang l'y avait vivement incité quelques jours plus tôt, c'est tout naturellement que le géant hun s'était proposé de l'accompagner dans le quartier des Fleurs et Saules. C'est pourquoi l'Homme sans Peur l'attendait à la sortie.

À l'aube, de retour de cette première équipée amoureuse, Poisson d'Or avait retrouvé Lubuwei qui l'attendait dans le salon de musique de son palais de la colline aux chevaux.

— Tu ne dors pas ! Qu'y a-t-il donc ? demanda, étonné, Poisson d'Or à Lubuwei.

— Je t'attendais. Alors, comment était-ce ?

— Je pense avoir été à la hauteur. D'ailleurs, l'Homme sans Peur veillait sur moi ! Il ne pouvait rien m'arriver de mal..., plaisanta le jeune homme.

Lubuwei avait un air bizarre. Poisson d'Or, surpris, le lui fit remarquer et l'interrogea sur ce qui n'allait pas.

— Dans quelques jours, j'aurai quitté Xianyang pour revenir chez moi à Handan. Le roi Zheng, d'ici là, aura fait paraître le décret mettant fin à mes fonctions de Premier ministre. Je souhaitais que tu l'apprennes de ma bouche et non par la rumeur publique..., dit alors Lubuwei.

Le ton du Premier ministre était sobre. Il n'y avait

nulle trace de protestation dans ses propos. Il paraissait très calme mais surtout très ému.

— Que veux-tu dire ? s'insurgea Poisson d'Or qui tombait des nues.

— Rien de plus. J'ai fait de grandes choses au Qin. Je suis un homme comblé, puissant et riche, le Premier ministre d'un pays qui n'était pas le mien ! Il est peut-être temps que je revienne à mes origines, répondit Lubuwei avec une grande douceur.

Poisson d'Or, abasourdi, ne savait que répondre et demeurait silencieux. Il regardait Lubuwei et n'arrivait pas à croire qu'il ne rêvait pas.

— Mais pour toi, mon cher petit Poisson d'Or, rien ne change. Ta vie est ici. Il ne faut surtout pas t'inquiéter de ce qui m'arrivera !

— C'est impossible ! Ta décision ne va pas de soi... Je suis sûr que tu me caches quelque chose ! s'écria Poisson d'Or qui n'était pas loin de la révolte.

Lubuwei s'approcha alors du jeune homme et le prit par les épaules. Puis il fit signe à l'Homme sans Peur de s'éloigner.

À présent, ils étaient seuls tous les deux.

— Ce soir, le moment est venu pour moi de te livrer un ultime secret. Zhaoji et moi, nous nous aimons. Le roi est au courant, voilà pourquoi ma place n'est plus ici.

— Chacun n'a-t-il pas le droit d'aimer qui il veut ?

— Il y a quelque chose de beaucoup plus essentiel, dont je souhaite également te faire part : Zheng est mon propre fils. Et cela, le principal intéressé bien entendu ne le sait pas et ne devra jamais le savoir. Nous l'avons conçu quelques jours avant que je parte chercher Yiren à Xianyang où il croupissait comme otage. Yiren a épousé Zhaoji dès son retour de Handan et a toujours cru que le petit Zheng était son propre enfant.

— Mais pourquoi as-tu laissé ainsi partir la femme

que tu aimais, avec l'enfant que tu lui avais fait ? questionna Poisson d'Or, bouleversé par cet aveu.

— Les choses se sont passées différemment de ce que Zhaoji et moi-même avions prévu. De ma part, c'était loin d'être un abandon. Tu voudras bien m'excuser, mais je ne t'en dirai rien d'autre !

Poisson d'Or pouvait voir, à la tristesse de son regard et à l'accablement qui paraissait le gagner, que sa question l'avait toutefois touché au cœur. Il vit des larmes perler au coin de ses paupières.

— Et pourquoi me faire une telle confidence ? ajouta-t-il pour faire cesser le trouble qui s'était emparé du marchand.

— Parce que tu es la seule personne en qui j'ai toute confiance ! Cette paternité qui m'a échappé et – ô combien à présent ! qui me dépasse me paraît assez importante pour que je t'en confie le secret, puisque je te chéris comme un fils. Je pense aussi que cette confidence pourra, un jour, sait-on jamais ? te servir ! dit encore Lubuwei qui pleurait à présent à chaudes larmes.

Poisson d'Or le prit dans ses bras pour essayer de le consoler.

— Qui d'autre que moi est au courant ?

— Zhaoji, et pour cause, ainsi que la reine Huayang. Comme tu sais, elle a toujours vu dans Zhaoji la fille qu'elle n'a pas pu avoir. Avec toi, nous sommes quatre à savoir. Pas plus !

— Je te remercie pour cette confiance qui me touche. Mais n'est-il pas, dans ce cas, un autre secret que tu pourrais aussi me confier ?

— Lequel ?

— Celui des circonstances dans lesquelles je fus trouvé par l'Homme sans Peur, et que tu lui as fait jurer de ne jamais me révéler...

La réponse de Lubuwei fusa, limpide et ferme. Il la prononça d'un seul jet :

— Elles importent peu ! Te les révéler ne servirait à rien. C'est du passé. Tu n'as pas à rougir, ni de tes parents ni du lieu où tu naquis. L'ignorance, dans ce cas, est ta meilleure protection. C'est pourquoi, si tu le veux bien, mon cher enfant, nous en resterons là.

Poisson d'Or comprit que Lubuwei ne lui dirait rien de plus.

Lorsqu'il alla se coucher, il se sentit accablé par ce qu'il venait d'entendre et qui éclipsait le bon souvenir que lui avait laissé ce moment passé avec cette courtisane.

Il allait perdre Lubuwei, c'était sûr ! Mais il espérait aussi reprendre, d'une façon ou d'une autre, son flambeau.

*

Le sang perla à nouveau sous la bure qui se déchira d'un coup, laissant voir l'horrible blessure.

Le surveillant de chantier n'aimait rien tant que ce sifflement strident provoqué par les billes, lorsqu'elles fendaient l'air à toute vitesse, que chacun redoutait de voir se rapprocher de ses épaules.

Une fois de plus, parce qu'il ne cassait pas les cailloux assez vite, le fouet s'était abattu avec violence sur les omoplates de l'homme exténué. C'était un fouet dont les vingt-cinq cordelettes de soie se terminaient par une petite bille de bronze dont la circonférence était soulignée par deux lignes en relief, l'une horizontale et l'autre verticale, qui en faisaient une masse contondante d'une redoutable efficacité. L'homme gémit à peine. Il savait fort bien qu'émettre une plainte ne servait à rien qu'à provoquer un autre coup de fouet.

Alors, l'homme en sang n'eut d'autre choix que de reprendre son marteau et son burin dans ses mains enflées pour se remettre à tailler la pierre, en espérant que le surveillant trouverait un peu plus loin une autre victime sur laquelle exercer sa cruauté.

Devant lui, ce tas de cailloux qu'il fallait tailler d'ici la fin de la journée lui paraissait une immense montagne au sommet inaccessible qu'il n'aurait jamais la force de gravir.

C'était toujours ainsi sur le chantier du Grand Mur du Yan.

On demandait tant aux hommes qu'ils étaient découragés avant même d'avoir commencé à entreprendre leur tâche. Mais la peur des châtiments et des lanières du fouet des gardiens de chantier finissait toujours par leur faire accomplir des prouesses qu'ils n'imaginaient pas avoir la force de mettre en œuvre.

Malheureusement pour l'homme en sang, le surveillant avait décidé de s'acharner sur le même ouvrier. Il ne le lâchait plus. Les coups de fouet s'abattaient selon le rythme régulier du battement d'un tambour. Déjà, les forces de la victime faiblissaient. Son corps n'était plus que plaies béantes. Puis sa tête flancha et l'homme finit par rouler lourdement sur le sol.

Le surveillant s'apprêtait à lui donner le coup de grâce. Il avait sorti un glaive. Les règlements prévoyaient qu'il fallait achever sur le chantier les ouvriers exténués pour éviter d'avoir à les soigner et à les nourrir. C'est alors qu'il entendit un bruit de sabots de chevaux. Le surveillant se retourna brusquement. Trois cavaliers fonçaient sur lui.

Il essayait de brandir l'arme destinée à achever sa victime lorsqu'il reçut la lance de Zhaogao en plein cœur.

Le surveillant, tombé à genoux, serra de toutes ses forces la hampe de bois qui venait de l'embrocher. Il parut rendre un dérisoire hommage à celui qui venait de le transpercer, avant de tomber foudroyé.

À côté du corps ensanglanté du surveillant, l'ouvrier gisait lui aussi, fort mal en point, implorant grâce.

— Soyez félicité, colonel Zhaogao ! Pour une première escarmouche, vous n'avez pas raté votre cible ! dit l'un des cavaliers.

Zhaogao, tout fier de lui, se rengorgea.

— Tu n'as encore rien vu. Ce n'est qu'un échauffement ! s'écria-t-il, laissant le terrassier qui avait eu la vie sauve reprendre ses esprits.

Puis il éperonna son destrier qui fit un brusque écart et repartit au galop le long du mur de pierres sèches.

Un peu plus loin, un petit groupe d'ouvriers qui avaient assisté à la scène n'avaient pas tardé à détaler comme des lapins pour aller se cacher derrière les petits tertres de sable qui bosselaient la plaine caillouteuse barrée par le Grand Mur du royaume de Yan. Lorsqu'il atteignit l'endroit de la muraille où il pensait les retrouver, il n'y avait déjà plus personne, tout juste de la poussière qui voletait. Zhaogao hurla des insultes afin de leur faire peur, avant d'éperonner son cheval pour revenir vers ses deux compagnons d'équipée qui l'attendaient.

Il était temps, à présent, de rejoindre le régiment qui avait établi son bivouac.

— Notre grand roi voit toujours juste. Il a eu la perspicacité de te demander de te joindre à mon expédition pour lui faire un rapport sur cet ouvrage, dit Zhaogao.

— La perspicacité du roi Zheng n'a d'égale que son intelligence, admit l'un des cavaliers dont le capuchon dissimulait le visage.

— Que penses-tu de la muraille du Yan ? N'a-t-elle pas l'air d'un ouvrage fortifié particulièrement efficace ? demanda Zhaogao.

— Elle est peu solide, car faite avec des moellons non scellés les uns aux autres. C'est déjà quelque chose. Mais le projet que je nourris pour le roi Zheng est infiniment plus ambitieux ! Je pense à un mortier dur comme la pierre qui rendra ma fortification indestructible ! répondit le cavalier.

Ils étaient arrivés à leur campement. Le cavalier qui venait de s'exprimer fit tomber son capuchon.

Alors apparut le visage de l'architecte Parfait en Tous Points.

— Il est vrai aussi que ce mur de pierres sèches peut être escaladé facilement par n'importe quel envahisseur ! constata Zhaogao.

— Le Grand Mur du Qin devra comporter un fortin tous les mille li. Il sera une barrière réellement infranchissable. Le roi Zheng m'a déjà promis qu'il m'accorderait tous les moyens nécessaires, en terrassiers, en mortier et en pierres.

— Quand on voit, déjà, le mal que se donne le Yan pour élever cette petite clôture de pierres sèches, ton entreprise risque de t'amener fort loin ! reconnut Zhaogao.

Il avait un air à la fois admiratif et songeur. Les architectes, eux, contrairement aux militaires, construisaient et ne détruisaient pas !

— Quelle sera la durée de ta campagne au Yan ? s'enquit l'architecte du roi.

— On m'a parlé d'une année lunaire. D'ici là, notre roi aura préparé l'offensive qui permettra au Qin d'annexer le Yan. Quant à moi, il me faut harceler l'ennemi, et enfoncer dans son territoire suffisamment de coins pour que ses défenses s'effondrent lors de la future attaque générale.

Des palefreniers venaient de les aider à descendre de leurs chevaux. Zhaogao fit signe à l'architecte de l'accompagner sous sa tente de commandement.

Sur une aire circulaire autour de laquelle avait été installé le bivouac, les cuisiniers militaires avaient préparé d'immenses broches sous lesquelles avaient été allumés des brasiers de branchages séchés. Quatre moutons au long poil, saignés à blanc après avoir été arrachés à un troupeau appartenant à des nomades qui pacageait non loin de là, gisaient sur le sol, les uns à côté des autres. Les bouchers les dépecèrent avant de les découper en quartiers pour les faire rôtir.

Il convenait de bien nourrir la troupe épuisée par les dix jours de chevauchée ininterrompue qui avaient été nécessaires pour venir ici depuis Xianyang.

Dans ces contrées septentrionales, c'était la saison où la nuit tombait lentement. Le repas de mouton, arrosé d'alcool de sorgo, s'acheva avant que l'ombre ne soit totale. Autour des brasiers éteints, repus, les hommes somnolaient lorsque l'ordre leur fut donné de rentrer sous leurs tentes.

Devant un foyer de charbons rougeoyants, Zhaogao et Parfait en Tous Points étaient assis l'un à côté de l'autre. Ils refaisaient le monde, ou plutôt le Grand Mur.

Penché à genoux sur le sol, muni d'un bâtonnet, l'architecte avait tracé sur le sable une sorte de carte du Qin et dessinait le passage prévu de la « Muraille » à laquelle le roi Zheng lui avait demandé de réfléchir.

— Je compte utiliser aussi les tronçons des murs déjà construits par les royaumes antérieurs. Certains ont fière allure. Par exemple, le mur du royaume de Wei. On dit que ses rois y ont fait travailler plus de trois cent mille terrassiers ! Mais l'essentiel sera une construction nouvelle qui fera se joindre les Quatre Directions...

Fasciné, Zhaogao regardait la main habile de Parfait en Tous Points relier tous ces points les uns aux autres, mettre là des hachures et ici de petits cercles, afin de composer le plan de ce Grand Mur dont il paraissait déjà connaître les moindres détails.

Sans que l'architecte y eût pris garde, le jeune colonel s'était approché si près de lui pour regarder le dessin qu'il sentit sa chevelure frôler ses narines. Elle dégageait une odeur particulière de musc et de fumée. Par le col de sa chemise, il pouvait apercevoir le dos de Zhaogao, luisant et bourrelé de muscles. Parfait en Tous Points, attentif, n'était indifférent ni à cette odeur ni à cette vision.

L'architecte était autant attiré par les jeunes gens que par les jeunes filles, à condition qu'ils fussent les uns et les autres habités par la grâce. Il pouvait aussi bien passer la nuit avec une courtisane qu'avec un eunuque.

Stoïque malgré le trouble qui s'était emparé de lui, il continuait imperturbablement à dessiner ses tracés de mur de pierre tandis que l'autre, à présent, était si près de lui que l'architecte du roi Zheng pouvait sentir la chaleur du contact de la peau de l'athlète.

Parfait en Tous Points se garda bien de bouger malgré les fourmis qu'il avait dans les jambes. Zhaogao était à présent collé à lui. La sensation était agréable, le corps musclé de ce colonel intrépide lui plaisait. Mais celui-ci ne paraissait pas s'en rendre compte, ébloui qu'il était par l'ampleur du Grand Mur que le dessin de l'architecte avait mis en valeur.

Une fois le dessin achevé et les explications données, lorsqu'ils allèrent dormir, chacun s'apprêtant à regagner sa tente, c'est tout juste si le jeune colonel, qui avait fini par comprendre les raisons du trouble de l'architecte, esquissa un petit sourire en coin.

— Tu es doué pour le dessin ! Bravo pour ce plan du Grand Mur, lui lança-t-il poliment.

Parfait en Tous Points ne savait pas trop à quoi s'en tenir. Ce sourire de Zhaogao et ce compliment qu'il venait de lui faire, était-ce une réelle invite, ou bien cela ne concernait-il que la prouesse du dessinateur ?

L'esprit de Zhaogao était de fait tout occupé à imaginer ce Mur, lorsque sa construction aurait été achevée sous la houlette de l'architecte. La carte dessinée était si complexe, avec tous ces tronçons qui s'enchevêtraient, qu'elle lui faisait penser à une représentation des constellations célestes.

Il se disait que d'une étoile ou depuis la lune, on pourrait voir le Grand Mur à l'œil nu.

*

Feu Brûlant n'en croyait pas ses yeux : « Poudre d'Amour à l'extrait de Feu Brûlant » !

C'était bien les idéogrammes de son propre nom qui s'affichaient, accolés à ceux de « Poudre d'Amour », sur l'étiquette de bambou que l'apothicaire avait posée sur le mortier de marbre blanc rempli à ras bord de cette poudre orange comme l'écorce du fruit du même nom. Devant l'étal sur lequel le mortier avait été disposé, une longue queue d'acheteurs, déjà, s'était formée et se pressait, alléchée par les termes racoleurs de son étiquette.

C'était la bousculade.

Chacun voulait disposer d'une pincée de la précieuse poudre. Dans la queue où se mêlaient commères et badauds, les commentaires fusaient, sur la rareté et l'exceptionnelle qualité de la substance orange que tout le monde voulait se procurer.

Feu Brûlant, immobile comme une statue, observait la cohue des acheteurs.

Huayang, au service de laquelle il venait à peine d'entrer, lui avait demandé de se rendre au quartier des apothicaires afin de voir si des pilules fortifiantes étaient en vente sur certains comptoirs. Il venait d'arpenter plusieurs rues sans succès lorsque son regard avait été attiré par cette étiquette noire où s'affichaient en vermillon, afin de les rendre visibles de loin, les idéogrammes.

La vendeuse était complètement débordée. Elle surveillait le mortier et distribuait avec parcimonie aux quémandeurs leur cuillerée de poudre emballée dans une feuille de bétel, contre espèces sonnantes et trébuchantes.

— Il faut en profiter ! Il vient d'achever sa mixture et on dit qu'il a pu se procurer les parties d'un eunuque jeune tout récemment castré ! entendait-on dans la cohue.

femelle tigre dont le petit vient d'être tué par des chasseurs. Toutes les fibres de son être criaient vengeance. Il se sentait transformé en une flèche entièrement tendue vers cette cible où son corps l'emmenait. Il connaissait déjà clairement la façon dont il comptait faire payer l'ignominie dont il était victime.

Il fonçait à vive allure vers la clinique des eunuques. Elle était située exactement à l'opposé de la ville, vers ses faubourgs occidentaux. Il lui fallait donc, pour s'y rendre, traverser entièrement Xianyang de part en part. Mais il allait si vite qu'il ne tarda pas, malgré l'encombrement des rues, à arriver devant la grille imposante qui donnait sur son parc majestueux où quelques opérés récents se reposaient au soleil sur des bancs.

Il bouscula sans ménagement le portier, surpris, qui lui demandait le motif de sa visite, et se dirigea tout droit vers le pavillon où habitait le chirurgien en chef.

Lorsqu'il déboula dans la pièce principale après avoir manqué de défoncer la porte d'entrée, Couteau Rapide, tranquillement affalé sur une chaise longue, était en train de se faire curer les ongles par un infirmier.

Avant même que ce dernier ait pu s'interposer, Feu Brûlant, dont la rage décuplait les forces, avait plaqué Couteau Rapide contre le sol en renversant le petit plateau laqué sur lequel se trouvaient, soigneusement rangés les uns à côté des autres dans l'attente d'être affûtés, les bistouris avec lesquels œuvrait le chirurgien.

L'infirmier s'était rué à l'extérieur du pavillon pour aller chercher de l'aide. Ils étaient seuls.

La main droite du jeune homme serra brutalement la peau flasque du cou de Couteau Rapide, puis il releva d'un seul coup le pan du turban qui lui cachait encore le visage.

Lorsqu'il vit son agresseur, le chirurgien grimaça de terreur.

— Je sais ce que tu as fait de mes « trésors », vieille

ordure ! Je les ai trouvés réduits en poudre sur l'étal d'un apothicaire en ville ! hurla le jeune eunuque tout en accentuant la pression sur les vertèbres cervicales de celui qui lui avait volé ses « trésors ».

Il ouvrit sa besace et prit une pincée de poudre orange qu'il introduisit violemment dans les narines de Couteau Rapide après lui avoir tiré la tête en arrière par les cheveux.

— Tiens, respire un peu les mauvais souffles de Feu Brûlant !

Et, tout secoué de spasmes, il se mit à sangloter comme un petit enfant.

À force de serrer, sa main était blanchie par l'effort. Il sentait, sous la peau du cou, les bords plus anguleux des cartilages de celui qui, après l'avoir mutilé, n'avait pas hésité à disperser ses restes si précieux. Il aurait voulu réduire un à un en bouillie tous les os de Couteau Rapide, puis la sécher, la tamiser, pour obtenir une farine aussi fine que la poudre du mortier de l'étal de l'apothicaire. Ensuite, il serait monté au sommet d'un pic et l'aurait exposée aux souffles, afin qu'elle fût dispersée aux quatre coins de l'Univers !

Un filet de bave rosi de sang commençait à perler de la commissure des lèvres du chirurgien. L'étouffement l'empêchait de crier. Il ouvrait une bouche toute ronde, les globes de ses yeux hagards sortaient déjà de leurs orbites.

Le jeune homme s'était mis à cogner furieusement la tête de Couteau Rapide sur les dalles de pierre. Le crâne émettait un bruit sourd à chaque va-et-vient. Peu à peu se forma sur la pierre un nuage écarlate dont les contours se répandaient comme des ruisseaux pour finir par une petite mer qui ressemblait étrangement à une feuille d'érable, lorsque cet arbre prend ses couleurs automnales.

Devant lui, sur le sol, au milieu des bistouris épars,

il avisa l'un des stylets, aussi pointus qu'une aiguille, avec lesquels sa victime se faisait curer les ongles.

Il lâcha le crâne de Couteau Rapide, prit l'instrument dans son poing et leva le bras avant de l'abattre au beau milieu de son œil droit exorbité, puis de son œil gauche. Il sentit la résistance de leur cornée et entendit le chuintement de la pointe du stylet qui traversait leur membrane élastique. Les globes se mirent à ressembler à deux petites pommes rosâtres à moitié picorées par le bec d'un oiseau de proie.

Alors il jeta violemment le stylet qui s'en alla rebondir sur un mur de la pièce et fixa le corps de sa victime. Il ne se sentait même pas apaisé lorsqu'il s'enfuit à toutes jambes.

Couteau Rapide n'avait manifesté ni horreur ni plainte particulière lorsque Feu Brûlant lui avait crevé les yeux : il était mort depuis longtemps.

51

Sur la colline aux chevaux, dans le salon de musique du palais, Zhaoji et Lubuwei célébraient la cérémonie de leurs adieux.

Ils n'avaient pas jugé bon de se cacher. C'était désormais inutile.

Il y avait un long moment qu'ils se faisaient face, à côté du phonolithe, des tambours, des cithares et des flûtes éparpillés sur le sol, mains jointes, à scruter silencieusement, presque religieusement, tous ces signes complices, faits de regrets et de souvenirs, qu'ils apercevaient dans le regard de l'autre.

L'atmosphère était silencieuse, lourde et poignante, recueillie, autour des deux amants qui s'étaient réunis là pour la dernière fois.

Le matin même, le décret nommant Lisi Premier ministre du Qin à la place de Lubuwei avait été placardé sur la Tour de l'Affichage.

La veille, comme si tout devait arriver en même temps, Accomplissement Naturel avait fait porter au palais du marchand les neuf cent lamelles de bambou des *Chroniques des Printemps et des Automnes de Lubuwei*. Elles étaient assemblées par trente, soigneusement attachées par du fil de soie, et occupaient un pan de mur entier du salon de musique contre lequel elles avaient été déposées.

Ce serait là son testament spirituel, qui arrivait à point nommé.

Lubuwei n'avait même pas eu le cœur de lire l'adresse que le vieux lettré avait composée en son nom et qui servait de préface à l'encyclopédie. Elle exprimait le désir du commanditaire de la compilation de transmettre aux générations futures ce qu'il avait reçu des précédentes, qui était dispersé dans de nombreux ouvrages épars dont on avait cherché, pour la circonstance, à tirer l'essentiel avant de le résumer et de procéder à son recueil.

La dernière phrase de l'adresse invitait le lecteur à prendre à son tour un stylet ou un pinceau et à recopier, dès lors qu'il le souhaitait, cette anthologie afin qu'il en existât le plus d'exemplaires possible au cas où, par extraordinaire, les vieux livres dont elle rassemblait les meilleurs extraits, un jour, seraient détruits ou perdus.

Lubuwei comptait bien emporter à Handan l'ensemble de ces fagots de bambou négligemment entassés pour former cette muraille de la connaissance que des quidams incultes auraient pu prendre pour du vulgaire bois de chauffage. Il fallait les ouvrir et être capable d'en déchiffrer les idéogrammes gravés sur l'envers des lamelles pour s'apercevoir qu'il y avait là tout ce que, de l'honnête homme au grand lettré, on devait savoir en ce temps-là pour connaître l'Histoire et comprendre le Monde.

Lubuwei tout comme Zhaoji, que leur malheur mutuel avait rendus fébriles, avaient failli se jeter à la face tous les reproches de la terre et s'accuser mutuellement de cette catastrophe qui en ce jour les frappait. Mais, conscients que cela n'aurait servi à rien, si ce n'est à les déchirer et à accroître leur souffrance inutilement, ils avaient eu la sagesse et l'intelligence, sans se concerter, de ne rien se dire de tout cela.

Ils avaient d'ailleurs toujours agi de concert, sans que l'un prît une initiative qui fût contraire à l'avis de l'autre, liant ainsi indéfectiblement leurs destins dans la gloire comme dans l'opprobre. Aussi étaient-ils prêts à assumer chacun, avec élégance et retenue, les douloureuses conséquences de cette séparation désormais imminente.

— J'étais sûr que cela finirait par arriver maintenant que nous ne sommes plus sous la protection du Bi noir étoilé, soupira Lubuwei en tentant de sourire.

Il cherchait une façon de briser cet assourdissant silence dont ils avaient du mal à sortir l'un et l'autre.

— Et dire que notre fils n'a même pas daigné regarder ce disque de jade qui dort au fond d'un tiroir de la Tour de la Mémoire ! regretta-t-elle plus sérieusement.

— Notre fils sera sûrement un très grand roi pour le Qin. C'est un peu ce qui atténue ma peine de devoir t'abandonner à ton sort.

Elle se blottissait, tremblante et éplorée, contre les genoux du marchand qui venait de s'asseoir sur une banquette.

— Mais sa colère ne risque-t-elle pas de s'abattre aussi sur moi ? murmura-t-elle.

— Pas si c'est moi qui m'accuse de t'avoir séduite par la contrainte. Il y a peut-être une chance que cela atténue son courroux ! dit Lubuwei.

— Mais je refuse un tel mensonge. Je t'ai toujours aimé !

Après avoir lutté pour se retenir, elle s'était mise à pleurer.

Cette flamme qu'elle déclarait subitement à Lubuwei, ouvertement et pour la première fois, eut le don d'émouvoir à son tour le marchand dont les paupières s'embuèrent de larmes.

— Moi je t'ai aimée tout de suite, dès que je t'ai découverte sous cette tente de cirque ambulant à Handan ! De ce jour, je n'ai cessé de penser à toi et de te chercher. Lorsque je t'ai retrouvée à Xianyang, prisonnière dans cette auberge de plaisir, je n'eus qu'un objectif : t'en délivrer. Je t'aimais alors en silence, m'efforçant de te faire comprendre que tu étais devenue la prunelle de mes yeux !

— Je le voyais, mais j'étais si jeune !

— Tu a mis du temps à te laisser séduire ! Ce n'en fut pour moi que plus délicieux !

Il lui passa les mains sur les yeux pour essuyer ses pleurs.

— N'avons-nous pas été un peu fous et irresponsables de manigancer mes épousailles avec Yiren ? N'aurions-nous pas gagné à rester tranquillement ensemble ? Ce jour-là, dis-moi, mon Lubuwei, n'avons-nous pas tout perdu, alors même que nous pensions tout obtenir ?

— Pourquoi dis-tu cela ?

— Parce que c'est notre propre enfant qui, aujourd'hui, provoque ce cataclysme qui nous emporte !

Elle se tordait les mains de désespoir.

— Pourquoi réécrire l'Histoire ? Ce qui a été fait, il ne sert jamais à rien de le regretter.

— Mais pourquoi cette malédiction qui, désormais, nous poursuit ?

— Si Poisson d'Or n'avait pas été marqué d'un Bi, ce serait lui, n'oublie pas, le roi du Qin, et notre enfant serait resté le nôtre ! C'est une autre forme de disque rituel qui a anéanti ce que le disque de jade nous avait aidés à concevoir et à réaliser...

— Selon toi, nous serions les instruments d'événements qui nous dépassent ?

— C'est ma conviction. Nous sommes tous portés par le Grand Fleuve de la Vie dont le courant puissant nous entraîne là où il veut.

Elle l'avait pris par les épaules.

— Mais je ne veux pas te perdre ! Sans toi, mon existence deviendra vide !

Elle serra sa tête dans ses mains et l'embrassa.

— Et si nous partions tous les deux pour Handan ou ailleurs, mais loin d'ici ? chuchota-t-elle soudain.

Elle ne voulait pas le voir s'éloigner sans elle. Il sentait les ongles de Zhaoji qui s'enfonçaient dans sa poitrine telles les serres d'un rapace.

— Ce serait pure folie ! Partout où nous irions, on nous y traquerait. L'essentiel pour moi, désormais, est au contraire de disjoindre ton destin du mien pour te protéger, lui dit-il gravement.

Elle pleurait de nouveau à chaudes larmes.

— Le jeune roi Zheng a encore besoin de sa mère. N'oublie pas qu'il est aussi ton fils ! ajouta-t-il avec tendresse, en lui passant la main dans la chevelure.

— Jure-moi au moins que tu me donneras de tes nouvelles lorsque tu seras exilé à Handan, supplia-t-elle.

— Je te le promets... Il y a des courriers tous les mois qui partent et reviennent. Mais au train où vont les choses, dans quelques années, je suis sûr que le Zhao aura été annexé au Qin par notre fils ! Je serai alors un de ses sujets parmi d'autres !

Lubuwei essayait, tant bien que mal, de dérider Zhaoji.

— Ne serait-ce pas ta volonté de collationnement de ces textes anciens qui aurait également irrité notre fils ? dit-elle soudain, avisant les rouleaux de lamelles de bambou qui s'entassaient devant eux.

— On m'a dit, c'est vrai, qu'il trouvait déplacée ma démarche, surtout de la part d'un Premier ministre. Je ne crois pas, toutefois, que cette compilation demandée à Accomplissement Naturel en soit l'unique cause. Celle-ci est plus profonde. C'est moi, au Qin, qui fais trop d'ombre à notre fils.

— C'est vrai que tu as la trempe et les qualités d'un vrai roi ! Au moins, je sais de qui tient notre Zheng...

Elle arborait un pâle sourire. C'était à son tour, à présent, d'essayer de plaisanter.

— Je crois en effet que mon emprise sur le Qin est devenue gênante pour son nouveau roi, dès lors que celui-ci souhaite exercer la plénitude de ses fonctions. Nul doute que notre Zheng ne marche guère sur les brisées de Yiren et d'Anguo, qui ne s'occupaient pas de grand-chose... Je suis devenu trop puissant. Chacun sait, aussi, que je suis très riche. Cela fait beaucoup pour un seul homme !

Il était attristé, mais paraissait aussi résigné.

— Que vas-tu faire à présent ? demanda-t-elle avec un peu d'angoisse.

— D'abord, je vais me consacrer à rédiger le texte qui te disculpera. Il est dommage que le cher Hanfeizi ne soit plus là pour m'y aider, il aurait fait des prouesses ! Comme je regrette qu'il ne soit plus auprès de moi ! Ses conseils, tout comme ses arguties, étaient irremplaçables...

— On a annoncé la nomination de Lisi pour te succéder.

— Il y a quelque temps déjà qu'un tel événement se prépare, malgré les dénégations de l'intéressé.

C'était elle, à présent, qui essayait de le réconforter. Elle le sentait complètement désemparé, comme si ce feu intérieur qui brûlait en lui était en train de doucement s'éteindre.

Elle s'était assise dans un fauteuil, et c'était lui qui, pour se rassurer, avait placé sa tête sur les genoux de son amante.

Alors, pour conjurer cette angoisse qui l'étreignait, elle se mit à lui parler des souvenirs heureux qu'ils avaient ensemble.

— Te souviens-tu de ce jour où nous découvrîmes nos corps et de leurs premières effusions ?

— Comme si c'était hier !

— Tu dis toujours ça, poursuivit-elle en se forçant à rire tandis qu'il lui caressait lentement le ventre.

— Mais c'est la vérité !

Il s'était levé et, collé à elle, avait recommencé à la serrer et à l'embrasser.

Ils étaient à nouveau seuls au monde, et s'étaient mis à danser.

Leurs épaules heurtèrent l'immense carillon qui avait rythmé les premiers pas de danse de Zhaoji quand elle était arrivée chez le marchand, juste après son rachat à l'État du Qin pour la sortir du bordel public où elle avait été placée de force. Les notes Shang et Zhi sortirent de la pierre, rythmant le mouvement ondoyant de leurs bras.

Leurs deux corps dansants se cherchaient à nouveau éperdument, comme s'ils avaient voulu retrouver la fougue et l'innocence de leurs premières étreintes.

Lubuwei allongea Zhaoji sur le tapis de haute laine où, autrefois, elle s'accompagnait à la cithare Qin à dix cordes lorsqu'elle chantait.

L'amant retrouvait les gestes fébriles qu'il avait eus lorsqu'il l'avait prise en ce temps-là. Il était le musicien et elle était la cithare. Il massait doucement ses seins dont les tétons se dressèrent comme les boutons de bois fichés au bout de la table d'harmonie de cet instrument dont ils servaient à retenir et à ajuster la tension des cordes.

Très vite, leurs langues se frottèrent l'une contre l'autre tandis qu'il se couchait sur elle. L'embrassade fut longue et langoureuse, comme si chacun voulait ainsi goûter à l'autre une ultime fois, afin d'en garder la saveur le plus longtemps possible.

Puis elle passa ses jambes autour de son cou et il put s'humecter les lèvres à sa Rosée de Jade qu'elle ne cherchait même plus à retenir en elle... Quelques instants plus tard, il était dans son corps et elle autour du sien.

La fusion de leur Yin et de leur Yang fut si forte qu'elle les laissa sans voix et hébétés, jambes emmêlées, sucs et larmes mélangés, regard perdu dans celui de l'autre, conscients que c'était probablement la dernière fois.

— Il est temps de nous séparer ! Ton absence risque de faire jaser, une fois de plus, au Palais Royal, finit par dire Lubuwei, la mort dans l'âme.

En prononçant ces mots, le marchand de chevaux célestes s'arrachait le cœur. Zhaoji le retenait encore d'une main qui ne parvenait pas à s'ouvrir. Il dut la déplier avant de la poser sur sa poitrine.

Lorsqu'ils s'embrassèrent encore une fois, ils savaient bien qu'ils ne se reverraient jamais.

*

— J'ai trouvé les pilules qu'il te faut, dit Huayang au jeune roi Zheng.

La première épouse du feu roi Anguo avait pris son air le plus avenant.

Le souverain, assis à son bureau envahi par une masse de décrets sur lesquels il s'apprêtait à apposer son sceau, eut l'air étonné, et même quelque peu agacé, de la voir arriver ainsi sans prévenir.

Il avait donné des consignes très strictes : on ne pouvait le voir que sur rendez-vous, et pendant ses longues séances de signature il souhaitait être tranquille.

L'ancienne reine n'avait pas donné le choix aux gardes, pas plus qu'aux ordonnances royales, ni à Ainsi Parfois, lequel avait vainement essayé de l'empêcher d'aller plus loin en lui demandant l'objet de sa visite inopinée. Elle l'avait gentiment écarté et s'était précipitée dans le bureau avant même que les gardes aient eu le temps d'en verrouiller la porte.

Elle posa sur la table un petit sachet de poudre orange sur lequel était apposée l'étiquette « Poudre d'Amour à l'extrait de Feu Brûlant ».

— Cette poudre est très rare. Je n'en ai jamais trouvé à Xian-yang, tu as de la chance ! Elle contient des extraits de parties mâles d'un jeune castrat. C'est une aubaine. C'est la première fois que je peux m'en procurer, assura-t-elle sans trop s'étendre.

— Je ne sais comment te remercier ! fit le jeune roi dont l'agacement avait, du coup, laissé place à un large sourire.

— Il faut en prendre une pincée tous les deux jours, dans un bol de thé vert. Je suis déjà sûre du résultat ! ajouta-t-elle, enjouée.

— Tu n'as pas répondu à ma question... Que veux-tu ? Il te suffit de dire, et j'essaierai de faire, insista le roi dont l'immense orgueil se cachait derrière cette apparente modestie.

— La requête que j'ai à t'adresser concerne quelqu'un d'autre mais me tient plus à cœur que s'il s'agissait de moi ! s'écria-t-elle alors, en se jetant aux pieds du souverain.

— Eh bien, je t'écoute..., maugréa-t-il, à nouveau soupçonneux.

— Je viens implorer ton pardon pour ta mère. C'est une femme remarquable, qui a toujours fait son devoir vis-à-vis de toi !

L'agacement de Zheng revint en force. Il trouvait particulièrement outrecuidante la démarche de Huayang et lui déniait toute légitimité à intervenir dans ce conflit qui ne la concernait en rien.

— Tu veux sans doute parler de ce moment d'égarement qu'elle a eu avec Lubuwei ? J'ai déjà reçu une missive de ce dernier où il s'accuse de l'avoir séduite alors qu'elle se refusait à lui, répliqua-t-il d'un air pincé.

Huayang, qui comptait plaider la cause des deux amants en mettant en exergue que cette foucade passagère ne causait de tort à personne, se trouva prise de court. Elle jugea que le mieux était alors de feindre d'être au courant.

— Euh... C'est précisément ce dont j'allais te parler. La reine, ta mère, n'est pour rien dans cette histoire.

Son récent veuvage l'a simplement fragilisée..., bafouilla-t-elle.

— Je ne savais pas que mon ancien Premier ministre était aussi un grand séducteur, grimaça-t-il.

Huayang ne savait que répondre. Elle ne souhaitait pas nuire à Lubuwei et encore moins, dans de telles circonstances, l'enfoncer.

— Lubuwei, que je sache, ne t'a jamais causé de tort. Il t'a transmis un royaume riche et conquérant, disposant des meilleurs destriers. Si tu règnes aujourd'hui sur un grand royaume, c'est en partie à lui que tu le dois ! lança-t-elle, frondeuse et non sans courage.

Elle cachait ses mains dans les amples manches de sa tunique de deuil, aussi Zheng ne pouvait-il pas voir qu'elles tremblaient de colère.

— Il faut penser que l'on est toujours dépositaire de quelque chose accompli par d'autres, voire tributaire de quelqu'un, osat-elle.

Elle n'avait pas hésité à le défier du regard.

Il détourna la tête et se mit à tapoter sur le petit tripode de bronze qui portait l'idéogramme de son nom. Elle pouvait entendre le bruit de cavalcade que faisaient les ongles soigneusement polis du souverain contre la panse du petit vase ventru.

— Il a fait son temps ! De toute façon, il n'est pas sain qu'un Premier ministre demeure en fonction trop longtemps, trancha-t-il.

Puis, pour bien lui signifier qu'il était inutile de discuter davantage à ce sujet, il changea brusquement de conversation.

— Que dirais-tu si j'organisais une expédition destinée à repérer, sur la grande mer de l'Est, l'endroit où se trouvent les îles Penglai ?

Huayang, surprise par la question, marqua un temps d'arrêt avant de reprendre la parole.

— C'est une excellente idée. Celui qui abordera leurs rivages vivra plus de dix mille ans ! Mais il faut que tu saches que toutes les tentatives menées avant toi ont échoué.

— Pour bien s'y prendre, il faudrait déjà que le Qin s'emparât du royaume de Lu, là où vécut le vénérable Confucius. On y trouve les rivages qui bordent la grande mer de l'Est. Je ne désespère pas, d'ici un an ou deux, de lancer une vaste offensive contre ce pays !

— Comptes-tu te rendre toi-même sur ces îles, ou simplement demander à tes explorateurs de te rapporter les fleurs de jade qui y poussent sur les arbres ?

— Les deux. Ces îles ont une réputation merveilleuse. Ne vaut-il pas mieux y prolonger indéfiniment ses jours, plutôt que de prendre des pincées de cette poudre orange qui doit être aussi amère que toutes les autres ?

Il désignait ce qui restait des parties intimes du pauvre Feu Brûlant.

— Lorsque je parviens à faire voler mon esprit en dehors de mon corps, il m'arrive d'imaginer que je plane au-dessus de la plus grande, celle où nichent des milliers d'oiseaux phénix dans des arbres plus hauts que des montagnes..., murmura-t-elle.

L'évocation des Îles Immortelles paraissait lui avoir rendu tout son allant.

Elle aimait rêver qu'elle survolait ces massifs montagneux surgis à la surface des flots, semblables à ces tortues marines géantes qui les empêchaient de sombrer en les portant sur leurs immenses carapaces. Dans ces îles inouïes, l'or et les pierres précieuses poussaient à profusion sur les arbres, la soie se filait toute seule, et une variété de pourpier contenait suffisamment de mercure pour qu'il suffît de le faire sécher et de le concasser afin de le transformer en cinabre.

— Cette expédition vers les Îles Immortelles sera, avec l'édification du Grand Mur, l'une de mes grandes œuvres ! J'y consacrerai tout le temps et les moyens nécessaires. J'ai déjà demandé à Embrasse la Simplicité, le géomancien, d'élaborer les cartes marines et terrestres adéquates. Je pense en effet qu'un bon géomancien se doit aussi d'être un habile géographe !

— Je constate avec satisfaction que tu n'es plus insensible aux vertus du Fengshui. C'est bien. Les souffles et les rivières gouvernent l'Univers !

— Tu as tant insisté, l'autre jour, pour que j'y recoure, que je ne pouvais pas agir autrement...

C'était au tour du roi Zheng de se faire charmeur.

Huayang se demanda ce que pouvait cacher un tel changement d'attitude.

— J'ai besoin que tu continues à m'apprendre à contrôler mes souffles internes. Et surtout à me rassembler autour de mon Souffle Qi Primordial que je n'arrive toujours pas à capter ni à ressentir. Es-tu prête à te déplacer pour venir m'y aider ? s'enquit-il à voix basse.

Elle ne mit pas longtemps à l'approuver.

— C'est certainement la meilleure façon de protéger son corps des atteintes du temps, en attendant d'aller habiter sur les îles Penglai...

— Je me sens démuni face à ces jours qui passent et à cette fuite du temps auquel il est impossible de commander. Vieillir est une capitulation. Tu es la seule à pouvoir m'aider à affronter cette dure contrainte. Puis-je compter sur ton soutien ?

— Autant que tu en auras besoin. Mais je compte à mon tour sur toi pour ne pas faire payer à ta mère sa petite incartade. Il faut savoir pardonner.

Décidément, elle ne lâchait jamais prise !

Zheng, sans un mot, se contenta de lui faire signe qu'elle pouvait disposer.

*

— Comme je suis triste d'assister au départ de Lubuwei. C'est un vrai déchirement ! s'exclama Poisson d'Or.

Infiniment malheureux, il s'était réfugié dans les bras de Huayang. La reine mère caressait doucement ses cheveux, qu'il nouait soigneusement en chignon avec un petit ruban de cuir doré.

— Je pensais que tu venais me raconter comment s'était passée ta première nuit d'amour avec cette jolie courtisane ! fit-elle, enjouée, pour le dérider.

— Pas mal du tout, si j'en juge par les propos que j'ai entendus de la part de la dame à qui j'ai rendu ces premiers hommages... Elle avait de jolis seins bombés et pointus. Mais là, j'ai vraiment l'esprit ailleurs ! dit-il, la mine plutôt contrite.

Un léger grincement se fit entendre. Quelqu'un devait attendre derrière la porte de la chambre de la reine mère, et l'avait légèrement entrouverte.

— Entre donc, Feu Brûlant, que je te présente Poisson d'Or, dit Huayang au jeune eunuque qui venait de passer la tête par le chambranle de la porte.

Poisson d'Or, lorsqu'il vit le franc sourire qui éclairait le visage du jeune homme, comprit immédiatement qu'il n'aurait aucun mal à s'entendre avec lui.

— Feu Brûlant est à mon service depuis quelques semaines et j'en suis fort satisfaite, lança la reine mère.

— Et réciproquement, si vous me le permettez, ô ma reine ! déclara spontanément Feu Brûlant en s'inclinant devant Huayang.

— Il a réussi à dénicher en ville une poudre de jouvence qui a pleinement satisfait le roi Zheng, ajouta-t-elle pour lui être agréable.

Feu Brûlant la laissa dire et détourna la tête. Il ne se sentait pas le courage de répondre par une ultime formule de politesse, ainsi que le préconisait le code des bonnes manières.

— Je croyais que l'on ne trouvait plus de pilules de jouvence à Xianyang depuis le départ du grand prêtre Wudong. Je suis heureux de faire ta connaissance, Feu

Brûlant, dit à son tour Poisson d'Or, le plus cordialement du monde.

— C'est aussi mon cas. La reine Huayang me parle souvent de toi ! répliqua le jeune eunuque.

Constatant qu'ils avaient l'air de s'entendre, Huayang décida de les laisser seuls.

— Comment choisit-on de devenir eunuque ? demanda Poisson d'Or à son nouvel ami.

— On ne le choisit pas, on vous force à le devenir. De nos jours, c'est une façon de sortir de son milieu familial et de s'élever dans la société. Du moins le croit-on...

— Tu n'as pas l'air convaincu ?

— J'aurais préféré, comme toi, être resté entier. Mais on ne m'a pas donné le choix !

Il y avait du vague à l'âme dans le regard de Feu Brûlant.

— Aimes-tu le tir à l'arc, ou les chevauchées ? Nous pourrions en faire ensemble... Ou encore le jeu d'échecs Xiangqi ? Je veux bien aussi, si tu le souhaites, te faire découvrir la ville de Xian-yang.

— Je suis incapable de prendre le général de mon adversaire sans pester quand je joue au Xiangqi ! Je préfère les échecs aux Cinq Tigres, affirma le jeune eunuque en souriant.

— Moi je préfère encore les échecs aux Animaux Combattants, quand la souris ne peut franchir la rivière contrairement au lion et au tigre, mais que celle-ci peut tuer l'éléphant en lui rongeant la trompe de l'intérieur ! reprit Poisson d'Or dont le visage s'était animé.

— Quel âge as-tu ? interrogea le jeune eunuque.

— Bientôt dix-sept printemps. Je suis né l'année du Tigre !

— J'ai un an de moins que toi. Pour moi, c'était l'année du Lièvre !

— Ce sont deux animaux bondissants...

— Mais le tigre ne fait qu'une bouchée du lièvre. C'est l'animal roi !

— Le tigre peut aussi empêcher que son ami le lièvre soit importuné par les chasseurs, répliqua plaisamment Poisson d'Or.

Soudain, le visage de Feu Brûlant devint plus sérieux.

— Que penses-tu de la situation ici au Qin ? Du remplacement du Premier ministre Lubuwei, par exemple ? Et de la montée du légisme ?

Le jeune eunuque avait encore en mémoire la violente diatribe à laquelle Maillon Essentiel s'était livrée devant l'assemblée du Cercle du Phénix.

— Je regrette infiniment la disgrâce de Lubuwei. C'est un homme bon et généreux, qui a beaucoup œuvré pour le Qin. C'est lui qui m'a élevé. J'aurais mauvaise grâce à ne pas lui en savoir gré...

— Et l'homme qui vient d'être nommé à sa place, que faut-il en attendre ?

— Lisi ? Je le connais peu. On le dit très intelligent et aussi très dur. Je connais, en revanche, fort bien sa fille unique, Rosée Printanière !

— Il se dit que Lisi a d'immenses ambitions pour le Qin.

— Sans doute, mais celles de Lubuwei étaient, de mon point de vue, tout aussi légitimes.

— On dit aussi que le roi Zheng et lui renforceront mutuellement leur volonté de créer un Empire dont le Qin deviendrait le Centre.

— Il ne serait pas le premier roi à rêver d'Empire !

— Mais que penses-tu d'un tel projet, au juste ?

— Le vieux lettré qui m'a appris les textes et les doctrines, Accomplissement Naturel, a toujours été très réservé à ce sujet. Mais il faut constater qu'il n'a pas réussi à faire partager ses réserves à un autre de ses élèves, le roi Zheng en personne, pour lequel ces cours étaient pourtant organisés, et où je fus admis grâce à l'intervention de Lubuwei.

— Et Rosée Printanière, est-elle aussi jolie et douce que le colporte la rumeur ?

— Beaucoup plus que tout cela ! Elle est d'une beauté parfaite et d'une intelligence supérieure. Si tu le souhaites, un jour, je te la présenterai, proposa Poisson d'Or, non sans fougue.

Dans la chambre de Huayang, les deux jeunes gens restèrent ainsi un bon moment à deviser tranquillement. La connivence qui s'était installée entre eux était telle qu'ils n'avaient pas hésité, si tôt déjà, à se dire l'essentiel.

La reine mère était revenue.

— Je vois que les présentations sont largement faites, constatat-elle en riant.

— J'ai un nouveau complice en la personne de Feu Brûlant. Nous sommes d'accord sur tout ! s'écria, rayonnant, Poisson d'Or.

Le jeune eunuque, alors, les laissa seuls.

— Vraiment, ce Feu Brûlant me plaît beaucoup !

— C'est un assistant très gentil. Parfois, il me fait penser à toi...

Elle passa gentiment sa main dans sa chevelure et rajusta la lanière du chignon de Poisson d'Or qui s'était desserrée.

— Il n'a l'air ni calculateur ni sournois comme tant d'eunuques, remarqua-t-il.

— Ce garçon est doux comme un agneau, il ne ferait pas de mal à un insecte ! Je crois qu'il n'a jamais admis d'être châtré. Quel dommage que cette mutilation, il aurait sûrement fait un bon époux et un bon père...

Il s'était approché de la porte qui donnait sur le petit jardin intérieur. À cette heure-là du jour, les orchidées, accrochées à des lianes tels de gros oiseaux, exhalaient déjà leur subtil parfum.

— Maintenant que Lubuwei quitte le Qin, c'est moi

qui vais devenir une sorte d'orphelin ! poursuivit-il tristement en humant une fleur dont la gueule rose ouverte lui rappelait la Fente Intime de la courtisane à laquelle il avait présenté ses hommages.

— Pourquoi dis-tu ça ?

Il ne répondit pas. Il pensait au marchand de chevaux et à son probable exil. Il mesurait combien cette épreuve allait le faire mûrir et aguerrir son cœur. Il lui fallait désormais, aussi, accepter une certaine dose de solitude.

Dépositaire du plus grand des secrets de l'État du Qin, il ne pourrait le partager avec quiconque... Mais chacun n'avait-il pas été, à son niveau, confronté à la même situation que lui, prisonnier de ce qu'il pouvait avoir vu ou entendu et dont la révélation était impossible car elle vous mettait en danger ?

Il n'y avait guère que les enfants pour ne pas le croire.

Huayang, par exemple, qu'il regardait à présent se coiffer devant un petit miroir de bronze, n'avait-elle pas été, de son côté, au courant de secrets inavouables ? Il ne le saurait jamais, parce que ceux-ci, précisément, étaient faits pour être gardés. Peut-être avait-elle eu à connaître un fait caché aussi lourd de conséquences que celui dont Lubuwei avait souhaité lui faire part !

Poisson d'Or avait conscience de sortir définitivement de l'espace protégé de l'enfance pour entrer de plain-pied dans le monde ouvert et dangereux qui était celui des adultes. La confidence de Lubuwei l'incitait à considérer que, sous les apparences les plus anodines, pouvaient se cacher des faits extraordinaires.

Quand il quitta la reine mère, après l'avoir longuement embrassée, Poisson d'Or retrouva Feu Brûlant qui l'attendait dans le couloir. Le jeune eunuque le raccompagna jusqu'à la sortie du Palais Royal où le concierge amputé des pieds leur adressa un salut respectueux.

Lorsqu'ils se quittèrent, les deux jeunes gens avaient l'impression qu'ils se connaissaient depuis toujours.

52

— Votre Majesté a eu l'infinie bonté de me nommer Premier ministre, je ne puis que la remercier, bredouilla Lisi devant le roi Zheng.

Ce dernier, qui pelait une pomme, constata avec satisfaction que son nouveau ministre se comportait comme s'il n'en menait pas large. De fait, plus on était placé haut et plus le jeune roi souhaitait que l'on semblât inquiet.

Lisi avait appris sa nomination par la rumeur publique, alors qu'il ne s'y attendait plus.

C'est ainsi qu'avait choisi d'agir le roi Zheng : toujours par surprise, et de telle sorte que les principaux intéressés ne fussent jamais mis dans la moindre confidence. C'était sa façon de leur montrer que les fonctions qui leur avaient été confiées pouvaient tout aussi bien leur être retirées à tout moment et sans plus d'explication.

En l'espèce, les badauds avaient pu lire le décret nommant Lisi Premier ministre du Qin dès qu'il avait été exposé sur la Tour de l'Affichage, avant même que le principal intéressé, qui n'osait plus mettre le nez dehors, n'en eût pris connaissance.

Puis, alors qu'il s'attendait à être convoqué au palais, aucun signal n'était venu. Cela l'avait un peu plus déstabilisé. Il ne savait que dire à tous ceux qui attendaient devant sa porte pour le féliciter et le solliciter.

Il était même allé jusqu'à se demander si le jeune roi ne s'était pas ravisé...

Lorsqu'on lui fit savoir, deux jours plus tard, que le roi souhaitait le voir, il éprouva ce mélange de joie intense d'accéder à la fonction désirée et de sourde inquiétude, déjà, de la perdre un jour.

Le roi avait parfaitement atteint son objectif. Les prébendes distribuées devaient être autant de coups portés.

— J'ai déjeuné il y a peu avec Rosée Printanière. T'en a-t-elle parlé ? demanda le souverain, l'air de rien.

— Elle m'en a fait part, mais sans vraiment s'étendre..., répondit prudemment Lisi.

Rosée Printanière avait obstinément refusé, malgré son insistance, de lui raconter la moindre bribe de ce repas qu'elle avait partagé avec le roi.

— Elle est devenue une très jolie jeune fille. Elle l'a toujours été, mais c'est seulement maintenant que je m'en suis rendu compte...

— Souhaiteriez-vous la revoir ? s'empressa de suggérer le nouveau Premier ministre.

— Ce n'est pas pour ça que j'ai voulu te voir, tu t'en doutes. Mais si tu pouvais l'en convaincre, ce serait une bonne façon de juger de l'autorité qu'un père doit avoir sur sa fille ! affirma le roi en riant.

Lisi perçut que, derrière ce rire un peu forcé, se profilaient en fait un espoir et surtout une exigence auxquels il eût été inconvenant de ne pas répondre.

— J'en fais mon affaire..., promit Lisi d'un ton convaincu.

Le roi, qui avait fini sa pomme, s'était levé et avait commencé à marcher de long en large.

— Regarde par la fenêtre, ordonna-t-il brusquement à son Premier ministre.

Ce dernier se précipita vers l'ouverture parfaitement ronde par laquelle entraient les rayons du soleil qui faisaient scintiller les couleurs de l'immense tapis de soie orné de fleurs et d'oiseaux qui s'étendait à leurs pieds.

— Que vois-tu ? Dis-moi.

— Majesté, je vois la pointe d'un cyprès.

— Et si maintenant je décidais d'appeler « saule » ce cyprès, que dirais-tu ?

Après avoir hésité un instant, Lisi répondit :

— Je dirais que je vois la touffe terminale d'un saule, Votre Majesté, parce qu'un grand roi a le pouvoir de changer le nom des choses. Si je comprends bien, Votre Seigneurie a décidé de lancer le grand chantier de la nouvelle dénomination.

Le jeune roi observait Lisi d'un œil plutôt satisfait.

— J'ai au moins un Premier ministre qui sait toujours où son roi veut en venir. J'ai relu récemment le commentaire du *Livre des Mutations*, qui rapporte comme le souverain Paoxi, il y a fort longtemps, levant les yeux vit les Xiang dans le ciel et les baissant vit les Fa sur la terre. Puis il observa les autres marques Wen sur les oiseaux et les animaux. C'est ainsi qu'il conçut les huit trigrammes. Je veux être le nouveau Paoxi !

— Majesté, votre désir est légitime.

— À la bonne heure !

— C'est un fait, Majesté. Ce qu'a fait Cangjie, l'homme qui a décrit les hauts faits de l'Empereur Jaune et a établi, suite à cela, le premier l'écriture Shu en utilisant les pictogrammes Wen qui représentent la forme des choses dénommées, un grand roi tel que vous peut fort bien le refaire d'une autre façon. Je pourrais être, pour peu que vous le souhaitiez, votre Cangjie !

— L'image me plaît. Mais je ne suis, hélas, qu'un simple roi.

— Il ne tient qu'à Votre Seigneurie de décider de régner comme un Empereur.

— Le Qin n'est pour l'instant qu'un gros royaume. J'ai encore du chemin à parcourir...

— Il suffirait d'en annexer trois ou quatre autres, le Chu, le Yan et le Zhao, par exemple. Ces royaumes réunis sous votre bannière seraient déjà un beau morceau d'Empire du Centre !

Les derniers propos de Lisi firent rosir d'émotion le jeune roi qui allait et venait fébrilement, d'un bout à l'autre de son bureau.

— Revenons à ce grand chantier de la nouvelle dénomination des choses. Comment imagines-tu son engagement ?

Lisi, très à l'aise parce qu'il avait déjà réfléchi à la question, livra son avis sans hésiter :

— Nommer, c'est soumettre une chose à son nom. Parfois, les noms s'accordent mal avec leur objet. Le grand roi est celui qui va oser remettre de l'ordre dans ce joyeux désordre.

— Mais comment peut-on distinguer ce qui est d'aplomb de ce qui ne l'est pas ?

— C'est tout l'apport de votre immense sagesse, Majesté, et de votre grande sagacité...

— La tâche paraît si énorme, ne serait-ce que pour passer en revue tout ce qui doit changer de nom, qu'il faudrait un souverain capable de vivre cent ans !

— Le nouvel Empereur Jaune vivra dix mille ans...

— Sans doute as-tu raison. Je tâcherai de m'installer sur les Îles Immortelles.

— Je ferai de mon mieux pour vous y aider !

— Comment vois-tu la suite, à présent, pour mettre en place la Grande Révolution des Noms ?

— Majesté, il faut commencer par établir des listes de toutes les choses qui vous tiennent à cœur. Elles ont toutes un nom usuel. Puis il conviendra de donner vos directives aux scribes chargés de les collationner. Alors, il y aura des choses dont vous désirerez garder le nom parce qu'il est accordé à l'harmonie générale, et d'autres si dissonantes qu'il sera souhaitable de leur en attribuer un nouveau. Vous pourrez décider, par exemple, que le mûrier tinctorial doit prendre le nom de phénix jaune, et vice versa ! Ensuite, il ne restera plus qu'à établir des tables de correspondance, puis à les placarder, par exemple, sur la Tour de l'Affichage, afin que nul n'en ignore. Enfin, il sera nécessaire de mettre en place une Police des Noms pour s'assurer que les gens ont bien adopté la nouvelle terminologie.

— Une Police des Noms ? fit le jeune roi, incrédule.

— Parfaitement. Sans contrainte, la Grande Révolution des Noms risquerait de rester lettre morte.

— Il faudra un immense effort de mémoire, de la part du peuple, pour employer la nouvelle dénomination à bon escient ! s'exclama le roi.

— Ce sera l'ultime façon d'asseoir définitivement votre règne car, à chaque instant, le peuple pensera à ce grand roi qui a osé renommer les choses pour les mettre d'aplomb.

— Et que deviendront les noms propres utilisés pour les Xiaoming des individus ? s'interrogea Zheng qui continuait à marcher de long en large et réfléchissait à voix haute.

— Ils devront se conformer à la nouvelle terminologie. Si « dindon » se dit « merlan », celui qui a pour nom Dindon Bariolé devra désormais s'appeler Merlan Bariolé, répondit Lisi le plus sérieusement du monde.

— Ce sera également une façon efficace de procéder à un recensement exhaustif de notre population. Au Qin, nous sommes déjà si nombreux qu'il y a beaucoup trop de petits malins qui ne sont même pas inscrits sur les rôles fiscaux et échappent ainsi, en toute impunité, au paiement de l'impôt !

Le jeune Zheng se réjouissait déjà de pouvoir mettre en œuvre ce grand quadrillage fiscal qui aurait pour effet de multiplier les recettes financières de l'État, permettant ainsi de construire le Grand Mur sans pour autant sacrifier le budget de ses armées.

— Chacun sera tenu de venir se faire renommer

auprès des autorités administratives, ajouta Lisi que cette idée de recensement assorti d'un gigantesque fichage ne manquait pas de ravir.

— J'ai aussi le projet de demander à l'architecte Parfait en Tous Points de construire un immeuble dédié à cette grande entreprise de dénomination. Je voudrais que la forme de ce bâtiment témoignât de sa fonction. Je te demande donc d'y réfléchir avec lui.

Le souverain avait arrêté son va-et-vient. Accoudé à la fenêtre ronde, il contemplait le fourmillement des toits de tuiles vernissées multicolores de Xianyang qui poudroyaient au soleil et faisaient écho au délicat chatoiement du tapis de soie.

— Que penserais-tu d'un plan qui reprendrait la configuration des trigrammes tels qu'ils sont représentés dans le *Livre des Mutations* ? J'aimerais qu'on l'appelle l'Immeuble des Noms.

— C'est une idée extraordinaire ! s'écria Lisi, qui n'oubliait pas de se comporter en habile courtisan.

— Le préalable à la Grande Révolution des Noms, c'est l'unification de l'écriture. Il y a au Qin autant de façons d'écrire qu'il y a de provinces. Cela me fait penser à l'écartement des roues des chars qui varie d'un royaume à l'autre..., poursuivit le roi.

— Notre premier chantier, c'est sûr, devra consister à unifier l'écriture, répéta Lisi, feignant une fois de plus l'admiration.

Il voulait montrer à ce jeune roi que sa perspicacité et son intelligence le surprendraient toujours.

— Si je comprends bien, Votre Seigneurie compte sur moi pour organiser ce travail de dénomination des choses ? hasarda-t-il, tout rose d'émotion.

— Pour y réfléchir, oui. D'ailleurs, je ne compte pas nommer de nouveau ministre des Noms.

C'était là une heureuse nouvelle, qui éloignait un peu plus tout rival potentiel. Mais Lisi se garda bien de faire preuve d'une quelconque satisfaction, il craignait trop que cela ne se retournât contre lui. Le mieux, ici aussi, était de ne rien laisser paraître.

Le roi lui indiqua qu'il pouvait disposer.

— N'oublie pas, pour Rosée Printanière ! lui lança-t-il au moment où le Premier ministre, dos courbé, s'en allait en reculant.

*

Le premier acte du nouveau Premier ministre avait été de convoquer dans son bureau Accomplissement Naturel.

— Ayant gardé le bonnet de ministre de la Loi et des Noms, notre roi a souhaité que je t'interroge au sujet de ce travail de compilation que Lubuwei t'avait commandé et qui t'a occupé des mois entiers.

Le vieux lettré se racla la gorge.

— J'ai hésité à l'accepter. Lubuwei m'a convaincu lorsqu'il me fit comprendre que c'était une façon de résumer les textes essentiels au cas où les originaux viendraient à disparaître dans un cataclysme. Votre fille Rosée Printanière pourrait vous parler aussi bien que moi de cette anthologie des livres classiques. Elle me servit d'assistante et y prit une part décisive.

— Je sais. Mais lorsque tu emploies l'expression « cataclysme », à quoi penses-tu au juste ? demanda Lisi, soupçonneux.

— À des inondations, par exemple, ou à des incendies. Après tout, les lamelles de bambou sont un support fragile. La pluie et le feu peuvent détruire un livre, et pour peu que ce soit un exemplaire unique, ce serait une perte irrémédiable pour les générations futures.

— Tiens donc ! J'ignorais cette motivation. J'avais plutôt pensé à une soif de gloriole de la part de cet homme qui se serait rêvé roi au lieu et place de notre souverain...

Accomplissement Naturel dévisagea Lisi d'un air réservé, voire hostile.

— Je vous assure qu'il pensait réellement à ceux qui ne sont pas encore nés et qui, un jour, auront besoin autant que nous de livres et de lectures ! rétorqua-t-il, glacial.

Le vieil homme avait sorti son stylet de son étui et en tapotait la table avec la pointe. C'était pour lui une façon de montrer à ce Premier ministre inquisiteur qu'il ne s'en laisserait pas conter davantage.

— Mais en quoi ma collaboration à ce travail pose-t-elle problème ?

Lisi prit un air sévère.

— Ce fut du temps pris sur votre travail officiel. Que je sache, vous n'étiez pas mandaté officiellement pour le faire !

L'attaque était frontale. En témoignait le vouvoiement utilisé par le Premier ministre.

— Mais cela n'amputa en rien le temps que je consacre à mes fonctions. Le classement des livres de la Tour de la Mémoire est totalement achevé. La compilation de Lubuwei m'a fourni l'occasion de vérifier que cet immense travail avait été accompli dans les règles, affirma le vieux lettré, piqué au vif.

— Et les tâches qui vous incombent d'étude et d'entretien des collections d'objets d'art du musée de l'État, n'en ont-elles pas souffert ?

— Mon travail de conservateur des objets du musée royal, que je sache, n'a pas pu en souffrir outre mesure, pour l'unique raison que, depuis des années, les campagnes victorieuses du Qin ne donnent plus lieu à aucun versement de butin ! Je n'ose penser que nos valeureux généraux gardent, ce qui serait un comble, pour leur propre usage, leurs trouvailles ! Le seul objet qui ait été récemment déposé est ce Bi noir étoilé qui se trouvait déjà dans la tombe de la première concubine de l'ancien roi Zhong et qui y avait été dérobé dans des conditions mystérieuses. Depuis, ce disque de jade est réapparu comme par miracle ! C'est le roi Zheng lui-même qui le fit déposer à la Tour de la Mémoire, quelques jours après être monté sur le trône. Je l'ai examiné et dûment répertorié. Il figure à présent sur les registres du musée du Qin. Il y est rangé dans l'armoire des Vénérables Bi rituels.

Lisi semblait avoir reçu un coup à l'estomac.

Il se souvenait parfaitement des mots prononcés au sujet de ce Bi par Vallée Profonde, cette femme à la longue chevelure et au regard bizarre venue visiter, pour la première et dernière fois, sa fille Inébranlable Étoile de l'Est. Elle en avait vanté les propriétés extraordinaires.

Il avait même ressenti, alors, la gêne de sa belle-mère, qui avait paru regretter d'en avoir trop dit à ce propos devant lui.

C'était donc là que se trouvait le disque de jade de Lubuwei, auquel la prêtresse médium du pic de Huashan avait fait cette elliptique et brève allusion.

— Ce Bi noir étoilé, j'en ai déjà entendu parler. Pourras-tu me le montrer un jour ? suggéra-t-il, l'air de rien, au Très Sage Conservateur.

— Le Premier ministre du Qin n'est-il pas un peu chez lui au Pavillon de la Forêt des Arbousiers ? Les collections du musée royal vous sont bien entendu accessibles à tout moment, répliqua, quelque peu étonné, le vieil homme.

Lisi, soudainement, avait l'esprit ailleurs.

Au point d'en oublier cette réprimande qu'il s'était promis d'adresser à Accomplissement Naturel pour mieux lui faire sentir la pression morale qu'il avait décidé d'exercer sur sa personne, et pouvoir l'enrôler ainsi dans la folle aventure de la Grande Révolution des Noms. Le Très Sage Conservateur, sans le savoir, en était en effet un point de passage obligé car lui seul connaissait par cœur les quelque huit mille trois cent trente-deux idéogrammes alors en cours de la langue écrite du Qin.

Le Premier ministre ne pensait plus qu'à ce disque de jade qui venait de faire irruption par inadvertance dans leur conversation, au moment où il s'y attendait le moins.

C'était étrange. Il brûlait déjà de voir à quoi ressemblait ce Bi rituel et rêvait de découvrir la clé de cette énigme d'un objet appartenant à Lubuwei qui s'était par la suite trouvé entre les mains du nouveau roi avant d'être versé dans les collections publiques de la Tour de la Mémoire. Si le Bi possédait réellement les propriétés extraordinaires signalées et vantées par Vallée Profonde, pourquoi Lubuwei avait-il accepté de s'en séparer de la sorte ?

— Nous pourrions y aller tout de suite, j'ai hâte d'admirer l'objet ! dit-il, n'y tenant plus.

— Je suis à votre disposition, murmura le vieil homme, fort surpris par cette précipitation.

Ils ne mirent pas longtemps, l'un avançant à grands pas et l'autre claudiquant, à se rendre du bâtiment abritant la chancellerie à la Tour de la Mémoire du Pavillon de la Forêt des Arbousiers.

Là, au dernier étage de l'édifice, dans l'armoire en sycomore où était rangée la collection des disques de jade du Qin, le vieux lettré prit délicatement le petit sac de soie damassée qui reposait sur un coussinet de laine. Il l'ouvrit et en extirpa avec d'infinies précautions le grand Bi noir étoilé.

Lisi ne put réprimer un soupir d'admiration devant cette pierre sombre parfaitement polie et constellée d'étoiles infinitésimales.

— C'est vrai que l'objet n'est pas banal, se contenta-t-il de dire pour se donner une contenance.

Il l'avait à présent dans les mains. Il en sentait même la douce chaleur.

Même s'il n'y avait pas entrevu, contrairement à Lubuwei et à Vallée Profonde, sans doute parce qu'il était d'une nature beaucoup moins sentimentale, les figures des constellations du Bouvier et de la Tisserande, la nuit étoilée du Bi de jade le fascinait déjà, comme tous ceux qui la contemplaient pour la première fois.

Lui, qui ne croyait pas aux vertus du jade, ne pouvait s'empêcher de ressentir un certain trouble.

— L'objet remonte sans doute à l'époque du très vénérable Empereur Jaune, quand on commença à maîtriser la technique abrasive qui permettait de polir cette pierre invincible, indiqua Accomplissement Naturel qui retrouvait ses accents de vieux professeur.

— Ce disque n'a pu en effet être façonné que sous un grand Empire ! soupira le Premier ministre.

Il s'était replongé dans la contemplation de l'objet rituel lorsqu'un bruit venant du fond de la salle se fit entendre. Il sursauta. Il se croyait seul avec le vieux lettré.

C'était un petit tambour de bronze, qui devait être rangé sur une étagère et venait de rouler sur le sol en provoquant ce tintamarre.

Une ombre surgit pour le ramasser. Lisi recula d'un pas.

Il sourit quand il reconnut l'élégante silhouette de sa fille Rosée Printanière.

Elle les avait observés depuis un moment, cachée dans la pénombre, quand par mégarde son bras avait heurté une étagère. Elle tenait une coupe de bronze de type Ku, conservée à l'étage inférieur avec la collection des vases rituels du Qin. Elle venait de l'astiquer et, comme elle les avait vus monter à l'étage, avait souhaité en montrer le résultat à Accomplissement Naturel.

Mais lorsqu'elle les avait surpris en train d'examiner ce disque rituel, elle n'avait pas osé les déranger.

— Ne l'ai-je pas trop poli ? murmura-t-elle, gênée, pour se donner une contenance.

— Non, c'est bien ainsi. Tu as su lui garder sa patine ancienne.

La jeune fille sourit. Elle aimait le travail bien fait et ceux qui l'appréciaient.

— Rosée Printanière est douée en bien des choses, ajouta gentiment le vieux lettré à l'adresse de son père.

— Je ne vous attendais pas ici, fit doucement Rosée Printanière en levant les yeux vers celui-ci.

— Oh ! je discutais avec le Très Sage Conservateur de la bonne façon de continuer à enrichir les collections de l'État du Qin, expliqua Lisi avec un certain empressement.

Lorsqu'ils furent dehors, le Premier ministre prit sa fille par le bras et l'emmena s'asseoir sur le banc de marbre de l'un des édicules qui dominaient les douves aux carpes géantes.

— Ma fille, je ne t'apprendrai sûrement rien en t'annonçant que le roi Zheng éprouve des sentiments pour toi.

Rosée Printanière, visage fermé, regardait l'eau immobile des fossés comme si elle n'avait rien entendu.

— Veux-tu répondre à ton père, s'il te plaît ! insista Lisi.

La jeune fille demeurait obstinément muette.

— Je ne veux plus entendre le roi se plaindre de ton indifférence ! s'écria-t-il, ulcéré qu'il était par cette absence de réponse.

— Dans ce cas, il vaudra mieux te passer de moi ! répliqua-t-elle d'un trait.

Elle s'était redressée et défiait son père du regard. Il croyait voir sa mère, Inébranlable Étoile de l'Est, lorsqu'elle lui tenait tête.

— Quel mal y a-t-il à te souhaiter un destin de reine ? Tu en as la beauté, l'instruction et l'intelligence.

Tu as tous les hommes à tes pieds. Pourquoi ne pas accepter l'hommage du premier d'entre eux ?

— Et si mon cœur ne m'y conduisait pas ? lança-t-elle.

Ces mots firent bondir Lisi. Il écumait de rage. Soucieux d'éviter un scandale public dans ce lieu, il se leva et entraîna sa fille hors du Palais Royal.

Les rues grouillaient de gens qui allaient et venaient, portant qui de lourds ballots et qui des fléaux chargés, ou encore tirant des charrettes et poussant des charrois. Beaucoup inclinaient peureusement la tête devant le Premier ministre que l'on voyait rarement marcher ainsi dans la ville, sans la moindre escorte et accompagné d'une superbe jeune fille qu'il paraissait pousser à avancer.

Quand ils parvinrent à leur domicile, il laissa exploser toute sa colère contre l'attitude intransigeante de sa fille.

— Ce n'est pas toi, par cette conduite infantile et inconséquente, qui ruineras ma carrière !

Il la regardait. Elle était belle comme le jour. Son désarroi la rendait un peu plus émouvante. C'était à peine si la peau nacrée de ses joues immaculées s'auréolait d'un peu de rose pâle.

— Et si j'aimais quelqu'un d'autre, où serait le mal ? demandat-elle alors, presque au bord des larmes.

— Peux-tu me dire son nom ? hurla-t-il.

— C'est un secret. Je ne l'ai même pas encore avoué à l'intéressé ! souffla-t-elle.

C'était un pieux mensonge. Cela faisait plusieurs mois qu'elle avait laissé entendre à Poisson d'Or, de façon subtile, par le regard, le sourire et la grâce de certaines de ses attitudes à peine esquissées, qu'il ne lui était pas indifférent.

— Jure-moi au moins qu'il ne s'agit pas de Poisson d'Or !

C'était un cri du cœur, que Lisi avait laissé exploser

comme l'aurait fait ce grand disque de jade s'il avait pu le lancer avec force contre un mur de pierre.

Il n'obtint pas de réponse.

Rosée Printanière était déjà partie en courant se réfugier dans sa chambre.

Et là, à plat ventre sur son lit, elle éclata en sanglots.

53

Poisson d'Or venait de prendre Rosée Printanière dans ses bras.

Il ne l'avait encore jamais fait. Il était bien plus ému qu'il ne l'avait été avec la courtisane, l'autre soir.

Les deux jeunes gens avaient marché tranquillement le long de la Wei. Le temps s'était légèrement couvert. Les eaux grises et tumultueuses du fleuve défilaient rapidement, charriant branchages et animaux morts, comme d'habitude en ces temps de crue, à la sortie d'un hiver particulièrement humide.

Ils s'étaient arrêtés devant un saule courbé comme une très vieille femme, dont les racines noueuses plongeaient dans la rivière tels des serpents emmêlés. Jusque-là, ils ne s'étaient pratiquement pas adressé la parole, chacun savourant la compagnie de l'autre.

Comme il était normal, c'était Poisson d'Or qui avait fait le premier pas.

— Tu es ravissante, avait-il murmuré d'une voix chantante.

La jeune fille n'avait dit mot et s'était contentée de sourire, un peu désemparée par un compliment aussi direct.

— Dis-moi, Rosée Printanière, toi que tous les garçons courtisent comme la fille pure de la chanson dédiée aux mouettes du *Livre des Trois Cents Poèmes*, ai-je le droit de dévoiler ce que j'éprouve pour toi ?

— Tu veux parler de cette «*fille pure qui fait retraite au bord de la rivière au son du cri des mouettes* » ? poursuivit-elle en riant.

Elle n'avait plus l'air le moins du monde effarouchée.

— J'oubliais que tu connais tous tes classiques ! Tu es la plus jolie des érudites, dit-il en s'approchant de la jeune fille.

Il sentait la fraîcheur de son haleine sur son visage. Elle s'appuya contre le tronc du vieux saule. Il se colla à elle, son corps était tout chaud. Et déjà frémissant. Il lui prit les mains qu'elle avait douces comme de la soie.

C'était ainsi qu'il l'avait embrassée pour la première fois, ivre de joie et d'excitation, au bord de la majestueuse rivière.

Leurs langues s'étaient mêlées longuement comme si elles s'étaient toujours connues, avec fougue et envie. Leurs jambes s'étaient unies.

— Il se murmure que tu es déjà allé aux femmes..., souffla-t-elle un peu contrite, quand ils eurent fini de s'embrasser et qu'il l'emmena marcher le long de la berge.

— C'est toi que j'aime. Huayang a insisté pour que j'aille rendre un hommage à une courtisane experte, afin d'apprendre ce qui plaît aux femmes. Si j'avais pu le faire avec toi, je n'y serais pas allé.

Tant de simplicité et une telle absence de rouerie achevèrent de la convaincre. Poisson d'Or était un jeune homme absolument sincère, pur comme les eaux transparentes du lac miniature du jardin intérieur de la maison où elle habitait toujours avec son père.

— C'est que mon père est intraitable. Sais-tu qu'il me fait surveiller presque à toute heure du jour ? ajouta-t-elle avec des accents de petite fille.

— M'aimes-tu ? demanda-t-il avec cette brusquerie

que l'on ne pouvait adopter que lorsqu'on était sûr de la réponse.

Ils s'étaient assis sur un tronc d'arbre et elle était venue se blottir contre sa poitrine. Il pouvait sentir sa longue chevelure contre ses narines et le délicat parfum d'eau de fleur d'oranger dont elle aimait s'imprégner.

— Sais-tu que Zheng me fait la cour ?

— La rumeur courait déjà à ce sujet avant même qu'il ne soit monté sur le trône !

— Plutôt mourir que de succomber aux avances d'un être aussi inhumain ! protesta-t-elle avec force.

Elle avait agrippé le cou de Poisson d'Or et cherchait à l'embrasser de nouveau.

Leur second baiser fut beaucoup plus sensuel encore que le premier. Collée à lui, elle avait avancé sa jambe et sentait la main de Poisson d'Or lui caresser fébrilement le bas du ventre, ainsi que la courtisane le lui avait enseigné.

N'y tenant plus, elle détacha sa ceinture et plongea sa main dans ses braies, effleurant la pointe déjà dressée de son Bâton de Jade. Lorsqu'elle découvrit la taille et la longueur de l'instrument, elle le regarda, mi-incrédule, mi-amusée.

— Je n'y peux rien, c'est plus fort que moi, chuchota-t-il comme pour s'excuser.

Mais elle, déjà, sans attendre était revenue à la charge en introduisant la main de Poisson d'Or tout contre sa Sublime Porte. Il sentit avec émotion, sous ses doigts, le duvet infime de sa toison pubienne. Elle était aussi douce que les plumes d'un poussin d'un jour. En allant caresser sa Sublime Fente Intime, il pouvait sentir que celle-ci était déjà tout auréolée d'humidité.

— J'espère que mon corps te prouvera aussi fortement que la virilité du tien que je suis à mon tour très attirée par toi, parvint-elle à articuler alors que l'action de la main du jeune homme venait de déclencher en elle un tout premier spasme de plaisir.

Une barque de pêcheurs qui descendait la rivière venait de toucher la berge à quelques encablures en amont. Des hommes en descendirent pour dénouer leurs filets entremêlés dans lesquels des poissons se tortillaient et, bouche béante, battaient l'air de leur queue.

Promptement, les deux amoureux rajustèrent leurs vêtements et prirent une pose plus normale.

— Désormais, je ne souhaite plus te quitter, dit tendrement Rosée Printanière à Poisson d'Or.

Il recula d'un pas pour mieux la voir. L'amour avait le don de rendre la jeune fille encore plus belle qu'elle n'était.

— J'aimerais te garder pour toujours, répondit-il.

Les yeux vert jade de la jeune fille irradiaient un infini bonheur, mêlé à cette volonté implacable qu'elle tenait de sa mère.

— Il est temps que je dise à Zheng qu'il n'a aucune chance avec moi !

— Ce jour-là, il le prendra si mal que nous fuirons Xianyang. Nous partirons loin d'ici, vers l'une des Quatre Directions, déclara-t-il le plus sérieusement du monde.

Elle battit des mains.

— Ce jour viendra, c'est sûr ! Alors, nous resterons ensemble pour toujours ! s'écria-t-elle en riant aux éclats, lui rappelant ainsi la petite fille qui jouait avec lui, quelques années auparavant, au concours de cerfs-volants.

Poisson d'Or était persuadé qu'elle disait vrai.

*

Depuis qu'il était revenu à Handan, Lubuwei avait trouvé refuge dans une maisonnette où logeait son écuyer Mafu. L'habitation, miraculeusement, avait échappé aux réquisitions.

Le marchand était tombé de haut. Comparée à celle

du Qin, la capitale du Zhao paraissait singulièrement étriquée à l'ancien Premier ministre. Les maisons étaient plus basses, aux murs branlants, et les palais délabrés illustraient la médiocrité présente, qui n'était plus que l'ombre de la splendeur passée. Quant aux rues dépavées et mal entretenues, elles regorgeaient de mendiants qui s'accrochaient aux basques de ceux qui n'étaient pas revêtus de haillons.

Après un parcours aussi glorieux que celui accompli par Lubuwei, le temps faisait toujours rétrécir les choses lorsqu'on revenait dans les lieux que l'on avait hantés plus jeune...

Depuis Xianyang, qu'il avait quittée fort discrètement et sans protocole d'aucune sorte, la route du retour à la case départ lui avait semblé infiniment plus longue et plus ennuyeuse que celle de l'aller.

Il ne chevauchait plus à la tête d'un imposant convoi. Seuls son écuyer en chef Mafu et l'Homme sans Peur l'accompagnaient. De peur d'attirer l'attention, il avait recouvert son crâne lisse d'un turban qui lui mangeait tout le haut du visage. Ainsi, il pouvait espérer ne pas être reconnu.

On ne sait jamais. Il pouvait y avoir un risque à traverser le Qin à visage découvert lorsqu'on n'était plus que son Premier ministre déchu. Le passage du statut de tout-puissant à celui de réprouvé faisait de lui une cible idéale pour ceux, et ils étaient nombreux, qui rêvaient de se venger de cet État oppresseur qui n'hésitait pas à arracher leurs enfants mâles aux paysans pour en faire des soldats et à ponctionner la moindre richesse résiduelle des habitants sous forme d'impôts et de taxes multiples.

Il était dangereux, dans ces conditions, que l'on apprît qu'un bouc émissaire idéal se trouvait à une portée de jet de pierre.

Le franchissement de la frontière s'était déroulé sans encombre particulier. Les douaniers s'intéressaient surtout aux marchandises qui entraient au Qin, sur lesquelles ils prélevaient la dîme de l'État et celle qu'ils se réservaient. Lorsqu'on en sortait pour aller au Zhao, ce n'étaient pas les douaniers de ce royaume qui pouvaient provoquer le moindre embêtement au voyageur : il y avait beau temps que le Zhao n'avait plus les moyens d'entretenir une administration des douanes.

Le contraste lui avait paru saisissant entre l'orgueilleux Qin, puissance conquérante et opulente, et le pauvre Zhao où la famine sévissait.

Son royaume natal n'en finissait plus d'être épuisé par la guerre désespérée qu'il menait tant bien que mal contre son puissant voisin dont la pression se faisait de plus en plus forte et le laissait exsangue. Ne restaient plus dans les champs que les femmes et les vieillards, et les récoltes s'en ressentaient. Le Zhao était à présent incapable de produire suffisamment de millet et de blé pour nourrir sa propre population. Ses armées, comme il se devait, étaient servies les premières mais elles perdaient aussitôt, au combat ou en butin de guerre, les hommes valides et jeunes dont elles disposaient.

Lorsqu'il avait croisé, sillonnant la route à la recherche d'une improbable subsistance, ces silhouettes furtives de mères, rendues légères par la faim qui les taraudait, portant des enfants cadavériques qui n'avaient même plus la force de crier, Lubuwei avait baissé les yeux. Le pays se délitait à petit feu. On pressentait les prémices de son proche effondrement au manque d'entretien des fossés qui longeaient la route, où pullulaient bestioles et serpents, à ces lézardes dans les tours de guet rongées par le lierre, à ces auberges qui n'étaient plus que ruines dévastées, colonisées par les chauves-souris dont on entendait le vol lourd à la tombée de la nuit lorsque, faute de mieux, on y trouvait refuge pour dormir, et à ces innombrables friches qui remplaçaient un peu partout les opulentes cultures d'hier.

Toute cette misère et cette décrépitude, palpables à chaque pas, Lubuwei ne pouvait s'empêcher de se les attribuer.

Tout cela n'était-il pas, en effet, de sa faute ? Sans chevaux de guerre, dépourvu de cavaliers archers indispensables à sa suprématie militaire, le Qin eût laissé le Zhao s'occuper tranquillement de son peuple. C'était grâce aux chevaux célestes du marchand de Handan que le Qin avait pu recouvrer sa force de conquête et repartir en guerre contre ses voisins. Alors, l'occasion avait été trop belle, il s'était évidemment retourné contre le Zhao, que la trêve armée grâce à l'échange d'otages avait jusque-là préservé. C'était à présent le Qin qui affamait son pays d'origine en l'encerclant et en le forçant à d'insupportables efforts militaires. Il ne s'en était jamais rendu compte à ce point, il avait fallu qu'il parcourût ses campagnes dévastées pour en mesurer les terribles conséquences.

Plus il avançait sur la route de Handan et plus il avait des remords.

Était-ce lui le coupable de tant de malheurs ? Il avait beau se raisonner, se dire qu'après tout il appartenait aux autorités du Zhao de faire en sorte que leur pays et leur peuple ne se fussent pas enfoncés dans tant de dénuement et de faiblesse, il éprouvait néanmoins un sentiment proche de la honte d'avoir ainsi abandonné la terre de son enfance pour suivre un rêve de gloire qui venait de s'arrêter net. Il se sentait comme un oiseau abattu en plein vol par la flèche d'un archer habile et qui retombait brusquement sur une terre triste.

Lorsqu'il se présenta à la porte de son ancienne demeure, le Palais du Commerce, un gardien à l'œil soupçonneux entrouvrit l'un des immenses vantaux dont il avait remarqué que le bois était rongé par les vers. Devant ce voyageur inconnu, accompagné de deux hommes dont l'un d'une taille gigantesque, le portier n'avait pas l'air des plus rassuré.

— Tu ne me reconnais pas, Laogong ? demanda le marchand en s'efforçant de lui adresser un sourire jovial.

— Patron ? Vous ici ? Après tant d'années ! s'exclama, stupéfait, le gardien au bout de quelques instants.

Mais le visage de Laogong ne tarda pas à reprendre un air soupçonneux.

— Et que vient faire ici le Premier ministre du Qin ? lança-t-il presque durement à son ancien maître.

— Ce serait trop long à te raconter. Ai-je au moins le droit de rentrer chez moi ?

Lubuwei poussait le vantail de la porte pour essayer de voir l'intérieur de la vaste cour qui s'ouvrait juste derrière.

— Bien sûr. C'est strictement interdit mais je peux accepter une tolérance.

— Enfin, je suis chez moi !

— Il faut que vous sachiez que le Palais du Commerce a été annexé par l'administration du Zhao, qui l'a transformé en entrepôt public..., expliqua le gardien.

— Plus personne n'habite donc ici ?

— Des gardiens et leur famille. En fait d'entrepôt, l'édifice ne sert plus à grand-chose. Ici, c'est plutôt la disette !

— Mais il ne reste plus rien de ce que j'ai connu ! tonna le géant hun lorsque Laogong commença à leur faire visiter les lieux.

Lubuwei se souviendrait longtemps du petit tour qu'ils avaient accompli à la nuit tombante, sous la houlette de Laogong. Tout n'était plus que désolation.

Ils avaient traversé les immenses cours désespérément vides où l'on pouvait apercevoir quelques rats squelettiques s'échiner sans la moindre vergogne à rechercher les traces infimes des marchandises comestibles dont les entrepôts avaient jadis regorgé. Les bâtiments dans lesquels, hier, l'armée de commis de Lubuwei établissait les factures et comptait les stocks avaient été probablement pillés et incendiés, à en juger par les lugubres traces de suie qui recouvraient leurs murs. De son hôtel particulier, il ne restait plus qu'une ruine mangée par la mousse et le lierre, dont les portes et les volets avaient été démontés depuis belle lurette. Quant à la rotonde du temple dédié à ses ancêtres, là où il avait rangé pour la première fois son Bi noir étoilé après l'avoir acheté à Dent Facile, ses colonnes de pierre continuaient à se dresser vers le ciel, mais sans supporter aucun toit. Tout avait disparu : les lourdes armoires de sycomore, les cages des volières, sans compter les tentures précieuses qui les recouvraient.

— Il paraît évident qu'on ne m'attendait plus ! soupira Lubuwei.

— Lorsque Zhaosheng fut arrêté après avoir pris la place du prince Yiren, le pouvoir décida de se venger. Votre secrétaire fut écartelé sur la grande place par trois chars lancés au galop. Quelque temps plus tard, un édit décida votre expropriation. Entre-temps, on remonta le peuple contre vous, les manifestations se succédèrent devant le Palais du Commerce. Puis ce fut le pillage, savamment organisé. Alors, ils prirent tout ce qui leur tomba sous la main ! raconta le serviteur, comme pour s'excuser.

— Si je comprends bien, il vaudrait mieux que je ne me montre pas à Handan ! lâcha Lubuwei.

Son accablement était tel qu'il avait du mal à relever la tête.

— C'est en tout cas mon avis, acquiesça, malheureux, le gardien Laogong.

Puis, après les avoir reconduits sur le seuil, il referma le vantail de la lourde porte de ce qui avait été le Palais du Commerce, cette belle et luxueuse demeure de la famille du marchand de Handan.

— Je vous propose d'aller chez moi. Je suppose que personne n'aura investi les lieux, proposa Mafu.

En proie à un profond désarroi, Lubuwei était resté inerte devant le porche du Palais du Commerce. Moins que la vision de l'endroit où il avait vécu une jeunesse heureuse et insouciante et qui n'était plus que ruines et désolation, c'était le récit de la mort de Zhaosheng, tel que Laogong venait de le faire, qui l'accablait.

Son fidèle secrétaire avait offert sa vie – et de quelle façon ! pour permettre l'évasion du prince Yiren lorsqu'il était otage au Zhao. Si Yiren n'avait pu s'évader, le roi du Qin eût été Anwei et le destin de Lubuwei aurait probablement changé. Le sacrifice de Zhaosheng avait permis au marchand de chevaux d'accroître son emprise sur le royaume de Qin. Il était donc entièrement redevable du succès de celle-ci à Zhaosheng.

Sa mort horrible ne pouvait que bouleverser le cœur et l'esprit de Lubuwei. N'était-ce pas payé trop cher ?

Que restait-il désormais de ce parcours brillant que le sacrifice de Zhaosheng lui avait permis d'accomplir ?

L'énumération était pour le moins accablante : un enfant qui ne saurait jamais que Lubuwei était son père, et un jeune roi tellement épris de pouvoir qu'il avait trouvé l'occasion d'éliminer son tuteur potentiel ; une femme aimée, adulée, restée seule à Xianyang, prisonnière elle aussi de ce terrible secret ; un jeune homme, Poisson d'Or, qu'il avait fini par aimer comme un fils, à présent livré à lui-même ; et tout ce champ de ruines et de misère, que ce fût à Handan qu'il venait de parcourir, ou dans le Zhao qu'il avait traversé telle une ombre parmi les ombres qui, toutes, désormais, le hanteraient.

Il fallut que son écuyer Mafu le tirât doucement par

la manche pour le faire sortir de sa léthargie et de sa détresse.

*

Assise sur la margelle de son lac miniature, Vallée Profonde appela à elle l'image de Rosée Printanière. Elle fixait l'anfractuosité du rocher d'où s'échappait le filet d'eau claire de la source. Elle pensa très fort que c'était sa propre énergie intérieure qui surgissait du tréfonds de la terre. Alors elle fit remonter son esprit le long du filet d'eau, comme si elle voulait le faire pénétrer dans les entrailles de la montagne.

Le joli minois de Rosée Printanière lui apparut enfin, nimbé dans un nuage vaporeux qui avait la même couleur brune et ocre que les pierres de la grotte.

La jeune fille était d'une beauté toujours aussi radieuse.

Sa grand-mère agissait ainsi environ tous les mois lunaires, pour être sûre que tout allait bien pour sa petite-fille, tant sur le plan corporel que mental, et même sentimental.

Rosée Printanière était la seule chose précieuse au monde qui lui restât...

Soulagée, Vallée Profonde pouvait constater que les souffles internes de Rosée Printanière demeuraient parfaitement harmonieux. Elle pouvait sentir la puissance du feu intérieur qui brûlait dans le cœur de celle-ci. Elle vit aussi de la couleur rouge et sentit lui venir à la bouche une saveur amère, tandis que le son de la note Zhi résonnait à son oreille.

N'était-ce pas le signe que sa petite-fille était amoureuse ?

Vallée Profonde se sourit à elle-même. Elle avait déjà vu, au cours de ses exercices précédents, à quel point Rosée Printanière était princièrement convoitée. Elle en avait conçu quelque fierté. Que sa petite-fille fût courtisée par un roi ne pouvait que flatter son orgueil de grand-mère. D'ailleurs, n'avait-ce pas aussi été son cas ?

Mais là, quelque chose la troublait. Tout se passait comme si, dans le cœur de Rosée Printanière, la nostalgie se mêlait désormais à l'amour.

Intriguée par ce pressentiment, Vallée Profonde décida de mieux tendre l'oreille.

C'était bizarre, le son de la note Zhi s'était peu à peu affaibli pour se transformer à présent en celui de la note Yu. Yu est la note noire de l'hiver. L'exact contraire de la note estivale Zhi. Que fallait-il conclure devant un tel phénomène ?

Un peu inquiète, et pour en avoir le cœur net, elle concentra davantage son esprit sur le filet d'eau qui sortait de la roche. Et ce qu'elle vit la remplit de tristesse et de dégoût.

La mort planait sur l'être qu'aimait sa petite-fille. C'était bien là le sens du son lugubre de la note Yu, accordée à la saison où la nature hibernait et où les fleurs les plus fragiles mouraient avant de renaître au printemps. Il y avait un rival, qui s'apprêtait à livrer un combat implacable contre celui que Rosée Printanière chérissait plus que tout autre. Et ce rival était prêt à aller jusqu'à l'élimination physique de l'autre.

De cette disparition de l'être aimé par Rosée Printanière, la prêtresse médium ne voulait à aucun prix, car c'eût été le malheur de sa petite-fille adorée ! Aussi décida-t-elle de jeter toutes ses forces intérieures dans cette bataille pour empêcher le cours des choses d'aller plus avant dans cette funeste direction. Pour arriver à ses fins, il fallait qu'elle parvînt à faire entrer son esprit dans la Cour Jaune.

Elle expira puis inspira longuement, en accélérant son rythme jusqu'à la suffocation. L'effort intense qu'elle fournissait manqua de la faire défaillir.

Il n'était pas facile d'accéder à la Cour Jaune, qui

était le vide central du corps et dont la base se situait dans le « principe des passes », un peu plus bas que le nombril, et montait « à des hauteurs vertigineuses » jusqu'au sommet du crâne. Mais c'était là, et nulle part ailleurs, pensait-elle, qu'elle pourrait fabriquer cet influx qui prendrait la forme d'un souffle positif qu'elle s'efforcerait de disperser au-dessus de la tête des deux êtres qui s'aimaient, évitant ainsi leur tragique séparation.

La Cour Jaune reliait les trois Champs de Cinabre, ou les trois plexus de l'organisme des humains : celui du ventre, relié à la terre où l'on trouvait le mercure dont l'oxydation permettait d'obtenir le cinabre ; celui de la poitrine, situé au milieu, là où la matière parvenait à devenir esprit et vice versa ; et celui du cerveau qu'on appelait aussi « bille de boue », le siège des neuf palais suprêmes où la lumière, enfin, se liquéfiait. Le centre de gravité de la Cour Jaune se localisait plus précisément dans le « temple cramoisi », une région située au-dessous du cœur, là où pouvait se coaguler l'Élixir d'Immortalité.

La Cour Jaune était ainsi le Centre du Centre, l'endroit où se neutralisaient toutes les énergies, le lieu ultime de la Grande Paix, où les éléments rouges et blancs du cinabre fusionnaient pour être aspirés dans la Grande Vacuité. Celle-ci était le stade ultime de l'organisation de l'Univers.

Mais n'accédait à la Grande Vacuité que celui dont l'esprit était suffisamment fort. Et pour cela, il fallait s'arroger le total contrôle de son propre corps, afin d'arriver à ce dédoublement qui permettait de devenir le propre spectateur de ce que l'on était.

Elle se mit à réciter le passage du chapitre sur la Respiration Embryonnaire du *Livre de la Cour Jaune* destiné à lui permettre de visualiser ce territoire vide, siège des grandes forces originelles :

« *En haut siège l'âme ; en bas siègent les principes*

des passes. À gauche le Yang ; à droite le Yin. Derrière se tient la porte secrète, devant l'entrée de la naissance. Le Soleil fait son entrée, la Lune sort. Alors, il faut poser sa respiration. C'est là que se rassemble le souffle originel pour dessiner le cercle des constellations. La bouche est l'Étang de Jade, le Palais de l'Harmonie Suprême ; gargarisez-vous de liqueur magique, puis avalez-la : le malheur ne vous affectera plus. Alors apparaîtra l'Être Intérieur de la Cour Jaune, tout revêtu de brocarts. Si vous parvenez à le voir, vous ne serez plus jamais malade... »

Vallée Profonde regardait à présent l'Être Intérieur de la Cour Jaune qui venait de lui apparaître, dans une gaze de nuées et de souffles. Ses longues jambes étaient recouvertes d'une ample jupe de fleurs pourpres. Il tenait à la main un rameau vert turquoise. À sa ceinture pendait une immense clef de jade destinée à ouvrir la porte secrète et à fermer l'entrée de la naissance.

Sous le regard extatique de la prêtresse médium, l'Être Intérieur procéda à l'ouverture de la Cour Jaune. Au fond de celle-ci, elle vit alors les hautes et sombres tours flanquant la Source Mystérieuse qui s'écoulait vers le Lac Central dont la divinité gardienne était toujours vêtue de vermillon.

Dans cet étang calme, elle vit scintiller des éclairs dorés : c'étaient les écailles d'un poisson. D'habitude, le Lac Central était toujours vide. La présence de l'animal était le signe indubitable de l'être aimé par Rosée Printanière.

Alors, pleine de ferveur, elle concentra ses souffles vers ce Poisson d'Or et lui souhaita longue vie en prononçant ces paroles, qu'elle répéta trois fois :

— Poisson d'Or, retiens le Vin d'Or de ta salive et avale ta Fleur de Jade, demain il faudra quitter ce Lac par sa passe inférieure pour gagner la haute mer. Alors, tu échapperas au sort funeste que d'aucuns te réservent !

Elle avait jeté ses ultimes forces dans ce combat qu'elle menait pour sa petite-fille. Elle se préparait à attendre la réponse, un peu inquiète, lorsque la surface du Lac Central se plissa très légèrement sous l'effet d'une onde venue du fond des eaux.

Une traînée de poudre d'or s'éleva dans les airs.

Le triomphant Poisson d'Or, tout ruisselant de lumière, qui venait de sauter magnifiquement vers le ciel ! Sa trajectoire, matérialisée par des gouttelettes nacrées et vibrantes, formait une parfaite arcature au moment où il disparut à nouveau dans l'élément liquide après y être retombé.

C'était comme un pont d'or qui venait ainsi de se former au-dessus du Lac Central.

La musique entêtante de la Source Mystérieuse fit sortir Vallée Profonde de la torpeur dans laquelle elle était tombée. Épuisée, elle s'affala contre un rocher de la bordure du lac miniature.

Elle se sentit apaisée. Elle était arrivée à ses fins.

Poisson d'Or vivrait.

54

— Ma réserve de pilules d'immortalité est épuisée, il faut à présent m'aider. L'énergie qui m'est nécessaire pour mener à bien la réalisation du Grand Mur et la préparation de la Grande Révolution des Noms est en train de faiblir dangereusement, je le sens parfaitement ! gémit le jeune roi.

— Je t'avais prévenu que, hormis ce que Wudong aurait pu garder par-devers lui mais aurait emporté, ma source était tarie. Il n'y a plus rien en ville chez les apothicaires !

— Mais que vais-je devenir ? pleurnichait-il, toute honte bue, devant Huayang.

— Il te reste à accomplir des exercices mentaux. Peut-être faudrait-il t'adonner à l'alchimie intérieure Neidan. Mais pour cela, tu dois consentir à prendre une concubine, car le Neidan repose sur la fusion des corps. Or les affaires du royaume semblent t'accaparer au point de te priver de toute relation avec les femmes ! répliqua-t-elle fermement, consciente que l'état calamiteux du jeune roi lui permettait de lui dire son fait sans pour autant encourir ses foudres.

Zheng fixait, penaud, la pointe de ses souliers.

— C'est un exercice Neidan qu'il te faut ! À moins d'utiliser un adjuvant, comme un miroir magique ou un objet dont les vertus seraient spéciales, et sans pour autant te garantir que ce serait efficace, je ne vois guère ce qui pourrait utilement remplacer ces pilules manquantes...

À ces mots, le regard du roi, jusque-là accablé, commença à reprendre un certain éclat.

— Tes propos me font penser à ce disque de jade que ma mère me transmit avec force recommandations le jour de mon intronisation, en insistant sur ses vertus miraculeuses.

— Tu pourrais me le faire porter, c'est peut-être ce qu'il te faut !

— Hélas ! Je l'avais fait déposer dans les collections royales de la Tour de la Mémoire, mais voilà que je viens d'apprendre, ce matin même, qu'on l'a dérobé. Il aurait sûrement fait l'affaire ! pesta-t-il.

Huayang eut l'air étonné.

— Le musée royal est pourtant bien gardé ! Le voleur a sûrement bénéficié de complicités...

Le roi se leva et serra les poings.

— J'ai reçu en même temps une missive de dénonciation. Je crois que je tiens le coupable, ajouta-t-il, l'air dur.

— Est-ce que je le connais ? demanda-t-elle, soudain anxieuse.

— Il venait très souvent te voir avec moi !

— Poisson d'Or ? s'écria-t-elle, incrédule.

Huayang, malgré ses efforts, ne put cacher le profond embarras que provoquait en elle le signe d'acquiescement du jeune souverain.

— C'est en tout cas le nom écrit sur la missive ! De toute façon, je compte bien lancer une enquête approfondie pour tirer cette affaire au clair. Mais cela a l'air de te toucher au-delà du raisonnable ! Après tout, ce n'est qu'un objet d'art, insinua-t-il perfidement.

— Mais pourquoi ce garçon aurait-il commis un tel larcin alors qu'il a accès à la Tour de la Mémoire et n'a nullement besoin d'un tel objet rituel ?

— C'est la question que je lui ferai poser par les enquêteurs du Bureau des Rumeurs, conclut sèchement le roi Zheng.

— Veux-tu que nous fassions maintenant quelques exercices de respiration ? Au moins, tu ne te seras pas dérangé pour rien, suggéra-t-elle pour changer de conversation et essayer de reprendre calmement ses esprits.

Il accepta.

Ses mains moites allumèrent un petit brûle-parfum de bronze Boshanlu dont la forme représentait la montagne sacrée Kunlun où séjournait la Reine Mère de l'Occident. Les fumerolles s'échappèrent par les plissures du relief de cette petite montagne en forme de champignon.

Les yeux fermés, Huayang prononça alors la formule usuelle :

— Ta poitrine et ton ventre sont tes palais et tes demeures, tes quatre membres sont les faubourgs de la capitale, tes articulations sont les fonctionnaires : si tu sais gouverner ton corps, tu sauras gouverner ton pays...

Puis elle répéta à plusieurs reprises les mêmes phrases, et le roi à sa suite, tandis qu'elle lui bouchait les narines. Il était en effet important qu'il retînt longtemps sa respiration.

Lorsqu'il se trouva au bord de l'asphyxie, elle relâcha la pression de ses doigts et l'air envahit à nouveau les poumons de Zheng, qu'elle somma de contrôler sa reprise de souffle.

À la fin de l'exercice, le jeune roi semblait tellement planer que l'on aurait dit qu'il avait bu. Elle l'avait désormais à sa main. Pour achever de le soumettre, elle jeta un gobelet d'eau dans un vase cracheur qu'elle venait de prendre sur un guéridon.

C'était une vasque de bronze en forme d'écuelle qu'il fallait, après l'avoir remplie à ras, faire vibrer en frottant ses bords en cadence. Alors, invariablement, grâce à la science et au tour de main du bronzier qui l'avait réalisée, l'écuelle commençait à produire la note Zheng avant que l'eau ne s'en échappât pour en inonder le pourtour.

Elle venait de frotter doucement le bord de l'écuelle, et l'eau commençait à produire une sorte de gargouillis, quand Huayang réussit à faire surgir, du centre du vase, un petit jet qui aspergea, à sa plus grande stupéfaction, le visage du jeune roi.

— Tu as là, avec ce jet précis qui surgit d'un magma liquide informe, une bonne image du Dao lui-même, affirma-t-elle, toute fière de son exploit.

— Pourquoi ne m'as-tu fait plus tôt cette prodigieuse démonstration ? demanda-t-il, éperdu de reconnaissance.

— Il ne faut jamais livrer tous ses secrets en même temps, répondit-elle finement.

— J'ai besoin de tes connaissances. Me les confieras-tu un jour ? quémanda-t-il en la quittant.

Dès qu'elle fut seule, elle appela Feu Brûlant. Le jeune eunuque, qui dormait dans une pièce à côté, se précipita.

— Tu vas aller dire à Poisson d'Or qu'il doit quitter Xianyang toutes affaires cessantes !

Il la regarda, hébété.

— As-tu entendu ce que je viens de dire ?

— Oui, mais pourquoi ? Qu'a-t-il fait ?

— Demain, il fera l'objet d'une enquête judiciaire pénale. Il est injustement soupçonné de vol d'objet public. Ici, c'est l'un des crimes les plus graves, bien plus, par exemple, que de tuer un paysan pauvre. Je chéris ce garçon comme mon propre fils et je veux le protéger. S'il ne s'échappe pas, il risquera la mort !

— Je pars à la colline aux chevaux pour le prévenir !

Le jeune eunuque avait fort bien compris que l'heure était grave et que la reine mère ne plaisantait pas.

Huayang ne put étouffer un sanglot. Elle tenait tant à Poisson d'Or ! Le jeune homme était à présent la consolation de cette femme dont la vie n'avait été qu'une longue suite de combats implacables pour survivre. Poisson d'Or était devenu, pour Huayang, ce qu'elle avait de plus cher en lui donnant tout ce qu'elle n'avait jamais ressenti : le besoin de protéger et celui d'aimer. L'enfant à la marque lui apportait cette innocence et cette droiture qui lui avaient tellement manqué.

Avec Zhaoji, qu'elle avait façonnée à son image, elle s'était dotée de cette héritière spirituelle qui lui avait permis de prendre sa revanche depuis qu'elle avait réussi à lui faire épouser Yiren. Mais c'était, là encore, calculs et manigances. Avec Zheng, l'enfant de Zhaoji, c'était la déception. Elle savait qu'il ne lui rendrait jamais l'amour dont elle avait bercé son enfance. À peine devenu roi, il lui avait fait comprendre que toute connivence entre eux serait exclue.

Elle n'était pas dupe ! Il n'était revenu vers elle que pour capter son savoir et ses techniques de contrôle du corps et de régénération de souffles. Le jeune Zheng était tout aussi obsédé par l'immortalité que son arrière-grand-père, le vieux roi Zhong. Calculs et manigances, rien de plus.

Restait ce cher petit Poisson d'Or.

C'était lui l'enfant de rêve, celui qu'elle aurait souhaité avoir, qui ne lui avait jamais rien demandé et à qui, à présent, elle aurait tout donné... C'était lui le gentil, le joyeux et le généreux. Celui qui, tout petit, faisait fondre les femmes parce qu'il était plaisant comme un cœur. Celui qui allait toujours plus vite et plus loin, légèrement, sans paraître jamais fournir le moindre effort.

Celui qui paraissait avoir le Dao en lui mais ne le montrait pas.

Celui dont on appréciait la présence. Son préféré.

Elle était trop expérimentée pour ne pas savoir que,

tôt ou tard, tant de qualités entraîneraient des jalousies, des inimitiés, des haines, des calomnies et des traquenards. Elle n'avait pas imaginé, toutefois, que les événements iraient si vite.

Et Huayang ne voulait à aucun prix que cet inestimable petit homme fît les frais d'un ignoble procès où il était déjà désigné comme le coupable idéal. Ne plus voir Poisson d'Or serait certes la plus cruelle des épreuves, mais cela n'était rien à côté de le perdre.

Si elle avait deviné, quelques jours auparavant, qu'elle le voyait pour la dernière fois, elle l'aurait serré encore plus tendrement dans ses bras et se serait arrangée pour lui subtiliser un de ses poils, un de ses ongles ou un de ses cheveux, afin d'en faire le support des exercices qu'elle comptait accomplir pour renforcer à distance ses forces physiques et mentales, maintenant qu'il allait se trouver loin d'elle.

Éperdue d'angoisse, elle s'aperçut qu'elle l'aimait comme l'enfant qu'elle n'avait jamais eu.

*

Feu Brûlant tambourinait sans succès à la porte de l'ancien palais de Lubuwei sur la colline aux chevaux.

Il faisait nuit noire et une brume épaisse avait envahi ses pourtours. On entendait aboyer une bande de chiens errants qui devait poursuivre un daim ou une biche, égarés dans les parages.

À force de frapper le heurtoir sur la petite plaque de bronze rivetée à ses planches, un domestique ensommeillé finit par ouvrir la porte et dévisagea d'un air quelque peu inquiet ce jeune fou qui venait de le réveiller en pleine nuit.

— Où est la chambre de Poisson d'Or ? Je dois lui faire part d'une nouvelle urgente..., chuchota Feu Brûlant.

— Mais il dort. Reviens au petit matin ! répliqua le domestique.

Il s'apprêtait à refermer la porte quand l'eunuque le bouscula gentiment et s'avança dans le péristyle qui entourait la cour intérieure. Il ne tarda pas à voir apparaître Poisson d'Or qui sortait de sa chambre où il ne dormait que d'un œil.

L'eunuque lui fit signe qu'il voulait lui parler seul. Poisson d'Or le fit alors entrer dans sa chambre et vérifia que la porte était bien refermée derrière eux.

— Il te faut quitter Xianyang au plus tôt. Demain, le roi diligentera une enquête contre toi. Tu as été accusé du vol du disque de jade de Lubuwei dans les collections royales. C'est un crime d'État qui est puni de mort ! souffla Feu Brûlant à son nouvel ami.

— Quel disque de jade ? De quoi parles-tu ?

— C'est la reine Huayang qui m'a chargé de te prévenir. Elle semblait très inquiète. Je suppose qu'elle sait mieux que quiconque les dangers que tu cours.

Accablé, Poisson d'Or semblait hésiter.

— Mais toutes mes attaches sont ici ! Et je ne suis en rien mêlé à cette histoire !

— Il est inutile à présent de te plaindre d'une injustice, il faut juste sauver ta peau. Dès l'aube, tu dois être loin d'ici, dit fermement Feu Brûlant.

— Et si j'allais m'expliquer devant la justice de mon pays ?

— Dans quelques heures, ce sont les gendarmes qui frapperont à ta porte. Tu sais comme moi ce qu'il advient, au Qin, d'un suspect ! Personne n'est en mesure d'arrêter une telle machinerie judiciaire où les coupables sont désignés d'avance. Personne ne peut lui tenir tête. Crois-tu qu'on m'a demandé mon avis quand on décida de ma castration ?

La dernière phrase de Feu Brûlant eut le don d'ébranler Poisson d'Or.

— Tu as sans doute raison... L'État du Qin est aussi

implacable qu'aveuglé par sa propre puissance. Pourtant, si je m'en ouvrais à Zheng directement, ne pourrait-il pas arrêter l'inexorable marche de la justice ? Jadis, on nous appelait les « jumeaux ». Il me connaît assez pour savoir que je ne suis pas un voleur !

— Dans ce cas, pourquoi crois-tu qu'il a lancé cette enquête qui te vise ?

— Tu veux dire que c'est lui qui est derrière tout ça ?

— À ton avis ?

Poisson d'Or ne répondit pas.

Il connaissait suffisamment la jalousie de Zheng à son égard pour comprendre les raisons de son geste. Il eut aussi une pensée pour Rosée Printanière, que le jeune roi convoitait.

Cela faisait beaucoup. Il fallait se ranger à l'évidence : ces griefs suffisaient amplement à justifier son éloignement, et même son élimination pure et simple.

— Mais où pourrais-je aller ? finit-il par lâcher d'un ton déchirant.

— Nous pourrions aller vers le sud. C'est de là que je viens. La nature y est moins austère qu'ici et il y fait bon vivre.

— Tu accepterais de m'accompagner ? s'écria, d'abord incrédule puis heureusement surpris, Poisson d'Or dont les yeux s'étaient mis à briller d'espoir.

— Si tu le souhaites, j'y suis prêt. À deux, nous serions plus forts.

Poisson d'Or maintenant souriait.

— Je n'aime pas la vie ici, dans ce monde où règne l'intrigue. J'y ai déjà trop laissé de ma personne, poursuivit, le visage fermé, Feu Brûlant.

Poisson d'Or avait saisi son ami par les épaules.

— Pour une heureuse surprise, c'en est une ! Tu es généreux ! Nous ferions certainement une paire efficace...

— Alors, c'est d'accord ?

— Oui !

Et ils tombèrent dans les bras l'un de l'autre. Puis le regard de Poisson d'Or se rembrunit légèrement, et un voile de tristesse envahit son visage.

— Avant de partir, j'ai une personne à prévenir.

— Qui est-ce ? Le temps presse, Poisson d'Or, il faut désormais faire très vite, supplia le jeune eunuque.

— C'est la fille du Premier ministre, Rosée Printanière. Je l'aime... Nous nous sommes promis l'un à l'autre.

— Mais où habite-t-elle ?

— Chez son père, à la Chancellerie du Royaume.

— Il me paraît risqué de se rendre chez elle. Le bâtiment est gardé jour et nuit.

— Je ne peux pas quitter cette ville comme un voleur sans au moins l'en avoir avertie moi-même !

Le ton de Poisson d'Or était sans appel.

— Dans ce cas, il faut partir tout de suite et faire un détour par chez elle ! lança le jeune eunuque à son nouvel ami.

Quelques instants plus tard, après avoir hâtivement jeté dans un sac quelques effets personnels et un couteau de jade, Poisson d'Or, que suivait Feu Brûlant comme une ombre protectrice, quittait subrepticement la demeure où il avait vécu depuis sa tendre enfance.

Lorsqu'il dévala la pente herbeuse, particulièrement fournie en ce début de printemps, quadrillée par les barrières des enclos où les chevaux, telles des statues de pierre, dormaient debout collés les uns aux autres sous la froide lumière des rayons de la lune, son cœur se serra. Il se retourna.

L'écurie principale, au toit en forme de coque de navire renversée, lui fit penser à une épave échouée sur un océan dont les vagues auraient été provoquées par l'ondulation de l'herbe haute sous l'effet de la brise qui venait de se lever.

Quand ils arrivèrent en ville, ils constatèrent que les gendarmes, déjà, patrouillaient.

— Nous ferions mieux de ne pas aller plus loin, conseilla Feu Brûlant à Poisson d'Or. Le couvre-feu nous l'interdit !

Mais celui-ci n'en avait cure. Son amour pour Rosée Printanière était plus fort que la peur.

Ils avancèrent en rasant les murs, sautant d'un bord à l'autre des ruelles, empruntant les passages les plus sombres, et finirent par atteindre le quartier de la Tour de l'Affichage que les patrouilles de gendarmes paraissaient avoir délaissé. La placette de la Tour était vide. L'immense monument se dressait devant eux, comme une gigantesque colonne d'ombre.

Un large panneau pendait, accroché au premier balcon. Poisson d'Or s'aperçut avec horreur que c'était son décret d'arrestation, tamponné à l'encre cramoisie par le sceau de Lisi.

Un peu plus loin, au fond d'une rue plus vaste bordée d'imposants palais de pierre, s'élevait l'austère bâtiment de la Chancellerie du Qin où le Premier ministre disposait d'un logement de fonction.

C'était là que devait dormir la belle Rosée Printanière, songea Poisson d'Or avec émotion.

Ils tentèrent de s'en approcher, avec d'infinies précautions, tels des chats.

Trois gendarmes en faction gardaient la porte d'entrée. Ils attendirent un moment, espérant qu'ils bougeraient au moment de la relève. Mais deux heures plus tard, rien n'avait changé, les sbires étaient toujours là.

— Tu vois, c'est impossible ! Il nous faut partir d'ici au plus vite ! insista le jeune eunuque.

Ils pouvaient entendre le bruit des bottes cloutées des gendarmes qui, peu à peu, investissaient le quartier pour faire respecter le couvre-feu.

Poisson d'Or n'avait pas le choix. Lorsque Feu Brûlant le tira par le bras vers une ruelle sombre, il dut se résigner à le suivre, alors que l'aube déjà naissante commençait à déchirer la nuit.

*

— Chers amis eunuques, l'heure est grave. Je n'ai rien pu faire contre le décret du roi Zheng stipulant que les eunuques seraient désormais réservés au seul service du roi, et sous l'autorité du Premier ministre.

Devant la confrérie du Cercle du Phénix, Maillon Essentiel, traits tirés, ne pouvait qu'exprimer sa profonde lassitude.

Ce décret, destiné à nuire à la confrérie en restreignant de façon considérable son périmètre d'activités, avait été affiché deux jours plus tôt, au balcon de la Tour de l'Affichage. Lorsque Maillon Essentiel avait appris l'existence de ce projet, une semaine avant sa sortie, il avait essayé d'en retarder la promulgation, mais en vain.

Dès qu'il avait eu vent de l'affaire, il avait pensé que c'était encore un coup de Lisi. Il ne s'était pas trompé.

C'était bien à l'initiative de ce dernier que le roi Zheng avait consenti, quoique avec réticence, à édicter ce nouveau règlement. Lisi avait réussi à démontrer au roi que c'était la meilleure façon d'empêcher les eunuques de comploter contre lui. L'argument avait porté.

Alors, Lisi avait pris soin de convoquer Maillon Essentiel pour lui faire part de la royale décision. Il avait commencé par arborer un sourire narquois, puis n'avait pas mâché ses mots :

— Vous autres, eunuques, avez toujours eu plus tendance à servir vos propres intérêts que ceux du royaume...

— On est eunuque parce que l'État vous y a forcé, jamais parce qu'on l'a souhaité, avait répondu, cachant mal sa colère et son indignation, le chef du Bureau des Rumeurs.

Ayant compris que Lisi était un personnage qui ne reculerait devant rien, il avait décidé de convoquer le Cercle du Phénix dans le but de mettre en garde ses amis sur la dangerosité du comportement du Premier ministre.

— L'instigateur de cette mesure scélérate du roi Zheng n'est autre que Lisi. L'intéressé me l'a confirmé lui-même il y a trois jours.

Au sein de l'assemblée, le brouhaha avait cessé. Chacun était abasourdi. Que pouvait-on faire contre la volonté du couple qui formait l'exécutif du royaume ?

— Il y a également cette enquête sur le vol d'un disque de jade rituel dans les collections royales. Une lettre de dénonciation a atterri, vous le savez, sur le bureau du roi. Elle met en cause le jeune Poisson d'Or. Je le crois totalement innocent. Sa fuite, néanmoins, le dessert. Elle en fait un coupable idéal, puisqu'il ne pourra jamais se défendre, ajouta Maillon Essentiel, accablé.

— Nos institutions judiciaires sont-elles à ce point incapables de mener de vraies enquêtes ? demanda une voix.

— Elles ne sont que l'instrument de l'absolutisme. Les juges exécutent les ordres royaux. Les coupables sont toujours désignés à l'avance. Chacun se tait et la Loi règne. Tout va donc pour le mieux ! lança une autre, plus effrontément.

— Et l'horrible assassinat de notre chirurgien en chef Couteau Rapide ? N'est-ce pas là un signal d'intimidation destiné à nous faire peur ? dit une troisième.

— Le cas de Couteau Rapide est différent. À présent, je peux vous le confier, Couteau Rapide était l'agent d'une puissance étrangère sur notre territoire. Je pencherais plutôt pour un règlement de comptes.

— Veux-tu dire qu'il était un espion ? Et moi qui

croyais qu'un eunuque était avant tout dévoué à sa cause !

— Je n'en dirai pas plus, mes fonctions m'interdisent d'en parler davantage. J'aurais fort bien pu vous le cacher. Si je vous l'ai révélé, c'est plutôt par loyauté vis-à-vis de vous, répondit fermement Maillon Essentiel.

Le désarroi de l'assemblée pouvait se résumer à son silence. Les propos du chef du Bureau des Rumeurs avaient eu l'effet d'un coup de massue. Qu'un traître ait pu faire aussi longtemps son nid dans le Cercle du Phénix en ébranlait plus d'un.

— Et que dire de la félonie de notre collègue Feu Brûlant ! Des témoins l'ont vu quitter Xianyang en pleine nuit en compagnie de Poisson d'Or. J'entends déjà dire, ici et là, qu'il a fui parce qu'il était complice de ce larcin ! À qui peut-on se fier ? se lamenta le vieux Forêt des Pinacles.

Le vieil eunuque, quoique mis à la retraite récemment, n'aurait voulu pour rien au monde rater une assemblée de sa chère confrérie.

— Feu Brûlant n'est pas plus coupable que Poisson d'Or ! répliqua Maillon Essentiel d'un ton assuré.

Une extrême morosité s'était installée dans les rangs des eunuques. Les conciliabules, plus pessimistes les uns que les autres, allaient bon train.

— Qui, parmi nous, est touché par ce nouveau décret ? interrogea alors une voix venue des derniers rangs de l'assemblée.

— D'après mes listes, plus de la moitié de nos effectifs. Tous ceux qui, par exemple, ont une responsabilité au sein d'un ministère et relèvent de ce fait de l'autorité du ministre : le directeur de la Grande Écriture, le Grand Maître des Cérémonies, le préposé de la Maison de l'Équité, le sous-directeur des Archives royales, pour ne citer que des chefs de file. Mais il y a tous les autres, de rang inférieur, et ils sont fort nombreux. Personnellement, j'y échappe miraculeusement : le Bureau des Rumeurs dépend du roi en personne. Mais il suffirait à Lisi de persuader Zheng, au nom de l'efficacité, de le lui rattacher directement pour que je tombe à mon tour sous le coup de ce texte ! fulmina Maillon Essentiel.

Chacun baissait la tête, accablé à la fois par le décret scélérat et par cette annonce stupéfiante que leur ancien chirurgien était un agent de l'ennemi.

— Avec ce décret, aucun d'entre nous ne pourra prétendre au poste de gouverneur de province ou de préfet. Or ces fonctions vont devenir essentielles avec la mise en place du nouveau quadrillage administratif et fiscal du territoire tel qu'on le voit désormais se dessiner ! se plaignit encore le vieux Forêt des Pinacles.

— Mais je ne comprends pas, alors, pourquoi le roi fait venir à Xianyang autant de nobles des provinces : ce serait tellement plus simple de leur confier une charge de préfet, ajouta la voix de fausset.

— C'est précisément pour mieux anéantir le rôle de l'ancienne noblesse. Zheng a compris que la féodalité ancienne était son pire ennemi. En la rapprochant de son regard, il la surveillera mieux et il ne lui restera plus qu'à réduire son influence à petit feu, comme une sauce ! s'exclama le chef du Bureau des Rumeurs.

Pendant que Maillon Essentiel se livrait à son implacable démonstration, le vieux Forêt des Pinacles s'était péniblement hissé tout en haut de son escabeau. Des larmes faisaient couler sur ses joues fardées deux rigoles noires, dues au cirage qu'il passait sur ses cils pour les rendre plus brillants et plus raides.

— Mes amis, au point où nous en sommes, je vous propose de prêter entre nous le serment de l'entraide. Nous abordons des temps sombres. Faisons au moins en sorte de nous aider mutuellement. Même s'il devait se trouver parmi nous un autre traître..., clama-t-il d'un ton déchirant.

Des mains se levèrent, en signe d'approbation.

Et c'est dans une atmosphère lugubre, après s'être piqué l'index et avoir versé leur sang dans un Gu de bronze qu'ils se passeraient de main en main pour s'y humecter les lèvres, que les membres de la confrérie se jurèrent de se porter mutuellement secours.

55

— Fais attention ! Vérifie que le métal n'est pas trop chaud. Pour ça, il te faut cracher dessus et observer si ta salive se vaporise ! éructa le contremaître.

Le bronze mettait des heures à refroidir, mais, comme il ne rougeoyait plus, il était extrêmement périlleux de se saisir d'un vase de l'immense pile sans procéder à cette élémentaire vérification : faute de quoi, on y laissait la peau des mains.

Compte tenu du nombre d'ouvriers employés et de la complexité des manipulations nécessaires pour aboutir à une pièce entièrement finie, avec ses ciselures et ses inscriptions, lesquelles pouvaient comporter la date de fabrication, le nom de son commanditaire et celui de son fondeur, la célèbre fonderie de Maître Ding était organisée comme une véritable petite ville, avec ses ruelles qui passaient entre les fours, ses aires de refroidissement, ses entrepôts où l'on entassait le minerai, ceux où l'on fabriquait les moules en terre, et enfin ses ateliers de polissage et de finition. Elle n'employait pas moins de quatre cents ouvriers, spécialisés chacun selon leur savoir-faire.

La fonderie était située au sud de l'État du Qin, au pied d'une colline, dans une région verdoyante et boisée qui avait été annexée aux dépens du Chu une vingtaine d'années plus tôt.

L'entregent de Maître Ding lui avait permis de continuer à fournir en bronzes rituels la cour du Chu tout en devenant le pourvoyeur privilégié de celle de Xianyang. La fonderie Ding, dont la renommée s'étendait fort loin, était l'une des seules capables de maîtriser la technique de la cire perdue qui permettait de fondre des pièces beaucoup plus complexes et impressionnantes, lesquelles, une fois ciselées, devenaient de véritables sculptures aux formes animalières, végétales et humaines, ou encore hybrides, mêlant tous ces genres à l'exemple des chimères.

Soucieux de satisfaire une clientèle aux goûts affirmés et disposant de gros moyens financiers, Maître Ding n'hésitait pas à faire incruster dans ses plus belles pièces de l'or, du cuivre rouge ou de la pierre dure, pour les ornementer. Pour certaines d'entre elles, le délai entre la commande et la livraison pouvait dépasser douze mois lunaires.

C'était là que Poisson d'Or et Feu Brûlant avaient fini par trouver refuge, après s'être fait embaucher dans l'atelier de fonte à la cire perdue.

L'automne déployait déjà ses brumes matinales au-dessus des collines plantées de pins. Cela faisait six mois qu'ils avaient fui Xianyang, à la fin du printemps.

Pendant leurs trois premiers mois de marche, ils avaient soigneusement évité d'emprunter les routes, préférant longer des rivières poissonneuses où l'on trouvait largement de quoi assurer sa subsistance. Sur les berges, la saison permettait aux vergers naturels d'offrir leurs fruits et leurs baies sauvages. La plupart des cours d'eau servaient aussi de vasques improvisées où il était possible de se baigner des heures dans des eaux tiédies par un soleil de plomb.

Les deux jeunes gens progressaient ainsi vers le sud, se gardant bien de passer par les villages car ils savaient que leurs têtes avaient été mises à prix.

Un soir, après une journée de marche sous une pluie

battante qui les avait laissés transis, ils étaient tombés sur la fonderie de Maître Ding. Là, ils avaient demandé, à tout hasard, s'il n'y avait pas de quoi manger chaud. Maître Ding, légèrement soupçonneux, leur avait répondu qu'ils auraient droit à une soupe à la viande contre du travail.

Ils n'avaient projeté, au départ, que de passer là deux ou trois jours, mais ils étaient restés. Dégoulinants de sueur, ils plaçaient dans les fours les moules à l'intérieur desquels on faisait couler ce bronze en fusion qui, du coup, en expulsait la cire. Celle-ci, vaporisée par la chaleur extrême du métal, en jaillissait par de petits tuyaux plantés à travers la terre du moule, en émettant un chuintement caractéristique.

L'art du maître fondeur fascinait à un tel point Poisson d'Or que celui-ci avait réussi à convaincre Feu Brûlant de poursuivre l'expérience. Maître Ding, de son côté, avait constaté que ses nouveaux apprentis comprenaient vite et bien. Trop heureux de l'aubaine, il ne s'était pas fait prié pour les garder.

— Vous êtes les bienvenus ici ! Quant à toi, avec ta sûreté de gestes et ta minutie, tu pourrais faire un excellent fondeur, et pourquoi pas, dans dix ou quinze ans, un maître..., avait-il dit à Poisson d'Or lorsque ce dernier était venu le trouver en émettant le vœu de continuer à travailler quelque temps encore à la fonderie.

Maître Ding parvenait à fondre les bronzes d'abord en pièces détachées, puis les assemblait, ce qui rendait leur cuisson moins périlleuse et facilitait l'adjonction d'éléments sophistiqués de décor, tels des crochets, des bulbes, des vrilles, des volutes ou des boutons.

La dextérité nécessaire à la réalisation d'un grand vase ornementé, telle que Ding le fondeur était capable de la mettre en œuvre, émerveillait Poisson d'Or qui ne se lassait pas de le regarder faire.

Il commençait par dessiner la forme de son vase sur un carré de sable, avant de donner ses instructions à l'artisan qui en façonnait l'âme en cire. Une fois la forme de celle-ci établie, elle était recouverte d'argile que l'on mélangeait à du charbon de bois et du sable. Il convenait ensuite de faire cuire les moules jusqu'à ce que leur extérieur soit laqué comme de la céramique. Après pouvait débuter la délicate opération de coulage du bronze en fusion à près de mille cent degrés dans l'espace occupé par l'âme. Il ne restait plus, alors, dans le cas des vases fondus en parties séparées, qu'à les assembler entre elles avant d'y adjoindre les ornements souhaités grâce à une fonte supplémentaire.

Venait alors le tour du ciseleur et du polisseur, qui en parachevaient l'ornementation savante et le lustre. Enfin, le scribe graveur entrait en action, se chargeant des signatures et des ajouts divers, textes juridiques ou élégiaques, car ces vases étaient aussi des livres, des codes pénaux ou des recueils de poèmes.

Parmi les innombrables modèles qui sortaient de sa fonderie, Maître Ding avouait une nette préférence pour les vases en forme de tête d'oiseau à bec crochu. C'était précisément un superbe hibou de bronze que Poisson d'Or et Feu Brûlant s'apprêtaient à assembler lorsque le contremaître les avait mis en garde contre les terribles brûlures qui pouvaient affecter les mains d'apprentis étourdis.

— Fais attention, Feu Brûlant ! Le contremaître a raison. Regarde, ce vase est encore incandescent ! s'écria Poisson d'Or après avoir constaté que sa salive s'était vaporisée sur la surface du vase que son ami s'apprêtait à déplacer.

Un peu plus tard, Poisson d'Or présenta à Maître Ding le hibou de bronze dont les quatre parties avaient été assemblées, pour obtenir son accord avant la fonte terminale.

— Tu as fait là un beau travail ! le complimenta le fondeur.

— J'ai déjà une idée d'ornementation secondaire, je

comptais placer sur ses flancs ces petits godrons de bronze...

Poisson d'Or désignait huit petites crêtes de coq finement ciselées.

— C'est exactement ce à quoi j'aurais moi-même pensé !

Ding examinait l'oiseau nocturne avec admiration.

— Poisson d'Or, avec de la pratique et du temps, tu pourrais devenir à ton tour maître fondeur ! s'exclama-t-il.

— Tu me l'as déjà dit ! Il est vrai que ce métier d'artiste n'est pas sans me séduire..., répondit Poisson d'Or en souriant.

Maître Ding partit un peu plus loin surveiller l'aboutissement de la fonte d'un énorme tripode aux pieds fourchus.

— Te voilà bientôt maître bronzier ! Décidément, tu sauras tout faire, glissa Feu Brûlant à Poisson d'Or qui s'esclaffa.

— Si tu continues à te moquer de moi, je solliciterai Maître Ding pour qu'il m'autorise à fondre un vase à ton effigie ! plaisanta Poisson d'Or que le fou rire avait saisi et qui en pleurait presque.

— Et ce serait un vase destiné à quelle sorte de fonction ? s'enquit, quelque peu inquiet, le jeune eunuque.

— Je n'ai pas encore décidé. Peut-être un Yubogui, pour les offrandes de céréales, ou encore un vase Zun destiné aux libations. La forme de ton nez s'accorde parfaitement à celle d'un bec verseur, et celle de tes oreilles à deux petites anses. Mais il faudrait auparavant que tu me dises si tu préfères être bu ou mangé..., fit l'autre, riant de plus belle.

*

Blottie contre Huayang, Rosée Printanière ne pouvait plus retenir ses sanglots.

— J'aime ce garçon autant que si j'étais sa moitié d'oiseau Biyiniao. Sans lui, je ne suis rien !

— J'ai aussi beaucoup d'affection pour Poisson d'Or. Il n'y avait pas d'autre choix que de l'inciter à partir, sans quoi c'eût été la mort assurée ! Il ne faut pas te désespérer. Je suis sûre qu'un jour vous vous retrouverez, assura doucement Huayang.

Elle caressait tendrement la nuque délicate de Rosée Printanière qui venait de poser la tête sur ses genoux.

— Vous croyez ? demanda timidement celle-ci.

— Sois apaisée. Le Bouvier finit toujours par retrouver la Tisserande. Et pourtant, c'est un océan d'étoiles qui les sépare..., murmura la reine mère.

— Mais il n'a pu commettre ce larcin ! Quelle terrible injustice que cette accusation qui n'est que pure calomnie ! Qui donc peut lui vouloir tant de mal ? s'écria la jeune fille qui serrait les poings de colère.

— Quand on est beau, intelligent et jeune, on ne peut que susciter l'envie, dit Huayang pour essayer de la consoler.

— Je finis par haïr le système du Qin ! C'est devenu un instrument de malheur pour tous ceux qui n'acceptent pas de rentrer dans ce moule.

Rosée Printanière, courageuse, ne voulant pas montrer un visage trop accablé à Huayang, décida de sécher ses larmes et de ravaler sa détresse. Pour y parvenir, elle regarda fixement les toits de la ville par la grande fenêtre de la chambre de la reine qui s'ouvrait côté sud.

Jamais Xianyang ne lui avait paru aussi sublime et hautaine à la fois.

La campagne d'embellissement de la capitale du royaume de Qin menée au nom du roi par l'architecte Parfait en Tous Points avait transformé la ville en un immense chantier. Les maisons particulières avaient été peu à peu refoulées vers les faubourgs lointains au profit d'édifices publics beaucoup plus hauts, massifs et imposants, qui donnaient à Xianyang un aspect plus majestueux mais également plus compact.

Les familles nobles déportées des provinces s'y entassaient dans une vingtaine d'immenses résidences spécialement construites à cet effet. Elles n'avaient de palais que l'aspect extérieur, pour le reste, l'étroite surveillance à laquelle des concierges en armes soumettaient leurs locataires en faisait des prisons.

Sur chaque façade d'immeuble neuf, le souverain Zheng avait ordonné que fût imprimée sa marque, en rendant obligatoire l'estampillage de son nom sur les briques et les tuiles, ainsi que sur toutes les antéfixes monumentales. Il en allait de même pour les Wadang, ces embouts de tuiles rondes par lesquels s'achevait la courbure des arêtes des toits : ils étaient tous marqués du sigle « Zheng ».

C'était la ville tout entière qui, progressivement, serait signée du nom du nouveau roi.

Trois ponts neufs, déjà, enjambaient la rivière Wei, car Zheng avait ordonné que la ville s'étendît désormais au sud de celle-ci. Dans ces nouveaux quartiers de la rive droite, les bâtiments administratifs aussi larges que hauts s'élevaient le long d'avenues tirées au cordeau. Au loin, un grand carré de terre infligeait une blessure rougeoyante à la végétation environnante ; on pouvait y apercevoir des terrassiers qui s'affairaient comme des fourmis : c'était l'emplacement d'un gigantesque palais dont le roi Zheng avait décidé la construction. À son entrée, Parfait en Tous Points avait prévu de bâtir l'ambitieux Immeuble des Noms, censé symboliser la Grande Révolution... Il était prévu que les quatre pans gravés des tables de correspondance entre les nouveaux noms et les anciens doivent constituer, aussi, un gigantesque dictionnaire de pierre.

Il se murmurait également que le roi faisait creuser un souterrain secret entre le Palais du Sud et celui de la ville haute, pour se rendre de l'un à l'autre sans être vu.

Partout, les grandes artères avaient effacé les ruelles étroites qui faisaient tout le charme de la ville ancienne. Des arbres, déracinés à grands frais des forêts voisines, avaient été plantés autour des carrefours selon des espacements soigneusement calculés par les géomanciens. Rien n'avait été laissé au hasard dans cet espace urbain où le minéral et le végétal devaient être strictement accordés selon les lois implacables de l'Univers.

Cet urbanisme figé et carcéral supposait des habitants aux ordres.

Quiconque crachait par terre était puni par le fouet. Les mendiants étaient priés de se cacher. À chaque croisement se tenait un garde en armes, que l'on remplaçait deux fois par jour. Il ne faisait pas bon être surpris à commettre un menu larcin ou à cueillir un fruit sur un arbre, on y laissait au moins la main ou le pied !

À Xianyang, on habitait, on travaillait, on mangeait et on dormait, mais on ne vivait pas.

Destinée à symboliser le pouvoir de l'État, la capitale du Qin était devenue la ville où l'administration étalait sa morgue. Les trois quarts de ses immeubles étaient des sièges administratifs. Ceux qui portaient les insignes de fonctionnaire avaient toujours le droit de passer devant les autres, aux croisements ou pour traverser les rues, aux endroits prescrits.

— Ce roi transforme notre ville en une collection de palais inhumains ! maugréa Rosée Printanière.

Huayang s'était approchée de la jeune fille.

Le spectacle de cette ville tentaculaire, qui prenait peu à peu les formes géométriques et implacables de l'absolutisme, ne l'intéressait ni ne l'impressionnait.

— J'ai ouï dire que le roi est amoureux de ta personne comme un fou ! dit la reine.

— Il me poursuit, en effet, de ses assiduités. Mais

je le repousse toujours avec autant de constance et de détermination... Nous n'avons rien de commun !

— Ne crains-tu pas qu'à terme, tu n'aies pas vraiment le choix ? hasarda Huayang.

— Que veux-tu dire ?

— Il est difficile de résister au souverain quand on est l'un de ses sujets !

— En tout cas, je ne me donnerai jamais à lui par calcul ou flagornerie. Je ferai de la résistance, mon esprit se fermera complètement au sien. J'aime trop Poisson d'Or !

— Je te souhaite de pouvoir te comporter comme tu le désires, soupira Huayang.

— Dussé-je attendre, peut-être même vingt ans, je retrouverai Poisson d'Or et alors, comme tout mari et femme, nous aurons des enfants, déclara-t-elle avec une sincérité de petite fille.

Huayang comprit au ton de Rosée Printanière que n'était pas encore né celui qui l'empêcherait d'arriver à ses fins.

La reine mère voyait dans son attitude la marque d'une nouvelle génération, qui attachait une grande importance à la vérité des sentiments et à la pureté des postures. Hier, une jeune femme se serait probablement laissé séduire par le roi pour mieux le circonvenir, profiter de son statut et mener ensuite sa vie amoureuse à sa guise.

Certes, la méfiance de Zheng était telle qu'il aurait fallu à ladite jeune femme déployer des trésors de ruse pour ne pas éveiller ses soupçons. Mais la ruse féminine n'était-elle pas capable, Huayang le savait mieux que personne pour en avoir usé, de feindre les sentiments au point d'anéantir toute méfiance ?

Aujourd'hui, elle n'était pas surprise de constater que Rosée Printanière n'était encline à aucun compromis. Cette jeune fille pure comme une eau de source ne transigerait jamais avec elle-même. Elle serait toute à Poisson d'Or. Elle n'avait, au contraire de Huayang et même de Zhaoji, aucune espèce de revanche à prendre sur la vie. Elle n'était pas née pauvre, elle avait reçu une instruction supérieure. Elle ne pouvait imaginer ne pas avoir le droit d'être libre de choisir son destin.

Huayang d'ailleurs n'était pas loin de penser qu'en pareilles circonstances, elle eût agi de même. Poisson d'Or en valait hautement la peine. C'était un jeune homme d'exception qui méritait amplement qu'une femme aussi belle et intelligente lui portât de tels sentiments.

Elle n'avait pas eu cette chance, elle, étant encore jeune fille, de croiser un être lui ressemblant. Elle repensa à sa propre jeunesse. Elle avait abusé de tous les artifices amoureux pour séduire, conquérir et dominer, mais aussi pour survivre. De ce fait, elle était restée prisonnière de son rôle, condamnée à feindre et à manipuler.

À force de ressasser l'inanité de sa conduite passée, elle se jura d'accomplir tous les jours les exercices et la méditation qui favoriseraient les retrouvailles de Poisson d'Or et de Rosée Printanière.

— Je consacrerai mon énergie à faire converger l'un vers l'autre vos souffles mutuels. J'y mettrai toute ma science et toute ma force mentale. Tu peux compter sur moi ! promit-elle en serrant la jeune fille dans ses bras.

— Comment puis-je vous remercier ? demanda la jeune fille.

— Je ne recherche pas les remerciements, j'ai passé ce stade depuis longtemps. Au soir de ma vie, voilà que tu me redonnes quelque espoir en la bonté humaine. Je n'ai jamais eu cette chance de rencontrer l'être Yang correspondant à mon Yin, à qui j'aurais été, comme toi, capable de tout donner, ajouta-t-elle tristement.

Huayang retrouvait dans le regard de Rosée Printanière, émouvant et vrai, quelque chose de celui de

Zhaoji lorsqu'elle l'avait vue pour la première fois dans le salon de musique de Lubuwei. Cette ressemblance était troublante.

A priori, elles n'avaient pourtant rien de commun. Elles n'avaient pas eu le même itinéraire.

Zhaoji avait trop souffert étant jeune, venait de trop bas tout en revenant de si loin qu'elle avait toujours connu le prix exact des choses et ne s'était jamais illusionnée, avant de rencontrer Lubuwei, sur ce qui motivait la conduite des hommes vis-à-vis des femmes. C'est ainsi qu'elle n'avait pas cru devoir résister à la tentation d'épouser un roi, malgré les réticences qu'elle avait éprouvées. Elle l'avait fait aussi parce que, du même coup, cela favorisait hautement la carrière de l'homme qu'elle aimait. Aussi avait-elle accepté, fût-ce à contrecœur, de donner à Yiren le petit Zheng.

Pour Huayang, qui les avait beaucoup côtoyés à ce moment-là et n'avait pas été étrangère à leur décision, c'était un pacte entre deux êtres qui s'aimaient mais qui avaient décidé de mettre la complicité qui les unissait au service de leur ascension mutuelle.

Désormais, elle ne savait plus trop si elle avait bien fait de les encourager à agir de la sorte.

Aujourd'hui, Rosée Printanière rêvait de bonheur et se moquait de la gloire, tandis que Zhaoji au même âge savait que la pauvreté et l'asservissement ne permettaient jamais d'être heureux.

La fille de Lisi avait tout simplement choisi d'aimer Poisson d'Or. Sa soif d'absolu et d'amour la protégeait définitivement de toutes les avances de Zheng. Rosée Printanière ne se rêverait jamais reine du Qin, et encore moins épouse de son despotique et sanguinaire souverain. Elle incarnerait ce petit morceau de territoire sur lequel le roi ne régnerait jamais et qui lui résisterait jusqu'au bout.

La pureté intransigeante de la jeune fille était devenue, aux yeux de la vieille reine, un motif d'espérance, une noble cause à soutenir au soir d'une existence faite de luttes, de coups portés et reçus, marquée par la malédiction de sa stérilité qui l'avait condamnée à jeter son dévolu sur des êtres qui, un jour où l'autre, finissaient, comme Anguo, par mourir, ou encore, comme ce petit Zheng, par lui échapper.

Mais avec Rosée Printanière et Poisson d'Or, c'était différent : ces deux êtres, elle le savait, ne la décevraient jamais.

*

Deux gardes, hallebarde à la main, entouraient le roi Zheng. Son nouveau trône avait été monté sur une estrade dont la taille dépassait celle d'un courtisan moyen, si bien qu'on ne pouvait lui effleurer que la pantoufle une fois que l'on s'était prosterné devant lui.

C'était pour mieux souligner que chacun devait se sentir tout petit lorsqu'il se présentait devant le très puissant roi du Qin.

— Votre Majesté, j'ai l'honneur de vous soumettre mon rapport sur la réforme de l'État. Si nous l'appliquons, demain il ne nous restera plus qu'à instaurer l'Empire et vous deviendrez alors aussi puissant que les souverains des anciennes dynasties impériales des Shang et des Zhou de l'Ouest, assura Lisi, après s'être respectueusement incliné devant le souverain et avoir effleuré ses mules avec un doigt, en signe de soumission.

— As-tu pensé à mon souhait d'organiser la société en cellules unitaires reliées entre elles de façon pyramidale ? Qu'as-tu fait des quarante commanderies que je souhaite établir ? A-t-on veillé à ce que la monnaie ronde à trou carré soit la seule autorisée dans le royaume ?

— J'ai là le décret rendant obligatoire le paiement par la sapèque. Pour le reste, la réforme de l'État y pourvoira, dès lors que vous aurez décidé de la mettre en œuvre.

Le roi Zheng avait l'air quelque peu irrité par les propos de Lisi et cette faculté qui était la sienne d'avoir repartie à tout.

— Quant à la réforme de l'État, elle ne doit pas attendre. Je crois avoir été clair avec toi à ce sujet ! s'exclama-t-il.

Lisi avait compris que le roi, néanmoins, était prêt à entendre le discours qu'il avait minutieusement préparé à ce sujet.

— Cette réforme, pour être efficace, devra être visible. Elle ira de pair avec la construction de votre palais de la rive sud. Ce sera là le signe d'un grand changement, puisque vous passerez alors d'une rive à l'autre de la Wei ! Le chantier vient de commencer. Le bâtiment, le plus grand jamais construit dans le royaume, devra témoigner de votre puissance ainsi que de la force de la Règle. Le peuple, déjà, vient admirer le creusement de ses majestueuses fondations ! déclara-t-il avec emphase.

Il connaissait le goût du roi pour les constructions où le monarque voyait autant de marques de son empreinte.

— J'espère que l'ampleur de ce chantier ne fera pas jaser. Je veux que soit puni de mort quiconque se gaussera ! Le jour où nous lancerons la Grande Révolution des Noms, personne ne devra être en mesure de résister à l'État ! s'écria le roi.

Le Premier ministre saisit l'occasion pour formuler une requête, qu'il avait déjà toute prête mais ne savait pas trop comment placer.

— Il conviendrait, dans ce cas, de me rattacher le Bureau des Rumeurs, ainsi, je pourrais personnellement vous rendre compte de ses enquêtes.

— Pourquoi pas ! L'idée n'est pas absurde !

— L'eunuque qui le dirige n'est pas le plus fiable

des hommes... si l'on peut dire, glissa perfidement le Premier ministre.

— Tu veux parler de Maillon Essentiel ? demanda, soupçonneux, le roi Zheng.

— Lui-même. D'ailleurs, il préside aux destinées de ce service depuis bien trop longtemps. Cela ne me paraît pas une situation saine, assena Lisi qui voulait profiter de cette occasion inespérée qui lui était offerte de délivrer son message jusqu'au bout.

— Je suis d'accord, dit sobrement le roi qui, à nouveau, paraissait avoir l'esprit ailleurs.

Lisi n'eut pas le temps de se réjouir que, déjà, Zheng reprenait l'offensive.

— Que disent les rapports de police sur l'état d'esprit de la population ? Tous ces nouveaux impôts que tu me fais lever, rentrent-ils aussi bien que tu l'avais prévu ?

Le Premier ministre accusa le coup.

C'était toujours le roi qui exigeait les hausses d'impôts. Cette façon qu'il avait de changer brusquement de sujet, sans hésiter le moins du monde à faire preuve de la plus grande mauvaise foi, pour mettre en difficulté ses interlocuteurs, faisait trembler plus d'un courtisan. Lisi, qui connaissait la méthode, était encore celui qui s'en sortait le mieux.

Mais là, toutefois, l'attaque le laissait sans voix.

Il prit son courage à deux mains pour trouver la bonne réponse. Le mieux était encore de surprendre.

— Les impôts rentrent actuellement comme jamais, ô mon roi !

— Je m'en réjouis. Sont-ils pour autant versés dans les délais ?

Soucieux de ne pas aller sur ce terrain, Lisi jugea bon de prendre des risques et de délivrer au jeune roi la fin du message qu'il lui avait destiné.

— Majesté, vous serez jugé à l'aune de deux indices : celui des victoires militaires du Qin et celui de la capacité de l'État à remplir les greniers à céréales pour faire face aux périodes de disette. Les deux sont bons. Depuis sept années lunaires, trente-deux villes ont été conquises sur les bordures de nos royaumes voisins. Le Zhao est prêt à tomber en entier. Quant aux greniers, ils regorgent de blé à un tel point qu'il faut empêcher les rats de s'en repaître ! J'ai créé une escouade spéciale de surveillants préposés à l'élimination de ces rongeurs qui pullulent. Mais tant qu'il y aura des rats dans les greniers, nous pourrons dormir tranquilles. Le peuple, s'il a de quoi manger, acceptera toujours de payer l'impôt !

Le Premier ministre avait du mal à cacher sa satisfaction. Le roi, en effet, même si c'était du bout des lèvres, avait acquiescé à ses propos.

La machine étatique du Qin tournait à plein régime. Sa puissance militaire, nourrie par la classe paysanne qui n'avait pas d'autre choix, se voyait récompensée par les butins prélevés à l'ennemi. Les terres annexées, d'où on éliminait les populations, réduites en esclavage, fournissaient les surplus nécessaires à l'amélioration globale du niveau de vie.

Même si le peuple du Qin vivait chaque jour un peu plus chichement et que l'État, de plus en plus gourmand, raflait l'essentiel au passage, c'était avec ce genre de raisonnement qu'un pouvoir se persuadait toujours du bien-fondé de son action et, refusant d'entendre le bruit des révoltes qui grondaient, finissait tôt ou tard par verser dans l'abîme.

En attendant, donc, tout allait obligatoirement pour le mieux.

— Il est vrai que le royaume est en phase ascendante depuis que je le dirige. Il faut continuer le Fuguo, l'enrichissement de l'État, ainsi que le Qianbing, le renforcement des armées. Alors, le Qin sera parfaitement accordé à l'harmonie universelle, à l'instar du tuyau de bambou sonore Lü qui, servant de référence, permet de mesurer les sons mais aussi tout le reste ! fit le roi en se rengorgeant.

— Vous avez souhaité à juste titre que le même nom de « Lü » s'applique à nos codes pénaux. Ils sont l'étalonnage du bien et du mal, des récompenses et des châtiments.

— Punir, récompenser, trier le bien du mauvais : tel est en effet l'essentiel de ma tâche ! approuva Zheng.

— Majesté, je vous le répète, il faut à présent penser en termes d'Empire dont le Qin serait le centre et Xianyang la divine capitale. L'annexion de nombreux royaumes asservis doit vous conduire à sauter ce pas. Alors, vous apparaîtrez comme le digne successeur de l'Empereur Jaune ! clama Lisi, de plus en plus exalté.

— Je sais, dit le roi.

Tout épris de grandeur, il se rêvait déjà en Très Grand Prince, à l'instar de l'empereur mythique des temps jadis dont le mandat de régner sur les hommes avait été donné par le ciel lui-même, d'où son nom de « Fils du Ciel ». Il se voyait ordonner qu'on apposât, à chaque carrefour de l'Empire du Centre, la stèle dont il avait déjà rédigé le texte : « *J'ai apporté l'ordre à la foule des gens. J'ai éprouvé les actes et les faits. Chaque chose, désormais, a le nom qui convient.* »

Alors, nul n'ignorerait plus le nom de cet empereur qui osait enfin gouverner, aussi, les esprits de ses sujets ; qui aurait réussi à placer l'Empire au centre de l'Univers et à faire entrer la société dans la grande harmonie générale, ce dispositif parfaitement immobile où chacun et chaque chose étaient toujours à leur juste place ; qui avait mis au point cette machinerie impeccablement rodée grâce à laquelle l'Empire était devenu aussi facile à diriger qu'un territoire pas plus grand que l'ongle du petit doigt.

Il avait aperçu dans le regard de Lisi la satisfaction de l'avoir emmené là où il souhaitait, vers cette douce euphorie qui pouvait lui faire perdre tout sang-froid.

Aussi décida-t-il de changer promptement de sujet.

— Comment va Rosée Printanière ? demanda-t-il brusquement.

La question eut le don de faire retomber le Premier ministre dans une réalité moins brillante. Il ne put que courber la tête.

— Mal, mon prince. Ma fille s'enferme dans un mutisme total. Elle ne m'adresse pratiquement plus la parole et passe de longues heures à calligraphier des textes anciens sans voir personne.

— Peut-être faudrait-il la montrer aux médecins ? Le Chambellan Ainsi Parfois pourrait l'examiner. Je lui en ferai part tout à l'heure.

— Rosée Printanière a l'esprit ailleurs. Elle paraît n'être plus de notre monde.

— Cela finira bien par lui passer ! Il suffit d'être patient...

Lisi voyait dans les propos de Zheng une menace à peine voilée.

Quand on prétendait commander à l'esprit de ses sujets, pouvait-on accepter sans réagir les réticences d'une jeune fille qui ne répondait pas à vos avances ? La réponse lui semblait évidente.

— Si vous souhaitez la voir, je peux l'amener devant vous ! Mais elle a un caractère entier et rien ne la démonte. Elle risque de résister... Hélas, je ne peux rien garantir, hasarda-t-il.

— Oh ! je sais. Il ne faut surtout pas la forcer ! Nous avons tout notre temps, se contenta de dire, pensif, le jeune roi.

Devant cette jeune fille que l'apparat du pouvoir n'intimidait pas, Zheng restait le petit garçon timide qui n'osait pas lui avouer sa flamme et qui répugnait à utiliser ses fonctions royales pour essayer de la forcer. Il savait, pour connaître son caractère, que cela ne servirait à rien, si ce n'est même à produire l'effet inverse.

Elle était indomptable. Pour autant, il ne désespérait pas de parvenir à conquérir son esprit.

Pour se rassurer, il essayait de se persuader qu'il pourrait y parvenir en lui montrant tout simplement qu'il l'aimait sincèrement. Et pour arriver à cela, il ne fallait surtout pas agir par la force.

Un roi capable d'annexer des villes et des royaumes arriverait bien, un jour, à annexer le cœur de cette jeune fille.

Il se trompait.

Mais, heureusement pour tous, il l'ignorait encore.

56

— Crois-tu à cette histoire de Moxie ? demanda à voix basse Feu Brûlant à Poisson d'Or.

Moxie était un fondeur du temps jadis dont l'épouse avait accepté de se jeter dans le four pour servir de catalyseur au métal en fusion, celui-ci n'ayant pas atteint la température requise. Le fondeur Ding servait souvent cette histoire à ses apprentis pour leur montrer jusqu'où devait aller le souci du travail bien fait.

— C'est une belle légende ! J'espère en tout cas que ma future épouse sera moins sotte ! pouffa Poisson d'Or qui astiquait un vase à libations en forme de bélier, dont les cornes qui servaient d'anses s'enroulaient de part et d'autre de la collerette en volutes élégantes.

Ce matin-là, le maître fondeur Ding ne paraissait pas de la meilleure humeur. Il avait d'ailleurs à peine salué les deux apprentis lorsque ceux-ci étaient venus lui demander le plan de charge de leur journée.

Le fondeur Ding n'aimait jamais voir débarquer à la fonderie le sergent recruteur Lingwu.

Les visites de celui-ci, dont la dernière remontait à plus de deux ans, se concluaient toujours par l'enrôlement de force dans les armées du Qin des trois ou quatre plus valeureux apprentis de son entreprise. Mais Ding n'y pouvait rien. C'était la méthode efficace qu'utilisaient les armées du Qin pour se procurer les jeunes gens les plus forts et les plus valeureux, et pour les mettre à leur service.

— Comme d'habitude, tu vas faire aligner sur un rang tous les apprentis qui sont entrés à ton service depuis mon dernier passage ! lança le sergent Lingwu au fondeur qui avait du mal à réprimer une grimace.

Un contremaître vint demander aux deux jeunes gens, qui étaient en train d'achever l'astiquage du bélier, de se préparer, au cas où on le leur demanderait, à se présenter devant le sergent recruteur.

— Réfléchis un peu ! Si nous y allons, nous sommes refaits. Autant essayer de pêcher la lune dans l'eau si nous souhaitons continuer notre périple, souffla Poisson d'Or à l'oreille de Feu Brûlant.

— Je crois que tu as raison. Mais que faire ? questionna, angoissé, le jeune eunuque.

— Nous n'avons pas le choix. Il faut nous éclipser avant qu'il soit trop tard !

— La fonderie est surveillée. Toutes les entrées sont gardées par des soldats. Il est presque impossible d'en sortir sans se faire repérer...

Poisson d'Or n'eut que le temps de pousser son ami derrière le mur de l'entrepôt où ils travaillaient.

— Regarde, Maître Ding arrive avec le sergent ! murmura-t-il en s'accroupissant derrière un tas de lingots de bronze.

Ils pouvaient entendre la voix du fondeur qui prévenait le sergent qu'il pourrait lui fournir deux jeunes hommes valeureux et bien musclés. Le gredin faisait d'eux la plus élogieuse des descriptions !

Puis un cri de surprise, doublé d'un juron, déchira l'atmosphère, après que Maître Ding, furieux, eut constaté que Feu Brûlant et Poisson d'Or ne répondaient pas à l'appel et avaient disparu.

Devant eux, un pré descendait en pente douce vers le ruban argenté d'un ruisseau où les ouvriers fondeurs allaient chercher l'eau pour la verser dans les baquets de refroidissement.

— Prends ton élan et fonce droit devant. Nous n'avons pas d'autre choix, ordonna Poisson d'Or.

Ils dévalèrent la pente qui devenait de plus en plus herbeuse au fur et à mesure qu'elle s'approchait du cours d'eau. Il n'était pas facile de courir en ligne droite sur ce terrain escarpé en raison des gros cailloux calcaires qui, çà et là, manquaient de les faire trébucher.

Arrivés tout en bas, ils s'aperçurent qu'une petite falaise les empêchait d'accéder à la rivière, à moins de prendre son élan et de sauter dedans. Mais celle-ci ne paraissait pas assez profonde pour qu'ils puissent agir ainsi sans prendre trop de risques.

Ils se regardèrent, paniqués et hors d'haleine.

— Si nous remontons, nous sommes cuits, marmonna Feu Brûlant.

— Il faut s'accrocher tant bien que mal au rocher pour descendre vers ce cours d'eau et le traverser. De l'autre côté, les issues de sortie sont nombreuses. La rivière sert de rempart à la fonderie, dit Poisson d'Or à son ami qui le regardait d'un air quelque peu incrédule.

Alors, ils s'assirent sur le rebord de la falaise, puis se retournèrent pour commencer à la descendre en s'aidant de leurs mains. Un genévrier aux branches tordues comme de vieilles mains, dont les racines étaient prises dans le roc, leur permit d'amorcer la descente. Mais en dessous c'était le grand vide, car la falaise amorçait un léger renfoncement et il n'y avait plus d'appui possible pour les pieds. Ils n'avaient pas d'autre choix que celui de lâcher prise et de se laisser tomber.

Poisson d'Or avisa, au milieu de la rivière, une vasque naturelle où une eau tourbillonnante paraissait indiquer qu'il y avait un peu plus de fond. Il prit son élan et sauta du mieux qu'il put en plein milieu de la vasque.

Des gerbes d'eau giclèrent, après le bruit sourd produit par le plongeon de son corps dans l'élément liquide.

— Saute ! Mais saute ! Vas-y donc ! cria Poisson d'Or à son ami.

Mais Feu Brûlant, tel un chaton monté par inadvertance sur le tronc d'un arbre, semblait incapable de se mouvoir. Il ne savait plus comment en redescendre.

Poisson d'Or s'était rué hors du ruisseau pour gagner le pied de la falaise, juste sous l'endroit où Feu Brûlant était suspendu par les bras aux branches du genévrier.

— Mais qu'attends-tu ? Qu'on vienne nous prendre, espèce de petit clou dans l'œil ! finit-il par hurler.

— Mes muscles ne répondent plus !

— Je vais essayer de t'aider. Détends-toi.

Au moment où il redressa la tête, il vit, surplombant la falaise, le maître bronzier accompagné d'un homme en armes qui devait être le sergent recruteur.

— Arrêtez ces fugitifs ! ordonna le sergent Lingwu aux trois soldats qui venaient d'apparaître derrière lui.

Un peu plus tard, Poisson d'Or et Feu Brûlant, enchaînés l'un à l'autre, étaient sommés par un sous-officier soupçonneux de répondre à un interrogatoire plutôt musclé.

— Noms et provenance ! Et plus vite que ça ! éructa ce dernier en leur assenant à chacun un coup de poing sur le visage.

— Nous sommes les frères Zhou et venons de la ville de Xingyan, au sud du royaume de Chu. Nous projetons de devenir fondeurs et accomplissons chez Maître Ding notre stage de formation, énonça sans hésitation Poisson d'Or, malgré la gêne que lui occasionnait sa lèvre tuméfiée par le militaire.

— Il est vrai que ces deux apprentis donnent satisfaction. Je n'ai qu'à me féliciter de leur collaboration ! s'empressa d'ajouter le fondeur.

Il n'avait aucune envie de livrer aux armées d'autres

recrues que ces deux apprentis qu'il n'avait pas été obligé d'acheter.

— Savez-vous ce qu'il en coûte de se soustraire à l'obligation de servir sous les armes du Qin ? leur lança sévèrement Lingwu.

Poisson d'Or, soulagé, constata que l'homme paraissait se satisfaire des renseignements qu'il venait de lui fournir.

— Mais nous sommes natifs d'un autre royaume. En quoi, dans ces conditions, cette obligation nous concernerait-elle ?

— Le règlement de nos armées est limpide. Il s'applique à tous les jeunes gens, quelle qu'en soit l'origine, sur le territoire du Qin. La fonderie de Maître Ding appartient à une ancienne province du royaume de Chu que le Qin a annexée depuis quelques années. Vous êtes donc tous les deux en infraction, affirma péremptoirement le sergent.

Il affichait un sourire de contentement béat qui mettait au jour les deux uniques dents qui lui restaient à la mâchoire supérieure.

— Nous allons commencer par vous imprimer la marque stipulant que, désormais, vous appartenez au royaume de Qin.

Les deux jeunes gens se regardèrent, atterrés.

— Comme je suis de bonne humeur, je vous la ferai apposer sur l'épaule et pas au beau milieu du front, poursuivit-il, guilleret.

Les soldats les dirigèrent vers l'enclos des fours où l'on fondait le bronze pour forger les plus petites pièces décoratives destinées à être soudées sur les vases.

Là, Lingwu plongea la tige de bronze dont l'extrémité s'achevait en forme de sceau marqué du caractère « Gong » qui symbolisait le travail, dont la forme était le dérivé du dessin de l'équerre du charpentier.

Dès que l'idéogramme Gong commença à rougeoyer au bout de la tige, il pressa celle-ci sur les épaules dénudées de Poisson d'Or et de Feu Brûlant. On entendit un petit grésillement puis on sentit une délicieuse odeur de viande grillée se répandre.

Ni l'un ni l'autre, lèvres serrées devant la douleur insupportablc, n'émirent le moindre cri. Désormais, les deux jeunes gens appartenaient officiellement à la force de travail du royaume de Qin.

Ils étaient devenus des objets, taillables et corvéables à merci.

*

L'endroit avait été surnommé, à juste titre, la Porte de Jade.

La Porte de Jade s'ouvrait dans le Grand Mur à un peu moins de deux mille li au nord-est de Xianyang.

C'était là que commençait la route des oasis qui permettaient aux voyageurs de trouver de l'eau au milieu des déserts de cailloux et de sable qui menaient, beaucoup plus loin vers l'ouest, à condition que l'on eût la chance d'échapper à la soif et aux terribles tempêtes de sable, vers les ténébreuses montagnes qui culminaient pour former le toit du monde.

D'un côté, c'était le territoire riche et ordonné du Qin, et de l'autre, le chaos minéral, avec ce sable qui recouvrait tout dès que le vent se levait.

Au-delà de ces déserts, où nombreux étaient ceux qui y laissaient la vie, s'ouvraient d'autres mondes... Et ceux qui arrivaient à franchir ces déserts sans encombre, après avoir affronté la redoutable tempête du Karaburan appelée aussi l'« ouragan noir des caravaniers », en rapportaient des parures serties d'or, des étoffes teintées au pourpre et des objets incrustés d'ivoire qui témoignaient de l'existence, par-delà ces horizons désolés, de royaumes riches et puissants. Dans l'autre sens, ceux qui parvenaient à ramener du Qin les carrés de soie chatoyants s'attiraient les murmures de stupéfaction émerveillée des princes et des marchands de ces lointaines contrées.

La Porte de Jade était le point final de cette voie de passage. Les courageux voyageurs qui osaient l'emprunter l'appelaient la Route de la Soie.

L'architecte du roi Zheng avait dessiné l'élévation de cet ouvrage monumental de telle sorte qu'il marquât dignement la solennité de l'entrée dans cet orgueilleux royaume qui avait vocation à devenir l'Empire du Centre. Il avait conçu la Porte de Jade comme un château fort dont les deux immenses tours crénelées étaient reliées par un balcon de marbre blanc qui en surplombait l'ouverture. Ce balcon ajouré, décoré de colonnettes torsadées, permettait à des gardes de surveiller de haut ceux qui passaient, et éventuellement de les dissuader d'avancer plus loin en versant sur eux une bassine d'huile de colza bouillante.

Il importait en effet qu'à cet endroit, le Grand Mur fût particulièrement infranchissable et d'aspect grandiose ; qu'il constituât un motif de crainte et de respect pour tous ceux qui, venant du désert, se présentaient devant lui.

Des milliers d'ouvriers s'affairaient à son achèvement, sous la houlette d'un architecte adjoint qui travaillait directement sous les ordres de Parfait en Tous Points.

Le chantier de la Porte de Jade grouillait d'adolescents. Dès qu'il mesurait plus de quatre chi [1], un enfant pouvait être condamné à travailler sur les chantiers publics du roi Zheng. Il suffisait d'un petit larcin ou de se faire prendre en ville après le couvre-feu. La durée des peines était proportionnelle à la gravité des fautes, mais il était rare que l'on revînt vivant de ces chantiers lorsqu'on y partait trop jeune, les enfants y étant les

1. Un chi = 33 cm.

sous-esclaves à qui incombaient les corvées les plus harassantes.

Le Grand Mur se construisait par portions de cinquante li de long. On commençait par établir un haut remblai de terre, celle-ci étant livrée dans de petites jarres de terre cuite, puis tassée au pied. Ensuite, il fallait monter le mur de pierres sèches, que l'on jointoyait à l'aide d'un mortier additionné de colle de riz pour en accélérer le durcissement. La pente du mur était si raide qu'il était impossible de l'escalader sans cordage ou échelle. Elle était accentuée, côté extérieur, par le creusement d'un fossé, ce qui la rendait pratiquement invulnérable aux assauts ennemis.

Pour les deux prisonniers, le périple entre la fonderie Ding et le chantier de la Porte de Jade avait été interminable. Il leur avait fallu parcourir un fort long trajet à pied, jambes entravées et cou attaché par une longe aux chevaux que montaient les gardiens de l'escorte.

Au départ, ils étaient un bon millier. En cours de route, plus d'un tiers avait péri. Mais à l'arrivée ils étaient toujours le même nombre qu'au début du voyage. De fait, à chaque ville étape, le sergent recruteur allait demander aux juges sa ration de jeunes délinquants. Au fur et à mesure que le chantier de la Porte de Jade approchait, le convoi continuait ainsi à se remplir d'esclaves, les nouveaux arrivants remplaçant utilement ceux qui étaient morts d'épuisement.

Les montagnes arides avaient succédé aux collines verdoyantes, puis la steppe sauvage et déserte aux prairies herbeuses où pacageaient des troupeaux.

Le soir, au bivouac, la fatigue était telle que les hommes enchaînés les uns aux autres s'affalaient avant même d'avoir vidé leurs gamelles. Le matin, on triait les cadavres. Les blessures infligées aux chevilles par les chaînes s'infectaient jusqu'à dévoiler les os du tibia. Les paysans, les chasseurs et les éleveurs qui croisaient ce lugubre convoi d'esclaves entravés et fouettés pour les obliger à trottiner derrière les chevaux détournaient la tête sur son passage tellement il faisait peine à voir.

À peine arrivés, Poisson d'Or et Feu Brûlant furent jetés, chaînes de bronze toujours aux pieds, dans une sorte d'immense fosse où s'entassaient des esclaves en attente d'affectation.

— Nous allons faire deux tas. Ceux qui sont de ce côté iront travailler à la mine de sel, et les autres sur le chantier du Grand Mur, brailla un sbire en faisant claquer la longue lanière de son fouet.

Dans la fosse, Poisson d'Or et Feu Brûlant furent happés par le tourbillon de tous ces corps déjà exténués qui cherchaient à échapper aux meurtrissures de la lanière. Ils étaient ainsi près d'une centaine à se pousser les uns les autres, jusqu'à ce qu'ils finissent par se séparer sans que l'on sache comment, ainsi que l'avait ordonné le sbire, en deux tas à peu près égaux.

Les deux jeunes gens, que leurs entraves condamnaient à demeurer ensemble, se retrouvèrent involontairement du côté qui échut à ceux qui étaient destinés à travailler au Grand Mur. On les fit mettre en rang par deux, puis ils furent conduits dans le baraquement de planches qui servait de dortoir aux ouvriers du chantier.

C'était l'antre du malheur et de la peur, où s'entassaient à même le sol, dans la vermine et au milieu d'odeurs fétides, les corps décharnés des ouvriers esclaves abîmés par le travail harassant du chantier royal. Poisson d'Or n'avait jamais mis les pieds dans un endroit aussi lugubre et crasseux. Avec le jeune eunuque, ils s'arrangèrent pour trouver une minuscule parcelle d'espace vital au milieu des vieux haillons qui servaient de couverture aux autres. Ils s'endormirent, serrés l'un contre l'autre, au milieu des ronflements des uns et des gémissements des autres.

La promiscuité et la puanteur finirent par réveiller Poisson d'Or. À ses côtés, Feu Brûlant dormait comme un enfant.

Le jeune homme n'eut même pas besoin de réfléchir. Pour survivre là, il fallait compter sur sa force mentale et rien d'autre. Il fallait être capable, à certains moments, de faire abstraction du malheur dans lequel on baignait pour faire voguer son esprit vers des rivages plus riants où il pourrait se ressourcer. Il avait appris suffisamment, pensait-il, de Huayang pour ne pas se laisser enfouir sous toute cette cendre.

Il ferma les yeux.

Au milieu de tant de détresse, il se sentit pourtant incroyablement fort et apaisé. Le doux visage de sa bien-aimée Rosée Printanière lui apparut dans un halo de lumière parfaitement circulaire. Ce disque de lumière correspondait précisément à la forme de la marque qu'il avait sur la peau. Il en conclut qu'au même moment, la jeune fille, aussi, devait penser à lui. Il lui récita un poème des *Chants de Chu* où le comte du Fleuve, le dieu du Fleuve Jaune, déclarait son amour à une femme aimée :

Toi et moi parcourons jusqu'à son embouchure
Le fleuve que les tempêtes agitent.
Notre char aquatique est couvert de nénuphars,
Deux dragons le conduisent, flanqués de deux
[serpents...

Il devinait qu'elle ne dormait pas plus que lui et qu'elle devait à coup sûr l'écouter, couchée dans son lit, très loin de là, à Xianyang. Il sentait même la douceur de son souffle frais sur son cou.

Il savait également qu'elle l'attendrait dix mille ans s'il le fallait, soit le temps que le cinabre mettait, selon les alchimistes, pour se transformer en or. Pour lui, c'était pareil : le temps ne compterait pas.

L'amour était capable de se jouer de tout, de l'espace comme du temps.

L'amour le rendrait Immortel, toute comme la jeune fille qu'il aimait.

Alors, tels les Immortels, « *leur peau serait fraîche comme le givre, ils aspireraient le vent et boiraient la rosée avant de monter sur le dos d'un dragon qui s'envolerait bien au-delà des quatre mers sur l'île Penglai où ils vivraient au moins dix mille années de plus* ».

*

Lubuwei relut une énième fois le document qui portait le sceau officiel du roi du Qin.

C'était une planche de catalpa de la largeur d'un coude et de format carré. Il y en avait un peu partout depuis la veille, placardées à chaque carrefour des rues de Handan. Une populace en haillons se pressait devant les pancartes. Ceux qui savaient lire rapportaient leur contenu aux autres.

« Dans quelques jours, le royaume du Zhao tombera aux mains de nos armées. Chacun devra se présenter aux sergents chargés de faire le recensement de la population. Les noms et les appellations des uns et des autres seront changés. Signé : le très grand roi Zheng du Qin. »

Cela faisait des semaines que l'offensive des armées de Zheng faisait rage à la frontière du Zhao, décimant les maigres troupes que son roi avait pu aligner, telles de misérables digues édifiées à la hâte devant les eaux déchaînées d'un fleuve en crue.

Le dernier fortin sur la route de la frontière, qui protégeait la capitale, venait à son tour de tomber. Des régiments en déroute s'apprêtaient à faire allégeance sans la moindre vergogne au vainqueur. Et chacun savait qu'ils ne seraient pas les moins cruels lorsque les généraux de l'armée du Qin leur intimeraient l'ordre de prendre d'assaut le Palais Royal de Handan où la famille royale, coupée du reste du pays, se terrait.

Tout étant perdu, le roi Lien du Zhao n'avait pas été

long à prendre les devants. Il s'était immolé par un glaive de jade que ses serviteurs l'avaient aidé à pousser dans son ventre. Sa dépouille avait été exposée à la fenêtre principale de la façade de son palais, avant que la foule ne s'en emparât afin de la jeter en pâture, pour se venger de ce roi maudit coupable d'avoir conduit son pays à l'anéantissement, aux chiens errants aussi faméliques que dangereux qui pullulaient dans la ville à la recherche de nourriture.

— Maître, il faut absolument partir au plus vite !

Mafu et l'Homme sans Peur se relayaient auprès de Lubuwei pour tenter de le convaincre. Mais il n'y avait rien à faire. Le marchand, enfermé dans un mutisme absolu, la tête ailleurs, semblait ne rien entendre.

— Partez ! Laissez-moi tranquille, ma place est ici, finit-il par répondre d'une voix infiniment lasse.

— Mais lorsque les armées ennemies auront investi la ville, tout ne sera que ruine et chaos ! gémit Mafu.

— Je suis revenu à l'endroit où je suis né. N'est-ce pas le rêve de bien des hommes ? murmura Lubuwei.

— Il faut fuir, maître, les armées du Qin ne vous épargneront pas ! insista l'écuyer.

— Il dit juste, elles ne vous épargneront pas, répéta le géant hun dont les yeux exprimaient une grande tristesse.

— Il faut laisser les destinées s'accomplir. Ma vie est déjà faite ! Elle a été riche d'événements favorables, j'ai obtenu ce que je souhaitais. Je n'ai plus rien à prouver. Que demander de plus ? Je ne veux pas finir en fuyard ni en réprouvé. Et surtout pas devant les armées d'un royaume dont j'ai été le Premier ministre ! s'indigna le marchand.

— Maître, il faut être raisonnable ! supplia Mafu.

— Qu'est-ce que la raison pour moi, selon toi ? demanda Lubuwei en souriant. Penses-tu vraiment qu'il soit, comme tu dis, raisonnable – pour ma part, je dirai digne que l'ancien Premier ministre du Qin s'enfuie devant les armées victorieuses du pays qu'il a eu l'honneur de diriger ?

Dans les rues de la ville, chacun se préparait à l'assaut final. Beaucoup quittaient leurs maisons, portant sur des fléaux des balluchons qu'ils iraient poser ailleurs. D'autres s'employaient à suspendre des oriflammes rouges et jaunes, grossièrement marquées aux armes du Qin. Quelques gendarmes se dépouillaient de leurs uniformes, qu'ils échangeaient contre les vêtements des passants. Les malheureux, heureux de l'aubaine et croyant se protéger, ignoraient que cela leur vaudrait d'être massacrés en premier lorsque les bataillons des armées de Zheng pénétreraient dans Handan.

— C'est tout cela que je ne veux pas voir... À présent, il est temps pour vous de partir. Je vous conseille de vous diriger vers le nord. Avec un peu de chance, vous tomberez sur un éleveur de chevaux qui sera séduit par votre expérience ! souffla Lubuwei aux deux autres.

— Maître, il n'existe pas deux Lubuwei ! protesta l'Homme sans Peur qui, pour la première fois, pleurait silencieusement.

Le marchand décida d'user de son autorité. Il intima au géant hun et à Mafu de quitter les lieux.

— Je vous ordonne de me laisser seul !

Ils se prosternèrent à ses pieds et lui baisèrent les mains avec effusion. Puis ils rassemblèrent leurs effets et s'en furent comme deux ombres, rasant les murs.

Lubuwei attendit que leurs silhouettes eussent disparu au coin de la ruelle pour rentrer dans la maisonnette de l'écuyer.

Il avait le cœur serré. Mafu et l'Homme sans Peur avaient été des serviteurs aussi zélés que fidèles et efficaces. Mais il ne pouvait plus rien pour eux. Il était pensif. Tout allait bien. Il ferma les yeux et s'assit dans la position du lotus.

Alors, brusquement, le passé resurgit.

Il se revoyait revenir au Palais du Commerce, depuis

la grotte de la prêtresse du pic de Huashan, dans les bras de l'Homme sans Peur après avoir été sauvé par ce dernier d'une embuscade dans laquelle il était tombé.

C'était bien ce jour-là que tout avait basculé. Sans l'intervention du géant hun il serait mort, et le Bi noir étoilé aurait été volé par les brigands qui l'attendaient au détour du chemin qui traversait la forêt sombre.

La prophétie de Vallée Profonde n'avait, de fait, tenu qu'à ce fil-là.

Depuis, il avait tout eu, puis à nouveau tout perdu.

Il fit l'amère constatation que les choses avaient commencé à mal tourner lorsqu'il s'était séparé du disque de jade pour le donner à son fils. C'était l'idée de Zhaoji. Sans doute la malheureuse avait-elle cru bien faire.

Il se souvint des réticences qu'il avait éprouvées à obtempérer au souhait de son amante. Avec le recul, il comprenait mieux pourquoi. Il s'était bel et bien sacrifié pour son fils. Pour en arriver là...

Que serait-il advenu s'ils avaient pu substituer Poisson d'Or à Zheng, ainsi qu'il l'avait prévu avec Zhaoji ? Le disque de chair que portait l'enfant venu du Sud les en avait empêchés. Mais était-ce là, vraiment, le fruit d'un mauvais sort, ou le signe d'un extraordinaire destin pour cet enfant marqué du disque ?

Lubuwei n'était plus sûr de rien.

Le destin n'avait pas voulu de leur plan. C'était son fils, et pas l'autre, qui régnait désormais sur le Qin. Il ne servait à rien de s'opposer à ce qui était écrit dans le grand livre des écritures du Demain.

La prophétie de Vallée Profonde, qui avait vu les traces du Chaos originel de Hongmeng dans le jade noir du disque, s'accomplirait. Et Lubuwei en aura été l'un des instruments, avec Zhaoji. Le poussin jaune au centre du Chaos, n'était-ce pas l'image de Zheng qui se préparait à restaurer l'Empire en marchant sur les brisées de l'illustre Empereur Jaune qui avait transmis aux hommes l'écriture, la musique, les nombres, la taille du jade et la fonte du bronze ?

Il savait qu'il ne verrait pas cet Empire, mais était sûr que cet Empire viendrait.

Après tout, Lubuwei ne faisait-il pas que transmettre à son enfant l'ultime page de ce livre dont Vallée Profonde avait su déchiffrer l'histoire dans le Chaos formé par les minuscules étoiles micacées du Bi rituel ?

Il fallait donc tout accepter. Tout rentrerait dans l'ordre.

Accepter de rendre ce qui lui avait été donné. Accepter de redevenir poussière de jade que le vent, un jour, disperserait. Devenir ce Grand Vide qui était à l'origine de toute chose.

Lubuwei ouvrit sa besace et en sortit une petite fiole de bronze qu'il déboucha avec lenteur. Il en versa avec soin le contenu dans une coupe de terre.

Dehors, des hirondelles tournoyaient dans le ciel en lançant des cris perçants.

Il se pencha à la fenêtre pour observer la ronde des oiseaux. Quand il avait quitté Vallée Profonde, il avait eu droit, aussi, à un concert de volatiles.

Dans la coupe de terre, le liquide était vert jade. Il prit la coupe, la huma puis la but d'un trait.

Il était en paix.

Il s'allongea à même le sol et sentit s'abattre sur son corps le voile noir du souffle obscur du grand oiseau nocturne.

Quelques instants plus tard, ses yeux révulsés avaient cessé de voir la déchéance du Zhao et la misère dans laquelle son peuple était plongé. Ils regardaient désormais on ne savait quel paysage...

Il n'éprouverait plus jamais les « six sensations » qui donnaient du sens à la vie des hommes : la paix, le repos, l'oisiveté, la joie, la gravité, le sérieux, telles qu'il les avait décrites dans la compilation de ses *Chroniques des Printemps et des Automnes*.

Lubuwei était mort.

Dans son nouveau palais de Xianyang où il vivait caché, si loin de ce cadavre de marchand à l'assaut duquel des fourmis commençaient déjà à monter, son fils ne saurait jamais qu'il venait de tuer son père.

QUATRIÈME PARTIE

57

Neuf années lunaires ont passé.

Neuf ans, c'est à la fois peu et beaucoup : peu pour le temps de l'histoire mais beaucoup pour celui des hommes.

Pour le grand philosophe taoïste Zhuangzi, il fallait neuf ans pour accéder à l'initiation complète qui conduit à la possession du Dao, après avoir franchi les huit degrés nécessaires à l'union mystique avec l'Univers.

Ces neuf ans, comme il est d'usage, ont favorisé et conforté les ambitions des uns et fait reculer celles des autres. Pour certains, cela fut la décennie du statu quo, rien n'ayant vraiment bougé, un peu comme si le temps s'était contenté, pour eux, de figer son vol.

*

Poisson d'Or et Feu Brûlant ont été sauvés par la robuste constitution de leurs organismes respectifs, que leur jeunesse leur a permis de conserver malgré les conditions épouvantables dans lesquelles on faisait vivre les prisonniers des chantiers de la construction du Grand Mur.

Dix fois, vingt fois ils ont cherché à s'enfuir. Toujours en vain. Il y avait presque autant de gardeschiourme que de terrassiers sur ce chantier. Qui était pris en flagrant délit de fuite était aussitôt décapité devant les autres.

Tous les vingt li environ, des cages de bois exposaient aux travailleurs les corps suppliciés de ceux qui n'avaient pas respecté les cadences imposées par des contremaîtres aussi cruels que pointilleux. Leur tête était prise dans une planche trouée au centre et, toutes les heures, on enlevait une des cales de bois sur lesquelles ils étaient juchés, si bien qu'ils finissaient pendus. Mais, contrairement à celui de la corde, le supplice de la pendaison par la planche, ici, durait au moins une journée entière, remplie de cris et de râles interminables, jusqu'au sinistre craquement des vertèbres cervicales.

Cependant, quand on disposait d'ouvriers aussi valeureux que Poisson d'Or et son ami Feu Brûlant, on s'arrangeait pour les nourrir suffisamment afin de ne pas épuiser trop vite leur capacité de travail. Aussi ne les laissa-t-on jamais affamés.

D'ailleurs, le moral de Poisson d'Or tenait toujours, il ne s'était pas résigné. Quant à Feu Brûlant, comme il s'appuyait sur Poisson d'Or, il traversait ces épreuves avec une apparente facilité.

Tant qu'on n'en meurt pas, le malheur rend plus fort. Ils avaient fait leur, l'un comme l'autre, cette belle maxime.

La journée, une fois de plus, s'annonçait harassante. C'était l'été. Et à cette saison, dans la région de la Porte de Jade, tout devenait brûlant : les pierres, le sable, l'eau restée dans les écuelles, le mortier qui durcissait à peine pétri, les ciseaux de fer qui servaient à tailler les pierres que des ouvriers esclaves extrayaient de carrières affleurant à la surface du sol, mais surtout l'air desséchant du désert. Ce souffle de feu charriait une poussière si fine que, si on en prenait dans les narines, elle pénétrait dans les poumons et procurait une insupportable sensation d'étouffement. Il valait mieux s'arranger pour lui tourner le dos, ce qui n'était pas aisé, car le Grand Mur faisait face au vent venu du désert.

La lanière du fouet du contremaître claqua sèchement, chacun arrêta son travail. C'était toujours ainsi quand le garde-chiourme voulait être entendu des ouvriers esclaves.

— Demain, le général Zhaogao, nouveau gouverneur de notre province militaire, vient sur notre chantier en tournée d'inspection officielle. Je veux que ce pan de mur soit terminé pour ce soir. Et que personne ne tourne son regard vers ce général... J'ai entendu dire qu'il fait trancher la tête à tous les esclaves qui osent croiser le sien !

De stupeur, Poisson d'Or laissa choir son ciseau qui roula dans la poussière.

— Tu as l'air contrarié, observa Feu Brûlant.

— J'ai été élevé avec Zhaogao. Je savais qu'il visait la carrière militaire. S'il vient inspecter le chantier, il va me reconnaître. Il s'est toujours montré peu amène à mon égard, par jalousie sans doute. Je risque pour le coup d'y laisser ma tête !

La lanière du fouet s'abattit cette fois sur les mollets de Poisson d'Or et de Feu Brûlant.

— Vous deux, là, au travail ! Vous m'écoutez ? Ce pan de mur doit être terminé pour ce soir !

Courbant la tête, ils recommencèrent à tailler un gros moellon de pierre sur lequel ils s'acharnaient depuis trois jours.

— Puisse le soleil te rôtir sur pied, murmura, de rage, Poisson d'Or à l'adresse du contremaître tout en ramassant son ciseau.

— Que comptes-tu faire ? chuchota l'eunuque.

Poisson d'Or ne répondit pas.

Tout en taillant son rocher, il regardait au loin l'horizon du désert. Il était barré par un nuage de poussière qui ressemblait à une barrière de marbre rose.

— Ce soir, il y aura une tempête de sable ! finit-il par laisser tomber en arborant un étrange sourire.

Feu Brûlant frissonna.

Les tempêtes de sable, lorsqu'elles s'abattaient sur ces régions désertiques, étaient considérées comme la malédiction du ciel. Malheur à celui qui se laissait surprendre par ces vents de poussière devant lesquels rien ne résistait ! Il pouvait y perdre la vue rien qu'à demeurer les yeux ouverts tant la violence des vents transformait les grains de sable en poudre abrasive, capable de détruire la cornée en quelques secondes. De même, et pour la même raison, il devenait impossible de respirer sous peine de recracher ses poumons.

Il pouvait alors faire nuit noire en plein midi. Sous cette absence soudaine de soleil, tout ce qui était vivant se terrait au plus vite. Les scorpions, les serpents, les lézards de sable, les mulots et les mangoustes rentraient promptement dans leurs trous. Les hommes, forcés à faire de même, n'avaient plus qu'à attendre, en espérant que l'abri où ils avaient trouvé refuge ne serait pas emporté comme un fétu de paille par la force déchaînée de l'ouragan. La tempête pouvait souffler deux, voire trois jours d'affilée. La terre en poudre fine s'infiltrait insidieusement par le moindre interstice des bâtisses et des tentes. Les êtres humains, méconnaissables et hagards, sortaient de là les cheveux grisonnants et les cils blanchis par la poussière, comme si la tempête de sable avait duré dix ans.

Une fois les vents calmés, ne restait plus qu'une immense mer de couleur blanchâtre teintée d'ocre, qui apparaissait aux yeux ahuris des humains lorsque, éblouis par la lumière intense qui se diffractait sur les minuscules cristaux de sable, ils sortaient enfin de leurs refuges, tenant à peine sur leurs jambes tant la peur les avait tenaillés. La couche poudreuse pouvait recouvrir jusqu'à un muret ou un buisson dont seuls quelques pierres ou un branchage épineux dépassaient à peine de cet océan minéral, comme les traces d'un ancien monde enfoui.

— Nous quitterons ce chantier dès que le vent se sera suffisamment levé pour qu'on ne puisse pas voir plus loin que mon bras, ajouta sobrement Poisson d'Or.

Feu Brûlant était consterné.

— Tu plaisantes ! Fuir en pleine tempête de sable ? chuchotat-il, incrédule.

— Parfaitement ! C'est notre seule chance. Tous les gardeschiourme seront calfeutrés dans leurs abris, la voie sera libre. Si tu as peur, il va sans dire que tu peux rester. Je ne t'en voudrai pas.

— Plutôt mourir. D'ailleurs, jamais je ne pourrai résister ici sans toi à de telles conditions de vie ! protesta Feu Brûlant.

De nouveau, la lanière de cuir s'abattit sur leurs épaules, infligeant sur chacune d'elles une longue balafre.

— Suffit, vous deux, assez de bavardages ! Si votre pan de mur n'est pas achevé avant la tempête qui s'annonce, vous aurez de mes nouvelles ! hurla le gardien.

Délaissant le gros moellon qu'ils n'avaient pas fini de tailler, ils achevèrent vaillamment de monter leur pan de mur tandis que le ciel, de plus en plus menaçant, s'obscurcissait. Parfaitement rodés, Poisson d'Or taillait de petites pierres que Feu Brûlant ajustait entre elles. Leurs rebords étaient si lisses qu'il serait inutile de les jointoyer.

Le sol était jonché d'éclats de roche, tranchants comme des lames. Poisson d'Or fit signe à l'eunuque d'en ramasser quelquesuns discrètement.

— Ces pierres taillées nous serviront de petits couteaux ou de pointes de flèches.

Un vent brûlant commençait à faire tourbillonner sur

le sol de petits paquets de sable qui s'évaporaient en fumerolles. On entendait mugir les souffles venus de l'est, derrière le Grand Mur. Dans un certain désordre, chacun recherchait déjà un abri. Les uns après les autres, les ouvriers esclaves regagnaient les baraquements situés un peu à l'écart du chantier. Il n'y avait plus un garde-chiourme à l'horizon.

Sans un mot, Poisson d'Or et Feu Brûlant escaladèrent rapidement le pan de Grand Mur qu'ils venaient d'achever de monter et passèrent du côté du désert, là d'où venaient, sifflantes comme des projectiles, les premières rafales de poussière.

Les cheveux de Poisson d'Or étaient déjà ourlés de jaune ocre et ses joues recevaient les griffures du sable projeté par les vents déchaînés lorsqu'il baisa la terre, après s'être agenouillé, prosterné devant l'étendue désertique dont une muraille de nuages ocre et noirâtres barrait l'horizon.

Au loin, la tempête de sable faisait rage.

— Enfin, le cours normal de notre vie va pouvoir reprendre ! assura-t-il après avoir noué autour de son visage, pour se protéger des projections de sable, son turban qu'il avait défait.

— Par où faut-il aller ? interrogea l'eunuque.

— Il n'y a qu'à longer le mur vers la gauche. Un peu plus à l'ouest, nous trouverons des chemins pastoraux qui nous permettront d'entrer à nouveau au Qin et d'aller vers des endroits moins hostiles. Mais il faut faire vite. Nous devons rester le moins de temps possible dans cette fournaise si nous voulons nous en sortir !

Les vents, à présent, s'étaient exacerbés, violents comme le souffle qui sortait de la gueule de l'immense dragon qui avait transporté au ciel, après sa mort, plus de deux mille ans auparavant, Huangdi, l'Empereur Jaune. D'inquiétantes colonnes de sable, presque palpables au toucher, tournoyaient autour de Poisson d'Or et de Feu Brûlant, tels des lambeaux de linceuls mortuaires prêts à les envelopper.

L'atmosphère n'était plus qu'un monstrueux vide où finissait le néant des ténèbres opaques. Il n'y avait plus de ciel, ni de terre, ni d'horizon.

Ils progressèrent à tâtons, les mains collées à la muraille, marchant de côté pour ne pas tomber et finir ensevelis, après avoir été happés par l'aspiration de poussière. Yeux fermés, cela n'était pas facile d'avancer le long de la muraille. Les pierres du Grand Mur, aux arêtes parfaitement taillées, blessant leurs doigts, étaient désormais leur seul lien avec le monde tangible.

— Il ne faut surtout pas nous arrêter. Ainsi, lorsque les vents se calmeront, nous serons déjà loin du chantier ! parvint à indiquer Poisson d'Or.

Feu Brûlant avait saisi la main de son ami. Poisson d'Or sentit qu'elle tremblait.

— Pourquoi es-tu inquiet ? Il suffit de tenir bon. Les tempêtes de sable finissent toujours par s'arrêter !

— Ton esprit de décision est pour moi un grand apaisement. Sans toi, je serais déjà mort de peur, dit l'autre, vaillamment.

— Il ne faut plus parler. Ta gorge risque de se dessécher et il n'y a rien à boire ici.

La nuit passa alors qu'ils continuaient d'avancer à tâtons, main dans la main, en suivant les pierres.

Ils ne virent pas l'aube. Le soleil restait maintenu à l'arrière de l'immense filet de poussière qui continuait à recouvrir la contrée désertique autour de la Grande Porte de Jade.

L'épuisement n'allait plus être loin, faute d'eau, de vivres et de sommeil. La progression des deux jeunes gens était si ralentie qu'elle ne tenait plus que de la reptation le long du mur de pierres.

Le souffle du Grand Dragon mugissait à présent sur le Grand Mur telle une complainte lancinante et lugubre, et paraissait y être installé pour dix mille ans. La force du monstre était immense, indomptable. Il risquait désormais de les submerger. On retrouverait leurs cadavres aussi secs et cassants que des troncs de bambou coupés et grillés par le soleil...

Poisson d'Or n'en menait pas large, mais il n'était pas question d'inquiéter Feu Brûlant. Maintenant qu'il l'avait entraîné dans cette aventure, il avait le devoir de l'aider et de le protéger.

Il sentit que l'unique façon de les faire échapper à une mort certaine était d'accorder son propre souffle interne aux déchaînements du Qi du Grand Dragon afin d'harmoniser leurs énergies contraires pour les faire converger vers le Grand Dao. En agissant de la sorte, son Qi interne capterait au mieux toute cette force venue du lointain désert et y puiserait des ressources nouvelles en s'y régénérant. Le Chaos des forces contraires et divergentes se transformerait en Harmonie. Et alors, les vents s'apaiseraient.

Il réussit à faire abstraction de son corps et de la morsure coupante de la pierre qu'il ressentait au bout de ses doigts. Il imagina qu'il était devenu un de ces minuscules grains de sable tourbillonnants, auquel les vents brûlants donnaient cette trajectoire de projectile cosmique capable d'aller d'un bord de l'Univers à l'autre. La force du Souffle était telle que l'énergie de ce grain de sable avait accru sa masse dans des proportions inouïes.

Poisson d'Or eut l'impression de peser le poids d'une montagne. Son corps était devenu le centre exact d'un pur nœud d'énergie. Il se sentait si fort qu'il se savait capable de commander à tous ces vents tourbillonnants qui continuaient de mugir.

La tempête commença à donner ses premiers signes de faiblesse.

Sous ses yeux, un arbre apparut puis un autre, jaunis par le sable comme s'il avait neigé de l'or. Ils escaladèrent le Grand Mur et posèrent un pied sur le territoire du Qin. Ils étaient du bon côté !

La voie paraissait libre. À l'horizon, il ne semblait y avoir âme qui vive, rien ne bougeait. Le vent était tombé, avec ce grand silence qui planait toujours sur les paysages après la tempête.

Devant eux s'étendaient des collines moins blanchies que celles du désert. Les feuilles des plantes n'étaient pas totalement ocre.

Alors qu'ils se dirigeaient, toujours en se tenant par la main, vers un bouquet de palmiers et d'arbustes qui signalait la présence d'un point d'eau, Poisson d'Or se dit que ce Grand Mur était au moins un coupe-vent utile.

*

De son côté, Zheng avait trouvé le moyen de régner par l'absence. C'était l'invisible et implacable souverain qui savait tout, voyait tout et entendait tout. Il était parvenu à imprimer sa poigne de fer à son peuple, mais sans jamais être aperçu par quiconque, ne faisant que de rares apparitions publiques là où on l'attendait le moins. Si bien que le peuple avait fini par croire que le grand roi Zheng était partout !

Sa manie de grandeur architecturale lui avait fait construire un palais pour chaque royaume conquis. Depuis neuf ans, il y en avait quatre de plus. Ils s'étendaient au sud de Xianyang, reliés entre eux par des souterrains qui lui permettaient d'aller de l'un à l'autre secrètement. Quant au Grand Mur, il mobilisait à présent autant de jeunes hommes que les armées du Qin.

Mais les nouvelles conquêtes militaires du royaume lui avaient donné accès à des ressources en hommes valides beaucoup plus importantes. Le Qin était entré dans ce cercle vertueux où les victoires augmentent la puissance, qui apporte à son tour de nouvelles conquêtes. Rien ne paraissait désormais en mesure d'arrêter la longue marche du Qin vers l'Empire.

Après les royaumes de Han et de Zhao, celui du Wei tomba à son tour, puis celui du Yan, dont Zhaogao parvint à se rendre maître alors que d'autres avaient empêché Anwei de poursuivre sa conquête. Le Qi et le Chu ne tenaient plus que par lambeaux. Une fois ces deux derniers royaumes tombés dans l'escarcelle du roi, plus rien ne s'opposerait à l'union sous la bannière de l'Empire du Centre.

Le seul rêve que le roi Zheng ne pouvait assouvir, c'était de vivre dix mille ans pour faire de l'Empire le Centre de Tout. Il savait que la tâche était si grande qu'une simple existence humaine n'y suffirait pas. Il s'évertuait par tous les moyens, pilules spéciales, exercices taoïstes, consultations de mages et de sorciers, de conjurer la marche du temps, mais c'est encore Huayang qui lui semblait, dans ce domaine, la plus crédible et la plus efficace. Aussi s'efforçait-il de ménager l'ancienne reine mère pour obtenir de sa part les recettes de la longévité.

La vieillesse, il est vrai, n'avait pas réussi à surprendre Huayang, qui incarnait à merveille le résultat recherché par le roi Zheng.

Malgré le poids des ans, la première épouse du roi Anguo conservait en elle une indestructible parcelle de beauté. Elle préservait son corps d'une nourriture trop riche qui en provoquerait le vieillissement prématuré. Depuis des années, elle s'abstenait de manger le moindre grain de céréale. Elle s'était mise à la diète taoïste et ne buvait plus que du thé vert qu'elle faisait venir à grands frais des pentes du mont Maoshan. Elle veillait à ce que les feuilles soient infusées, comme il se doit, dans de l'eau de pluie et non dans de l'eau de source.

Cette femme, hier si sensuelle et bien en chair, s'était

transformée en pur esprit. Huayang était devenue légère.

Et cette apparence fascinait de plus en plus le roi Zheng, persuadé qu'au contact d'un tel être, il parviendrait à obtenir la recette qui lui permettrait de devenir immortel.

La reine Huayang accueillit personnellement le roi.

Elle lui avait préparé un de ses savants repas taoïstes, exempts de toute céréale, dont il raffolait pour les vertus qu'ils étaient censés conférer à ceux qui les prenaient.

Il s'était rendu incognito et seul dans les appartements de la reine mère. Au préalable, ses gardes avaient vidé sans ménagement les cours, les salons, les antichambres et tous les passages qui se trouvaient sur son itinéraire. Personne ne devait jamais savoir où se trouvait le roi Zheng, et encore moins qu'il se rendait chez la première épouse du roi Anguo.

— Crois-tu vraiment qu'avec tout ça, je vivrai dix mille ans ? demanda-t-il, légèrement anxieux.

Le souverain du Qin paraissait ce jour-là d'humeur guillerette. Huayang était bien la seule personne vis-à-vis de laquelle il n'éprouvait aucun besoin de cacher ses sentiments.

— Si tu accomplis correctement les exercices adéquats, je ne vois pas ce qui pourrait t'en empêcher !

— Il ne tient qu'à toi de me transmettre ta science qui, en la matière, est si grande...

Huayang constatait avec quelque satisfaction que plus le temps passait et plus le fils de Zhaoji et de Lubuwei était de nouveau familier à son égard. Elle était loin, l'époque où il l'avait humiliée en faisant mine de ne pas la reconnaître au moment où il avait succédé à son père. Elle en était au point où elle eût fini par lui pardonner sa conduite et éprouver de la sympathie à son égard s'il n'avait pas été ce monarque impitoyable et cruel qui régnait, invisible et sans partage, sur tant de peuples opprimés.

— T'arrive-t-il de voir ta mère une fois de temps à autre ? Sais-tu qu'elle se languit ? dit-elle d'une voix qui s'était faite plus dure.

Le roi, penaud, baissa la tête. Cela devait faire au moins un an qu'il n'avait pas reçu sa mère, Zhaoji.

— Je te le promets, ce sera fait dès demain. Le temps passe très vite ! Gouverner un pays comme le Qin suppose la lecture d'innombrables rapports..., s'excusa-t-il platement.

— Zhaoji a sacrifié beaucoup de choses pour toi. Tu lui dois ce que tu es, bien plus que tu ne crois, fit-elle, sibylline et songeuse.

— Que veux-tu dire ?

— J'ai dit ce que je souhaitais, un point c'est tout. Je propose que nous passions à table. Aujourd'hui, le repas sera à base d'ail et de dufu, ajouta-t-elle, changeant de conversation.

Ils s'approchèrent de la table basse sur laquelle avaient été disposées, sur un élégant plateau laqué décoré de fleurs et d'oiseaux, des coupelles remplies de rondelles de fromage de soja parfaitement découpées.

Le roi s'assit. Un serviteur vint lui essuyer les mains, puis les massa avec soin à l'onguent antiseptique. Le roi Zheng avait horreur de prendre la nourriture dans ses doigts sans les avoir au préalable nettoyés.

Face à face, sans un mot, yeux mi-clos, ils mastiquaient lentement la nourriture, en prenant soin de boire en même temps et alternativement une gorgée de thé vert et une d'eau parfumée aux champignons des bois.

— Existe-t-il un remède qui permet de séduire une femme que l'on aime et qui ne répond jamais à vos demandes ? reprit le roi au bout d'un long moment.

Sa voix s'était faite pressante, elle n'était pas loin d'exprimer une certaine détresse.

Huayang avait compris qu'il faisait allusion à Rosée Printanière.

— Immortel ou bien séducteur ? Il te faudra choisir ! Je connais les recettes de la longévité, pas celles qui transforment l'indifférence en amour ! Mon savoir, malgré toute ma bonne volonté à ton égard, n'est pas extensible..., lança-t-elle, amusée.

— Un souverain est fait pour ne pas avoir à choisir... Cela n'a rien de drôle ! répliqua-t-il, vexé.

À nouveau, il s'était renfrogné. Cette impatience qu'elle percevait en lui était nouvelle.

Elle se dit qu'il ne devait pas être loin, ce moment où il exploserait et finirait par s'emparer de force de Rosée Printanière. Dix ans de soupirs sans réponse, cela faisait beaucoup pour un futur empereur. Aussi devenait-il urgent de lui faire comprendre qu'utiliser la force, en l'occurrence, ne servirait à rien.

— La femme aimée est comme l'oiseau. S'il n'est pas apprivoisé et qu'on le place contre son gré dans la volière, il ne se nourrit plus et finit par tomber d'inanition. L'amour est l'une des rares choses qui ne se décrètent pas, hasarda-t-elle.

— Mais que faut-il faire ?

— Attendre patiemment le moment, avec espoir. Il finira bien par venir, et au moment précis où tu t'y attendras le moins. Alors, pourquoi dans ce cas tant de hâte et de précipitation ? Tu veux vivre dix mille ans et tu as raison. Il faut savoir, là aussi, donner du temps au temps.

Zheng regarda le beau visage de Huayang, diaphane et émacié par les ans. N'était-il pas l'image même de la sagesse ? Les longs cheveux gris de la reine mère s'accordaient parfaitement à ses yeux que les années semblaient avoir éclaircis. Il émanait de cette femme une sensation de beauté rare et de sérénité intérieure derrière laquelle elle avait su cacher la douloureuse blessure et l'immense frustration de ne pas avoir eu d'enfant.

— J'aimerais avoir ta sagesse ! reconnut-il.

Il paraissait vraiment sincère.

— On la puise à l'intérieur de soi. C'est une sorte de grand combat intérieur. Il faut faire taire les mauvais souffles, les bas instincts et les impulsions hâtives qui, le plus souvent, ne mènent à rien d'autre qu'à l'échec.

— Il faut devenir l'Auguste Souverain de son corps, si je comprends bien ?

Il voulait lui montrer qu'il avait retenu ses leçons précédentes.

— L'expression est pertinente. Bientôt, tu seras à ton tour aussi expérimenté et savant qu'un prêtre taoïste, dit-elle, souriante.

Le roi mangeait à présent avec application le bol de nourriture que Huayang venait de lui remplir. Il continuait de penser à Rosée Printanière. Les réponses que la reine mère venait de lui faire ne le satisfaisaient qu'à moitié.

Son argumentation se tenait, mais elle lui paraissait de pure circonstance. Attendre, toujours attendre, à quoi cela servirait-il si Rosée Printanière, elle, ne changeait pas d'avis ?

— Et si j'ordonnais qu'on me fît épouser la femme que j'aime ? demanda-t-il, l'air à nouveau buté.

— Les désirs d'un grand roi seront toujours des ordres. Tu pourras l'épouser mais, pour autant, cette femme t'aimera encore moins de l'y avoir ainsi forcée. Veux-tu conquérir son corps ou son esprit ?

Le futur Empereur du Centre, dont le regard exprimait de l'agacement, se garda bien de répondre. Rosée Printanière était la seule chose au monde qui lui résistât.

L'esprit de cette jeune fille rebelle était un petit royaume inexpugnable, plus difficile à conquérir que le grand pays de Chu, celui qui avait donné le plus de fil à retordre aux armées du Qin, à cause de ses archers d'élite capables d'abattre un cheval au galop avec une seule flèche, qu'ils arrivaient, par leur dextérité, à ficher dans l'artère carotide de l'animal, lequel, exsangue, chutait quelques pas plus loin pour expirer.

Zheng ne comprenait pas ce qu'il avait fait à Rosée Printanière pour ne mériter que cette insupportable indifférence. Il n'avait pourtant ménagé ni sa peine ni, pensait-il, sa gentillesse pour faire comprendre à la jeune fille qu'elle était l'élue de son cœur. Comment pouvait-elle, dans ces conditions, refuser l'insigne honneur des avances d'un futur Empereur du Centre ?

Le souverain du Qin ne comprendrait jamais que l'unique cause de l'échec de ses tentatives avait pour nom Poisson d'Or, celui dont plus personne ne parlait.

Celui que Zheng croyait définitivement évaporé, ou mort.

D'ailleurs, n'avait-il pas fini par oublier, les années passant, que l'enfant à la marque avait même existé ?

*

Le Premier ministre Lisi avait été le vrai gagnant de la grande course de la roue du destin. Il cumulait les fonctions et les honneurs, et était le seul personnage politique à bénéficier de la confiance du roi. Ce dernier demeurant invisible et ne souhaitant voir personne, tout passait par Lisi. Il était le philtre et l'instrument. Dans les deux cas, il demeurait aux deux bouts de la chaîne, incontournable.

Lisi n'était pas le dernier à rêver d'Empire pour le Qin. N'est-ce pas, pour un légiste, l'ultime aboutissement de l'asservissement de tous à la Loi suprême ? Lorsqu'on l'apercevait, chacun baissait les yeux. Certains le disaient plus implacable encore que le roi lui-même. D'ailleurs, au Qin, tout le monde le craignait, hormis sa fille, toujours aussi rebelle.

Rosée Printanière était devenue une emmurée vivante.

Depuis le jour où Poisson d'Or était parti, elle était entrée en résistance. Elle avait décidé de refermer son esprit pour mieux le protéger, en attendant le jour où elle le retrouverait enfin. Les assauts maladroits et timides du roi Zheng n'y faisaient rien. Elle ne lui adressait même pas la parole lorsqu'il la conviait à partager un repas en sa compagnie, qu'au bout de dix refus elle devait finalement accepter.

Bien qu'elle n'en eût aucune nouvelle, elle était habitée par la certitude que Poisson d'Or l'attendrait toujours et qu'ils vivraient un jour heureux ensemble. Alors, en attendant, elle s'abreuvait aux poèmes du *Livre des Odes* et des *Élégies de Chu* qu'elle passait des heures entières, enfermée à double tour dans sa chambre, à calligraphier. Elle avait découvert à son tour l'ésotérisme des livres Intérieur et Extérieur de *La Cour Jaune*. Elle en méditait les strophes prémonitoires qui s'appliquaient à sa condition :

« *Pour œuvrer dans le Dao, jouissez de la vie dans la solitude ; entretenez le naturel et l'essence vitale en préservant la vacuité ; vous vivrez longtemps une éternelle jeunesse, puis vous vous envolerez !* »

Ce jour-là, alors qu'il venait de lui montrer un tripode de terre cuite dans lequel avait été planté un érable nain dont les feuilles rouges n'étaient pas plus grandes que l'ongle du petit doigt, Lisi sut qu'il n'obtiendrait pas le moindre mot de remerciement.

— C'est un exploit du Grand Botaniste. Cela fait vingt ans qu'il s'échine à rapetisser les arbres pour plus de ressemblance dans les jardins miniatures. Cet arbre minuscule a déjà cinq ans ! Il me l'a offert ce matin. Je te le donne. C'est plus qu'une rareté, dit-il en souriant, l'air avenant.

Installée sous l'auvent de la porte du bureau de son père, Rosée Printanière, assise sur un haut tabouret, un pinceau à la main, fit comme si elle n'avait rien vu ni entendu. Elle continua à contempler la minuscule grenouille verte qui montait à l'assaut de la fleur rose de nénuphar dont elle dessinait les formes à l'encre sépia sur une planchette de bois qu'elle avait peinte en blanc.

Lisi était, une fois de plus, ulcéré par l'indifférence obstinée de sa fille. Il supportait de moins en moins ce mutisme qu'il finissait par prendre pour de l'effronterie et du dédain. Cela faisait des années qu'il se retenait, feignant de ne rien voir, pour éviter d'exploser de colère en tombant dans ce qu'il croyait être son jeu.

Persuadé qu'elle ne cherchait qu'à le pousser à bout, il ne voyait pas que sa fille était tombée dans la neurasthénie. Aussi jugea-t-il que là, elle avait dépassé toute borne.

Jamais il ne lui avait fait un cadeau aussi précieux et cher. Cet arbre nain valait assurément une petite fortune. De surcroît, Lisi savait fort bien que sa fille raffolait des jardins miniatures, qu'elle collectionnait dans des pots de bronze et dont elle s'occupait comme si c'étaient ses propres enfants. Quand il faisait beau, elle les plaçait au soleil sur le rebord de la fenêtre de sa chambre, quand il faisait froid, elle les rentrait soigneusement. Elle pouvait passer des journées entières à arracher avec sa petite pince de bronze les minuscules aiguilles de pins qu'elle empêchait de grandir en arasant leurs racines et en leur donnant le moins d'eau possible, en prenant soin, toutefois, de ne pas les faire mourir de soif.

Ulcéré par cette absence de réponse, Lisi trouva un prétexte pour exprimer son mécontentement.

— Tu sais bien que je n'aime pas que l'on vienne déranger l'ordre de mes affaires dans mon cabinet de travail !

Rosée Printanière aimait pourtant se tenir sous l'auvent de la pièce où son père s'isolait pour travailler et réfléchir. Ce petit bureau, dont les murs étaient construits en bois de catalpa, donnait sur l'étang en forme de haricot d'un agréable jardin d'agrément clos de murs.

— Je ne vois pas en quoi je dérange tes dossiers ! consentit-elle à répondre, le visage fermé, en continuant à peindre sa grenouille.

Ce bureau avait toujours été entre le père et la fille une pomme de discorde. Lisi détestait qu'elle y rôdât, tandis qu'elle s'y sentait toujours attirée.

Dans la pièce où travaillait son père, les dossiers urgents des affaires de l'État du Qin, qu'il rapportait le soir après son travail, étaient soigneusement empilés de part et d'autre de la longue table d'acajou patiné où s'étalait une collection de sceaux de jade. Un secrétaire particulier se chargeait d'emporter chaque matin les dossiers qui étaient passés d'une pile à l'autre, dûment estampillés, ce qui signifiait qu'ils avaient été traités par le Premier ministre.

Derrière la longue table se dressait une lourde armoire en teck dont les portes étaient recouvertes de plaques de bronze ornées de masques Taotie dont la gueule grande ouverte et les yeux terrifiants avaient dû être créés pour dissuader d'éventuels cambrioleurs. C'était une sorte de coffre-fort dont seul Lisi avait la clé.

Quelques années auparavant, Rosée Printanière, qui n'avait pas encore quinze ans, ne croyant pas mal faire, était entrée dans le bureau de son père à un moment où les deux battants du coffre-fort étaient largement ouverts. Celui-ci, aussi surpris que blême, lui avait violemment ordonné de sortir. Elle avait été bouleversée par sa rudesse extrême, c'était la première fois qu'elle voyait son père dans un tel état.

— Que je ne t'y reprenne plus ! Il ne faudra jamais essayer d'ouvrir ce coffre. D'ailleurs, sa serrure de bronze est inviolable, avait-il hurlé à sa fille qui était partie se réfugier dans sa chambre en pleurant.

C'était alors que Rosée Printanière, folle de rage et injustement humiliée, s'était juré de ne plus adresser la parole à son père.

Plus les années passaient et plus ce serment se vérifiait. Elle pouvait rester des mois sans lui adresser le moindre propos. Elle se sentait de plus en plus étrangère à ce personnage odieux qu'il était, petit à petit, devenu.

Le souvenir des quelques moments de tendresse qu'il lui avait accordés, lorsqu'elle était encore enfant, s'était évanoui pour laisser place à une immense amertume. Son père n'était pour elle qu'un légiste assoiffé de pouvoir, un forcené du travail pour lequel plus rien d'autre, désormais, ne comptait.

Son incompréhension lui était devenue insupportable.

Alors, devant ce petit érable nain qu'il avait rageusement déposé devant elle avant de la planter là, elle eut soudain envie de mettre fin à ses jours.

La vie sans Poisson d'Or ressemblait à ces fleurs aux formes et aux couleurs chatoyantes mais qui n'exhalaient jamais aucune odeur. Elle n'était qu'un oiseau enfermé dans sa cage dorée qui n'apercevait le ciel qu'à travers ses barreaux.

Les années avaient passé et rien n'avait changé.

Elle se doutait que la patience de Zheng, tôt ou tard, atteindrait ses limites et qu'un jour il la forcerait, d'une façon ou d'une autre, à le prendre pour époux. Elle s'était toujours juré que ce jour-là, elle ne lui offrirait que son seul cadavre.

Elle voyait à présent ce moment arriver. N'était-il pas temps d'en tirer les conséquences ?

Depuis la fenêtre de sa chambre, elle contemplait le ciel vide de tout combat de nuages. Elle sentit une sourde angoisse lui prendre l'abdomen et envahir son Champ de Cinabre inférieur. C'était la première fois qu'elle éprouvait un tel malaise.

Elle se mit à paniquer. Et si Poisson d'Or était mort ?

Malgré toutes ses recherches désespérées, elle n'avait plus aucune nouvelle de son amour dont le nom, toujours placardé sur les panneaux où s'affichaient les noms des individus poursuivis pour crimes contre l'État, était désormais presque effacé par la pluie et le vent.

Jusque-là, elle avait vécu d'espoir et s'accrochait à cette intime conviction qu'il était quelque part, toujours vivant, et qu'ils finiraient par se retrouver après tant d'années passées à s'attendre fidèlement.

Mais là, un affreux doute avait envahi son cœur. Et si tout cela n'avait été qu'illusion de sa part, pour se protéger de cette réalité insupportable ?

Ce ciel désespérément vide lui parut un fort mauvais présage.

D'ordinaire, les nuages étaient ses meilleurs compagnons d'infortune. Leurs souffles prenaient les formes et les tonalités les plus variées : phénix blancs orgueilleux et affrontés, buffles roses au galop, champignons noirs, fiers et immortels, montagnes aux cimes irisées ou encore pivoines nacrées et déchiquetées par le vent ; ils étaient toujours là pour lui signifier qu'elle n'était pas seule au monde et qu'il y avait un ailleurs où le bonheur était permis.

La fenêtre de sa chambre, située dans la partie la plus haute du palais de son père, donnait sur une cour dallée située en contrebas. Il lui suffisait d'enjamber le parapet et de se jeter dans le vide... On la retrouverait le cou brisé.

Après ce simple geste, l'oiseau prisonnier serait enfin sorti de sa cage et se serait définitivement envolé !

Elle regarda le vide.

Elle ne vit qu'un puits noir dont le fond était un minuscule point blanc, comme le centre d'un halo de lumière auquel les parois du puits auraient servi de cache. N'était-ce pas la lumière de ce monde lointain où existait le bonheur, là où son unique amour l'attendait ? Il suffisait de se jeter dedans et elle serait happée par cette source lumineuse.

Poisson d'Or, à coup sûr, devait être là-bas.

L'angoisse qu'elle éprouvait était devenue une sensation douloureuse, presque insupportable. Elle avait envie de hurler sa douleur mais aucun son n'arrivait à sortir de sa bouche.

Alors, elle accomplit le geste de se hisser sur le rebord de la fenêtre, jambes pendantes au-dessus de la cour.

Elle allait sauter dans le vide lorsqu'elle sentit une force étrange et douce l'en empêcher, comme si des bras secourables entouraient ses jambes et la forçaient à demeurer assise. Elle essaya de bouger, mais tout son corps, à sa totale surprise, demeurait figé.

Progressivement, elle se sentit envahie d'un grand apaisement. Son Champ de Cinabre n'était plus incendié par ce souffle néfaste qui la poussait, quelques instants plus tôt, à mourir. Une onde de douceur se répandait dans son corps, comme une cascade bienfaisante.

Elle frissonna et regarda encore vers le vide. Le puits noir s'était miraculeusement refermé. Elle ne pouvait plus y sauter.

Il lui sembla aussi entendre une voix infiniment tendre qui lui parlait. C'était une voix de femme. En tendant l'oreille, elle finit par comprendre que la voix féminine et lointaine prononçait les paroles rassurantes qu'elle attendait.

— Il ne faut pas t'inquiéter, ton cher Poisson d'Or

se porte comme un charme..., répétait la voix comme une calme litanie.

Elle rouvrit les yeux.

Dans le ciel, une collection de nuages venait d'apparaître. Ils étaient alignés. Elle les compta, il y en avait cinq. Leurs formes lui rappelaient des idéogrammes familiers. Au bout d'un instant, elle y aperçut ceux des « cinq viscères » Zang : le cœur, les poumons, la rate, le foie et les reins. Mais c'était le cœur Xing qui dominait, et de loin, le lot ; le cœur était le Zang dominant, qui commandait aux autres organes grâce à sa double fonction de Premier ministre et de Souverain du corps. Xing était le siège de l'amour mais aussi de l'esprit.

N'était-ce pas là l'heureux présage qu'elle attendait ?

À des centaines de li de distance, dans sa grotte du pic de Huashan, Vallée Profonde, prise d'un sombre pressentiment nocturne, avait détecté que sa petite-fille n'allait pas bien.

Comme toujours dans ces circonstances, après s'être concentrée devant son petit lac miniature, elle lui avait transmis toute l'énergie positive qu'elle possédait en elle. Cela devenait de plus en plus épuisant, à cause de son grand âge. Ce jour-là, pour réussir à faire basculer l'esprit de sa petite-fille du bon côté, elle avait dû s'y reprendre à plusieurs reprises tant la détresse de Rosée Printanière était grande. Vallée Profonde y avait laissé presque toutes ses forces. Mais l'amour quelle éprouvait pour l'unique legs d'Inébranlable Étoile de l'Est avait décuplé ses ressources. Elle n'avait cessé de méditer et de se concentrer, inlassablement et malgré l'épuisement qui la gagnait, lorsqu'elle avait clairement entendu, portés par les souffles cosmiques, les battements du cœur de Poisson d'Or, l'être que sa petite-fille aimait.

Ils étaient la preuve que le garçon était toujours vivant.

Alors, elle avait commandé à un nuage qui passait à

ce moment-là au-dessus de l'immense cascade de prendre la forme d'un cœur et d'aller se montrer à la jeune fille.

Elle s'était dit que c'était la solution la plus efficace pour apaiser l'esprit inquiet et désespéré de sa Rosée Printanière adorée.

Elle n'avait pas eu tort.

58

Le géomancien Embrasse la Simplicité était profondément vexé. Le roi Zheng avait décidé de nommer un autre que lui Grand Annaliste du Royaume.

Il n'avait pas hésité à s'en ouvrir au Premier ministre Lisi auprès duquel il s'était rendu toutes affaires cessantes lorsqu'il avait appris cette nomination.

— Ton rôle est de déterminer le lieu et le temps exact des choses. Pas de rédiger la Grande Histoire de notre roi ! Je ne vois vraiment pas de quoi tu te plains !

— Sans le secours des astres et des Cinq Directions, il sera impossible à notre souverain de s'inscrire dans la Grande Histoire..., plaida-t-il.

Lisi regarda le géomancien d'un air amusé. Il le trouvait plutôt sympathique. Une telle sincérité n'était pas coutumière à la Cour, où les dissensions se réglaient en coulisse. Pour autant, le ton grandiloquent adopté par le géomancien frisait quelque peu le ridicule.

Mais n'était-ce pas le propre des adeptes de cette science à laquelle Lisi croyait si peu ? Le Premier ministre était en effet moins que réceptif aux propos de ces individus mi-sorciers, mi-prêtres, qui voyaient des corps, des yeux et des queues de dragons partout, à la surface de la terre comme dans son sous-sol. Armés de compas et de boussoles, ils déambulaient fièrement, délivrant leur oracles et leurs prescriptions aux pauvres gens crédules qui les sollicitaient pour indiquer la bonne orientation d'une pierre tombale ou l'endroit propice à la plantation d'un arbre ou à la construction d'une maison.

— Ne t'inquiète pas. Tu auras l'occasion de te rattraper, lui confia le Premier ministre.

Embrasse la Simplicité le regarda d'un air étonné. Le géomancien avait pris de l'embonpoint, son énorme ventre paraissait éclater sous l'imposante ceinture de soie verte ornée de phénix argentés qui lui ceignait la taille.

— Depuis la chute du royaume de Qi et de son orgueilleuse capitale Linzi, la voie est ouverte pour la mise en œuvre de l'Empire. L'année prochaine, le roi du Qin deviendra le Fils du Ciel et l'Empereur du Centre. Il nous reste en gros entre six et neuf mois, selon le moment qui sera choisi. C'est toi qui seras chargé d'en déterminer la date et le lieu exacts. Ce sera la cérémonie la plus grandiose que le Qin ait jamais organisée ! Tous les peuples conquis viendront rendre hommage au Fils du Ciel, précisa le Premier ministre.

Le géomancien gloussa de joie.

— Il faudra me laisser le temps nécessaire pour effectuer mes calculs avec le plus grand soin. L'endroit précis où l'Empereur devra poser ses pieds, ainsi que le moment exact où il recevra le mandat du Ciel nécessitent une précision infaillible. Je devrai sûrement faire forger un compas spécial et une boussole dont la louche indiquera le sud. Je connais un artisan bronzier qui est capable de la réaliser.

— Tu disposeras de tout ce dont tu as besoin ! Le plus important sera de déterminer le lieu idéal de la construction de son Palais de Lumière, le Mingtang, où le roi devra se tenir lorsqu'il recevra le mandat du Ciel. J'espère que ta science te permettra de mettre dans le mille ! fit le Premier ministre en partant d'un rire sonore.

— J'irai voir dès que je sortirai d'ici l'architecte Parfait en Tous Points pour évoquer avec lui la construction de ce Palais de Lumière ! J'y consacrerai toute l'énergie nécessaire, tu peux compter sur moi !

Le Mingtang devait obligatoirement comporter la Salle Sacrée avec, au centre, un espace carré parfaitement vide, couvert d'un toit rond. Cette Salle Sacrée devait être entourée du Fossé Annulaire Biyong et s'ouvrir sur la Terrasse Transcendante Lingtai. Le Mingtang était une véritable boussole architecturale dont le souverain serait l'aiguille, lui permettant ainsi de s'accorder aux astres et de se conformer à leur position céleste par rapport aux Cinq Directions. Chaque pièce du Mingtang correspondrait à une saison. C'était là que devrait se tenir l'Empereur, après avoir revêtu les habits appropriés et avant de consommer la viande et son accompagnement, tels que les prévoyait le calendrier astral : mouton et blé au printemps, poulet et soja l'été, viande de chien et graines de sésame à l'automne, porc et millet en hiver.

— C'est à toi d'en déterminer le lieu de construction. Il faudra toutefois veiller à ce qu'il soit bâti sur un tertre suffisamment haut pour que tous les peuples de ce qui deviendra l'Empire du Centre puissent de très loin voir la demeure du Très Auguste, ajouta le Premier ministre.

— Cela signifie-t-il que notre souverain a enfin décidé de se montrer à ses sujets ? demanda ingénument le géomancien.

— Ça, c'est autre chose ! Notre grand roi est invisible car il voit tout et sait tout.

— Mais lorsque l'Empire du Centre aura été institué, comment fera-t-il pour continuer à tout contrôler ? insista, quelque peu incrédule, le gros Embrasse la Simplicité.

Heureux de la tâche qui venait de lui incomber, il

passait et repassait ses mains d'un air satisfait sur sa large ceinture.

— L'Empereur aura en main son empire comme s'il le tenait sur son seul index, tel un grain de moutarde ! L'Empire du Centre sera comme un poisson, il ne pourra pourrir que par la tête. Et comme notre souverain est imputrescible, ça n'est pas demain que l'État s'effondrera ! déclara péremptoirement Lisi au géomancien.

— Monsieur le Premier ministre, votre secrétaire particulier attend dans l'antichambre avec la pile des décrets Zhi et des édits Zhao de la journée. Dois-je le faire attendre ? chuchota à l'oreille de Lisi un majordome qui venait d'entrer à petits pas dans le bureau.

Sous sa longue robe, l'homme semblait glisser sur le dallage comme un navire descendant le cours d'un fleuve.

— Non, fais-le entrer ! dit le Premier ministre en regardant le géomancien pour lui faire comprendre qu'il était temps de terminer là leur entretien.

— Je comprends que vos immenses tâches vous réclament, lança poliment celui-ci.

— Tu es astucieux, mon cher Embrasse la Simplicité. Tu comprends les choses à demi-mot. C'est bien.

Le ton de Lisi se voulait presque paternel.

— Notre éminent monarque a de la chance d'être secondé par un Premier ministre aussi efficace que votre personne, conclut le géomancien en guise de remerciements, avant de s'incliner et de sortir.

Dehors, il avait retrouvé son humeur guillerette.

À défaut de charge de Grand Annaliste, il venait de se voir confier une tâche autrement plus exaltante ! Sur ses épaules reposait tout l'avenir de l'Empire du Centre. Pour peu qu'il se trompât sur la date et le lieu, ce serait toute l'œuvre du roi Zheng qui s'effondrerait comme ces piles de marchandises que certains bateliers, si avares de leurs deniers qu'ils répugnaient à consulter les géomanciens de service, déposaient sur les berges de la Wei à de mauvais endroits sans se rendre compte qu'elles offraient aux vents des prises qui les faisaient s'écrouler dans la rivière où le courant les engloutissait en un instant.

Embrasse la Simplicité se sentait comptable de la pérennité et de la grandeur de l'œuvre de son roi. Il en éprouvait une légitime fierté.

Qui l'aurait vu, se rengorgeant comme un coq, se diriger à grandes enjambées vers l'immeuble où officiait l'architecte Parfait en Tous Points, aurait aisément perçu que c'était là un homme heureux et fier.

Quand il entra dans le bureau de l'architecte, celui-ci achevait de dessiner l'élévation d'une portion de Grand Mur particulièrement délicate, le terrain sur lequel il fallait l'ériger accusant un fort dénivelé.

— Tu viens me voir au sujet du Mingtang ? demanda l'architecte au géomancien.

— On ne peut rien te cacher !

— Le sujet est à l'ordre du jour. Le temps presse et nos autorités s'impatientent. Tout devra être terminé à la date que tu nous communiqueras...

— Il y a la date, mais il y a surtout le lieu. Pour l'instant, je n'ai aucune idée précise à cet égard. Il faut absolument, m'a-t-on indiqué, que ce soit une colline. J'ai peur que cela limite mon choix.

— Cela n'a aucune importance, rassure-toi. S'il le faut, nous élèverons une colline artificielle. Agis sans la moindre contrainte. Le lieu doit primer sur le reste. S'il faut démolir un somptueux palais pour construire le Mingtang, ce sera fait sans la moindre hésitation.

— Même l'une des fastueuses résidences de notre roi ?

— Bien sûr ! L'emplacement du Mingtang doit être dénué de tout reproche.

— Dans ce cas, je m'arrangerai pour qu'il soit

construit en plein centre de l'œil du Dragon dont la colline qui lui servira de soubassement devra coïncider avec la tête.

Lorsqu'il sortit de l'immeuble où travaillait l'architecte, Embrasse la Simplicité était encore plus heureux et plus fier que lorsqu'il y était entré.

Il ne lui restait plus qu'à détecter l'endroit du sol au-dessous duquel sommeillait le Grand Dragon dont le souffle favoriserait l'Empire du Centre.

*

— L'Auguste Souverain du Centre a décidé de te nommer chef d'état-major des armées du royaume ! déclara avec solennité à Zhaogao le désormais très vieux Wang le Chanceux.

Zhaogao, biceps gonflés comme des outres, se mit impeccablement au garde-à-vous. Il traînait une épée si lourde qu'elle faisait résonner les dalles de pierre comme un phonolithe. Ses épaulettes de pattes d'ours, issues d'un gigantesque animal qu'il avait tué dans la steppe quelques mois plus tôt, ne manquaient pas de surprendre les passants qui l'avaient croisé dans la rue : on s'attendait à voir la tête de l'animal surgir derrière son dos.

Il portait aussi la coiffe réglementaire des généraux d'armée, grade qu'il avait atteint depuis moins d'un an, après une fulgurante ascension qui n'était pas sans lien avec la complicité active dont il bénéficiait de la part du vieux général.

— Avec un peu de chance, poursuivit le vieillard d'un air complice, dans quelque temps tu me remplaceras comme ministre de la Guerre ! Il faudra simplement veiller à ne pas t'afficher en public avec tes mignons, car cela pourrait faire jaser les esprits trop conformistes...

Le gloussement qui avait accompagné les derniers

propos du général Wang en disait long sur les penchants du vieux ministre de la Guerre.

Il est vrai que l'inclination de Zhaogao pour les garçons s'était affirmée, au grand dam de sa vieille mère. Elle savait désormais qu'il ne lui donnerait pas de petits-enfants. Il s'entourait d'ordonnances poupines, au visage efféminé et au corps sculpté comme le sien, dont il faisait à la fois ses gardes et ses amants.

Malgré ces écarts, ses frasques lui étaient pardonnées par le vieux ministre de la Guerre Wang le Chanceux, car son courage et sa vaillance avaient fait du général Zhaogao l'un des plus valeureux guerriers des armées du Qin.

— Puis-je savoir ce qui me vaut une pareille faveur ?

C'était une façon comme une autre, pensait-il, de recevoir une flatterie. Zhaogao n'aimait rien tant que d'aucuns énumérassent ses hauts faits d'armes dont il était très fier. Outre la conquête du Yan, il avait à son actif la prise d'une vingtaine de places fortes. Il se vantait parfois d'avoir fait trois cent mille prisonniers. Le chiffre était sans doute excessif, mais pas de plus d'un tiers. Celui que l'on appelait maintenant l'« Homme aux Biceps de Bronze » entretenait déjà soigneusement sa légende.

— Sa Majesté a surtout été impressionnée par ton astuce qui consiste à disposer les troupes de telle sorte qu'elles se referment comme les mâchoires d'un crocodile sur l'armée adverse.

— Tu veux parler de la formation Sancai dont j'ai pu éprouver l'efficacité quand je me suis emparé de la muraille qui protégeait le Yan ?

— C'est bien cela. Cette tactique est déjà un cas d'école hautement commenté dans nos écoles d'officiers, ajouta le vieux Wang.

Zhaogao se rengorgea. Sa seule petite frustration était de ne pas avoir appris la nouvelle de cette promotion de la bouche du roi Zheng en personne. Il en fit gentiment la remarque au ministre, en prenant le plus grand soin de ne pas le vexer.

— Tu n'es pas sans savoir que le roi ne voit jamais quiconque. Lisi sert d'intermédiaire unique. Mais les deux hommes sont comme les deux doigts d'une main. Le roi, donc, par l'intermédiaire de son Premier ministre, sait tout et voit tout. Je suis sûr qu'il n'ignore pas que tu te trouves à cet instant précis dans mon bureau ! se plut-il à dire pour rassurer son protégé en lui caressant l'avant-bras.

— Dire que nous avons joué ensemble, le roi et moi, à faire des pâtés de sable et à lancer des cerfs-volants ! C'était d'ailleurs toujours ce Poisson d'Or qui raflait la première place lorsque nous nous mesurions à la lutte, au jeu de billes ou au tir à l'arc...

— Poisson d'Or ? Tu veux parler de celui qui a volé le grand disque de jade des collections royales ?

— Lui-même. On m'a dit qu'il s'était enfui juste avant son arrestation. Dommage ! Il eût mérité un cruel châtiment pour un larcin aussi abject ! s'emporta Zhaogao.

La seule évocation du nom de Poisson d'Or avait le don de le remplir d'amertume, comme au premier jour.

— Il doit se cacher quelque part à la campagne. Le pays est vaste et nos paysans, pour la plupart incultes et analphabètes, sont incapables de lire sur les pancartes des carrefours des chemins le nom des criminels recherchés. À moins qu'il ne soit déjà mort, lâcha distraitement le vieux général qui se souciait visiblement de tout cela comme d'une guigne.

— Des bruits ont circulé faisant état de sa présence sur le chantier du Grand Mur qui relève de mon commandement militaire. J'ai fait enquêter, mais je n'ai rien trouvé. Il est vrai que les terrassiers, là-bas, meurent comme des mouches !

— Comment as-tu trouvé cette province occidentale ?

— On y sent déjà le grand désert, celui où les chevaux des Xiongnu parcourent les étendues sablonneuses à perte de vue.

— Au sud, cette province touche ce qui reste du royaume de Chu. Cette fameuse contrée est en train de vivre ses derniers jours, à force de subir les assauts de nos troupes. C'est le dernier maillon qu'il nous faut réduire. Ce sera ton premier travail : soumettre définitivement ce pays où la soie est si belle ! Nous serons tous habillés de brocart grâce à toi ! déclara, tout enjoué, le vieux ministre.

— Pour parachever nos offensives contre ce pays, j'aurai recours aux archers à cheval. Eux seuls ont la mobilité et la puissance nécessaires pour dominer les troupes d'élite que le Chu a massées autour de sa capitale, le seul sanctuaire de cet État à demeurer intact mais qui tient tout le reste !

L'entretien terminé, Zhaogao décida d'aller se détendre à la salle de musculation de l'Académie Royale des Arts Martiaux. Une ordonnance filiforme l'accompagnait. Arrivé là, il put constater que chacun s'inclinait devant lui avec respect. L'annonce de sa prochaine promotion avait dû filtrer à l'extérieur.

Une fois entré dans la salle, il s'apprêtait à prendre dans un casier deux lourds poids de fonte pour les soulever lorsqu'il sentit qu'on lui tapotait l'épaule. Surpris, il se retourna. C'était l'ancien médecin Ainsi Parfois, qu'il reconnut à peine, vu l'importante calvitie qui lui dégarnissait complètement le crâne.

— Quelle surprise ! Que vient donc faire en ces lieux le Chambellan du futur Empereur ? s'exclama Zhaogao d'une voix aimable.

— Je survis. C'est déjà ça. J'occupe des fonctions particulièrement éprouvantes aux côtés d'un roi dont l'extrême méfiance me complique singulièrement la tâche, répondit le Chambellan.

Zhaogao se demanda ce que cachaient de tels accents de sincérité. Pour se donner une contenance, il commença à soulever sa fonte après avoir dégrafé ses épaulettes, quitté sa cape de laine grise et ôté le haut de sa tunique.

— De quoi veux-tu parler exactement ?

— J'affirme qu'il n'est pas aisé de demeurer au service d'un prince qui refuse tout contact avec l'extérieur. Je dois être présent dans l'antichambre de jour comme de nuit. Et le roi dort peu. Le plus souvent, il travaille volets clos des journées entières. Alors, il n'a pas vraiment conscience que le soleil s'est couché et je dois lui remettre une fiche calendaire sur laquelle il lira la date de la journée. Au début, j'ai essayé de lui dire moi-même quel jour nous étions. Mais il m'ordonna de m'en tenir à ses directives. Il vaut mieux s'y conformer. Il fait si peu confiance et ses colères sont si redoutables !

— Mais pourquoi me fais-tu toutes ces confidences ? s'enquit, méfiant, le général Zhaogao.

Ses premiers mouvements de musculation à peine achevés, il ruisselait déjà de sueur.

— Parce que je sais que tu es encore l'un des seuls qui pourra, un jour, l'approcher et lui parler. Voilà le message que je souhaitais te livrer : j'aimerais bien être remplacé. Je n'en peux plus de vivre au sein d'une prison nocturne et dans cette atmosphère lugubre du petit carré des serviteurs de notre roi, où chacun craint l'impair qui causera sa propre perte ! avoua, soudain suppliant, le Chambellan Ainsi Parfois.

— Je croyais que Lisi et toi étiez inséparables... Pourquoi ne pas t'en ouvrir au Premier ministre ?

— Nous fûmes jadis de très bons camarades d'études. Depuis, nos routes ont divergé. Le temps a peu à peu effacé toute amitié. Aujourd'hui, Lisi est plus inaccessible que le sommet du pic de Huashan, sa vie est entièrement dévouée au futur Empereur du Centre ! Quand je le croise dans l'antichambre, c'est à peine s'il me salue, gémit-il.

La jeune ordonnance filiforme de Zhaogao avait commencé à frotter les épaules de son maître qui s'était allongé sur le ventre après avoir versé sur ses muscles gonflés par l'effort une fiole d'huile parfumée. Le général, qui adorait qu'on le massât après l'exercice, émit un petit grognement de plaisir.

— Je te promets que je lui en parlerai dès que j'en aurai l'occasion. Et que souhaiterais-tu faire lorsque tu auras quitté le service du roi ?

— J'aimerais simplement être un homme libre, murmura l'ancien médecin.

Yeux mi-clos, Zhaogao savourait le va-et-vient des mains expertes de l'ordonnance filiforme. Il n'aimait rien tant que ce mélange d'huile et de sueur qui entrait dans son corps par tous ses pores en lui procurant cette incomparable impression de chaleur apaisante. Les effets du massage l'emportaient dans une douce euphorie. Il se rêvait déjà rapportant au Qin l'annexion définitive du Chu. Alors, promu au rang de héros national, jusqu'où ne pourrait-il pas aller ?

— Il faut que je te quitte. Le roi risque de me chercher, soupira Ainsi Parfois avant de laisser le général tout à sa léthargie.

*

— À en juger par la hauteur du tumulus, cette tombe doit être celle d'un riche noble ! s'écria Feu Brûlant.

— Dans ce cas, elle est à nous ! décréta en riant Poisson d'Or.

Il esquissa un pas de danse au sommet du monticule de terre qui se dressait, tel un mamelon, au milieu du cimetière entouré d'un champ de millet verdoyant.

Piller un riche tombeau leur permettait de vivre à

l'aise pendant de longues semaines. C'était l'unique moyen qu'avaient trouvé Poisson d'Or et Feu Brûlant d'assurer leur survie. Dans ces régions récemment annexées, la méfiance des paysans, décuplée par les exactions des armées du Qin, était telle qu'ils voyaient systématiquement opposer une fin de non-recevoir à leur offre de travailler moyennant l'hébergement et la nourriture.

Ils étaient devenus pilleurs de tombes en même temps que Feu Brûlant avait révélé à son ami les secrets inavoués de son existence.

Tout avait commencé ce fameux matin où, après une nuit infestée par les mouches et les moustiques, ils s'apprêtaient à maudire, comme chaque jour, les racines dont ils se nourrissaient tant bien que mal et l'eau croupissante des mares qu'ils étaient obligés de boire. Poisson d'Or s'était aperçu qu'ils venaient de se réveiller en plein milieu de ce qui ressemblait à un site funéraire.

Feu Brûlant avait l'air morose. Poisson d'Or voyait bien que quelque chose n'allait pas.

— Peux-tu me dire ce qui a l'air de te tourmenter à ce point, alors que nous sommes probablement tombés sur une nécropole qui regorge de trésors !

— Je porte un lourd secret que j'éprouve de plus en plus de peine à te cacher..., avait fini par avouer l'eunuque.

— Je t'écoute. Tu peux me faire confiance, je ne te jugerai pas. J'ai trop d'estime pour toi.

— C'était il y a plus de dix ans... C'est moi qui ai tué Couteau Rapide. Après m'avoir opéré, il a vendu mes parties à un apothicaire de Xianyang. Je l'ai appris par hasard. Dès que je l'ai su, je suis allé l'égorger.

— Tu n'as fait que te rendre justice ! Cela ne me choque en rien, avait assuré Poisson d'Or en passant une main sur l'épaule de son ami.

Feu Brûlant, soulagé enfin de cet insupportable fardeau, avait éclaté en sanglots. Ce secret, il avait cent fois essayé d'en parler à Poisson d'Or, mais au dernier moment la force finissait toujours par lui manquer. C'était au cours de leur fuite dans la tempête de sable que l'eunuque avait pris la décision de tout révéler. Ils partageaient désormais tant d'épreuves...

Feu Brûlant s'était senti libéré, mais cela avait ravivé le souvenir de sa castration forcée.

— Je ne pourrai jamais être père ! J'ai été castré contre mon gré. Couteau Rapide a agi comme un boucher !

Poisson d'Or, bouleversé par cette confidence, lui avait pris la main.

— Comme tu as dû souffrir... Tu ne peux pas savoir ce que je te plains.

— À un degré inimaginable. Heureusement, grâce à toi, j'ai l'impression d'être de nouveau quelqu'un.

— Si c'est le cas, c'est déjà pour moi un bonheur inappréciable que de pouvoir me dire que je t'ai un peu aidé, avait répondu Poisson d'Or à son ami.

C'est après cette conversation qu'ils s'étaient introduits dans une tombe d'accès facile, volant les plus belles pièces de la vaisselle rituelle qu'ils avaient pu monnayer par la suite auprès de brocanteurs. Ils avaient découvert ainsi le moyen de survivre, lorsque le produit de leur chasse ou de leur cueillette était insuffisant pour leur permettre de manger décemment.

Ils n'avaient jamais vu, au demeurant, un tumulus aussi haut que celui qui se dressait à présent sous leurs yeux, au milieu d'un cimetière qui ressemblait à un village miniature. Chaque tombe était construite sur le modèle d'une maisonnette.

Le tumulus devait correspondre à la tombe centrale dont Poisson d'Or pensait qu'elle devait être destinée à une famille de haut lignage, parce qu'elle était beaucoup plus haute que les autres.

Elle formait en effet, du côté opposé, un véritable

petit palais dont la porte d'entrée était surmontée d'un linteau de pierre sculpté de deux dragons affrontés.

— Crois-tu que nous pouvons y entrer par la porte principale ? s'interrogea l'eunuque.

— La porte de bronze a l'air facile à forcer, observa Poisson d'Or en frappant avec son épaule les planches de bois vermoulues.

Elles cédèrent facilement. Il ne restait plus aux pieds de Poisson d'Or qu'un petit tas de poussière marron. Devant lui s'ouvrait un étroit couloir. Alors il alla ramasser quelques branches séchées pour en faire une torche.

La tombe renfermait bien plus de trésors qu'ils avaient pu l'imaginer. La salle funéraire était si encombrée par les bronze rituels et les figurines de terre que l'on ne pouvait pas y placer un pied. Poisson d'Or demanda à Feu Brûlant de se placer derrière lui et il commença à vider le mobilier funéraire qui empêchait d'avancer. Bientôt, les vases, les coupes et les figurines Mingqi s'entassèrent en un monticule impressionnant dans le couloir d'entrée.

Il y avait aussi quantité d'objets de jade : des Bi, des Cong, des haches rituelles et des couteaux. Dans un coffret de laque noire, Poisson d'Or découvrit une parure en or sertie de pierres dures.

— Le riche noble devait aimer son épouse ! Cette parure lui était sûrement destinée..., dit-il en montrant le corps momifié d'une femme dont les vêtements paraissaient avoir été brûlés par les ans.

— Je n'ai jamais vu des objets d'or aussi finement ciselés ! s'extasia l'eunuque.

— Elle n'a pas pu en profiter beaucoup. Elle a été enterrée vivante avec son époux.

— Quelle cruauté ! Moi qui croyais que tous ces Mingqi permettaient d'éviter d'enterrer des êtres humains et des animaux.

— Ces Mingqi remplacèrent en effet avantageusement les serviteurs et les animaux de compagnie. Il est probable que seule la femme du défunt eut – si j'ose dire le privilège d'accompagner son époux pour le grand voyage ! Il n'y a pas longtemps que cette coutume barbare a été abandonnée au Qin, précisa Poisson d'Or.

— Nous avons là de quoi tenir quatre ou cinq mois si nous obtenons un bon prix de tout ce mobilier auprès des brocanteurs et des antiquaires...

— Tout notre problème est de trouver des marchands d'antiquités qui accepteront de nous acheter ces pièces dont nous ne pourrons jamais leur indiquer la provenance... Souviens-toi du mal que nous avons eu à monnayer cette bannière de soie de la première tombe que nous avons pillée.

— Je peux te l'avouer, le pillage des tombes me fait peur. Nous dérangeons le défunt pendant son sommeil et le privons des ustensiles nécessaires à sa vie souterraine..., murmura Feu Brûlant.

Il regardait d'un air inquiet le cadavre séché du défunt, allongé dans un sarcophage de planches dont Poisson d'Or venait de faire sauter le couvercle.

— Ne t'inquiète pas ! Nous sommes dans un état proche de celui que l'on qualifie de « légitime défense ». Nous n'avons pas d'autre choix si nous voulons survivre. Je n'ai pas demandé à être là où je suis ! On m'a accusé injustement pour un forfait que je n'ai pas commis. Je suis sûr que l'esprit du défunt comprend la nécessité dans laquelle nous nous trouvons. D'ailleurs, j'accomplis toujours le geste par lequel on honore ses ancêtres lorsque je me trouve en présence d'un cadavre.

Il venait d'extraire de sa poche la planchette nécessaire à l'accomplissement de l'action rituelle adéquate. Il la brûlerait après avoir accompli une prière, à l'instar de ce qui se faisait au centième jour après la mort d'un défunt.

À côté du sarcophage se trouvait un coffre de bois

de taille imposante. Il semblait avoir été refermé la veille, tant ses ferrures de bronze doré étaient astiquées et luisantes. Avec l'un des couteaux de jade qu'il avait récupérés, Poisson d'Or souleva délicatement le couvercle dont les ferrures cédèrent.

Il n'était pas près d'oublier ce qu'il ressentit lorsque, penché au-dessus de l'ouverture, le contenu de ce qu'il avait cru être un coffre, et qui était en réalité le cercueil principal du tombeau, lui apparut.

Le corps du défunt était entièrement recouvert de plaquettes de jade liées par du fil d'or. Les plaquettes épousaient parfaitement ses formes, comme un étui de protection qui aurait été moulé sur lui. On distinguait parfaitement l'arête du nez de la tête du cadavre, tandis que la plaquette située sur sa bouche était percée d'un orifice circulaire. L'être de jade avait l'air de dormir confortablement. Son cou reposait sur un oreiller de jade incurvé aux deux bords ; il était couleur « graisse de mouton », l'une des plus précieuses. Le long du corps avait été posée une épée à poignée de jade et à lame de bronze que son oxydation avait parsemée de boursouflures pigmentées de vert turquoise.

— C'est pour lui permettre de capter les souffles positifs venus du sol. Il s'agit du noble marquis Zeng pour lequel cette superbe tombe a été construite, expliqua Poisson d'Or à Feu Brûlant.

Tout en indiquant l'orifice qui tenait lieu de bouche, il venait de déchiffrer une plaquette suspendue au cou du défunt et qui portait son nom ainsi que son titre nobiliaire.

L'eunuque, abasourdi par la splendeur de cette carapace de jade, ouvrait une bouche presque aussi ronde que l'orifice censé permettre au cadavre de respirer.

— Je n'ai jamais vu autant de jade rassemblé en un seul lieu ! Quant à l'épée, elle pourrait transpercer de part en part un dragon aussi haut qu'un arbre !

— C'est un fait, reconnut sobrement Poisson d'Or.

Il avait commencé à couper un à un les fils d'or qui relayaient entre elles les plaquettes de l'armure avant de les mettre dans un sac de jute.

— Que fais-tu ? souffla, incrédule, Feu Brûlant.

— Ces plaques de jade valent au moins dix taels de bronze chacune, et, pour les plus importantes, la valeur d'une bêche monétaire, soit dix fois plus. Cela fait beaucoup d'argent. Je me dis que, tôt ou tard, nous en aurons sûrement besoin.

— À quelles fins ?

— C'est trop tôt pour le dire, mais on ne sait jamais, répondit Poisson d'Or en souriant à son ami.

Ils entendirent un bruit de clochettes et l'aboiement d'un chien. Feu Brûlant sortit la tête à l'extérieur pour voir.

— Un berger arrive, avec son troupeau de moutons et un molosse peu sympathique !

— Partons vite !

Le sac de jute était rempli à ras bord des plaquettes de jade de la carapace funéraire du marquis Zeng.

59

— Il faudra commencer la construction de mon mausolée le même jour, ainsi, nous tiendrons les deux bouts du grand cycle de ma vie sur terre ! affirma le roi Zheng.

— Le nécessaire a déjà été fait auprès de l'architecte Parfait en Tous Points, répondit le Premier ministre.

Lisi venait de communiquer au roi la date et l'heure où il conviendrait qu'il reçût le mandat du Ciel et devint l'Empereur du Centre.

Ce serait très précisément à midi, le jour le plus long de l'année, au milieu du deuxième mois d'été, à l'heure où le soleil atteignait son point le plus haut de l'année, celui de la vingt-deuxième étape stellaire de Dongjing.

C'était le mois du feu, le mois du jaune, le mois de ce qui brillait comme l'or. L'animal de ce mois était l'oiseau et sa note musicale le Zhi, issue du tube musical Ruibin d'essence Yang. Le tube musical Ruibin était capable de produire la Grande Musique, celle qui réjouissait à la fois le prince et tous ses sujets parce qu'elle les rendait heureux.

La saveur de ce mois était l'amer et son goût le brûlé, l'époque où l'on offrirait les poumons des animaux destinés aux sacrifices au dieu du Foyer. C'était le mois au cours duquel l'impitoyable mante religieuse, à peine sortie de son enveloppe, commençait à déployer ses longues pattes et celui où la pie grièche régalait les oreilles des chasseurs avec son chant mélodieux.

— J'ai sous les yeux le rapport du maître géomancien Embrasse la Simplicité : le Fils du Ciel occupera le Grand Temple du Palais de Lumière, c'est-à-dire la partie sud de cet édifice. Nous devrons donner comme instructions au Grand Maître de Musique de veiller à ce que les peaux des tambourins soient parfaitement tendues. Il devra surveiller que les cithares Qin, les guitares Si et les flûtes Gan et Xiao soient bien accordées à la note musicale du mois. Le Grand Maître de Ballet devra exercer les danseurs à bouger leurs jambes et leurs bras en cadence, au son des ocarinas et des orgues à bouche Yu et Sheng. Ils porteront fièrement leurs boucliers en peau de rhinocéros, leurs haches rituelles de jade et leurs sceptres empennés de plumes de corbeau.

— À ce propos, où en est la construction du Mingtang ?

Cette question, le roi la posait tous les mois à son Premier ministre.

— Majesté, votre Palais de Lumière est à la veille d'être achevé sur la colline de la Longévité. Le géomancien Embrasse la Simplicité, après de longs et fort savants calculs, en a déterminé le lieu et l'orientation au pouce près. Des milliers de terrassiers, de tailleurs de pierre et de charpentiers y travaillent jour et nuit. J'ai demandé, pour aller encore plus vite en besogne, un apport massif de prisonniers de guerre. Vos instructions auront été, comme il se doit, respectées à la lettre !

Le futur empereur caressait négligemment l'une des vingt-sept dents de l'échine de la caisse de résonance Yu. Faite de bois dur et sec, elle empruntait la forme d'un tigre gueule ouverte. Lorsqu'on raclait l'échine dentelée de l'animal à l'aide d'un manche, cela provoquait un bruit de crécelle qui annonçait le début ou la fin d'un morceau de musique.

— Et de quoi devra se composer le repas rituel du Fils du Ciel ?

— Majesté, vous mangerez le soja et le poulet grillés. Au dessert, des cerises mûres vous seront servies.

— Embrasse la Simplicité a-t-il veillé à ce que les interdictions de la journée ne soient pas pénalisantes pour l'organisation des festivités ?

— Les seules interdictions du jour concernent la taille des indigotiers à teinture, la préparation du charbon de bois et l'exposition d'une toile au soleil. Rien de bien gênant, Majesté.

— Je croyais qu'il était aussi interdit d'allumer un feu quelconque au sud ?

Le roi avait l'air soupçonneux de celui qui venait de surprendre un fâcheux oubli de son interlocuteur.

— Vous avez notoirement raison, Majesté. J'avais oublié cette interdiction pourtant essentielle ! J'ai toutefois déjà fait préparer hier le décret stipulant cette interdiction..., fit Lisi, battant sa coulpe.

Il se mordait les lèvres d'avoir oublié l'interdiction d'allumer, ce jour-là, le moindre feu au sud.

— Que prévoit-on pour le peuple ? Il convient que chacun se souvienne pendant des années de ce grand jour !

Le ton du roi se faisait un peu plus agréable.

— Sire, les villes seront ouvertes ce jour-là. L'État abandonnera ses droits d'octroi et les marchés seront d'accès libre, tant pour les vendeurs que pour les acheteurs. Les rations des prisonniers seront augmentées sur les chantiers publics. Notamment pour ceux qui travaillent à la construction du Grand Mur. Nous suspendrons aussi provisoirement, si vous en êtes d'accord, les exécutions capitales.

Lisi constata avec soulagement que le roi Zheng avait l'air satisfait.

— Quant aux exécutions capitales, je ne vois pas comment faire autrement que de les suspendre, car tous les bourreaux devront pouvoir se rendre au pied de la colline de la Longévité pour célébrer le nouveau Mandat du Ciel. Mais j'entends qu'elles reprennent leur cours, bien entendu, dès le lendemain !

— Majesté, cela va sans dire... Les grandes Lois du Qin continueront à s'appliquer sous l'Empire du Ciel !

— J'ai hâte d'être à ce jour-là ! Ce sera le moment où le Yin et le Yang rivalisent... Celui du Grand Équilibre... Celui de l'Empire du Centre de toutes les choses, de tous les êtres vivants et de tous les hommes, murmura le roi Zheng.

Il exprimait la béatitude du souverain qui va toucher au but, celui qu'il avait assigné à son règne.

— En recevant le mandat du Ciel, vous accorderez l'Empire aux grandes vertus de la Règle. Alors, on pourra dire enfin que l'école du Fajia aura, à travers vos augustes fonctions, trouvé son incarnation politique.

— Il est vrai que nous régnerons bientôt sur toutes les contrées habitables. Zhaogao est en passe de réduire définitivement le royaume de Chu, qui est le dernier obstacle à l'unification des territoires conquis. L'Empire du Centre s'étendra alors depuis le désert jusqu'à la Grande Mer, là où se trouvent les bienheureuses îles Penglai de l'Immortalité.

Lisi s'abstint de répondre. La seule divergence qui le séparait du roi Zheng concernait précisément ces croyances sur l'Immortalité et particulièrement sur ces Îles Immortelles que le souverain souhaitait si ardemment découvrir et conquérir, sans doute, bien qu'il ne l'ait jamais avoué, pour s'y installer et régner dix mille ans.

— Je réfléchis aussi au nom qui sera le mien en tant qu'Empereur du Centre. J'ai pensé à Renhuang, Souverain de l'Humanité. C'est là un titre noble et ancien.

— Majesté, il vous faut mieux faire, il faut viser plus grand ! Vous prenez la suite des très vénérables

Sanhuangwudi, les Trois Augustes Empereurs. Votre titre devrait, à mon sens, s'inscrire dans votre démarche en comportant celui de Huangdi...

— Il est vrai que l'idéogramme Huang ramène aussi au Jaune, qui est la couleur auprès de laquelle je me sens le mieux.

— Le Jaune appelle l'or, Majesté ! ajouta, triomphant, Lisi.

Le roi se tut un instant. Il paraissait réfléchir tout en caressant son petit tripode rituel, passant et repassant le doigt sur les inscriptions qui en ornaient le col.

— Ce sera Shihuangdi, le Premier Empereur. L'Empereur Fondateur. Pour l'avenir, je ne souhaite plus de noms posthumes, c'est le meilleur moyen offert aux fils pour dénigrer leur père ! Mes successeurs n'auront qu'à utiliser la suite des nombres : Deuxième Empereur, Troisième Empereur, et ainsi de suite. Après moi, il y en aura plus de mille. La dynastie devra durer des millénaires !

À l'écoute de tels propos fondateurs, Lisi ne manqua pas de s'exalter.

— Il faudra bientôt penser, Majesté, à vous donner une descendance. Ce serait bien triste que l'Empereur du Centre ne pût transmettre son pouvoir à un enfant mâle issu de son sang. Telle est la condition pour que votre dynastie traverse les millénaires ! s'exclama-t-il.

Le futur Premier Empereur de Chine fit la grimace. Il n'aimait pas qu'on soulevât ainsi devant lui l'un des rares problèmes auxquels il n'avait toujours pas trouvé de solution. La seule femme à laquelle il s'intéressât était Rosée Printanière. Et pour l'instant, il ne pouvait imaginer rendre mère une autre femme.

Lisi s'aperçut trop tard de la bévue qu'il venait de commettre. Il essaya de trouver un moyen de se rattraper.

— Enfin, Majesté, vous avez tout le temps de penser à cela. Il y a plus de mille femmes au Qin qui rêvent d'être un jour honorées par votre auguste personne, se hâta-t-il de dire sur un ton obséquieux.

La grimace du roi devint alors un rictus franchement hideux. Lisi comprit qu'il s'était enferré un peu plus.

Il valait mieux changer de sujet et glisser sur autre chose.

— Dois-je demander à Parfait en Tous Points de venir vous entretenir de la construction de ce qui sera votre mausolée ?

— Il le faudra bien. Dois-je ajouter qu'il devra être précisé que cette décision ne signifie en rien que je pense déjà à mon trépas ? fit le roi.

— Cela va sans dire, Majesté. D'ailleurs, vous vivrez si longtemps sur les Îles Immortelles que l'on ne saura même plus qui étaient les constructeurs de votre tombeau ! répondit Lisi avec empressement.

Puis il sortit à reculons, cassé en deux, comme il se devait, devant le futur Empereur qui s'appellerait Qinshihuangdi.

*

— Tu n'as pas l'air en forme. Qu'est-ce qui se passe ? demanda gentiment Rosée Printanière à Accomplissement Naturel en lui prenant doucement le bras.

La jeune fille traitait désormais le très vieux lettré au dos courbé par les ans comme s'il eût été son grand-père, avec infiniment de délicatesse et d'affection. Elle venait lui rendre visite toutes les semaines à la Tour de la Mémoire, où le vieil homme continuait à passer ses journées à classer, lire et calligraphier.

Le corps d'Accomplissement Naturel était comme la branche décharnée et tordue d'un très vieil arbre. La peau ridée et diaphane de son visage se terminait en une longue barbe blanche clairsemée et tout effilochée qu'il n'avait pas pris la peine de couper depuis des années. Ses doigts, déformés par la pratique du stylet à écrire et les rhumatismes, avaient pris la forme du rhizome du ginseng.

Restaient inchangés ses yeux vifs et brillants, signe que ses moyens intellectuels, en revanche, demeuraient parfaitement intacts.

— Je me sens de plus en plus inutile sur cette terre. Je constate d'ailleurs que personne ne me sollicite pour l'organisation des cérémonies du couronnement de l'Empereur, constata tristement le vieil homme.

Accomplissement Naturel était philosophe. Il ne paraissait nullement agacé, mais simplement résigné d'être ainsi tenu à l'écart.

— Laissons donc tous ces légistes vaquer à leurs orgueilleux rêves d'Empire. Nous avons mieux à faire... D'ailleurs, cette idée de renouer avec les dynasties impériales d'hier me paraît pour le moins dérisoire ! lança-t-elle pour le consoler.

— Tu es une vraie lettrée rebelle. C'est bien. Un vrai lettré se doit aussi d'être un esprit indépendant, fit-il avec un léger sourire.

— Ils sont en train de transformer la société en une gigantesque cage destinée à enfermer tous les esprits. J'ai surpris dans le bureau de mon père la pile des prochains décrets destinés à être promulgués par l'Empereur dès qu'il aura, comme ils disent, reçu son mandat céleste. C'est édifiant. C'est terrifiant !

— Il est vrai que l'État prétend régenter jusqu'aux moindres actes de la vie privée des individus, soupira le vieux lettré.

— Ils projettent de diviser le pays en quarante commanderies dirigées par un préfet civil et un gouverneur militaire qui auront pour fonction de faire appliquer la Loi de l'Empire. Chaque commanderie sera organisée en unités secondaires puis tertiaires, jusqu'au village où chaque famille sera sous contrôle d'un tuteur politique. J'ai vu aussi un décret qui substituera aux monnaies en cours dans les royaumes la pièce en cuivre ronde à trou central carré.

— L'unité monétaire fédérera les royaumes. Cette mesure va dans le droit fil de ce que souhaite réaliser Zheng.

Le vieil homme paraissait approuver cette réforme.

— Ils ont même décidé d'unifier la dimension des essieux des chars et des véhicules de transport, ainsi que tous les poids et mesures ! Bientôt, ils décréteront un format unique pour les livres et la taille des stylets à écrire ! s'écria Rosée Printanière dont les yeux exprimaient la révolte et brillaient d'une sourde colère.

— Ils se méfient bien trop des livres pour ça...

— Et bientôt, s'afficher comme lettré dans ce pays tiendra de l'héroïsme ! J'ai lu aussi un projet excluant tous les textes qui ne sont pas issus de la doctrine légiste du Fajia des programmes de formation des hauts fonctionnaires. Comment a-t-on pu en arriver à se méfier à ce point de l'intelligence ?

— Ils veulent des gouverneurs et des préfets asservis, et je ne parle pas des militaires ! marmonna le vieux lettré.

— Crois-tu qu'ils réussiront dans leur folle entreprise de tuer toute trace d'esprit critique sous le soleil ? questionna, implorante, Rosée Printanière.

Elle s'était jetée aux pieds du vieil homme et celui-ci caressait doucement sa longue chevelure, comme si elle était encore la petite fille à laquelle il avait appris à lire et à écrire.

La Tour de la Mémoire était vide et silencieuse. Personne, depuis des années, ne venait y consulter le moindre livre ni contempler les chefs-d'œuvre artistiques et archéologiques qui s'entassaient dans les armoires du musée royal.

Ce royaume qui, en devenant l'Empire du Centre, allait reprendre le cours d'une histoire impériale en s'inscrivant dans une tradition mythique transmise par les textes immémoriaux que les lettrés se transmettaient de génération en génération, s'échinait par ailleurs à proscrire toute référence au passé et à l'histoire dont il avait manifestement décidé de faire, d'une certaine façon, table rase.

C'était là une démarche totalement contradictoire.

Se rendre à la bibliothèque et au musée du Palais Royal était néanmoins de plus en plus mal vu. Nul ministre ou courtisan, aujourd'hui, ne s'y risquait. Personne ne s'asseyait sur les longues tables de bois odorant où on pouvait dérouler entièrement les rouleaux de lamelles de bambou qui racontaient les récits et les poèmes d'hier.

Le vieil Accomplissement Naturel régnait sur un lieu abandonné, peuplé seulement de livres et d'objets rituels. Le Pavillon de la Forêt des Arbousiers était devenu un endroit fantomatique où les hirondelles n'hésitaient plus à faire leurs nids dans les encoignures des fenêtres et sur les parapets des balcons.

— Je crois que le roi m'en veut d'avoir aidé Lubuwei à constituer ses *Chroniques des Printemps et des Automnes*, reprit-il.

— Tu le regrettes ?

— Pas le moins du monde. Ce fut une œuvre utile. D'ailleurs, il y en a un exemplaire sur cette étagère. Si je devais partir en emportant un seul livre d'ici, je crois bien que ce serait celui-là.

Il désignait un rouleau de tiges de bambou un peu plus gros que les autres.

Elle le regarda avec étonnement.

— Vaudrait-il le *Livre des Mutations* ? Selon moi, rien ne surpasse le *Yijing*, même si certains de ses chapitres sont difficiles à appréhender.

— Comme tu ne l'ignores pas, le *Yijing* est une sorte de dictionnaire de l'ordonnancement du monde à partir du comptage des tiges de l'achillée en huit trigrammes et soixante-quatre hexagrammes des symboles Gua qui y figurent. En ce sens, tu as parfaitement raison de le citer, c'est probablement l'ouvrage le plus mystérieux mais aussi le plus profond. Toutefois, son ésotérisme en fait un livre accessible aux seuls initiés, tandis que celui de Lubuwei est une anthologie complète de ce qu'un honnête homme doit connaître. En ce sens, tout en faisant œuvre salutaire, il embrasse un objet plus vaste !

Les propos d'Accomplissement Naturel semblaient avoir convaincu Rosée Printanière.

— Le jour viendra, peut-être, où nous serons heureux de mettre ce livre à l'abri parce que les légistes auront interdit la lecture de tous les autres ! lâcha-t-elle en s'emparant du rouleau de bambou.

— Si cela advenait, ce serait bien triste. Je souhaiterais en tout cas ne pas assister à une pareille tragédie ! murmura-t-il, morose.

Elle pouvait lire dans les yeux du vieux lettré toute la tristesse du monde. Le vieil homme paraissait craindre par-dessus tout cette interdiction des livres. On eût dit qu'il la sentait venir, tant il parut las et déprimé, soudain, à la jeune fille.

Serrant contre elle les *Chroniques des Printemps et des Automnes de Lubuwei*, elle eut subitement conscience qu'elle tenait entre ses mains un trésor inestimable de la pensée, de la mémoire, de la réflexion, de la spéculation. C'était le résumé de plusieurs siècles de travail opiniâtre, que le temps, miraculeusement, avait laissé intact.

Que restait-il des hommes d'hier, en fin de compte, si ce n'était leurs livres ?

Les êtres passaient mais les écrits, eux, pour peu qu'ils aient été soigneusement conservés, comme c'était le cas dans la bibliothèque du Pavillon de la Forêt des Arbousiers, demeuraient.

Ils étaient l'unique trace de la pensée et de la mémoire, sans laquelle les objets rituels et autres vestiges anciens – dont les anciens avaient truffé le sous-sol de ce qui allait devenir l'Empire du Centre ne resteraient que de muets et énigmatiques témoignages d'un passé lointain dont ils ne pourraient jamais livrer les secrets.

Rosée Printanière avait conscience que le trésor qu'elle tenait là était aussi extraordinairement fragile.

*

Cela faisait bientôt deux ans que la reine Zhaoji n'avait pas vu son fils en tête-à-tête.

— Huayang a tellement insisté pour que je te reçoive..., laissat-il tomber cruellement lorsque sa mère se prosterna au pied du fauteuil d'où le futur empereur n'avait même pas pris la peine de se lever.

— C'est gentil à toi, parvint-elle à articuler d'une voix tremblante d'émotion.

La dureté de son fils à son égard remuait toujours autant le cœur de la pauvre Zhaoji. La dernière fois qu'il l'avait reçue, il s'était conduit de la même façon et elle avait mis des mois à s'en remettre. Elle ne reconnaissait plus son petit Zheng qui, pressé d'être consolé par sa mère, se précipitait dans ses robes à la moindre contradiction, surtout lorsqu'il avait une fois de plus été battu par Poisson d'Or dans ces joutes qui les opposaient à tout propos.

Depuis l'adolescence, son fils lui avait peu à peu échappé. Elle n'avait plus eu droit qu'à de brèves confidences de la part du jeune homme qui passait le plus clair de ses journées à ingurgiter des livres sur le légisme à la bibliothèque royale. Puis, monté sur le trône, cela avait été pis, comme si le piédestal sur lequel l'adolescent encore immature venait de monter s'était subitement relevé d'un cran, devenant inaccessible à sa mère.

Elle en avait cruellement souffert mais son orgueil l'avait conduite à n'en rien manifester.

Depuis la mort de Lubuwei, qu'elle avait fini par apprendre, colportée par la rumeur, c'était un abîme qui la séparait de son fils.

Elle lui imputait clairement la responsabilité de la mort de son père, même si elle reconnaissait que Lisi en avait été, indirectement, le principal instigateur. Mais si le roi avait voulu éviter un tel drame, pensait-elle, il n'aurait pas eu lieu. Il avait agi de façon inconsciente et purement cynique, mû par le ressentiment inspiré par la présence d'un mentor omniprésent. Certes, le roi ne pouvait se douter, et pour cause, qu'en agissant ainsi, il avait fait en sorte d'éliminer son propre père alors qu'il n'avait cru écarter qu'un tuteur encombrant. Elle lui reprochait également sa cruauté ingénue et son absence totale de remords lorsqu'elle avait évoqué devant lui, à mots couverts, sept ans plus tôt, le décès du marchand de Handan.

Elle se souviendrait toute sa vie de la phrase sèche et courte qu'il avait prononcée tout à trac, sans même prêter attention à la tristesse qui avait inondé le visage de sa mère :

— Il faut bien mourir un jour !

Elle avait ressenti comme un coup de poignard en plein cœur. Comment un être aussi froid et cruel avait-il pu sortir de ses entrailles ? Au désespoir déclenché par la mort de Lubuwei s'était ajoutée l'impossibilité de pouvoir partager la moindre parcelle de ce deuil avec Zheng. Souvent le remords la taraudait de ce passé qu'elle eût souhaité différent.

Elle avait rêvé alors à une autre histoire, où l'enfant aurait été normalement élevé par sa mère et son vrai père. Peut-être en ce cas eût-il été différent, forcément moins écrasé par l'immense poids de sa fonction et donc, qui sait, plus humain ; un enfant qui, surtout, aurait eu Lubuwei pour modèle, avec son intelligence, son pragmatisme et sa tolérance.

Mais le destin en avait décidé autrement et il était bien trop tard pour revenir en arrière.

Ce terrible échec marquait les traits de son visage. Elle était toujours aussi resplendissante, mais son regard affichait désormais une infinie tristesse. Autour de ses paupières, de minuscules plissures dénotaient que ses yeux pleuraient plus souvent qu'à leur tour.

— Tu seras bientôt empereur. Je suis fière de mon fils ! hasardat-elle pour meubler la conversation.

Zheng apposait avec le plus grand soin son sceau sur une pile de textes qui recouvrait sa table de travail et derrière laquelle il disparaissait.

— Ce sera un grand jour pour l'Empire du Centre, fit-il distraitement, tout occupé qu'il était à encrer convenablement le sceau royal.

— Prévois-tu que ta mère pourra assister à la cérémonie ? Personne ne m'a encore contactée ni donné la moindre indication à ce sujet, lâcha-t-elle dans un souffle.

Le roi releva la tête et regarda sa mère, surpris du propos. Il semblait découvrir qu'elle se tenait devant lui. Zhaoji s'en aperçut. Elle ne put s'empêcher de laisser entrevoir son amertume.

— Si je suis une gêneuse, il faut me le dire ! Je pourrai fort bien rester chez moi, ce jour-là. Je vis en recluse, cela ne changera rien à mes habitudes, assena-t-elle en essayant tant bien que mal de contenir sa colère.

Elle avait les yeux remplis de larmes.

— Il faut que je consulte le géomancien et l'astronome. Je n'ai pas encore décidé si j'inviterai des femmes à participer à la cérémonie, tout dépend de la force des souffles Yang. S'ils sont trop faibles à ce moment-là, une présence féminine ne sera pas favorable..., répliqua-t-il, agacé par l'attitude de sa mère.

— La mère du futur Empereur du Centre ne compte pas plus que ça ?

— Pourquoi as-tu souhaité me voir, si c'est pour m'accabler de tes pauvres reproches ?

Alors la malheureuse Zhaoji explosa.

La voix déformée par les sanglots qu'elle avait décidé de ne plus contenir, elle lui lança :

— Suis-je encore ta mère ? J'en doute. Tu n'es plus le même Zheng !

— Te rends-tu compte qu'il y a presque de la menace dans tes propos ? Je regrette d'avoir accédé à la requête de Huayang, acheva-t-il d'une voix blanche en se levant pour signifier qu'il souhaitait arrêter là l'entretien.

Dehors, Zhaoji faillit se heurter à l'une des colonnes du long couloir qui menait au cabinet de travail du roi tant elle était aveuglée par ses larmes.

En traversant les innombrables cours de ce palais Xingong immense et sombre qui s'étendait au sud de la ville, de l'autre côté de la Wei, et où le roi vivait caché de son peuple, elle se sentit seule au monde et éprouva l'envie de hurler sa rage et sa douleur. Mais la présence de gardes armés jusqu'aux dents, vêtus d'uniformes bleu nuit qui les faisaient fondre dans l'ombre où ils étaient tapis, à l'affût tels des fauves en chasse postés derrière la moindre encoignure, l'en dissuada.

Elle frissonna et pressa le pas. Elle souhaitait quitter au plus vite ces lieux hantés par la peur et ce silence sépulcral qui faisait résonner ses petites chaussures sur les dalles de granit noir.

Devant le palais, sa chaise à porteurs l'attendait.

Rentrée chez elle, dans l'ancien Palais Royal de la ville haute, elle s'abattit en pleurs sur son lit.

Elle aurait voulu se blottir dans les bras de Huayang et lui raconter sa peine. La première épouse du roi Anguo était l'unique personne vers laquelle elle avait encore la force d'aller. Mais la vieille reine mère habitait depuis plusieurs années, à l'autre bout de la ville, une petite demeure spécialement aménagée à son intention et qui avait l'avantage de disposer d'un accès souterrain, ce qui permettait à l'Empereur de s'y rendre sans être vu par quiconque. Elle n'osa pas héler un serviteur pour demander qu'on lui préparât une chaise à porteurs afin de s'y rendre. Elle se sentait d'ailleurs trop lasse et complètement anéantie par cette entrevue royale qu'elle regrettait amèrement d'avoir provoquée.

D'épuisement, elle sombra dans un profond sommeil.

Très vite elle devint prisonnière d'un rêve, dont elle gardait le souvenir précis lorsqu'elle se réveilla, haletante et couverte de sueur.

Elle avait rêvé qu'elle s'était embarquée avec son fils, devenu le Grand Empereur du Centre, sur un grand navire qui voguait à la recherche des îles Penglai. Il faisait nuit et c'était la pleine lune. Les rayons étincelants de l'astre nocturne se diffractaient à la surface des flots noirs. L'Empereur avait souhaité monter lui-même sur la dunette de la vigie.

Soudain, il s'était mis à hurler :

— Terre ! Terre droit devant !

Sur le navire, chacun s'affairait pour aborder cette terre inconnue. Ils étaient arrivés si près de l'île que l'on pouvait parfaitement distinguer la cime des arbres en contre-jour, qui se détachait comme une dentelle devant le ciel illuminé. Elle crut voir sur la grève une ombre courir. En regardant plus attentivement, elle n'éprouva plus aucun doute : l'ombre était celle de Lubuwei.

Le marchand paraissait attendre sa femme et son fils.

Elle éprouva une joie intense de retrouver ainsi son couple en la présence de son enfant. Elle décida de tout avouer à l'Empereur, et de tout tenter pour le réconcilier avec son père.

Un vent très fort s'était levé, qui drossait le navire vers le rivage. Elle ressentit un choc immense, puis entendit un cri déchirant lorsque l'étrave du vaisseau heurta un rocher qui affleurait à la surface des flots.

Elle se pencha par-dessus bord.

Le Grand Empereur du Centre, son fils, était tombé de la dunette ! Elle vit flotter son corps dans l'eau, sur le ventre, avant d'être englouti par une vague immense qui faillit entraîner avec elle tout le navire.

Éperdue, elle regarda la grève. Il n'y avait plus personne, l'ombre avait disparu.

Au moment précis où, penchée au-dessus du bastingage, elle se demandait si cela valait encore la peine, pour elle qui n'avait plus rien au monde, d'aborder ces rivages où on ne mourait jamais, elle se réveilla en nage.

Elle était seule sur son lit.

Seule comme jamais.

60

Les cérémonies de la remise par le Ciel du mandat impérial à l'Empereur du Centre Qinshihuangdi durèrent exactement trois mois lunaires.

Le décret instituant l'Empire du Centre avait été placardé dans toutes ses provinces et les anciens royaumes conquis.

« L'Empire du Centre remplace les royaumes anciens » : telle était la formule consacrée, écrite en vermillon sur des planches noircies au charbon de bois.

Pour bien montrer que l'on changeait d'ère et de méthode, on avait publié aussi les textes qui unifiaient la monnaie ainsi que les unités de poids et de mesure.

Chaque gouverneur, chaque préfet de district et chaque administrateur de village tenait à la disposition des marchands des tables de conversion. On avait donné six mois au peuple pour se conformer aux nouveaux moyens de paiement et à la nouvelle façon de quantifier les marchandises et de calculer les distances. Au terme de ce délai, une escouade de vérificateurs s'apprêterait à fondre sur le terrain pour vérifier la stricte application des nouvelles règles dans tout l'Empire du Centre. Pour plus d'efficacité, c'était la peine de mort, avec exposition à la foule du cadavre du contrevenant, qui avait été prévue pour ceux qui refuseraient de se soumettre à ces nouvelles règles, qu'ils fussent dépositaires d'une parcelle de l'autorité de l'État ou simples particuliers n'ayant d'autre droit que le devoir de payer l'impôt.

Alors, la collecte des taxes en nature sur tout le territoire deviendrait un jeu d'enfant, puisque chacun serait à même d'utiliser la même mesure.

Les peuples des royaumes et des tribus annexés avaient été invités à venir prêter serment d'allégeance au Fils du Ciel au pied de la colline de la Longévité, là où devrait se tenir, dans la partie centrale du Mingtang, l'Empereur du Centre, à cet endroit précis que le grand géomancien Embrasse la Simplicité avait déterminé au pouce près.

Depuis des semaines, les habitants de Xianyang avaient ainsi vu débarquer dans la capitale des hommes et des femmes aux parures et aux vêtements bigarrés, dont certains avaient le teint clair comme la neige, d'autres au contraire les visages mats comme la brique. On pouvait admirer des femmes qui portaient des bijoux de nez, reliés par des chaînettes à des rubans multicolores qui attachaient les mèches de leurs longues chevelures, tandis que d'autres arboraient des colliers d'or empilés qui leur allongeaient le cou comme celui d'un vase Hu, ou encore d'immenses épingles qui embrochaient de part en part leurs chignons ronds.

Des hommes de haute taille en côtoyaient d'autres, quoique d'âge mûr, pas plus grands que des adolescents.

Chacun pouvait porter, avec la même élégance, de la soie brodée d'or ou de la bure de laine sombre tissée en poil de chèvre. Tous apportaient à l'Empereur du Centre l'hommage de leurs différences.

Dans les rues de la ville, il y avait autant de races de chevaux que de types humains : petits chevaux célestes Akkal téklé « suant le sang », lourds destriers préposés au port des charges, montures altières chevauchées par des guerriers aux armes rutilantes. Chaque destrier, harnaché de bronze et même parfois d'or et d'argent, devait témoigner de la magnificence du pays de son maître.

Il était possible d'apercevoir aussi, à côté des représentants des peuplades venues saluer le Fils du Ciel, quantité d'animaux divers : ours bruns ou noirs, attachés par le nez avec de lourdes chaînes ; singes aux colliers de cuir clouté blottis sur les épaules de leurs maîtres, gibbons encapuchonnés comme de vieilles nonnes, ainsi que toutes sortes de chiens, des plus petits, capables de tenir dans un manchon, aux plus terrifiants, recouverts d'un long poil fauve, hauts comme des bouvillons, capables de défendre un troupeau de moutons ou de vaches attaqué par un tigre.

Quatre ponts de pierre enjambaient désormais la rivière Wei, reliant l'ancienne ville, dont les vieilles demeures de la ville haute avaient été conservées, blotties autour de l'ancien Palais Royal qui la dominait, à l'immense cité du sud dont les rues tirées au cordeau et jalonnées de bâtiments semblables et austères s'étendaient à perte de vue.

Le plus récent de ces ponts, dont l'unique arcature surbaissée lançait sa courbure élégante au-dessus du fleuve, était l'œuvre d'un jeune ingénieur au talent si prodigieux qu'il avait fait pâlir de rage l'architecte Parfait en Tous Points lorsque ce dernier avait essayé, mais en vain, de reproduire les calculs qui avaient permis une telle prouesse architecturale.

Ce Nouveau Pont de Pierre était devenu le symbole du trait d'union entre la capitale d'hier, celle du royaume de Qin, et celle de l'Empire du Centre.

Le quartier administratif de la ville nouvelle, dit « aux cents palais », dont les avenues larges et ordonnées étaient plantées d'arbres soigneusement taillés et dont les palais immenses se succédaient dans un ordonnancement impeccable, faisait l'admiration de la foule des visiteurs qui n'avaient jamais vu autant de grandeur et de luxe réunis en un seul lieu.

Afin d'apporter la preuve éclatante de son souhait de s'inscrire dans le droit fil, mais aussi en rupture, de la succession dynastique de l'ancien Empire des Zhou – dont le règne avait été placé sous la « Vertu du Feu » , Qinshihuangdi avait décidé d'établir le sien sous la « Vertu de l'Eau ».

L'Eau était l'élément froid et implacable, apte à user les pierres les plus dures, qui correspondait le mieux à l'idée que l'Empereur du Centre se faisait d'un bon gouvernement. Selon la théorie des Cinq Éléments, l'Eau succédait au Feu pour mieux l'éteindre, tout comme, dans l'esprit du nouvel Empereur du Centre, la dynastie des Qin succédait directement à celle des Zhou, en enjambant les siècles pendant lesquels les royaumes issus de la dislocation de ce premier empire s'étaient peu à peu réunis à nouveau sous la bannière du Qin.

L'Eau était en quelque sorte supérieure au Feu puisqu'elle avait, en définitive, le dernier mot sur lui ! C'était le signe des ambitions incommensurables de Qinshihuangdi.

De longues bannières flottaient sur les entrées des quatre ponts et sur des mâts plantés le long des berges du fleuve. Elles étaient toutes frappées de l'idéogramme de l'Eau, répété au pochoir comme une longue litanie. Nul, ainsi, ne pouvait ignorer que ce nouvel Empire du Centre s'inscrivait sous le signe de l'élément aquatique.

Toutes les rues de Xianyang étaient pavoisées de bannières jaunes et noires. Le jaune était la couleur de l'Empereur mythique du même nom, bienfaiteur de l'humanité à laquelle il avait fait transmettre l'écriture et le calcul, la musique et tous les arts de l'esprit, mais aussi tant d'autres choses bénéfiques, de la roue à la culture du vers à soie. Noir parce que c'était la couleur associée à l'Eau dans la correspondance des Cinq Éléments, mais aussi parce que l'Empereur avait décidé de substituer la Loi à la Bonté, en tant que principe cardinal du bon gouvernement.

Le noir associé au jaune rappelait aussi la robe du tigre, l'animal roi. Et chacun, même le moins féru de philosophie, pouvait donc remarquer que Xianyang l'orgueilleuse était tout entière parée aux couleurs du tigre.

Mais l'admiration et l'étonnement des représentants des peuples soumis étaient encore plus grands lorsque, une fois traversé le Nouveau Pont de Pierre, ils découvraient la place d'armes où avaient été dressées, en rang par deux comme si elles partaient au combat, devant le Palais de l'Écriture dont l'imposante façade était ornée des trois mille idéogrammes les plus usités, les monumentales statues de bronze des Douze Guerriers de la Grande Armée.

Nombreux, alors, étaient ceux qui, d'effroi, tombaient à genoux en se prosternant tête contre le sol pour implorer leur grâce devant ces terrifiants géants. Leur taille dépassait celle d'une maisonnette, les globes de leurs yeux avaient celle d'un casque, et leurs armes étaient trois fois plus grandes que celles de leurs modèles réels.

C'était encore une idée du Premier ministre Lisi, qui avait obtenu que le roi exigeât de ses armées, par décret, qu'elles ramenassent à Xianyang tous les tributs de bronze, vases, lances ou glaives, cuirasses ou cimiers, pris à l'ennemi. De la sorte, le Qin privait de toutes leurs armes et de tout leur matériel les armées conquises, en même temps qu'il évitait à ses propres généraux les tentations séditieuses qu'aurait pu faire naître cet armement surabondant et clandestin. Au bout de quelques mois, des milliers de vases rituels mais également de hallebardes, de lances, de pointes de flèches, de boucliers, de casques, de poignards et d'épées s'étaient entassés, pour former, sur le terre-plein spécialement aménagé, un véritable petit tertre dont le Premier ministre venait régulièrement constater la croissance.

Une fois la collecte achevée, on avait fait venir les meilleurs fondeurs du Qin et des pays conquis pour leur demander de façonner ces statues géantes. Ces bronziers avaient usé de toute leur science pour mouler, en pièces détachées, avant de les assembler, puis de les polir, ces figures terrifiantes. Les opérations, infiniment délicates, avaient duré pas moins de six semaines. Des dizaines d'ouvriers avaient péri, après être tombés dans les brasiers allumés dans les immenses fosses creusées à même la terre qui avaient servi de four de cuisson.

Chaque statue, fabriquée en deux exemplaires, représentait, de la Grande Armée Impériale, un archétype de guerrier : le fantassin, l'archer, l'arbalétrier, le lancier, le conducteur de char ainsi que le cavalier archer.

Grâce à leur extrême polissage, les yeux de ces statues gigantesques, sertis de pierres dures, brillaient d'une lueur combative. Les tranchants de leurs armes brandies étaient si fins qu'on manquait de se couper le doigt lorsqu'on le passait dessus. Ces glaives semblaient sur le point de s'abattre sur ceux qui s'en approchaient timidement et avec crainte, pour toucher, à défaut de leurs lames trop dangereuses, une partie du corps de ces géants afin de capter un peu de leur puissance, censée éloigner les démons et les esprits malfaisants.

Mais ces guerriers immenses n'étaient encore rien à côté du tripode de bronze monumental que l'Empereur avait fait placer à l'entrée du Mingtang, juste devant le pont.

Cette vasque aurait pu contenir au moins une vingtaine d'hommes dans sa panse ventrue. Les pieds sur lesquels elle reposait, de forme galbée et griffus au bout, avaient la taille d'un homme. Pour en voir l'intérieur, où avaient été gravés les noms et les dates de toutes les batailles qui avaient permis au Qin de devenir l'Empire du Centre, il fallait monter par une échelle de bambou qui ne comptait pas moins de trente barreaux.

Un édit avait baptisé ce tripode monumental du nom de « Très Grand Vase du Centre ». Il était censé représenter la force de l'Empire et sa capacité à absorber tous les royaumes conquis. Chaque ambassadeur des provinces et des royaumes annexés avait été invité à s'y rendre en procession pour lancer à l'intérieur une tablette de bambou sur laquelle avait été inscrite, dans sa langue originelle, l'allégeance officielle de son pays ou de sa tribu.

La procession de ces hommages avait duré un jour entier. Le lendemain, un astrologue avait mis le feu à cet amas de soumissions. Une fois consumé le contenu du « Très Grand Vase du Centre », lorsque la colonne de fumée noire s'était dissipée dans le ciel, la clameur des peuples asservis avait salué le caractère irrévocable des allégeances que le Ciel venait ainsi de recevoir.

Les étrangers venus des royaumes soumis ou en passe de l'être, ou encore de contrées se disant amies dans le secret espoir d'échapper à l'asservissement d'un État aussi puissant, avaient été logés sous d'innombrables tentes un peu plus en aval, au bord de la Wei. Il fallait une bonne heure pour parcourir la distance qui séparait ce campement bariolé, au-dessus duquel flottaient, dans un nuage de poussière, les odeurs de toutes les cuisines du monde connu, de la colline de la Longévité, là où se tenaient les cérémonies quotidiennes qui célébraient la délivrance par le Ciel de son mandat à l'Empereur du Centre.

Les représentants des peuples soumis et amis, mais aussi les ministres, les généraux, les préfets et les gouverneurs, les hauts fonctionnaires, les scribes et les archivistes, les géomanciens et les astronomes, les intendants et les préposés aux impôts, les musiciens et les danseurs, les cuisiniers des repas rituels et tous les autres, qui participaient d'assez près aux cérémonies et aux festivités pour en mesurer le faste au pied de la Terrasse Transcendante Lingtai, avaient vainement attendu une apparition, fût-ce l'espace d'un instant, du Fils du Ciel, pour l'acclamer.

Ainsi, cela serait aussi l'avènement du Grand Vide de l'Empereur Unique dont la stèle gravée porterait ce poème :

Je ne prétends point être là, ni survenir à l'improviste, ni paraître en habits et chair, ni gouverner par le poids visible de ma personne,

Ni répondre aux censeurs de ma voix ; aux rebelles d'un œil implacable ; aux ministres fautifs d'un geste qui suspendrait les têtes à mes ongles.

Je règne par l'étonnant pouvoir de l'absence. Mes deux cent soixante-dix palais tramés entre eux de galeries opaques s'emplissent seulement de mes traces alternées.

Et des musiques jouent en l'honneur de mon ombre ; des officiers saluent mon siège vide ; mes femmes apprécient mieux l'honneur des nuits où je ne daigne pas.

Égal aux Génies que l'on ne peut récuser puisque invisibles, nulle arme ni poison ne saura venir ou m'atteindre.

Celui-ci, fidèle à ses principes, était demeuré invisible et n'avait jamais daigné sortir du Mingtang où il était demeuré seul, pendant les trois mois lunaires de son sacre, en compagnie d'Ainsi Parfois, lequel se faisait assister par un serviteur que l'on changeait chaque jour.

Cette présence cachée de Qinshihuangdi au moment même où ces milliers d'hommes et de femmes s'étaient rassemblés pour rendre hommage à sa gloire n'avait fait que renforcer la crainte que, désormais, le Grand Empereur allait inspirer à tous ses sujets.

Pareille absence, en réalité, était l'envers de son omniprésence. Son règne invisible n'en serait que plus efficace.

À ceux qui finissaient par douter de son existence même, à force de ne jamais le voir et de ne pas connaître son visage, la terreur qu'ils pouvaient lire dans celui des autres, dès lors que son Auguste Nom était prononcé, suffisait à ôter toute hésitation : l'Empereur le plus puissant du monde était bien vivant ; il n'était pas un pur esprit ; il était plus terrible encore que ce que l'on pouvait imaginer !

Invisible donc, caché au fin fond de l'un de ses innombrables palais – car on ne savait jamais à l'avance celui dans lequel il avait choisi de séjourner , l'Empereur savait tout.

Comme si l'Empire du Centre n'était que ce minuscule grain de moutarde posé sur son index...

*

Sous leurs yeux, la surface de l'eau était à peine ridée par le bout des rames. Au loin, la capitale était déserte.

Tous les mâles pubères de la ville, en ce jour de clôture des cérémonies de remise par le Ciel de son mandat à l'Empereur Qinshihuangdi, avaient été convoqués, pour rendre une dernière fois hommage au nouveau Fils du Ciel, sur l'immense terre-plein au milieu duquel s'élevait la Terrasse Transcendante Lingtai couronnée par le palais Mingtang au pied duquel, sur ses quatre côtés, les géomanciens planteraient le même jour la rangée d'arbres correspondant aux Quatre Directions : les thuyas à l'Est, les catalpas au Sud, les châtaigniers à l'Ouest et les acacias au Nord.

Huayang et Zhaoji avaient profité de cette accalmie qui régnait à Xianyang pour effectuer une promenade en barque sur le lac artificiel que le désormais Empereur du Qin avait fait creuser au milieu du parc de Shanlingyuan.

Zheng y avait fait lâcher du gibier à poil et à plumes. Il n'avait jamais mis les pieds dans ce lieu, pourtant censé lui permettre de chasser seul, en toute tranquillité, et avec la certitude de prendre le gibier désiré puisqu'une petite armée de rabatteurs avait été prévue pour faire converger vers l'endroit où se tiendrait l'Empereur du Centre les sangliers, les daims, les biches et les faisans.

En cette douce journée de début d'automne, les érables du parc offraient au regard toute la palette des couleurs chaudes, du jaune mordoré au brun sombre, en passant par le rouge sang de coq et l'orangé subtil.

Situé au milieu de ce territoire giboyeux, le lac artificiel avait été creusé de telle sorte que, lorsqu'il ventait, on crût à une mer déchaînée. Sur toute la bordure située au nord de ce plan d'eau, des falaises rocheuses factices donnaient l'impression d'inabordables côtes maritimes. Un peu plus loin du côté ouest, des plantes aquatiques bordaient le plan d'eau, et le long de la bordure est du lac, de gros galets polis servaient de passage aux promeneurs. Enfin, côté sud, s'étendait une petite grève dont les vaguelettes recouvraient par intermittence le sable fin.

C'était sur cette plage, largement exposée au soleil, que l'on rangeait la petite barque sur laquelle les deux femmes avaient pris place.

Cette mer miniature avait été ensemencée de carpes et de truites saumonées dont on pouvait sentir le frémissement à la surface des flots dès qu'un peu de nourriture était jetée à leur aplomb. Au centre émergeaient trois gros rochers en forme de coloquintes. Ils représentaient les Îles Immortelles que Zheng avait fait spécialement disposer à cet endroit pour s'entraîner à ramer vers elles.

— Je suis heureuse de respirer tranquillement ici,

après tout ce bruit. Depuis trois mois, avec tout ce tintamarre, je n'arrive plus à dormir, soupira Zhaoji.

— Au fond, c'est une chance que Zheng ait interdit aux femmes d'assister aux cérémonies de son intronisation. Je crois que mes oreilles n'y auraient pas résisté ! dit Huayang qui cherchait à faire bon gré contre mauvaise fortune.

— Nous avons été priées de ne pas venir alors que certains représentants des peuples soumis ont été autorisés à y assister en compagnie de leurs épouses et de leurs filles ! maugréa la mère de l'Empereur du Centre.

— Tu avoueras qu'elles étaient peu nombreuses. Au demeurant, il eût été inconvenant de leur interdire l'accès au terre-plein après un si long voyage. Que je sache, les peuples allogènes venus spécialement rendre hommage à l'Empereur du Centre n'étaient pas censés connaître cette interdiction !

— C'est bien... Je vois que tu es plus indulgente que moi. J'admire ta grandeur d'âme !

Huayang avait laissé traîner nonchalamment sa main à la surface du lac. Quelques instants plus tard, on put apercevoir le rond noir de l'énorme bouche ouverte d'une carpe géante qui avait pris les doigts de l'ancienne reine mère pour de la nourriture et commençait à les suçoter.

— Regarde la voracité de ce poisson ! Il me fait penser à l'appétit de pouvoir de mon fils, ajouta, songeuse, Zhaoji.

— Il est vrai qu'il a souhaité placer son règne sous le signe de l'eau ! fit Huayang, décidée à dérider sa protégée par tous les moyens.

— Est-ce pour cela qu'il fait creuser ce canal immense qui doit relier la rivière Jing à la Wei ? Comme s'il cherchait là encore à copier l'œuvre de l'empereur des temps très anciens Yu le Grand ! Combien de milliers d'hommes vont encore périr sur ce chantier où ils n'ont que leurs mains pour creuser la terre ? reprit celle-ci, maussade.

— Le creusement du Grand Canal, même si je conviens que c'est une entreprise un peu démesurée, permettra aussi d'irriguer des surfaces actuellement impropres à la culture et aux pâturages.

— Je constate que mon fils trouve davantage grâce à tes yeux qu'aux miens..., constata, songeuse, la mère de l'Empereur du Centre en plongeant à son tour la main dans l'élément liquide.

Aussitôt, trois ou quatre carpes vinrent frétiller au bout de ses doigts.

— Il te faut patienter un peu. Lorsque ton fils sera vraiment amoureux d'une femme qui lui donnera un héritier, c'est sûr, il se rapprochera de toi.

— Pour l'instant, la fille du Premier ministre, dont il me paraît toujours aussi épris, ne semble pas répondre à ses avances !

— Zheng a les moyens de trouver ailleurs... Même si la dernière fois que nous en avons parlé, lui et moi, je l'ai senti de plus en plus impatient de séduire la fille de Lisi.

— Et pourquoi donc cette petite Rosée Printanière ne voudrait-elle pas de mon fils ? demanda sa mère, soudain curieuse.

— Son cœur est pris ailleurs, elle aime Poisson d'Or, lâcha l'ancienne reine mère.

— Mais l'absence de nouvelles de ce garçon n'est-elle pas de mauvais augure ? Je me suis laissé dire qu'il était mort ! Bien sûr, j'espère de tout cœur me tromper..., murmura-t-elle, tout émue d'entendre prononcer ce nom.

Zhaoji avait toujours éprouvé une certaine tendresse pour cet enfant dont la marque sur la peau avait involontairement réduit à néant tous les plans que Lubuwei et elle-même avaient échafaudés.

— Il est vrai que le sort s'est abattu injustement sur

lui. Je suis sûre qu'il n'a même pas touché le fameux Bi noir étoilé ! Il a fait l'objet d'un complot de la part de ceux qui rêvaient de son éloignement de la cour du Qin où ses dispositions et son talent, à n'en pas douter, auraient fait des merveilles ! affirma Huayang.

— Qu'y pouvons-nous ? Nous comptons si peu que l'Empereur n'a même pas daigné nous joindre à ses invités d'honneur ! Mon dernier tête-à-tête avec lui, il y a six mois de cela, obtenu par la pression que tu exerças, fut un véritable dialogue de sourds qui me brisa le cœur. Je ne souhaite pour rien au monde renouveler une telle expérience !

Le visage de Zhaoji, empreint d'une grande tristesse, exprimait également toute l'amertume du monde.

— T'ai-je raconté mon rêve, la nuit qui suivit ce misérable entretien qu'il m'accorda ?

Huayang fit oui de la tête. Elle constatait avec peine que Zhaoji, probablement à cause de la souffrance morale qui était la sienne, ne disposait plus de sa mémoire d'antan.

Sa protégée lui avait raconté au moins dix fois, et par le menu, ce cauchemar qu'elle avait fait cette nuit-là, où son fils tombait de la dunette du navire au moment où il allait aborder le rivage de la première des Îles Immortelles, alors qu'elle avait aperçu l'ombre fugace de Lubuwei qui les attendait sur la grève, avant de s'évanouir à son tour.

Ce rêve assurément, et Huayang le savait, n'était pas de bon augure pour le fils de Zhaoji, mais elle était lassée de devoir rassurer son amie à chacune de leurs rencontres.

— L'âge m'a ôté bien des armes mais j'espère disposer encore de quelques atouts vis-à-vis de ton fils..., chuchota finalement Huayang, brisant le long silence qui venait de s'installer entre les deux femmes.

Leur petite embarcation avait à présent fait le tour des trois mamelons rocheux du milieu du lac artificiel.

Elles ramaient en cadence, voguant doucement vers la petite grève d'où elles étaient parties.

— Je sais bien. Ton influence sur mon fils est désormais plus forte que la mienne. Il compte sur toi pour l'aider à assouvir son rêve d'Immortalité. Je n'ai pas cette chance, admit Zhaoji avec mélancolie au moment où elles posaient le pied sur le sable.

Huayang, désarmée par tant de désarroi, effleura le front de sa protégée d'un affectueux baiser. Quand elle approcha sa bouche, elle vit que des rides minuscules striaient la blancheur de sa peau.

Elle constata, amère, que sa vue baissait autant que la peau de son amie se fripait doucement.

Les temps étaient durs, tout autant que la marque du temps.

*

Sur le marché de la petite ville où, dans le dortoir d'une auberge crasseuse, Poisson d'Or et son ami venaient de passer la nuit, la monnaie de jade avait cours au-delà même de leurs espérances. S'ils l'avaient souhaité, ils auraient pu acheter toutes les marchandises exposées sur les étals !

Il y en avait pour tous les goûts et de toutes les couleurs. Feu Brûlant faillit buter sur une cage d'osier où des formes oblongues grouillaient. Le jeune eunuque constata avec horreur qu'il s'agissait de serpents vivants.

— Venez goûter le vin de ce serpent ! Il vous en coûtera cinq taels de bronze, c'est beaucoup d'argent mais, croyez-moi, vous ne le regretterez pas ! répétait un homme barbu à la bouche édentée, avec force œillades.

Le bonimenteur, devant lequel s'était assemblé un petit attroupement, tenait dans sa main droite un reptile par la queue qui, tout en se tortillant dans tous les sens, lui piquait rageusement le bras.

— Il doit être immunisé, confia Poisson d'Or à Feu Brûlant.

— Boire du vin de serpent, hélas, ne servirait pas à grand-chose dans mon cas ! plaisanta ce dernier.

Poisson d'Or avait, bien sûr, déjà entendu parler du vin de serpent. Ce breuvage hors de prix, issu d'un mélange d'alcool de riz, de sang et de bile d'un serpent venimeux saigné et dépecé vivant, était en effet considéré comme le plus efficace des aphrodisiaques. Les riches vieillards, en particulier, étaient capables de dépenser des fortunes pour en boire un gobelet avant de passer la nuit avec une jeune courtisane devant laquelle ils craignaient de faire mauvaise figure.

— Nous allons nous en offrir un petit verre chacun. Je suis sûr que cela ne nous fera pas de mal, dit Poisson d'Or en tendant à l'éleveur de serpents une plaquette de jade.

— Je n'accepte pas ce genre de monnaie, grogna l'autre.

Poisson d'Or versa alors, sous le regard ahuri de l'éleveur de reptiles, le contenu de son sac de plaquettes, provoquant aussitôt un attroupement.

— Je t'ai dit que je refusais la monnaie de jade, réitéra l'homme, totalement buté.

— C'est bien la première fois qu'on refuse de me prendre une plaquette qui vaut un tael d'argent sur n'importe quel marché ! fit, déçu, Poisson d'Or.

— Il faut filer d'ici, nous risquons de nous faire remarquer inutilement. J'aperçois déjà le garde du marché qui s'avance..., souffla l'eunuque à l'oreille de son ami.

Ils fendirent la petite foule qui s'était amassée devant les cages de reptiles et partirent à l'autre bout du marché, où un paysan consentit à leur vendre deux oranges pulpeuses.

— Il y a vraiment des gens que leur propre sottise aveugle ! soupira Poisson d'Or.

— Dans un ou deux mois, nous arriverons à la fin de notre réserve monétaire. Elle nous aura tout de même permis de voyager sans encombre pendant six mois...

Telle était en effet la durée de leur périple depuis qu'ils avaient pillé la tombe du noble marquis Zeng. Ensuite, ils n'avaient cessé d'aller vers le sud, sans but précis, poussés par cette attirance qu'ils éprouvaient pour ces régions dont tant de voyageurs vantaient la luxuriance et les conditions climatiques plus favorables que celles des zones plus continentales, où l'on passait sans coup férir du gel de l'hiver au feu de l'été.

— Au prochain tombeau, il faudra nous arrêter, conclut Poisson d'Or.

Dès le lendemain, après quelques li d'une progression facile, ils arrivèrent en vue d'un monticule funéraire qui se dressait au milieu d'une plaine caillouteuse où couraient de minuscules ruisseaux.

Par prudence, ils regardèrent alentour pour s'assurer qu'ils étaient seuls et que personne ne les avait suivis depuis le village. À l'horizon, il n'y avait âme qui vive.

Légèrement en contrebas, au creux d'un petit vallon vers lequel les ruisseaux serpentaient, on pouvait voir les feuilles luisantes d'un bosquet de mûriers.

— Il doit y avoir dans le coin un éleveur de vers à soie, dit Poisson d'Or en montrant le toit de pierre d'une maison que l'on apercevait à peine, par-delà le délicat écran de verdure formé par les arbres.

— Cette fois-ci, je voudrais y entrer seul pour te montrer de quoi je suis capable ! supplia Feu Brûlant.

L'eunuque, après en avoir effectué plusieurs fois le tour, venait de découvrir l'entrée du mausolée, au ras même de la butte.

Après avoir dépoussiéré et mis au jour la pierre sculptée d'un bas-relief de phénix qui la fermait, il prit un ciseau de bronze et entreprit d'en desceller les moellons.

C'était la première fois qu'il exprimait le désir d'entreprendre tout seul le pillage d'un tombeau. D'ordinaire, il se montrait peureux, craignant que, par la suite, les esprits des morts ne viennent se venger de ceux qui les avaient ainsi dérangés dans leur sommeil.

— Vas-y. Je constate que tu as moins peur des cadavres. C'est bien. Maintenant, j'attends que tu me rapportes un gros trésor ! plaisanta Poisson d'Or qui s'était allongé au pied d'un arbre en mâchonnant une herbe.

Feu Brûlant, par l'ouverture ménagée une fois la première pierre enlevée, disparut dans les entrailles de la terre.

Tranquillement installé, Poisson d'Or avait fini par s'assoupir. Un bruit métallique le réveilla. C'était le contenu d'une calebasse que Feu Brûlant venait de renverser à ses pieds. Il y avait là des couteaux, deux petits tripodes et quelques monnaies anciennes en forme de bêches.

— La tombe était surtout remplie de Mingqi en terre cuite sans aucune valeur. Il y en avait de quoi reconstituer un village et une ferme : des figurines humaines et animales à foison, sans compter des maquettes de maisonnettes aux toits peints en vermillon. C'est au milieu de ce bric-à-brac que j'ai pu trouver ça ! dit l'eunuque, un peu déçu.

Il désignait le matériel de bronze renversé à ses pieds.

— Allez ! Ça n'est pas si mal que ça ! J'ai soif... Viens donc manger avec moi une de ces belles oranges que nous avons achetées hier, proposa Poisson d'Or.

Les fruits étaient parfaitement goûteux. C'était un régal. Ils sentaient le jus couler au fond de leur gorge au fur et à mesure qu'ils mordaient à même les quartiers. Mais Feu Brûlant, une fois mangé son fruit, ne tarda pas à se sentir bizarre. Sa bouche était en feu et une douleur lancinante venait de s'installer dans son estomac. Il ne jugea pas nécessaire d'en faire état, néanmoins ses grimaces finirent par éveiller l'attention de son ami.

— Quelque chose ne va pas ? Tu as l'air de souffrir...

Feu Brûlant à présent se tenait le ventre.

— Ce n'est rien. J'ai un peu mal. Cela va passer.

— Mais tu baves !

Avant qu'il n'ait pu se lever pour lui porter secours, Feu Brûlant, tombé à terre comme un sac, se tordait de douleur. Un filet de bave verdâtre perlait de la commissure de ses lèvres, ses yeux commençaient à se révulser.

Arc-bouté sur son compagnon qu'il voyait partir, Poisson d'Or hurla : « Feu Brûlant ! Où es-tu, regarde-moi ! » pour l'empêcher de perdre connaissance.

— Je sens du feu en moi, parvint à bredouiller ce dernier.

C'est alors qu'une horrible pensée traversa l'esprit de Poisson d'Or : les Mingqi !

Ce pauvre Feu Brûlant venait de piller une tombe où les Mingqi avaient dû être imprégnés d'une substance vénéneuse. C'était ainsi que l'on procédait souvent pour dissuader les pillards d'opérer leurs razzias. Après avoir manipulé les Mingqi empoisonnés, il avait mangé son orange sans s'être, au préalable, lavé les mains ! Poisson d'Or l'exigeait toujours, pourtant. Mais là, il avait laissé Feu Brûlant gérer seul son affaire et commençait à le regretter amèrement.

Il fallait absolument chercher des secours.

— Ne t'inquiète pas, je vais te sortir de là ! Je crois savoir ce que tu as. Je vais chercher ce qu'il faut chez l'éleveur de vers à soie, lui lança-t-il après l'avoir assis adossé contre le tumulus.

Feu Brûlant, en sueur, à demi conscient, les yeux totalement révulsés, était incapable de répondre. Il sentait déjà une insupportable étreinte qui partait du bas-ventre et remontait vers les poumons, l'empêchant peu à peu de respirer.

Poisson d'Or fut saisi d'une terrible angoisse. Les substances nocives dont on enduisait les Mingqi étaient destinées à paralyser tous les muscles des profanateurs des tombeaux qui périssaient d'étouffement dans d'insupportables douleurs.

Dans cette contrée lointaine, il n'existait sûrement ni apothicaire ni médecin.

L'unique solution était de trouver au plus vite de l'eau pour rincer la bouche de l'eunuque, et de lui faire boire du lait, qui était censé atténuer les effets de ces substances. À défaut de quoi il perdrait son complice, qui était devenu pour lui ce véritable frère, cet allié dans les épreuves et cet indéfectible camarade, compagnon des bons et des mauvais jours.

La peur de le perdre lui donna des ailes.

Il se mit à courir de toutes ses forces vers le bosquet de mûriers. Il manqua mille fois de trébucher sur les gros cailloux qui jonchaient le sol et finit trempé jusqu'aux os, à force de s'éclabousser avec l'eau des ruisseaux, tant il souhaitait arriver vite à la ferme de l'éleveur de vers à soie.

Il ne se voyait pas continuer, seul, son périple vers le sud, ni affronter la solitude d'un voyage aussi long et aléatoire. Il confia le sort de Feu Brûlant aux mains de Rosée Printanière et supplia sa bien-aimée de l'aider à trouver des secours au plus vite. À chaque foulée de sa course, il scandait son nom.

Derrière le champ de mûriers planté en rangées régulières, se devinait un minuscule mur de pierres sèches. Arrivé juste devant, il s'aperçut que celui-ci donnait en fait sur une petite cour où il se retrouva nez à nez avec une jeune fille qui remplissait de lait l'écuelle d'un gros chat noir. L'animal, queue dressée, frottait son dos arrondi contre les chevilles de la jeune personne.

Poisson d'Or eut le temps de s'apercevoir qu'elle était adorable.

— Peux-tu me donner un peu de ton lait ? J'ai là-bas un ami qui se meurt d'empoisonnement. Seule une coupe de ce breuvage pourra empêcher le poison d'imprégner tout son corps.

Avant qu'elle ait eu le temps de lui répondre quoi que ce soit, Poisson d'Or avait arraché le vase rempli de lait des mains de la jeune fille et s'était mis à courir en sens inverse vers le tumulus au pied duquel il retrouva Feu Brûlant, qui avait déjà perdu connaissance.

— Feu Brûlant, je t'en supplie, ne m'abandonne pas ici ! s'écria-t-il en forçant le malheureux à boire le lait qui dégoulinait sur son torse.

Il parvint à lui en faire boire quelques gorgées avant de le soulever pour le placer sur son épaule comme un sac de céréales, puis de se diriger vers la ferme aux mûriers.

Il avait à peine fait quelques pas que le visage souriant de la jeune fille au chat noir était en face de lui.

Tout occupé à transporter Feu Brûlant, il ne l'avait pas vue approcher. Elle portait une gourde remplie d'eau fraîche dont Poisson d'Or versa tout le contenu dans la gorge de l'eunuque. Il l'avait reposé à terre. La jeune fille tenait les mâchoires de Feu Brûlant grandes ouvertes avec ses deux mains tandis que Poisson d'Or lui lavait la bouche à grande eau, entre deux gorgées de lait qu'il le forçait à boire.

Au bout d'un petit moment de ce traitement de choc, Feu Brûlant commença à cligner des paupières.

— Nous allons le sauver ! Je ne sais vraiment pas comment te remercier, murmura Poisson d'Or à la jeune fille dont l'adorable sourire le comblait.

— J'ai moins mal au ventre. Je sens que mon esprit revient..., hasarda l'eunuque.

Ils le traînèrent jusqu'à la ferme et l'adossèrent contre le tronc d'un mûrier.

— Le lait est le meilleur des contrepoisons, on m'a appris ça quand j'étais jeune, dit Poisson d'Or à la jeune fille, en guise d'explication.

— Mais tu as l'air si jeune ! ne put-elle s'empêcher de s'écrier.

Tant de spontanéité et de gentillesse réchauffèrent instantanément son cœur.

Poisson d'Or ne se sentait pas indifférent à cette jeune fille, si charmante d'aspect et si simple de comportement, qui n'avait pas monnayé son attitude secourable.

— Comment t'appelles-tu ?

— Fleur de Sel.

Sa voix lui parut aussi douce qu'était luisante la feuille de mûrier qui venait de tomber à ses pieds.

61

Fleur de Sel et Poisson d'Or se regardaient en souriant tandis que Feu Brûlant, toujours assis contre le tronc de son mûrier, venait de s'endormir d'épuisement.

La jeune fille sentait la délicate odeur de l'herbe fraîchement coupée des prés qui s'étendaient en contrebas de la ferme. Ses cheveux très courts mettaient en valeur un visage à l'ovale parfait où brillait une paire d'yeux noirs qui respiraient à la fois la douceur et l'espièglerie.

C'était, pour Poisson d'Or, un concentré de fraîcheur et de délicatesse qui s'était soudain mis à souffler sur sa nuque, après la sauvagerie et l'odeur fétide du vent mauvais des compagnons d'infortune qu'il avait côtoyés pendant ces dures et longues années de travaux forcés passées à bâtir cet interminable Grand Mur.

— Mon père cultive les mûriers et les mandariniers, dit-elle.

— Éleveur de vers à soie ?

— Pas exactement. Mon père est cultivateur mais également éleveur. Il ne se contente pas de planter et d'émonder les arbres, nous possédons aussi un troupeau de moutons qu'il emmène pacager dans les montagnes pendant la belle saison, d'où son absence. Le verger de mandariniers est situé un peu plus loin. C'est une espèce qui ne gèle pas. L'hiver, ici, il peut faire très froid.

L'élevage du ver à soie proprement dit est pratiqué par oncle Maillon Essentiel.

— Oncle Maillon Essentiel ? s'écria-t-il, incrédule.

— Ce n'est pas un oncle au sens propre du terme, mais nous l'appelons ainsi depuis qu'il habite avec nous, répondit-elle en désignant un homme qui était en train de les rejoindre.

Lorsqu'il se retourna, quelle ne fut pas la surprise de Poisson d'Or en reconnaissant le visage, à peine un peu épaissi, de l'ancien chef du Bureau des Rumeurs de Xianyang !

— Mais que fais-tu là ?

— Quelle gigantesque surprise que de voir Poisson d'Or en ces lieux ! lança ce dernier.

Devant Fleur de Sel bouche bée, ils tombèrent avec effusion dans les bras l'un de l'autre. Des larmes d'émotion et de joie coulaient sur leurs joues.

Ils transportèrent aussitôt le pauvre Feu Brûlant dans une chambre et le couchèrent sur un matelas. Puis il ne fallut pas moins de la soirée et du dîner pour que chacun racontât à l'autre par le menu sa vie antérieure.

— En neuf ans de travaux forcés, tu n'as pas pris une ride. C'est à croire que l'exercice physique rajeunit ! plaisanta Maillon Essentiel.

— Un ancien espion reconverti dans l'élevage du ver à soie ! Je voudrais voir la tête des agents du Bureau des Rumeurs s'ils savaient ça ! rétorquait Poisson d'Or qui riait de plus belle.

— Oncle Maillon Essentiel a trouvé le moyen d'empêcher que les insectes ne dévorent la récolte du mûrier ! intervint Fleur de Sel.

L'eunuque raconta à Poisson d'Or comment il avait découvert qu'une espèce particulière de fourmis jaunes tueuses dévorait les chenilles qui se nourrissaient de la feuille de mûrier au détriment du ver à soie, qui mourait avant d'avoir pu faire son cocon, et de celle du mandarinier, empêchant celui-ci de fleurir et de donner des fruits. Il avait réussi à élever ces redoutables fourmis en plaçant un couple dans un intestin de porc dont il parvenait à enduire de miel les rebords intérieurs. Deux fois par an, il allait vendre à prix d'or sur le marché de la ville la plus proche quelques spécimens de ces fourmis tueuses à des arboriculteurs venus des plus lointaines contrées méridionales où la renommée des insectes élevés par Maillon Essentiel était immense.

— C'est grâce à oncle Maillon Essentiel que mon père a pu sauver cet élevage de vers à soie ! précisa, triomphante, Fleur de Sel.

— Je crois que ton ami va mieux, indiqua Maillon Essentiel après avoir posé sa main sur le front de Feu Brûlant qui, allongé sur son matelas à même le sol, semblait dormir du sommeil du juste.

— Il l'a échappé belle ! J'aurais dû lui dire de se méfier de ces Mingqi empoisonnés...

— Que comptez-vous faire maintenant ?

— Nous faisons route vers le grand Sud.

— Pourquoi ne pas rester un peu ici pour reprendre des forces ?

— Oh ! oui ! Je suis sûre que mon père insisterait pour que vous restiez un moment à la ferme, s'exclama Fleur de Sel.

Poisson d'Or vit avec plaisir qu'elle battait des mains comme une petite fille à qui l'on fait une surprise agréable.

— Mais cela risque de vous gêner...

— Certainement pas. Ici, la vie est simple et facile. Le potager et la basse-cour suffisent à se nourrir de façon délicieuse, intervint l'ancien chef du Bureau des Rumeurs.

— Oncle Maillon Essentiel a raison. Ici, personne ne gêne quiconque ! ajouta la jeune fille, suppliante.

— Puisque tu sembles en avoir tellement envie, je suis d'accord pour rester ici quelques jours. Cela permettra à Feu Brûlant de guérir définitivement, confia Poisson d'Or à Maillon Essentiel.

Tout en s'adressant à l'eunuque, il n'avait pu s'empêcher de lancer un regard intéressé vers la jeune fille dont il venait de tomber sous le charme.

Le crépuscule inondait de reflets dorés le bosquet de mûriers et la petite cour de pierre devant laquelle ils se tenaient assis. Les coqs du poulailler avaient commencé à chanter. De part et d'autre de la porte d'entrée de la ferme, suspendues au mur dans leurs petites cages, des cailles de combat caquetaient.

— Vous élevez des oiseaux de combat ? hasarda Poisson d'Or.

— C'est mon père. Ce n'est pas ce qu'il fait de mieux ! De temps à autre, il les fait participer à des tournois...

Maillon Essentiel et Poisson d'Or se regardèrent avant d'éclater de rire. Autant l'un que l'autre, ils la trouvaient charmante.

Fleur de Sel venait de s'éclipser pour préparer le dîner.

— Fleur de Sel est un phénomène. Elle est devenue ma joie de vivre... Elle a beaucoup compté dans ma décision de demeurer ici après que je suis arrivé à cet endroit par hasard, ne sachant trop où je pourrais m'installer, dit l'eunuque à Poisson d'Or.

— Comme j'aime cette spontanéité. Elle est vraiment adorable !

La jeune fille, toujours aussi souriante, venait de leur apporter sur un plateau deux bols fumants. Ils étaient remplis de millet cuit à la vapeur, accompagné de boulettes de viande à la menthe. Elle avait aussi préparé pour chacun d'eux un minuscule bol de thé vert qu'elle avait fait au préalable longuement infuser.

Lorsqu'elle donna le sien à Poisson d'Or, sa main toucha celle du jeune homme. Elle se tenait à genoux devant lui, tout près de son visage. Il apprécia la finesse du grain de la peau de son front lisse comme une pierre de jade parfaitement polie.

Dans cette posture où il pouvait respirer la fraîcheur de son souffle, elle lui parut encore plus désirable.

— Tu es une bonne cuisinière, Fleur de Sel. Ces boulettes sont délicieusement parfumées, murmura-t-il, entre deux gorgées de thé.

— C'est une de mes spécialités. Je l'ai préparée pour toi. C'est ma mère qui m'a appris à cuire de la sorte les grains de millet à la vapeur. Sur le foyer, il y en a toujours une jarre pleine, prête à être mangée.

Le regard de la jeune fille exprimait cette grande douceur qui, par certains côtés, lui rappelait Rosée Printanière.

Maillon Essentiel s'était discrètement retiré à l'intérieur de la fermette, les laissant seuls dans la cour.

— Ta mère n'est pas là ?

— Maman est morte des fièvres il y a quatre années lunaires de cela, dit-elle, les yeux baissés.

— Excuse-moi ! Je ne l'ai pas fait exprès...

— Ce n'est rien, tu n'as pas à t'excuser. Il n'y a pas de mal.

Ils étaient tous les deux assis sur un banc de pierre, contre un mur exposé au soleil qui avait conservé la chaleur emmagasinée pendant la journée. Poisson d'Or sentait un léger engourdissement l'envahir, après les moments d'angoisse et d'agitation consécutifs à l'empoisonnement de Feu Brûlant. Il était épuisé.

C'était étrange.

Tout contre lui, il la sentait en communion totale, comme s'ils se connaissaient depuis des siècles et que, déjà, ils se fussent tout raconté l'un de l'autre. Il savait déjà de quoi elle était faite. Il était persuadé qu'il ne serait pas déçu lorsqu'il découvrirait ce qu'elle avait au fond de son cœur.

Il n'osait pas bouger. Il préférait ne rien dire, abasourdi par une rencontre aussi inespérée. Il ne voulait surtout pas rompre ce charme qu'il sentait opérer en lui. Cela devait faire plus de neuf ans qu'il n'avait côtoyé d'aussi près tant de douceur et de bonté.

Cela devenait inouï.

Son engourdissement en arrivait même à lui faire oublier l'image de Rosée Printanière au profit de cette jeune fille généreuse et pure qui venait de lui servir un bol de millet.

Les pierres tiédies du mur offraient à son dos un confortable cocon. Il commençait à s'enfoncer dans une aimable somnolence quand il sentit son incroyable geste.

Elle venait de lui prendre la main et de la porter sur sa poitrine.

Il pouvait palper, de sa paume, la forme de ses seins. Leur chaleur traversait le tissu de sa blouse de soie écrue.

Il sortit de sa torpeur et ouvrit les yeux.

Elle était à ses genoux, le visage juste en face du sien. Il percevait à présent, au fond de ses iris, de minuscules points dorés, comme des étoiles infinitésimales qui donnaient à ses yeux noirs leur éclat particulier. La peau de sa gorge lui parut aussi fine que le sable de la tempête qui lui avait permis de s'enfuir du camp de travail de la Grande Porte de Jade et aussi blanche que ce lait qu'elle lui avait donné pour guérir Feu Brûlant.

Lorsqu'il colla sa bouche contre la sienne, elle l'ouvrit sans la moindre réticence, avec l'innocence, il en était sûr, d'un premier baiser reçu et donné.

Sa petite langue, mobile et soyeuse, avait le goût d'un quartier de mandarine.

*

C'était le matin, dans le Palais du Sud.

Juste au-dessus de sa tête, par une large ouverture

circulaire pratiquée au plafond, la colonne de lumière pénétrait dans la salle obscure où le roi se tenait.

— J'entends de toutes parts des louanges sur la beauté de cette princesse sogdienne qui a accompagné son père pour rendre l'hommage de sa tribu à l'Empire du Centre. Te serait-il possible de la faire venir devant moi avant que les délégations ne quittent définitivement la ville pour retourner chez elles ? dit l'Empereur à Lisi.

La voix forte et le ton comminatoire étaient déjà ceux du Fils du Ciel.

— Majesté, il est vrai que la beauté de la princesse Baya, fille du prince sogdien Agur, a ébloui tous ceux qui l'ont aperçue lorsqu'elle apparut, richement parée d'or, aux côtés de son père au pied de la colline de la Terrasse Transcendante, pendant que vous mangiez les morceaux de chien accompagnés de sésame à l'endroit exact du Mingtang où le géomancien vous avait demandé de vous tenir, reconnut le Premier ministre en courbant la tête.

Lisi était partagé entre la satisfaction de voir qu'enfin son prince paraissait s'intéresser à une femme et l'inquiétude de constater que ce n'était plus de sa fille Rosée Printanière qu'il s'agissait.

La fille du prince sogdien méritait, il est vrai, amplement les éloges qui couraient sur son compte et dont bruissait tout Xianyang depuis qu'elle s'y était installée.

Beaucoup plus grande que les femmes du Qin, du Yan ou du Chu, et contrairement à ces dernières dont le charme était pourtant considéré comme insurpassable, sa peau avait la blancheur immaculée de l'ivoire. Son immense chevelure noire, brillante comme la pierre d'encre lorsque le pinceau du calligraphe l'humidifie, tombait plus bas que le creux de ses reins en une majestueuse cascade de boucles épaisses. Un diadème d'or serti de grenats précieux ceignait son front haut à la base duquel, sous des sourcils aux arcatures parfaites, s'ouvraient deux yeux en amande dont la couleur turquoise était si intense qu'on les disait phosphorescents.

Vêtue à la sogdienne, elle portait à toute heure du jour le même gilet court rouge brodé de fleurs aux fils d'or et d'argent, au-dessus d'une blouse de mousseline dont l'échancrure mettait en valeur l'éclat de sa gorge en découvrant l'élégante courbure de ses épaules. Son pantalon bouffant de mousseline noire transparente ne cachait rien de ses jambes fuselées. Elle portait des mules à la pointe relevée vers le ciel. Au milieu de son ventre plat et musclé que la taille basse de son pantalon laissait à découvert, un petit nombril parfaitement dessiné formait un adorable bijou naturel sur lequel les yeux fascinés des hommes s'attardaient.

Baya possédait, avec le port altier des femmes de son peuple, la grâce d'une adepte de la danse, qu'elle pratiquait depuis sa tendre enfance.

Elle était devenue l'attraction quotidienne que chacun voulait à son tour admirer.

Au milieu du terre-plein réservé aux délégations des peuples des royaumes extérieurs à l'Empire, le pays des Wusun, éleveurs de chevaux, le Ferghana, la Bactriane, la Sogdiane et tous les autres, elle offrait tous les jours une longue prestation rythmée par les musiciens de l'escorte royale qui accompagnait son père.

Les frissonnements des tambourins et les lancinantes mélopées des flûtes de Pan de roseau faisaient alors promptement taire le brouhaha d'une foule bigarrée que fascinaient les gestes précis de la danseuse et qui assistait, médusée et attentive, au spectacle de ce joli nombril ondoyant à leur rythme.

C'était Baya dansant.

Le succès de cette attraction n'avait pas tardé à revenir aux oreilles de l'Empereur.

Celui-ci gardait en mémoire les propos de Lisi sur la nécessité de se fabriquer une descendance. La rumeur décrivait en outre la Sogdienne beaucoup plus belle et désirable que les plus accortes concubines du Gynécée Impérial. Il brûlait à son tour de la voir en chair et en os, pour vérifier si la réalité était conforme à la légende qui, déjà, courait sur elle.

— Je souhaiterais vivement que tu me l'amènes céans, ajouta Qinshihuangdi.

L'après-midi même, Lisi avait donc introduit auprès du souverain la princesse sogdienne qui, pour la circonstance, avait été priée de recouvrir ses épaules d'une longue cape de soie noire ourlée de broderies rouge et or.

Prosternée aux pieds de l'Empereur, Baya, plus resplendissante que jamais, baissait les yeux, ainsi qu'on le lui avait expressément prescrit.

Son père, d'abord surpris, puis quelque peu flatté par cette invitation impériale, avait fait à sa fille une rude leçon de maintien et de savoir-vivre avant de consentir à la laisser se rendre au Palais du Sud.

Elle devrait se garder de croiser le regard du souverain. Elle devrait se montrer, en outre, comme toute Sogdienne de noble lignage, réservée mais fière ; et surtout, elle se garderait d'accepter la moindre avance de la part de l'Empereur.

Ce ne devait être qu'une visite de courtoisie et rien d'autre. Sa fille était déjà promise au prince du Ferghana. Prudent et circonspect, le prince Agur ne souhaitait pas que la moindre idylle avec Qinshihuangdi, auquel il n'aurait pas été capable de refuser quoi que ce soit, vînt perturber un tant soit peu les harmonieux rapports qui existaient entre les minuscules royaumes de Sogdiane et du Ferghana, proches d'une alliance qui les renforcerait mutuellement.

Le royaume de Sogdiane faisait partie des pays qui se disaient « amis » de l'Empire du Centre pour échapper à une annexion pure et simple de ces hommes aux yeux « en fente » avec lesquels les Sogdiens ne se sentaient nul point commun.

Immobile sur son trône de marbre blanc, l'Empereur du Centre, ému plus qu'il ne s'y attendait par la beauté de sa visiteuse étrangère, pouvait voir ses longs cils noirs recourbés, qui paraissaient aussi doux et épais que les plumes de l'aigrette occipitale du héron blanc. Il n'avait jamais vu, encore, une chevelure aussi bouclée, brillante et abondante. Les cheveux des femmes du Qin, à côté, paraissaient bien raides et fades.

— Il ne t'est pas interdit de croiser mon regard, dit-il doucement à la jeune fille.

Lorsqu'elle releva la tête, il vit l'éclat turquoise incomparable de ses yeux. Ce bleu était encore plus beau que ne l'avait annoncé la rumeur.

— Mon Souverain, mon père m'a interdit de vous dévisager, murmura-t-elle, tremblante.

L'Empereur du Centre se leva et s'approcha d'elle.

— Dans le Palais du Sud, c'est moi qui commande ! s'exclama-t-il gaiement.

Il n'avait pas hésité à prendre ses deux mains pour l'aider à se relever. Elle avait les paumes soyeuses et tièdes.

Une fois debout, il constata qu'elle avait exactement la même taille que lui.

— Accepteras-tu de danser pour moi un soir ?

Fasciné par ses yeux et l'éclat de la blancheur de sa peau, il n'avait même pas pensé à lui lâcher les mains. Les boucles de la chevelure de Baya étaient aussi drues et brillantes que la fourrure des agneaux noirs des steppes que certains marchands vendaient à prix d'or aux étals des marchés pour en faire des cols ou des bordures de coiffes.

Il brûlait de frôler ces boucles mais n'osa pas enfreindre à ce point sa propre étiquette, qui voulait que le souverain fût toujours intouchable, sauf dans sa chambre.

— Il faut en parler à mon père. Quant à moi, ce sera

avec plaisir. Je suis danseuse de profession ! ajouta-t-elle, yeux à nouveau baissés.

L'Empereur du Centre avait demandé à Lisi de régler la question et le soir même, accompagnée par un petit orchestre qui jouait derrière un paravent en bois doré ajouré comme de la dentelle, elle dansait devant l'Empereur.

Le prince Agur, qui avait le sens des affaires et pas mal d'à-propos, avait accepté de laisser sa fille danser devant l'Empereur, non sans avoir demandé, en contrepartie, de pouvoir revenir au Kangju – le nom par lequel on désignait la Sogdiane ce pays situé entre les fleuves Amou-Darya et Syr-Darya, non seulement chargé des ballots de soie qu'il avait achetés à Xianyang, mais également en compagnie d'un fondeur qui pourrait apprendre à ses forgerons, bien plus malhabiles que ceux du Qin, à fondre le minerai de fer...

À force d'aller et de venir sur cette route qu'empruntaient les marchands, Agur avait appris à parler la langue du Qin. Il n'avait pas mis longtemps à se faire comprendre par le Premier ministre qui avait accepté le marché sans hésitation.

Le prince Agur n'avait pas perdu au change. Dotée d'armes en fer, à la différence de ses voisins qui n'avaient que du bronze, beaucoup moins dur, la Sogdiane échapperait ainsi aux annexions des barbares et deviendrait, pendant des siècles, la plaque tournante du commerce entre l'Empire du Centre et les contrées de l'Occident.

Pour se produire devant l'Empereur, la princesse sogdienne, comme l'avait expressément souhaité son père, afin de s'attirer, pensait-il, et de façon définitive, les bonnes grâces du souverain, avait passé en tout et pour tout un simple pantalon à taille basse en tulle parfaitement transparent et un petit gilet fermé par une épingle d'argent niellée d'or qui lui cachait à peine les seins.

Le résultat de la prestation avait été si probant que l'Empereur du Centre, dès le lendemain, avait fait demander à son père, toujours par l'entremise de son Premier ministre, quel serait le prix à mettre pour garder la jeune fille quelques semaines supplémentaires à Xianyang.

Le prince Agur, sans se démonter le moins du monde, avait décidé sans hésiter :

— Dix chameaux chargés de soie, une carriole remplie de vases rituels de bronze sans défaut de fabrication, et un fondeur supplémentaire, d'un niveau équivalent à celui que vous m'avez déjà accordé.

C'est ainsi que la princesse sogdienne Baya était restée plus longtemps que prévu auprès du Grand Empereur du Centre.

*

Zhaogao attendait cela depuis très longtemps. La veille, Lisi l'avait prévenu que l'Empereur du Centre le recevrait en sa compagnie.

— Crois-tu que je pourrai le tutoyer ainsi que je le faisais hier ? s'enquit, un peu inquiet, le nouvellement nommé chef d'état-major des armées de l'Empire alors qu'ils parcouraient l'interminable galerie du Palais du Sud au bout de laquelle le Grand Chambellan Ainsi Parfois les introduirait auprès du souverain.

— Je crois qu'il vaut mieux s'adresser à lui à la troisième personne ! Ce n'est plus ton compagnon de jeux qui sera en face de toi, mais le Grand Empereur Qinshihuangdi ! conseilla fébrilement le Premier ministre qui, de peur d'être en retard, faisait presser le pas à Zhaogao.

Ce dernier s'aperçut qu'à l'approche de la lourde porte de bronze à deux battants située au fond de la galerie, le Premier ministre tremblait de plus en plus.

Lorsqu'ils se présentèrent à l'Empereur, à peine

introduits par le Grand Chambellan Ainsi Parfois qui ressemblait à un vieillard tant il paraissait accablé, le souverain ne manifesta nulle effusion particulière à la vue de son ancien camarade.

— Majesté, ainsi que votre Très Auguste Personne l'a souhaité, votre nouveau chef d'état-major vient vous présenter ses très respectueux hommages, annonça Lisi en s'inclinant.

Zhaogao avait revêtu ses habits de parade. Un plastron de plaquettes de jade barrait fièrement sa poitrine, affichant des inscriptions donnant la liste des batailles qu'il avait gagnées.

— On ne peut être mieux célébré que par soi-même ! observa l'Empereur, sarcastique, après avoir rapidement déchiffré les idéogrammes gravés sur le plastron.

Il sembla considérer l'uniforme historié de Zhaogao avec un certain amusement mais aussi, à en juger par son regard, avec une petite dose de mépris.

— Je peux l'enlever si vous le souhaitez, bafouilla, la voix cassée, Zhaogao que la remarque de Qinshihuangdi avait pris complètement au dépourvu.

— Laisse tomber, je plaisantais ! fit l'autre, familièrement. Parle-moi de ton commandement de la province de la Grande Porte de Jade. Il faut que j'aille un jour me rendre compte de l'avancement du chantier ! ajouta-t-il.

— Il s'agissait plus de surveillance que de conquête. D'ailleurs, on ne voit pas bien ce que l'Empire du Centre pourrait arracher de plus au désert. En revanche, j'avais un énorme travail pour surveiller tous ces hommes qui construisent votre Grand Mur. Il y a là beaucoup de rebelles qui saisiraient la moindre occasion pour se révolter.

— Un général employé à surveiller des esclaves ? questionna l'Empereur en se tournant vers Lisi.

— Majesté, vous-même avez souhaité...

— Moi, par définition, je ne souhaite rien !

Zheng, furieux, avait interrompu sèchement son Premier ministre, et celui-ci, l'air d'un chien battu, fixait ses pieds sans oser lever le visage.

— Combien y a-t-il de soldats dans les armées de l'Empire ? hurla l'Empereur.

— D'après les chiffres que le ministre de la Guerre m'a communiqués ce matin, il y en a un million environ. Y compris les bataillons de support logistique, répondit Zhaogao avec empressement, heureux de pouvoir donner l'information aussi rapidement.

— Et d'hommes sur les chantiers impériaux ? cria à nouveau l'Empereur, cette fois à l'adresse de Lisi.

Celui-ci prit son souffle et commença le comptage.

— Majesté, le Grand Mur en occupe six cent mille ; le palais Epang, deux cent mille ; les autres résidences impériales, trois cent mille ; le canal de navigation entre la rivière Wei et la rivière Jing un peu moins de deux cent mille. Cela fait, si je ne m'abuse, environ un million trois cent mille esclaves. Et j'ai oublié de compter les hommes qui travaillent à l'extension du Palais de l'Écriture ainsi que sur les chantiers de construction des ponts sur les fleuves et les rivières, articula le Premier ministre dont la voix s'était mise à vaciller.

— Je n'en reviens pas ! Il y a donc plus d'hommes mobilisés sur les chantiers impériaux que dans les armées de l'Empire ! tonna l'Empereur. Comment as-tu pu laisser se développer pareille dérive ?

Le courroux impérial était à son comble.

Lisi n'osait pas répondre. Il n'arrivait pas à déterminer si c'était là une colère feinte, uniquement destinée à le déstabiliser, ou au contraire le début de ces vraies éruptions de rage qui pouvaient mettre plusieurs jours à retomber.

Il n'avait fait, en tout état de cause, qu'appliquer à la lettre la somme des directives de l'Empereur Qinshihuangdi. Il ne se passait pas de mois où le souverain n'exigeât l'érection d'un nouveau monument ou l'accélération du Grand Mur. Rien qu'à Xianyang, trente-sept palais impériaux étaient en construction simultanée, sans compter le mausolée du souverain, dont les immenses fosses avaient déjà été terrassées au sud-ouest de la Wei, au milieu d'une plaine cultivée.

Il était pour le moins paradoxal que davantage de moyens humains fussent consacrés à embellir l'Empire qu'à le défendre ou à l'agrandir. Mais la responsabilité de cette dérive pour le moins fâcheuse incombait à l'Empereur et à lui seul. Lisi n'avait fait, comme à l'accoutumée, qu'appliquer ses ordres au pied de la lettre.

Toutefois, il était hors de question, surtout en de pareilles circonstances, devant le propre chef d'état-major des armées impériales, de l'évoquer en des termes aussi crus.

Il valait mieux s'abstenir de relever, et laisser l'orage éclater en attendant qu'il finisse par s'éloigner.

— Ô Grand Empereur du Centre, il est vrai que les conquêtes de l'Empire sont presque terminées. Tous les royaumes de la périphérie sont annexés. Seules restent quelques poches irréductibles au sud, aux confins méridionaux du Shu et du Ba, à l'endroit où les plateaux désertiques se dressent brusquement pour aller former, d'après les récits des voyageurs, le « Toit du Monde » dont les cimes sont perpétuellement enneigées. Alors qu'il reste encore tant de beaux monuments à construire ! s'écria Lisi pour essayer d'apaiser le courroux impérial.

— Tu oublies la presqu'île de Liaodong et les régions côtières. Elles font, en théorie, partie du territoire de l'Empire mais, en raison de leur éloignement et de la carence de nos relais sur place, elles restent peu sûres. C'est tout juste si les Lois de l'Empire du Centre y sont respectées ! N'oublie pas que je projette pourtant une expédition aux îles Penglai qui se situent au large de cette immense presqu'île ! Il faudra bien que cette région soit un jour réellement soumise ! rétorqua l'Empereur avec irritation.

— Dans ces conditions, pourquoi n'en feriez-vous pas mon prochain objectif de campagne d'occupation et de pacification militaire ? lança le chef d'état-major, tout heureux de pouvoir saisir la balle au bond.

— Le port principal porte le nom de Dongyin. Il faudra y affréter trois bateaux de haute mer. Cette mission est à mes yeux de la plus haute importance ! Quand compterais-tu partir ? reprit l'Empereur que cette initiative séduisait.

— Très Auguste Empereur du Centre, dès que l'on m'aura fourni les chevaux nécessaires. Il en faut un grand nombre pour porter si loin de nos bases le glaive du Qin !

Qinshihuangdi à présent s'était levé et marchait de long en large.

La perspective de réduire l'insécurité qui régnait encore sur les régions côtières excitait moins son esprit que celle de pouvoir enfin organiser l'expédition qui lui permettrait de mettre un pied sur l'île Penglai ou une de ses consœurs. Il se voyait déjà foulant la grève de cette île où les fruits de jade poussaient sur les arbres. Il lui suffirait d'en croquer un seul et il pourrait vivre dix mille années de plus...

Zhaogao, selon toute vraisemblance, était bien l'homme de la situation. Tant que le port de Dongyin ne serait pas sûr, il était illusoire de penser y affréter le moindre bateau.

— As-tu sur toi des cartes de ces contrées ? interrogea l'Empereur d'une voix dure en se tournant vers Lisi.

— Pas sous la main, Majesté, mais cela devrait se trouver facilement, fit celui-ci avec empressement.

L'Empereur tapa rageusement du poing sur l'immense table en bois de cèdre sur laquelle avait été posée, par ordre de taille croissante, la collection des sceaux de jade impériaux ainsi que le petit tripode de bronze gravé au nom de Zheng. Ce vase rituel ne le quittait plus depuis qu'il le considérait comme son objet fétiche.

— Il me faut un lot de cartes ! Le Directeur des Cartes a pour mission de faire exécuter les relevés topographiques de tout l'Empire du Centre !

— Dès que je le pourrai, Majesté, je le convoquerai pour bien m'en assurer..., bredouilla Lisi, cassé en deux.

Zhaogao considérait la scène avec stupéfaction.

Voir ainsi le deuxième personnage de l'État trembler comme un petit garçon devant son maître qui le mettait plus bas que terre avait quelque chose de dérisoire, mais surtout de ridicule. C'était donc ça, le pouvoir suprême ? Lisi, que chacun redoutait dans tout l'Empire comme la doublure du souverain, humilié à ce point par son maître qui le contraignait à accepter sans mot dire des reproches injustes dont l'unique but était de le soumettre !

La crainte que l'on éprouvait en regardant vers le haut n'avait d'égale que la terreur que l'on inspirait dans le sens inverse...

En assistant à ce spectacle édifiant, Zhaogao ne regrettait pas d'avoir choisi d'embrasser la carrière militaire. Le métier des armes était plus sain, moins soumis aux aléas et aux caprices de l'humeur du souverain : honneur aux vainqueurs et malheur aux vaincus, c'était déjà plus clair. Il se disait aussi qu'il valait mieux ne pas avoir à côtoyer le Grand Empereur du Centre, il n'y avait que des coups à prendre, à en juger par ce qu'endurait ce malheureux Lisi.

Quant au garçonnet qu'il avait côtoyé autrefois, Zhaogao n'en percevait nulle trace dans le visage impassible de ce souverain irritable et capricieux. Il n'avait plus rien de commun avec lui. Pis, il s'en méfiait aussi car il lui faisait peur.

L'imprévisibilité était en effet ce qui lui semblait le mieux caractériser l'attitude de l'Empereur du Centre. Être toujours là où on ne l'attendait pas, surprendre ses interlocuteurs en exigeant d'eux l'impossible, quitte à faire preuve d'une abyssale mauvaise foi. Se montrer d'autant plus dur qu'il avait face à lui un collaborateur de rang élevé, pour lui inculquer la précarité de ses fonctions. Montrer à ses obligés qu'ils lui devaient tout.

Invisible, imprévisible, en un mot, inquiétant : Qinshihuangdi avait parfaitement réussi à sculpter l'image de despote qu'il souhaitait donner de sa personne.

62

La grosse fourmi jaune mordait avec empressement le bout de l'index de Poisson d'Or.

— Fais attention, ce sont des fourmis voraces ! Leurs mandibules ont raison de tout. Tu risques de te faire dévorer la peau du doigt, intervint Maillon Essentiel en chassant l'insecte, d'une pichenette, du doigt de Poisson d'Or.

— Je suis coriace. Si tu savais le nombre d'épreuves que j'ai traversées depuis que j'ai dû quitter Xianyang après que l'on m'a accusé d'un forfait que je n'avais pas commis !

— Je sais, tu as été la victime d'un complot ourdi de longue main...

— Aussi ai-je perdu toute illusion sur la justice de mon pays, à laquelle je ne crois plus.

— Je te comprends. C'est l'une des raisons pour lesquelles j'ai été conduit à faire défection. Le Bureau des Rumeurs n'a jamais servi qu'à instruire des procès dont le résultat était connu d'avance, alors qu'il aurait pu être un contrepoids utile à l'aveuglement des juges et des enquêteurs. Quand je pense que ce pauvre Hanfeizi fut mis à mort à la suite d'une accusation mensongère, j'en fus révolté et je le demeure ! Entre les mises en cause sans preuve, les dénonciations calomnieuses et les crimes impunis, le système judiciaire du Qin est devenu une machinerie aveugle et oppressive !

— Des crimes impunis ? Et moi qui pensais plutôt que la situation était inverse ! s'exclama Poisson d'Or.

Maillon Essentiel, après un temps d'hésitation, se racla la gorge.

— J'ai eu vent d'un crime abominable qui, en son temps, défraya la chronique, mais dont le coupable court toujours parce que l'enquête à son sujet fut, comme il se devait, bâclée. Un époux tua sauvagement sa femme. Une fois son forfait accompli, il transporta son corps sur une décharge publique où on le retrouva à moitié dévoré par des chiens errants. Cet homme n'était pas un rustre ni un paysan pauvre agissant sous l'emprise de l'alcool ou de substances vénéneuses. À l'époque, cet homme était ministre, et depuis il est devenu le premier d'entre eux. Quand je prononcerai son nom, que tu devines déjà, tu tomberas des nues : il s'agit bien de Lisi !

— Comment peux-tu être sûr d'une telle abomination ? s'écria Poisson d'Or, révolté.

L'eunuque le regarda avec toute la tristesse et la lassitude que lui inspiraient de tels souvenirs. Mais il avait décidé de raconter à Poisson d'Or ce qu'il n'avait, jusqu'alors, pu partager avec personne.

C'était la veille du jour où il s'était exilé.

Il venait de délaisser son poste, ayant décidé de fuir Xianyang et ce système d'oppression dont, tôt ou tard, il savait qu'il deviendrait lui-même la victime.

Il était allé marcher en ville, pour calmer l'angoisse qui l'étreignait. Les rayons du soleil couchant allongeaient les ombres des arbres et des silhouettes.

Arrivé au-delà d'un faubourg, il avait atteint, sans s'en apercevoir, un terrain vague où les habitants venaient jeter leurs ordures. Là, il avait été abordé par un garçon en haillons qui s'était élancé vers lui, lorgnant vers la grosse boucle de jade portant l'idéogramme du Qin qui fermait sa ceinture de soie rouge. Tous les hauts dirigeants de l'État disposaient à cette époque de cet attribut officiel.

— Enfin, vous êtes là ! Je vous attends depuis longtemps ! s'était écrié le garçonnet noir de crasse et gris de poussière.

Il sautillait de joie sur son tas d'ordures comme une grenouille qui vient de sortir de sa mare.

— Je ne te connais pas, je ne vois pas de quoi tu parles ! avait répliqué, incrédule, Maillon Essentiel.

— Je veux mon tael d'or ! C'est le prix convenu pour mon silence avec celui qui portait la même boucle de ceinture que vous. Cet individu m'a assuré qu'il me l'enverrait par votre intermédiaire. Il a simplement mis plus de temps que je ne le pensais pour honorer sa promesse. Heureusement, j'ai appris la patience..., avait dit le jeune garçon, hilare.

Il lui avait pris le bras et le secouait comme un balancier. Il paraissait sincère. Sa joie n'était pas feinte.

Intrigué, Maillon Essentiel avait alors décidé d'en savoir plus en écoutant le récit du garçonnet.

— Mais de quoi parles-tu ? Tous les hauts fonctionnaires de l'État du Qin portent la même boucle de ceinture.

— L'homme que j'ai vu traîner ici le cadavre d'une femme m'a supplié de ne rien dire. Il m'a promis un tael d'or qui me serait remis par quelqu'un portant la même boucle de ceinture que lui. La sienne était identique à la vôtre, je m'en souviens comme si c'était hier. Une belle boucle en jade bleu, c'était la seule différence. Par contre, il m'a laissé attendre ! Il aura mis du temps à vous envoyer ici ! s'exclama le jeune garçon qui, de joie, s'était mis à battre des mains.

Le jade bleu était réservé aux boucles de ceinture de ceux qui avaient au moins rang de ministre dans la hiérarchie de l'État. C'était alors que Maillon Essentiel avait compris de quoi il retournait : ce cadavre de femme, trouvé sur ce tas d'ordures, cet homme portant une boucle de ceinture de jade bleu marquée du sceau du Qin, traînant ce corps : il ne pouvait s'agir que de Lisi, qui était donc l'assassin d'Inébranlable Étoile de l'Est, son épouse.

Ce jeune garçon avait dû le surprendre en pleine action, et l'autre avait acheté son silence contre une promesse de paiement qui n'était jamais arrivé.

Il avait eu de la chance que rien ne se fût ébruité...

— Tu veux dire que le Premier ministre de l'Empire du Centre fut le propre assassin de sa femme, la maman de la petite Rosée Printanière ? hurla Poisson d'Or qui venait de bondir de sa chaise.

— Tu as très exactement résumé la situation, acquiesça sobrement le vieil eunuque.

— Et pourquoi n'as-tu rien révélé de cet horrible crime ?

— J'étais à la veille de m'enfuir. J'avais déjà abandonné mes fonctions et tout le Bureau des Rumeurs était à ma recherche. J'ai dû quitter Xianyang la nuit et déguisé en femme, avant de trouver refuge ici... Je n'avais pas d'autre choix que de sauver ma peau.

— Quelle abomination ! marmonna, accablé, Poisson d'Or.

— Quand on détient un tel secret, il est difficile de l'utiliser dès lors que le suspect mis en cause dispose de tous les leviers du pouvoir et qu'il n'existe de surcroît aucune preuve tangible permettant d'étayer des allégations aussi graves. Qu'aurait valu, devant un tribunal, la parole d'un gamin de la rue contre celle d'un Premier ministre ? Je n'ai d'ailleurs jugé utile d'en parler à personne avant de le faire avec toi, conclut-il, tout aussi accablé.

Poisson d'Or, anéanti, observait la jarre où les fourmis jaunes grouillaient pour se fondre dans une sorte de pâte ressemblant à du miel. Ses yeux brillaient de colère.

— Mais il faut faire quelque chose. Un tel crime ne saurait demeurer impuni ! C'est trop injuste ! Et dire que Rosée Printanière ne doit se douter de rien !...

— Vouloir redresser ce tort équivaudrait à abattre l'Empire du Centre. C'est son Premier ministre, en l'espèce, qui est en cause !

— Peu m'importe ! Je hais l'idée de cette injustice. Je n'éprouve nulle peur de me mesurer avec l'Empire du Centre. J'ai été élevé avec Zheng. Je connais les limites et les failles du personnage. Il a beau être l'Empereur, il n'en demeure pas moins un homme... Je le dis pour l'avoir battu à plate couture au tir à l'arc et au lancer de cerf-volant. Ce n'est pas lui qui va commencer à m'intimider...

La rage lui faisait serrer les poings.

— Il est devenu l'homme le plus puissant de l'Univers...

— Qu'est-ce que la puissance ? Un Mingqi de terre cuite représentant un tigre, qu'il suffit de faire tomber par terre pour qu'il se brise en mille morceaux, te paraît-il un animal puissant ? l'interrompit Poisson d'Or.

Maillon Essentiel sourit. Tant de volonté, de générosité mais aussi d'impétuosité n'étaient-ils pas le signe que ses années de captivité n'avaient rien entamé de la combativité et de la fougue du jeune homme ? C'était de bon augure pour la suite.

— Je vois que rien ne te fait peur..., constata-t-il avec plaisir.

— L'injustice décuplera toujours mes forces ! assura-t-il, l'air sombre.

Il pensait de nouveau à Rosée Printanière. Cela faisait à présent un peu plus de deux mois qu'il filait le parfait amour avec la jolie Fleur de Sel. Le récit de Maillon Essentiel, en ravivant le souvenir de la fille de Lisi, instillait le remords dans son cœur.

Il ne s'était pas laissé séduire facilement par Fleur

de Sel, mais avait rendu les armes devant tant d'innocence et de fougue réunies. Quelques jours après leur première embrassade, qui avait été suivie d'autres, de plus en plus sensuelles, sevré par des années d'abstinence, il avait fini, non sans réticence, par succomber aux charmes de la jeune fille.

Il se souviendrait longtemps de la passion animale avec laquelle Fleur de Sel s'était jetée sur lui au cours de leur première nuit d'amour. Sa franchise et son absence de pudeur étaient venues à bout de ses scrupules.

Lorsqu'il l'avait déflorée, c'était à peine si elle s'était mordu la lèvre avant que son ventre ne commençât à onduler jusqu'au paroxysme du plaisir qu'elle avait ressenti, bien que ce fût la première fois, de façon intense et quasi immédiate. Poisson d'Or, que la virginité de la jeune fille avait jusque-là retenu de se laisser aller à toute sa fougue, n'avait pas tardé à comprendre que le corps de Fleur de Sel s'accordait parfaitement au sien.

Elle s'y prenait déjà comme une courtisane experte, trouvant naturellement les gestes et les postures les plus ensorcelants sans les avoir appris, faisant preuve de l'absence totale de pudeur des êtres purs et dénués d'arrière-pensées.

La fois suivante, elle avait tenu à se dépouiller de tous ses vêtements avant de le rejoindre sur la couche, laissant apparaître un corps musclé et fin, souple comme une liane, aux longues jambes fuselées et aux petites fesses rebondies comme des coloquintes. Puis, allant droit vers ce but, ses lèvres roses avaient saisi délicatement le Bâton de Jade de son amant qui avait cru défaillir en sentant sa langue humide d'abord en effleurer la pointe, puis aller et venir sur elle, sans même qu'il eût été besoin d'en émettre le souhait.

— D'où tiens-tu cette façon de donner aussi facilement du plaisir ? chuchota-t-il après qu'elle avait fait en sorte qu'il répandît un peu de sa Liqueur de Jade dans sa bouche.

— Je ne sais pas. J'essaie de deviner ce qui va te plaire et à mon tour j'éprouve moi-même du contentement, susurra-t-elle d'un air adorablement surpris.

Elle était venue se blottir contre lui, toujours dénudée, sa tête reposant entre les cuisses de son amant, et n'avait pas tardé à s'endormir. Poisson d'Or, ivre du désir dont tous ses sens avaient été réveillés, était revenu en elle plusieurs fois de suite. À peine alors ouvrait-elle les paupières, juste le temps de guider la Tige de Jade à l'endroit de son ventre qui la faisait frissonner.

Brusquement, le récit de Maillon Essentiel le fit douter du bien-fondé de son idylle avec Fleur de Sel. En la laissant le séduire, n'avait-il pas trahi un peu Rosée Printanière ?

Il ne pouvait désormais s'empêcher de comparer les deux jeunes femmes.

Il n'avait jamais eu l'occasion de faire l'amour avec la fille d'Inébranlable Étoile de l'Est. Ils n'en avaient pas eu le temps. Les baisers qu'ils avaient échangés leur avaient toutefois laissé entrevoir la parfaite harmonie de leurs souffles. Fleur de Sel avait su réveiller tous ses sens. Depuis leurs torrides étreintes, tout le Champ de Cinabre de Poisson d'Or était imprégné par son odeur, la douceur de sa peau, la fine et humide rosée qui tapissait sa Sublime Porte lorsque sa Tige de Jade se postait juste devant, avant d'en explorer la chaude et douillette cavité.

Malgré toute cette joie et ce plaisir de se retrouver l'un dans l'autre, malgré cette parfaite entente amoureuse, il savait que Fleur de Sel était un obstacle qui se dressait sur la route qui menait à Rosée Printanière. Sans doute pouvait-il s'arrêter là, auprès d'elle, ne plus aller vers le sud, lui faire des enfants et vivre heureux dans cette fermette perdue en élevant des vers à soie jusqu'à la fin de ses jours... Mais c'était aussi faire une croix sur ses retrouvailles avec la Tisserande, lui qui en était le Bouvier, et renier le serment qu'ils s'étaient fait d'attendre ce jour où le destin, à nouveau, les unirait.

Pourquoi, alors, tout ce temps passé au pied du Grand Mur à rêver au moyen de retrouver la jeune fille qu'il avait dû abandonner ? Les amours pouvaient-elles se succéder comme les vagues de la mer, effaçant sur la grève les traces précédentes ? Était-il sûr que le chemin qui menait à Rosée Printanière n'était pas une impasse ? Qu'adviendrait-il si, de retour à Xianyang, il constatait que l'Empereur du Centre avait réussi à la prendre comme épouse parce que, de guerre lasse, et ne le voyant toujours pas revenir, elle avait fini par céder ?

Il se sentait cruellement ballotté entre le devoir de mémoire, le respect de la parole donnée et, au regard de tout cela, cette rencontre inespérée avec Fleur de Sel et ce qu'elle lui apportait de façon immédiate et tangible.

Au milieu de ses désirs et de ses aspirations contraires, qui s'entrechoquaient violemment, le meurtre par Lisi de la mère de Rosée Printanière était un élément supplémentaire qui accroissait son trouble, le bouleversait et le révoltait.

Cela le confortait en tout cas dans l'objectif qu'il s'était assigné, de faire régner la justice dans l'Empire du Centre. Habité par cette soif de vérité, il ne se voyait pas tout arrêter là en posant son sac de voyageur au pied des mûriers de la fermette, malgré les atouts et les charmes de Fleur de Sel. S'il était sûr, désormais, d'une chose, c'était qu'il n'était pas au bout de son voyage.

— Je marcherai un jour sur Xianyang et vengerai la mort atroce d'Inébranlable Étoile de l'Est, dussé-je y passer le reste de ma vie ! s'écria-t-il d'une voix dure et grave.

— Si je peux faire quelque chose pour t'y aider, ce sera volontiers, murmura Maillon Essentiel.

L'eunuque se sentit soulagé d'avoir confié ce souvenir horrible à Poisson d'Or.

*

Tous les soirs, lorsqu'elle se retrouvait seule, la princesse sogdienne pleurait toutes les larmes de son corps.

Cela faisait déjà trois mois qu'elle aurait dû quitter Xianyang, si l'arrangement conclu avec son père avait été respecté par les autorités du Qin. Pendant les trois premiers mois, espérant secrètement qu'il se lasserait, elle avait refusé les avances de l'Empereur qui avait pourtant déployé toutes les palettes de la persuasion – même s'il n'avait pas encore usé de la contrainte pour arriver à ses fins.

Depuis trois autres mois entiers, retenue prisonnière, elle demeurait prostrée, se nourrissant à peine.

Baya avait cru qu'il lui suffirait de faire la sourde oreille pour que le souverain renonce. Elle ne comprenait pas un traître mot de la langue du Qin et n'avait pas eu à feindre l'étonnement lorsque, avec force gestes appuyés et explicites, le Grand Chambellan Ainsi Parfois avait essayé de lui expliquer qu'elle eût été bien inspirée de répondre favorablement aux avances de l'Empereur du Centre.

L'énervement et l'impatience de ce dernier devant l'indifférence que continuait à manifester imperturbablement la jeune fille allaient chaque jour croissant.

Il avait commencé par faire venir devant lui la Sogdienne, tous les trois jours, en lui demandant de danser. C'était la première fois qu'on voyait l'Empereur du Centre s'intéresser d'aussi près à une danseuse ! Toute la cour bruissait de ce qui s'annonçait déjà comme une idylle prometteuse...

Il lui faisait alors servir les mets les plus raffinés,

auxquels elle refusait obstinément de toucher. Constatant le peu de cas qu'elle semblait faire de la nourriture, il avait demandé à Accomplissement Naturel de sélectionner quelques beaux bijoux d'or de la Tour de la Mémoire afin de lui en offrir en guise de récompense, à l'issue de chacune de ses prestations.

Tout s'était accéléré et gâté à la fin du troisième mois, le jour où, constatant que la jeune princesse demeurait fermée comme une porte tombale, l'Empereur avait décidé de s'adjoindre les services d'un interprète.

Elle venait d'achever une danse lascive et sentait peser sur elle le regard embrasé du souverain du Centre qui se tortillait dans son fauteuil.

— Dis-lui que je la trouve très belle, avait-il clamé, tout émoustillé, n'y tenant plus, à l'interprète, un homme originaire du royaume de Ba qui connaissait le sogdien pour avoir voyagé à de nombreuses reprises dans ces contrées éloignées de l'Asie centrale.

— L'Empereur te trouve très attirante ! avait traduit l'homme en regardant la Sogdienne avec un sourire en coin.

Mais celle-ci, imperturbable, assise à même le sol, avait repris son souffle avant d'entamer la danse tournoyante qui achevait traditionnellement sa prestation et constituait pour elle la meilleure des thérapies : commencé lentement, le mouvement de toupie s'accélérait pour devenir une ronde extatique où la danseuse, plongée dans une véritable ivresse, perdait tout repère.

Alors l'esprit de Baya parvenait à s'évader de son corps et la Sogdienne se croyait revenue à l'ombre des palmiers dattiers de son oasis originelle.

— Tu ne réponds pas au souverain ? avait demandé, étonné, l'interprète à la fin de sa danse.

La Sogdienne se tenait debout face au souverain. Elle était hors d'haleine. Les pointes de ses seins tressautaient sous son corsage.

— Dis-lui que je veux rentrer chez moi en Sogdiane, avait-elle répliqué, en nage, faisant fi de la déclaration de Qinshihuangdi.

L'interprète, qui était transi d'effroi devant tant d'irrespect, avait traduit qu'elle avait mal à la tête.

Alors l'Empereur du Centre avait appelé Ainsi Parfois et demandé que l'on apportât des remèdes. Un serviteur était entré, muni d'un plateau sur lequel étaient disposées deux petites fioles de bronze. Ainsi Parfois avait fait signe à la danseuse qu'elle devait les boire. Mais celle-ci, méfiante, avait refusé poliment. Elle ne voyait pas l'utilité de ces breuvages et, craignant qu'on lui fît absorber un barbiturique, ne tenait pas à se retrouver ensommeillée à portée immédiate de cet Empereur lubrique.

L'agacement de ce dernier était devenu perceptible. Il avait essayé de faire comprendre à Baya, à l'aide de gestes, que c'était un médicament destiné à effacer son mal de tête. Ayant subodoré où il voulait en venir, elle avait indiqué qu'elle se sentait bien et ne souhaitait nullement goûter au contenu des petites fioles. Puis elle s'était obstinée à prononcer trois mots en sogdien qu'elle avait répétés à plusieurs reprises, en fixant Qinshihuangdi droit dans les yeux.

— J'exige une traduction de ce qu'elle vient de dire ! avait lancé l'Empereur du Centre.

L'interprète, après avoir hésité, avait compris qu'il n'avait pas le choix. En frottant ses mains l'une contre l'autre comme pour se prémunir des conséquences de ce qu'il allait dire, il avait fini par balbutier, regard baissé, d'une voix déformée par la peur :

— Vous ne me plaisez pas ! Vous ne me plaisez pas !

De stupeur, le visage du souverain avait blêmi et ses yeux s'étaient mis à lancer des éclairs. Il était fou de rage.

— Je n'ai que faire du jugement d'une petite danseuse de ton espèce ! Qu'on la place en résidence surveillée dans le Palais du Nord. Peut-être qu'elle finira par changer d'avis ! avait-il lâché, tandis qu'un serviteur avait jeté un châle sur les épaules dénudées de Baya avant de la faire raccompagner.

Depuis ce moment-là, elle n'avait plus jamais été conviée à danser devant l'Empereur Qinshihuangdi.

On l'avait enfermée à double tour dans une petite chambre située sous les combles du Palais du Nord, d'où elle pouvait apercevoir la cime de la barrière rocheuse de la falaise de la Tranquillité qui s'étageait au loin, par degrés successifs, bien au-delà des collines. Elle ne voyait sa gardienne que deux fois par jour, quand on lui portait des fruits et des céréales. Elle refusait, par principe, comme tout Sogdien, de toucher à une quelconque viande si l'animal n'avait pas été saigné selon un rituel précis.

Elle avait déjà tant pleuré qu'il lui semblait avoir épuisé sa réserve de larmes. Elle s'accrochait au fol espoir qu'une missive de son père, ou l'envoi d'une ambassade auprès de l'Empereur du Centre lui rappelant ses engagements, finirait par lui rendre sa liberté.

Mais les mois passaient et rien ne venait. La solitude commençait à lui peser. Elle n'avait personne à qui se confier et se sentait complètement abandonnée par les siens. Elle redoutait par-dessus tout ce moment où des gardes la conduiraient manu militari devant l'Empereur qui abuserait d'elle par la force. Elle s'était juré qu'au moment où on viendrait la chercher, elle serait déjà morte. Elle se serait lancée tête en avant contre le mur de sa chambre pour se faire éclater le crâne et ne pas avoir à subir une telle humiliation.

Elle suppliait chaque soir le dieu du Feu des Sogdiens de lui en donner la force et le courage.

Baya, comme toutes les Sogdiennes de haut lignage, avait été élevée dans les principes et dans l'honneur.

Jamais elle ne se donnerait à Qinshihuangdi, elle était tout aussi rebelle que Rosée Printanière.

Un matin, l'interprète vint une fois de plus auprès d'elle, de la part de l'Empereur du Centre, pour tenter une dernière fois de la convaincre.

L'homme était si sûr de son fait qu'il souriait déjà béatement. La générosité de la proposition de l'Empereur était telle qu'il ne pouvait imaginer un refus de la princesse : le souverain était disposé, si elle l'acceptait, à la prendre pour épouse légitime ! Pour le petit royaume sogdien, c'était aussi un gage de protection inespéré et l'assurance de dominer les royaumes voisins de l'Asie centrale.

Il lui suffisait de dire oui par son intermédiaire, et Baya serait conduite dans un palais où un orchestre entier se tenait prêt à l'accompagner. Des jarres remplies à ras bord de pierreries et d'or l'y attendaient. Des cuisiniers avaient déjà préparé les galettes de blé cuites au four selon la recette sogdienne, et sur une immense table précieusement dressée l'attendaient des coupes pleines des fruits qu'elle aimait.

Tout était prêt pour qu'elle ne manquât de rien.

Il suffisait d'un simple mouvement de lèvres de sa part.

— Jamais, tu entends bien, jamais je n'irai avec cet homme que je n'ai pas choisi ! souffla-t-elle, hors d'elle, à la face de l'interprète.

— Je suis sûr que ton père serait flatté de voir sa fille prise pour épouse légitime par le Grand Empereur du Centre. Pour son royaume, ce serait une alliance prestigieuse. Réfléchis bien. La nuit porte conseil. Je reviendrai demain.

— C'est inutile. Demain, ce sera comme aujourd'hui !

— Comment peux-tu balayer de la sorte, du revers de la main, une demande en mariage en bonne et due forme ?

— Je t'ai dit, au risque de me répéter, que tu pouvais porter maintenant ma réponse. Cet homme ne m'attire pas. Son regard concupiscent me dégoûte. Je suis vierge et j'entends pour l'instant le rester ! lâcha-t-elle, le visage fermé.

— Dans ce cas, je ne te garantis pas qu'il ne se vengera pas... L'Empereur du Centre a la réputation d'un homme cruel au-delà de l'imaginable. En refusant une telle proposition, tu risques de l'humilier et de déchaîner ses foudres !

— Peu m'importe. Tu lui diras que la princesse Baya préfère mourir ! Je n'ai rien d'autre à lui transmettre.

Elle le regardait durement, droit dans les yeux. Ses lèvres rouges étaient collées l'une à l'autre, fermant hermétiquement sa bouche, à l'image de son cœur et de son esprit. Elle serrait ses poings si violemment que ses phalanges étaient blanches comme de l'ivoire.

Baya s'était refermée sur elle-même de toutes ses forces, comme un coquillage qui protège sa chair.

L'interprète, médusé, constatait que plus rien ne ferait jamais changer d'avis la jeune princesse sogdienne.

*

— Comment fais-tu pour en attraper autant ? demanda Feu Brûlant à Poisson d'Or qui venait de prendre un autre lapin au collet.

Avec Maillon Essentiel, qui les traquait un peu plus loin, ils étaient partis à la chasse au lapin de garenne.

— Lubuwei avait à son service un Xiongnu de très haute taille qui m'apprit à monter à cheval et à chasser au lacet. C'était un homme bon et généreux. C'était aussi un habile chasseur qui me transmit son savoir sans hésiter, répondit-il distraitement.

Poisson d'Or avait la tête ailleurs. La révélation de

l'assassinat par Lisi de la mère de Rosée Printanière continuait à hanter son esprit sans relâche. Il s'en était d'ailleurs ouvert à Feu Brûlant, que ce crime n'avait pas étonné. Pour le jeune eunuque malgré lui, la société du Qin n'était qu'un tissu d'horreurs et de forfaitures accomplies par des individus que le système forçait à les commettre pour sauver leur peau.

— Tu n'as pas l'air dans ton assiette, remarqua ce dernier en se tournant vers lui.

— Clou dans l'œil ! Je ne cesse de penser à l'abominable crime de Lisi. Il faudra bien qu'un jour il rende des comptes ! grommela Poisson d'Or en fourrant un autre lapin dans sa besace qui en était déjà pleine.

Feu Brûlant vint se placer tout contre lui.

— Et moi qui ai tué Couteau Rapide, devrai-je aussi rendre des comptes ?

Poisson d'Or regarda le jeune eunuque avec une infinie compassion. Il voyait ses yeux se noyer de larmes, et il lui saisit les mains pour tenter de le réconforter.

— En éliminant Couteau Rapide, tu t'es fait justice à toi-même. C'est ce qu'il faut faire lorsque l'institution judiciaire faillit.

— Il est vrai que si je n'étais pas émasculé, je pourrais faire l'amour aux femmes qui me plaisent... C'est dur de se sentir attiré par elles et de savoir qu'on ne pourra jamais les honorer.

— Cela ne saurait t'empêcher de plaire aux femmes. Crois-en mon expérience.

— J'aimerais te croire ! répondit Feu Brûlant.

Il voyait bien que Poisson d'Or cherchait surtout à être gentil avec lui.

— Tu en auras l'occasion !

— Ta bonté et ta gentillesse habituelles me touchent beaucoup.

— C'est réciproque...

— Dis-moi ce que je peux faire pour t'aider ?

— Me promettre dès maintenant que tu m'aideras à

laver le crime impuni de Lisi ! lança alors Poisson d'Or à son ami.

Ses propos étaient graves, tout empreints de solennité.

— Je t'en fais serment, répondit l'autre sans hésitation.

Les deux jeunes gens tombèrent dans les bras l'un de l'autre en se serrant les poignets mutuellement.

— Ce ne sera pas facile. Cela risque de prendre des années de notre vie.

— Nous en avons vu d'autres, et malgré presque dix ans passés dans la poussière du Grand Mur, nous en sommes sortis indemnes... Le plus difficile est derrière nous, dit Feu Brûlant qui essuyait ses paupières.

— C'est bien d'avoir autant de courage ! J'ai de la chance de t'avoir auprès de moi...

Poisson d'Or observait à présent la plaine herbeuse qui s'étendait devant eux jusqu'à l'horizon, où les lapins continuaient à s'ébattre en sautant. Sa platitude était à peine contrariée par les protubérances herbeuses de ce qui ressemblait à des tombeaux de paysans pauvres.

— Es-tu prêt à me suivre si je monte une expédition punitive ? interrogea Poisson d'Or après un moment de silence.

— Avec joie et force. J'aimerais même que nous puissions défaire l'Empereur sanguinaire et libérer du joug les peuples dominés ! tonna l'eunuque non sans une certaine jubilation.

Pas plus que Poisson d'Or, il ne paraissait se douter de ce qu'ils devraient aligner, en hommes et en matériel, pour arriver à faire trembler les bases de cette énorme puissance militaire.

— Ne rêvons pas, il n'y a pas tant à espérer. Déjà, si nous arrivons à démasquer la turpitude de Lisi, ce sera un grand événement ! Le gredin ne se laissera certainement pas faire.

En prononçant ces mots, il mesurait soudain à quel point les chances qu'il arrivât à ses fins étaient minces. S'attaquer à l'homme le plus important de l'Empire du Centre derrière son chef suprême ne relevait-il pas d'une totale absence de réalisme, pour ne pas dire d'une furieuse inconscience ?

— Cette tâche ne pourra être menée par deux individus isolés, quelle que soit notre ardeur..., ajouta-t-il.

— Quel est ton plan ?

— Il faut aller vers le sud, nous éloigner du centre de l'Empire, pour aller à la rencontre de peuples qui ne sont pas encore totalement soumis. Peut-être d'autres hommes veulent-ils se libérer du joug qui les opprime ? C'est là notre unique espoir, en fédérant d'autres révoltés sous notre bannière, de trouver de l'aide, de s'assembler pour être plus forts et de remonter l'immense pente qui se dresse devant nous.

— L'Armée des Révoltés ! Belle expression... Je la vois déjà parcourir fièrement les campagnes et redresser les torts des pauvres et de tous ceux qui sont injustement traités.

— Si telle devait être sa mission, elle sera fort occupée tant l'injustice règne dans cet Empire où le peuple s'épuise à payer l'impôt à un État aveugle et oppresseur. Il se murmure que sa collecte coûte déjà plus du tiers de son produit total ! Quand l'administration est obèse, le peuple n'est pas loin de mourir de faim.

— Ce qui m'étonne, c'est que l'Empereur ait laissé s'installer une telle dérive fiscale et institutionnelle. Du temps de Lubuwei, les services publics fonctionnaient à peu près et un semblant de justice paraissait au moins régner sur le royaume de Qin, fit, tout pensif, Feu Brûlant.

— Le marchand de Handan faisait de l'ombre au roi Zheng, qui décida de l'exiler. Lubuwei s'accommodait du légisme mais s'était efforcé d'encourager les fonctionnaires à agir dans le sens de l'intérêt général.

Désormais, au nom de la Règle, chacun se décharge sur l'autre.

— Quelle catastrophe !

— La Loi règne, mais abstraitement. L'actuel Premier ministre est un apôtre du légisme. Ce n'est pas lui qui remettra en cause cette dérive...

— Et l'Empereur du Centre ?

— D'après ce qui se dit, Lisi ne lui apporte jamais la moindre contradiction.

— Mais comment explique-t-on une telle disgrâce de Lubuwei ? Des bruits ne couraient-ils pas à la cour de Xianyang selon lesquels l'actuel Empereur du Centre aurait été son propre enfant ?

Poisson d'Or frissonna. Il se souvenait parfaitement des propos de Lubuwei avant son exil.

— Ces bruits étaient fondés, je le tiens de Lubuwei lui-même. Il m'en fit la confidence avant de partir en exil pour Handan. C'était pour lui un véritable déchirement que d'assister à sa condamnation par son propre fils.

Interloqué, l'eunuque regardait son ami d'un air incrédule.

— Je te le répète, Lubuwei était le père de Zheng. Mais celui-ci, bien entendu, ne l'a jamais su et ne devra jamais le savoir.

— Comme il a dû souffrir ! soupira l'eunuque.

— Au-delà de ce que tu peux imaginer. Je me souviendrai toujours de son regard déchirant lorsqu'il m'embrassa pour la dernière fois.

Maillon Essentiel les avait rejoints.

— Le bruit de la mort de Lubuwei se répandit peu de temps après l'entrée des armées du Qin à Handan, ajouta-t-il, ému.

Poisson d'Or considéra Maillon Essentiel avec admiration. L'ancien chef du Bureau des Rumeurs était manifestement au courant de tout.

— Mais dis-moi, puisque nous en sommes aux

confidences, quels étaient les bruits qui couraient sur mon compte ? Lubuwei n'a jamais voulu me dire quoi que ce soit sur mes origines ! Je sais simplement que je fus trouvé par ce géant hun qui m'apprit, par la suite, à chasser au lacet et à monter à cheval.

— Il est curieux que tu me poses cette question maintenant... J'allais précisément y répondre. Il se disait que tu étais le fils que Lubuwei aurait aimé avoir. Certains prétendaient que tu venais du Sud, où tu aurais été trouvé – mais oui ! sous un grand arbre fleuri. Quant à tes origines, ce fut toujours le plus grand des mystères. D'aucuns n'hésitaient pas à voir en toi une sorte d'immortel ou de demi-dieu. Celui qui était doté de dons multiples. Une chose était sûre : Lubuwei t'adorait et ne s'en cachait pas.

— Voilà bien la première fois que j'apprends d'aussi étranges choses sur mon compte !

— On est toujours le dernier informé sur les commentaires qu'on suscite. Rassure-toi, je n'ai jamais entendu que des choses flatteuses à ton sujet. C'est bien pour ça que tu fis des envieux et que l'on t'a mis sur le dos ce prétendu vol du disque de jade.

Un soleil orangé, près de basculer derrière la ligne bleue de l'horizon, diffusait une lumière rasante sur les petites tombes qui faisaient cloquer la surface plane de l'étendue herbeuse.

La nuit n'allait pas tarder à tomber. Les lapins avaient déjà regagné leurs terriers, on ne les voyait plus sautiller. Le silence et l'immobilité allaient à nouveau envahir ces lieux que seuls viendraient troubler les cris des oiseaux nocturnes.

Il était temps de revenir à la ferme. La chasse n'avait pas été mauvaise, leurs besaces étaient copieusement remplies.

Fleur de Sel pourrait faire rôtir les râbles de lapin pour le dîner. Arrosés d'alcool de sorgo, ce serait un festin de premier choix.

Un peu plus tard, ils mastiquaient tous les trois la viande goûteuse à souhait.

— Qu'ils attendent et ils verront tous, à Xianyang, que le gentil Poisson d'Or peut aussi bien se transformer en terrible vengeur masqué ! affirma, la mine décidée, celui dont on disait qu'il était un demi-dieu ou un immortel.

63

— Fleur de Sel, je ne sais pas si tout cela est bien raisonnable ! insista Poisson d'Or en caressant avec une infinie douceur la nuque de la jeune fille.

Celle-ci, à genoux devant lui, rendait l'hommage qui convenait à sa vigoureuse Tige de Jade, laquelle, en l'espace de deux caresses, s'était dressée vers le ciel comme le tronc de ces sapins vigoureux dans lesquels on taillait les mâts des navires.

Il ne tarda pas à sentir que l'onde du plaisir ineffable allait bientôt le submerger et, comme il avait décidé de ne plus y succomber, commença à se retenir.

— Laisse-toi faire ! Laisse-moi faire ! murmuraient les lèvres de la jeune fille lorsqu'elles n'étaient pas occupées à faire chavirer son partenaire dans l'extase.

D'un geste ample et brusque, elle avait, presque en tirant dessus, largement dégrafé son corsage, dénudant une poitrine vibrante dont les tétons désirables pointaient comme de délicieux dards.

— Tu sembles avoir été façonnée exprès pour l'amour. Tes parents ont dû s'aimer à la folie ! Tu es aussi experte qu'une femme qui aurait déjà été aimée dix mille fois ! fit-il en lui massant la gorge.

Ses petits seins nacrés, ronds, fermes et pointus ressemblaient à des mangues mûres à peine cueillies. Elle les avait pris dans ses mains et les pointait en direction du visage un peu crispé de Poisson d'Or. L'invite était claire : sa langue rose passait et repassait sur ses lèvres entrouvertes.

Telle une irrépressible vague, l'onde du désir le submergea, au point qu'il ne put s'empêcher de plonger goulûment son nez sur des mangues aussi désirables. Avec sa langue, il en suçait les bouts qu'il sentait lentement durcir dans sa bouche. Elles avaient le léger goût sucré de l'onguent au miel d'acacia utilisé par Fleur de Sel.

C'était à présent au tour de celle-ci de gémir et de se tortiller de plaisir.

— C'est bon, mon amour. Continue comme ça. Oh ! oui ! J'aime tellement ce que tu me fais. Regarde, je suis toute humide de rosée, avouait-elle sans la moindre pudeur, tout en guidant la main de son amant dans sa Sublime Fente.

La partie s'annonçait trop inégale pour Poisson d'Or. Fleur de Sel possédait un tel savoir-faire que se retenir davantage devenait rigoureusement impossible !

Elle frottait avec délicatesse et constance, tout en poussant des cris animaliers et de petits grognements, l'extrémité de son Bâton de Jade sur le petit bouton de pivoine de sa Divine Porte. Elle allait et venait en cadence, s'arrangeant pour que la pointe de son sexe effleurât l'entrée du sien, en le poussant gentiment dehors juste au moment où, ivre de plaisir, il essayait d'aller plus loin, et recommençant ainsi, jouant à cache-cache avec lui, jusqu'au point de non-retour.

Elle avait l'art, désormais, de le soumettre à son bon vouloir.

— Laisse-moi venir en toi, je t'en supplie !

C'était lui, à présent, qui en voulait davantage.

Fleur de Sel avait su l'entraîner là où elle voulait aller. Mais de sa part, ça n'était nullement une façon de lui montrer qu'elle avait fini par avoir le dessus. Rien de tout cela n'était intentionnel. Agissant selon son seul instinct, la jeune fille se contentait d'aimer Poisson d'Or de toutes ses fibres et de le lui montrer sans pudeur et en toute innocence. De la sorte, elle avait réussi à accorder parfaitement leurs souffles et leurs corps aux sentiments qu'ils avaient l'un pour l'autre.

Elle le laissa exploser en elle dans un râle où l'extase et le soulagement se mêlaient inextricablement.

Ils continuèrent, insatiables, à faire l'amour toute la nuit, l'un réveillant l'autre lorsque le désir le reprenait. Après l'ultime étreinte, où le plaisir de Poisson d'Or avait atteint son ultime paroxysme, blottie contre son torse, elle décida de lui faire part des sentiments qu'elle éprouvait à son égard.

— Je t'aime de toutes mes forces. Nos souffles s'accordent. Je veux rester auprès de toi.

— C'est vrai que l'entente de nos deux corps est parfaite.

La sobriété du propos ne manqua pas de l'étonner.

— C'est tout ce que tu as à me dire ? demanda-t-elle doucement en se lovant un peu plus au creux de la poitrine de son amant.

Poisson d'Or avait si peur de lui faire du mal qu'il n'osait pas lui avouer que son cœur était déjà pris ailleurs. Malgré l'envie qui était la sienne de tout lui révéler de son passé et du serment que Rosée Printanière et lui-même s'étaient fait, il était paralysé à l'idée de décevoir un amour si pur et si entier.

Son hésitation était poignante. Elle ne se douterait jamais de la tempête qui venait de se déclencher sous le crâne de celui dont l'esprit était à nouveau en proie à cette idée néfaste, qui le taraudait sans qu'il l'admît, parce qu'il la refoulait sans cesse et refusait toujours d'y penser.

Tapie au fond de son esprit, l'idée noire venait sournoisement d'y refaire surface.

Était-il sûr que Rosée Printanière l'attendît encore là-bas, à Xianyang ? N'était-ce pas une chimère qu'il poursuivait ainsi ? De la fille de Lisi, il n'avait eu, et pour cause, aucune nouvelle depuis qu'il était parti, cela faisait dix ans. Peut-être même le croyait-elle mort...

Un amour humain pouvait-il résister à une aussi longue attente ? Rosée Printanière avait-elle eu, dans ces conditions, les moyens de résister aux pressions de l'Empereur ?

Il gardait toujours à la bouche le goût du dernier baiser qu'ils s'étaient donné. Il ressentait comme si c'était hier la douceur humide de ses lèvres, qui n'étaient pas sans rappeler celles que Fleur de Sel venait de poser quelques instants plus tôt sur son Bâton de Jade.

Tout s'embrouillait à présent dans sa tête : les sentiments, les sensations, les images de ces deux jeunes femmes, en définitive si semblables.

Le moment était crucial pour Poisson d'Or. Il se trouvait à la croisée des chemins, entre deux êtres d'exception. L'une était à portée de main, tandis que l'autre demeurait ce rêve qui aspirait à devenir réalité mais que le doute anéantissait.

Tourner la page du livre du destin pour commencer une autre vie, était-ce possible ? N'était-ce pas trahir, se renier ?

Allongé sur le dos, il regardait le plafond de planches de la chambre où ils étaient serrés l'un contre l'autre. Fleur de Sel était sur lui, gorgée d'amour et profondément endormie. Collé à une poutre par les ventouses des extrémités de ses pattes, un petit lézard noir immobile l'observait.

Il ne savait plus d'où il tenait que cette variété d'animal portait bonheur. Il décida d'y voir un heureux présage. À force de fixer le petit saurien, il sombra lui aussi dans un profond sommeil.

Il se réveilla en pleine nuit, en proie à une étrange sensation.

Il était en sueur. Il ne se sentait pourtant nullement

oppressé, bien au contraire. Il éprouvait un sentiment d'apaisement. Il fixa le plafond. Le petit lézard noir était toujours là, tapi dans l'ombre. On n'apercevait que ses minuscules yeux phosphorescents qui formaient deux perles nacrées lorsqu'il les ouvrait. Il perçut dans ce clignotement une belle illustration de cette rupture d'où jaillissaient les contraires : le Noir succédait à la Lumière comme le Yin succédait au Yang, comme les lignes continues des trigrammes alternaient avec celles qu'un espacement brisait, comme le plein donnait le vide, bref, comme ce grand battement entre les pôles opposés et contraires, duquel surgissait la Vie.

Le clignotement lumineux en était le message : n'était-ce pas le battement du cœur de Rosée Printanière, toujours vivante, qui continuait à l'attendre à Xianyang ?

Il eut une folle envie d'y croire.

Il s'assit sans faire de bruit et considéra la nuque nacrée de Fleur de Sel, qui dormait contre lui d'un sommeil profond, comme une enfant.

Il posa son regard sur ce corps à moitié nu et ce visage innocent que rien n'aurait pu troubler tant il paraissait calme et heureux.

Seul l'amour permettait d'atteindre la Grande Paix et le Grand Vide Innommé.

Ainsi qu'il était écrit dans le *Livre de la Cour Jaune* :

« *La vacuité est si paisible, car la simplicité est au centre de l'Espace,*

Ne soyez pas mélancoliques, car, vieux, vous rajeunirez ! »

Il se glissa hors de la couche et, après avoir jeté une couverture de laine légère sur ce dos à l'adorable cambrure, il sortit dans la petite cour, attiré par la lumière des rayons de la pleine lune qui venait de se lever et qui lui rappelait étrangement le clignotement des yeux du petit lézard noir.

*

Dehors, il pleuvait à verse. Les nuages avaient obscurci le ciel. Dans l'estaminet où s'ils s'étaient installés pour échapper à la pluie battante qui annonçait l'orage, il faisait presque nuit noire.

— As-tu des nouvelles de tes anciens collègues ?

Maillon Essentiel regarda tristement Poisson d'Or.

— La caste est hélas devenue un réservoir d'esclaves préposés aux tâches les plus avilissantes et les plus dénuées d'intérêt : goûteurs de plats, lavandiers, coiffeurs... Les eunuques forment une domesticité taillable et corvéable à merci. Je préfère ne pas y penser quand je songe à la puissance que nous représentions ! Du temps du vieux roi Zhong, les eunuques tenaient encore le haut du pavé. On en trouvait à des postes-clés aux Archives et à la Chancellerie du Royaume, sans compter, bien sûr, au Bureau des Rumeurs.

— Pourquoi le Grand Empereur du Centre les a-t-il humiliés au point de les cantonner à ces tâches subalternes qu'ils occupent actuellement ?

— Parce qu'il s'en méfie. Il ne supporte pas l'existence de groupes sociaux dont la logique lui échappe et qu'il ne maîtrise pas totalement. Depuis mon départ, il semble que personne n'ait pris la relève. Les eunuques ont cessé d'être fédérés et dirigés. Selon les rares informations qui me proviennent, la caste, depuis lors, ne fait que dépérir.

La simple évocation de la déliquescence de son ancienne confrérie à laquelle il avait consacré tant d'énergie rendait sinistre Maillon Essentiel qui commençait à avoir la larme à l'œil.

Un éclair traversa un fenestron juste avant que la foudre ne s'abattît non loin de là, faisant trembler les murs de l'estaminet.

— Que l'ivresse sied peu aux humains lorsqu'ils ne tiennent pas l'alcool ! Le Dieu du Tonnerre Leigong ferait mieux de lui envoyer un éclair pour le calmer, soupira Poisson d'Or pour changer de conversation.

Il regardait vers le fond de la salle, où un homme hirsute en proie à la boisson vociférait avec de grands gestes. Ses imprécations couvraient toutes les conversations des clients.

— Comme je te suis ! murmura Feu Brûlant.

— Heureusement, une telle addiction ne touchera jamais l'un d'entre nous, assura Maillon Essentiel.

Devant eux, l'ivrogne, affalé sur sa table sur laquelle il tapait du poing, roulait des yeux hagards. Il en était à sa troisième fiole d'alcool de riz. La serveuse de l'estaminet, une grosse fille aussi barbue qu'un vieux lettré, s'était plantée devant lui pour l'obliger à payer son écot avant de le resservir.

— Combien de temps nous faut-il pour aller jusqu'à la ville ? demanda Feu Brûlant à Maillon Essentiel.

— Une heure et demie de marche. Si la pluie ne nous bloque pas ici, nous y serons ce soir sans difficulté.

— Tant mieux ! Il faudra nous lever tôt, je suppose, pour louer un bon emplacement sur le marché, ajouta Poisson d'Or.

— Fais attention, il ne faut pas t'aviser de renverser ce bocal, tu pourrais avoir la peur de ta vie ! s'écria Maillon Essentiel à la serveuse barbue qui venait de heurter, en passant près de leur table, un petit vase de terre cuite au couvercle hermétiquement clos.

L'ivrogne hirsute faisait à présent un tel vacarme que l'on s'entendait à peine dans la salle où il était inutile de placer un mot. L'homme hurlait une chanson paillarde où il était question du cul des filles et de la croupe des courtisanes. Les strophes de la chanson étaient entrecoupées par des propos où il mettait en valeur sa triste personne.

Ce furent eux qui retinrent l'attention de Maillon Essentiel :

« *Vive le cul de la belle ! Je suis frère de roi. J'ai été un valeureux général, je suis aussi prince des brigands. Je suis le Brigand à la Crinière de Cheval ! Vive la large croupe de ma courtisane et son joli cul !* » bramait l'individu.

Il s'était hissé debout sur la table et s'époumonait en frappant dans ses mains. D'un coup de pied, il avait balayé la vaisselle et les gobelets de bronze qui avaient roulé bruyamment sur le sol. Il tenait une fiole qu'il buvait au goulot en rotant, entre deux strophes de sa chanson.

— Cet homme paraît totalement fou ! Quelle grossièreté ! Où se croit-il pour déranger ainsi les clients ? s'exclama, choqué, Feu Brûlant.

Le visage du jeune eunuque exprimait le dégoût. Maillon Essentiel, de son côté, observait l'ivrogne avec attention. Ses propos lui rappelaient des souvenirs. Il fit signe à la serveuse d'approcher.

— L'ivrogne vient souvent dans ce lieu ? demanda-t-il à la fille à barbe.

— Pour sûr, tous les soirs ! C'est une plaie ! Mais il a de quoi payer, alors...

La laideur du visage de la serveuse le disputait à la niaiserie de ses propos. Son haleine fétide que Maillon Essentiel recevait en pleine figure comme un vent mauvais lui fit détourner la tête.

La pluie venait de cesser et l'orage s'était éloigné. Il était temps de repartir. Après avoir payé leur dû, ils se levèrent et quittèrent l'estaminet, tandis que l'ivrogne hirsute continuait à déclamer les strophes de sa chansonnette.

Le lendemain matin, après une nuit réparatrice dans un petit hôtel propret réservé aux marchands, les trois compères se retrouvèrent à l'entrée du marché de la ville.

Il y avait déjà foule. Une queue s'était formée pour ceux qui voulaient, tel Maillon Essentiel, louer un emplacement de vente. Poisson d'Or, amusé, contemplait les cages à canards bourrées de volatiles, les poulets attachés par les pattes, les gorets vivants saucissonnés avec des cordes de chanvre qui les empêchaient de bouger, les lourds paniers de légumes frais ou séchés et les jarres remplies de céréales décortiquées et d'huile de sésame qui s'entassaient à même le sol. C'était l'indescriptible résumé de tout ce qui pouvait s'acheter et se vendre sur un marché rural qui constituait cet invraisemblable bric-à-brac où chaque marchand mettrait de l'ordre en plaçant les marchandises sur des étals impeccablement arrangés.

Un peu plus loin, un paysan âgé tenait en laisse, par des anneaux leur transperçant le nez, trois remuants oursons qui poussaient des grognements stridents. D'autres tenaient leurs petites cages à cailles de combat et vantaient l'agressivité de leurs champions, sans omettre d'inviter les parieurs à se signaler.

Ces combats de volatiles se déroulaient sur l'emplacement des étalages des commerçants, une fois ceux-ci démontés. Ils occupaient l'après-midi qui succédait aux transactions du matin.

Plus d'un parieur perdait là le maigre produit de sa vente !

— Je viens comme d'habitude vendre mes fourmis tueuses. Je n'ai pas besoin de beaucoup de place. Un demi-étal suffira amplement, dit Maillon Essentiel au fonctionnaire préposé aux patentes dont le petit bureau avait été disposé contre le portail d'entrée du marché, sévèrement gardé par une escouade de soldats en armes.

— Dire qu'on ne peut même plus vendre à sa guise dans ce pays ! Jusqu'où va se nicher la voracité fiscale de l'État ! marmonna Poisson d'Or.

Il ne croyait pas si bien dire.

— Le nouveau règlement impose de prendre au minimum un étal. Ce sera huit Bu de fer en forme de bêche, déclara le préposé d'une voix mécanique.

— Mais c'est quatre fois plus cher que la dernière fois ! Si je me souviens bien, je n'avais payé que trois Dao en forme de couteau ! Alors que je n'escompte pas plus de vingt Bu de recette ! Si j'ajoute les frais d'hôtel, il ne me restera plus rien ! gémit Maillon Essentiel.

Il avait rapidement fait ses comptes. Cent couples de fourmis, à un Bu par dizaine d'insectes, c'était bien la recette maximale qu'il pouvait escompter de son commerce. Les nouveaux tarifs du marché, signe de l'extrême rapacité de l'administration territoriale, étaient vraiment hors de prix.

— Qui es-tu pour commencer à discuter ainsi les droits impériaux de patente ? rugit une voix agressive.

C'était un soldat un peu plus gradé que les autres qui s'était approché de leur petit groupe. Un attroupement avait commencé à se former autour du bureau portatif du préposé aux patentes. La foule grondait, presque menaçante. La plupart des commerçants soutenaient Maillon Essentiel. Les remarques désobligeantes commençaient à fuser sur les innombrables ponctions fiscales d'une administration tentaculaire et inutile.

— Cet homme a raison ! Les tarifs du marché sont devenus exorbitants. Ce sont des taxes spoliatrices ! entendait-on murmurer ici et là.

— Gardes, à vos armes ! hurla soudain le sergent à ses hommes.

Aussitôt, on vit luire des lames promptement extraites de leurs fourreaux, puis on entendit le cri guttural des soldats. C'était la force publique qui entendait s'exprimer, pour faire taire ce persiflage et tuer dans l'œuf toute contestation naissante.

Le sergent, de son côté, brandissait un long fouet dont il fit claquer la lanière. Il frappa les mollets d'un homme qui faisait la queue comme tout le monde et n'avait aucunement participé à l'altercation. Le sang gicla des deux lèvres pulpeuses et largement ouvertes de la balafre qui lui striait les jambes.

C'était un coup aveugle, juste donné pour l'exemple. L'homme, un marchand de primeurs qui n'avait absolument rien dit ni fait, attendait paisiblement son tour. Il se contenta de serrer les lèvres et, pour éviter de recevoir un autre coup de fouet, regarda ailleurs comme si de rien n'était.

Dans les rangs de l'assistance, à présent, régnait à nouveau un silence glacial. Il n'y avait plus aucune trace de révolte. Toutes les nuques étaient courbées.

La force publique avait parlé. L'ordre du grand Empire du Centre régnait à l'entrée du marché de la petite ville.

— L'argent, et vite ! clama encore le préposé à Maillon Essentiel qui, la mort dans l'âme et la rage au cœur, serrant les dents pour ne pas exploser, s'exécuta.

— Même des animaux sont mieux traités que ça, chuchota Feu Brûlant à l'oreille de Poisson d'Or.

Celui-ci, pensif, se demandait jusqu'où irait la soumission du peuple aux lois injustes de l'État.

Une intime conviction lui faisait penser que le moment n'était pas loin où le peuple de l'Empire du Centre finirait par demander des comptes à ceux qui le gouvernaient.

*

Elle redoutait ses excès lorsqu'il se mettait à trépigner comme un enfant.

Trois grandes cartes peintes sur la peau d'un mouton s'étalaient devant l'Empereur du Centre. Un serviteur venait de les clouer d'une main tremblante à même le plateau de la table pour les maintenir bien à plat.

— J'ai dû m'y reprendre à deux fois pour obtenir qu'on me fournisse enfin ces cartes de nos côtes maritimes ! J'ai dû menacer de déportation le Directeur des

Cartes qui m'avait fait savoir qu'il ne les trouvait pas ! s'exclama-t-il avant de se retirer.

L'Empereur, à peine les cartes lui avaient-elles été remises, s'était empressé de convoquer la vieille reine mère toutes affaires cessantes, pour évoquer avec elle cette expédition qui monopolisait son esprit depuis des mois et le hantait.

— D'où penses-tu lancer ta flotte hauturière à l'abordage de l'archipel des Penglai ? Tu as le choix : les côtes maritimes s'étendent des mers froides du Nord à celles du Sud, presque tièdes et bourrées d'algues.

Huayang avait déjà eu l'occasion d'avoir en main des cartes géographiques où la trace de la façade maritime serpentait de haut en bas.

— Je compte faire partir l'expédition depuis cette grande presqu'île qui s'avance dans la mer comme l'étrave d'un navire fend la houle. Cela nous rapprochera autant des Îles Immortelles. Il y a là une ville portuaire qui s'appelle Dongyin. Elle est dotée, m'a-t-on assuré, d'un chantier naval. J'ai déjà ordonné la construction d'un premier navire. Des ouvriers sont en train de niveler une immense terrasse qui dominera l'océan. Elle me permettra de surveiller le départ et l'arrivée de ma flottille ! lança-t-il fièrement.

Sur la peau de mouton tendue, il venait d'écraser son doigt à un endroit précis, marqué d'un point rouge, où le dessin de la côte s'incurvait en une grosse proéminence dont la pointe avançait largement dans la mer en direction du nord-est.

— Si je comprends bien, tu ne comptes pas participer toi-même à l'expédition ?

— Pas dans un premier temps. Je me rendrai sur ces îles une fois qu'elles auront été découvertes. D'ici là, il serait malvenu pour l'Empereur du Centre d'abandonner le territoire où il exerce ses fonctions. Aussi ai-je demandé à Zhaogao de se rendre sur place pour assurer la supervision de la construction des navires, répondit-il le plus sérieusement du monde.

Huayang le considéra avec amusement. L'Empereur du Centre, tout obnubilé qu'il était par ce rêve, demeurait plus prudent qu'il n'y paraissait. Sa recherche de l'immortalité ne l'empêchait pas de garder les pieds sur terre. Il n'était pas homme à prendre des risques inutiles.

— Peux-tu m'en dire un peu plus sur la façon dont tu comptes t'y prendre pour la découverte de ces îles ? poursuivit-elle, enjouée.

— J'ai un plan, que je mûris depuis des mois. Pour disposer du maximum d'énergie intérieure, car le voyage risque d'être long et périlleux, l'expédition devra être composée à parts égales de mille jeunes gens, filles et garçons.

— Je comprends mieux, à présent, pourquoi ce nom d'« Expédition des Mille » dont la rumeur court à Xianyang depuis quelque temps...

— Il importera surtout que les filles soient vierges, afin que leur Yin demeure parfaitement intact lorsque le navire sera en vue de l'île Penglai. Les Immortels qui hantent les trois îles de l'archipel n'oseront pas repousser une telle jeunesse et une telle pureté. Qu'en penses-tu ?

— Cela me paraît une idée conforme à celle que je me fais de la Grande Voie : l'énergie intérieure appartient aux êtres jeunes et purs. Cette énergie, si elle est correctement maîtrisée, peut faire déplacer les montagnes ! répondit Huayang.

— En tête de ce convoi, je mettrai la princesse sogdienne rebelle, ça lui apprendra à ne pas écouter les mots doux de l'Empereur ! Sais-tu qu'elle a refusé ma proposition de la prendre pour épouse légitime ? Je ne peux tout de même pas la maintenir prisonnière toute sa vie !

— Mais si tu donnais un ordre, elle deviendrait ta femme...

— Bizarrement, je répugne toujours autant à employer la force avec la gent féminine, maugréa-t-il, rageur.

Huayang baissa les yeux, alors qu'il pétrissait nerveusement la panse de son petit tripode de bronze.

— Combien de bateaux seront-ils nécessaires pour transporter l'Expédition des Mille ?

— Trois. Il y en aura un par île dont ils porteront chacun le nom : Penglai, Yingzhou, Fanzhang. J'ai demandé que l'on fasse venir sur le chantier les meilleurs charpentiers de marine de l'Empire. Les vaisseaux devront être peints en blanc, comme les animaux et les oiseaux qui vivent sur ces îles. Et leurs voiles seront noires comme l'aile du corbeau. À l'aller, leurs cales seront vides pour permettre, au retour, de les remplir de fruits de jade.

— Quand comptes-tu partir pour Dongyin ?

— Dès que la terrasse aura été nivelée et les navires construits, au printemps de l'année prochaine... C'est le moment où la mer est la plus calme. Les navires pourront gagner la haute mer sans danger. J'en demanderai la confirmation aux astrologues.

— As-tu consulté les géomanciens pour l'emplacement de cette terrasse que tu comptes faire aplanir ?

Huayang vit dans le regard du souverain qu'elle venait de poser la question qui fâchait. Il avait l'air profondément agacé.

— C'est le seul endroit d'où l'on découvre toute l'étendue de l'océan. Peu m'importe l'avis des géomanciens ! Il n'y a pas d'autre lieu possible, Zhaogao me l'a encore fait dire... Le choix de l'Empereur du Centre ne vaut-il pas celui d'un simple expert du Fengshui ?

— À chacun son métier ! Imagine que le rocher de la montagne, à cet endroit, affleure à la surface, ta terrasse ne pourra pas être nivelée, insista-t-elle, consciente qu'elle allait déchaîner ses foudres.

— Tu crois décidément avoir réponse à tout ! Eh bien je dis que nul rocher n'osera affleurer à la surface de ma terrasse ! fulmina-t-il, ivre de colère.

Elle ne détestait pas le pousser à bout. C'était sa façon de se venger de la tyrannie qu'il exerçait sur chacun, alors qu'elle était la seule personne de l'Empire encore capable de lui apporter la contradiction.

— Reparle-moi à présent de cette princesse de Sogdiane dont toute la cour prétend qu'elle est une danseuse ensorcelante, reprit-elle, pour remuer le fer dans la plaie.

— Pour une fois, la rumeur est fondée ! Elle fait bouger à merveille un corps de déesse. Hélas, Baya me paraît aussi butée que Rosée Printanière... Je n'ai pourtant pas ménagé ma peine pour essayer de la séduire, grommela-t-il, renfrogné.

— Le mieux ne serait-il pas de t'attacher les services d'une docile concubine ? Cela ferait peut-être changer d'avis les femmes que tu courtises ! Crois-moi, mon petit Zheng, je sais ce qui se passe dans le cœur des femmes...

Le grand Empereur du Centre ressemblait à présent à un petit garçon pris en faute.

— C'est une idée qui ne m'était pas venue...

— Il suffirait d'un geste de ta part et les portes du Gynécée Impérial s'ouvriraient toutes grandes... Depuis le temps qu'elles t'attendent !

— En effet.

— Je me suis laissé dire qu'au dernier comptage, il y avait là plus de cent jeunes femmes splendides, vierges et parfaitement saines, issues des dernières prises de guerre.

Penaud, il regardait ses pieds. Sa posture exprimait la gêne.

— Pour cueillir les fruits sur l'arbre, il faut avoir appris à les saisir..., fit-il piteusement.

— Tu ne vas pas me dire que tu ne sais pas encore comment on s'y prend avec les femmes ? hasarda-t-elle, faussement ingénue.

— C'est pourtant mon problème, murmura-t-il si bas qu'elle dut se pencher en avant pour l'entendre.

— Et tu as peur, à présent, de faillir, et que le bruit ne s'en ébruite ?

— C'est cela même. Je suis prisonnier de ma propre stature, ajouta-t-il tristement.

Elle pouvait voir sur son visage décomposé un accablement qui n'était pas feint.

— Aimerais-tu que je t'explique comme on s'y prend ? dit-elle doucement.

Il la regardait, défait, sans répondre.

Elle éprouva soudain de la pitié pour ce jeune homme prisonnier de son personnage, corseté par l'étiquette, censé ne jamais douter de rien, privé de tout secours d'autrui et entravé par les liens du pouvoir suprême.

Plus on était haut et plus on était seul. Jamais on ne pouvait inspirer la pitié car celle-ci ne vous était pas due. Exprimer la moindre fragilité risquait de faire naître dans l'esprit des affidés des idées de complot. Un prince n'avait pas le droit d'être un homme, avec ses doutes et ses faiblesses.

C'était ainsi que le Grand Empereur du Centre ne savait même pas comment s'y prendre pour honorer une concubine consentante !

Huayang ne mit pas longtemps à passer à l'acte. Elle s'approcha lentement de Qinshihuangdi et lui prit la main, qu'elle posa au milieu de sa poitrine de vieille femme.

Il n'exprima nulle réticence et, au contraire, se laissa faire. Les seins de Huayang avaient rapetissé, faisant ressortir la taille de ses tétons sombres dont la base était aussi ronde que de petits Bi rituels.

Selon son habitude, elle était entièrement nue sous sa tunique, qu'elle avait dégrafée. Elle s'était, comme à son habitude, parfaitement épilé tout au bas de son ventre encore plat, dont la peau à peine fripée autour du nombril restait souple. Il pouvait sentir, autour de sa main, la chaleur de ses cuisses qu'elle massait tous les jours afin de les garder fermes.

C'était sa façon de conjurer les blessures que le temps finissait par infliger aux corps.

Le désir avait déjà enflammé les sens de l'Empereur du Centre.

Elle s'était emparée de son membre dressé puis, après en avoir humidifié le bout avec sa langue, elle l'introduisit dans sa Sublime Porte en lui souriant. Elle n'était pas mécontente. Cela faisait des années qu'un homme n'y était pas entré.

Puis elle serra les cuisses et remua son ventre d'avant en arrière, pour masser le membre de plus en plus gonflé. Il ne tarda pas à se répandre en elle, presque furtivement, avec un petit gloussement de contentement.

Elle vit alors, sur son visage, qu'il avait dû prendre là un plaisir intense. Elle le fit sortir d'elle.

— Comme c'est bon..., se contenta-t-il de murmurer en rajustant ses braies.

Pour quelques instants encore, il lui serait totalement soumis. Elle était sûre que ses désirs eussent alors été des ordres. Elle aurait eu vingt ans de moins qu'elle serait devenue sur-le-champ la Grande Impératrice du Centre.

Mais elle n'était plus qu'une vieille femme dont l'unique but, désormais, était de tout mettre en œuvre pour les retrouvailles de son petit Bouvier et de sa chère Tisserande.

64

— Majesté, j'ai tremblé de peur. Cela fait cinq jours que vous n'avez pas daigné me donner de vos nouvelles, je vous croyais disparu ! J'ai dû mentir à vos sujets et faire comme si de rien n'était...

Lisi n'avait pu se contrôler et s'était laissé aller à ce cri du cœur, la voix cassée encore par l'angoisse.

Le Grand Empereur eut une petite moue satisfaite. Il ne lui déplaisait pas de voir son Premier ministre, d'ordinaire si maître de lui et ayant réponse à tout, pour une fois mal à l'aise et en difficulté.

— J'ai décidé d'effectuer sur le terrain des visites inopinées. Personne ne doit savoir où je me trouve, à l'exception d'Ainsi Parfois, lequel a ordre de ne rien révéler à personne. Je ne compte pas m'arrêter en si bon chemin. Ces tournées sont riches d'enseignements ! Elles sont d'autant plus efficaces que personne ne me reconnaît. Je peux entrer en contact avec mon peuple sans intermédiaire, s'émerveilla, plutôt guilleret, le souverain.

— Il est vrai que votre visage ne s'affiche pas à tous les carrefours de l'Empire du Centre..., balbutia, plutôt ahuri, le Premier ministre.

— J'ai rencontré une vieille femme qui maudissait l'Empereur du Centre au moment de passer l'octroi d'un pont. Elle avait raison : le prix demandé représentait toute la monnaie qu'elle avait sur elle, après avoir passé une journée à vendre les légumes de son jardin sur un marché !

Lisi n'osa pas rétorquer à l'Empereur qu'il avait lui-même apposé son sceau sur le décret qui tarifait les passages des ponts et des portes urbaines. L'abyssale mauvaise foi du souverain n'augurait rien de bon pour l'avenir du Premier ministre qui n'appréciait que modérément ces initiatives. Se faire héler par des quidams prêts à se plaindre de tout et de rien parce qu'ils ignoraient à qui ils avaient affaire pourrait fort bien, le jour venu, amener l'Empereur à sanctionner injustement tel ministre ou haut fonctionnaire, et pourquoi pas le Premier ministre lui-même ?

Il eût préféré, et de très loin, demeurer le seul intermédiaire entre le souverain et l'extérieur. À partir du moment où celui-ci commençait à sortir et à parcourir le territoire de l'Empire sans être accompagné par lui, c'était autant de son pouvoir qui s'envolait. Autrement dit, plus le souverain était inaccessible, plus il restait invisible, et mieux son Premier ministre se portait.

Et encore tout ceci, fort heureusement, demeurait-il secret ! Mais il suffisait que l'information filtrât, un jour, de ces escapades solitaires de l'Empereur s'en allant vérifier sur le terrain l'application de ses mesures, pour que toutes sortes de bons apôtres en conclussent illico à l'imminente disgrâce du Premier ministre !

— Il faut à présent que nous tirions ensemble les conclusions de ma tournée. Elles sont fort nombreuses, déclara l'Empereur du Centre.

— Je suis à votre entière disposition, ô mon Grand Seigneur ! répondit le Premier ministre avec empressement.

Il observa le souverain avec inquiétude. Peut-être celui-ci avait-il découvert d'autres dysfonctionnements dont il lui attribuerait la responsabilité, qu'il s'agisse d'injustices manifestes comme la cherté des droits de passage, ou encore des turpitudes diverses de fonctionnaires peu scrupuleux.

Il se sentait démuni et vulnérable, ne sachant de quoi exactement le Grand Empereur du Centre s'apprêtait à lui parler.

— Ma remarque la plus importante concernera le chantier du grand canal de dérivation qui relie les rivières Li et Xiang. Je m'y suis rendu déguisé en contremaître, et j'ai pu vérifier la hauteur du tertre qui sépare encore les deux portions appelées à se rejoindre. Selon les plans que j'avais examinés avant ma tournée, la différence de niveau entre les deux rivières qui, de surcroît, coulent dans des directions opposées rend nécessaire la construction d'un bief parallèle à l'une ainsi que le creusement de trois déversoirs successifs dans le lit de l'autre.

— C'est exact, Majesté. Les rapports des ingénieurs hydrologues sont clairs à ce sujet.

— Or j'ai malheureusement constaté des retards inadmissibles dans le terrassement de ces divers ouvrages. Lorsque j'ai interrogé le géomancien présent sur le chantier pour lui demander où je devais poster mon équipe pour donner le premier coup de pioche du creusement de ce bief, je me suis fait rire au nez.

— Quelle fut sa réponse ?

— Ce géomancien osa m'affirmer qu'il était inutile de creuser tous ces ouvrages, ce canal étant juste une lubie de l'Empereur qui serait emporté au cours de la première crue. Bien sûr, je n'ai rien dit ni rien répondu. Toutefois, j'ai pris bonne note de son nom.

Il tendit une lamelle de bambou au Premier ministre.

— Majesté, quelle peine souhaitez-vous que j'ordonne à l'encontre de cet homme ?

— La mort paraît excessive. Ce géomancien n'était pas le principal responsable technique de ce chantier. Ce qui me gêne le plus, c'est son persiflage. Nous nous contenterons de le faire amputer des deux pieds, accorda-t-il, magnanime.

— Ce sera fait dès tout à l'heure, Majesté, le temps que nous mettions la main sur cet individu !

— Ainsi aurons-nous à la porte d'un de nos palais un concierge spécialiste des voies navigables..., ajouta en plaisantant l'Empereur Qinshihuangdi.

— Y a-t-il autre chose, Excellence ? hasarda Lisi.

La bonne humeur de l'Empereur le soulageait. S'il avait dû lui reprocher quoi que ce soit de plus grave, nul doute que Qinshihuangdi n'aurait pas ainsi plaisanté avec lui.

— J'oubliais... Je souhaiterais que tu fasses changer le nom de ce canal. Il m'a semblé lire sur des pancartes qu'on l'avait nommé Canal de la Prospérité. Cela ne me convient pas. Nous l'appellerons Lingqu, ou Canal Magique, pour mettre en valeur son système de niveaux qui va rendre navigables des rivières où même un radeau, aujourd'hui, ne passerait pas. Canal Magique, n'est-ce pas là un nom qui convient ?

— À merveille, Majesté ! acquiesça Lisi qui, tel un élève studieux devant son professeur, prenait des notes sur le dos de la lamelle que l'Empereur lui avait remise.

— J'espère que ce Canal Magique portera bonheur au programme de construction de canaux d'irrigation des champs cultivables que je compte aussi entreprendre !

— Que voilà une souveraine idée ! Nous accroîtrons ainsi le rendement des récoltes et, partant, celui des impôts en nature, dit Lisi qu'une telle perspective faisait jubiler.

L'Empereur s'était emparé de son tripode de bronze fétiche et le pétrissait doucement.

Ce geste conforta le Premier ministre dans son impression que les foudres impériales n'allaient pas s'abattre sur lui. Il avait noté que le petit vase était toujours posé sur la table de travail de l'Empereur au moment où ce dernier s'apprêtait à exploser de colère.

— Je suis également allé visiter le chantier du Palais Epang. La lenteur de la construction saute aux yeux. Il faudrait nourrir plus convenablement les esclaves qui y travaillent, leur « rendement » – pour employer un mot qui t'est cher paraît notoirement insuffisant !

Le sang de Lisi se glaça à nouveau. L'examen, hélas, n'était pas terminé.

— Majesté, j'ai encore vérifié récemment avec Parfait en Tous Points que la salle d'audience du Palais Epang sera capable de rassembler les dix mille hommages particuliers venus des quatre directions du territoire de tout l'Empire ! bredouilla Lisi, dont la voix s'était remise à trembler.

— Peut-être... Mais j'ai également constaté que les Wadang ornementaux, destinés à servir d'embouts aux tuiles terminales des toits, ne portent toujours pas la gravure du sceau de Qinshihuangdi ! Je t'ai pourtant déjà mille fois alerté sur l'absolue nécessité de l'omniprésence de mon nom sur les constructions impériales.

— Mais, Majesté, les sculpteurs de Wadang croulent sous le travail. Et nous n'avons pas assez de ces embouts de tuiles !

— Peu importe la raison. C'est, pour moi, une exigence absolue que d'y voir mon nom. Faute de quoi celui qui entend régner par l'absence finirait par se faire oublier de son peuple ! Le nom de Qinshihuangdi doit être lu partout ! Dans dix mille ans, il conviendra qu'on le trouve gravé sur la moindre pierre de chaque édifice ! s'écria rageusement Qinshihuangdi en reposant son tripode sur la table de travail.

Lisi vacilla. C'était le signe que l'orage qui grondait n'allait pas tarder à éclater.

— Mon Grand Prince, c'est peut-être un problème de moules si ces Wadang ne sont pas correctement sculptés à votre signe. Je m'en vais le vérifier à peine sorti d'ici.

— C'est extravagant ! Tu viens de me dire que les ouvriers n'étaient pas assez nombreux, et voilà que tu me parles d'un problème de moules ?

— Je m'en excuse ! J'ai sans doute parlé trop vite, gémit le Premier ministre.

— Eh bien moi, je te parlerai maintenant de ma façon de gouverner. Ai-je donc en face de moi le Premier ministre de l'Empire ? hurla le souverain, hors de lui.

Son interlocuteur piqua du nez. Il connaissait suffisamment le caractère de son maître pour savoir qu'ils en étaient au point où il valait mieux se taire.

La question posée par l'Empereur, au demeurant, lui paraissait inquiétante et de mauvais augure. Elle semblait en effet remettre en cause sa légitimité.

Lisi se doutait bien que, tôt ou tard, le jour viendrait où le souverain, comme il l'avait déjà fait avec Lubuwei, déciderait de se séparer de lui. Mais il souhaitait en reculer la date le plus loin possible et avait cru jusque-là, non sans une certaine naïveté, qu'il lui suffirait de ne jamais dire non à Qinshihuangdi et de répondre sans délai et efficacement à ses exigences pour être assuré de conserver son poste. Il avait pensé qu'en jouant les indispensables, il pourrait assurer presque indéfiniment ses arrières. Il se trompait. Voilà qu'au détour d'une simple question, l'Empereur lui prouvait que rien n'était jamais gagné.

Mentalement, il fit en toute hâte le tour des prétendants qui pourraient, le cas échéant, être choisis par l'Empereur pour lui succéder. Heureusement, il n'y en avait aucun de vraiment crédible. Au sein de l'équipe ministérielle, constituée de technocrates blanchis sous le harnais, il avait veillé à ce qu'aucune personnalité ne se détachât, ni par son entregent ni par son brio, et encore moins par son charisme. Les ministres de son gouvernement, tous plus âgés que lui, n'étaient ainsi que d'honnêtes exécutants dont l'Empereur du Centre connaissait à peine les noms.

Seul le ministre de la Guerre, Wang le Chanceux, aurait pu se détacher du lot, mais son grand âge lui ôtait toute crédibilité. Ce n'était donc pas de là, au sein des ministères, que viendrait le danger.

Il fallait chercher ailleurs, dans la société civile, où les créateurs et les artistes dominaient le lot mais n'auraient pour rien au monde accepté de prendre des fonctions aussi exposées que les siennes.

Il y avait certes l'architecte Parfait en Tous Points, dont l'Empereur s'était entiché au point de lui confier la plupart des chantiers impériaux. Les architectes étaient les créateurs qui comprenaient le mieux les mécanismes du pouvoir. Les plus doués savaient se comporter comme d'habiles courtisans pour recevoir les commandes qui assuraient leur succès. Mais cet homme de l'art, débordé par le travail, passait son temps à courir d'une muraille à un pont et d'un pont à un palais, d'un bout de l'Empire à l'autre. Lisi ne voyait pas Parfait en Tous Points, avec ses innombrables chantiers, quitter ainsi sa passion pour devenir Premier ministre. Une hypothèse des moins probables.

Restait Zhaogao, l'Homme aux Biceps de Bronze...

En pensant à lui, Lisi ne put s'empêcher d'éprouver un pincement au cœur. Le nouveau chef d'état-major des armées impériales était, en revanche, le seul candidat crédible. Qinshihuangdi le connaissait sur le bout des ongles. Il n'ignorait rien de ses qualités et de ses travers. Il savait comment il fonctionnait.

Certes, c'était un militaire, et non un civil. Et jamais le royaume de Qin n'avait confié le poste de Premier ministre à une personnalité qui ne fût pas civile...

Mais Lisi était aussi le mieux placé pour savoir que les règles, tout comme, d'ailleurs, les traditions, étaient faites pour évoluer.

Il suffisait, de fait, à l'Empereur Qinshihuangdi de le décider.

*

C'était une nuit de pleine lune et les deux hommes étaient enlacés sur leur couche, les jambes de l'un encastrées dans celles de l'autre.

Le plus jeune, qui avait le corps entièrement frotté d'huile, dormait à poings fermés sur le côté. Le sourire extatique qui éclairait son visage prouvait qu'il devait faire de beaux rêves. L'autre, que l'excitation de l'étreinte accomplie empêchait de trouver le sommeil, se leva avec précaution et se rendit sur la terrasse contiguë à la chambre.

De là, on dominait le port et ses bateaux à quai, toutes voiles affalées, qui semblaient eux aussi somnoler, doucement ballottés par le clapotis des vaguelettes. Vers la droite, au-delà de la passe que signalait un sémaphore dressé sur un rocher battu par les vagues, c'était la haute mer, cette immense étendue au milieu de laquelle l'Empereur du Centre était persuadé qu'émergeaient les Îles Immortelles.

Zhaogao, médusé par la beauté du spectacle, inspira profondément une bouffée d'air marin. Il n'avait jamais encore contemplé, par clair de lune, le Grand Océan de l'Est. Il se mit à grignoter quelques crevettes sautées au thé qui restaient du dîner. C'était la grande spécialité culinaire, dont il ne se lassait pas, de la petite ville portuaire de Dongyin.

Il décida de faire du bruit pour réveiller son jeune amant. Il se racla la gorge puis, ne voyant rien venir, laissa choir une pile de bronzes sur les dalles de pierre.

Quelques instants plus tard, tout en faisant semblant de regarder les flots qui commençaient à moutonner, il caressait nonchalamment la nuque de ce jeune garçon coiffé d'un bonnet de laine qui venait de le rejoindre sur le balcon. Cette charmante ordonnance était la dernière conquête du chef d'état-major des armées de l'Empire du Centre.

Il ne pouvait plus se passer d'Ivoire Immaculé.

Son visage d'enfant, son corps musclé, parfaitement glabre, et sa peau cuivrée l'avaient immédiatement attiré, lorsqu'il l'avait repéré dans la file des jeunes gens examinés par le sous-officier recruteur dans la cour de la caserne du commandement de la région militaire de la Porte de Jade. Depuis ce moment-là, il avait pris le jeune homme à son service et fait en sorte qu'il ne le quittât pas d'un pouce. Tout naturellement, il l'avait emmené avec lui à Dongyin où l'Empereur du Centre venait de l'envoyer en mission « de pacification et de régularisation », une expression pompeuse qui signifiait en fait la pure et simple mise au pas de cette province excentrée qui touchait le Grand Océan, mais avec pour tâche précise de superviser la construction des navires de l'expédition vers les Îles Immortelles.

— Tu as besoin de moi ? demanda le jeune homme d'une voix ensommeillée.

Zhaogao lui fit signe qu'il pouvait aller se recoucher.

Après lui avoir livré un baiser furtif, le jeune homme regagna la chambre, laissant le chef d'état-major des armées continuer à profiter seul du spectacle de ce port qui commençait doucement à s'éveiller.

Il n'avait pas fallu moins de trois semaines de chevauchée ininterrompue à Zhaogao et à son compagnon pour rejoindre cette province de l'Est dont les majestueuses falaises rocheuses plongeaient abruptement dans la houle mousseuse de l'océan.

Arrivé à Dongyin, son port principal, sur la façade maritime nord de la presqu'île de Lingdao, il en avait réquisitionné le palais le plus fastueux. C'était une bâtisse imposante, aux tours crénelées et aux murailles envahies par le lierre, qui dominait la petite ville de bateliers. Elle avait appartenu jadis à une dynastie de pêcheurs de perles, ruinée depuis l'annexion, quelques années plus tôt, de cette province par le Qin.

Dans cette vaste demeure qui disposait d'un beau jardin suspendu, le général s'était installé avec plaisir, se réservant la plus belle chambre. Son armée bivouaquait alentour, sur de larges terrasses qui descendaient par paliers successifs jusqu'à la plage.

L'Empereur l'avait envoyé à Lingdao toutes affaires cessantes afin de préparer les conditions favorables à l'expédition dans cette région côtière dont l'éloignement du centre de gravité de l'Empire avait favorisé quelque peu l'esprit d'insoumission et de laxisme fiscal. C'était l'une des provinces où la collecte des impôts atteignait en effet des rendements ridicules et les lois s'appliquaient au gré des humeurs du gouverneur. La rigueur légiste n'y avait pas encore droit de cité.

Le dernier gouverneur, accusé de prévarication, y avait laissé sa tête, mais son poste n'avait pas encore été pourvu. Il s'agissait pour Zhaogao, doté pour la circonstance de la plénitude des pouvoirs civils et militaires, de reprendre tout cela en main.

Mais il comptait aussi profiter de ce séjour éloigné de la capitale pour jouir en toute tranquillité de la présence de ce jeune garçon dont la sensualité l'avait émoustillé à peine avait-il croisé son regard à la caserne de la Porte de Jade.

Il sentit qu'il pourrait enfin trouver le sommeil et revint dans la chambre. La jeune ordonnance, fesses à l'air, rebondies et désirables, s'était rendormie à présent sur le ventre.

Cette vision délicieuse emplit à nouveau Zhaogao de concupiscence. Il resta un long moment à admirer le dos luisant d'Ivoire Immaculé, qu'il se mit à masser lentement. Puis il passa la main sur le bas de la nuque de l'ordonnance, tandis que cette dernière, tel un reptile, commença à onduler en poussant de petits grognements.

— Tu es mon petit serpent ! chuchota-t-il à son oreille.

Il s'étendit tout contre le jeune homme.

Il constata alors avec un certain déplaisir que les premiers rayons du soleil venaient d'entrer dans la chambre et qu'il était trop tard pour aller plus loin. Il serait bientôt temps d'aller passer les troupes en revue dans la cour. On entendait déjà le cliquetis des épées et des lances des fantassins qui se mettaient en rangs.

À regret – après cette nuit blanche, Zhaogao serait bien remonté se coucher ! il secoua la jeune ordonnance pour la réveiller. Ils se vêtirent à la hâte, en échangeant des baisers furtifs, et descendirent ensemble, pour assister à la prise d'armes.

— J'aimerais tellement que tu me fasses visiter le petit port ! supplia Ivoire Immaculé.

— Tes désirs sont des ordres, répondit l'Homme aux Biceps de Bronze qui se sentait la bouche toute pâteuse.

Dans le port de Dongyin, c'était le jour où le marché battait son plein.

La jeune ordonnance n'en croyait pas ses yeux, tandis que son nez découvrait des senteurs inédites. Il flottait une enivrante odeur de santal au-dessus de ces ruelles noires de monde pavées de larges dalles de grès violet sombre.

De part et d'autre de la rigole centrale, où courait une eau crasseuse, les devantures des échoppes offraient aux passants tout ce qu'un port pouvait laisser transiter, tant en nourriture qu'en vêtements ou en épices : jambons arrondis aux angles dont les couennes luisaient ; piments rouges séchés disposés en pyramides ; bocaux remplis de poivre et de clous de girofle ; cordes de tabac enroulées sur elles-mêmes tels d'immenses cordages de navire ; calots de soie empilés pour former de longs tubes bariolés ; chaussures à la poulaine pour les riches, sandales de chanvre pour les pauvres, de toutes tailles et de toutes couleurs, des plus criardes aux plus affadies, amoncelées par paires les unes sur les autres ; écheveaux de fil de coton et de soie rangés par ordre chromatique ; coupons austères de laine écrue soigneusement pliés en carrés ; œufs frais d'un blanc immaculé, sagement disposés les uns à côté des autres, entre les fruits et les légumes ; œufs de cent ans, verdâtres à force d'avoir été conservés épluchés dans la chaux vive ; œufs de caille carmin parce qu'ils avaient été peints ; pots en laque noire à l'intérieur de laque rouge, soigneusement disposés, selon leur taille décroissante, les uns sur les autres comme les tours d'improbables constructions – qui pouvaient s'écrouler à tout moment.

Toutes les formes, les couleurs et les odeurs s'étaient ainsi donné rendez-vous dans cet espace enfiévré par le brouhaha de la foule des marchands et des clients.

Sur les quais, les billots de bois précieux s'entassaient en piles, avec les autres cargaisons odorantes, descendues des bateaux. Il fallait se frayer un passage pour accéder aux barques et aux navires.

Le plastron de Zhaogao, sculpté d'un masque Taotie de dragon, et ses épaulettes griffues étaient, en l'occurrence, le meilleur des sauf-conduits : chacun s'écartait peureusement devant ses attributs qu'amplifiait l'imposante musculation de ses pectoraux.

— Tu découvres ce qu'est l'agitation d'un port au moment où l'on décharge les navires, dit Zhaogao à son jeune amant.

— Quelle abondance ! Tant d'odeurs et de couleurs rassemblées..., s'extasiait comme un enfant Ivoire Immaculé.

— Je suis heureux de pouvoir te le montrer. Ce n'est pas la dernière surprise, du moins je l'espère, que je te ferai ! ajouta le général d'un ton complice et paternel.

Ils se dirigeaient à nouveau vers le quartier marchand, en revenant sur leurs pas. La jeune ordonnance marchait quelques pas derrière son chef, éblouie par le spectacle de la rue.

Zhaogao sentit qu'on lui touchait la main.

C'était un garçonnet au visage espiègle qui le tirait vers la porte d'un local d'où s'échappaient des volutes bleutées de fumée.

— Venez goûter à la graine de pavot mélangée au meilleur tabac, sa fumée enivrante vous fera voguer au-dessus des montagnes ! criait l'enfant aux passants avec force œillades.

Intrigué, Zhaogao fit un pas vers la porte du local, pour essayer de voir ce qu'il y avait à l'intérieur.

Aussitôt, il fut happé par un gros homme dégoulinant de sueur qui lui souhaita la bienvenue.

— Heureux de vous accueillir à la fumerie de la Lune Verte ! lança l'homme qui se présenta aussitôt comme le patron de la fumerie.

Zhaogao recula.

Il n'aimait pas les fumeries. Il ne voyait pas quel était l'intérêt de ces fumeurs, allongés sur des banquettes crasseuses, le regard vide, perdu dans ces fumerolles qui sortaient de leurs longues pipes terminées par un petit réservoir.

Au moment où il allait sortir, il buta sur Ivoire Immaculé qui venait d'être happé à son tour par le jeune portier.

— Pourquoi veux-tu partir ? Nous pourrions essayer de fumer le pavot ! Ce doit être plutôt agréable de voguer au-dessus des montagnes, suggéra la jeune ordonnance.

— D'accord, mais pas plus de trois bouffées ! Je t'attends devant la porte, lui répondit le général.

Après la nuit qu'ils avaient passée ensemble, Zhaogao était incapable de refuser quoi que ce soit à ce jeune homme.

*

La même scène, sous les yeux de Maillon Essentiel, était en train de se reproduire.

Assis à sa table habituelle dans l'estaminet, l'homme était encore complètement ivre.

Les fioles d'alcool de riz et de sorgo s'alignaient devant lui comme autant de dérisoires trophées de ce concours de beuveries qu'il s'était lancé à lui-même.

L'homme paraissait vieux mais, en même temps, on ne pouvait guère lui donner d'âge tant sa peau était burinée par le soleil et le vent. Ses vêtements déchirés étaient si délavés et son corps si sale que l'on ne savait plus trop où commençait le tissu et où finissait la peau. Il ressemblait à ces vieux arbres au tronc déchiqueté et aux branches tordues à force de résister aux Cinq Éléments et aux Cinq Vents. À sa ceinture pendait une touffe de longs poils noirs qui avait dû, il y a bien longtemps, appartenir à un cheval dont elle était la crinière.

— Ne serais-tu pas Anwei, le frère de feu le roi Anguo ? lui demanda, l'air innocent, Maillon Essentiel.

L'homme hoqueta de surprise et manqua renverser la fiole qu'il s'apprêtait à boire. Puis, soupçonneux et la mine sombre, il dévisagea l'individu qui venait de l'interpeller.

Manifestement, il ne semblait guère apprécier d'avoir été reconnu.

— Comment le sais-tu ? Et qui donc es-tu pour t'adresser ainsi à moi ? lança-t-il, méfiant, sans pourtant démentir l'apostrophe.

— J'ai vécu une partie de mon existence à Xianyang. J'ai même essayé de te prévenir d'un complot que le Chu tramait contre toi lorsque tu t'emparas du Pont-Crocodile sur la rivière Han. Tu fus reçu, après ce haut fait d'armes, comme un héros national !

L'évocation de son passé glorieux par cet inconnu

avait déjà commencé à bouleverser le vieil ivrogne. Il s'empara de la fiole restante, en avala goulûment une longue gorgée et poussa un grand soupir.

— Comment fais-tu pour te rappeler tous ces souvenirs pourtant si lointains ? s'inquiéta-t-il, toujours aussi soupçonneux.

Ses yeux injectés de sang et noyés d'alcool exprimaient la nostalgie de ces temps victorieux et lointains qu'il s'était efforcé de remiser au fond de sa mémoire pour y penser le moins possible. Et voilà que d'un seul coup, par sa simple question, cet inconnu les avait fait resurgir comme si c'était hier !

— Je suis Maillon Essentiel, l'ancien chef du Bureau des Rumeurs du royaume de Qin. Quant à toi, chacun sait qu'il s'en fallut à peine d'un cheveu pour que tu deviennes à ton tour le roi de cet État.

Le prince déchu, piqué au vif, répondit sans se faire prier.

— Ce fut hélas ce qui causa ma perte ! Mon tour ne vint jamais... De ce moment-là, on s'acharna sur moi jusqu'à mon élimination. Malheur à ceux qui se trouvent, depuis leur naissance et sans même le savoir, dans le camp des perdants ! s'écria-t-il avant de reprendre une lampée d'alcool.

Ensuite, après s'être essuyé la bouche d'un geste ample comme les ivrognes repus, il héla la serveuse barbue.

— Sers à cet homme une bonne fiole d'alcool de sorgo. Mets-nous le meilleur, celui de la réserve. C'est moi qui paie !

— Tu es gentil mais je ne bois pas, dit l'eunuque. Peux-tu nous porter deux portions de bœuf sauté aux tubercules de moutarde ? ajouta-t-il à l'intention de la servante.

— J'ai un vin de lézard de première qualité. En voulez-vous ? proposa-t-elle, baissant la voix d'un air complice en se tournant vers Maillon Essentiel.

L'eunuque refusa poliment. Il ne supportait pas la vue de ces lézards morts qu'on laissait mariner dans l'alcool pour fabriquer ce breuvage dont on faisait grand cas pour ses effets toniques. On servait en général le vin de lézard sous le manteau aux meilleurs clients parce que cet alcool était beaucoup plus taxé que tous les autres.

La serveuse était partie chercher la commande, les laissant seuls face à face.

Maillon Essentiel observait celui qui avait été le célèbre prince Anwei. Qui aurait imaginé qu'il avait failli devenir roi ? Ce n'était plus qu'une loque crasseuse, qu'on avait du mal à approcher tant elle sentait mauvais. On lui aurait donné l'aumône comme au dernier des mendiants.

Voilà ce qu'il advenait lorsque la roue du destin s'arrêtait malheureusement sur une case défavorable. Il en fallait bien peu pour passer de la gloire à l'opprobre et à la déchéance. Certaines vies humaines ressemblaient aux montagnes, à leurs sommets mais aussi à leurs précipices, il suffisait d'un pas et on glissait malencontreusement de la lumière aux ténèbres.

L'eunuque à présent voulait tout savoir de ces faux pas qui avaient conduit ce prince courageux à son état de loque humaine.

— Comment as-tu passé ces années ? N'est-ce pas toi que l'on surnommait le Brigand à la Crinière de Cheval ?

Anwei essuya à nouveau sa bouche toute dégoulinante.

— J'ai fini par me ranger à une existence plus paisible. Vivre de rapines devenait lassant et surtout dangereux !

— N'était-ce pas ta façon de te venger ?

— Au début, je l'ai cru. Mais je terrorisais des pauvres gens qui ne m'avaient rien fait ! Tout ça pour défier la police du Qin. Cela n'avait pas de sens... J'étais seul. Je me suis lassé.

— Mais comment vis-tu à présent ?

— Je survis en pillant une tombe par-ci, par-là. Je n'ai guère d'autre besoin que celui-ci..., admit l'ivrogne en désignant les petites fioles éparses.

Il marqua un temps d'arrêt.

— Quand on est seul, la vengeance est inaccessible, ajouta-t-il en reposant sa fiole sur la table.

— Que veux-tu dire ?

Le regard vitreux d'Anwei était devenu dur. Le prince déchu semblait contempler un horizon invisible.

— J'aurais un plan mais il est inaccessible à un homme seul, et je ne me suis pas senti la force de le mener à bien parce que je l'ai découvert trop tard !

Maillon Essentiel se taisait. Il avait compris qu'il suffisait d'attendre et d'écouter cet homme qui finirait par tout lui dire.

— Je connais un endroit où le feu jaillit de la terre, lâcha Anwei après s'être raclé la gorge.

Maillon Essentiel, toujours muet et parfaitement immobile, le regardait dans le blanc des yeux. Il ne voulait surtout pas faire le moindre geste susceptible de troubler son récit.

— Ce sont des flammes gigantesques, capables, si on les canalisait, de détruire des villes entières..., reprit le prince.

L'eunuque s'efforça de cacher l'incrédulité que les propos d'Anwei avaient fait naître en lui ; des propos d'ivrogne, pensait-il.

— Tu veux parler des Sources Jaunes surgies du tréfonds de la terre, où séjournent les âmes errantes qu'on appelle aussi Gui ténébreux ? hasarda-t-il, pour essayer de mieux comprendre.

— Je sais très bien ce que sont les Sources Jaunes. Nulle rivière ne coule à cet endroit. Et je n'ai pas aperçu l'ombre d'un seul Gui ténébreux. Il ne s'agit en rien de cela ! répondit l'autre, agacé.

Puis il fit signe à la serveuse d'amener une ration supplémentaire d'alcool. La rangée des petites fioles s'étalait à présent tout le long de la table.

— Je suis sûr que tu me prends pour un ivrogne incohérent. Je le détecte à ton regard. Tu as tort. Je sais parfaitement de quoi je parle. Tant pis pour toi si tu ne me crois pas.

— Tu dis bien que ces flammes jaillissent de la terre et qu'il ne s'agit pas des Sources Jaunes ? articula Maillon Essentiel en déglutissant.

Anwei contemplait l'invisible horizon de ses pensées intimes auxquelles, pendant tant d'années de solitude, nul n'avait eu jamais accès.

— Ma parole, je te l'affirme. Elles sont si hautes que rien ne leur résiste. Mon rêve serait d'assister à l'incendie qu'elles provoqueraient à Xianyang si, d'aventure, j'arrivais à y porter un tel feu ! Ce serait à coup sûr une éclatante vengeance pour tout le mal qu'ils m'ont fait ! s'exclama-t-il, tout excité par sa rêverie.

— Des flammes surgies de terre ! Je n'ai jamais rien entendu de tel ! finit par admettre, de plus en plus perplexe, Maillon Essentiel.

— Quand je me suis trouvé pour la première fois devant ces sortes de puits d'où s'échappaient ces étranges langues de feu, j'ai compris qu'un Grand Dragon allait bientôt surgir de terre ! souffla Anwei à voix basse, comme s'il venait de livrer le plus grand des secrets.

— Ton hypothèse de dragon paraît déjà plus plausible. Ils pullulent dans le sous-sol. D'habitude, on aperçoit leur tête, leur corps ou, plus souvent, leur queue, dans les rides et les dénivellations de la croûte terrestre. Il est possible qu'à cet endroit, l'antre du dragon soit en contact avec l'air que nous respirons. Un bon géomancien qui se rendrait sur place pourrait nous le confirmer.

— J'en étais sûr ! Je suis tombé sur l'antre du Grand Dragon !

— Il faudrait se rendre là-bas pour le vérifier, préconisa Maillon Essentiel qui doutait encore un peu de la véracité des propos du prince dont l'esprit était inondé par l'alcool.

— Il me vient une idée. Ce dragon ne pourrait-il pas être dompté et invité à se rendre au centre du pouvoir de l'Empire pour le lécher avec sa langue brûlante ? Tous les ministres seraient carbonisés !

Les yeux du frère d'Anguo luisaient de l'éclair de la vengeance.

— Et où peut-on rencontrer cet extraordinaire phénomène ?

— Assez loin d'ici, à environ deux semaines de marche vers le sud, dans un village de l'ancien royaume de Ba. L'antre du Grand Dragon s'étend sous une vaste plaine désertique percée de trous d'où s'échappent ces immenses langues de feu qui doivent en constituer les fenêtres et les portes ! Parole d'Anwei, je le jure !

— Saurais-tu retrouver cet endroit ?

— Sans aucune hésitation. Grâce aux flammes, la cachette du dragon est visible à l'œil nu de très loin. Il suffit de s'y rendre nuitamment. J'étais tellement fasciné par ces flammes que je suis resté là-bas trois jours et trois nuits, tapi dans les collines à les observer. À côté, il ne fait jamais nuit !

— Elles éclairent la nuit comme des lanternes ?

— La vision de ces feux telluriques me marquera pour toujours. Je me souviens dans les moindres détails du chemin qui m'y conduisit tout à fait par hasard ! s'exclama l'ivrogne.

Sa voix paraissait désormais aussi claire que s'il n'avait pas absorbé la moindre goutte d'alcool.

— Je galopais à bride abattue, les gendarmes à mes

trousses, poursuivit Anwei. C'était encore à l'époque où j'écumais les campagnes affublé d'un casque auquel j'avais accroché des morceaux des crinières des chevaux que j'avais eu l'honneur de monter. Je venais de piller un poulailler et mon maigre butin à plumes était accroché à ma selle. J'entendais le son de la trompe dans laquelle soufflait un gendarme pour encourager son escouade à cheval dont les sabots heurtaient bruyamment le sol en cadence, comme un majestueux roulement de tambour.

— Tu devais avoir peur...

— Même pas ! J'avais l'habitude. Je ne détestais pas sentir les cris de mes poursuivants, je parvenais toujours à les semer. Semer ses gendarmes, c'était pour moi l'un des rares instants où je savourais ma revanche contre le Qin. Cette fois-là pourtant, ma monture donnait des signes de faiblesse. Ils ne devaient plus être très loin derrière. Je me préparais à sortir mon glaive et à les affronter au corps à corps.

— Avec le risque de te faire prendre !

— À en juger par les hennissements de leurs chevaux, ils devaient être au moins quatre. Je t'avouerai que, pour la première fois, mon cœur battait à tout rompre. J'allais être rattrapé. J'avais peur de ne pas mourir au combat, si je n'arrivais pas à les réduire. J'imaginais déjà ma tête coupée, exposée à un pilori.

Maillon Essentiel, attentif, écoutait le récit passionné du vieux prince dont le visage ridé s'était animé comme celui d'un jeune homme.

— C'est alors que l'inimaginable se produisit. Je chevauchais tête baissée sur l'encolure, pour offrir au vent le moins de prise possible et tenter d'échapper à mes poursuivants. Du coup, je n'avais pas vu que j'étais arrivé juste au-dessus de l'antre du Grand Dragon...

C'était au tour de Maillon Essentiel de sentir que ses mains étaient moites et que le rythme des battements de son cœur s'était soudain accéléré.

— Soudain, je n'entendis plus aucun de mes poursuivants. Je galopais seul, au milieu de flammes gigantesques qui m'encerclaient de toutes parts. Je compris un peu plus tard que les gendarmes du Qin avaient sûrement décroché pour revenir sur leurs pas, effrayés par la nature du spectacle que j'avais sous les yeux. Je me trouvais dans un brasier de la hauteur d'un mur de palais. J'observai que toutes les langues enflammées provenaient de trous creusés dans le sol d'où elles jaillissaient comme l'eau d'une source. Je me retournai : j'étais seul au milieu des flammes. J'étais sauvé, sous la protection du Grand Dragon !

— Tu es un conteur talentueux ! Ton récit me donne envie d'aller voir.

— Je ne fais que traduire ce que j'ai vu... Un peu à l'écart de ce champ de feu, il y avait des maisons. Le village devait être occupé par des forgerons, à en croire le nombre de ses cheminées et celui des objets de bronze et de fonte qui s'entassaient en monticules autour des fours alimentés par des tuyaux faits de bambou.

— Les habitants du village te donnèrent-ils l'explication de ce phénomène extraordinaire ?

— J'étais encore sous le coup de la poursuite des gendarmes, j'avais peur. Je n'ai pas osé aller me renseigner et jugeai bon de rester à l'écart de ce village. Ce n'est qu'un peu plus loin, à la nuit tombante, en me retournant, que j'ai contemplé ce champ de flammes immenses qui éclairaient la plaine. J'étais tellement fasciné que je suis resté là. C'est alors que j'ai pensé qu'il y avait là de quoi brûler, et sans crier gare, la capitale du Qin dans son entier !

— Pourquoi ne l'as-tu pas fait ?

— J'ai compris que les grands desseins ne s'accomplissent jamais seul...

— Penses-tu que ces feux soient saisissables ?

demanda l'eunuque pour lequel ce mystère s'épaississait.

— J'affirme que celui qui serait capable d'apprivoiser le Grand Dragon deviendrait un homme encore plus puissant que l'Empereur du Centre. Si tu le souhaites, je t'amènerai volontiers à son antre, déclara le prince, théâtral.

Celui qui n'avait plus que l'alcool pour noyer ses souvenirs et oublier tant d'occasions perdues regardait avec sympathie l'ancien Directeur du Bureau des Rumeurs.

65

Cela faisait longtemps qu'ils n'avaient ressenti un tel calme.

Ils prenaient tous les trois le soleil, tranquillement assis autour d'un bol de thé vert dans la petite cour de la fermette. Fleur de Sel s'apprêtait à leur servir un ragoût d'anguilles à l'ail dont le délicat fumet s'échappait de la minuscule fenêtre de la cuisine et embaumait déjà l'atmosphère.

— Mon intuition était bonne. C'était bien le prince Anwei qui vociférait à l'auberge quand nous allâmes au marché. Il est comme ces bois qui flottent à la dérive sur les fleuves, avant d'être happés par leurs tourbillons..., dit Maillon Essentiel à Poisson d'Or.

— Celui dont on disait qu'il avait failli naguère succéder à son frère le roi Anguo ? questionna Feu Brûlant.

— Lui-même, si du moins Maillon Essentiel l'a bien reconnu. Et dire que c'était un beau garçon, un valeureux général, doublé d'un père de famille modèle, bref, un homme qui avait tout pour lui ! Sa déchéance est bouleversante, fit tristement Poisson d'Or.

— Je confirme, c'était Anwei. D'ailleurs, nous avons longuement conversé. Il m'a raconté par le menu de quelle façon il descendit les marches de l'escalier pour se retrouver dans l'état où nous le vîmes..., précisa Maillon Essentiel.

— Et que t'a-t-il dit d'intéressant ? s'enquit Poisson d'Or.

— Sa vie d'errance, pourchassé par toutes les polices du Qin à la suite d'une cabale montée de toutes pièces, destinée à l'affubler des oripeaux du traître prêt à renverser le pouvoir par dépit de ne pas l'avoir obtenu ! Une manipulation comme on excelle à les organiser à la cour de Xianyang...

— Rien que des choses fort banales !

— À ceci près qu'il m'a aussi parlé d'un lieu extraordinaire, une plaine caillouteuse où il prétend que du feu s'échappe de la terre, comme si un dragon était enfoui juste en dessous.

— Un volcan, ces montagnes qui crachent de la fumée et parfois du feu, comme on dit qu'il s'en trouve dans les îles septentrionales ?

— Il m'a juré que c'était l'antre d'un Grand Dragon. Il parle d'une étendue plate, parsemée de puits embrasés d'où s'échapperaient de hautes flammes, comme des langues de feu. Il assure que celui qui pourrait domestiquer ce dragon serait capable de détruire tout l'Empire du Centre.

— Balivernes ! Je n'en crois pas un mot ! lâcha Feu Brûlant.

— Je suis comme toi, je ne l'ai cru qu'à moitié. Il avait pourtant l'air sincère... L'endroit, selon ses dires, se trouverait au sud, à deux ou trois semaines de marche d'ici. Il serait prêt à nous y amener si nous le souhaitions, ajouta Maillon Essentiel qui avait décidé de rapporter intégralement les étonnants propos du prince déchu.

— C'est étrange ! Du feu qui sort du sol, au beau milieu d'un champ de cailloux ! N'a-t-il pas eu tout simplement une vision ? Il boit suffisamment d'alcool ! Certains récits d'extases taoïstes font état de flammes qui sortent des entrailles de la terre. Peut-être ses breuvages le plongent-ils en extase ? suggéra Poisson d'Or sans la moindre ironie.

Il se souvenait d'un passage du *Livre de la Cour Jaune* que Huayang, jadis, lui avait lu et relu, où il était précisément question des « *soldats de feu qui attendaient les adeptes du Dao à la passe des esprits* ».

— C'est bien possible, encore qu'il ne m'ait pas présenté les choses ainsi. Il prétend avoir découvert ces puits de flammes, ou si vous voulez cet antre du dragon, alors qu'il était sur le point d'être rattrapé par des gendarmes lancés à ses trousses, précisa l'ancien chef du Bureau des Rumeurs.

Fleur de Sel les avait rejoints. Après avoir versé à nouveau un peu de thé vert dans leurs bols, elle leur présenta le plat fumant qu'elle venait de préparer.

— Où trouves-tu des anguilles aussi grosses ? lui demanda Poisson d'Or.

— En contrebas, il y a un ruisseau qui en est plein. Il suffit de plonger le bras dans leur frétillement et elles viennent te caresser.

— Ton ragoût est délicieux !

— Pour reparler de ces puits enflammés, je n'y crois pas un seul instant ! intervint Feu Brûlant, si troublé par le récit de Maillon Essentiel qu'il n'avait même pas pensé à goûter à la cuisine de Fleur de Sel.

— Eh bien moi, je suis sûre que de tels puits existent, souffla Fleur de Sel à l'oreille de Poisson d'Or au moment où elle passait devant lui.

Il en profita pour lui mordiller doucement le lobe. De la cuisine, on entendait parfaitement tout ce qui se disait dans la petite cour.

— Et qu'est-ce qui te fait dire ça, mon amour ?

— C'est l'état de mon cœur. Il est devenu un puits brûlant depuis que ta route a croisé la mienne. Et le feu n'est pas près de s'éteindre..., fit-elle en lui rendant son baiser.

— Peut-être devrais-je t'y conduire ! Nous pourrions vérifier si le feu de ton cœur est plus puissant que le souffle du Grand Dragon, plaisanta tout bas Poisson d'Or.

Il regardait le joli minois de la jeune fille qui souriait. Entre ses lèvres, ses petites dents blanches étincelaient, aussi délicates que des pétales de pivoine. Elle avait une peau plutôt mate, que les rayons du soleil rendaient mordorée. Ses cheveux courts lui faisaient un petit casque ébouriffé. Sous ses vêtements amples de paysanne, il devinait ses formes dont il connaissait désormais le moindre contour.

Il se leva et l'emmena un peu à l'écart.

Elle était adorable. Il continuait de fondre, comme s'il découvrait qu'il pouvait lui être encore plus attaché.

Elle lui tendit ses poignets.

— Vraiment, tu m'emmèneras voir ces puits de feu ? demanda-t-elle, ravie.

Il aimait son enthousiasme, et cette façon qu'elle avait de mordre la vie à pleines dents, son caractère entier, dénué de tout calcul, sa faculté si étonnante d'émerveillement, sa gaieté permanente, même après une dure journée passée à émonder les mûriers, à traire les bufflesses et à cuisiner du ragoût d'anguilles.

Elle était un rayon de soleil dans l'eau froide du destin.

Sa cuisine, d'ailleurs, était aussi délicieuse que son caractère. Le ragoût d'anguilles à l'ail qu'il était revenu déguster au milieu de ses amis était succulent et chacun y faisait honneur avec appétit. La cuisine n'était jamais aussi bonne que lorsqu'elle était préparée par une cuisinière amoureuse.

Au bout de quelques bouchées, toutefois, il commença à sentir que le ragoût prenait dans sa bouche un léger goût d'amertume, comme ces légers tracas qui apparaissent au milieu des joies intenses et jettent un froid, finissant par tout gâcher.

Fleur de Sel était repartie en cuisine, surveiller la cuisson du plat suivant.

Poisson d'Or avait-il le droit de profiter de sa lumière, alors que son cœur était déjà promis ailleurs ? Chaque fois qu'il croisait son regard et qu'il sentait sa peau sur la sienne, cette même question revenait, lancinante et perturbatrice. Fleur de Sel était si pure, si droite, si transparente et si entière que l'ambiguïté de la situation commençait à lui peser. Ne risquait-elle pas d'en pâtir ? Méritait-elle la déception que lui vaudrait, le jour venu, l'aveu que Poisson d'Or avait déjà promis son cœur à une autre ?

Le mieux n'était-il pas de sortir au plus vite de cette situation fausse ?

Cela faisait plusieurs jours qu'il cherchait l'occasion de lui parler mais le courage lui manquait, cadenassé par ses sens qu'elle réveillait au moindre de ses frôlements.

Ce fut elle qui la lui donna, après qu'ils eurent échangé un long regard complice où il pouvait lire, dans la lueur passionnée de ses grands yeux noirs, la profondeur des sentiments qu'elle éprouvait pour lui.

— Aimes-tu la chasse aux papillons ? Il y a derrière la colline un sous-bois où ils viennent se poser sur les feuilles des arbres. Il suffit d'une poche de soie attachée à un bambou pour les rabattre et les attraper. Avec un peu de chance, nous débusquerons aussi l'ours aux yeux noirs qui se régale des bambous nains qui poussent sur ces pentes !

— Un ours aux yeux noirs ?

— C'est un animal adorable, bicolore comme le Yin et le Yang. Il a des cernes noirs autour des yeux tandis que sa tête est recouverte de poils aussi blancs que la neige. Contrairement à ses congénères à pelage brun, il ne s'attaque pas aux humains. Chez nous, il est considéré comme un animal sacré. Aussi, heureusement pour cet ours, aucun chasseur ne s'avise de le tuer pour ponctionner sa bile...

— Nous pourrions aller le voir demain. Qu'en dirais-tu ?

Fleur de Sel, heureuse, battit des mains.

— Avec joie. Tu verras, c'est une merveilleuse colline que ce territoire des ours Yin et Yang. On y trouve aussi des macaques dorés. Il faut se garder de leur donner la moindre nourriture, sinon, ils n'hésitent pas à te sauter dessus ! Ce sont les animaux les plus agressifs de la forêt ! précisa-t-elle en riant aux éclats.

Ils avaient terminé le ragoût d'anguilles et se préparaient à prendre congé les uns des autres, avant d'aller se coucher.

Il se l'était promis. Il avait le cœur serré mais sa décision était prise. Il profiterait de ce moment passé seul en compagnie de Fleur de Sel pendant la chasse aux papillons pour lui faire comprendre, avec d'infinies précautions et toute la douceur nécessaire, que son cœur était pris ailleurs.

Ce serait un véritable déchirement, car plus les jours passaient et plus il la trouvait charmante, désirable, intelligente et subtile, joyeuse, en un mot conforme à ce qu'il attendait d'une femme. Il appréhendait sa réaction. Il craignait de la voir désespérée et se torturait à l'avance, pour chercher déjà les mots qu'il fallait.

S'il ne l'avait pas eue en face de lui, ses mains dans les siennes, buvant son regard, il en aurait pleuré.

Mais il avait décidé d'agir pendant qu'il était encore temps.

*

Ils se promenaient dans la forêt obscure en se donnant tendrement la main.

Poisson d'Or sentait la petite paume chaude de Fleur de Sel, douce comme un oisillon, dans la sienne. Au-dessus de leurs têtes, légèrement penchés, les arbres immenses dont les cimes se rejoignaient pour former un plafond végétal dru comme l'herbe d'une prairie semblaient leur faire une haie d'honneur.

Ils venaient de sortir de cet espace boisé où les haies et les buissons s'étageaient harmonieusement. Le soleil les aveugla. Devant eux, telle une immense vague, une pente herbeuse commençait à se redresser pour monter jusqu'au sommet d'un mamelon rocheux dont ils pouvaient voir la cime déchiquetée se découper sur le ciel d'azur.

Ils l'abordèrent avec vaillance.

La végétation n'était plus la même. Des herbages hauts et coupants comme des lames leur barraient le chemin, de sorte qu'il fut contraint de lui lâcher la main et de passer devant elle, pour lui ouvrir un passage à la machette. Ils entendaient au loin les hurlements stridents des macaques dorés, ponctués par les frappements de leurs poings contre les troncs d'arbres destinés à faire partir les intrus qui osaient ainsi s'aventurer sur leur territoire.

— Mets-toi juste derrière moi, mon amour, sinon tes jambes risquent de n'être qu'une plaie. Ce serait dommage ! s'écria Poisson d'Or, que ces manifestations de primates faisaient plutôt sourire.

— Les herbes sont si hautes que l'on dirait des bambous ! fit-elle, montrant les tiges vertes, droites comme des lances, qui formaient devant eux un rideau de lamelles coupantes.

— On m'a toujours dit qu'il fallait savoir transpirer pour trouver de beaux papillons ! Mais regarde de temps en temps tes pieds. Il me semble avoir vu ramper une forme oblongue, ce terrain serait infesté de serpents que cela ne m'étonnerait pas ! confia-t-il à la jeune fille.

Il venait de donner un coup de machette sur le sol, puis, après s'être baissé, avait ramassé par la queue un reptile aux écailles brunes dont il venait de sectionner la tête. Il le jeta par terre et le tronc sans tête continua d'onduler.

— Je connais cette espèce. Elle est si venimeuse qu'on ne peut même pas en faire du vin de serpent. Leur morsure est capable de tuer un gros bélier, indiqua Fleur de Sel en frissonnant.

Après l'avoir récupéré, Poisson d'Or fit tournoyer le corps du reptile au-dessus de sa tête comme une fronde et le lâcha brusquement. Le serpent mutilé atterrit au loin dans les herbes coupantes.

— Au moins, il ne pourra plus piquer personne, constata Fleur de Sel, un peu rassurée.

Ils continuaient à progresser dans la pente, l'un sagement derrière l'autre. Plus ils montaient et plus les herbes paraissaient hostiles. À force de donner de vigoureux coups de machette pour leur frayer un passage, Poisson d'Or était déjà en nage.

Ils auraient pu se croire sur une mer tant, autour d'eux, les herbages tranchants ondulaient sous l'effet d'une brise légère qui venait de poindre.

Un froissement, soudain, se fit entendre au milieu du magma végétal.

— On dirait qu'une bête rôde, chuchota Fleur de Sel, légèrement troublée.

— Tu te trompes, mon amour, c'est seulement le vent. À moins que ça ne soit ton ami l'ours aux couleurs du Yin et du Yang...

Pour la rassurer, en quelques coups de machette, il s'en fut débroussailler l'endroit où la jeune fille avait cru sentir bouger un animal. Elle le vit disparaître avec inquiétude derrière le rideau vert, puis revenir en souriant : il n'y avait rien.

— Regarde sur ces deux rochers, tout là haut ! Qu'ils sont mignons ! Ne dirait-on pas qu'ils nous ressemblent ? lança-t-elle, rassurée.

Elle désignait deux rochers côte à côte, parfaitement imbriqués l'un dans l'autre, au-dessus de leurs têtes. Ils servaient de faîte à l'arête rocheuse par laquelle s'achevait la pente herbeuse. Confortablement installés sur ces rochers, qu'un géomancien eût caractérisés mâle et femelle, une paire de petits singes s'épouillait tranquillement.

Il ne se passait pas de jour où elle n'insistât ainsi, auprès de Poisson d'Or, sur l'harmonie que formait leur couple, comme si elle avait deviné les tourments auxquels il était en proie depuis qu'il avait acquis la certitude que Rosée Printanière continuait à l'attendre.

Toutes les nuits, elle enflammait ses sens, espérant qu'elle réussirait à se l'attacher. À chaque instant, elle tissait cette toile invisible dans laquelle elle voulait croire qu'il finirait par se laisser prendre.

— Que dirais-tu si nous nous arrêtions pour nous restaurer ? proposa-t-il en avisant une petite terrasse naturelle sur la pente où ils pourraient s'asseoir.

Ils posèrent leurs sacs et roulèrent par terre dans les bras l'un de l'autre. Il sentit sa langue fraîche et humide forcer ses lèvres. Il se retint d'y mêler la sienne, ne voulant pas non plus la dénuder ni lui faire l'amour à même ce sol où les serpents devaient pulluler. Il préférait la prendre sur la soie d'un édredon.

Ils s'assirent pour manger. Elle était d'humeur espiègle, faisant mine de lui passer la gourde puis la lui retirant, à peine l'avait-il placée sur sa bouche grande ouverte.

— Pas maintenant ! Avec toute cette nourriture étalée, les macaques pourraient nous surprendre. C'est bien toi qui m'as dit qu'il fallait se garder de leur donner à manger. Il est un célèbre proverbe qui dit : « *Un seul singe sur le chemin et dix mille hommes ne passent plus...* », murmura-t-il en essayant de lui prendre le bras.

Mais elle se serrait contre lui en hurlant de rire, et il sentit qu'elle essayait d'introduire sa main à l'intérieur de la ceinture de son pantalon. Ils roulèrent l'un sur l'autre en échangeant des mots tendres.

— Je ne te lâcherai pas tant que tu ne m'auras pas expliqué la signification de cette figure ronde que tu portes sur la fesse ! affirma-t-elle soudain.

Ce n'était pas la première fois qu'elle lui demandait des explications au sujet de la marque en forme de Bi qu'il avait sur la peau.

— Je t'ai déjà dit que je n'en sais fichtre rien ! Ma peau est ainsi faite, c'est la faute de mes parents, plaisanta-t-il.

Il avait soif. Il se pencha sur son sac. Il voulait reprendre sa gourde mais, espiègle, elle l'avait saisie avant lui et la lui fit miroiter, en la passant et repassant sous son nez, sans jamais la lui donner.

— J'ai soif ! Laisse-moi boire, mon amour !

Il essaya de l'attraper quand elle s'écarta.

— Je veux que tu meures de soif ! répliqua-t-elle toujours aussi mutine.

Elle venait de lancer la gourde au loin, dans les herbes hautes. Il fit mine de se lever pour aller la chercher. Elle l'en empêcha.

— Laisse... C'est moi qui vais chercher de quoi te rassasier, proclama-t-elle en courant vers l'endroit où elle l'avait jetée.

Il vit sa silhouette menue entrer dans le rideau végétal où elle disparut comme si elle avait été absorbée par la densité de ces herbes dont les pointes acérées se dressaient vers le ciel.

Des papillons blancs et mauves voletaient et posaient ici et là leurs couleurs tendres sur les grosses tiges vertes qui les cernaient de toutes parts, comme des haies de hallebardes.

C'est alors qu'il perçut le bruit.

Ce devait être celui d'un animal qui se déplaçait non loin d'eux, à l'abri de l'écran des hautes herbes. À en juger par le mouvement qu'il leur imprimait, la bête devait être de belle taille. Elle se déplaçait à grande vitesse, déchirant le rideau végétal comme un morceau de soie. Poisson d'Or pensa que c'était peut-être le fameux ours à la face blanche et aux yeux cernés de noir. Mais l'impression qu'il ressentait n'était pas celle de la gentillesse ni de la bonhomie de l'ours sacré. La vitesse de déplacement de l'animal et son souffle rauque, proche du feulement, qu'il entendait désormais tout près de lui, ne correspondaient pas à la description que lui en avait faite, la veille, Fleur de Sel.

Il ne put réprimer un sentiment d'angoisse.

Il regarda vers l'endroit où la jeune fille s'était évanouie dans l'océan végétal. Les longues tiges vertes bougeaient à présent de façon alarmante un peu plus loin, dans la direction où était partie Fleur de Sel. De plus en plus rapidement. De plus en plus violemment. Jusqu'à ce qu'une déchirure se fît entendre, comme un tissu que l'on venait de rompre.

D'horribles cris de terreur s'élevèrent au-dessus du tapis végétal, suivis d'un grognement caverneux et d'un brouhaha lugubre où se mêlaient les sons, de plus en plus étouffés, de gémissements, d'herbes foulées et de branchages cassés, pour finir par un terrible silence.

— Fleur de Sel ? Fleur de Sel ? Où es-tu ? Reviens ! hurla-t-il en se ruant sur ses traces.

Derrière les premières rangées de tiges coupantes, il y avait une sorte de clairière.

C'est là qu'il aperçut la robe rayée de l'animal roi qui s'acharnait sur le corps disloqué et pantelant de sa bien-aimée gisant sur le sol, au milieu de pailles sanguinolentes.

Le tigre était immense et son attaque avait dû être fulgurante. Fleur de Sel, sous l'énorme masse musculeuse des poils rayés feu, noir et blanc, n'avait plus l'air que d'un Mingqi minuscule et disloqué. Poisson d'Or voyait la queue du fauve, élégamment courbée, battre l'air. L'animal avait sans doute visé la tête de sa victime, pour la saigner plus vite. Ses griffes étaient déjà entrées dans la peau nacrée du cou délicat pour le fendre de part en part selon une horrible entaille, profonde comme une vallée, d'où jaillissait le sang.

Poisson d'Or bondit en avant, plus rugissant encore que le fauve et plus rapide que la foudre, prêt à tuer. De rage, il lui aurait volontiers arraché les yeux à mains nues. Mais il vociférait si fort que l'animal, après avoir jeté une rapide œillade vers lui, s'effraya et s'enfuit, la queue basse et plutôt penaud, le laissant seul face au corps gisant de la jeune fille.

Lorsqu'il se pencha sur le collier de pourpre de la gorge bleuie de Fleur de Sel, il vit, à sa poitrine complètement inerte, qu'elle ne respirait déjà plus.

Elle était morte... Pas une herbe ne bougeait. Le tigre était reparti.

Près de défaillir, il s'assit tout près du cadavre. Il entendit alors d'autres cris stridents qui lui glacèrent les os. Ils venaient du haut de la pente. C'était le couple de macaques dorés qui se disputait sur le couple de rochers mâle et femelle.

Il soupira et prit sa tête dans ses mains tandis que le premier spasme de ses sanglots manqua de le faire vomir. Puis il se jeta sur le corps de Fleur de Sel dans une ultime étreinte, en hurlant que ce n'était pas possible.

Son désespoir était tel qu'il se mit à crier pour appeler le tigre, en le suppliant de le dévorer à son tour. Au moins, ils seraient unis dans la mort. C'était son vœu le plus cher, que l'animal roi consentît à les emporter elle et lui, par-delà les montagnes, là où rien ne les séparerait jamais.

De grosses mouches bleues, attirées par l'odeur du sang frais, tournoyaient déjà autour du cadavre déchiqueté de la jeune fille.

Ses yeux grands ouverts, dont l'éclat turquoise était à peine voilé, exprimaient encore l'horreur qu'elle avait dû éprouver lorsque le fauve s'était sauvagement lancé sur elle.

*

Poisson d'Or, Maillon Essentiel et Feu Brûlant quittèrent la fermette sans se retourner.

Le soleil commençait à se lever et faisait poudroyer d'or les vallonnements verdoyants de la campagne alentour.

Partir au plus vite, pour Poisson d'Or, avait été la seule façon de conjurer l'absence de Fleur de Sel. Il lui fallait désormais oublier cet endroit où ils s'étaient rencontrés et connus, trouvés et aimés. La veille, lorsqu'il avait jeté une ultime motte de terre sur sa tombe, qu'il avait creusée au milieu du verger de mûriers avec ses compagnons, Poisson d'Or n'avait pu réprimer un douloureux sanglot. Son désespoir était tel qu'il avait continué à pleurer en silence toute la nuit.

Ils l'avaient veillée trois nuits d'affilée, après l'avoir enveloppée dans un linceul de soie blanche dans lequel Poisson d'Or avait glissé des fleurs de jasmin. Le visage apaisé de la jeune fille semblait dormir, et son cou, dont le sang avait été essuyé, ne portait plus cet étrange collier carmin qui lui faisait une parure, mais simplement les traces dentelées et grisâtres des terribles griffures du fauve. Ils avaient placé autour du corps un vase à nourriture et une coupe à libations en bronze avant de le descendre dans la fosse. Puis Poisson d'Or avait sorti un petit Bi de jade blanc à motif de « grain qui germe » provenant de la tombe d'où il avait extrait les plaquettes de jade, et l'avait posé sur son front au moment où Feu Brûlant s'apprêtait à jeter la dernière pelletée de terre, sous laquelle disparaîtrait définitivement la forme du corps de Fleur de Sel habillée de la blancheur de son linceul.

La veille, lorsqu'il avait vu Feu Brûlant et son ami

préparer tristement leurs bagages, Maillon Essentiel s'était manifesté.

— Je ne veux pas que vous partiez d'ici ! Votre compagnie m'est devenue trop précieuse.

— Il nous faut continuer vers le sud. J'ai décidé d'aller voir ces puits embrasés sous lesquels sommeille le Grand Dragon dont a parlé Anwei. Fleur de Sel avait tellement envie de les découvrir..., avait répondu Poisson d'Or.

Il n'avait qu'une hâte, c'était de quitter ces lieux déjà hantés par le souvenir de cette jeune fille. Il avait craint de s'attacher à Fleur de Sel et voilà que sa fin tragique semblait briser son avenir. Il en venait à s'en vouloir du choix qu'il avait fait de lui avouer que son cœur était pris ailleurs. Heureusement, il n'en avait pas eu le temps.

Au moins était-elle morte en pensant qu'il l'aimait.

— Si vous partez, laissez-moi au moins venir avec vous. Nos destins, désormais, sont liés ! avait lancé l'ancien chef du Bureau des Rumeurs.

— Qui nourrira tes fourmis jaunes, dévidera les cocons et émondera les mûriers du verger ? Qu'adviendra-t-il de tout cela lorsque le père de Fleur de Sel reviendra avec ses troupeaux ? s'était inquiété Feu Brûlant.

Poisson d'Or avait considéré son ami d'un air bienveillant.

— Laisse-le faire. Il ne faut pas contrarier le cours du destin. S'il le sent ainsi, qu'il vienne avec nous. Maillon Essentiel est assez grand pour décider ce que bon lui semble. À trois, nous serons plus forts pour mener à bien les tâches qui nous attendent, avait déclaré Poisson d'Or avec conviction. Je propose que nous allions dormir. Tu partiras avec nous demain si la nuit ne t'a pas fait changer d'avis, avait-il ajouté à l'adresse de Maillon Essentiel en lui mettant les deux mains sur les épaules après l'avoir embrassé.

Le lendemain, au petit matin, ils étaient trois à quitter la ferme.

Lorsqu'ils arrivèrent à l'estaminet, lestés d'une simple couverture roulée sur l'épaule et d'une besace légère, armés d'un seul bâton noueux, Anwei achevait de prendre sa soupe aux champignons noirs du matin.

— Accepterais-tu de nous conduire jusqu'aux puits enflammés ? lui demanda Maillon Essentiel.

— Je t'ai dit qu'il fallait marcher plus de dix jours – et d'un bon pas ! pour se rendre auprès du Grand Dragon. Je suis un vieil homme, je risque de m'épuiser à mi-chemin, dit, l'air morne, le prince déchu.

— Nous sommes prêts à te porter sur un palanquin si c'était nécessaire ! s'écria Feu Brûlant.

L'autre demeura coi, les yeux fixés sur son écuelle vide. Poisson d'Or prit alors la parole :

— Toute peine mérite salaire ! Nous sommes prêts à te rémunérer, il suffit de nous dire ce que tu souhaites. Nous ne craignons pas les esprits qui hantent les tombeaux dont les champs sont pleins. Et ceux-ci regorgent des biens les plus rares, en bronze, en jade, en or, et même en fer.

— L'argent ne compte plus, ni les objets de collection, marmonna Anwei.

— Pas même une arme de jade ? Elles rendent invincible leur propriétaire..., intervint Feu Brûlant.

— Je conserve l'épée qui m'a permis de prendre d'assaut le Pont-Crocodile de la rivière Han. Elle m'a toujours porté chance ! s'exclama le prince en tirant de dessous la table un long fourreau de cuir d'où il fit glisser un glaive dont la lame luisait comme l'éclair du tonnerre.

À la vue d'un aussi beau travail du bronze, Poisson d'Or et Feu Brûlant ne purent s'empêcher de murmurer d'admiration.

— Puis-je savoir ce que vous souhaiteriez obtenir

du Grand Dragon ? finit par lâcher Anwei d'un air soupçonneux.

— Ne m'as-tu pas dit que l'homme qui serait capable d'amener ce dragon à la capitale du Qin tiendrait à sa merci tout le gouvernement de l'Empire du Centre ? lui rappela Maillon Essentiel.

— Assurément ! Tous les ministres seraient carbonisés par le feu craché par sa gueule immense !

— Alors, l'Empereur du Centre n'aurait pas d'autre choix que d'abolir les lois qui oppriment le peuple, et le prince Anwei tiendrait sa revanche. Et quelle revanche ! Pas la revanche du sang mais celle de la justice, qui lui vaudrait la reconnaissance éternelle des peuples de l'Empire, insista Poisson d'Or.

— Mais qui es-tu pour parler aussi bien ? questionna alors Anwei qui s'était tourné vers ce visage avenant qu'il ne connaissait pas.

Les yeux jusque-là inexpressifs du prince brillaient d'une lueur d'espoir nouvelle.

Maillon Essentiel fit les présentations. Anwei comprit soudain à qui il avait affaire.

— Ainsi, tu as été élevé par ce marchand de Handan qui réussit, en reconstituant le cheptel chevalin du royaume, à entrer, bien qu'il fût un étranger, dans l'intimité de sa Cour ? Si Lubuwei n'avait pas ramené à Xianyang le jeune prince Yiren, retenu prisonnier à Handan où il était otage, je serais sûrement devenu roi du Qin...

— Tout cela est exact, admit Maillon Essentiel.

— Remarque bien, je ne saurais t'en vouloir. Tu n'y es strictement pour rien ! reprit Anwei à l'adresse de Poisson d'Or.

Maillon Essentiel, à ce moment, jugea bon d'intervenir à son tour :

— Celui qui éleva Poisson d'Or a toujours agi loyalement envers les autorités qu'il servait. Il a connu la gloire, puisqu'il est devenu le Premier ministre du Qin, mais sa fin fut des plus injustes. Banni par l'actuel Empereur du Centre, il mourut dans des conditions pitoyables à Handan, au moment où l'armée du Qin entrait dans la ville lors de la conquête de ce royaume. En définitive, son sort ne fut pas beaucoup plus enviable que le tien !

— Je commence à mieux cerner, à présent, les raisons qui vous guident, dit, pensif, le prince déchu.

Chacun, désormais, faisait silence. Tant de souvenirs jetés sur cette table d'auberge, comme autant de fioles d'un breuvage qui faisait resurgir les ombres du passé, tant d'émotions oubliées, pour le meilleur et pour le pire, tout cela finissait par nouer la gorge.

— Quand souhaiteriez-vous partir ? finit par articuler le vieux prince.

— Le plus tôt sera le mieux, indiqua Poisson d'Or en souriant.

— Il faudra vous munir de souliers épais. Pour arriver à ces puits enflammés, on doit commencer par monter et descendre les monts Emei sur de minuscules sentiers empruntés par les chasseurs de macaques. Lorsque le pied n'est pas tenu, on risque à tout moment de glisser et de se rompre le cou. Puis on aborde un plateau semi-désertique où paissent de rares troupeaux de chèvres et de moutons gardés par des peuplades au teint cuivré qui parlent un dialecte incompréhensible.

— Ces peuplades sont-elles hostiles ? s'enquit Feu Brûlant.

— Même pas. Elles chassent le lapin avec des aigles. Si on ne s'approche pas, elles vous laissent passer sans difficulté.

— Et l'antre du Grand Dragon ? interrogea encore Feu Brûlant, de plus en plus excité par la perspective de ce voyage à travers des terres inconnues.

— Il se trouve bien après le territoire de ces chasseurs et pasteurs, juste avant que le plateau désertique ne commence à se redresser, non loin de la petite ville de Ba. Au-delà, l'horizon est barré par les premiers contreforts du Toit du Monde...

— Tu as bien dit le Toit du Monde ? l'interrompit Feu Brûlant de plus en plus incrédule, émerveillé qu'il était par le nom de cette montagne aussi beau que le titre d'un poème.

— Les voyageurs appellent aussi ces montagnes le « pays des neiges ». C'est à des mois de marche d'ici, vers l'ouest, là où le soleil va se coucher. Là-bas, il paraît que l'on aperçoit les pointes blanches du Toit du Monde. Au bout d'un moment, la pente est si raide que l'on respire de plus en plus mal car les souffles positifs peinent à parvenir à une telle altitude. Ceux qui ont pu s'y aventurer, et en revenir sans avoir les pieds et le visage gelés par les vents glacés, disent que les sommets enneigés de ce pays sont inaccessibles tant ils grimpent vers le ciel. D'où leur beau nom de Toit du Monde !

— Comme j'aimerais à mon tour contempler un tel spectacle ! s'extasia, enthousiaste, Feu Brûlant que la description d'Anwei faisait déjà rêver.

— Commençons par aller voir à quoi ressemble le Grand Dragon et tenter de le convaincre de se rallier à notre noble cause, tempéra Poisson d'Or.

— À la prochaine ville, vous vous procurerez de bonnes chaussures de marche, recommanda Anwei. Je connais un excellent cordonnier !

Le prince était ragaillardi. Il entrevoyait désormais une issue plus favorable à sa vie ratée. Cette rencontre avec Poisson d'Or était l'ultime cadeau que son destin jusqu'alors si lugubre lui consentait. Peut-être tiendrait-il enfin sa revanche sur toutes les avanies qu'il avait subies.

S'il avait accepté de retourner vers ces lieux si terrifiants qu'il n'avait pas osé, la première fois, s'en approcher, se contentant de passer au large lorsqu'il les avait découverts par hasard, c'était pour assouvir ce désir de vengeance qui, à nouveau, le taraudait. Malgré tous ses efforts, il n'avait jamais réussi, jusque-là, à rendre au Qin la monnaie de sa pièce. La fin tragique de Lubuwei avait été pour lui une sorte de consolation. Au moins n'était-il pas le seul à avoir subi un sort funeste et injuste. La rencontre avec Poisson d'Or était à cet égard une sorte d'inespéré repêchage.

Pour le vieux prince déchu, qui avait cessé de croire à l'influence des astres positifs et des étoiles compatissantes, cette marche qu'il n'allait pas tarder à accomplir pour la bonne cause prenait, après tant d'années d'errance et de solitude, des allures de promenade.

*

Poisson d'Or contemplait la tête de la vipère qu'il venait d'écraser au moment où le serpent, dérangé dans son sommeil, s'était dressé entre deux pierres du sentier, prêt à le piquer au mollet.

Comme il était loin devant les autres, pour ouvrir la marche, il préféra ne rien leur dire pour ne pas les affoler inutilement. Voulant s'assurer que ses compagnons n'avaient rien vu de la scène, il se retourna.

Ils étaient si occupés à deviser ensemble, surtout Feu Brûlant qui ne cessait de bombarder Anwei de questions sur le massif du Toit du Monde, qu'ils ne s'étaient rendu compte de rien.

Poisson d'Or, satisfait, reprit le rythme de sa montée vers la crête des monts Emei. Ils la franchiraient dans quelques heures, un peu avant le coucher du soleil. Déjà, on pouvait en voir les pointes rocheuses acérées se détacher, telles les dents d'un monstre tellurique, sur l'arrière-plan du ciel qui ne tarderait pas à rougeoyer.

Attentif au moindre bruit, il devinait que toute cette immensité où rien ne semblait bouger était en réalité habitée par une faune aussi inattendue que diverse. Les seuls animaux qui se laissaient observer se tenaient en retrait derrière ces troncs d'arbres hauts comme des mâtures qui s'accrochaient à la pente sur laquelle il restait encore quelques plaques de neige. Les ombres des andouillers des cerfs musqués, dont les oreilles frémissantes trahissaient l'inquiétude devant le passage de ces hommes qui s'aventuraient à de telles hauteurs, passaient d'un tronc à l'autre, de l'ombre à la lumière, telles d'étranges chimères jouant à cache-cache. Le roi des lieux, le léopard des neiges, amateur de pandas géants, autres grands suzerains mais ceux-là totalement pacifiques et démunis des monts Emei, se faisait quant à lui plus discret. L'animal, auquel son pelage hivernal permettait de se confondre avec le manteau immaculé que l'hiver déposait sur les arbres et les rochers, restait tapi sur une branche inaccessible, invisible pour celui qui n'avait pas l'habitude de le pourchasser.

Celui qui portait la marque d'un Bi sur sa chair se sentait en communion parfaite avec la montagne, ses éboulis rocheux qui semblaient retenus dans leur chute inexorable par la main invisible d'une divinité protectrice, ses cascades vertigineuses dont on ne savait plus, vues de si loin, si elles descendaient des sommets ou si au contraire elles surgissaient des gouffres du sol, et surtout ses cimes neigeuses que taquinaient les nuages venus leur rendre un vaporeux mais consistant hommage.

La plénitude des monts Emei apaisait le cœur de Poisson d'Or, que la mort de Fleur de Sel avait fait saigner comme ces animaux sacrifiés sur les tombeaux, lors des repas rituels offerts aux défunts. Il avait encore dans sa bouche le goût de la langue de la jeune fille, dont il n'oublierait jamais la douceur incommensurable ni l'honnêteté foncière. Il n'avait pas été loin de s'abandonner à elle, à ce corps splendide et brûlant de désir qu'elle lui avait si spontanément offert.

Pourquoi ne s'était-il pas arrêté auprès d'elle, alors que ses preuves d'amour étaient indubitables et leur entente mutuelle si évidente ? Pourquoi diantre l'avait-il emmenée à la chasse aux papillons, et surtout laissée aller seule vers ces taillis de bambous coupants comme des lames où il l'avait retrouvée déchiquetée ?

Ces questions l'assaillaient depuis qu'ils étaient partis vers les puits enflammés. Elles le tenaillaient même pendant son sommeil, au cours de nuits d'angoisse à l'issue desquelles il se réveillait en sueur et la bouche sèche.

Mais à présent qu'ils progressaient vers les sommets enneigés, il lui semblait qu'il avait malgré tout emprunté la seule voie possible, c'est-à-dire, somme toute, la bonne. D'ailleurs, l'homme avait-il réellement le choix d'aller là où bon lui semblait ? N'étaient-ce pas plutôt les chemins qui venaient aux êtres, à charge pour ceux-ci de se laisser guider par le grand fleuve de la vie dont l'ultime issue, quoi qu'il arrivât, était toujours la mer ? En repensant au parcours qu'il avait accompli depuis qu'il avait dû s'enfuir de Xianyang, Poisson d'Or avait appris que les événements avaient toujours un sens. Il suffisait de se retourner en arrière et la logique des choses s'enchaînait de façon aveuglante, comme un chaos qui, d'un seul coup, s'ordonnait.

En écrasant la tête du serpent venimeux qui avait failli le mordre avec ses crochets blanchâtres, il avait ressenti l'étrange sensation de chasser définitivement les remords et le doute qui n'avaient cessé de l'habiter depuis la mort de cette jeune fille que le destin avait si malencontreusement placée sur sa route.

Un grand apaisement était monté en lui, pareil à l'un de ces nuages qui commençaient à s'enrouler, au-dessus de sa tête, tout autour des dents rocheuses... Il se sentait suspendu à des forces qui le dépassaient, comme une plume d'oiseau emportée par le tourbillon des souffles.

Il suffisait de se sentir tout petit et léger, il suffisait d'accepter sa propre évanescence.

Alors on devenait d'autant plus fort que l'on avait, enfin, l'esprit en paix.

Principaux personnages

Accomplissement Naturel, *le Très Sage Conservateur du Pavillon de la Forêt des Arbousiers à la cour du Qin.*

Ainsi Parfois, *ami d'adolescence de Lisi, devenu médecin en chef de la Cour sous le règne d'Anguo.*

Anguo, *fils héritier du vieux roi Zhong, marié à Huayang, roi du Qin à la mort de son père, décédé.*

Anwei, *fils du vieux roi Zhong et de sa première concubine, Étoile du Sud, envoyé comme otage à la cour du Chu, puis nommé chef de l'expédition contre le Chu, dont il est sorti victorieux.*

Baya, *fille du prince sogdien Agur.*

Couteau Rapide, *le chirurgien en chef des eunuques à la cour du Qin, membre de la confrérie secrète du Cercle du Phénix.*

Effluves Noirs, *jeune eunuque espion du Chu, membre de la confrérie secrète du Cercle du Phénix, préposé au Bureau des Rumeurs du Qin.*

Élévation Paisible de Trois Degrés, *Grand Officier des Remontrances du royaume de Qin.*

Embrasse la Simplicité, *le chef du Carré des Géomanciens de la cour du Qin.*

Feu Brûlant, *jeune eunuque, membre de la confrérie secrète du Cercle du Phénix.*

Fleur de Jade Malléable, *épouse d'Anwei.*

Fleur de Sel, *fille d'un éleveur de vers à soie.*

Forêt des Pinacles, *eunuque et chef de la confrérie secrète du Cercle du Phénix, Directeur du Haut Concubinage sous le règne du vieux roi Zhong, puis chef des Officiers de Bouche sous Anguo.*

Hanfeizi, *le philosophe juriste qui introduit au Qin le légisme.*

L'Homme sans Peur, *un guerrier hun qui a sauvé autrefois Lubuwei de la mort.*

Huayang, *l'épouse du feu roi Anguo.*

Intention Louable, *femme de Zhaosheng (qui fut le secrétaire de Lubuwei) et mère de Zhaogao.*

Ivoire Immaculé, *ordonnance de Zhaogao.*

Lisi, *père de Rosée Printanière, nommé vice-Chancelier, chargé de la promulgation des Lois et des Décrets sous le règne d'Anguo.*

Lubuwei, *marchand de chevaux célestes de Handan, capitale du Zhao, puis ministre des Ressources Rares du royaume de Qin sous le règne du roi Anguo, avant de devenir Premier ministre.*

Mafu, *l'écuyer en chef de Lubuwei.*

Maillon Essentiel, *membre de la confrérie secrète du Cercle du Phénix, chef du Bureau des Rumeurs au royaume de Qin.*

Paix des Armes, *Intendant Général des Grandes Écuries du Royaume de Qin, puis nommé par Anguo ministre de la Guerre.*

Parfait en Tous Points, *l'architecte qui a construit le palais et les écuries de Lubuwei lors de son arrivée au Qin.*

Poisson d'Or, *le fils adopté par Lubuwei.*

Rosée Printanière, *fille de Lisi et d'Inébranlable Étoile de l'Est.*

Saut du Tigre, *officier d'ordonnance d'Anwei.*

Vallée Profonde, *prêtresse médium du pic de Huashan, qui a eu dans sa jeunesse une fille avec le vieux roi Zhong, Inébranlable Étoile de l'Est.*

Wang le Chanceux, *chef d'état-major des armées du Qin.*

Wen, *le vieux roi du Chu, ennemi héréditaire du Qin.*

Wudong, *grand prêtre taoïste, réfugié sur les contreforts du mont Huashan.*

Yiren, *le fils d'Anguo et de Xia, une concubine, envoyé comme otage au Zhao, puis ramené à temps par Lubuwei pour être couronné roi du Qin à la mort de son père.*

Zhaogao, *fils de Zhaosheng et d'Intention Louable, a grandi aux côtés de Zheng et de Poisson d'Or.*
Zhaogongming, *l'assistant de Wudong.*
Zhaoji, *une jeune danseuse d'un cirque ambulant dont Lubuwei est tombé amoureux, et qui épouse le nouveau roi du Qin, Yiren.*
Zheng, *fils secret de Zhaoji et de Lubuwei, officiellement fils de Yiren, futur empereur Qinshihuangdi.*

Impression réalisée sur Presse Offset par

BRODARD & TAUPIN

GROUPE CPI

22376 – La Flèche (Sarthe), le 09-02-2004
Dépôt légal : mars 2004

POCKET – 12, avenue d'Italie - 75627 Paris cedex 13
Tél. : 01.44.16.05.00

Imprimé en France